Henry Rider Haggard

La fille de Montezuma

Roman

Traduction de l'anglais
de René Lécuyer,
revue et complétée
par Richard D. Nolane

Introduction
par Charles Moreau

NéO

Nouvelles éditions Oswald

Titre original:

Montezuma's Daughter

Si vous souhaitez être régulièrement tenu au courant de nos publications, il vous suffit d'envoyer vos nom et adresse à NéO, 5, rue Cochin, 75005 Paris.

ISBN: 2-7304-0402-1

Rider Haggard et les civilisations précolombiennes

Deux pôles d'attraction semblent s'être partagé la part la plus importante de l'œuvre de Sir Henry Rider Haggard.

L'Afrique noire qu'il connut dès l'âge de dix-neuf ans, au début de sa carrière diplomatique et qui a formé son goût pour l'aventure.

L'Egypte, à l'autre bout du continent, qui l'obséda avant même qu'il ne lui ait rendu visite, et qu'il fréquenta jusqu'en 1924 peu de temps avant de disparaître.

Ce dernier pays, qui a gardé les monumentales empreintes des périodes pharaoniques successives, permit surtout à l'auteur de développer son goût pour l'histoire, à un point tel, qu'en mars 1915, il pouvait répondre à un admirateur: «Personnellement, je préfère écrire des récits de fiction ayant pour cadre l'Egypte antique ou d'autres sujets historiques... Mais qu'arrive-t-il? Mon nom, comme vous l'aviez remarqué, est lié dans l'esprit du public à un certain type d'histoires africaines, et plus spécialement à un certain personnage...»

On le voit, le succès d'Allan Quatermain commençait déjà à peser un peu sur les épaules de son créateur. Et sans l'Egypte, et son amour pour l'histoire, nul doute que son nom serait peut-être moins célèbre aujourd'hui!

Mais il n'est que de lire la série consacrée au grand Quatermain pour comprendre aussi que toute l'aventure partait de l'Angleterre, son pays natal, et s'ouvrait sur le monde. L'expansion coloniale de l'Empire Britannique poursuivait Rider Haggard, et il la fit se projeter et se répéter jusqu'au début des siècles...

Tout partait donc de l'Angleterre, à quelques exceptions près, et bon nombre de romans historiques virent ce cadre privilégié envahir l'action, au point que, parfois, une bonne moitié de l'existence du héros s'y déroulait avant d'entraîner le lecteur dans le fabuleux inconnu du passé des civilisations défuntes.

Quelques mois après la parution de son premier roman historique, Cleopatra *(sept. 1889), Rider Haggard devait se rendre au Mexique.*

«Il y a quelque vingt-cinq ans, nous étions convenus de discuter sur bien des sujets, entre autres, notamment, l'histoire aux péripéties romanesques des empires disparus d'Amérique Centrale...» Cet extrait de la lettre qu'il adressa le 24 octobre 1921, à son ami James Stanley Little, lettre qui figure en exergue à l'introduction de La Vierge du Soleil, *montre bien à quel point les empires disparus d'Amérique Centrale intéressaient, voire fascinaient Rider Haggard.*

De ce voyage, le plus dramatique et le plus douloureux de l'auteur de She, *le plus aventureux aussi, puisqu'il partait à la recherche d'un trésor aztèque, Rider Haggard devait rapporter une sorte de trilogie, qui débuta avec* La Fille de Montezuma *(Montezuma's Daughter, Oct. 1893), se poursuivit avec* Cœur du Monde *(Heart of The World, Mars 1896) et s'acheva, plus de vingt-cinq ans après avec* La Vierge du Soleil *(The Virgin of the Sun, Jan. 1922).*

«Quand les regards des deux hommes se croisèrent, quand, déguisant leurs sentiments, ils échangèrent des paroles d'amitié, deux mondes, deux âges différents s'affrontèrent...»

«Pour la première fois dans l'histoire des découvertes archéologiques, un Européen de naissance chrétienne (Cortez) découvrait une civilisation étrangère vivante, *sans qu'il fût nécessaire de la reconstruire à partir de ses ruines...»*

«... Un an après sa première entrevue avec Montezuma, celui-ci était mort. Un an plus tard, sa splendide capitale n'était plus que ruine...»

Ainsi l'écrivain journaliste allemand C.W. Ceram relate-t-il la chute de la civilisation aztèque dans un livre fort précieux, Des Dieux, des Tombeaux, des Savants *(Plon, 1953).*

Et citant Spengler, il précise:

«C'est le seul exemple d'une civilisation qui mourut de mort violente. Elle ne dépérit pas, elle ne devint pas estropiée, mais fut tuée dans sa fleur, comme un tournesol qu'un promeneur décapiterait en passant...»

Tel est le décor du premier roman qu'écrivit Rider Haggard à son retour du Mexique. Et ce roman, La Fille de Montezuma, *purement historique, est l'un des chefs-d'œuvre de l'auteur.*

Faisons un bond en arrière dans le temps: Ceram relate les premières découvertes concernant les civilisations d'Amérique Centrale.

En 1839, l'américain John Lloyd Stephens, accompagné d'un dessinateur anglais, Frederick Catherwood, acheta pour cinquante dollars les ruines d'une civilisation disparue, près de Copan, en Honduras, et découvrit ainsi à travers de remarquables monuments, l'existence d'un peuple qui reste, même encore à présent, fort mystérieux: les Mayas.

En 1842, le même Stephens publia ses découvertes, accompagnées des fabuleux dessins de son ami Catherwood, dans un ouvrage intitulé, «Incidents of Travel in Central America, Chiapas and Yucatan».

Cependant, un an avant la découverte de Stephens, un autre ouvrage avait paru en France qui passa inaperçu: «Voyage Romantique et Archéologique au Yucatan». Cet exposé de M. von Waldeck, bien que moins brillant et documenté que celui de Stephens, relatait des faits identiques relatifs à l'existence d'une civilisation perdue. Mais à l'époque, la France avait les yeux tournés vers les découvertes égyptiennes et le déchiffrement des hiéroglyphes.

La découverte de la Civilisation Maya amena les suppositions les plus fabuleuses, et celle, entre autres, que ce peuple était issu des Atlantes, hypothèse qui devait entraîner plus d'un écrivain de science-fiction dans de mystérieuses aventures pendant bien des décennies.

On en était là, lorsque parut, en 1843, l'ouvrage de William H. Prescott, Histoire de la Conquête du Mexique, *qui faisait le point sur l'état de la civilisation aztèque lors de l'arrivée des conquérants espagnols.*

Ceram dit, à propos de cet historien:

«Grâce à son intelligence lucide, cet homme presque aveugle, qui ne quitta jamais son cabinet de travail, se fraya un chemin à travers la jungle que Stephens avait affrontée la cognée à la main...»

La lucidité de Prescott s'étendit, en effet, même au-delà de la minutieuse reconstitution des derniers jours de l'empire aztèque, puisqu'il pressentit une autre civilisation antérieure (Teotihuacan) dont aurait pu découler par une influence prépondérante celle des Aztèques.

Dans une note d'avertissement au lecteur qui figure au début de l'édition originale de La Fille de Montezuma, *Rider Haggard cite tous les textes de référence qui lui permirent d'écrire son roman. Non seulement le texte de Prescott ne lui était pas étranger, mais encore il consulta la traduction française de Jourdanet de* l'Histoire Générale des Choses de la Nouvelle Espagne *(1880)* *de Fray Bernardino de Sahagun, écrite juste après la conquête du Mexique. Peut-être eut-il accès aussi à l'œuvre de Bernal Diaz del Castillo qui est dans son roman, son héros espagnol le plus positif, et qui était, dès 1877, déjà traduite par le même Jourdanet, sous le titre* Histoire Véridique de la Conquête de la Nouvelle Espagne *(Paris).*

On le voit donc, Rider Haggard ne fut pas seulement un amateur d'égyptologie. Ce qui se passait dans son siècle le concernait vivement, et l'époque était à la découverte des civilisations oubliées, ce qui ne pouvait que stimuler au plus haut point son imagination. Dès lors Rider Haggard se devait de passionner les foules, en relatant la fin des Aztèques, la survivance des Mayas dans une vallée perdue de l'Amérique Centrale, ou l'essor du peuple inca, dans un contexte romanesque. L'écrivain devenait le médium privilégié pour faire revivre tous ces peuples disparus dans leur grandeur et leur gloire passées.

En 1889, Rider Haggard fit la connaissance de John Gladwyn Jebb, une sorte d'aventurier, directeur de la Santa Fé Copper Mines dans l'état du Chiapas, au sud-est de Mexico.

Jebb l'engagea à investir dans l'exploitation de ses mines mexicaines, et lui suggéra de visiter le Mexique, afin d'écrire un livre sur le dernier empereur aztèque, Montezuma. Il lui proposa même une chasse au trésor, celui que le neveu de l'empereur, Gautemoc ou Guatimozin, avait, selon un ami cubain de Jebb, enterré dans un endroit secret, sur les bords du Lac Tezcuco. Ce trésor est décrit minutieusement dans la dédicace de ce livre à John Gladwyn Jebb.

Il comprenait dix-huit énormes jarres d'or, des pierres précieuses, une armure d'or et une grande tête en or représentant l'empereur lui-même. Le tout ayant, bien sûr, échappé à la concupiscence des conquérants espagnols.

Les fêtes de Noël 1890 terminées, Rider Haggard et sa compagne, Louie, laissant leurs trois enfants à la garde d'amis, s'embarquèrent sur l'Etruria, à destination de New York où ils arrivèrent le 10 janvier 1891. Ils y reçurent un excellent accueil, de même qu'à la Nouvelle-Orléans où ils se rendirent en train.

Puis ils continuèrent jusqu'à Mexico où les Jebb les attendaient dans la maison qu'ils avaient louée.

Bien que Don Anselmo, l'ami cubain qui connaissait l'emplacement du trésor, ait disparu, les deux hommes n'en continuèrent pas moins leurs préparatifs pour visiter le Chiapas et Palenque.

Ils étaient à la veille de partir, quand, le 8 février, Mrs. Jebb reçut un télégramme venant de Londres, où était resté Jock, le jeune fils de Rider Haggard. Ce télégramme annonçait sa mort due, fort probablement, à une péritonite aiguë. Pour l'écrivain ce fut l'enfer. Lui et son épouse se trouvaient devant un fait accompli: leur seul fils leur avait été enlevé sans qu'ils aient pu même se trouver à son chevet.

Si Louie qui avait des nerfs d'acier sut réagir et faire face, en revanche Rider Haggard, lui, faillit bien sombrer dans la folie à la suite d'une dépression nerveuse. Il se culpabilisa à un point tel, de ne pas s'être trouvé près de son fils, qu'il lui fallut des semaines pour retrouver son équilibre et des années pour accepter le fait. La mort de Jock devint même un tabou, et à son retour en Angleterre tout ce qui pouvait lui rappeler son fils fut ôté de sa vue.

Jebb, qui avait compris que la chasse au trésor n'était plus possible, persuada

Rider Haggard de le suivre dans une tournée d'inspection à travers ses mines mexicaines. Dans un petit village, nommé Queretaro, Rider Haggard tomba si malade que Jebb dût rechercher un médecin américain qui diagnostiqua un violent choc nerveux.

Ces péripéties sont d'ailleurs plus ou moins reprises dans le début de Cœur du Monde *d'une manière presque autobiographique.*

Au cours de ce voyage très avancé dans le Chiapas, une région qui n'avait rien de touristique à l'époque, Rider Haggard eut certainement l'occasion de passer par Palenque dont il fait la description suivante dans le chapitre de La Fille de Montezuma *relatant la fin ignominieuse qu'infligea, pour sa honte devant l'histoire, le conquérant espagnol, Cortez, au neveu de l'empereur, Gautemoc (1):*

«Pendant deux mois, nous luttâmes contre les montagnes, les marais et les forêts, jusqu'à ce que nous atteignîmes une gigantesque cité déserte, appelée Palenque par les Indiens de ces régions, et qui était inhabitée depuis plusieurs générations. Cette cité est l'endroit le plus merveilleux que j'aie jamais vu au cours de tous mes voyages, encore qu'une grande partie en soit envahie par la brousse, car partout où le visiteur se promène, il trouve là de vastes palais de marbre, ciselés à l'intérieur comme à l'extérieur ainsi que des Teocallis, temples en forme de pyramides, et des effigies colossales de dieux grimaçants.

Souvent je me suis émerveillé en me demandant quelle nation avait été assez puissante pour bâtir une telle capitale, et quels furent les souverains qui l'habitèrent.

Mais ce sont là des secrets appartenant au passé, et auxquels il ne sera répondu que lorsqu'un savant aura trouvé la clé des symboles de pierre et des écritures qui recouvrent tous les murs de ces constructions...»

Sur le chemin du retour, Jebb et Rider Haggard échappèrent de peu à des brigands, et après un rendez-vous manqué à Frontera avec leurs épouses qui regagnèrent New York à bord d'un steamer, les deux couples se retrouvèrent sur le bateau qui les ramena vers Liverpool, fin avril-début mai 1891.

*Si l'on fait un bilan de ce voyage, on s'aperçoit qu'en dehors des conditions dramatiques dans lesquelles il se déroula, Rider Haggard en tira profit sur de nombreux plans; tout d'abord, il étudia la flore et la faune des régions qu'il traversa à cheval, en compagnie de son ami. Il préleva de multiples échantillons de plantes qui furent rapportés dans la propriété de Dtichingham. De plus, il ne manqua pas de reprendre sur le plan littéraire, toutes les impressions qui l'assaillirent à la vue des monuments aztèques et mayas qu'il rencontra en chemin. Le Mexique lui laissa, il est vrai, une cicatrice indélébile dont il ne se consola jamais, et on peut être troublé par les pressentiments littéraires de l'auteur d'*Allan Quatermain *qui anticipe incontestablement sa douleur de père plus de trois ans avant l'événement, alors qu'il dédie son œuvre à son fils bien-aimé: «Je viens d'enterrer mon fils, mon merveilleux fils dont j'étais si fier, et je me sens le cœur brisé...» (Allan Quatermain, 1887).*

De ce voyage, il écrivit aussi: «... et de cette période, après l'annonce de sa mort, au Mexique, durant ces dures étapes, il ne me reste qu'une sorte de cauchemar...»

Ce sentiment d'effondrement de sa vie, alors que Jebb tentait de le faire réagir en l'entraînant dans le passé des Aztèques et des Mayas, Rider Haggard le transcrivit dans La Fille de Montezuma *et* Cœur du Monde, *deux longs cau-*

(1) Cortez le fit pendre, après un sinistre procès.

chemars où la destruction et la mort dominent et où le romancier exprima avec force sa rage et son impuissance devant les coups du destin à travers les regrets et le chagrin de ses héros, aussi bien qu'à travers la fin d'un empire et d'une civilisation perdue.

Mais l'écrivain se livra, dans le cheminement de ces deux romans qui furent reliés l'un à l'autre par les chaînes étroites de l'horreur et de l'oppression comme par celles de la chronologie historique et littéraire, à un jeu de destruction qui se parachève d'une manière exacerbée dans le dénouement de Cœur du Monde.

Et, si Thomas Wingfield, le héros de La Fille de Montezuma, *qui poursuit sa vengeance en fuyant l'Angleterre des Tudor pour passer par l'Espagne de Charles Quint, et finir par participer activement à la défense de Mexico et de la Cité des Pins aux côtés des Aztèques, trouve enfin un répit en rentrant dans son pays où sa fiancée l'a attendu pendant plus de vingt ans, c'est parce qu'il doit rédiger ses mémoires sur ce qui s'est déroulé dans le Nouveau Monde, à l'intention de sa grande souveraine, Elizabeth Ire.*

Tel ne sera pas le cas des protagonistes de Cœur du Monde. *Car ce qui est mort est bien mort. Et l'on ne peut que lever un coin du voile sur ce qui s'est passé; seuls les honnêtes gens ont le droit de savoir la terrible fin des Aztèques et des Mayas et de leur civilisation. La cassure avec la rêverie romantique développée dans* She *et le thème de la réincarnation est manifeste dans ces deux œuvres. Le sang du sacrifice aztèque répandu par l'Espagnol cupide et haï coule dans les rigoles de l'Histoire, et l'on n'y changera rien.*

La Fille de Montezuma *que Rider Haggard commença de rédiger peu après son retour du Mexique, dès le 5 juin 1891, fut achevé le 3 septembre de la même année et publié en feuilleton dès le 1er juillet 1893.*

Mais, si ce roman apparaît comme l'un des plus puissants de l'auteur, il est bon de préciser, afin de mieux les rejeter, qu'il donna lieu à deux polémiques bien distinctes. On l'accusa d'avoir plagié Prescott, ce qui est faux. Toute l'invention romanesque est du pur Rider Haggard, seule l'étude historique de Prescott et son cadre intéressèrent l'écrivain qui s'était par ailleurs référé à d'autres sources historiques de l'époque. On lui chercha aussi querelle à propos d'une note dans laquelle il s'indignait de l'emmurement d'une jeune nonne qui avait trahi ses vœux au XVIe siècle.

Plusieurs thèmes communs forment la trame de cette trilogie des Civilisations Précolombiennes. Hormis celui de la mort des civilisations qui n'apparaît que d'une manière référentielle dans La Vierge du Soleil, *le thème du dieu blanc venu de la mer pour reconquérir son trône — on reconnaît ici le mythe de Quetzalcoatl qui permit à Cortez d'avancer plus facilement dans sa conquête du Mexique — tient une place précise dans les trois romans.*

Les conflits amoureux contrariés atteignent curieusement leur paroxysme dans la plus optimiste et la plus sereine des trois œuvres, La Vierge du Soleil, *où l'on voit l'Inca Kari reprocher avec une pointe de jalousie bien étrange, à l'Anglais, Hugues de Hasting, son vil attachement pour une vierge qui a trahi ses vœux, et qui causera, outre la perte d'une amitié immortelle, la destruction du héros, et fort probablement l'asservissement du peuple des Chancas sous les coups de l'expansionnisme inca.*

Dans ce dernier roman de la trilogie, le «happy-end» est modulé par une tragédie dont les éléments sont fournis dès l'introduction. L'idée de la fugacité du bonheur y est développée, mais les malheurs du héros (perte des êtres chers) ne seront pas présents dans la conclusion de l'histoire.

La quête du trésor qui domine extérieurement La Fille de Montezuma *appa-*

raît plus clairement dans Cœur du Monde *et très secondairement dans* La Vierge du Soleil.

Concernant Cœur du Monde *quelques considérations importantes sont à signaler.*

Rider Haggard fait dire au dernier descendant de Gautemoc: «Je m'expliquais maintenant pourquoi ces gens avaient un aspect si nonchalant et si las. Comment aurait-il pu en être autrement de ces hommes et de ces femmes à qui l'on avait enlevé toute initiative et toute émulation, auxquels aucune responsabilité n'incombait, et qui savaient ne devoir récolter d'autre fruit de leur labeur que la stricte ration à laquelle ils avaient droit.

«J'ai entendu dire, maintenant, qu'il existe des maîtres à penser qui préconisent un tel système pour toute l'humanité, mais, s'ils avaient vécu parmi le peuple du Cœur, où il a été puissamment institué depuis plusieurs siècles, je suis sûr qu'ils auraient cessé de répandre leur doctrine, car là, enfin, ce système n'assurait pas la promotion du bien-être de la race...»

On le voit l'auteur fait un rapprochement hardi entre les structures sociales du peuple de la Cité du Cœur, et par voie de conséquence de la société aztèque, et la montée des thèses collectivistes dans l'Europe du début du siècle. Plus tard, avec son ami Kipling, il se lancera dans une offensive politique sans discernement contre le bolchévisme et la révolution russe.

Au demeurant, Rider Haggard reprend la thèse de Prescott, l'aménage et imagine, suivant la légende de Quetzal, un peuple scindé en deux, dont une partie donnera naissance aux Aztèques et l'autre aux Mayas ou, plus précisément, au peuple de la Cité du Cœur.

Un autre aspect de Cœur du Monde *qu'il convient de souligner, c'est celui de la description précise d'une société secrète dans notre monde moderne, destinée à restaurer l'unité indienne et à chasser les envahisseurs espagnols. Cette société occulte est, semble-t-il, la seule créée par Rider Haggard.*

Mais ce roman a une place beaucoup plus importante qu'il n'y paraît dans l'œuvre de ce dernier. Il ne fait aucun doute que la Cité du Cœur est une transposition de l'ancienne cité de Tenochtitlan, la capitale des Aztèques, sur l'emplacement de laquelle est bâtie la Mexico actuelle. Cette cité perdue des Mayas va considérablement influencer des générations d'écrivains de Science-Fiction et de créateurs de bande dessinée.

Qu'on se souvienne des aventures de Brick Bradford, de Mandrake le Magicien, de Connie ou, plus proche de nous, de Tintin.

Et l'on verra que cette mythologie est tout droit issue de Cœur du Monde *prototype du Lost Race Novel.*

Il est bon de rendre à Rider Haggard ce qui lui appartient.

En conclusion, La Fille de Montezuma *apparaît comme les prémisses fabuleuses et historiques d'une variation sur l'imaginaire haggardien. La tragédie renaît et se répète, projection du passé dans un lointain futur, alors que la fin cataclysmique d'un monde symbolise, en même temps, la tragédie personnelle de l'écrivain. Théorie cyclique, enfin tempérée par l'apaisement procuré par l'oubli dû à l'écoulement du temps, et aussi, par le renouveau de l'éternel combat entre le bien et le mal.*

Charles Moreau

Dédicace

Mon Cher Jebb,

Aussi étranges que puissent être les aventures et les évasions de Thomas Wingfield contées dans les pages qui suivent, je crois que celles que vous avez récemment connues les valent presque. Et comme un sentiment commun nous a rapprochés, j'espère trouver, au moins chez vous, un accueil bienveillant. A vos côtés, j'ai pu voir les vestiges, les habitants, les volcans et les vallées de ce pays lointain où, poussé par son destin, Wingfield a combattu et connu l'amour. Vous faites même partie de ceux qui connaissent la cachette du trésor qu'il a aidé à enfouir il y a plus de trois siècles et demi, l'immense trésor que la mauvaise fortune nous a empêchés de chercher. Maintenant, les Indiens ont repris leur secret et aucune autre expédition ne pourra retrouver la dalle qui le dissimule, ni la lumière du jour briller sur la tête d'or de Montezuma. Qu'il en soit donc ainsi ! Les richesses sur lesquelles a pleuré Cortez, et pour lesquelles ont péché et sont morts ses Espagnols, sont maintenant dissimulées à jamais près des rives de ce lac amer dont les eaux ont fait resurgir pour vous cette antique horreur qu'est le véritable et toujours actif dieu du Sacrifice, trésor dont je ne regrette pas personnellement la perte.

Ce qui, en revanche, ne sera jamais perdu, et qui vaut bien pour moi toutes les pierres précieuses et tout l'or de Guatemozin, est le souvenir de cette amitié véritable qui s'est établie entre nous à l'ombre de la Femme Assoupie (1) et c'est par gratitude que je vous demande la permission de mettre votre nom dans un livre qui, si cela n'avait pas été pour vous, n'aurait jamais été écrit.

Je reste, mon cher Jebb, votre dévoué serviteur,

H. RIDER HAGGARD

Ditchingham, Norfolk, le 5 octobre 1892.

A J. Gladwyn Jebb, Esq.

NOTE

Harassé prématurément par une vie de labeur et d'aventures extraordinaires, Mr. Jebb nous a quittés le 18 mars 1893, emportant avec lui le respect et l'affection de tous ceux qu'il avait honorés de son amitié. L'auteur a appris avec plaisir que la lecture sur épreuves de ce roman, ainsi que sa dédicace, lui ont octroyé quelques moments de détente et de satisfaction au milieu de ses souffrances.

H.R.H.

Le 22 mars 1893.

(1) Le volcan Izticcihualt au Mexique.

Note

Parmi les noms aztèques, les plus imprononçables ont été raccourcis par l'auteur afin de ne pas abuser de la patience du lecteur; ainsi, «Popocatepelt» devient «Popo», «Huitzelcoatl» devient «Huitzel», etc. La prière incluse dans le chapitre XXVI est librement adaptée de la traduction française faite par Jourdanet de L'Histoire de la Nouvelle Espagne *de Bernardino de Sahagun, rédigée peu de temps après la conquête du Mexique (Livre VI, Ch. 5). L'auteur de ce roman est par ailleurs conscient de la dette qu'il a contractée envers cet ouvrage monumental ainsi qu'envers l'admirable livre historique de Prescott. De même, les prodiges ayant marqué la chute de l'Empire Aztèque, ainsi que nombre de faits inclus dans cette histoire (tels que l'incarnation annuelle du dieu Tezcatlipoca par un prisonnier d'une grande beauté, destiné à être ensuite sacrifié), sont pour la plupart historiquement vérifiables. Enfin, les nobles paroles de l'empereur Guatimozin, prononcées alors qu'il était torturé par les Espagnols, sont, elles aussi, authentiques.*

CHAPITRE PREMIER

Pourquoi Thomas Wingfield entreprend ce récit

Gloire soit rendue à Dieu qui nous a donné la victoire !

C'en est fait, cette fois, de l'Espagne et de sa puissance. Sa grande Armada, que l'on proclamait invincible, vient d'être détruite par notre marine et par les tempêtes ; des centaines et des milliers de ses soldats ont été engloutis dans les flots, et l'Angleterre, affranchie de la menace qui l'opprimait, peut enfin respirer librement.

Ils étaient venus pour nous conquérir, pour nous apporter la torture et le bûcher... Pour nous traiter, nous les libres Anglais, comme Cortez l'avait fait pour les Indiens d'Anahuac. Ils voulaient faire connaître l'esclavage à nos hommes, le déshonneur à nos filles, ils voulaient donner nos âmes à leurs prêtres et nos richesses à l'Empereur et au Pape ! Et Dieu leur a répondu par sa tempête et Drake par ses canons. Ils se sont évanouis et, avec eux, la gloire de l'Espagne !

Moi, Thomas Wingfield, ai appris la nouvelle aujourd'hui même sur la place du marché de Bungay, alors que j'y étais venu pour bavarder et vendre les pommes que ces affreux coups de vent avaient laissées sur mes arbres.

Des rumeurs étaient déjà parvenues jusqu'à nous auparavant. Elles nous furent confirmées par un homme du nom de Young — des Young de Yarmouth — qui avait servi sur l'un des navires de Yarmouth et avait participé à la bataille de Gravelines, avant de poursuivre les Espagnols vers le nord, jusqu'à ce que ceux-ci se perdent dans les mers d'Ecosse.

On dit que les petites choses font les grands événements mais il arrive que ce soit le contraire qui se produise. En effet, c'est à cause de ces nouvelles que moi, Thomas Wingfield, appartenant à la Loge et à la paroisse de Ditchingham, dans le Comté de Norfolk, et n'ayant plus beaucoup de temps à vivre en raison de mon grand âge, j'ai pris la plume. Il y a dix ans de cela, c'est-à-dire en 1578, Sa Majesté la reine Elisabeth, notre gracieuse souveraine, ayant entendu parler de moi et de la vie aventureuse que j'avais menée, daigna me convoquer en sa présence lors de son passage à Norwich, et me pria de lui conter tout ce qui m'était advenu durant les vingt années que j'avais passées parmi les Indiens lors de la conquête de leur pays par Fernand Cortez. Mais, juste avant que j'aie eu le temps de commencer mon récit, elle dut nous quitter pour aller chasser le cerf du côté de Cossey. Elle exprima alors le désir de me voir établir par écrit mon histoire pour qu'elle puisse la lire, en ajoutant que si elle se révélait ne serait-ce qu'à moitié aussi merveilleuse qu'elle promettait de l'être, je finirais mes jours avec un titre de noblesse. Je répondis à Sa Majesté que je n'étais guère doué pour la plume mais que je n'en garderais pas moins son souhait à l'esprit. Puis, je pris la liberté de lui offrir l'une des grandes émeraudes qui avait appartenu au magnifique collier de la fille de Montezuma et que tant d'autres princesses illustres avaient portées avant elle. A sa vue, ses yeux se mirent à briller car, comme tout le monde le sait, notre Reine adore ce genre de babiole coûteuse. Si je l'avais voulu, j'aurais pu alors gagner un titre contre cette pierre; mais, après avoir régné tant d'années sur un grand peuple, je n'avais en fait aucune envie de devenir un simple chevalier. Aussi embrassai-je la main royale, qui serrait la pierre avec tant de force que ses articulations en blanchissaient, puis je repartis le même jour vers ma demeure proche de la Waveney.

Le souhait de la Reine me resta en mémoire et j'ai toujours désiré m'y soumettre avant que la mort ne mette un point final à mon histoire. Mais c'était un bien grand labeur pour quelqu'un qui n'était pas préparé à une telle tâche. Cependant, maintenant que je suis si près de la mort, pourquoi m'effrayer encore de ce labeur? J'ai vu des choses qu'aucun Anglais n'avait jamais vues et qui méritent amplement d'être rapportées. J'ai vécu une existence des plus étranges et il a plu à Dieu de la préserver à de nombreuses reprises alors que tout semblait perdu. S'il a agi ainsi, c'est sans doute pour que la leçon profite à d'autres. Car il y a une leçon à tirer de tout ce à quoi j'ai pu assister: le mal n'engendrera jamais le bien et, qu'il soit entre les mains d'un homme ou d'un peuple tout entier, il finira toujours par retomber sur la tête de celui qui l'a imaginé et sur la main qui l'a mis en application.

Prenons par exemple Cortez, cet homme que j'ai connu revêtu de la puissance d'un dieu. J'ai entendu dire qu'il était mort en Espagne, voici presque quarante ans, dans la disgrâce et la pauvreté. Et j'ai également appris que son propre fils, Don Martin, avait été torturé dans la cité même que son père avait conquise, avec quelle cruauté, pour le compte de l'Espagne. Quant à Malinche, celle que les Espagnols avaient appelée Marina et qui était la première des femmes de ce même Cortez, elle fut donnée en mariage à Don Juan Xaramillo, abandonnée par le grand conquérant malgré tout ce qu'elle avait fait pour lui et pour ses soldats. Et son amour pour Cortez plongea son pays dans la désolation; car, sans son aide, jamais Tenoctitlan (Mexico) n'aurait plié sous le joug de l'Espagne. Oui, sa passion a fait perdre son honneur à cette femme. Et qu'en a-t-elle tiré? Quelle fut sa récompense pour sa traîtrise? Une fois que sa beauté fut fanée, elle fut donnée à un autre homme, de moindre rang, comme une bête fatiguée que l'on revend à un paysan trop pauvre pour pouvoir s'en offrir une de premier choix.

Prenons également le destin des grands peuples du pays d'Anahuac. Ils firent le mal pour s'attirer les bonnes grâces du ciel. Ils sacrifièrent des milliers de personnes à leurs faux dieux pour qu'augmentent leurs richesses et que s'étendent la paix et la prospérité sur leur pays pour les générations à venir. Et maintenant, le vrai Dieu leur avait répondu. En guise de richesse, ils eurent la désolation, en guise de paix, l'épée de l'Espagnol et en guise de prospérité, le chevalet, la torture et l'esclavage. Voilà à quoi ont mené les sacrifices de leurs propres enfants sur les autels de Huitzel et de Tezcat...

Quant aux Espagnols eux-mêmes qui, au nom de la pitié n'ont commis que des crimes encore plus grands que ceux des Aztèques ignares et qui n'ont fait que violer à l'extrême les Commandements du Christ qu'ils devaient faire respecter, qu'est-il advenu d'eux? Ont-ils prospéré suite à leurs actes impies? Je ne suis qu'un vieillard qui ne vivra pas assez longtemps pour répondre à cette question. Cependant, je sais que leur méchanceté leur retombera sur la tête. Il me semble déjà voir en eux, ceux-là même qui formaient le peuple le plus orgueilleux de la terre, une nation dépossédée de tout honneur et de toute puissance, un pays famélique vivant uniquement sur le souvenir de sa gloire passée. Ce que Drake a commencé à Gravelines, Dieu le finira en d'autres temps et d'autres lieux, jusqu'à ce que l'Espagne ne compte plus et soit tombée aussi bas que l'est aujourd'hui l'Empire de Montezuma.

Voilà ce que le monde entier doit savoir. Le Ciel a eu pitié de moi en me donnant le temps de me repentir de mes péchés. Et pourtant, j'ai dû payer ces péchés, moi qui m'étais octroyé le droit divin de la vengeance. C'est pour cela que je souhaite mettre sur le papier l'histoire de ma vie, afin que cela serve de leçon aux autres. Cela faisait longtemps que j'avais cette idée en tête bien que, pour dire la vérité, ce soit Sa Majesté la Reine qui l'a fait germer en moi. Mais il a fallu attendre ce jour où j'ai eu la certitude du destin de l'Invincible Armada, pour que ce germe se mette à grandir et, qui sait, à prospérer suffisamment pour devenir une fleur. Ces nouvelles m'ont étrangement agité et ont fait renaître en moi le souvenir de ma jeunesse, de mes amours, de mes guerres et de mes aventures passées, du temps où je me battais aux côtés de Guatemozin et du peuple des Otomies contre ces mêmes Espagnols. En fait, il me semble maintenant, comme c'est souvent le cas avec les vieillards, que c'est dans le passé qu'a eu lieu ma vraie vie et que tout le reste n'est rien d'autre qu'un rêve.

Par la fenêtre de la pièce où j'écris ces lignes, j'aperçois la paisible vallée de la Waveney avec, au-delà, les pentes couvertes d'ajoncs en fleur, le vénérable château démantelé et les toits rouges du gros bourg de Bungay, pressés autour du clocher de l'église de Saint-Mary. Plus loin encore s'étendent les forêts royales et les terres de l'Abbaye. A droite, se dresse le coteau abrupt où verdoient les chênes d'Earsham ; à gauche, on aperçoit les gras et marécageux pâturages de Beccles et de Lowestoft tout parsemés de bestiaux, et enfin, derrière moi, mes jardins et mes vergers se superposent en terrasses sur le flanc de la colline herbeuse, jadis plantée de vignes et que l'on continue aujourd'hui encore à appeler le Vignoble du Comte.

Tel est le décor qui m'environne, et malgré cela, en ce moment, c'est pour moi comme si rien n'existait, car au lieu de la vallée de la Waveney, c'est le vallon de Tenochtitlan que je vois ; au lieu des pentes couvertes d'ajoncs, ce sont les neigeux contours des volcans Popocatépetl et Iztac ; au lieu du clocher de Bungay, les géantes pyramides des sacrifices, où brûle le feu sacré ; au lieu des pacifiques bestiaux à l'engrais, la cavalerie de Cortez, lancée au galop de charge.

Voilà que cela me revient ; c'était ma vie et le reste n'est qu'un rêve. Une fois de plus, je me sens soudain redevenu jeune et si on m'en donne le temps, je vais essayer de tracer sur le papier toute l'histoire de ma jeunesse avant d'aller me coucher dans notre cimetière pour un dernier sommeil rempli de rêves. J'avais commencé à l'écrire il y a bien longtemps, mais jusqu'à ce que ma chère épouse meure à Noël dernier, je m'étais convaincu qu'il valait mieux laisser dormir mes souvenirs. En effet, ma femme m'a aimé comme bien peu d'hommes, je crois, peuvent se vanter de l'avoir été. Et pourtant, il existait dans mon passé de quoi la rendre jalouse, même si elle m'avait pleinement pardonné. Car son cœur était dévoré par un chagrin secret dont elle ne parlait jamais. Le seul enfant que nous ayons jamais pu avoir mourut en bas âge. Et elle savait que, de l'autre côté des mers, j'avais eu des enfants d'une autre femme que j'avais aimée, des enfants qui étaient morts depuis longtemps mais dont je continuais à chérir le souvenir. Cette pensée lui déchirait le cœur. Elle m'avait pardonné d'avoir été le mari d'une autre femme mais, que celle-ci ait pu me donner des enfants que j'étais incapable d'oublier la plongeait dans une grande tristesse, elle qui était maintenant stérile. J'avoue que, étant un homme, je serais incapable d'expliquer les mystères du cœur d'une femme aimante. C'était ainsi, voilà tout. Il nous arriva même une fois de nous quereller à ce sujet et ce fut l'unique dispute qui éclata jamais entre nous.

Alors que nous n'étions mariés que depuis deux ans et que notre bébé venait juste d'être enterré dans le cimetière de la paroisse de Ditchingham, il m'arriva par hasard de faire un rêve extrêmement net, alors que je dormais aux côtés de ma femme. Je rêvai que mes quatre enfants morts venaient à moi comme ils l'avaient fait souvent lorsque j'étais le souverain du peuple des Otomies, pour m'apporter des fleurs, me parler et me baiser les mains. Le plus grand d'entre eux portait dans ses bras le corps de l'aîné qui avait péri lors du grand siège. J'étais fier de leur force et de leur beauté et il me sembla que, dans mon rêve, un grand chagrin avait quitté mon cœur, sans doute parce que je voyais reparaître devant moi des êtres perdus que j'avais chéris. Quelle misère que ces rêves qui se moquent de nous en nous rendant, pour un instant seulement, les êtres aimés emportés par la mort, pour nous laisser ensuite en proie à un chagrin encore plus terrible !

Dans mon rêve, je conversais avec mes enfants en les appelant chacun par leur nom et lorsque je finis par me réveiller et par découvrir le vide qui m'entourait, je ne pus m'empêcher de sangloter tout haut. C'était au petit matin et la lumière du mois d'août filtrait par la fenêtre de notre chambre. Toujours perdu dans l'ombre de mon rêve, je crus que ma femme dormait encore et je continuai à murmurer les noms de ceux que je ne reverrai jamais plus. Par malheur, mon épouse était en fait réveillée et avait entendu chacune de mes paroles pendant mon sommeil et après. Et bien qu'une partie de cette conversation avec les morts ait été en Otomie, la plus grande partie avait été prononcée en anglais. Ma femme connaissait le nom de mes enfants et elle n'avait eu aucun mal à deviner la teneur de cette conversation. Soudain, elle sauta du lit et se dressa au-dessus de moi. Jamais je n'avais vu une telle colère dans ses yeux et jamais je n'en revis de semblable. Sa fureur ne dura pas longtemps et fut remplacée par un flot de larmes.

— Qu'est-ce qu'il y a, femme? demandai-je sur un ton stupéfait.

— Il m'est pénible d'avoir à supporter les paroles qui franchissent tes lèvres, me répondit-elle. N'est-ce pas assez que, quand tout le monde te croyait mort, j'aie usé ma jeunesse à être fidèle à ton souvenir alors que tu sais aussi bien que moi combien tu l'as peu été au mien. Est-ce que je t'ai jamais reproché de m'avoir oubliée et d'avoir épousé une sauvage d'un pays lointain?

— Jamais, ma chère femme. Et je ne t'avais pas oubliée. Mais je me demande bien ce qui peut encore te rendre jalouse alors que tout ceci n'appartient plus qu'au passé...

— Et pourquoi ne pourrait-on pas être jaloux des morts? On peut tenir tête aux vivants mais que peut-on faire contre l'amour que la mort a sublimé en le scellant pour toujours dans l'immortalité? Je t'avais pardonné pour cette femme car, avant d'être à elle, tu avais été à moi, sans compter que je t'ai repris après. Mais avec les enfants, c'est différent. Ils n'appartiennent qu'à toi et à elle. Je n'ai rien à voir avec eux et qu'ils soient morts ou vivants, je sais bien que tu les aimeras toujours, même au-delà de la tombe, si tu en trouves le moyen. Moi qui ai attendu vingt ans avant de devenir ta femme, je suis devenue vieille et incapable de te donner d'autres enfants. Le seul que j'ai porté a été repris par Dieu, de peur que je sois trop heureuse. Et pourtant, tu n'as pas prononcé son nom avec ceux des autres. Je sais maintenant à quel point mon bébé mort t'importe peu...

Là, elle se mit à sangloter et à éclater en larmes. Je ne crus pas bon de lui répondre qu'il existait en effet une différence. Car, à l'exception d'un seul, j'avais perdu tous ces enfants quand ils étaient devenus presque des adolescents alors que le bébé qu'elle m'avait donné, elle, n'avait pas survécu plus de deux mois.

Lorsque la Reine me demanda de consigner sur le papier le récit de ma vie, je me souvins alors de cet éclat de mon épouse bien-aimée. Je compris qu'il me serait impossible d'écrire une histoire véridique sans parler de celle qui fut aussi mon épouse, Otomie, Princesse des Otomies et fille de Montezuma, ainsi que des enfants qu'elle me donna, et je laissai donc tomber toute l'affaire. Car je savais bien que, même si nous n'en n'avions parlé que très rarement durant les années passées ensemble, ce sujet n'avait jamais quitté l'esprit de Lily. Sa jalousie ne diminua aucunement avec l'âge et ne fit au contraire que s'accroître au fil des ans.

Quant à entreprendre mon travail en cachette, il n'y fallait point songer, car, même en ses derniers temps, ma chère compagne ne cessa jamais de m'épier étroitement, et elle avait toujours le don de deviner jusqu'à mes plus intimes pensées.

Nous vieillîmes donc ensemble, paisiblement, en ne parlant presque jamais de ce grand trou dans ma vie, durant lequel nous avions été perdus l'un pour l'autre. Puis vint la fin. Ma femme mourut subitement en dormant, au cours de sa quatre-vingt-septième année. Je la fis enterrer près du côté sud de notre église. J'éprouvai du chagrin, mais pas un chagrin inconsolable car je savais que je n'allais pas tarder à la rejoindre, ainsi que tous ceux que j'avais chéris auparavant.

Dans ces cieux immenses m'attendent ma mère, mon père, ma sœur et mes fils; s'y trouvent aussi mon ami le grand Guatemozin, le dernier des empereurs Aztèques ainsi que bien d'autres compagnons de combat; sans parler de la belle et fière Otomie, même si elle n'y croyait pas. En ce paradis où j'espère être admis malgré tous les péchés de ma jeunesse et les erreurs de ma vieillesse, il est dit que les liens du mariage sont dissous; ce qui est fort bien car je me demande si, dans le cas contraire, mes deux épouses, la fille de Montezuma et la douce dame anglaise, auraient pu s'y entendre.

Et maintenant, il est temps pour moi de me mettre au travail.

CHAPITRE II

Les origines de Thomas Wingfield

Moi, Thomas Wingfield, suis né, ici, à Ditchingham, dans cette même pièce où je suis en train d'écrire. Ma maison natale fut construite au début du règne d'Henry VII. Cependant, bien avant cela, une petite maison se trouvait là, dans laquelle vivait le gardien du vignoble, maison connue sous le nom de la Loge du Jardinier. Peut-être était-ce dû à un meilleur climat ou à un meilleur entretien mais, en ce temps-là, celui du Vicomte Bigod, tout le coteau situé audessous de la maison était couvert de vignoble. Il y a bien longtemps que les vignes ont disparu de ce bout de terre qui s'étend entre la maison et une source dite miraculeuse qui bouillonne à un demi-mile de là et dans les eaux de laquelle viennent, de Norwich même ou de Lowestoft, se baigner des malades. Bien abrités des vents d'est, les jardins y fleurissent deux semaines avant les autres et on peut s'y asseoir sans manteau au cœur du mois de mai le plus frais qui soit alors que, à deux cents pas de là, en haut de la colline, une veste en peau de loutre ne suffirait pas pour se réchauffer.

La Loge, puisque c'est ainsi qu'on l'appelle depuis toujours, simple ferme à l'origine, fait face au sud-ouest et est construite si bas qu'on pourrait la penser n'être pas à l'abri de l'humidité de la Waveney, laquelle traverse des marécages non loin de là. Mais ce n'est pas le cas, même si le brouillard l'entoure au crépuscule et si, lors des grandes crues, l'eau parvient à monter jusqu'aux étables. En effet, qu'elle soit bâtie sur du gravier et du sable en a fait l'habitation la plus saine de toute la paroisse. Pour le reste, la maison est à colombage et en brique rouge. Elle a un air pittoresque, avec ses nombreux coins et pignons à moitié cachés en été par les rosiers et autres plantes grimpantes. C'est là que je suis né et là que, probablement, je mourrai. Maintenant, le moment est venu de parler de mes ancêtres.

Tout d'abord, je voudrais préciser avec une certaine fierté que je descends de la famille des Wingfield de Wingfield Castle, dans le Suffolk, château qui se trouve à deux heures de cheval d'ici. Voici longtemps, l'héritière des Wingfield épousa un De la Pole, une famille qui s'illustra dans l'histoire de notre pays Le dernier des Wingfield, Edmund, Vicomte de Suffolk, fut décapité dans ma jeunesse pour trahison et le château passa aux De la Pole. Mais il restait quelques rejetons des Wingfield et c'est à leur sang que j'appartiens. Mon grand-père était un homme avisé et plus un gros fermier qu'un véritable propriétaire terrien, bien qu'il fût de noble naissance. C'est lui qui acheta la Loge et les terres qui l'entourent. Il parvint à réunir une petite fortune grâce à de bons mariages et en faisant le commerce du bétail. Bien qu'il se soit marié, deux fois, il n'eut qu'un seul fils.

D'une dévotion frisant le fanatisme, il avait voulu à toute force, bien qu'il n'eût qu'un seul enfant, que son fils embrassât la carrière religieuse. Mais ni les exhortations, ni les remontrances, ni même les coups n'avaient pu prévaloir contre mon père, qui ne se sentait aucun goût pour l'existence monacale, et ce n'est que contraint et forcé qu'il se résigna à entrer au Prieuré de Bungay, selon la volonté de mon inflexible aïeul. Son séjour y fut bref, d'ailleurs, car, dès la fin de la première année, le prieur demanda à ses parents de le reprendre, en raison de sa conduite. Le prieur raconta que mon père ne se contentait pas de se sauver la nuit pour aller s'enivrer dans les auberges mais avait en outre l'audace de se moquer ouvertement des doctrines du Christ, allant même jusqu'à dire qu'il n'y avait rien de sacré dans la représentation de la Vierge Marie qui trônait dans l'église.

— Je vous demande donc d'emmener votre fils, avait dit le prieur, et de le laisser trouver une autre route pour le bûcher que celle qui passe par les portes du Prieuré de Bungay.

En entendant cela, mon grand-père entra dans une si violente colère qu'il faillit faire une attaque d'apoplexie. Lorsqu'il s'en remit, il pensa sérieusement se servir de son bâton de houx contre mon père mais celui-ci, qui venait d'avoir dix-neuf ans et était de bonne carrure, le lui arracha des mains et l'envoya promener à cinquante yards de là en disant que plus personne ne le toucherait serait-il cent fois son père. Puis il s'en alla, laissant son père et le prieur se regarder dans le blanc des yeux.

Pour conclure rapidement, j'ajouterai que mon grand-père et le prieur s'accordèrent à penser que l'obstination de mon père était en grande partie due à la passion que ce dernier avait conçue pour une femme d'humble naissance, la fille d'un meunier qui habitait à Waingford Mills. On n'a jamais su si c'était vrai, mais cela n'a pas grande importance dans la mesure où la fille en question épousa un boucher à Beccles et mourut au bon âge de quatre-vingt-quinze ans. En tout cas, vrai ou faux, mon grand-père crut au conte et, sachant que l'absence est le plus sûr médicament contre l'amour, il s'entendit avec le prieur pour faire envoyer mon père dans un monastère de Séville, en Espagne, dirigé par le propre frère du prieur. Ceci afin de lui apprendre à oublier la fille du meunier et toutes les autres choses de ce bas monde.

Contrairement à leur attente, mon père se prêta de bonne grâce à cette nouvelle combinaison, mais ce n'était qu'une feinte, car, bien qu'animé d'un vif désir de connaître le monde, il estimait qu'il était malaisé de le bien apprécier entre les quatre murs d'une cellule monacale. En fin de compte, il quitta le pays avec un groupe de moines espagnols venu jusqu'à Norfolk pour faire un pèlerinage au tombeau de Notre-Dame de Walsingham.

Il a été dit que mon grand-père pleura lorsqu'il dut se séparer de son fils, certain de ne plus jamais le revoir. Cependant, sa ferveur religieuse, ou plutôt sa superstition, était telle qu'il n'hésita pourtant pas à l'envoyer à l'étranger, sans autre raison valable que de pouvoir se mortifier en dédiant son fils à un sacrifice digne de celui d'Abraham. Mais, même si, à l'image d'Isaac, mon père parut être consentant, ce n'était qu'une façade, car, comme il me le révéla plus tard, ses plans personnels étaient déjà prêts.

Dix-huit mois après son embarquement à Yarmouth, une lettre écrite par l'abbé de Séville à son frère le prieur de Sainte-Marie à Bungay, annonça que mon père s'était enfui du monastère et avait disparu sans laisser de traces. Mon grand-père fut chagriné par ces nouvelles, mais resta pratiquement muet sur cette affaire.

Deux années supplémentaires passèrent avant que d'autres nouvelles lui parviennent. Cette fois, on apprit que mon père avait été capturé et remis au Saint-Office, comme on appelait alors l'infâme Inquisition, qui l'avait soi-disant fait torturer à mort à Séville. Lorsque mon grand-père l'apprit, il se mit à pleurer, se maudissant d'avoir forcé à la carrière religieuse quelqu'un qui n'y avait aucun goût et d'avoir ainsi causé la perte de son unique enfant. Après quoi, il rompit son amitié avec le prieur de Sainte-Marie et cessa ses dons au Prieuré. Jusqu'à sa mort, qui survint deux ans plus tard, il ne crut jamais réellement au décès de son fils, parlant de lui comme s'il était vivant et lui laissant l'héritage de ses terres comme s'il allait revenir.

Il apparut en fin de compte que cette obsession n'était pas si démente que cela. En effet, trois ans après sa mort, arriva au port de Yarmouth un homme qui n'était autre que mon père, qui était donc resté environ huit ans absent. Il ramenait avec lui une épouse, une jeune et belle dame qui devint par la suite ma mère. C'était une Espagnole de sang noble, née à Séville, et dont le nom de jeune fille était Doña Luisa de Garcia.

Ce qu'avait été l'existence de mon père durant ces huit années d'absence, je ne pourrais le dire au juste, car il se montra toujours d'une réserve extrême à ce sujet. Je sus seulement qu'il était réellement tombé entre les mains du Saint-Office. Alors que nous étions un jour en train de nous baigner dans un coude de la Waveney, à trois cents yards de la maison, je m'aperçus, en effet, que ses bras et sa poitrine étaient couverts de longues cicatrices blanches. Je lui demandai d'où elles provenaient et je me souviens encore parfaitement avoir vu la rage envahir son visage au moment où il me répondit, se parlant en fait à lui-même plus qu'à moi.

— Des démons ! dit-il. Des démons envoyés par le maître de tous les démons qui vivent sur terre et en enfer. Ecoute-moi, mon fils, il existe un pays appelé l'Espagne, où est née ta mère et où ces démons torturent des hommes et des femmes, et les brûlent vivants au nom du Christ ! J'ai été livré à eux par celui que j'appelle le maître de ces démons. Et pourtant, il est mon cadet de trois ans. Ce sont leurs pinces et leurs fers rouges qui m'ont fait ces marques. Si je n'étais pas parvenu à leur échapper grâce à ta mère, ils m'auraient fait brûler vif... mais de telles histoires ne sont pas pour les enfants. En tout cas, Thomas, n'en parle jamais à quiconque car le Saint-Office a le bras long. Tu es à moitié espagnol, Thomas, ta peau et tes yeux sont assez éloquents. Mais quoi qu'ils disent, fais toujours en sorte que ton cœur proclame le contraire. Ton cœur doit être et rester anglais ! Ne laisse jamais y pénétrer quelque diablerie étrangère. Je veux que tu haïsses à l'avenir tous les Espagnols, à l'exception de ta mère ! Mais veille toujours à ce que son sang ne supplante pas le mien dans tes veines...

J'étais alors un enfant et je ne compris guère ce qu'il me disait. En revanche, bien plus tard, j'eus amplement l'occasion de réaliser ce que mon père avait voulu dire. Quant au conseil de maîtriser mon sang espagnol, je sais que j'aurais dû toujours le suivre car c'est de lui qu'ont jailli en moi tous mes pires défauts. De lui sont venues mon obstination quelque fois aveugle et cette capacité de ressentir la haine qui a tant coûté à ceux qui m'avaient fait du mal. J'ai fait tout ce que j'ai pu pour surmonter ces défauts, et bien d'autres, mais malgré tous nos efforts, il est quelquefois impossible de juguler ce qui est au plus profond de notre chair, comme j'eus l'occasion de m'en rendre compte à plusieurs reprises.

Nous étions trois enfants. Il y avait Geoffrey, l'aîné, moi et ma sœur, ma cadette d'un an et l'enfant la plus adorable qu'il m'ait été donné de rencontrer. Nous étions heureux et notre beauté faisait la fierté de nos parents, et l'envie de ceux des autres enfants. Des trois, c'était moi qui avais le teint le plus sombre, sombre à en être basané. Chez Mary, le sang espagnol ne se retrouvait que dans ses yeux de velours et dans la teinte de ses joues. Lorsque mon père n'était pas là, ma mère avait l'habitude de m'appeler «son petit Espagnol», tellement j'étais basané. Elle n'avait jamais réussi à bien parler anglais, pourtant mon père n'aurait jamais souffert qu'elle parlât une autre langue devant lui. Mais quand il était absent, elle parlait espagnol et je devins le seul de la famille à maîtriser ce langage. Les livres de vieilles romances espagnoles qu'elle avait gardés m'aidèrent plus que toute autre chose. Dès mon plus jeune âge, j'avais toujours adoré ces contes et c'est en me promettant que je pourrais un jour les lire moi-même qu'elle m'avait convaincu d'apprendre l'espagnol. Car le cœur de ma mère se languissait pour son vieux pays ensoleillé et il lui arrivait souvent de nous en parler quand nous étions enfants, surtout durant ces hivers qu'elle haïssait autant que moi. Une fois, je lui demandai si elle avait envie d'y retourner. Elle frissonna et me répondit que non, car, là-bas vivait quelqu'un qui était son ennemi juré et qui la tuerait ; et puis, son cœur était avec nous tous. Je me demandai alors si cet homme qui voulait tuer ma mère n'était pas le même que mon père appelait «le maître des démons». Je ne pus que lui répondre que personne ne pourrait penser à tuer quelqu'un d'aussi bon et beau qu'elle.

— Ah, mon garçon, répondit-elle, c'est justement parce que je suis, ou plutôt parce que j'étais belle qu'il me hait. Bien d'autres que ton cher père auraient voulu m'épouser..., ajouta-t-elle pendant que son visage se troublait comme sous l'effet de la peur.

Un certain soir de mai, alors que je venais d'atteindre l'âge de dix-huit ans et demi, il advint qu'un ami de mon père, le squire (1) Bozard, qui revenait de Yarmouth, entra en passant à la «Loge», et tout en causant raconta qu'il avait vu, ancré dans ce port, un navire espagnol, chargé de marchandises. Mon père aussitôt dressa l'oreille et demanda quel en était le capitaine. Le squire Bozard répondit qu'il ignorait son nom, mais qu'il l'avait vu sur la place du marché, et que c'était un homme de haute taille, de belle prestance et richement vêtu, qui avait le visage agréable et portait une cicatrice à la tempe.

En entendant cela, ma mère devint toute pâle et murmura en espagnol:

— *Madre de Dios!* pourvu que ce ne soit pas lui!

Mon père aussi paraissait effrayé, et se mit à poser mille questions au squire sur l'aspect que présentait cet homme; mais, voyant qu'il ne pouvait obtenir de lui d'autres détails, il lui dit adieu sur l'heure sans plus de cérémonie et partit lui-même à cheval à Yarmouth.

Ma mère ne dormit pas cette nuit-là. Elle resta jusqu'au matin dans un fauteuil à ruminer je ne sais quoi. Je la retrouvai en me levant telle que je l'avais laissée en allant au lit. Je me souviens encore de son visage blême quand je la découvris au petit matin, le regard fixé sur les croisillons de la fenêtre.

— Vous vous êtes levée de bonne heure, ma mère, lui dis-je.

— Je ne me suis même pas mise au lit, Thomas, me répliqua-t-elle.

— Mais pourquoi? Que craignez-vous?

— Je crains le passé et l'avenir, mon fils. Plût au ciel que ton père fût de retour!

Ce matin-là, vers dix heures, alors que je me préparais à me rendre à Bungay, chez ce physicien où mon père m'envoyait pour apprendre l'art de la médecine, mon père rentra. Ma mère, qui le guettait à la fenêtre, courut aussitôt à sa rencontre.

Sautant à bas de son cheval, il la prit entre ses bras et s'écria:

— Soyez rassurée, ma douce, ce ne peut être lui. L'homme dont il s'agit porte un autre nom.

— Mais l'avez-vous vu? demanda-t-elle.

— Non, il était remonté sur son navire pour la nuit, et sachant dans quelles transes vous étiez, je suis vite revenu vous prévenir.

— Il est fort regrettable que vous ne l'ayez point vu, mon ami. Qui sait s'il n'a pas pris un autre nom?

— Ma foi, je n'avais pas songé à cela, ma douce. En tout cas, ne vous effrayez point pour cela. Si c'est lui, et s'il a l'audace de mettre le pied sur la paroisse de Ditchingham, il trouvera à qui parler; mais je suis bien certain que ce n'est point lui.

— En ce cas, rendons-en grâces au ciel! s'exclama ma mère.

Et ils se mirent tous deux à causer à voix basse. Voyant que j'étais de trop, je pris mon bâton pour m'en aller, mais j'avais à peine fait quelques pas que ma mère me rappela.

— Embrasse-moi avant de partir, Thomas. Tu dois te demander ce que tout cela signifie? Prends patience: un jour, ton père te l'apprendra. Il s'agit d'une

(1) Gentilhomme campagnard.

ombre par laquelle, durant des années entières, ma vie fut attristée. Dieu veuille qu'elle ne se dresse jamais à nouveau sur mon chemin !

— Si c'est un homme qui en est la cause, il fera bien de se méfier de ceci ! m'écriai-je en riant et en brandissant mon solide gourdin.

— C'est un homme, répondit-elle, qu'il faut combattre avec autre chose que des coups, Thomas. Rappelle-t'en si jamais tu dois le rencontrer un jour.

— C'est possible, mère, mais c'est en fin de compte le meilleur argument, car même le plus rusé des hommes a une vie à perdre.

— Tu es trop prompt à faire usage de ta force, mon fils, me dit-elle en souriant et en m'embrassant. Rappelle-toi le vieux dicton espagnol : « Qui frappe le dernier, frappe le plus dur. »

— Vous oubliez, ma mère, qu'il y en a un autre : « Frappe avant que l'on ne te frappe, » repartis-je, et je m'en fus.

Au tournant du sentier, j'éprouvai, je ne sais pourquoi, le besoin irrésistible de me retourner. Ma mère était debout sur le seuil de la porte, encadrée par les fleurs des plantes grimpantes qui couvraient la maison. Selon la coutume de son pays, dont elle ne s'était jamais départie, elle portait sur la tête une mantille de dentelle blanche et d'où j'étais, cela me fit soudain penser, je ne sais pourquoi, à un enterrement. Cette idée me fit tressaillir et je fixai son visage. Elle me regarda avec des yeux tristes et terriblement sérieux qui semblaient remplis par une pensée d'adieu.

Je ne devais plus jamais la revoir avant sa mort.

CHAPITRE III

L'arrivée de l'Espagnol

Il me faut revenir à ma propre histoire. Comme je l'ai déjà dit, mon père souhaitait me voir devenir docteur. Depuis que j'étais revenu de l'école de Norwich, à l'âge de seize ans, j'avais étudié la médecine sous la direction du docteur qui pratiquait cet art dans les environs du Bungay. C'était un homme à la fois fort savant et fort honnête, du nom de Grimstone, et je fis d'excellents progrès avec lui. En fait, je finis par savoir tout ce qu'il était en mesure de m'apprendre et, mon père s'était mis dans l'idée de m'envoyer à Londres afin que j'y poursuive mes études, dès que j'aurais atteint mes vingt ans, c'est-à-dire cinq mois après le jour où arriva l'Espagnol.

Mais le destin voulut que je n'aille pas à Londres.

Car la médecine n'était pas la seule de mes préoccupations à cette époque ; j'en avais une autre qui était pour le moins aussi importante. Le squire Bozard, celui-là même qui avait annoncé à mon père l'arrivée du navire espagnol, possédait deux enfants : un fils et une fille, Lily, qui était de mon âge.

Les Bozard ont depuis disparu du pays, ma petite-nièce, seule héritière de ce fils, étant mariée et ayant donc changé de nom...

Nos deux familles étant amies, nous autres, les enfants, avions toujours vécu et joué ensemble, de sorte qu'il me serait fort difficile de préciser à quel moment je devins amoureux de Lily et à quel moment elle devint amoureuse de moi. Tout ce que je sais, c'est que le jour où je fus obligé de quitter la maison pour commencer mes études à Norwich, cela me causa un chagrin immense de la quitter, et que lorsque je revins, nous éprouvâmes une joie délicieuse à nous revoir, avec cette différence que Lily devint de jour en jour plus timide et ne tarda pas à m'intimider moi-même prodigieusement parce que je me rendis compte qu'elle avait cessé d'être une enfant pour devenir une femme. Néanmoins, nous continuions à nous voir fréquemment et toujours, bien que sans nous l'avouer, avec un plaisir extrême.

Le squire Bozard, cependant, n'envisageait pas très favorablement cette inclination que nous éprouvions l'un pour l'autre, non pas que je lui déplusse, mais parce qu'il eût préféré voir Lily épouser mon frère aîné Geoffrey, qui, de par la loi anglaise, devait hériter de tous les biens de mon père, et non un cadet comme moi, qui devrait travailler pour vivre. Il en résulta que nos entrevues devinrent moins fréquentes et plus difficiles, et qu'il se créa entre mon frère et moi un désaccord qui devint petit à petit du ressentiment, ainsi qu'il arrive généralement en pareil cas. Geoffrey étant, pour sa part — comme quiconque l'eût été à ma place, tant elle était jolie —, aussi amoureux de Lily que je l'étais moi-même.

A cette époque, j'étais encore plutôt jeune et il peut sembler bizarre que j'aie ressenti de tels sentiments. Mais le sang jeune est chaud par définition et le fait que le mien soit à moitié espagnol m'avait donné une certaine avance de maturité par rapport aux Anglais pur-sang, toujours dans l'adolescence à cet âge-là. En effet, le sang et le soleil qui fait mûrir celui-ci sont des facteurs importants, comme j'ai pu souvent le constater chez les Indiens d'Anahuac, qui, à quinze ans n'hésitent pas à prendre des épouses de douze ans à peine. Donc, à dix-huit ans, j'étais sûr de pouvoir éprouver un grand et unique amour susceptible de durer toute ma vie. L'histoire de ma vie démontrera le contraire et je tiens maintenant pour vrai qu'un homme peut, en réalité, aimer plusieurs femmes, tout en préférant largement l'une d'entre elles, restant ainsi fidèle à la loi qu'il a cessé de suivre à la lettre.

A l'âge de dix-neuf ans, j'étais devenu un homme et, cela dit sans fausse modestie, plutôt de belle prestance. Je n'étais pas vraiment très grand, avec mes cinq pieds et neuf inches et demi, mais j'étais bien proportionné et large d'épaules. Mes cheveux étaient d'un noir de jais (et le sont restés malgré quelques mèches blanches), ainsi que mes yeux. J'étais d'un tempérament réservé et assez porté sur la gravité et la tristesse, en fait bien plus porté à écouter qu'à parler. Je soupesais toujours les choses avant de me faire une idée sur elles. Mais une fois que je m'étais décidé, rien n'aurait pu me faire changer d'avis, même la mort, que j'aie choisi la voie de la sagesse ou non. A cette époque, la religion ne m'attirait guère, à la fois en raison des enseignements secrets de mon père et par mes propres réflexions qui m'avaient appris à me méfier de la doctrine de l'Eglise. La jeunesse est encline à ne pas faire de détails et à rejeter un corps complet d'idées uniquement parce qu'une partie d'entre elles s'est révélée erronée. C'est ainsi, qu'à ce moment-là, je croyais sincèrement que Dieu n'existait pas, parce que les prêtres ne cessaient d'affirmer que la Vierge de Bungay pleurait et accomplissait d'autres miracles encore, alors que je savais parfaitement que c'était faux. Aujourd'hui, je sais que Dieu existe bel et bien, car, en vérité, qui peut affirmer le contraire après avoir examiné le déroulement de sa propre vie et vu les innombrables occasions où l'ombre du Ciel s'est posée sur elle...

Or, en ce triste jour dont il me faut parler, je savais que Lily devait aller se promener seule sous les grands chênes du parc de Ditchingham Hall. A cet endroit, qu'on appelle Grubswell, poussaient, et poussent encore des buissons d'aubépines qui sont toujours les premiers à fleurir dans la région. Lorsque nous nous rencontrâmes sous le porche de l'église, Lily me dit qu'elle avait l'intention d'aller les cueillir le mercredi suivant, lorsqu'ils seraient en fleur. Je remarquai alors que, si elle avait fait cette déclaration devant tout le monde, elle avait pourtant attendu que mon frère Geoffrey soit assez éloigné pour ne pas l'entendre. Je vis le regard que me lançaient ses yeux gris et je me promis silencieusement de venir, moi aussi, cueillir les aubépines le mercredi après-midi, même si pour cela, je devais abandonner tous les malades de Bungay à leur sort. D'autant que j'étais fermement résolu à lui avouer mon secret, un secret qui n'en était pas un, certes, puisque depuis longtemps il nous suffisait de nous regarder pour nous comprendre, mais dont il importait néanmoins de l'entretenir ouvertement au plus vite si je ne voulais pas être devancé par mon frère. Les femmes sont faibles, et qui sait si Lily ne finirait pas à la longue par céder à ses instances en voyant que je ne me déclarais toujours pas.

Ce fut seulement vers quatre heures et demie que je parvins à m'esquiver, car le docteur Grimstone, étant mal portant lui-même, m'avait retenu fort longtemps, et je dus courir tout le long du chemin pour essayer de rattraper le temps perdu; mais en arrivant près du parc de Ditchingham, je pris soin de ralentir le pas afin de ne pas me présenter devant Lily avec une figure cramoisie et ruisselant de sueur.

Comme je descendais la dernière petite pente qui conduit au parc, j'aperçus tout à coup un cavalier, qui était arrêté au carrefour de deux chemins et regardait à droite et à gauche en ayant l'air de ne pas savoir quelle direction prendre. Bien que très occupé à retourner dans ma tête les paroles que je devais dire à Lily, je m'aperçus immédiatement que cet homme n'était pas du pays. De très majestueuse allure, il était de haute taille et pouvait avoir quarante ans. Son costume de velours était excessivement riche et rehaussé par une chaîne d'or suspendue à son cou; mais ce qui retint surtout mon attention, ce fut sa figure. Grands et noirs, ses yeux scintillaient au soleil comme des joyaux, sa bouche, quoique admirablement formée et péchant peut-être par une petitesse exagérée, était en ce moment contractée par un rictus sinistre; son front haut et intelligent était barré sur la tempe par une légère cicatrice. Le reste de sa personne — et notamment ses cheveux ondulés et son teint olivâtre —, indiquait qu'il devait être, comme moi, d'origine méridionale.

Tout en l'observant de la sorte, je m'étais peu à peu rapproché de lui, et c'est alors que, pour la première fois, il s'avisa de ma présence. Aussitôt, l'expression de sa physionomie se modifia; de cruelle et ricanante qu'elle était, elle se fit d'un seul coup bienveillante et amène et, soulevant poliment la toque dont il était coiffé, il baragouina en anglais quelques mots si peu intelligibles que tout ce que je pus saisir fut le nom de Yarmouth. Mais, s'étant tout de suite rendu compte qu'il n'arriverait jamais à s'expliquer, il perdit patience, et dans le plus pur castillan, se mit à déblatérer contre la langue anglaise.

— Si le señor veut bien s'expliquer en espagnol, lui dis-je en me servant moi-même de cet idiome, peut-être pourrai-je lui rendre le service qu'il réclame.

— Comment? Vous savez l'espagnol, mon ami? s'écria-t-il en tressaillant, et cependant vous n'êtes pas espagnol, bien qu'en vous regardant l'on soit tenté de le croire. *Caramba!* Voilà qui est singulier!

— Singulier ou non, monsieur, peu importe, répondis-je. L'essentiel est que vous fassiez vite, attendu que je suis pressé.

— Quant à cela, jeune homme, je le conçois fort bien, me répliqua-t-il, car j'ai aperçu, tout à l'heure, près du cours d'eau qu'on voit là-bas, certaine robe blanche de jeune fille... mais, croyez-en mon expérience, jeune homme, et tenez-vous sur vos gardes. Les femmes, voyez-vous, il est bon de s'en amuser, mais il ne faut jamais les croire et surtout ne jamais les épouser... sous peine d'avoir envie de les tuer plus tard.

Je fis mine de passer mon chemin sans vouloir l'écouter, mais il me barra le passage.

— Pardonnez-moi mon excès de franchise, reprit-il. Je vous ai dit cela dans une bonne intention, et peut-être aurez-vous un jour l'occasion d'apprécier la sagesse de mon conseil. Mais je ne veux pas abuser davantage de vos instants. Voudriez-vous avoir la bonté de m'indiquer la route de Yarmouth, car je ne sais si je suis dans la bonne direction, étant venu par un autre chemin?

Je m'avançai de quelques pas et lui indiquai le sentier qu'il devait suivre pour contourner l'église et parvenir à la route, et tandis que je lui adressais mes explications, j'eus l'impression qu'il me regardait avec une sorte d'appréhension invincible qu'il cherchait vainement à dissimuler.

Lorsque j'eus finis, il me salua de nouveau, me remercia poliment, puis me dit:

— Serait-il indiscret, mon jeune ami, de vous demander votre nom?

— En quoi cela vous intéresserait-il, ripostai-je d'un ton bourru, car il m'était profondément antipathique. D'ailleurs, m'avez-vous dit le vôtre, vous?

— Excusez-moi, monsieur, je désirais simplement apprendre à qui j'étais redevable du service qui vient de m'être si aimablement rendu, mais je m'aperçois que j'ai affaire à moins aimable que je ne pensais.

Et il secoua les rênes de son cheval pour le remettre en marche.

— Je n'ai aucune raison de cacher mon nom, ripostai-je, et puisqu'il vous fait plaisir de le savoir, je m'appelle Thomas Wingfield.

— Je m'en doutais, s'écria-t-il, dans un accès de fureur subit.

Et je n'avais pas eu le temps de revenir de ma stupeur, que déjà il avait sauté à terre et s'était planté devant moi.

— Par ma foi, voilà une heureuse journée! continua-t-il en tirant son épée à coquille d'argent. Nous allons voir un peu le cas qu'il faut tenir des prophéties. Echange de bons procédés; vous m'avez dit votre nom, vous allez connaître le mien: Juan de Garcia vous salue, Thomas Wingfield.

Chose étrange, c'est seulement à cet instant que je repensai à ce que j'avais entendu raconter au sujet de cet Espagnol dont le débarquement à Yarmouth avait tant causé d'émoi à mon père et à ma mère. En d'autres circonstances, je m'en serais évidemment souvenu tout de suite, mais j'avais, ce jour-là, l'esprit à ce point absorbé par mon rendez-vous avec Lily, que le reste devenait pour moi d'un intérêt secondaire.

Cependant l'heure des réflexions était passée à présent. Brandissant son épée, l'étranger s'élançait déjà contre moi, et je fis aussitôt un bond de côté pour lui échapper, pas assez promptement néanmoins pour éviter complètement le coup qu'il me portait. Sa lame, qui devait me transpercer le cœur, traversa seulement la manche de mon pourpoint en m'éraflant légèrement le bras. Mais il n'en fallut pas davantage pour m'enlever tout désir de fuir — ce qui avait été mon impulsion première, et ce que j'aurais pu faire sans rougir, puisque je n'avais pour arme qu'un bâton —, et poussé par la froide colère qu'avait brusquement éveillée en moi l'aiguillon de la douleur, je ne me sentais plus animé que du seul désir de tuer celui qui m'avait ainsi attaqué sans provocation. Le gourdin que j'avais entre les mains était solide, et il ne me restait plus qu'à tâcher de m'en bien servir. Sans doute, ce n'était pas l'arme qu'il aurait fallu pour combattre un bretteur expérimenté disposant d'une fine lame de Tolède, mais le bâton a néanmoins cela de bon que votre adversaire, lorsqu'il s'en voit menacé, a tendance à oublier qu'il possède un moyen d'attaque et de défense plus redoutable, pour ne plus songer qu'à se garer des coups dont il voit sa tête menacée.

Ce fut précisément ce qui se produisit en cette circonstance. Si j'avais été moi-même armé d'une épée, il est fort probable que j'aurais tout de suite trouvé mon maître en cet homme manifestement habitué à ferrailler, mais dès qu'il vit le gros gourdin tournoyer au-dessus de lui, il leva le bras d'un geste instinctif, pour s'en préserver. L'instant d'après, mon bâton s'abattait sur le revers de sa main, le forçant à lâcher son épée, qui tomba dans l'herbe. Cependant je me sentais bien trop furieux contre lui pour le tenir quitte à ce prix, et un nouveau coup de trique bien asséné l'atteignit en pleine mâchoire, lui faisant sauter une dent et le culbutant presque en arrière. Le troisième coup acheva de le terrasser, et je me mis dès lors à le battre comme plâtre, mais en prenant garde de ne plus le frapper à la tête, car maintenant que je me sentais le vainqueur, je m'en serais voulu de tuer cet homme que je tenais pour un fou.

Plût au ciel que je l'eusse fait!

En vérité, je mettais tant d'ardeur à la besogne que je ne tardai pas à ressentir des douleurs dans les bras. Alors, pour changer un peu, je me pris à le bourrer de coups de pied, et bien que pas une seule fois il ne laissât échapper une plainte, ni n'implorât pitié en aucune façon, il ne cessait de se contorsionner comme un reptile blessé, ni de proférer les plus abominables blasphèmes.

Je vous laisse à penser en quel piteux état il se trouvait lorsqu'enfin je m'arrêtai. La figure et les mains en sang, les vêtements couverts de poussière, qui donc aurait jamais pu reconnaître en lui l'élégant cavalier que j'avais devant moi cinq minutes auparavant?

— Voilà qui pourra vous servir de leçon, mon bel Espagnol! m'écriai-je. A mon tour, si, maintenant, je vous faisais subir le sort que vous me réserviez, à moi qui ne vous avais fait aucun mal?

Et ramassant l'épée, je lui en approchai la pointe tout contre la gorge.

— Tuez-moi, maudite vermine, tuez-moi sur l'heure! s'écria-t-il d'une voix haletante en me fixant d'un regard plein de haine. Mieux vaut mourir que d'acheter sa vie au prix d'une pareille honte!

— Non, ripostai-je, je ne suis pas un vil assassin comme vous, pour tuer un homme sans défense. C'est aux juges que vous aurez à répondre de ce que vous avez fait. Le bourreau a toujours de la corde à l'usage des scélérats de votre espèce.

— En ce cas, il faudra que vous m'y traîniez, gémit-il en fermant les yeux comme quelqu'un qui se sent prêt à défaillir.

Or, tandis que je réfléchissais à ce que je pourrais bien faire de ce bandit d'Espagnol, m'étant par hasard retourné du côté des chênes de Grubswell qui se trouvaient à trois cents pas de là, j'entrevis tout à coup la blancheur d'une robe que je connaissais bien, et qui, à ce moment même, paraissait s'éloigner. Sans doute la patience de Lily s'était-elle lassée, et je compris que si je perdais encore du temps à conduire mon homme au village, c'en serait fait de mon rendez-vous. Après tout, me dis-je, le drôle pouvait fort bien m'attendre, et si cela ne lui convenait pas, je saurais à coup sûr l'y contraindre. Son cheval était là qui broutait l'herbe à quelques pas. J'allai lui retirer sa bride et m'en servis pour attacher l'Espagnol à un petit arbre planté au bord du chemin.

— Restez là, lui dis-je, je reviendrai vous chercher quand je serai prêt.

Pourtant, en le quittant, un grand doute m'assaillit, car je me rappelai tout à coup les craintes de ma mère et la hâte avec laquelle mon père était allé à Yarmouth pour vérifier quel était l'Espagnol nouvellement débarqué. Celui que j'avais rencontré rôdant aux alentours de Ditchingham et qui, en apprenant mon nom, m'avait aussitôt assailli pour me tuer, n'était-il pas l'homme que redoutaient si fort mes parents, et mon devoir m'autorisait-il à l'abandonner de la sorte pour satisfaire à mes amours? Non, assurément, c'était mal de ma part que d'agir ainsi, mais j'avais si grande envie de voir Lily, dont la robe blanche s'éloignait sur la pente de Park Hill, que je ne prêtai aucune attention à ce pressentiment.

Et pourtant, combien cela aurait mieux valu pour moi et pour d'autres, qui n'étaient même pas encore nés! Ils n'auraient jamais connu une mort prématurée. Quant à moi, j'aurais évité des années d'exil, la morsure de l'esclavage et l'autel du sacrifice...

CHAPITRE IV

Les amours de Thomas Wingfield

Après avoir attaché l'Espagnol à l'arbre en lui liant les deux mains derrière le dos, je ramassai son épée, et partis en courant afin de rattraper Lily.

Elle se retourna brusquement dès qu'elle entendit le bruit de mes pas, et nous nous trouvâmes aussitôt l'un en face de l'autre. Jamais elle ne m'avait paru aussi belle qu'à ce moment, avec sa simple robe toute blanche, sa branche d'aubépine fleurie à la main et ses cheveux châtain clair que doraient les rayons du soleil couchant, car Lily n'était pas de ces petites campagnardes aux joues rondes et vermeilles qui n'ont d'autres charmes que leur jeunesse et leur fraîcheur. Lily Bozard était grande et admirablement proportionnée pour son âge, et il y avait déjà tant de noblesse dans son maintien qu'elle me donnait toujours l'impression d'être mon aînée, et qu'il se mêlait à mon amour pour elle un sentiment de profond respect.

— Tiens, c'est vous, Thomas? s'écria-t-elle en rougissant comme si elle était très étonnée de me voir. Je croyais que vous n'alliez pas... Non, je voulais simplement dire: je rentre, car il se fait tard. Mais pourquoi couriez-vous si vite, et pourquoi donc avez-vous du sang au bras et une épée à la main?

— Je vous expliquerai cela tout à l'heure quand j'aurai un peu repris haleine, répondis-je. Revenez avec moi sous les chênes, voulez-vous?

— Non, non, il est temps que je rentre. D'ailleurs, ce n'est pas la peine. J'ai regardé partout, depuis plus d'une heure que je suis là, et il y a très peu de fleurs encore.

— Je n'ai pas pu venir plus tôt, Lily. J'ai été retenu en chemin, et si vous saviez de quelle étrange façon !

— Oh ! je ne m'imaginais guère que vous viendriez, reprit Lily en baissant les yeux. Je sais très bien que vous êtes trop occupé pour courtiser les filles. Néanmoins, je vais vous faire un pas de conduite, afin que vous me puissiez conter votre histoire. J'aurai plaisir à l'entendre.

Je l'entraînai donc du côté des grands chênes entre lesquels croissaient les aubépines, et aussi brièvement que possible, la mis au courant de mon aventure avec l'Espagnol. Lily l'écouta avec attention tout au long, et devint très pâle en apprenant à quel grave péril je venais d'échapper.

— Mais vous êtes blessé, Thomas? s'exclama-t-elle. Le sang coule le long de votre bras. Est-ce que la blessure est profonde?

— Je serais, ma foi, fort empêché de vous le dire, n'ayant même pas pris le temps de regarder.

— Otez votre pourpoint, Thomas, que je puisse vous panser. Si, si, je le veux.

Je m'exécutai donc pour lui complaire, ce qui n'alla pas sans m'occasionner quelque souffrance, et lorqu'elle eut retroussé la manche de ma chemise, la blessure apparut : c'était un simple coup de pointe, très net, qui avait traversé la partie charnue de l'avant-bras. Lily me la lava avec l'eau claire du ruisseau et, tout en murmurant des mots de compassion, me noua son mouchoir autour du bras pour arrêter le sang. A vrai dire, j'aurais accepté de bon cœur de plus grands maux si cela avait dû me valoir le bonheur d'être soigné par elle, et en la voyant si pleine de sollicitude pour moi, je me sentis vis-à-vis d'elle une hardiesse que je n'aurais sans doute pas eue autrement, mais comme les paroles que j'aurais voulu dire refusaient de me monter aux lèvres, je me contentai de me pencher vers elle et de poser un baiser sur ses mains diligentes.

— Pourquoi avez-vous fait cela? me demanda-t-elle en rougissant.

Alors, je pris mon courage à deux mains.

— Pourquoi, Lily? Mais parce que je vous aime, et que je n'osais vous l'avouer, parce que je vous ai toujours aimée, ma mie, et vous aimerai toujours...

— En êtes-vous bien sûr, Thomas?

— Aussi sûr que je suis sûr d'être ici, Lily. Plût au ciel que je fusse aussi sûr que vous me payez de retour !

Elle resta un moment silencieuse, le menton appuyé contre la poitrine, puis soudain elle redressa la tête, et je remarquai que ses yeux brillaient d'un éclat que je ne leur avais encore jamais vu.

— En avez-vous jamais douté, Thomas? murmura-t-elle.

Alors je la pris entre mes bras et couvris sa figure de baisers, et le souvenir de ces premiers baisers est demeuré si vivace en moi qu'aujourd'hui encore, en dépit de mon grand âge, ils me demeurent tout frais en la mémoire. C'est la plus pure et la plus grande joie qui m'ait jamais été accordée au cours de ma longue existence.

— Ainsi, c'est vrai, c'est bien vrai, Lily? Vous m'aimez réellement? insistai-je.

— Ne viens-je pas de vous en fournir la meilleure des preuves? me répondit-elle.

Mais tout de suite une ombre passa sur sa jolie figure.

— Seulement, Thomas, nous n'oublions qu'une chose : que va penser de cela mon père?

— Je n'en sais rien, Lily, mais je crois l'avoir deviné déjà: ce qu'il désire, lui, c'est que vous épousiez mon frère Geoffrey.

— En outre, qui me prouve, Thomas, que vos sentiments ne se modifieront pas plus tard? Vous êtes bien jeune encore, hélas, et le cœur des garçons est souvent volage. Qui me prouve qu'un jour, vous n'oublierez pas les mots que vous m'avez dits aujourd'hui?

— Jamais, Lily, je vous en réponds, et vous pouvez compter sur ma parole. C'est plutôt moi qui ai peur que vous m'oubliiez, car vous le savez, ma mie, il faudra d'abord que je me crée une situation, puisque toute la fortune sera pour mon frère. Peut-être serai-je obligé de m'éloigner de vous, peut-être demeurerai-je longtemps absent; aussi, c'est sans doute égoïste de ma part, mais je veux que vous me fassiez une promesse aujourd'hui et pour toujours, c'est que vous me resterez à jamais fidèle et n'en épouserez pas d'autre que moi à moins d'avoir la certitude que je suis mort...

— C'est une lourde promesse que vous me demandez là, Thomas, car le temps change parfois considérablement la face des choses, mais je suis si sûre de mon cœur que, non seulement je vous en fais la promesse, mais vous le jure.

Nous causâmes pendant longtemps encore, mais de toute cette conversation il n'est demeuré de précis en ma mémoire que les paroles que je viens de relater, et si je les cite ici, c'est en raison de la portée qu'elles avaient et de tout ce qui advint par la suite.

Finalement, l'heure vint où il nous fallut nous séparer, et je vous laisse à penser avec qu'elle difficulté nous nous arrachâmes l'un à l'autre.

Je venais de prendre une dernière fois Lily dans mes bras et de la serrer si étroitement contre mon cœur qu'un peu de sang de ma blessure avait maculé sa robe blanche, lorsque tout à coup je tressaillis et reculai effrayé: je venais d'apercevoir à quelques pas le squire Bozard, le père de Lily, qui, planté en travers du sentier, nous regardait d'un œil courroucé.

Passant à cheval sur le chemin qui longeait le ruisseau, il avait aperçu nos deux silhouettes entre les chênes, et convaincu que des étrangers s'étaient introduits sans permission sur son domaine, il avait aussitôt mis pied à terre pour les chasser. Ce n'est qu'en arrivant tout près de nous qu'il avait compris à qui il avait affaire. Sur le premier moment, il en resta littéralement interloqué, mais lorsqu'il se fut ressaisi, il se mit à m'admonester si vertement et avec tant de verbosité que je crus qu'il ne s'arrêterait jamais. J'attendis donc qu'il fût à bout de souffle, puis je lui expliquai en toute franchise que Lily m'aimait, que j'aimais Lily, et que nous venions d'échanger des serments éternels.

— C'est exact, ma fille? demanda-t-il.

— C'est exact, mon père, répondit-elle sans sourciller.

— Misérable petite péronnelle! s'écria-t-il. Vous serez fouettée et mise au pain sec dans votre chambre. Et quant à vous, mon jeune coq espagnol, apprenez, pour votre gouverne, que j'ai de plus hautes aspirations pour ma fille. Allez d'abord vous créer un nom et amasser une fortune, et nous verrons après.

— C'est précisément ce que j'ai l'intention de faire, monsieur, répliquai-je.

— Vous? Un méchant élève apothicaire comme vous? Allons donc! Dieu merci, j'ai de meilleurs partis en vue pour elle, et avant que vous y soyez parvenu, elle aura depuis longtemps épousé celui que je lui destine, et que vous connaissez du reste. Ma fille, reconnaissez maintenant que vous avez eu tort, et dites-moi que c'en est fini une fois pour toutes de cette sotte intrigue.

— Mon père, je ne puis faire cela, répondit Lily en crispant ses mains sur sa robe. Si votre volonté n'est pas que j'épouse Thomas que voici, il est de mon devoir que je la respecte. Mais ma vie m'appartient, et nul n'est en droit de me forcer à me marier si je ne le veux point. J'ai juré à Thomas de lui être fidèle, et tant qu'il sera vivant, je n'en épouserai pas d'autre que lui.

— Il faut à tout le moins reconnaître que vous avez du courage, friponne, dit son père. Seulement, écoutez-moi bien : si vous ne vous mariez pas selon mon désir, je vous renierai pour ma fille et vous chasserai de ma maison. Ingrate créature. L'avoir élevée comme je l'ai fait pour qu'elle me vienne aujourd'hui narguer pareillement !... Quant à vous, boîte à pilules ! je vais vous apprendre ce qu'il en coûte d'embrasser ainsi la fille d'un honnête homme sans sa permission !

Et proférant un juron, il s'élança vers moi en levant sa canne pour me frapper.

Alors, pour la seconde fois ce jour-là, le sang ardent que je tenais de ma mère se mit à bouillonner dans mes veines, et ramassant l'épée de l'Espagnol qui était dans l'herbe à côté de moi, je me préparai de nouveau à combattre, avec cette différence que les rôles étaient cette fois renversés, et que c'était moi, maintenant, qui devais me défendre avec une épée contre un bâton.

Si Lily, poussant un cri d'effroi, n'avait fait dévier la lame en me heurtant le bras par en dessous, je crois, ma parole, que le sort en était jeté, que je transperçais son père de part en part, et que j'allais tristement finir sous un gibet ma carrière à peine commencée.

— Perdez-vous la tête ? s'écria Lily. Est-ce donc en tuant mon père que vous avez la prétention de me conquérir ? Jetez tout de suite cette épée, Thomas !

— Pour ce qui est de vous conquérir, je crois qu'il y a peu de chances que j'y parvienne désormais, répondis-je avec feu ; mais, quoi qu'il en soit, retenez bien ceci, c'est que même pour toutes les plus belles filles du monde, je ne supporterai pas d'être rossé comme un valet.

— En cela, je vous approuve, déclara son père en se radoucissant. D'après ce que je vois, vous aussi vous avez du courage, et j'ai eu tort de me laisser emporter par la colère, jusqu'à vous traiter de « boîte à pilules ». Néanmoins, je maintiens ce que j'ai dit : Lily n'est pas faite pour vous ; par conséquent, efforcez-vous de l'oublier du mieux que vous pourrez, et si vous tenez à la vie, que jamais je ne vous reprenne à l'embrasser. D'ailleurs j'en toucherai, dès demain, deux mots à votre père.

— Je m'en vais puisqu'il le faut, répliquai-je, mais sachez, monsieur, que je ne me tiens néanmoins pas pour battu, et que je n'entends pas par-là renoncer à votre fille. Adieu, Lily, et vivons dans l'espérance que l'avenir nous apportera de meilleurs jours...

— Adieu, Thomas, murmura Lily en pleurant. Ne m'oubliez pas, et moi je n'oublierai pas le serment que je vous ai fait...

Elle ne put en dire davantage, car, à ce moment, son père la prit par le bras et l'entraîna de force.

Je m'éloignai à mon tour, bien triste certes, mais pas complètement abattu cependant. En effet, si je m'étais attiré la colère du père, j'avais, par contre, acquis la certitude que la fille m'aimait sincèrement. Or, la colère est un sentiment qui passe infiniment plus vite que l'amour, et cette pensée n'allait pas sans m'apporter un peu de consolation.

Au bout de quelques pas, je repensai tout à coup à mon Espagnol, que cette aventure imprévue m'avait fait totalement sortir de l'esprit, et je m'en retournai vers l'endroit où je l'avais laissé, afin de m'offrir la satisfaction de le livrer à la justice, ce qui m'eût apporté infiniment de plaisir dans l'état d'exaspération où j'étais. Mais quels ne furent pas ma stupeur et mon dépit en constatant qu'il n'était plus là.

A sa place, je vis devant l'arbre Billy Minns, l'innocent du village, qui, avec sa mine hébétée, regardait tour à tour l'arbre où j'avais attaché l'étranger, et une pièce d'argent qu'il tenait dans sa main.

— Qu'est devenu l'homme qui était là, Billy? lui demandai-je.

— Je ne sais pas, maître Thomas, me répondit-il en son patois que je n'essaierai pas de reproduire; mais à en juger par l'allure à laquelle il a détalé, quand je l'ai eu mis sur son cheval, il doit bien être à présent à mi-chemin de l'endroit où il se voulait rendre.

— Comment, bélître, tu l'as mis sur son cheval?... il y a combien de temps?

— Combien de temps? Peut-être une heure, peut-être deux. Est-ce que je sais moi?... Ah, si vous l'aviez vu enfoncer ses grands diables d'éperons dans les flancs de sa bête! Le sang en giclait partout. Dame, aussi, il y avait de quoi! Quand on s'est vu détrousser de la sorte en plein jour par des voleurs... Mais le bon Billy est venu, le bon Billy l'a remis sur son cheval, et il a reçu une pièce d'argent pour sa peine. Mon Dieu! Que cet homme avait donc l'air content... et comme il galopait, seigneur, comme il galopait!

— Tu es le plus grand niais que la terre ait jamais porté, Billy Minns! m'exclamai-je avec colère. Ce scélérat voulait m'assassiner; j'étais parvenu à le maîtriser et à l'attacher, et tu l'as relâché.

— Il voulait vous assassiner, mon maître, et vous étiez parvenu à l'attacher? Alors pourquoi n'êtes-vous pas resté près de lui pour le garder? Quand je suis arrivé, nous l'aurions emmené ensemble au village pour le mettre au bloc (1)! Voilà qui aurait été divertissant!... Vous me traitez de niais... Mais qu'auriez-vous fait, à ma place, si vous aviez rencontré un homme couvert de sang, incapable de parler et ligoté contre un arbre? Ne l'auriez-vous point délivré?... Enfin, tout ce qu'on dira n'y changera rien: il est parti maintenant, et voilà tout ce qu'il reste de lui.

Et il lança en l'air la pièce d'argent.

Comprenant que je perdrais mon temps à vouloir discuter avec Billy et qu'au reste c'était moi le plus coupable dans l'affaire, je n'insistai pas davantage et rentrai tout droit chez mon père. Prenant par le sentier que bordent, d'un côté le ruisseau, et de l'autre, des massifs de buissons, je m'en fus, à pas lents et les yeux tournés vers le sol, réfléchissant aux conséquences que pouvait avoir cette mémorable journée, tantôt transporté de joie par l'idée que Lily m'aimait, tantôt accablé de chagrin par la triste façon dont nous nous étions séparés. Tout en cheminant distraitement de la sorte, j'aperçus devant moi, dans l'herbe, quelque chose de blanc que j'écartai sans y prendre garde avec la pointe de l'épée. Mais bien que je ne m'en fusse point rendu compte, l'aspect et la forme de cet objet s'étaient implantés dans mon esprit; en approchant de la maison j'y repensai malgré moi, et j'eus l'impression qu'il m'était familier. Puis mes réflexions se reportèrent sur l'épée dont je m'étais servi pour l'écarter de mon chemin, et ensuite de l'épée à l'homme à qui elle avait appartenu. Quelles intentions avaient pu l'amener dans le pays?... Des intentions mauvaises, assurément... En outre, pourquoi m'avait-il regardé avec cet air plein d'appréhension et m'était-il tombé dessus dès qu'il avait appris mon nom?

Les yeux toujours à terre, je m'avisai qu'il y avait sur le sable humide du sentier plusieurs traces de pas. L'une d'elles avait été faite par ma mère, cela j'en aurais juré, car il n'était pas une femme dans la région qui possédât un pied aussi fin. Immédiatement derrière, et comme venant à sa suite, était marquée une autre empreinte tellement étroite, elle aussi, qu'elle me donna

(1) Sorte de pilori auquel on attachait les malfaiteurs.

d'abord l'impression d'avoir été également produite par une femme. Cependant, en y regardant mieux, je m'aperçus que cela ne devait certainement pas être, d'abord parce qu'elle était trop longue pour cela et ensuite parce que sa forme spéciale et sa pointe très accentuée paraissaient dénoter une fabrication qui m'était inconnue. Alors, brusquement je me rappelai que mon Espagnol portait des bottes semblables, ainsi que je m'en étais fait la réflexion pendant que je causais avec lui. Et, du même coup, je me rendis compte de deux autres choses: la première, qu'il avait dû suivre ma mère, attendu que ses empreintes à lui effaçaient par endroits ses empreintes à elle; la seconde, que l'objet blanc rencontré par moi dans l'herbe était la mantille de ma mère, que j'avais instinctivement reconnue sans bien comprendre ce que c'était, puisque j'avais l'habitude de la lui voir sur la tête. A peine avais-je commencé à coordonner tous ces faits qu'une sinistre et brutale appréhenssion s'empara de moi. Pourquoi cet homme avait-il suivi ma mère, et pourquoi la mantille de ma mère était-elle ainsi dans l'herbe?

Le cœur palpitant d'angoisse, je revins d'abord en courant jusqu'à l'endroit où je me rappelais avoir vu l'écharpe de dentelle; je la pris entre mes mains, je m'assurai que c'était effectivement la sienne, et je constatai en outre qu'elle était lacérée comme si on la lui avait arrachée brutalement. Alors, de plus en plus affolé, j'allai de-ci, de-là, examinant les empreintes, cherchant à deviner ce qui avait pu se passer. Les deux pistes suivaient constamment la même direction, celle de l'homme se rapprochant sans cesse de celle de ma mère et empiétant même parfois sur elle. A un détour du sentier, je rencontrai un endroit où elles se chevauchaient l'une l'autre dans toutes les directions comme s'il y avait eu lutte entre ma malheureuse mère et celui qui la poursuivait, car j'avais maintenant la certitude qu'elle avait été poursuivie. Un peu plus loin, légères et très espacées, sans doute parce qu'elle courait, ses empreintes réapparaissaient isolément, mais toujours accompagnées de près par l'homme qui la pourchassait. Tantôt inapparentes, tantôt très nettes, selon que le terrain devenait plus ferme ou plus mou, elles continuaient ainsi pendant une cinquantaine de pas encore, et enfin, parvenues au pied d'un gros chêne situé sur une petite éminence, s'enchevêtraient à nouveau en une inextricable confusion.

Figé d'horreur, je voyais maintenant se dresser devant moi, comme dans un rêve, toute l'épouvantable scène qui s'était déroulée ici. Deux sentiments contraires se disputaient la place dans mon esprit: la hâte d'être délivré des doutes qui me torturaient et la peur de connaître l'atroce vérité. Eperdu, je regardai partout à la ronde, et au bout de quelques instants, je découvris une autre piste, celle de l'Espagnol, tout seul cette fois. Ses pas étaient profondément enfoncés dans le sol comme s'il avait porté un lourd fardeau, descendant d'abord en droite ligne vers le ruisseau, puis obliquant brusquement dans la direction d'un épais fourré. Vers le milieu, les branchages dont les bourgeons éclatés commençaient tout juste à laisser entrevoir les feuilles naissantes, avaient été rabattus comme pour dissimuler quelque chose. Je les écartai fiévreusement à deux mains, et là, dans la pénombre du crépuscule qui s'achevait, j'aperçus devant moi la figure livide et tragique de ma mère assassinée.

CHAPITRE V

Le serment

Anéanti, je demeurai un long moment incapable de faire le moindre mouvement. Puis je me baissai pour soulever ma pauvre mère, et je vis qu'elle avait été poignardée, poignardée en plein cœur par cette épée même que je tenais dans ma main.

Tout s'éclaircissait à présent. C'était bien l'Espagnol qui avait commis ce crime infâme, et il venait précisément de le commettre lorsque je l'avais rencontré et que, soit pure méchanceté, soit pour des raisons connues de lui seul, il avait cherché à me tuer à mon tour en apprenant de qui j'étais le fils. Et dire que je l'avais eu à ma merci! Dire que, pour le seul plaisir de me rencontrer avec Lily, je l'avais laissé échapper et m'étais ainsi frustré de ma vengeance! Bouleversé par la douleur, la colère et la honte, je me laissai tomber à côté du corps de ma mère et sanglotai éperdument.

Peu de temps après, je me relevai, et tout d'une traite, comme un fou, je rentrai à la maison.

Lorsque j'y arrivai, mon père et mon frère Geoffrey revenaient justement à cheval du marché de Bungay. L'aspect de ma figure leur apprit aussitôt qu'un malheur était arrivé.

— Qu'y a-t-il? Que s'est-il passé? s'écrièrent-ils d'une seule voix.

A trois reprises, je regardai mon père sans oser répondre, tant je redoutais de lui causer une émotion brutale qui aurait pu le foudroyer. Il fallait bien m'y décider pourtant, mais je préférai m'adresser à mon frère.

— Notre mère vient d'être assassinée sur le coteau du Vignoble, balbutiai-je. C'est un Espagnol qui l'a tuée. Il s'appelle Juan de Garcia.

En entendant ces mots, mon père devint blanc comme un spectre, et c'est à peine s'il put proférer un faible gémissement; enfin, se soutenant au pommeau de sa selle et faisant appel à toute son énergie, il parvint à articuler:

— Où est-il? L'as-tu tué?

— Non, mon père. Je l'ai par hasard rencontré à Grunswell, et lorsqu'il a su comment je m'appelais, il a voulu me tuer à mon tour, mais grâce au ciel, je suis venu à bout de lui avec mon gourdin, et j'ai réussi à lui prendre son épée.

— Ah!... Et alors?

— Alors, comme j'ignorais encore à ce moment quel sinistre forfait il venait d'accomplir, je l'ai laissé échapper. Plus tard, je vous conterai tout cela en détail.

— Tu l'as laissé échapper, mon fils? Tu as laissé fuir Juan de Garcia! Alors maudis sois-tu à jamais, Thomas, tant que tu ne l'auras pas rejoint, et que tu n'auras pas achevé ce que tu as commencé aujourd'hui!

— Epargnez-vous la peine de me maudire, mon père; jamais vos reproches ne pourront être aussi amers que ceux que m'adresse ma conscience. De grâce, partez plutôt pour Yarmouth sans perdre un instant, et ne ménagez point vos montures, car il a déjà deux bonnes heures d'avance. Peut-être le ciel vous accordera-t-il la grâce de le rejoindre avant qu'il ait pu rembarquer sur son navire.

Sans répondre, mon père et mon frère firent pivoter leurs chevaux, et piquant des deux, partirent au triple galop dans la nuit qui tombait.

Moins d'une heure et demie après — et il n'est pas possible, je crois, d'aller plus vite —, ils étaient aux portes de Yarmouth; mais lorsqu'ils arrivèrent au port, on leur apprit que celui qu'ils cherchaient avait sauté dans une barque qui l'attendait, et rejoint son navire encore ancré dans la passe, mais déjà prêt à partir; et de fait, quelques instants après, ils virent le voilier s'éloigner du rivage et s'enfoncer parmi les ténèbres du large. Mon père fit aussitôt publier de par la ville qu'il promettait une récompense de deux cents pièces d'or à quiconque parviendrait à s'emparer du fugitif, et deux bateaux se mirent immédiatement à sa recherche, mais sans réussir à le retrouver.

A peine mon père et mon frère m'eurent-ils quitté, que je rassemblai tous les serviteurs du domaine et les informai de ce qui s'était passé. Comme il faisait maintenant complètement nuit, nous nous mîmes en route avec des lanternes, et nous arrivâmes au hallier au milieu duquel gisait le corps de ma mère. Voyant que les hommes n'osaient avancer, je m'en approchai le premier, mais, je dois l'avouer, le cœur battant bien fort aussi. Pourquoi? je n'aurais pu le dire au juste, car il n'y avait aucune raison pour que j'eusse peur de ma mère parce qu'elle était morte, alors que de son vivant, elle m'avait si tendrement chéri.

Tout ce que je sais, c'est qu'au moment où j'arrivai à cet endroit et aperçus ce qui devait être les yeux brillants d'un renard en train de chasser, je faillis presque m'évanouir de terreur...

Je criai aux autres de me suivre et nous étendîmes le corps de ma mère sur une porte qu'on avait ôtée de ses gonds avant de partir. Depuis lors, je n'ai jamais cessé de considérer ce sentier comme un lieu hanté; et aujourd'hui encore, bien que la fin tragique de ma mère remonte à plus de soixante-dix ans, et que mon vieux cœur ait été endurci par une foule d'autres scènes douloureuses, je n'aime pas à m'en aller tout seul, la nuit, par ce chemin.

Mais il arrive que l'imagination nous joue quelquefois de bien étranges tours. En effet, il y a environ un an de cela, je vins à passer par hasard non loin de cet endroit par un beau soir de novembre et je pourrais presque jurer que je revis alors toute la scène. Je me vis à nouveau, mon bras toujours serré par le mouchoir de Lily, en train de redescendre lentement la colline, suivi par mes quatre hommes qui grognaient sous leur fardeau. J'entendis le murmure de la rivière et le bruit du vent qui avait soufflé, voici soixante-dix ans, dans les roseaux. Je revis le ciel nuageux, parsemé de taches bleues, et la lumière éclairant le corps blanc étendu sur la porte et la fleur rouge qui s'étalait sur son sein. Oui, je m'entendis parler aux hommes, en avançant la lanterne à la main et cela me fit un drôle d'effet que d'écouter ma voix de jeune homme. Bien sûr, ce n'était qu'un rêve, mais nous sommes de tels esclaves entre les mains de notre imagination que je me refuse à réemprunter ce sentier de nuit, de peur de rencontrer à nouveau ces morts dont je fais déjà presque partie.

Nous finîmes par arriver à la maison. Les femmes prirent le cadavre en pleurant pour s'en occuper ensuite. Puis, je dus non seulement continuer à me battre contre mon propre chagrin mais également essayer de consoler ma sœur Mary, de peur que la douleur et l'horreur ne la fassent sombrer dans la folie. La torpeur finit par s'emparer d'elle et je pus aller questionner les hommes assis autour du feu, dans la cuisine. J'appris ainsi que, une heure environ avant que je ne rencontre l'Espagnol, un étranger richement vêtu avait été aperçu en train d'attacher son cheval au sommet de la colline, où il resta, comme s'il cherchait quelque chose, jusqu'à ce que ma mère sorte. Alors, il était redescendu et l'avait suivie. Un des hommes qui travaillait dans le jardin, c'est-à-dire à trois cents pas au plus de l'endroit où fut accompli le forfait, entendit des cris mais crut que c'était des amoureux venus de Bungay qui s'amusaient dans les bois, comme ils ont souvent l'habitude de le faire à ces heures-là. Il me sembla à cet instant que toute la paroisse de Ditchingham n'était qu'un gigantesque asile de fou dont j'étais le premier et le plus atteint.

Au matin, mon père et mon frère revinrent de Yarmouth sur des chevaux de location, les leurs étant épuisés, et dans l'après-midi, nous reçûmes la nouvelle que les navires partis sur les traces de celui de l'Espagnol avaient été obligés d'abandonner la partie en raison du mauvais temps.

Je racontai ma rencontre avec le meurtrier de ma mère, sans rien omettre, et dus supporter la colère de mon père qui me reprocha amèrement d'avoir préféré aller parler à ma bien-aimée plutôt que de m'occuper de cet Espagnol qui menaçait ma mère. D'autre part, je ne trouvai aucun réconfort auprès de mon frère Geoffrey qui, lui, m'en voulait en plus d'avoir été persuasif avec la femme qu'il convoitait. Mais il évita soigneusement d'en parler. En outre, pour me faire boire la coupe jusqu'à la lie, le Squire Bozard vint en compagnie de nombreux voisins pour rendre un dernier hommage à la dépouille de ma mère et présenter ses condoléances à mon père. Il en profita pour lui dire qu'il n'appréciait pas du tout que je courtise sa fille contre sa volonté et que, si je persistais, cela risquerait d'altérer leur vieille amitié. Le mauvais sort s'acharnait donc de toute part contre moi : je venais de perdre ma mère que je chérissais et je ne pouvais plus voir ma bien-aimée, poursuivi que j'étais par le remords d'avoir laissé échapper l'Espagnol pour lui parler et par la colère de son père et de mon frère. Ces journées-là furent si cruelles pour moi que j'en arrivai à souhaiter être mort aux côtés de ma mère. Le seul réconfort que je reçus fut un message de Lily, que m'apporta une servante en qui nous avions confiance tous les deux, message m'assurant de son amour et de son soutien le plus total.

Vint le jour de l'enterrement où ma mère, drapée dans sa robe blanche, fut conduite à sa dernière demeure dans le sanctuaire de l'église de Ditchingham, là où mon père l'a rejointe depuis longtemps. Ces funérailles furent d'une épouvantable tristesse. Mon père éclata en sanglots et ma sœur Mary s'évanouit dans mes bras. Bien peu de ceux qui étaient là restèrent les yeux secs, car, tout étrangère qu'elle fut, ma mère était si bonne et si gentille que tout le monde l'aimait. Puis elle fut laissée à son dernier sommeil dans la vieille église. Sa tragique histoire et son nom finiront par être oubliés par les hommes. Cela ne saurait d'ailleurs tarder car je suis le dernier à porter le nom des Wingfield dans la région et les descendants de ma sœur arborent maintenant un autre nom. Et c'est à eux qu'iront ma fortune et mes terres, à l'exception des dons que je ferai pour les pauvres de Bungay et de Ditchingham.

Je revins à la maison après la cérémonie. J'y trouvai mon père assis avec mon frère dans la grande salle du rez-de-chaussée. Mon père se remit à m'accabler pour avoir laissé s'échapper le meurtrier alors que Dieu l'avait remis entre mes mains.

— Vous oubliez, père, fit Geoffrey sur un ton méprisant, que Thomas courtisait une fille et que c'était bien plus important pour lui que de s'assurer de la personne de l'assassin de sa propre mère ! Et il semble même qu'il ait fait d'une pierre deux coups puisque, non seulement il a permis au démon espagnol de fuir alors qu'il savait que sa mère redoutait l'arrivée d'un Espagnol, mais encore il a détruit l'amitié qui nous liait à notre bon voisin, le Squire Bozard...

— Oui, conclut mon père, c'est de ta faute si ta mère est morte, et tu auras toujours son sang sur tes mains, Thomas.

J'avais écouté patiemment ses remontrances jusqu'alors, mais à la fin, je ne pus me contenir davantage.

— C'est faux! protestai-je avec indignation. Je ne crains pas de vous le dire même à vous, mon père. Lorsque j'ai rencontré cet homme, son crime était déjà commis, et il m'a demandé son chemin pour regagner Yarmouth. Dès lors, en quoi aurais-je pu l'empêcher de tuer ma mère? D'ailleurs, rappelez-vous, mon père, que vous ne nous aviez jamais parlé de rien. Pourquoi ne nous aviez-nous point dit ce que vous redoutiez de cet Espagnol? C'est tout juste si vous y faisiez vaguement allusion par hasard, et pour moi, je n'y prêtais guère attention, ayant bien d'autres choses en tête. Maintenant, voici ce que j'avais à vous dire. Vous avez attiré sur moi la malédiction divine jusqu'au jour où je retrouverais le meurtrier et achèverais ce que j'ai commencé. Eh bien, soit! Je suis jeune, c'est vrai, mais je possède de l'énergie et de la volonté. Dès que faire se pourra, je m'embarquerai pour l'Espagne, afin de l'y traquer, et je ne reviendrai que le jour où je l'aurai tué de ma propre main, à moins que je n'acquière la certitude qu'il est mort autrement. Si vous m'accordez quelques subsides pour me seconder dans ma tâche, tant mieux... sinon, je m'en passerai. Mais je jure solennellement, devant Dieu et sur l'esprit de ma mère, que je n'aurai ni trêve ni repos avant d'avoir tué son meurtrier avec cette même épée dont il se servit pour l'assassiner, sauf dans le cas où il viendrait à mourir de quelque autre manière. Et s'il m'arrive jamais d'être assez vil et misérable pour ne pas tenir le serment que je viens de prononcer, fasse le ciel que j'en sois châtié en périssant d'une mort plus atroce encore que ne le fût la sienne! Fasse le ciel qu'il soit refusé à mon âme d'entrer dans la demeure des justes! Fasse le ciel que mon nom devienne à jamais un sujet d'opprobre pour la terre entière!

Tel fut le serment que je prononçai, soulevé par l'indignation et rongé par le chagrin. Mon père m'écouta religieusement sans mot dire, en m'observant avec la plus grande attention. Lorsque je me tus, il resta encore un long moment silencieux, puis me dit:

— Si tels sont vraiment les desseins que tu as formés, mon fils Thomas, l'argent qui te sera nécessaire ne te fera point défaut. Eussé-je été en état de partir, j'y serais allé moi-même, car le sang ne peut être lavé que par le sang, mais, hélas! ma santé est par trop fragile à présent, sans compter que je suis connu en Espagne et que le Saint-Office s'empresserait de me faire traquer. Pars donc à ma place, et que ma bénédiction t'accompagne. Il est d'ailleurs tout à fait normal que ce soit toi qui exécutes cette mission puisque c'est par ta faute que notre ennemi nous a échappé.

— Oui, c'est lui qui doit y aller, renchérit alors Geoffrey.

— Tu dis cela pour te débarrasser de moi! répliquai-je avec ardeur. Et tu voudrais me voir loin afin de prendre ma place aux côtés d'une certaine jeune fille. Fais donc comme tu l'entends mais n'oublie jamais qu'il est toujours mauvais de duper un homme absent de chez lui.

— La fille sera à celui qui la gagnera, fit-il.

— Le cœur de cette jeune fille m'est déjà acquis, Geoffrey. Tu pourras peut-être l'acheter à son père mais tu n'obtiendras jamais son cœur. Et sans cela, elle ne sera pour toi qu'une récompense de bien peu de valeur...

— Cela suffit! Le moment est mal choisi pour parler d'amour et de filles, s'exclama mon père. Et maintenant, vous allez m'écouter. Je vais vous raconter l'histoire de cet assassin d'Espagnol et celle de votre mère. Je n'avais jamais voulu en parler mais le moment est venu de tout vous dire. Quand j'étais enfant, moi aussi, je me rendis en Espagne parce que mon père l'avait ainsi ordonné. Il me fit entrer dans un monastère de Séville, mais comme je n'avais aucune vocation religieuse, je jetai mon froc aux orties. Pendant un an et plus, je vécus comme je pus, n'osant retourner en Angleterre, où il m'eût fallu affronter le courroux de mon père. Du reste, je me tirai assez bien d'affaire, et la plupart du temps, je rougis de l'avouer, grâce au jeu où la fortune m'était des plus favorables. Une nuit, dans un tripot, je fis la connaissance de ce Juan de Garcia (car, dans sa colère, c'est son vrai nom qu'il t'a donné lorsqu'il a voulu te tuer). Déjà en ce temps-là, et bien qu'il ne fût encore lui-même qu'un enfant, il avait une mauvaise réputation, mais elle était en quelque sorte rachetée par la beauté de sa personne, la grandeur de son nom et l'extrême affabilité de ses manières. Mis en belle humeur parce qu'il avait été le vainqueur sur moi aux dés, il me conduisit chez sa tante, l'une des plus grandes dames de Séville. Cette tante, qui était veuve, avait une fille unique, et c'est cette fille qui devait, par la suite, devenir votre mère. A cette époque, Luisa de Garcia, comme elle s'appelait alors, était fiancée avec son cousin Juan de Garcia, mais sans qu'elle y fût pour rien, toutefois, puisque le contrat avait été signé quand elle n'avait que huit ans, ce qui ne l'empêchait d'ailleurs pas d'être valide, beaucoup plus valide qu'il aurait pu l'être en Angleterre, car, là-bas, ces sortes de contrats équivalent, au regard de la loi, à un véritable mariage. Naturellement, la plupart des femmes qui sont liées de cette façon n'éprouvent aucun amour à l'égard de celui qu'elles sont contraintes d'épouser, et il en était précisément ainsi pour ta mère. Bien mieux, je crois même qu'elle allait jusqu'à détester et craindre son cousin Juan qui, lui, paraissait éprouver une véritable adoration pour elle, si bien que, grâce à je ne sais quel artifice, elle finit par obtenir de lui la promesse que leur mariage ne serait pas célébré avant qu'elle eût vingt ans révolus. Cependant, plus elle se montrait froide envers lui, plus il était impatient de devenir son mari et d'entrer, du même coup, en possession des biens considérables qu'elle apportait en dot, car, comme tous les Espagnols, il était fort joueur, et comme tous les joueurs, il avait constamment besoin d'argent.

«Or, il se trouva que, dès l'instant où nous nous vîmes, ta mère et moi éprouvâmes le plus vif penchant l'un pour l'autre, et, à partir de ce jour, notre plus cher désir fut de nous rencontrer aussi souvent qu'il était possible; sa tante s'employa d'ailleurs très volontiers à favoriser nos entrevues, car elle aussi détestait et redoutait son neveu par alliance, et ne demandait qu'à tout mettre en œuvre pour libérer sa fille. Bref, je confessai mon amour à ta mère, et il fut décidé entre nous que nous nous enfuirions en Angleterre aussitôt mariés. Mais cela n'avait pas échappé aux oreilles de Juan, qui comptait des espions parmi les domestiques, et qui était jaloux et vindicatif comme seul peut l'être un Espagnol. Il essaya d'abord de se débarrasser de moi en me provoquant en duel, mais nous n'avions pas eu le temps de dégainer que l'on nous sépara. Alors, il s'aboucha avec des nervis pour me faire assassiner la nuit dans la rue, mais je portais une cote de mailles sous mon pourpoint, et leurs dagues s'y brisèrent, si bien qu'au lieu d'être tué, ce fut moi qui tuai l'un d'entre eux. Malgré ces deux échecs, il ne s'avoua cependant pas battu; un autre expédient beaucoup plus sûr lui restait pour se débarrasser de moi. Par des subterfuges que j'ignore, il était parvenu à se procurer quelques renseignements sur ma vie passée, et notamment sur mon évasion du monastère. Il ne lui restait donc plus qu'à me dénoncer à la Suprême Instance comme renégat et imposteur. C'est ce qu'il fit la veille du jour où nous devions nous embarquer. Dans la soirée, pendant que nous causions, ta mère et moi, avec sa tante dans leur maison de Séville, six hommes couverts de cagoules entrèrent silencieusement et s'emparèrent de moi sans prononcer un seul mot. A la suite de cela, je fus enfermé en secret dans les donjons du Saint-Office. Te décrire toutes les souffrances que j'endurai pendant mon emprisonnement serait inutile et trop long. Qu'il te suffise de savoir que je fus soumis aux pires supplices, et finalement condamné à être brûlé vif.

Alors, tandis que je venais de me résigner à une mort inévitable, le secours que j'avais si désespérément attendu en vain pendant de longs mois me fut inopinément apporté. La veille même du jour où je devais monter sur le bûcher, l'inquisiteur-général pénétra dans mon cachot, et, m'embrassant, me dit de me réjouir parce que l'Eglise, en considération de ma jeunesse, m'avait enfin pardonné, et que la liberté allait m'être rendue. En entendant cela, un rire amer me vint d'abord aux lèvres, car je crus qu'il s'agissait encore d'une nouvelle torture; mais lorsque l'on m'eut délivré de mes fers, habillé de vêtements convenables et conduit, à minuit, hors de ma prison, je compris que Dieu avait exaucé mes prières et me faisait l'immense grâce de me rendre à la vie. Pendant que je demeurais là, indécis sur la route déserte et ne sachant de quel côté me diriger, une femme enveloppée d'un grand manteau sombre s'approcha de moi et me dit à voix basse:

«— Venez!»

«C'était ta mère. Avertie par les vantardises de Juan de Garcia du destin qui m'était réservé, elle avait remué ciel et terre pour me sauver. Trois fois de suite ses tentatives avaient échoué, mais finalement, grâce à un habile stratagème et à une somme d'argent prodigieuse, elle obtint ce qu'elle s'était toujours vu refuser tant qu'elle l'avait demandé au nom de la justice et de la pitié.

«Le soir même nous étions mariés et nous nous sauvions vers Cadix. Pour moi — et cela te montre mon fils, jusqu'où peut aller l'amour d'une femme —, ta chère mère abandonnait d'un seul coup ses parents, sa patrie et ce qu'il restait de sa fortune après avoir payé le prix de ma délivrance. Par ses soins, tout avait été préparé d'avance en vue de notre fuite. A Cadix, un navire anglais, prêt à partir, nous attendait, mais au moment de lever l'ancre, une si violente tempête éclata que, malgré sa bonne volonté, le capitaine n'osa prendre la mer, et durant deux jours et une nuit, nous dûmes rester dans le port, transportés par la joie de nous retrouver l'un près de l'autre, mais dévorés d'inquiétude à la pensée du désastre qui pourrait résulter de ce retard imprévu, car mes anciens geôliers ayant répandu le bruit que je m'étais échappé par l'entremise du démon, tout le monde battait la campagne à l'entour afin de me retrouver. De son côté, de Garcia avait constaté la disparition de sa cousine et deviné par-là qu'elle était partie me rejoindre; poussé par la jalousie et la haine, il mit un tel acharnement à nous chercher qu'il finit par nous découvrir.

«Le troisième jour au matin, la tourmente s'étant apaisée, l'on se préparait à mettre à la voile et l'on avait déjà remonté l'ancre pour partir, lorsqu'une embarcation montée par vingt soldats et suivie de deux autres, vint accoster notre navire. Ordre fut donné au capitaine, au nom du Saint-Office, de mettre immédiatement en panne et de laisser monter à bord les hommes chargés de me capturer. Comme je me trouvais alors sur le pont, j'allais déjà me précipiter dans la cale afin de m'y cacher, lorsque le chef de la petite troupe, qui n'était autre que de Garcia en personne, s'avança et dit que j'étais précisément l'hérétique dont il était venu s'emparer. Me voyant sur le point d'être pris, car je me rendais compte que le capitaine, affolé, aimerait mieux me livrer que de s'exposer à être lui-même jeté en prison avec son équipage, je risquai le tout pour le tout, et arrachant mes vêtements j'exhibai aux marins mon corps couturé par les cicatrices provenant des tourments que j'avais supportés.

«— Vous êtes tous anglais comme moi, m'écriai-je. Allez-vous lâchement abandonner ainsi un de vos compatriotes aux mains de ces étrangers fanatiques? Voyez les traces des souffrances qu'ils m'ont déjà fait endurer; à moins que vous ne m'arrachiez à leurs griffes, je serai condamné à subir les mêmes tortures encore une fois et à mourir ensuite sur un bûcher. Si vous n'avez pas pitié de moi, ayez au moins pitié de ma pauvre jeune femme, et si vous n'avez pitié ni d'elle, ni de moi, prêtez-moi en tout cas une épée afin de me permettre, en me tuant, de me soustraire au supplice qui m'attend.

«Alors, l'un des matelots, un homme de Southwold qui avait connu mon père, vint se ranger à mes côtés en criant:

«— Libre aux autres de faire comme bon leur semblera. Mais, par le ciel, moi, je prendrai votre défense jusqu'au bout, Thomas Wingfield. Avant de vous toucher, vous ou votre douce jeune femme, il faudra que l'on me passe sur le corps.»

«Et saisissant un arc il le banda, posa une flèche sur la corde et la pointa contre les soldats qui montaient l'embarcation.

«Son exemple fut aussitôt suivi par tous ses compagnons.

«— Si vous voulez vous emparer de cet homme! s'exclamèrent-ils d'un ton menaçant. Venez le chercher ici; nous serons là pour vous recevoir.»

«En voyant cela, le capitaine reprit courage à son tour, et sans daigner répondre aux Espagnols, se contenta de commander à la moitié de ses hommes de hisser immédiatement les voiles, afin de mettre le navire en état de partir, et à l'autre moitié de se tenir prêts à repousser les soldats s'ils tentaient de monter à bord.

«Sur ces entrefaites, deux autres embarcations rejoignirent la première et s'accrochèrent à nous à l'aide de leurs grappins. L'un des hommes qui les montaient, s'enlevant à la force des poignets le long des chaînes, se haussa jusque sur le pont et voulut s'avancer vers moi. Alors, affolé par le désespoir et par le souvenir de toutes les souffrances qui m'avaient été infligées et dont je me sentais menacé à nouveau, j'arrachai aux mains de Southwold l'arc qu'il tenait à la main, et visant l'Espagnol à la poitrine, je lâchai la corde. La flèche l'atteignit en plein cœur, et il retomba dans la mer comme une masse, car si tu es adroit à tirer à l'arc, Thomas, je l'étais autant que toi, crois-le bien.

«La chose avait été si vivement faite que nos assaillants en demeurèrent tout saisis et, lâchant leurs grappins, se bornèrent à nous décocher quelques traits dont un seul atteignit le but en blessant l'un des nôtres. Du reste notre toile se gonflait à vue d'œil, et le navire commençait déjà à se mettre en marche. Ne voulant pas exposer inutilement la vie de ses hommes, le capitaine leur fit incontinent abandonner la lutte et leur ordonna de se mettre à l'abri pour attendre patiemment que la brise nous chassât au large.

«Alors, fou de rage, de Garcia se dressa dans l'embarcation où il était et se mit à nous insulter ma femme et moi.

«— Allez, nous nous retrouverons un jour, hurla-t-il en ponctuant ses paroles de jurons formidables. Dussé-je attendre vingt ans, j'aurai ma vengeance, et je l'aurai, non seulement sur vous, mais encore sur tous ceux qui vous sont chers. Rappelez-vous bien ce que je vous dis, Luisa de Garcia: où que vous vous cachiez, je saurai vous découvrir tôt ou tard et quand nous nous rencontrerons vous n'aurez plus qu'à choisir: ou revenir avec moi pour toujours, ou succomber sur l'heure.»

«Ce furent les derniers mots que nous lui entendîmes prononcer. Notre navire avait laissé les embarcations loin derrière lui et cinglait maintenant à pleines voiles vers l'Angleterre.

«Voilà, mon fils, quelle fut l'histoire de ma jeunesse et à la suite de quelles circonstances j'épousai ta pauvre mère qui vient de nous être si cruellement ravie.

«Juan de Garcia a tenu parole...»

— Je trouve cependant étrange qu'il l'ait tuée après tant d'années, dit mon frère, d'autant plus qu'il était amoureux d'elle. Même le plus mauvais des hommes n'aurait pas commis une telle action !

— Ce n'est pas si étrange que cela, répondit mon père. Que peut-on savoir de ce qu'ils se sont dit avant qu'il ne la poignarde? Sans doute ce qu'il avait crié à Thomas sous l'effet de la colère. Et qu'avait-il dit il y a si longtemps? Qu'il la tuerait si elle refusait de le suivre... Ta mère était toujours d'une grande beauté, Geoffrey, et il a pu lui donner à choisir entre la mort et la fuite. Ne cherche pas à en savoir plus, mon fils...

Et soudain, mon père se cacha le visage dans les mains et éclata en sanglots.

— C'est un grand malheur, mon père, répliquai-je au bout d'un instant, que vous ne nous ayez point avertis de cela plus tôt. A l'heure qu'il est, il y aurait un scélérat de moins sur terre, et je n'aurais pas eu besoin de courir si loin pour l'aller chercher.

Oui, certes, j'allais devoir courir loin pour l'aller chercher, mais combien plus loin encore, grand Dieu, que je ne me le serais imaginé !

CHAPITRE VI

«Loin des yeux, près du cœur»

Douze jours après avoir enterré ma mère et appris l'histoire de son mariage, mes préparatifs de départ étaient terminés. Il se trouva qu'il y avait justement alors à Yarmouth un navire en partance pour Cadix. C'était un bateau de cent tonneaux qui s'appelait *L'Aventurière* et transportait surtout de la laine, comptant rapporter ensuite en Angleterre une cargaison de vin et de pièces d'if pour confectionner des arcs.

Mon père m'y retint mon passage, me versa une première provision de cinquante livres en or et me procura auprès des armateurs une lettre de crédit au moyen de laquelle je pourrais, à mon arrivée en Espagne, me faire verser autant d'argent qu'il me serait nécessaire jusqu'à concurrence de cent cinquante livres.

C'était le 3 juin que je devais embarquer; il fut donc convenu que je partirais dans la soirée du 1er à Yarmouth où mon bagage m'avait déjà précédé. J'avais fait mes adieux à tout le monde sauf à celle que j'avais le plus à cœur de presser une dernière fois dans mes bras avant de m'en aller. En effet, depuis le jour où nous avions échangé nos premiers serments, je n'avais revu qu'une seule fois Lily, aux funérailles de ma mère où nous ne nous étions pas même adressé la parole. Maintenant, il allait me falloir sans doute partir sans seulement lui dire au revoir, car son père m'avait averti qu'il avait donné ordre à ses domestiques de me jeter dehors si je me présentais chez lui, et c'était une honte à laquelle je ne voulais point m'exposer. Mon chagrin, cependant, était d'autant plus grand que je partais pour un très long voyage, et avec la perspective de ne revenir peut-être jamais. L'affliction et l'embarras dans lesquels cette situation me plongeait étaient si profonds, que je finis par aller trouver mon père pour le supplier de me venir en aide.

— Souvenez-vous, lui dis-je, que je m'expatrie pour venger celle qui nous était si chère, à vous comme à moi, et que je donnerai ma vie, s'il le faut, pour sauver l'honneur de notre nom. Alors, accordez-moi au moins cette suprême faveur.

— Tu sais, mon fils, que c'est à ton frère Geoffrey et non à toi que mon voisin Bozard destine sa fille, répondit mon père; et chacun est libre d'agir envers les siens comme il l'entend. Cependant je ne veux pas te refuser ce que tu me demandes, et moi, du moins, il ne me chassera point si je vais le voir. Va-t'en dire qu'on selle deux chevaux, et nous irons ensemble au château.

Une demi-heure après, nous étions au château, et mon père demandait à parler au squire. Le serviteur qui était venu ouvrir, se souvenant des ordres qu'il avait reçus, me regarda tout d'abord d'un air indécis, mais finit par nous introduire dans la grande salle de justice, ou le squire, assis près d'une table, buvait de la bière.

— Bonjour, voisin, dit-il à mon père, vous êtes le bienvenu ici comme toujours, mais il n'en va pas de même de celui qui vous accompagne, encore qu'il soit votre fils.

— Ami Bozard, il m'accompagne ici pour la dernière fois. Permettez que je vous expose sa requête; vous serez libre ensuite de l'accepter ou de la refuser, comme il vous plaira; mais si vous la refusez, je vous avertis à l'avance que notre amitié n'en sera pas plus resserrée, tant s'en faut. Thomas est sur le point de s'embarquer pour l'Espagne où il part à la recherche du meurtrier de sa mère. Il y va de son propre gré parce qu'il a involontairement laissé échapper ce misérable, et j'estime qu'il est de son devoir d'y aller.

— C'est un limier bien jeune pour pister pareil gibier en pays étranger, riposta le squire. Néanmoins, sa crânerie me plaît, et je lui souhaite bonne chance. Que désire-t-il de moi?

— Que vous lui accordiez la permission de faire ses adieux à votre fille. Je sais que vous admettez mal qu'il prétende à sa main, et cela n'est pas pour me surprendre puisque moi-même je ne considère pas qu'il soit encore parvenu à un âge où l'on puisse songer à fonder une famille. Cependant il me semble qu'il n'y aurait pas grand inconvénient à ce qu'il vît votre fille, étant donné que le mal qui en pourrait résulter est déjà fait. Qu'avez-vous à répondre à cela?

Le squire Bozard demeura un instant pensif, puis repartit:

— Votre fils Thomas, bien qu'il ne m'agrée pas en tant que gendre, a certainement le mérite d'être un vaillant garçon. Puisque aussi bien il part si loin et ne reviendra peut-être pas, je ne veux pas qu'il garde mauvaise opinion de moi quand je ne serai plus. Sortez de la maison, Thomas Wingfield, et allez attendre sous le hêtre que vous voyez là-bas... Lily vous y rejoindra sous peu et vous lui pourrez parler durant une demi-heure... mais pas plus. Ayez soin de rester placé de telle sorte que je vous puisse voir de la fenêtre. Non, non, ne me remerciez point, et faites vite de peur que je ne me ravise.

Le cœur palpitant d'émotion, je m'en fus donc attendre sous le hêtre, et de fait, quelque temps après, Lily, souple et légère, délicieusement jolie comme toujours, s'avança vers moi.

— Ah! Thomas, murmura-t-elle, dès que je lui eus adressé mes compliments, c'est vrai que vous vous en allez par-delà les mers pour chercher l'Espagnol?

— Oui, Lily, je pars pour chercher l'Espagnol, et pour le tuer ensuite lorsque je j'aurai trouvé. C'est pour aller vers vous, Lily, que je l'ai laissé partir;

maintenant il me faut partir pour aller vers lui. Oh ! ne pleurez pas, je vous en conjure, car j'ai fait le serment de partir, et si je manquais à ma parole, je serais à jamais déshonoré.

— Et à cause de ce serment que vous avez fait, il me faudra donc être veuve avant que d'avoir été femme, Thomas !... Vous allez partir, et je ne vous reverrai jamais plus...

— Qui sait, ma douce ? Mon père aussi a fait un long voyage et a traversé bien des périls, et cela ne l'a pas empêché de revenir sain et sauf.

— Oui, il est revenu... mais il n'est pas revenu seul. Vous êtes jeune, Thomas, et en ces pays étrangers, il y a de grandes dames qui sont fort belles ; comment pourrai-je garder ma place dans votre cœur quand je serai loin ?

— Je vous jure, Lily...

— Non, Thomas, ne jurez point, car vous seriez trop exposé à commettre de nouveaux péchés en manquant à votre parole. Cependant, mon amour, ne m'oubliez point, moi qui ne vous oublierai jamais. Peut-être, et cela me torture le cœur de le dire, est-ce là notre ultime rencontre en ce bas monde. Il ne nous resterait alors plus qu'à espérer nous retrouver au paradis. Si tel est notre destin, sois certain que tant que je vivrai, je te serai fidèle et que, père ou pas, je mourrai avant de briser ce serment. Je suis peut-être encore bien jeune pour parler de cette manière mais ce sera comme je viens de te le dire. Pour moi, cette séparation est pire que la mort ! Si seulement le monde pouvait nous oublier ! Cependant, il vaut mieux que tu partes car, si tu restais, que deviendrait notre vie en attendant que mon père soit mort ?

— L'oubli viendra bien assez tôt, Lily, répondis-je. Cela dit, nous avons encore toute notre vie devant nous et il nous faut prier pour que le ciel veuille bien que nous la passions ensemble. Je pars autant pour chercher fortune que pour traquer l'ennemi et je reviendrai riche pour que nous puissions enfin nous marier !

— Ce serait trop beau, Thomas, soupira tristement Lily. Les gens épousent rarement leur grand amour et s'ils y parviennent, c'est souvent pour le perdre un peu plus tard. Notre consolation est d'avoir quand même connu les délices de l'amour, même si, par malheur, nous étions par la suite poussés à aimer quelqu'un d'autre.

Nous continuâmes à balbutier des mots d'amour, d'espoir et de chagrin, comme l'auraient fait d'autres jeunes gens à notre place. Puis Lily eut un sourire triste.

— Il est temps d'y aller, mon cœur. Mon père me fait signe à la fenêtre. Tout est fini...

— Alors, qu'il en soit ainsi, répliquai-je, tout en l'attirant d'un coup derrière le tronc d'un vieux hêtre.

Là, je la pris dans mes bras et l'embrassai longuement.

Je ne me rappelle pas grand-chose de ce qui s'ensuivit, si ce n'est que, lorsque nous repartîmes, j'aperçus son visage bien aimé qui me regardait tristement sortir de sa vie. Ce visage beau et triste allait me hanter pour les vingt ans à venir et me hante encore. D'autres femmes m'ont aimé et j'ai connu d'autres séparations, quelquefois encore plus terribles, mais le souvenir de son regard les supplante tous dans ma mémoire. Chaque fois que je repense à mon passé, je revois cette scène comme si c'était hier. Y a-t-il des chagrins plus profonds que ceux de notre jeunesse ? Peut-il exister des amertumes pires que celles engendrées par ce genre d'adieux ? J'en connus une autre plus tard mais je la raconterai en temps voulu. C'est l'habitude de se moquer des amours de jeunesse alors que ce sont les plus vrais, quoi qu'il arrive ensuite. J'en suis convaincu, moi qui suis vieux et qui ai eu une vie bien remplie.

Il y a pourtant encore une chose que j'avais oublié de dire. Alors que nous nous embrassions derrière le vieux hêtre, Lily retira de son doigt une bague qu'elle me glissa dans la main.

— Je veux que tu la regardes tous les matins, me souffla-t-elle, et que tu penses à moi. Cette bague avait appartenu à sa mère et elle brille encore à mon doigt pendant que j'écris ces lignes. Elle ne m'a jamais quitté tout au long de ces années d'aventure, d'amour, de guerre et de paix. Elle a étincelé à la lueur des feux de camps, des brasiers des sacrifices et des étoiles lointaines illuminant bien des contrées sauvages, et elle m'accompagnera dans la tombe. C'était un simple cercle d'or assez épais, à présent quelque peu usé, à l'intérieur duquel sont gravés ces humbles mots:

«Loin des yeux, près du cœur»

C'était à coup sûr la devise qui pouvait le mieux s'accorder à nos amours...

Je partis le même jour, en compagnie de mon père, pour Yarmouth. Mon frère Geoffrey ne nous accompagna pas mais nous nous quittâmes finalement bons amis, ce dont je suis heureux, car, je ne devais plus le revoir. Nous ne reparlâmes pas de Lily Bozard, bien que je fusse conscient qu'il essaierait de prendre ma place auprès d'elle dès que j'aurais le dos tourné. Ce qui arriva bel et bien. Depuis, je lui ai pardonné; en vérité, je ne peux pas beaucoup le lui reprocher, car, existe-t-il un homme sur terre qui n'aurait pas désiré épouser Lily après l'avoir connue? Geoffrey et moi avions été de bons amis jusqu'à ce que l'amour que nous portions à Lily vînt nous éloigner l'un de l'autre. C'est finalement une chose assez commune. Cela dit, pourquoi être méchant à son égard dans la mesure où il échoua dans son entreprise? Je préfère me souvenir de l'affection qui nous liait dans notre jeunesse et oublier le reste. Que son âme repose en paix.

Ma sœur Mary, la plus belle fille de la région après Lily Bozard, pleura beaucoup à mon départ. Nous nous aimions énormément et l'ombre de la jalousie n'était pas tombée entre nous. Je la réconfortai du mieux possible, lui racontai tout ce qui s'était passé entre Lily et moi et la priai de rester notre amie à tous les deux, quoi qu'il puisse arriver. Elle me le promit et, sans qu'elle m'en parle, je sus qu'il lui serait peut-être possible de nous aider. Comme je l'ai déjà dit, Lily avait un frère, un jeune homme non dépourvu d'avenir, qui était encore à l'école, et il semblait que Mary et lui éprouvaient l'un envers l'autre une forte attirance pouvant, éventuellement, déboucher sur quelque chose de plus sérieux. Nous nous embrassâmes donc et nous dîmes adieu, les yeux remplis de larmes.

Mon père et moi partîmes ensuite. Cependant, lorsque nous nous retrouvâmes sur la petite colline après Waingford Mills, sur la gauche de Bungay, je stoppai mon cheval pour regarder une dernière fois la plaisante vallée de la Waveney qui m'avait vu naître, et mon cœur se serra. Si j'avais su à ce moment-là ce qui allait m'arriver avant que je puisse revoir à nouveau ce paysage, je crois qu'il aurait éclaté pour de bon. Mais Dieu, qui a déposé bien des fardeaux sur le dos des hommes, leur a au moins épargné celui de la clairvoyance que bien peu d'entre nous auraient supporté. Aussi, jetai-je un ultime et long regard au lointain bois de chêne marquant l'endroit où vivait Lily, puis j'éperonnai mon cheval.

J'embarquai le jour suivant à bord de *L'Aventurière*. Avant de me quitter, mon père sentit son cœur s'adoucir à mon égard. Il s'était souvenu que j'avais été l'enfant préféré de ma mère et il s'était mis à craindre également de ne plus me revoir. A tel point qu'il finit par me dire, au dernier moment, qu'il avait changé d'avis et qu'il souhaitait me voir rester. Mais c'était trop tard pour moi. J'avais enduré toute l'amertume des adieux et je ne comptais pas revenir à la maison pour que mes frères et les voisins se moquent de moi...

— Vous avez trop attendu, père, dis-je. Vous avez voulu que j'accomplisse cette vengeance et maintenant rien ne pourra plus m'arrêter, dussé-je mourir dans la semaine qui vient. Un tel serment n'est pas de ceux que l'on rompt aisément et votre malédiction restera sur moi tant que je n'aurai pas accompli ma tâche.

— Alors, qu'il en soit ainsi, mon fils, répondit-il avec un soupir. L'horrible mort de ta mère m'a rendu fou et je passerai le peu qui me reste à vivre à la regretter. Peut-être aurais-je dû me souvenir que la vengeance n'appartient qu'au Seigneur et que Lui seul a le droit de frapper quand il le veut, et sans notre aide. Ne m'en veux pas, mon enfant, si jamais nous devons nous revoir. Sache que je t'aime et que c'est l'immense amour que je portais à ta mère qui m'a fait te traiter aussi mal.

— Je le sais, père, et je n'éprouve pas de rancune. Mais si vous pensez vraiment me devoir quelque chose, faites en sorte d'empêcher mon frère de mal se conduire envers Lily Bozard et moi pendant que je serai absent.

— Je ferai de mon mieux, mon fils, encore que, si elle et toi n'étiez pas déjà si chers l'un à l'autre, la compétition m'aurait bien plu. Mais, comme je te l'ai dit, je ne crois pas pouvoir veiller bien longtemps sur ton bien, ni sur le reste, et lorsque j'aurai disparu, les choses suivront leur cours. Où que tu ailles, n'oublie jamais ni ton Dieu, ni ton pays, Thomas : évite les bagarres, méfie-toi de ces femmes qui prennent les jeunes gens au collet, fais attention à ce que tu dis et modère ton tempérament, qui est loin d'être le meilleur possible. Cependant, où que tu te trouves, ne t'attaque jamais aux croyances du pays, sinon tu apprendras vite à quel point les hommes peuvent être cruels quand ils pensent que cela peut plaire à leurs dieux.

Je lui répondis que je garderais constamment ses conseils à l'esprit, ce que je fis, et ce qui me tira de bien mauvais pas plus tard. Puis il m'embrassa et implora le Tout-Puissant de prendre soin de moi. Et nous nous séparâmes.

Je ne le revis plus. En effet, et bien qu'il ne fût que d'un âge moyen, mon père mourut subitement d'une attaque cardiaque au plein milieu de la nef de l'église de Ditchingham, alors qu'il était venu sur la tombe de ma mère un dimanche, après la messe. Mon frère hérita ensuite de ses biens. Que Dieu ait son âme... Mon père était un homme de cœur mais son amour pour ma mère était trop grand pour lui donner une vision saine de la vie. Ce genre d'amour, qui est pourtant naturel chez les femmes, aboutit à une sorte d'égoïsme et finit par faire croire à celui qui le possède que rien d'autre ne compte vraiment dans l'existence. Pour mon père, ses propres enfants n'étaient rien comparés à ma mère et il aurait accepté de les perdre tous si cela avait pu la faire revenir d'entre les morts. Mais, d'un autre côté, c'était un noble défaut, car, il ne s'inquiétait guère pour lui-même et s'était beaucoup dépensé pour la conquérir.

Il n'y a pas grand-chose à raconter sur mon voyage vers Cadix, le port où, comme je l'avais appris, avait dû débarquer Garcia. Nous rencontrâmes des vents contraires dans le golfe de Gascogne, qui nous chassèrent vers le port de Lisbonne, où nous dûmes relâcher afin de réparer nos avaries. Mais finalement, après quarante jours de mer, nous arrivâmes sains et saufs à Cadix.

CHAPITRE VII

Andrés de Fonseca

Mon intention n'est pas de relater ici les diverses aventures qui m'advinrent pendant la douzaine de mois que dura mon séjour en Espagne, car si j'entreprenais de les raconter tout au long, mon histoire n'aurait jamais de fin ou, ce qui reviendrait au même, ma fin à moi me surprendrait avant que je l'eusse terminée.

Bien des voyageurs ont raconté la beauté de Séville, cette ancienne ville maure vers laquelle je me rendis le plus vite possible, en remontant le Guadalquivir. Je ne le ferai donc pas. Comme j'étais obligé de m'arrêter quelque temps à Séville, je m'y choisis une auberge de modeste apparence, située dans un quartier peu fréquenté. Je me dis alors qu'il serait bon que je puisse poursuivre mes études et je me mis aussitôt à la recherche d'un célèbre médecin de la ville pour lequel j'avais réussi à me faire délivrer une lettre de recommandation par les armateurs du navire qui m'avait amené.

A ma demande, cette lettre avait été établie au nom de Diego d'Aila, car, je ne souhaitais pas que l'on sache ma véritable nationalité. J'étais aussi espagnol que possible d'apparence et l'obstacle du langage diminuait de jour en jour, car, ayant appris la langue natale de ma mère avec elle, je pus passer pour un vrai Castillan au bout de six mois à peine, en dehors, peut-être, d'un léger accent.

Le médecin pour qui j'avais une recommandation possédait une belle demeure dans l'avenue de Las Palmas, une grande artère plantée d'arbres gracieux et sur laquelle donnaient bon nombre de ruelles. En passant par l'une d'entre elles, je remarquai un homme de petite taille assis à l'ombre sur un escabeau, dans un coin de son *patio*. Cet homme, qui avait les yeux vifs et intelligents et la figure toute ratatinée, me regarda attentivement lorsque je passai, et comme il était placé de telle façon qu'il pouvait commodément voir la maison du docteur sans se déranger, continua à m'observer tout le temps que je mis à y aller et à en revenir, ce que je fis du reste immédiatement, n'ayant pas rencontré celui auquel j'étais venu me présenter.

Au moment où je repassais devant lui, le petit homme laissa tomber par mégarde le grand *sombrero* à l'aide duquel il s'éventait. Je me baissai aussitôt pour le rammasser et le lui rendis.

— Mille remerciements, mon jeune ami, me dit-il d'une voix grave et douce. Vous êtes courtois pour un étranger.

— Comment savez-vous que je suis étranger, señor? demandai-je, tellement surpris sur le moment que j'en fis ainsi l'aveu sans m'en rendre compte.

— Si je ne l'avais deviné déjà, je le saurais maintenant, reprit-il en souriant. A votre manière de parler le castillan, il n'y a pas à se tromper.

Je m'inclinai et me disposais à m'éloigner, lorsqu'il me rappela.

— Qui vous presse tant, mon jeune ami? Entrez donc boire un gobelet de mon vin. Vous verrez qu'il est bon.

J'étais sur le point de refuser, lorsqu'il me vint à l'idée que je n'avais rien à faire, et que j'apprendrais peut-être quelque chose en laissant jaser ce bavard.

— Il fait chaud, señor. J'accepte.

Cette fois, au lieu de me répondre, il se leva en silence et me conduisit dans une cour pavée de marbre avec, en son milieu, un bassin tout garni de pampres. Lorsque la porte du *patio* fut refermée, et qu'il m'eut fait asseoir à côté de lui, il agita une sonnette d'argent qui se trouvait sur la table, et une femme jeune et jolie, portant le pittoresque costume espagnol, sortit de la maison et s'avança vers nous.

— Apportez-nous du vin, lui ordonna mon hôte.

Le vin fut apporté, un porto blanc incomparable.

— A votre santé, señor... ?

Le verre levé, mon hôte s'arrêta comme pour me laisser le soin de compléter sa phrase.

— Diego d'Aila, répondis-je.

— Hum! fit-il. Un nom espagnol, ou plutôt peut-être une imitation de nom espagnol, car, pour ma part, je ne me souviens pas de l'avoir jamais rencontré, et cependant j'ai bonne mémoire.

— Peu importe. C'est mon nom, il faut le prendre comme il est, señor... ?

Et à mon tour, je restai en suspens en le regardant d'un air interrogateur.

— Andrés de Fonseca, me répliqua-t-il en s'inclinant, médecin de cette ville et assez connu de tous, mais en particulier du beau sexe. Eh bien! señor Diego (vous voyez, je vous donne le nom que vous m'indiquez, car, comme vous le dites, il importe peu que ce soit celui-là ou un autre, et il est des circonstances dans la vie où l'on est obligé d'en changer), je vois que vous n'êtes pas du pays... Oh! ne faites pas l'étonné, señor, je m'en suis aperçu tout de suite. Quand on connaît bien une ville, on n'hésite pas à chaque coin de rue, et on ne s'arrête pas pour demander son chemin aux passants; en plus de cela, quand on est de Séville, on ne marche pas, en été, sur le côté où il y a du soleil. Serait-il indispensable de vous demander la raison pour laquelle un jeune homme d'aussi robuste santé que vous semblez l'être allait rendre visite à mon rival d'en face.

Et d'un mouvement de tête, il m'indiqua la maison où j'étais allé frapper.

— Señor, j'ai point pour habitude de ne rendre compte de mes actes à personne, repartis-je, pensant que j'avais affaire à un de ces intrigants qui déshonorent notre profession en sollicitant sans cesse des clients pour tâcher de leur soutirer de l'argent. Néanmoins, je vais vous l'apprendre. Moi aussi je suis médecin ou, du moins, en passe de le devenir, et je suis à la recherche d'un praticien établi auprès duquel je pourrais me rendre utile et gagner ainsi et ma vie et une plus grande expérience encore.

— Vraiment, señor? En ce cas, vous êtes mal tombé. Jamais cet homme ne consentira à prendre un apprenti, à moins qu'il ne lui soit versé pour cela une forte somme: ici, ce n'est point la coutume.

— Alors, il me faudra chercher un gagne-pain ailleurs ou d'une autre manière.

— Je ne dis pas cela. Ecoutez, señor, expliquez-moi ce que vous savez de la médecine, ou plutôt (ce qui est plus important) de la nature humaine, car, pour ce qui est de la première, nul ne peut se vanter de la connaître bien à fond: mais qui possède une grande habitude de la seconde, possède, sur les hommes... et sur les femmes, une supériorité infiniment précieuse.

Et sans autre préambule, il se mit à me poser une foule de questions toutes si précises et d'un rapport si étroit avec le sujet auquel il venait de faire allusion, que je m'étonnai de lui voir tant de perspicacité.

— C'est bien, señor, conclut-il, lorsqu'il eut terminé son interrogatoire; je constate que vous possédez du talent, et que vous promettez beaucoup, bien que vous manquiez d'expérience, ce qui, naturellement, ne s'acquiert qu'avec l'âge.

Je m'inclinai pour le remercier de ses compliments, mais en m'efforçant de ne pas lui laisser deviner combien ma satisfaction était grande.

— Néanmoins, toutes vos qualités n'auraient pu m'inciter à vous adresser la proposition que je veux vous faire, si je n'avais remarqué chez vous une autre particularité qui est, à mes yeux, beaucoup plus importante. Peut-être ne vous l'a-t-on encore jamais dit, mais votre visage est d'une pureté de lignes particulièrement remarquable, et je suis persuadé à l'avance que la plupart des jeunes filles et jeunes femmes de Séville en raffoleront.

— En vérité, monsieur, vous me comblez, mais j'avoue que je ne conçois pas très bien vers quoi peuvent tendre tous ces compliments. Allons droit au but, je vous prie, que me proposez-vous?

— Eh bien! voici: j'ai besoin d'un aide qui possède toutes les qualités que j'ai remarquées chez vous, et, par-dessus tout, une autre qui vous appartient certainement aussi: la discrétion. Les gages que je lui verserai seront rémunérateurs, la maison que j'habite sera mise à son entière disposition, et il aura des facilités tout à fait exceptionnelles pour apprendre à connaître le monde. Cela vous agrée-t-il?

— Avant de m'engager en rien, señor, je voudrais avoir des précisions plus catégoriques sur le genre de travail qu'il me faudra fournir. Les offres que vous m'adressez sont on ne peut plus généreuses, mais si j'ai bien compris, il s'agit plutôt d'un genre de travail qu'un honnête homme ne saurait accomplir sans rougir.

— Il est très logique que de tels soupçons vous soient venus à l'esprit, jeune homme, puisque, sans vous connaître, je vous ai fait spontanément d'aussi avantageuses propositions. Mais détrompez-vous. L'on vous a dit sans doute que ce médecin que vous êtes allé voir (et quelques autres encore que l'on vous a peut-être cités) était le plus réputé de la ville. Il n'en est rien. C'est moi qui suis le plus en renom et le plus riche, et je fais plus d'affaires à moi tout seul que deux d'entre eux réunis. Cela vous étonne? Vous vous demandez comment je gagne tant d'argent, et comment, en ayant tant gagné déjà, je ne m'accorde pas la satisfaction de vivre tranquillement sur les revenus que je me suis créés. Eh bien, je vais vous l'apprendre. Si tout le monde — et je le répète, en particulier les femmes —, vient me trouver, c'est parce que je possède une connaissance approfondie de l'âme humaine. Les uns viennent chercher auprès de moi de la consolation pour leurs chagrins passés, les autres viennent me consulter sur la réalisation de leurs espoirs d'avenir. Celle-ci s'afflige parce qu'une maladie éruptive ravage la fraîcheur de son teint; elle sait que je lui fournirai le baume qui convient pour lui redonner le velouté d'une pêche. Celle-là est tourmentée par quelque chagrin caché; elle sait qu'en me le venant confier, elle trouvera chez moi le moyen de se sortir d'embarras. Bref, la moitié des secrets de Séville sont entre mes mains, et si je voulais parler, je pourrais en dire assez pour faire s'entr'égorger plus de vingt familles nobles. Mais je suis toujours muet comme la tombe, d'abord parce que l'on me paye pour que je me taise, et ensuite parce que, même quand on ne me paye pas, je tiens à conserver ma réputation. La plupart de mes clientes me considèrent comme leur sauveur; je les tiens en réalité pour mes dupes. Malgré cela, jamais d'affaires louches, jamais de criminelles entreprises. Je suis prêt à vendre un philtre inoffensif composé d'eau colorée, mais je ne délivre de poison à personne. En somme, voyez-vous, je considère que je suis un honnête homme à ma façon. Seulement, je prends la vie comme elle vient, et je me dis que, puisque les gens sont des sots, j'aurais grand tort de n'en point profiter.

«Oui, je suis devenu riche, et pourtant, je ne peux pas m'empêcher d'amasser encore plus d'argent. Car l'argent, c'est le pouvoir... Mais plus que cela, j'aime la vie. On parle de romances et d'aventures! Quelle romance et quelle aventure peuvent se comparer avec celles dont j'entends parler chaque jour de l'année? Sans compter que j'ai mon rôle à jouer dans chacune d'elle, un rôle important dans bien des cas, tout simplement parce que je ne vais pas crier sur les toits tout ce que je sais.

— S'il en est ainsi, señor, je ne m'explique pas comment un garçon de mon âge, et si peu expérimenté, pourrait vous être utile à quelque chose?

— Mon ami, mettez-vous bien une fois pour toutes dans la tête que, quand je regarde quelqu'un, je juge du premier coup d'œil à qui j'ai affaire. Si vous manquez d'expérience, vous en acquerrez à mon école, et j'aurai ainsi l'avantage de pouvoir vous façonner à ma guise. Si je vous ai choisi étranger, c'est parce que je suis sûr que vous n'aurez pas d'accointances dans la ville. Enfin si, comme c'est le cas, vous êtes profondément épris de la jeune fille que vous avez laissée en Angleterre, j'aurai beaucoup moins à craindre que vous vous vous enamouriez d'une de mes clientes... Qu'y a-t-il? Vous êtes surpris?

— Mais comment vous y êtes-vous pris pour savoir?...

— Comment je m'y suis pris? Mon Dieu, c'est très simple. D'abord, les bottes que vous portez ont été fabriquées en Angleterre. J'en ai vu beaucoup de semblables durant le voyage que j'y ai fait. Ensuite, vous vous exprimez avec un léger accent anglais, et il vous est même arrivé en causant d'employer un ou deux mots de votre langue maternelle lorsque vous ne trouviez pas l'équivalent en castillan. Maintenant, en ce qui concerne la jeune fille, n'est-ce point un anneau de fiançailles que vous portez au doigt? Au surplus, quand je vous ai parlé des femmes de mon pays, j'ai très bien vu que cela ne vous intéressait pas, comme logiquement (étant donné votre âge), cela aurait dû si votre cœur n'avait été déjà pris. Tenez, j'irai plus loin: gageons que la dame de vos pensées est blonde et grande?... Ah! je m'en doutais. J'ai remarqué que neuf fois sur dix, les hommes et les femmes ont une inclination marquée pour les personnes qui sont d'une couleur différente de la leur. Ce n'est pas une règle absolue, évidemment; mais on peut avancer cela sans avoir beaucoup à craindre de se tromper.

— Vous êtes vraiment étonnant, señor!

— Etonnant? Non; seulement, j'ai beaucoup observé, et vous verrez que d'ici un an, pour peu que vous suiviez mes conseils, vous aurez déjà fait beaucoup de progrès. Mais peut-être n'avez-vous pas l'intention de prolonger votre séjour à Séville si longtemps? Peut-être êtes-vous venu ici dans un but déterminé, et désirez-vous passer votre temps d'une manière profitable d'ici que vous soyez parvenu à l'atteindre?... J'ai deviné juste, cette fois encore, n'est-ce pas? Eh bien, tant pis, j'accepte de courir ce risque; après tout, il y a souvent loin de la coupe aux lèvres, et qui sait s'il ne vous faudra point patienter beaucoup plus longtemps que vous ne pensez. Acceptez-vous ma proposition?

— J'en ai bonne envie.

— Alors, c'est déjà chose faite. Maintenant avant que nous abordions la question des gages, je tiens à vous avertir d'autre chose. Je n'entends pas que vous jouiez ici le rôle d'un vulgaire apprenti. Aux yeux de tous, vous passerez pour mon neveu, et je dirai que vous êtes venu exprès de l'étranger pour devenir mon élève. Vous me seconderez d'ailleurs effectivement dans mes travaux, mais vous aurez d'autres attributions en plus. Il faudra que vous vous mêliez intimement à la vie de Séville, que vous surveilliez ceux que je vous chargerai de surveiller, que, sans en avoir l'air, vous laissiez tomber, au milieu d'une conversation, le mot qui convient... bref, que de cent manières que je vous indiquerai, vous achalandiez ma maison... et la vôtre. Vous vous montrerez selon le cas, spirituel et brillant, ou bien docte et réservé; vous tirerez tout le parti possible de votre personne et de votre talent, car cela présente beaucoup d'importance vis-à-vis de mes clients. Mais avant tout, jeune homme — et ici sa physionomie prit tout à coup une expression sévère et presque farouche —, vous ne violerez jamais ni mes secrets à moi, ni ceux de mes clients. C'est un point sur lequel je me montrerai d'une intransigeance formelle. N'oubliez jamais que, si vous commettez la moindre indiscrétion, ce sera la mort pour vous. Remarquez bien que je ne dis pas: je vous tuerai, mais je dis: ce sera la mort pour vous. A vous, maintenant, de décider si mes conditions vous conviennent; mais, au cas où vous refuseriez, et où vous iriez colporter ailleurs ce que je viens de vous confier, dites-vous bien qu'il pourra vous arriver malheur avant peu. Vous avez compris?

— J'ai compris. Il y va de mon intérêt de me taire.

— Jeune homme, vous me plaisez plus que jamais. Votre réponse m'inspire plus de confiance que si vous m'aviez simplement dit: «Je me garderais bien de trahir les confidences que vous m'avez faites», car elle est évidemment plus sincère. Alors, acceptez-vous?

— J'accepte.

— Parfait. Vous avez laissé votre bagage à l'auberge, sans doute? Je vais charger quelqu'un de solder votre compte et d'apporter ici tout ce qui vous appartient. Inutile que vous vous dérangiez, mon neveu; restez plutôt à me tenir compagnie, et tendez-moi votre verre pour que je le remplisse; plus vite nous nous familiariserons l'un avec l'autre, mieux cela vaudra.

C'est ainsi que je fis la connaissance du señor Andrés de Fonseca qui devait, par la suite, devenir mon bienfaiteur, et qui était certes bien l'homme le plus singulier que j'aie jamais rencontré. Peut-être trouvera-t-on que j'agissais avec beaucoup d'imprudence en acceptant d'entrer à son service, car, d'après le peu que j'en ai dit, on serait tenté de croire que c'était une franche canaille, un de ces louches individus qui entraînent les jeunes gens dans le crime et les acculent à la ruine; mais, si étrange que cela puisse paraître, il n'en était rien, et tout ce qu'Andrés de Fonseca m'avait dit, était, au contraire, rigoureusement exact.

C'était un homme de rare talent, doté d'une expérience remarquable, car il avait tant voyagé et fréquenté tant de monde, qu'il connaissait la nature humaine sous ses plus divers aspects. S'il exploitait les sots — comme il l'avouait lui-même sans fausse honte —, il lui arrivait bien souvent aussi d'accomplir avec un parfait désintéressement les actions les plus charitables. Ainsi, il n'avait aucun scrupule à réclamer dix *pesos* d'or à une grande dame opulente pour lui avoir teint les cheveux, mais il ne demandait, par contre, aucune rétribution à une pauvre fille malade qui venait le trouver, et, bien mieux, lorsqu'elle était guérie, s'arrangeait même pour lui procurer du travail afin de l'aider à se tirer de la misère.

Lui, qui connaissait tous les secrets de Séville, n'essaya jamais de gagner de l'argent en les révélant à ceux que cela aurait pu intéresser. Non pas qu'il n'en aurait pas tiré profit mais parce qu'il était en fin de compte honnête au fond de lui-même et qu'il affectait ne pas vouloir jouer le rôle d'un coquin.

En ce qui me concerne, je n'eus jamais qu'à me louer de lui, et l'existence que j'ai menée à ses côtés fut toujours facile et heureuse. J'appris rapidement mon rôle et le jouai à la perfection. Le bruit fut propagé que j'étais le neveu du riche médecin Fonseca et que ce dernier m'instruisait afin que je puisse prendre un jour sa place. Ce qui, ajouté à ma prestance naturelle, m'assura des entrées dans les meilleures demeures de Séville. Je pris en charge cette partie des affaires de mon maître, qu'il n'avait pas pu, jusque-là, assurer car il évitait de se mêler à la vie mondaine de la cité. Il me donna de l'argent en abondance pour que je puisse le dépenser en compagnie des riches, une ruse pour faire savoir à qui de droit que je m'intéressais autant aux affaires qu'au plaisir. Ainsi, il m'arriva souvent de voir se glisser vers moi, à l'occasion d'un bal ou d'une fête, quelque charmante dame anxieuse de savoir si Don Andrés de Fonseca voudrait bien accepter de la recevoir en privé pour une affaire importante. Si je n'avais pas été là pour les attirer, nous aurions perdu ces clientes, pour la plupart trop timides pour aller voir directement mon maître.

De même, il n'était pas rare que des jeunes nobles viennent me prendre par le bras à la fin d'une soirée, pour demander l'aide de mon maître dans telle ou telle affaire d'honneur, ou d'argent. Dans ce cas, je les emmenais directement à la vieille demeure maure où Don Andrés attendait comme une araignée dans sa toile. En effet, la plupart de nos affaires se traitaient la nuit; et tout était terminé le plus rapidement possible, pour le meilleur profit de mon maître et la plus grande satisfaction de tous. Le bruit finit par se répandre que, malgré ma jeunesse, j'étais quelqu'un sur la discrétion duquel on pouvait compter, que je ne me battais pas, ne buvais pas, ne jouais pas et que mon amitié pour certaines belles dames ne m'empêchait pas de garder mes secrets pour moi. Mes talents de médecin furent également bientôt reconnus parmi la population féminine de Séville, au sein de laquelle on disait que le neveu du vieux Fonseca n'avait pas son pareil pour ôter une imperfection de la peau ou changer la couleur des cheveux, et chacun sait qu'une telle réputation vaut déjà une fortune à elle seule. Tout cela fit qu'on vint me consulter directement de plus en plus souvent. Bref, tout se passa si bien que, au bout de six mois que j'étais à son service, mon maître put constater que, non seulement je lui apportais une large part de soulagement dans ses travaux, mais encore que ses bénéfices, déjà pourtant copieux auparavant, avaient, depuis mon arrivée, augmenté dans la proportion d'un tiers.

Ce fut une bien étrange existence et je pourrais écrire un véritable roman rien qu'en racontant tout ce que je vécus et appris à cette époque, mais cela n'a rien à voir avec l'histoire qui nous intéresse. En effet, tous ces gens qui dissimulaient leurs pensées derrière des sourires et des silences nous parlaient à cœur ouvert. Il arrivait que telle ou telle épouse ou jeune fille nous fasse d'affreuses confessions que personne n'aurait prises au sérieux sans les preuves qu'elles apportaient; que nous apprenions par hasard le meurtre d'une femme, d'un amant ou d'un rival; qu'une vieille dame avait l'intention de trouver un mari à peine sorti de l'adolescence; qu'un roturier ou une roturière désirait acheter une alliance avec quelqu'un de sang noble, mais dépourvu d'argent. Je ne m'occupais guère de ceux-là. En revanche, j'écoutais d'une oreille attentive tous ceux qui avaient des problèmes en amour, car, je me sentais proche d'eux, à tel point que cette profonde sympathie poussa à plusieurs reprises des malheureuses blessées dans leur cœur à transférer leur affection sur moi. C'est ainsi que, si je l'avais voulu, j'aurais pu épouser l'une des plus belles et des plus riches jeunes filles nobles de Séville.

Mais je pensais jour et nuit à ma Lily et ne profitai d'aucune de ces occasions.

CHAPITRE VIII

La Deuxième Rencontre

On serait peut-être amené à supposer, d'après ce qui précède, que les agréments de ma nouvelle situation m'avaient fait complètement oublier les raisons pour lesquelles j'étais venu en Espagne, c'est-à-dire me venger sur la personne de Juan de Garcia du meurtre de ma mère. Il n'en était rien. En fait, à peine m'étais-je installé dans la maison d'Andrés de Fonseca que j'avais entrepris de m'enquérir des activités de Garcia, mais sans résultat.

Si l'on considère froidement la situation, je n'avais que peu de chance, en réalité, de le retrouver dans cette ville. Bien sûr, il avait affirmé à Yarmouth être en partance pour Séville, mais il se trouvait qu'aucun navire portant le nom du sien n'avait fait escale à Cadix ni remonté le Guadalquivir. Et pouvait-on attendre d'un homme qui venait de commettre un crime qu'il donnât sa véritable destination? Mais je persévérai dans mes recherches. La maison où avaient vécu ma mère et ma grand-mère avait été brûlée. D'autre part, leur existence ayant été des plus retirées, il n'existait que peu de chances qu'on se souvienne d'elles. Je découvris pourtant une vieille femme, vivant dans la pauvreté la plus complète, qui avait été la servante de ma grand-mère et qui connaissait bien ma mère, même si elle n'avait pas été encore engagée au moment de la fuite de celle-ci vers l'Angleterre. Je récupérai donc, bien que, est-il besoin de le préciser, je ne lui disse jamais que je n'étais autre que le petit-fils de son ancienne maîtresse, quelques informations de la bouche de cette femme.

Il semblait que, après la fuite de ma mère, de Garcia se soit mis à persécuter ma grand-mère (qui était sa tante) par tous les moyens, jusqu'à la réduire à la mendicité, après quoi le brigand l'avait laissée mourir. Elle était alors si dépourvue de ressources qu'elle fut enterrée dans une fosse commune. La vieille femme m'avait en outre affirmé qu'elle avait entendu dire que de Garcia avait été obligé par la suite de quitter le pays après avoir commis un crime. Elle ne se souvenait pas en quoi consistait ce crime mais elle se rappelait qu'il avait eu lieu une quinzaine d'années plus tôt.

J'avais appris tout cela alors que je n'étais pas depuis plus de trois mois à Séville. Ces informations étaient intéressantes, même si elles ne me firent pas beaucoup avancer dans mes recherches.

Quatre ou cinq nuits plus tard, je rencontrai une jeune femme sortant par la porte du *patio*, alors que je rentrais moi-même à la maison. Elle portait un voile impénétrable et ce furent sa grande et belle silhouette, ainsi que les sanglots qui l'agitaient violemment, qui attirèrent mon attention. J'étais habitué à ce genre de rencontre, dans la mesure où nombre de ceux qui venaient chercher conseil auprès de mon maître avaient de bonne raison de pleurer, et je la croisai sans rien dire. Cependant, lorsque je rejoignis mon maître dans la pièce où il recevait ses clients, je ne pus m'empêcher de lui dire qui j'avais rencontré et de lui demander si c'était une personne que je connaissais.

— Ah, mon neveu, fit Fonseca (il m'avait toujours appelé ainsi et il commençait réellement à me traiter comme si j'appartenais à son propre sang), c'est un cas bien triste! Non, tu ne la connais pas et elle ne fait pas partie de mes «patients» payants. Cette pauvre fille, de noble famille, était entrée en religion et avait prononcé ses vœux lorsqu'est apparu un jeune galant, lequel se mit à la rencontrer secrètement dans les jardins du couvent en lui promettant le mariage si elle s'enfuyait avec lui. Et maintenant, il l'a abandonnée et elle est envahie par le chagrin. Plus grave encore, si jamais les prêtres lui remettent la main dessus, elle risque fort d'apprendre ce que veut dire mourir à petit feu derrière les murs d'un couvent... Elle est venue me demander conseil, en m'apportant quelques bijoux en argent en guise de paiement. Les voici.

— Et vous les avez pris?

— Bien sûr... Je prends toujours des honoraires. Mais, sache que je lui en ai donné pour leur poids exact en or. Mieux, je lui ai dit où elle pourrait se cacher en attendant que les prêtres se soient lassés de leur chasse. La seule chose que je ne lui ai pas révélée, c'est que son mari n'était autre que le plus grand bandit qui ait jamais hanté les rues de Séville. A quoi cela lui aurait-il servi, hein? Cela m'étonnerait qu'elle le revoie. Mais chut! J'entends venir la duchesse... Une affaire d'astrologie, cette fois. Où sont mes horoscopes, ma baguette et ma boule de cristal? Voilà les lampes, donne-moi ce livre et disparais!

J'obéis et rencontrai peu de temps après la grande dame, une femme corpulente accompagnée d'une duègne et qui se glissait craintivement sous les portiques pour aller écouter les réponses des astres. Et payer une coquette somme en bons pesos pour ça. Cette vision me fit tellement rire que j'oublai instantanément l'autre dame et ses vœux brisés.

Et maintenant, je vais conter comment je rencontrai pour la deuxième fois de Garcia, mon cousin et mon ennemi juré. Deux jours après ma rencontre avec la dame voilée, il m'advint une nuit de me trouver attardé dans les rues désertes de l'un des quartiers les plus reculés de la vieille ville. C'était un coin fort peu sûr, et je ne me dissimulais point le péril auquel je m'exposais en m'y aventurant seul à pareille heure. Mais l'affaire, dont m'avait, en l'occurrence, chargé mon maître, était urgente et demandait à être traitée sans témoins. Du reste, je ne me connaissais pas d'ennemi dans la ville, et j'avais à mon côté cette épée qui avait servi à tuer ma mère, et que je portais constamment avec l'espoir d'assouvir ma vengeance un jour ou l'autre, car, grâce aux leçons que je prenais avec assiduité chaque matin, je m'étais sensiblement perfectionné dans l'art de l'escrime.

Je rentrais en flânant, mon affaire conclue, lorsque je me mis à réfléchir à l'étrangeté de ma nouvelle existence, si différente de celle de mon enfance dans la vallée de la Waveney. J'en vins à penser à Lily et me demandai ce qu'elle faisait de ses journées, si mon frère Geoffrey continuait à la persécuter pour obtenir sa main et si elle ne finirait pas un jour par lui céder, ainsi qu'à son propre père. J'arrivai à une écluse donnant sur le Guadalquivir et, à un moment donné, m'arrêtai pour m'accouder à un parapet, afin de contempler plus à loisir l'admirable panorama qui s'étalait sous mes yeux.

Au bout de quelques minutes, je vis un homme monter les degrés qui se trouvaient à côté de moi et s'enfoncer dans l'ombre de la rue. Je n'aurais prêté aucune attention à lui, si, en me retournant, je ne m'étais aperçu que cet homme causait avec une femme qu'il avait rencontrée quelques pas plus loin.

Contrairement à ce que j'avais d'abord supposé, il ne s'agissait pas d'un rendez-vous d'amoureux, car leur attitude vis-à-vis l'un de l'autre n'avait rien de tendre, principalement celle de l'homme, qui ne cessait de reculer vers moi, comme s'il cherchait à rejoindre la barque avec laquelle il était venu. J'en fus d'autant plus surpris, que la clarté de la lune me permit de voir que les traits de la femme étaient remarquablement beaux. Quant à ceux de l'homme, il m'était impossible de les voir en raison du chapeau à larges bords qui était rabattu sur ses yeux.

A force de se rapprocher de moi, ils finirent par être assez près pour qu'il me fût possible de les entendre.

— Vous n'aurez tout de même pas la cruauté de m'abandonner maintenant après m'avoir épousée et fait tant de serments? murmurait la femme d'une voix suppliante. J'ai tout abandonné pour vous. Je suis actuellement dans le plus grave péril. Je...

Sa voix devint si faible, que je ne pus saisir la fin de la dernière phrase.

— Ma toute belle, répondit l'homme d'un ton doucereux, vous savez bien que j'ai toujours eu la plus profonde adoration pour vous. Je souhaiterais de tout mon cœur pouvoir demeurer auprès de vous, mais il est impérieusement nécessaire que je vous quitte pour quelque temps. Quant à vous fournir de l'argent, vous savez que cela m'est impossible, n'en ayant point à ma disposition. Néanmoins, ayez confiance, Isabelle, avec l'expérience que vous avez acquise grâce à moi, vous verrez que vous pourrez vous tirer d'affaire, et d'ailleurs...

Mais lui aussi se mit à parler si bas, qu'il me fut impossible d'entendre la fin de ses explications.

Au fur et à mesure qu'il parlait, une sorte de tremblement nerveux que je n'arrivais pas à maîtriser s'était emparé de tous mes membres, non pas à cause de l'émotion que m'avait procurée cette scène pourtant bien pathétique, mais en raison des souvenirs qu'avaient brusquement réveillés dans mon esprit l'apparence et la manière de s'exprimer de cet homme.

Mais non, c'était impossible, je devais évidemment me tromper.

— Comment? reprenait déjà la malheureuse, auriez-vous donc le cœur assez dur pour me laisser, moi, votre femme, en butte à la misère et à de si grands dangers. Je vous en conjure, Juan, je vous en conjure, emmenez-moi avec vous!...

Elle se cramponna à son bras, pour le retenir, mais il la repoussa avec rudesse, et le geste qu'il fit pour s'écarter d'elle ayant envoyé rouler à terre son grand feutre, sa figure m'apparut en pleine clarté sous la lune. Par le ciel! c'était lui, c'était bien lui, Juan de Garcia! Comment en douter davantage? Ses traits fortement accusés, ses cheveux ondulés et sa barbe en pointe, le pli sarcastique et cruel de sa bouche, et cette cicatrice caractéristique qui lui barrait la tempe, tout cela m'était demeuré trop nettement gravé dans la cervelle pour qu'il me fût possible de m'y méprendre un seul instant.

D'un bond, je m'élançai à sa rencontre, en tirant mon épée du fourreau.

— Eh quoi! ma colombe, avez-vous un spadassin à votre solde? s'écria-t-il avec stupeur. Qu'est-ce à dire señor? Avez-vous la prétention de vous poser en champion des nobles dames opprimées?

— J'ai la prétention avant tout, Juan de Garcia, répliquai-je, de venger la mort de celle que vous avez lâchement assassinée. Peut-être vous souvient-il encore de cette rivière d'Angleterre sur les bords de laquelle fut commis le crime abject que je vous reproche? Mais, si vous l'avez oubliée, voici l'épée qui, ce jour-là, vous servit à tuer ma mère et par laquelle vous allez aujourd'hui mourir à votre tour!

— Sainte-Mère de Dieu! s'exclama-t-il, c'est ce petit Anglais qui...

— C'est Thomas Wingfield par qui vous fûtes, ce jour-là, rossé à plates coutures et qui maintenant se propose, ainsi qu'il en a solennellement fait le serment, de parfaire cette besogne inachevée. En garde, Juan de Garcia, et promptement, je vous prie, ou sinon je vous transperce à l'instant!...

Encore qu'un peu théâtrale, comme je m'en rends compte lorsque j'y repense à présent, cette fougueuse tirade ne laissa pas que de produire sur de Garcia la plus vive impression, car il comprit tout de suite que j'étais fermement résolu à mettre à exécution les menaces que je proférais. Sa figure devint toute pâle, et il se mit à regarder avec égarement de tous côtés. De Garcia, la chose était claire, de Garcia avait peur et n'osait se mesurer avec moi! Mais que l'on aille pas croire pour cela que c'était par lâcheté; loin de là, car il faut lui rendre cette justice qu'il ne fût jamais un poltron; non, s'il avait peur, c'était par superstition. Depuis longtemps déjà — je l'appris par la suite — cette conviction s'était, en effet, implantée dans son esprit qu'il périrait par ma main. C'est d'ailleurs pour cette raison qu'il avait tout de suite cherché à me tuer la première fois que nous nous étions rencontrés.

— Le duel a ses lois, señor, me répondit-il avec courtoisie, et il n'est point d'usage que l'on se batte ainsi sans témoins et en présence d'une femme. Si vous croyez avoir quelque grief contre moi — lequel? je l'ignore, car je ne sais de quoi vous parlez, ni pourquoi vous m'appelez par ce nom —, je suis à vos ordres, et nous nous rencontrerons le jour et à l'endroit qu'il vous plaira.

— Non pas, répliquai-je, en voyant qu'il continuait à regarder en arrière comme quelqu'un qui se prépare à fuir. Défendez-vous, ou je frappe!

Alors, comprenant que bon gré, mal gré, il fallait s'y résoudre, il se décida enfin à dégainer à son tour. Nos lames s'entrechoquèrent, faisant jaillir des étincelles dans la nuit, et remplissant la petite ruelle déserte et silencieuse d'un cliquetis d'acier ininterrompu. Au début, l'avantage fut pour lui, car j'étais animé d'une telle haine, que je ne me possédais plus et ferraillais à tort et à travers sans prendre le temps de calculer mes coups; mais, petit à petit, je commençai à me ressaisir et à apporter plus d'attention à ce que je faisais, car non seulement mon intention était de le tuer, mais je sentais que j'y parviendrais fatalement si aucune intervention étrangère ne survenait pour m'en empêcher, non pas que je lui fusse devenu supérieur en escrime, car en dépit des leçons que j'avais prises, il demeurait beaucoup plus habile dans l'art de manier l'épée, mais parce que je luttais pour le bon droit et que j'avais pour moi mon extrême jeunesse à laquelle je devais la vivacité de mon regard et la souplesse de mon poignet.

Pied à pied, je le contraignis à reculer jusqu'à ce qu'il se trouvât complètement adossé au mur du chemin qui conduisait à la berge. Plus je le pressais, plus mon jeu devenait méthodique et le sien désordonné. Déjà, il n'attaquait plus se contentant seulement de se défendre en parant les coups. Déjà, à deux reprises différentes, j'étais parvenu à le toucher. Déjà, enfin, je me croyais définitivement assuré de la victoire, lorsqu'au dernier moment, elle me fut brusquement arrachée...

Atterrée, se rendant compte que c'en était fait désormais de celui qu'elle persistait à aimer en dépit de son infamie, la femme m'avait empoigné à deux bras par derrière et s'était mise à lancer des appels désespérés. J'essayai de me dégager le plus vite que je pus, mais pas assez promptement toutefois pour esquiver la feinte que de Garcia en profita pour me porter par traîtrise à l'épaule droite, me paralysant ainsi à moitié le bras et m'obligeant à mon tour à rester simplement sur la défensive. Les cris de la femme avaient, d'autre part, été entendus, et quelques instants après, je vis déboucher au bout de la ruelle les gens du guet qui accouraient vers nous; mais, lorsqu'ils arrivèrent sur les lieux, ils n'y trouvèrent plus que moi, de Garcia et la femme s'étant subitement éclipsés chacun de leur côté.

Le chef de la petite troupe, qui tenait une lanterne à la main, s'avança vers moi pour m'arrêter. Alors, ne voulant pas m'exposer à être traîné en justice et à me mettre sur le dos une affaire qui aurait pu me causer un grave préjudice en attirant sur moi la colère de mon maître, j'envoyai d'un coup de pommeau rouler la lanterne dans le ruisseau, et me sauvai à toutes jambes. Deux ou trois des hommes du guet essayèrent bien de me poursuivre, mais c'étaient de pauvres lourdauds poussifs, et je n'eus aucune peine à leur échapper.

Lorsque je pus enfin m'arrêter pour souffler, je m'avisai tout à coup que je venais de commettre la sottise de laisser fuir de Garcia sans espoir de le retrouver. Ma première impulsion fut de revenir sur mes pas pour me mettre à sa recherche, mais en y réfléchissant, je me dis que ce serait peine perdue, et que je réussirais tout juste à retomber entre les mains des hommes du guet, qui me reconnaîtraient à ma blessure. Aussi me contentai-je de regagner la demeure de mon maître, en pestant contre la malchance qui m'avait frustré de ma vengeance, et contre cette femme qui s'était jetée sur moi au moment même où j'allais porter à de Garcia le coup fatal.

Maintenant, c'était fini. Averti qu'il était désormais de ma présence dans la ville, il prendrait certainement ses dispositions pour la quitter au plus vite, et comment pourrais-je savoir vers quelle destination il était parti?

En regagnant la demeure de Fonseca, l'idée me vint de lui demander conseil. Jusqu'à ce jour, je ne lui avais rien raconté sur moi, ni fourni aucune explication au sujet de ce qui m'avait amené en Espagne, car je suis d'un naturel très renfermé et me suis toujours fait une règle de ne point mettre autrui au courant de mes affaires. Mais lorsque je rentrai, on me prévint qu'il était monté se coucher, et que, se sentant très fatigué, il avait donné ordre qu'on ne le dérangeât sous aucun prétexte cette nuit-là. Je pansai donc ma blessure tout seul, comme je pus, et, de fort méchante humeur, allai ensuite me mettre moi-même au lit.

Le lendemain matin, je m'en fus trouver mon maître dans sa chambre, car il ne s'était point levé, étant déjà en proie aux premiers malaises qui précédèrent la grave maladie à laquelle il devait peu après succomber.

Pendant que je lui préparais la potion qu'il m'avait demandée, il s'aperçut que j'avais l'épaule bandée et voulut tout de suite savoir ce qui s'était passé.

— Auriez-vous la patience de bien vouloir écouter une histoire? lui demandai-je. Car j'aurais besoin de votre aide...

— Ah! répondit-il, toujours le vieux truc du médecin qui est incapable de se soigner tout seul. Je t'écoute, mon neveu.

Je m'assis alors à côté de lui et lui racontai tout, sans rien omettre. Je lui contai l'histoire de mon père et de ma mère, de mon enfance, du meurtre de ma mère par de Garcia et du serment que j'avais fait de me venger de lui. Puis je lui révélai ce qui s'etait passé la nuit précédente et comment mon ennemi m'avait échappé.

Pendant tout le temps que je parlai, de Fonseca, enveloppé d'une magnifique robe de chambre mauresque et ramassé sur lui-même dans son lit, m'écouta religieusement en m'observant avec la plus vive attention, sans m'interrompre une seule fois, ni par un mot, ni par un geste.

— Vous êtes singulièrement niais, mon neveu, me dit-il enfin. On reproche en général aux jeunes gens leur trop grande témérité, mais vous, c'est l'inverse, vous péchez plutôt par excès de prudence. Si vous vous étiez montré moins méfiant, vous auriez combattu avec plus d'audace cette nuit, et vous auriez tué votre ennemi; et si vous aviez été moins méfiant vis-à-vis de moi, vous ne m'auriez point caché cette histoire, et j'aurais pu vous venir en aide bien avant. Eh quoi! me vîtes-vous donc jamais trahir les secrets de quiconque, même de ceux qui me sont parfaitement étrangers? Alors, pourquoi aurais-je donc trahi les vôtres?

— Je ne dis pas le contraire, repartis-je, mais je préférais chercher d'abord par moi-même.

— Le chemin de l'orgueil est parsemé d'embûches, mon neveu. Ecoutez-moi bien: si j'avais su tout cela il y a un mois, à l'heure qu'il est, ce de Garcia aurait subi la mort qu'il mérite, grâce à l'intervention de la justice, et sans qu'il vous eût été besoin de lever un doigt pour cela. Je le connais depuis sa plus tendre enfance, et j'en sais assez long sur lui pour pouvoir le faire pendre deux fois s'il le fallait. Mieux, je connaissais ta mère, mon garçon, et je me rends compte maintenant que j'avais décelé sans le savoir la ressemblance qu'il y avait entre elle et toi. C'est moi qui ai soudoyé les gardiens du Saint-Office pour qu'ils relâchent ton père, que je n'ai jamais rencontré, et qui ai arrangé sa fuite. Depuis, j'ai eu affaire quatre ou cinq fois à de Garcia, un jour sous un nom, la fois suivante sous un autre. Il est même venu une fois en temps que client mais le brigandage auquel il s'était livré était si affreux que je refusai de m'en occuper. Cet homme est la pire canaille que j'aie jamais rencontrée à Séville, c'est tout dire. Mais c'est aussi la plus intelligente et la plus vindicative qui soit. Cela dit, ses mauvaises actions ne lui ont jamais rapporté gros et, aujourd'hui, il n'est plus qu'un aventurier sans nom qui ne vit qu'en faisant du chantage et en volant les femmes qui tombent sous sa coupe. Donne-moi les livres, là-bas, et je vais te parler de ce de Garcia!

Je lui apportai alors les gros volumes parcheminés, imprimés sur du vélin et rédigés en code.

— Ce sont mes archives, dit-il. Personne ne peut les lire en dehors de moi. Voyons l'index... Ah, voilà. Passe-moi le volume trois et ouvre-le à la page deux cent une.

J'obéis et déposai le livre devant lui, sur le lit. Il commença alors à lire les pattes de mouches avec autant de facilité que si elles eussent été de belles lettres bien formées.

— De Garcia... Juan. Taille, apparence, famille, faux noms, etc. Voici son histoire. Ecoute-moi.

Suivirent alors deux pages d'écriture serrée, rédigées en code, et que Fonseca lut au fur et à mesure qu'il traduisait. C'était assez bref mais j'avoue n'avoir jamais lu pareilles archives depuis. Là, sous un seul nom, se trouvait la liste de tous les forfaits qu'un être humain était capable de commettre pour satisfaire ses appétits de richesses et de haine.

Deux meurtres figuraient dans cette liste noire: un rival tué au couteau et une maîtresse assassinée par le poison. Sans compter d'autres choses, si abominables qu'il vaut mieux ne pas en parler ici.

— Et il ne fait aucun doute, fit Fonseca d'une voix froide, que je n'ai pas eu connaissance de tout. Mais, je sais que tout ce qui est consigné ici est la stricte vérité et qu'au moins un des meurtres pourrait être prouvé s'il venait à être capturé. Donne-moi donc de l'encre et une plume afin que j'ajoute une rubrique à ces archives.

Et voici ce qu'il écrivit en code:

«En mai 1517, le dit de Garcia alla en Angleterre pour un voyage d'affaires et là, dans la paroisse de Ditchingham, comté de Norfolk, il assassina Luisa Wingfield, de son nom de jeune fille Luisa de Garcia, sa cousine à laquelle il avait été autrefois fiancé. En septembre de la même année, ou un peu auparavant, après une fausse promesse de mariage, il trompa et abandonna Donna Isabella, de la noble famille des Siguenza, une nonne d'un établissement religieux de la ville.

— Quoi! m'exclamai-je. La femme abandonnée par ce de Garcia est la même que celle qui est venue vous demander votre aide l'autre nuit?

— Absolument, mon neveu. C'est bien elle que vous avez entendue l'implorer la nuit dernière. Si j'avais su ce que je sais maintenant il y a deux jours, ce bandit serait déjà en prison. Enfin, peut-être arriverons-nous quand même à temps. Je suis malade, mais je vais néanmoins me lever pour m'en occuper. Allez-vous soigner, mon neveu, et laissez-moi faire. S'il y a encore quelque chose à tenter, soyez certain que vous pourrez compter sur moi. Un instant... donnez l'ordre qu'un messager se tienne prêt à partir. Avant ce soir, je saurai tout ce qu'il sera possible de savoir.

La nuit venue, de Fonseca me fit de nouveau mander auprès de lui.

— J'ai organisé des recherches, m'annonça-t-il. J'ai même adressé une dénonciation en justice, chose qui ne m'était point arrivée depuis des années. On cherche de Garcia partout; on a déjà remué ciel et terre pour le découvrir; mais il semble avoir disparu sans laisser aucune trace. Enfin, je vais encore essayer, ce soir, d'écrire à Cadix; il se peut qu'il ait fui en descendant le fleuve. Mais j'ai quand même découvert quelque chose. La Señora Isabella a été capturée par le guet et elle a été reconnue comme s'étant enfuie d'un couvent. Elle a été remise entre les mains des exécuteurs du Saint-Office pour qu'il y ait enquête sur son cas. En d'autres termes, cela signifie la mort pour elle, si elle est reconnue coupable.

— Ne peut-on pas la sauver?

— Impossible. Si elle avait suivi mes conseils, elle ne se serait fait jamais attraper.

— Alors, peut-on au moins communiquer avec elle?

— Non. Il y a vingt ans cela aurait été possible, mais, maintenant, le Saint-Office est plus strict et moins corrompu. L'or n'a plus de pouvoir sur ses membres. Nous ne la reverrons plus, si ce n'est au moment de sa mort. A moins qu'elle exprime le désir de me parler et qu'on l'y autorise, encore que j'en doute. Mais il n'est pas dit qu'elle le désirera. En revanche, si elle réussit à dissimuler son déshonneur, il se pourrait qu'elle sauve sa tête. Mais ce n'est guère probable. Ne soyez pas triste, mon neveu, la religion a besoin de sacrifices. Il se peut même qu'il vaille mieux pour elle de mourir ainsi plutôt que de mourir à petit feu pendant des années derrière un mur. Que son sang pèse le plus possible sur la tête de de Garcia!

— Ainsi soit-il! répondis-je.

CHAPITRE IX

Où Thomas s'enrichit

Pendant plusieurs mois, nous n'entendîmes plus reparler de Juan de Garcia, ni d'Isabella de Siguenza. Tous deux avaient disparu et c'est en vain que nous les recherchâmes. Quant à moi, j'avais repris mon existence habituelle d'assistant d'Andrés de Fonseca, passant toujours pour son neveu aux yeux du monde.

L'état de mon malheureux maître avait énormément empiré depuis le soir de mon duel, et il allait s'affaiblissant chaque jour davantage, car la maladie de foie dont il était atteint paraissait sans remède. Malgré cela, il conservait une lucidité d'esprit étonnante, et il lui arrivait encore parfois de recevoir ceux qui se présentaient pour le consulter. Au cours de cette longue maladie, son attachement pour moi n'avait fait que s'accentuer encore davantage, car il paraissait touché au plus haut point des efforts que je tentais pour atténuer ses souffrances, et ne voulait être soigné que par moi.

Le jour où il se rendit compte que sa mort devenait imminente, il manifesta le désir de voir son notaire. Pendant une heure entière, le tabellion qu'il avait envoyé chercher demeura enfermé avec lui, puis il ressortit et on le vit revenir peu après en compagnie de plusieurs clercs, qui pénétrèrent avec lui dans la chambre du mourant.

Lorsqu'ils furent tous repartis avec leurs parchemins sous le bras, de Fonseca me fit appeler auprès de lui. Je le trouvai dans un état de faiblesse extrême, mais l'œil vif et la mine toute réjouie.

— Venez là, mon neveu, que je cause un peu avec vous, me dit-il. Savez-vous ce que j'ai fait aujourd'hui?

— Ma foi, non, répondis-je.

— Je vais vous le dire. Je viens de faire mon testament. Je ne laisse pas grand-chose derrière moi, mais c'est un peu mieux que rien...

— Ne parlez pas de testament, dis-je. Je suis sûr que vous avez encore de longues années devant vous.

— Mon cas doit singulièrement vous inquiéter, mon neveu, si vous essayez de me tromper avec ce genre d'argument. Comme vous le savez fort bien, je n'en ai plus pour longtemps, et je n'ai pas peur de la mort. Voyez-vous, si ma vie a été des plus prospère, elle n'en a pas été pour autant heureuse, ayant été flétrie à sa source... peu importe comment. C'est une vieille histoire qui ne mérite pas d'être racontée. Chacun de nous doit suivre son chemin. Quelle importance de savoir si celui-ci a été aisé ou non lorsqu'on touche au but? La religion ne m'apporte aucun réconfort, ni aucune angoisse, maintenant que tout est fini. J'assume complètement le jugement qui sera rendu sur ma vie, le mal que j'ai pu faire lorsque la tentation était trop grande, mais aussi le bien que mon cœur m'a poussé à réaliser. Tout est terminé pour moi et, après tout, la mort n'est pas aussi terrible que cela à affronter, dans la mesure où elle attend chaque être humain, ainsi que toute chose vivante. Je crois que Dieu est, en réalité, beaucoup plus enclin à la miséricorde que ceux qui prêchent Sa parole essaient de nous le faire croire...

L'épuisement l'obligea alors à s'arrêter de parler.

J'ai souvent repensé à ses paroles depuis, et je ne cesse de les réentendre maintenant que mon heure est proche. Comme on peut le voir, de Fonseca était un fataliste, une doctrine que je ne partage pas, convaincu que je suis que nous avons toujours la possibilité, dans certaines limites, de forger notre caractère et notre destinée. En revanche, je crois que ses dernières paroles étaient justes: Dieu est enclin à la miséricorde et la mort n'est terrible, ni en elle-même, ni dans ses conséquences.

— Mais pourquoi me poussez-vous à parler de telles choses? reprit de Fonseca. Elles me fatiguent et je n'ai plus beaucoup de temps devant moi. J'étais en train de parler de mon testament. Ecoutez, mon neveu... Sauf une petite part que j'ai réservée pour des œuvres charitables, vous pouvez dès maintenant considérer que vous êtes héritier de tout ce que je possède.

— Comment? Moi? m'écriai-je stupéfait.

— Oui, mon neveu, vous. Et pourquoi pas? Je n'ai plus un seul parent vivant, et je me suis pris d'une réelle affection pour vous, moi qui croyais n'en pouvoir jamais plus éprouver pour personne. Laissez-moi vous offrir cela en témoignage de ma reconnaissance, puisque vous avez si bien su attendrir encore une fois mon pauvre cœur endurci.

Je voulus me confondre en remerciements, mais il m'interrompit aussitôt.

— La somme dont vous héritez, mon neveu, poursuivit-il, s'élève à environ cinq mille *pesos* d'or: c'est assez pour débuter dans la vie, même si l'on prend femme. Au surplus, il se peut qu'en Angleterre ce soit considéré comme une grosse fortune, et je pense que le père de votre fiancée ne fera plus de difficultés pour vous accepter comme gendre. En outre, je vous laisse cette maison et tout ce qu'elle contient: la bibliothèque et l'argenterie en sont de grande valeur, et je crois qu'il sera sage de votre part de les conserver. J'ai pris mes dispositions pour que tout soit exécuté selon les formes légales, de manière que vos droits ne puissent être constestés. D'ailleurs, prévoyant que ma fin ne tarderait sans doute pas à venir, j'avais déjà pris la précaution de faire rentrer ici tout mon argent, et vous en trouverez la majeure partie dans la muraille que vous savez. Il y en aurait eu bien plus si je vous avais connu quelques années plus tôt, car, pensant que j'étais devenu trop riche et que je n'avais pas d'héritier, j'ai distribué une bonne partie de ma fortune aux pauvres, aux malades et aux sans-abri. Thomas Wingfield, puisque presque tout cet argent n'a été le fruit que de la folie et de la méchanceté des hommes, je veux que vous ne l'utilisiez que pour faire le bien et aider à l'avancement des droits et de la liberté. Puisse cet or vous être profitable, mon neveu, et vous aider à vous souvenir encore, de temps en temps, de votre ancien maître. Maintenant, un dernier mot: si votre conscience vous le permet, renoncez à pourchasser de Garcia; rentrez plutôt en Angleterre, épousez celle que vous aimez, et tâchez de vous rendre la vie aussi heureuse que possible selon vos goûts. Qui êtes-vous donc pour prétendre vous venger vous-même? Laissez donc ce scélérat de de Garcia tranquille, vous verrez qu'il finira bien par s'infliger à lui-même son propre châtiment. Autrement, vous risquez de vous donner bien du mal, de vous exposer à bien des périls, et en fin de compte, de perdre du même coup votre amour, votre vie et votre fortune.

— Mais j'ai juré de le tuer, protestai-je. Je ne puis pourtant pas faillir à ma parole! Comment vivrais-je tranquille avec un tel remords sur la conscience?

— Je ne sais pas; il ne m'appartient pas de juger de ces choses. Faites comme bon vous semblera, mais en ne suivant pas mon conseil, peut-être aurez-vous par la suite de bien plus lourds remords à endurer. Vous vous êtes battu avec cet homme; il vous a échappé. La sagesse vous commande de ne plus vous occuper de lui désormais. Maintenant, penchez-vous sur moi, embrassons-nous une dernière fois et disons-nous adieu, car il est inutile que vous assistiez à mes derniers instants... Non, non, ne pleurez pas, mon neveu. Notre vie n'est qu'un passage, et en mourant, nous caressons l'espoir de rejoindre ceux qui nous furent chers. J'ai eu autrefois un fils que j'aimais tendrement, et j'ai beaucoup souffert de me voir séparé de lui. Aujourd'hui, c'est moi qui vais vers lui, puisque lui n'a pu revenir vers moi. Vous voyez donc que ma mort n'est pas si affligeante que vous le pensiez.

Je me retirai pour me conformer à son désir, et la même nuit, avant l'aube, Andrés de Fonseca avait cessé de vivre. On me dit qu'il était resté conscient jusqu'au bout et qu'il était mort en prononçant le nom de ce fils dont il m'avait parlé dans ses derniers instants.

Je ne sus jamais, ni l'histoire de Fonseca lui-même, ni celle de son fils, car, le vieil homme, tel un Indien, n'avait jamais cessé d'effacer toute trace de son passage au fur et à mesure qu'il avançait dans la vie. Il ne m'avait jamais parlé de son passé, auquel il n'était d'ailleurs fait aucune allusion dans les livres et les documents qu'il laissait derrière lui. Il y a quelques années, j'ai lu tous les volumes codés dont j'ai déjà parlé et dont il m'avait fourni la clé avant de mourir. Ils se trouvent d'ailleurs en ce moment sur mes rayons, devant moi, alors que j'écris ces lignes. Ils contiennent d'innombrables histoires terribles de trahison, de bonne foi abusée, de cruauté de prêtres, d'avarice triomphant sur l'amour, d'amour triomphant sur la mort, etc., de quoi fournir matière à des dizaines de romans. Mais, dans ces chroniques couvrant une génération maintenant disparue, il n'y avait pas la moindre trace de l'histoire de de Fonseca, ni même de son nom. Ces informations sont perdues pour toujours et, peut-être, vaut-il mieux qu'il en soit ainsi. Voilà comment mourut celui qui fut mon bienfaiteur et mon meilleur ami.

Lorsqu'il fut apprêté pour l'enterrement, j'allai le voir une dernière fois. Son visage était beau et calme. La femme qui l'avait paré pour son ultime voyage me tendit deux portraits délicatement peints sur de l'ivoire et encadrés d'or, que l'on avait trouvés attachés à une chaîne autour de son cou. Je les ai toujours. L'un représente une femme au visage doux et intelligent et l'autre, un jeune garçon mort. Sans aucun doute une mère et son fils, mais je ne sais rien d'autre d'eux.

Le lendemain de l'enterrement en toute simplicité de de Fonseca, je revins à la maison pour y rencontrer les notaires. Les sceaux des parchemins furent brisés, j'entrai alors en possession de toute la richesse du défunt. Les notaires déduisirent les sommes habituelles pour ce genre d'opération et me quittèrent en s'inclinant humblement devant moi, car n'étais-je pas un homme riche maintenant?

Certes, j'étais riche. J'avais gagné tout cet argent sans effort et j'avais de bonnes raisons de le désirer. Cependant, cette nuit était la plus triste que j'avais passée depuis mon arrivée en Espagne, car mon esprit n'était que doute et chagrin, sans compter la sensation de solitude qui s'était emparée de moi. Mais, aussi triste qu'elle pût être, cette nuit était destinée à finir dans un chagrin plus grand encore. En effet, au moment où j'allais m'asseoir pour manger, une servante vint m'annoncer qu'une femme attendait dans l'antichambre et demandait à voir feu mon maître. Devinant que c'était certainement une de ses clientes qui ne savait pas qu'il était mort, j'allais donner l'ordre de la renvoyer. Puis, il me vint à l'esprit que je pourrais lui être de quelque secours et que le fait de l'écouter me changerait peut-être les idées. Je l'envoyai donc chercher. Quand elle entra, je vis que c'était une femme de grande taille, drapée dans un long manteau et que son visage était dissimulé. Je m'inclinai et m'avançai vers elle, mais elle commença immédiatement à parler.

— J'ai demandé à voir Don Andrés de Fonseca, dit-elle rapidement à voix basse. Et ce n'est pas vous, señor.

— Andrés de Fonseca a été enterré aujourd'hui, répondis-je. J'étais son assistant en affaire et suis maintenant son seul héritier. Si je peux vous être d'une aide quelconque, je suis à votre disposition.

— Vous êtes jeune... très jeune, murmura-t-elle avec gêne. Et l'affaire est terriblement urgente. Comment puis-je vous faire confiance?

— C'est à vous de juger, señora.

Elle réfléchit un instant, puis ôta son manteau, dévoilant un habit de nonne.

— Ecoutez, dit-elle, je vais devoir faire une longue pénitence pour ce que je suis en train d'accomplir et c'est la pitié qui m'a poussée à venir ici. Maintenant, je ne peux pas revenir les mains vides et je vais devoir vous faire confiance. Mais, auparavant, je veux que vous me juriez sur la sainte Mère de Dieu que vous ne me trahirez pas.

— Je vous en donne ma parole, répondis-je. Et si cela ne doit pas suffire, arrêtons ici cette conversation.

— Ne m'en veuillez pas, se défendit-elle, cela fait des années que je n'ai pas quitté mon couvent et je suis distraite par la douleur. Il me faut le poison le plus mortel possible et je suis prête à bien payer pour cela.

— Je n'aide pas les assassins, répondis-je. Pourquoi ce poison?

— Oh, il faut que je vous le dise... mais comment? Une jeune et belle jeune femme doit mourir cette nuit-même dans notre couvent car elle a brisé ses vœux. Et elle doit mourir avec son bébé, oh mon Dieu!, emmurée dans les fondations de la demeure qu'elle a déshonorée. C'est la condamnation qu'elle doit endurer, une condamnation implacable. Je suis l'abbesse de ce couvent. Vous ne saurez ni son nom, ni le mien. Et j'aime cette pécheresse comme si c'était ma propre fille. J'ai obtenu, grâce aux services que j'ai rendus à l'Eglise et à des personnes influentes, de pouvoir mêler, lorsque je lui donnerai une dernière fois à boire, du poison à l'eau, afin d'en humecter les lèvres du bébé pour que leur fin soit rapide. J'ai l'autorisation de commettre cet acte et je veux que vous m'aidiez à devenir une innocente meurtrière pour arracher cette pécheresse à sa lente agonie sur terre.

Il m'est impossible de rendre par des mots l'émotion qui s'empara de moi lorsque j'entendis cette horrible histoire. Je restai pétrifié, à chercher une réponse et une affreuse pensée me traversa l'esprit.

— Cette femme ne s'appelle-t-elle pas Isabella de Siguenza?

— C'était son nom sur cette terre et je me demande bien comment il se fait que vous le connaissiez?

— Nous savons beaucoup de choses dans cette maison, ma mère. Maintenant, dites-moi, peut-on encore sauver Isabella par un quelconque moyen?

— C'est impossible. Sa condamnation a été confirmée par le Tribunal de la Miséricorde. Elle doit mourir dans deux heures. Allez-vous me donner ce poison?

— Je ne peux pas vous le donner, si je ne suis pas sûr de l'usage qui va en être fait. Vous m'avez peut-être raconté une fable et cette drogue pourrait être utilisée d'une façon qui me fasse tomber sous le coup de la loi. Je ne la donnerai qu'à une seule condition: que je sois là pour voir comment elle sera utilisée.

Elle réfléchit un moment avant de répondre.

— Cela peut se faire, en espérant que mon absolution couvrira ce nouvel acte. Il va falloir cependant que vous veniez déguisé en prêtre de façon à ce que ceux qui seront là pour exécuter la sentence ne soient au courant de rien. Si d'autres viennent à le savoir, je vous avertis que vous aurez à en répondre vous-même sur votre vie. L'Eglise se venge toujours de ceux qui l'ont trahie, señor.

— Et un jour, ce seront ses propres secrets qui se vengeront d'elle, répliquai-je avec aigreur. Et maintenant, laissez-moi trouver la drogue adéquate. Une drogue qui soit rapide, sans trop l'être, de peur que vos chiens de chasse ne soient privés de leur proie avant que leur œuvre démoniaque ne soit accomplie. Voici quelque chose qui devrait convenir, ajoutai-je en lui tendant un flacon tiré d'un coffre réservé à ce genre de médicament. Voilez-vous à nouveau, ma mère. Nous allons partir pour commettre cet «acte de pitié»...

Elle obéit et nous quittâmes la maison. Nous traversâmes rapidement les rues encombrées jusqu'à ce que nous soyons parvenus à la vieille ville qui s'étendait le long des berges du fleuve. La femme me conduisit à un embarcadère où l'attendait un bateau. Nous remontâmes le courant sur un peu plus d'un mile, puis l'embarcation toucha terre sous un grand mur. Nous allâmes ensuite jusqu'à une porte contre laquelle ma compagne frappa trois coups. Une petite ouverture se dévoila dans le battant et un visage blanc apparut. Une brève conversation s'engagea entre l'inconnu et ma compagne. Puis la porte s'ouvrit et nous nous retrouvâmes dans un grand jardin intérieur planté d'orangers.

— Je vous ai amené dans notre maison, me dit alors l'abbesse. Si jamais vous reconnaissez ce couvent, je vous en prie, oubliez son nom dès que vous en serez ressorti.

Je ne répondis rien, me contentant de jeter un coup d'œil circulaire autour de moi.

C'était là, sans doute, que de Garcia avait rencontré la malheureuse qui allait mourir cette nuit. Cent pas plus loin, nous nous retrouvâmes face à une autre porte s'ouvrant dans le mur d'un long bâtiment de style maure. Le rite des questions et des réponses se répéta, plus longuement, cette fois. Dès que la porte fut ouverte, je me retrouvai dans un long couloir étroit et mal éclairé, au bout duquel je pus apercevoir des silhouettes de nonnes s'agitant comme des chauves-souris dans une tombe. L'abbesse alla jusqu'à une porte, qu'elle ouvrit. Elle donnait dans une cellule où j'entrai. J'y restai une dizaine de minutes, en proie à des pensées que je ne suis pas près d'oublier. Lorsqu'elle réapparut, l'abbesse était accompagnée d'un prêtre de haute taille dont je ne pus voir le visage: il était vêtu de la robe et du capuchon blancs des Dominicains et seuls ses yeux étaient visibles.

— Bienvenue, mon fils, dit-il après m'avoir dévisagé un instant. L'abbesse m'a parlé de votre mission. Vous êtes bien jeune pour une telle tâche.

— Même si j'étais plus vieux, je ne l'en aimerais pas pour autant, mon père. Vous êtes au courant de l'affaire, n'est-ce pas? On m'a demandé de fournir une drogue mortelle pour un certain acte de miséricorde. J'ai donc fourni cette drogue, sous réserve de surveiller son utilisation.

— Vous êtes bien prudent, mon fils. L'Eglise n'est pas une meurtrière. Cette femme doit mourir parce que son péché est flagrant et que de telles choses sont devenues trop communes ces temps-ci. Après bien des prières et mûres réflexions, et après avoir envisagé toute la miséricorde possible, elle a été condamnée à mort par des gens trop haut placés pour que leurs noms soient prononcés ici. Hélas, c'est moi qui ai été désigné pour veiller à ce que la sentence soit exécutée, sentence atténuée par la pitié du chef des juges. Et comme il semble que votre présence soit nécessaire pour que s'accomplisse cet acte d'amour, je la supporterai donc. La mère abbesse vous a averti de ce qui attendait les chiens qui osent révéler les secrets de l'Eglise. Je prie pour votre salut que vous gardiez toujours en tête cet avertissement.

— Je n'ai rien d'un jaseur, mon père, aussi l'avertissement était inutile. Encore un mot, cependant. Ce médicament est coûteux et la visite devra être bien rétribuée...

— N'ayez pas peur, répondit le moine avec une trace de mépris dans la voix. Vous n'avez qu'à me donner le montant de la somme et elle vous sera payée.

— Je ne demanderai pas d'argent, mon père. En fait, j'aimerais même pouvoir payer encore plus pour être loin d'ici, cette nuit. Non, la seule chose que je demande est d'être autorisé à dire quelques mots à cette fille avant qu'elle meure.

— Quoi ! s'exclama le moine. Ne me dites pas que vous êtes ce bandit qui... ? Si c'est le cas vous risquez fort de partager son sort !

— Non, mon père, ce n'est pas moi. Je n'ai jamais vu Isabella de Siguenza, sauf une fois, et ne lui ai jamais parlé. Je ne suis pas celui qui s'est joué d'elle mais je connais cet homme. Il s'appelle Juan de Garcia.

— Ah ! fit vivement l'autre. Et dire qu'elle n'avait jamais voulu révéler son vrai nom, même sous la torture. Cette pauvre âme égarée était restée fidèle à son infidèle. De quoi voulez-vous parler avec elle?

— Je veux lui demander où cet homme est allé. Il est mon ennemi et je veux continuer à le poursuivre comme je l'ai fait jusque-là. Ce qu'il a fait contre moi et les miens est encore pire que ce dont il s'est rendu coupable envers cette pauvre fille. Accordez-moi cela, mon père, pour que je puisse me venger de lui et par là-même venger l'Eglise également.

— «La vengeance est mienne», a dit le Seigneur. Il se peut en effet, mon fils, que le Seigneur vous ait choisi comme instrument de sa colère. Nous ferons en sorte que vous puissiez parler avec elle. Maintenant, vous allez enfiler ce vêtement (il me tendit un uniforme de dominicain, avec son capuchon) et vous allez me suivre.

— Tout d'abord, dis-je, laissez-moi donner cette potion à l'abbesse, car je ne veux participer en rien à son administration. Prenez-la, ma mère, et, au moment voulu, vous n'aurez qu'à verser le contenu du flacon dans la tasse d'eau. Puis après en avoir mis sur les lèvres et la langue du bébé, donnez le contenu de la tasse à la mère, en vous assurant qu'elle le boive bien. Les deux seront endormis avant-même que toutes les briques soient en place, partis pour un sommeil sans réveil.

— Je le ferai, murmura l'abbesse. Ayant été absoute d'avance, je n'hésiterai pas et agirai au nom de l'amour et de la pitié !

— Votre cœur manque de dureté, ma sœur. La justice *est* miséricorde, soupira le moine. Tant pis pour la fragilité de la chair qui combat contre l'esprit !

Je revêtis alors l'inquiétant vêtement. Puis ils prirent les lampes et me firent signe de les suivre.

CHAPITRE X

La mort d'Isabella de Siguenza

Nous parcourûmes en silence le long couloir, suivis par les regards des morts-vivants qui occupaient les cellules avoisinantes. Rien d'étonnant à ce que celle qui allait mourir ait tenté d'échapper à cet endroit pour rejoindre le monde de la vie et de l'amour ! Et pourtant, c'était pour cela qu'on l'avait punie de mort. Nul doute que Dieu se souviendrait des prêtres en question, ainsi que de la nation qui les avait élevés. Il a d'ailleurs commencé à le faire. Qu'est devenue en effet aujourd'hui la splendeur de l'Espagne et où sont les cruels sacrements dont elle se glorifiait? Elle a essayé de nous enchaîner, mais l'Angleterre a réagi et l'a si bien brisée qu'elle ne s'en relèvera pas avant longtemps.

Le couloir nous amena à une volée d'escalier, au bas duquel nous découvrîmes une porte renforcée de métal que le moine ouvrit, puis referma soigneusement derrière nous. Suivit un autre couloir creusé dans l'épaisseur du mur. Et une dernière porte s'ouvrit pour nous laisser pénétrer dans l'antre de la mort.

C'était une chambre souterraine au plafond bas et baignant dans une grande humidité, due surtout à la proximité de la rivière. L'endroit devait faire environ dix pas de long sur huit de large. Des piliers massifs supportaient la voûte et, dans une des parois, se découpait une porte donnant sur un cachot. A l'autre bout de cet effrayant repaire, mal éclairés par des lampes et des torches, deux hommes encapuchonnés et vêtus de noir étaient en train de remuer de la chaux. Des pierres taillées étaient entassées près d'eux et, dans l'épaisseur du mur du fond, on pouvait distinguer une niche ayant la forme d'un cercueil posé sur sa plus petite extrémité. Un siège massif en châtaignier se dressait face à cette niche. Je remarquai alors que deux autres trous en forme de cercueil avaient déjà été creusés dans ce même mur, puis obturés à l'aide de pierres blanches. Une date avait été gravée sur chacun d'eux. La première était vieille d'une trentaine d'années et la seconde, de plus d'un siècle.

A notre arrivée, les deux hommes étaient les seuls occupants de la chambre souterraine. Puis, le son d'un chant doux et solennel naquit de l'autre côté de la porte. Celle-ci s'ouvrit et les moines maçons s'arrêtèrent de remuer la chaux. Le chant augmenta de volume, au point que je finis par pouvoir en comprendre le sens. C'était un hymne pour les morts, en latin. Huit nonnes voilées, marchant deux par deux, entrèrent dans la salle et vinrent s'aligner le long des deux murs principaux. Là, elles cessèrent de chanter. Derrière elles, entra la condamnée, escortée par deux autres nonnes, et suivie par un prêtre portant un crucifix. L'homme était vêtu d'une robe noire et son mince visage, brillant d'excitation, était découvert. Je me souviens de tous ces détails mais, sur le moment, je ne vis rien d'autre que la condamnée elle-même. Je la reconnus parfaitement, même si je ne l'avait qu'entr'aperçue de nuit huit mois plus tôt. Elle avait pourtant changé. Son adorable visage s'était légèrement épaissi et ses grands yeux tourmentés scintillaient comme des étoiles sur sa peau couleur de cire, dont la pâleur n'était relevée que par le rouge de sa bouche. Son corps était enveloppé dans un suaire et elle serrait dans ses bras un bébé endormi qu'elle pressait de temps à autre contre son sein.

Isabella de Siguenza s'arrêta au seuil de sa tombe et jeta un regard autour d'elle, détaillant chacune des personnes présentes dans l'espoir de découvrir un visage ami. Puis ses yeux tombèrent sur la cavité, la chaux fumante et les hommes qui s'en occupaient. Elle frissonna et se serait effondrée si ceux qui l'entouraient ne l'avaient poussée jusqu'au siège, sur lequel elle s'affala.

Le terrible rite commença alors. Le père dominicain se dressa devant elle pour donner lecture de l'acte d'accusation et de la sentence qui s'ensuivait, la condamnant «à être laissée seule dans les mains de Dieu, en compagnie de l'enfant du péché, afin que Celui-ci fasse de toi ce qu'il jugera bon». La jeune femme ne sembla pas écouter ce qu'on lui disait. Lorsque le moine fut arrivé au bout de son discours et de ses exhortations, il eut un soupir et se tourna vers moi.

— Approchez, mon frère, et parlez avec cette pécheresse avant qu'il ne soit trop tard...

Puis il fit signe à tous ceux qui étaient là de se regrouper à l'autre bout de la salle voûtée afin que nos paroles restent confidentielles. Tous crurent que j'étais là pour confesser la condamnée et obéirent sans se poser de question.

Le cœur battant, je m'approchai de la jeune femme et me penchai pour lui parler à l'oreille.

— Ecoutez-moi, Isabella de Siguenza, dis-je, je veux savoir où est ce de Garcia qui vous a trompée et abandonnée!

Elle sursauta.

— Comment avez-vous appris son vrai nom? J'avais réussi à le taire même sous la torture...

— Je ne suis pas un moine et je ne suis au courant de rien, répondis-je. Je suis l'homme qui s'est battu avec de Garcia la nuit où vous avez été capturée, et qui l'aurait tué si vous ne l'en aviez pas empêché.

— Au moins l'ai-je sauvé, répondit-elle. C'est ce qui me réconforte...

— Isabella de Siguenza, fis-je alors, je suis votre ami. Le meilleur que vous avez jamais eu et, comme vous allez bientôt l'apprendre, le dernier en ce monde. Dites-moi où se trouve cet homme, afin que je puisse en finir avec le contentieux qui existe entre lui et moi.

— Ne me sollicitez pas plus longtemps, si vous êtes vraiment mon ami. Je ne sais pas où il est. Il est parti, voici des mois, à destination des Indes et vous ne pourrez jamais l'y retrouver.

— Rien n'est moins sûr. Si par hasard j'y parviens, voulez-vous que je lui fasse passer un message de votre part?

— Non... et puis, si. Racontez-lui comment nous sommes morts... Dites-lui aussi que j'ai fait tout mon possible pour ne pas révéler son nom aux prêtres, de peur qu'ils lui fassent quelque mauvais sort.

— Est-ce tout?

— Oui. Non, ce n'est pas tout. Dites-lui aussi que je suis morte en l'aimant et en lui pardonnant.

— Je n'ai guère de temps devant moi, dis-je. Ecoutez-moi avec attention. J'étais l'assistant de cet Andrés de Fonseca dont vous avez ignoré les conseils, pour votre plus grand malheur, et je viens de donner une certaine drogue à cette abbesse, là-bas. Lorsqu'elle vous offrira la tasse d'eau, veillez à tout boire, vous et l'enfant. Si vous suivez ces instructions, la mort sera rapide et douce. Vous saisissez?

— Oui... oui, hoqueta-t-elle. Et soyez béni pour ce cadeau. Maintenant, je n'ai plus peur... car cela fait longtemps que je désirais mourir. C'était la manière qui m'effrayait.

— Alors, adieu, et que Dieu soit avec vous, malheureuse femme...

— Adieu, répondit-elle avec douceur. Non, je n'ai rien d'une malheureuse, moi qui vais mourir si facilement avec ce que j'aime plus que tout au monde, ajouta-t-elle avec un regard pour le bébé endormi.

Je me retirai alors en gardant la tête baissée, et sans prononcer la moindre parole. Le dominicain fit signe aux autres de reprendre leur place.

— Ma sœur égarée dans le péché, dit-il ensuite à la condamnée, avez-vous encore quelque chose à dire avant d'être plongée dans un silence éternel?

— Oui, répondit-elle d'une voix soudain claire, enhardie par la nouvelle que sa mort allait être simple et rapide. Oui, je veux proclamer que je vais vers mon trépas le cœur pur, car, si j'ai péché, c'est contre les coutumes et non contre Dieu. C'est vrai que j'ai brisé mes vœux, mais on m'avait forcée à entrer en religion. J'étais une femme née pour la lumière et pour l'amour et pourtant on m'a jetée dans les ténèbres de ce cloître pour me transformer en morte-vivante. J'ai donc brisé ces vœux et je suis heureuse de l'avoir fait, même si cela m'a conduite ici. Il se peut que j'aie été trompée et que mon mariage n'en soit pas un pour vos lois mais je m'en moque. Pour moi il est réel et sacré, et aucune souillure ne ternit mon âme. Au moins, j'ai pu savoir ce qu'était la vraie vie et, l'espace de quelques heures, j'ai même goûté à la joie d'être une épouse et une mère. Je préfère finalement mourir rapidement dans cette prison que votre miséricorde m'a accordée plutôt que lentement dans l'une de celles qui sont au-dessus de nos têtes. Quant à vous tous, j'espère que vous aurez un jour à rendre compte de votre méchanceté, vous qui osez assassiner les enfants de Dieu qui ne veulent pas vous écouter. Et je souhaite que la même chose arrive à l'Eglise que vous servez, qu'elle et ses prêtres n'inspirent plus que du mépris aux hommes à venir.

— Son esprit est brouillé, fit le dominicain en voyant une ombre de peur et d'étonnement passer sur le visage de ceux qui se trouvaient là, et sa folie la fait blasphémer. Oubliez ses paroles. Veuillez la confesser, mon frère, avant qu'elle ne continue.

Un prêtre vêtu de noir, et au regard perçant, s'approcha d'elle. Il éleva la croix devant le visage de la jeune femme en commençant à murmurer je ne sais quoi. Mais la condamnée se leva brusquement de sa chaise et repoussa le crucifix sur le côté.

— Cela suffit! dit-elle. Je ne veux pas être confessée par quelqu'un tel que vous. Je réserve la liste de mes péchés à Dieu et non à vous... vous qui assassinez au nom du Christ!

La fureur s'empara du fanatique.

— Alors pars en enfer sans confession, toi qui...

Le prêtre se mit à l'insulter et la frappa au visage avec son crucifix en ivoire. Le dominicain lui intima sèchement de s'arrêter. Mais Isabella de Siguenza essuya son front écorché et éclata d'un rire affreux à entendre.

— Je constate maintenant que vous n'êtes qu'un couard, s'exclama-t-elle. Prêtre, et ceci sera ma dernière prière, je souhaite que vous aussi, vous périssiez par la main de fanatiques, et d'une façon encore plus horrible que celle qui m'attend cette nuit!

On la poussa alors précipitamment dans le trou préparé à son attention.

— Donnez-moi à boire. Mon bébé et moi avons soif! demanda la jeune femme.

Je vis à cet instant arriver l'abbesse portant une tasse d'eau et une tranche de pain. A sa mine, je compris que ma potion avait été mélangée au liquide. Je suis incapable de raconter exactement ce qui s'ensuivit, car, je priai le dominicain de m'ouvrir la porte par laquelle nous étions entrés pour que je puisse quitter les lieux. J'étais terrassé par l'horreur. J'attendis non loin de là, jusqu'à ce que l'abbesse vînt me rejoindre, en pleurs.

— Tout est fini, dit-elle. Non, n'ayez crainte, la potion a fait effet. Avant même que la première pierre ait été posée, la mère et l'enfant étaient déjà plongés dans un profond sommeil. Hélas pour son âme, il a fallu qu'elle meure sans confession et sans repentir.

— Ce sont plutôt les âmes de tous ceux qui ont été complices de l'action de cette nuit qu'il faut plaindre, répliquai-je. Maintenant, ma mère, conduisez-moi loin d'ici et j'espère que nous ne nous rencontrerons plus jamais !

Dans la cellule, je me débarrassai de la maudite robe de moine. L'abbesse me fit refaire le chemin de l'aller en sens inverse. Lorsque je rejoignis le bateau, qui attendait toujours, je me réjouis de sentir l'air frais sur mon visage, comme quelqu'un se réjouirait de sortir d'un rêve dément. Cette nuit-là, ainsi que les suivantes, je dormis peu. En effet, chaque fois que je fermais les yeux, c'était pour revoir cette belle femme, vêtue d'un suaire et debout dans la niche en forme de cercueil qui avait été creusée pour elle. Je la revoyais, fière jusqu'au bout, son enfant serré dans un bras pendant qu'elle tendait l'autre main pour prendre le mortel poison. Peu de gens ont pu assister à un tel spectacle, car, le Saint-Office et ses sbires évitent d'avoir des témoins lors de leurs sombres actions, sans compter que personne ne souhaiterait assister une seconde fois à ce genre de cérémonie. Si je l'ai mal décrite, ce n'est pas parce que je l'ai oubliée, mais plutôt parce que, même après soixante-dix ans, je peux encore difficilement supporter de la coucher sur le papier et de rendre pleinement l'horreur qui s'en dégageait. Le plus stupéfiant de tout fut peut-être cet amour insensé que cette malheureuse continua à garder pour le brigand qui l'avait trahie et condamnée à mort. Pourquoi un présent aussi sacré a-t-il été réservé à un tel homme? Personne ne peut le dire, mais c'est ainsi. Cependant, maintenant que j'y repense, il y eut quelque chose d'encore plus étrange que cette fidélité sans faille.

On se souviendra que, lorsque le prêtre fanatique la frappa, elle pria pour qu'il meure à son tour, d'une façon encore plus terrible et dans les mêmes conditions. Et c'est ce qui arriva. Des années plus tard, ce même homme, le Frère Pedro, fut envoyé pour convertir les païens d'Anahuac, parmi lesquels il devint connu sous le nom du «Démon Chrétien», en raison de sa cruauté. A un moment donné, il se trouva qu'il s'aventura trop loin sur le territoire d'un clan d'Otomies qui n'avaient pas été encore soumis. Il tomba entre les mains de prêtres de Huitzel, le dieu de la guerre, et fut sacrifié suivant leur horrible manière habituelle. J'étais présent et, sans lui dire que je l'avais entendue prononcer, je lui rappelai la malédiction d'Isabella de Siguenza. Sur l'instant tout son courage s'évanouit, car, ne voyant en moi qu'un chef indien, il crut que c'était le Diable qui avait fait naître ces paroles sur mes lèvres. Mais laissons cela de côté; j'en reparlerai, si nécessaire, en temps voulu. Une chose est certaine, c'est que cela arriva ainsi. Je ne sais pas si ce fut un effet du hasard, si la jeune femme eut des visions dans ses derniers instants ou si la Providence s'était vengé sur cet homme par où il avait péché, mais, en revanche, je sais que je n'en éprouve aucun remords, même si la mort de ce prêtre me causa par la suite bien des infortunes.

C'est ainsi que mourut Isabella de Siguenza, assassinée par des prêtres parce qu'elle avait osé braver leur loi.

Dès que je pus refouler hors de mon esprit les choses horribles que j'avais vues et entendues dans la chambre souterraine, je commençai à considérer ma propre situation. Tout d'abord, j'étais devenu riche et, si je le voulais, je pouvais très bien revenir à Norfolk. Mais mon serment me tenait à la gorge. J'avais juré de me venger de de Garcia et avais demandé à être maudit tant que je n'aurais pas tenu ma promesse. De plus, je savais maintenant dans quelle partie du monde il se trouvait et que, là-bas, il n'y avait pas assez d'hommes blancs pour qu'il puisse espérer m'échapper aussi facilement qu'en Espagne. J'avais eu ces nouvelles par la bouche de la belle condamnée et c'est pour cette raison que je me suis étendu sur son histoire. En effet, c'est à la suite de cela que je me suis embarqué pour Hispaniola (1), de même que c'est en raison du sacrifice de son bourreau, le Frère Pedro, par les prêtres des Otomies que j'ai dû revenir en Angleterre. En effet, sans ce sacrifice, les Espagnols n'auraient jamais dévasté la Cité des Pins et, mort ou pas, j'y serais encore à cette heure. C'est ainsi que de simples incidents fabriquent le destin des hommes... Si ces paroles n'avaient pas passé les lèvres d'Isabella, j'aurais sans doute fini par mettre un terme à cette chasse devenue sans espoir et serais retourné dans mon pays pour y vivre en paix. Mais, puisque je les avais entendues, ce serait devenu de la lâcheté. De plus, aussi étrange que cela puisse paraître, il me semble avoir maintenant deux morts à venger: celle de ma mère et celle d'Isabella de Siguenza. Car, qui aurait pu assister à la fin terrible de cette belle jeune femme sans avoir envie de trouer la peau de celui qui l'avait trahie et abandonnée tout à la fois?

Aussi, suivant en cela mon tempérament entêté, je repoussai mes propres désirs, ainsi que les conseils de mon bienfaiteur, et décidai de poursuivre de Garcia jusqu'au bout du monde pour le tuer, comme j'en avais fait le serment.

Cependant, comme je ne voulais rien faire à la légère, je ne décidai de partir qu'après avoir obtenu confirmation des renseignements que m'avait communiqués de Fonseca. La rapide enquête à laquelle je me livrai en secret me permit d'établir que, deux jours après le duel, un homme répondant au signalement de de Garcia, mais portant un nom différent, s'était embarqué à Séville sur une caraque à destination des îles Canaries, où il devait attendre l'arrivée de la flotte qui partait pour Hispaniola. J'avais la certitude que cet homme était bien de Garcia. Sa fuite vers les Indes occidentales n'avait, en fait, rien d'étonnant, car, c'était là-bas que se réfugiaient la moitié des bandits et des *desperados* pour qui la vie devenait trop dangeureuse en Espagne. Je me consolai un peu de ma décision de le poursuivre en me disant que, au moins, j'aurais ainsi l'occasion de visiter des pays neufs et merveilleux. Ceci sans savoir encore à quel point ils le seraient pour moi...

Il ne me restait plus désormais qu'à aviser au meilleur moyen de disposer de l'immense fortune qui venait de m'échoir de façon si imprévue. Tandis que je réfléchissais au meilleur parti à prendre pour la mettre en lieu sûr jusqu'à mon retour, j'appris par hasard que l'*Aventurière*, le navire qui m'avait amené en Espagne l'année précédente, se trouvait précisément de nouveau dans le port de Cadix. L'idée me vint alors d'en profiter pour expédier en Angleterre tout l'or et les objets précieux dont j'avais hérité. Après m'être débarrassé rapidement et à un prix dérisoire de la maison de mon bienfaiteur et d'une quantité de choses qui ne pouvaient me servir, je fis transporter par eau jusqu'à Cadix les livres et la vaisselle d'argent que j'avais conservés et m'y rendis moi-même avec tout mon or, adroitement dissimulé à l'intérieur de divers ballots. C'est ainsi que, après y avoir passé un an, je quittai Séville pour toujours. Mon séjour y avait été des plus profitables puisque, arrivé pauvre, j'en repartais riche, sans parler de l'expérience que j'y avais acquise. Mais j'étais heureux de partir, car Juan de

(1) Premier nom donné par les Espagnols à Haïti.

Garcia m'avait échappé, mon meilleur ami était décédé et j'avais vu mourir Isabella de Siguenza.

J'arrivai sans problème à Cadix et me rendis immédiatement auprès du capitaine de l'*Aventurière*, dont j'avais fait la connaissance pendant ma traversée. Il se montra enchanté de me revoir et m'annonça qu'il était justement porteur de trois lettres pour moi : l'une, de mon père, l'autre, de ma sœur Mary et la troisième, de Lily. Celle de mon père me causa beaucoup de chagrin, car il m'apprenait qu'il était alité depuis un certain temps déjà, qu'il se sentait de plus en plus mal, et qu'il regrettait amèrement de m'avoir laissé partir, parce qu'il comprenait maintenant qu'il ne me reverrait plus jamais. De fait, comme je l'appris plus tard, il était décédé le jour même où je reçus cette lettre.

Celle que Lily avait trouvé le moyen de m'envoyer en cachette lorsqu'elle avait appris que l'*Aventurière* était prête à partir, me fit presque autant de peine. Lily m'expliquait qu'aussitôt après mon départ, mon frère Geoffrey l'avait demandée en mariage à son père et que, depuis lors, on la pressait tellement de contracter cette union, que la vie était devenue positivement intenable pour elle.

« Mais sois certain, mon aimé, poursuivait-elle, que je ne faillirai pas à ma promesse, à moins qu'il ne m'épouse de force, comme il m'en a menacée. Et, Thomas, je t'assure que je ne survivrais pas longtemps à la honte et au chagrin que me causerait un tel mariage contre ma volonté. Il est malheureux que je sois ainsi tourmentée pour la seule raison que tu ne sois pas riche. Cependant, j'ai quelques espoirs de voir les choses s'arranger. En effet, mon frère Wilfred éprouve de tendres sentiments pour ta sœur Mary et, comme celle-ci est notre amie à tous les deux, il se pourrait qu'elle mette des conditions avant d'accepter de l'épouser. »

Puis la lettre se terminait par des mots doux et des prières pour que je revienne sain et sauf.

Quant à la lettre de ma sœur, elle se bornait en somme à corroborer les deux premières. Mary ajoutait toutefois que si, jusqu'à présent, elle n'avait rien pu faire pour protéger nos amours à Lily et à moi, elle avait bon espoir que son intervention deviendrait un jour plus efficace étant donné que Wilfred, le frère de Lily, la courtisait assidûment, et que le jour où il lui demanderait sa main, elle ne la lui accorderait qu'à la condition qu'il usât en notre faveur de l'influence qu'il exerçait sur son père.

Ces trois missives me donnèrent beaucoup à réfléchir et m'inspirèrent un si ardent désir de rentrer en Angleterre, que je faillis être bien près de céder à la tentation qui m'était venue de m'embarquer sur l'heure. Outre la grande envie que j'avais de revoir une dernière fois mon vieux père avant sa mort et de serrer à nouveau entre mes bras ma bien-aimée Lily dont j'étais séparé depuis si longtemps, je me disais que la situation était désormais complètement changée et que je serais certainement accueilli à bras ouvert par le squire Bozard, puisque je reviendrais avec une fortune infiniment supérieure à celle de mon frère. Seule, ma soif de vengeance inassouvie m'empêchait de partir, et je sentais bien que, si je ne la satisfaisais pas, que si j'avais la faiblesse de manquer à ma parole, je me condamnerais pour toujours à porter le poids d'un remords écrasant. Il me serait impossible de vivre en paix tant que je n'aurais pas tué de Garcia.

Ma décision fut tôt prise. Je me rendis tout droit chez un notaire, et lui fis dresser sur-le-champ un acte que je traduisis en anglais et par lequel je remettais ma fortune entière — à l'exception de deux cents *pesos* que je conservais pour mon usage personnel — entre les mains de trois personnes différentes à charge pour elles de me la restituer le jour où je la leur réclamerais. Ces trois personnes étaient: mon vieux maître, le docteur Grimstone, de Bungay, que je tenais pour l'homme le plus intègre que l'on pût voir, ma sœur Mary Wingfield et ma fiancée Lily Bozard. Je leur signifiais par cet acte, signé par moi-même sur le navire et contresigné par le capitaine et deux autres Anglais servant de témoins, que je leur laissais toute latitude pour employer comme bon leur semblerait cet argent, à la condition de n'en consacrer qu'une moitié à des achats de terres et de verser l'intérêt qui proviendrait du placement de l'autre moitié, à la susdite Lily Bozard pour son usage personnel tant qu'elle ne se marierait point.

J'adjoignis également à cet acte, un testament par lequel je léguais la majeure partie de mes biens à Lily Bozard si elle n'était pas mariée à la date de ma mort et le reste à ma sœur Mary, avec réversion à Mary au cas où Lily viendrait à se marier ou à décéder.

Lorsque tout fut bien établi et revêtu des sceaux qui convenaient, je remis au capitaine les deux documents ainsi que mon trésor, en lui enjoignant solennellement de les remettre au docteur Grimstone, lequel, je m'en portais garant, lui verserait à son arrivée une forte somme en récompense. Je lui confiai, en outre, diverses lettres pour mon père, ma sœur, mon frère, le docteur Grimstone, le squire Bozard et enfin pour Lily, lettres dans lesquelles, convaincu que celles que je leur avais précédemment écrites ne leur étaient point parvenues, je leur expliquais à tous ce qui m'était advenu depuis mon départ d'Angleterre et leur confirmais ma résolution inébranlable de poursuivre de Garcia, fût-ce même, s'il le fallait, jusqu'au bout du monde.

«D'autres que toi, écrivais-je à Lily, pourraient me prendre pour un fou de repousser, ou qui sait, de mettre en péril un bonheur que je désire de tout mon cœur. Mais toi qui connais mes sentiments, tu ne m'en blâmeras pas, même si cette décision te chagrine. Tu sauras que lorsque j'ai décidé quelque chose, rien d'autre que la mort ne pourrait m'en détourner. Dans ce cas précis, je suis, en plus, lié par un serment que ma conscience ne pourrait souffrir de briser. Je n'arriverais jamais à être heureux, même à tes côtés, si j'abandonnais maintenant mes recherches. Le labeur et le chagrin d'abord, le repos et la joie ensuite. Ne t'inquiète pas pour moi, car, je suis persuadé que je vivrai assez pour revenir. Et si ce n'est pas le cas, je suis, au moins, en mesure de t'enrichir de telle façon que tu n'aies jamais plus à craindre d'être mariée contre ton gré. Cela dit, tant que de Garcia vivra, je ne cesserai de le poursuivre.»

J'envoyai également un mot bref à mon frère Geoffrey pour lui dire ce que je pensais de sa conduite. Je sus plus tard que ma lettre lui avait fortement déplu.

Ces lettres et tout ce que j'envoyai à Yarmouth y arrivèrent sans incident. De-là, l'or et mes autres biens furent transférés à Lowestoft. Le capitaine Bell les apporta lui-même à Bungay, puis, directement à la demeure du Docteur Grimstone, lequel convoqua ma sœur et mon frère (mon père était mort depuis deux mois), ainsi que le squire Bozard, son fils et sa fille. L'étonnement fut général à la lecture de mes volontés et s'amplifia d'un coup lorsque furent ouverts les coffres car, jamais on n'avait vu tant d'or à Bungay, de mémoire d'homme.

Lily éclata en sanglots de joie à la vue de ma bonne fortune, puis fut envahie par le chagrin parce que je n'étais pas revenu avec mes trésors. Quand il eut entendu l'énoncé de mes volontés, qui faisaient de sa fille une femme riche, le Squire jura à haute voix et dit qu'il avait toujours pensé du bien de moi. Puis il embrassa sa fille sur le front en la félicitant de sa bonne fortune. En bref, tout le monde était ravi, à l'exception de mon frère, lequel quitta immédiatement la maison, sans un mot. Ayant hérité des terres de mon père, il avait cru pouvoir épouser Lily de force, s'il ne parvenait pas à ses fins par un autre moyen. Même de nos jours, un père peut forcer sa fille à épouser qui il veut si elle est mineure, et le Squire Bozard n'était pas homme à prendre en considération les fantaisies d'une femme. Mais, ce jour-là, le pouvoir de l'or fut si grand qu'il ne fut plus du tout question de marier Lily à un autre que moi, y compris si elle avait subitement changé d'avis, ce qui lui aurait fait perdre toute la fortune que je venais de lui faire gagner. Tous, cependant, regrettèrent ma folie et mon obstination à ne pas vouloir abandonner la chasse et à vouloir poursuivre mon ennemi jusqu'aux Indes lointaines. Cela dit, le Squire Bozard trouva le réconfort nécessaire dans la pensée que, quoi qu'il puisse maintenant m'arriver, l'argent resterait à sa fille. La seule à me défendre fut en fait Lily.

— Thomas a fait un serment et il a raison de vouloir le tenir, puisque son honneur est en jeu. A partir d'aujourd'hui, je vais donc attendre qu'il me rejoigne, que ce soit dans ce monde ou dans un autre.

Mais j'anticipe, car, bien des années allaient passer avant que je prenne connaissance de ce qui précède.

CHAPITRE XI

Le naufrage de la caraque

Il serait impossible de dépeindre la détresse qui s'empara de moi lorsque je vis l'*Aventurière* doubler le môle de Cadix et s'éloigner lentement vers la haute mer. Avec quelle joie n'aurais-je pas sacrifié toute la fortune qu'elle emportait pour me voir à son bord ? Mais ma décision était irrévocable, et ce ne serait pas ce navire qui me ramènerait en Angleterre.

Il se trouva qu'une grande *caraque* espagnole appelée *Las Cinque Llagas*, c'est-à-dire «Les cinq plaies», était sur le point de mettre à la voile pour Hispaniola. M'étant fait délivrer une licence, j'y pris passage sous mon faux nom de d'Aïla, en laissant croire que j'étais marchand. Pour augmenter encore la vraisemblance de cette fable, j'achetai pour cent cinq *pesos* de marchandises choisies parmi celles que l'on m'avait assuré être les plus négociables aux Indes, et les embarquai avec moi. Le navire était plein d'aventuriers espagnols, fieffés coquins pour la plupart, mais assez bons compagnons malgré tout lorsqu'ils n'étaient point sous l'empire de la boisson. Grâce aux huit mois que je venais de passer dans la péninsule, j'avais tellement approfondi le langage et les coutumes du pays, que je n'eus aucune peine à me faire passer pour leur compatriote. Fidèle à mon principe de toujours : me tenir sur la réserve, je leur contai une histoire de pure invention sur ma parenté et sur les raisons qui m'incitaient à entreprendre ce voyage, et bien que je me tinsse invariablement à l'écart de leurs orgies, je ne tardai pas à me gagner leur sympathie à tous, notamment par mon habileté à les soigner lorsqu'ils étaient malades.

Je n'ai que fort peu de chose à raconter sur cette traversée, hormis la lamentable façon dont elle se termina. Après une escale d'un mois aux îles Canaries, nous cinglâmes directement vers Hispaniola avec beau temps, mais peu de brise. Lorsque nous ne fûmes plus, d'après les calculs de notre capitaine, qu'à une huitaine de jours de Saint-Domingue, qui était le port où nous devions aborder, le ciel s'assombrit tout à coup, et nous fûmes assaillis par une violente tempête provenant du nord. Pendant trois jours et trois nuits, notre malheureuse caraque fut à ce point malmenée par les éléments déchaînés que nous en arrivâmes bientôt à considérer notre perte comme inévitable si la situation ne s'améliorait pas. L'un de nos mâts avait été emporté, le second s'était rompu par la moitié et la coque faisait eau de toutes parts ; mais ces malheurs n'étaient rien en comparaison du désastre que nous subîmes le quatrième jour au matin, lorsqu'une énorme lame acheva de nous désemparer en nous arrachant notre gouvernail. Une heure après, envahis par des paquets de mer qui nous enlevèrent notre capitaine, nous commençâmes lentement à sombrer.

Une scène d'une atrocité inimaginable s'ensuivit aussitôt. Depuis plusieurs jours, marins et passagers n'avaient cessé de boire à qui mieux mieux pour se donner du courage, et, se voyant voués désormais à une mort inévitable, ils se mirent à courir de tous côtés comme des hallucinés, en marmottant des prières et en vociférant des blasphèmes. Le petit nombre d'entre eux auxquels leur sobriété avait conservé la raison commencèrent à mettre les deux embarcations à la mer et, secondé par un respectable prêtre avec lequel j'avais lié connaissance en cours de route, je m'efforçai de faire monter dans l'une d'elles les femmes et les enfants qui se trouvaient à bord. Mais la tâche n'était guère facile, attendu que les marins ivres les repoussaient sans cesse pour prendre leur place, et, cela avec tant d'acharnement et de férocité que la première embarcation fut bientôt culbutée et engloutie avec tous ceux qui la montaient.

Au même moment, la caraque, prête à disparaître elle aussi sous les flots, donna brusquement de la bande à tribord, et, comprenant que tout était fini, je sautai à l'eau en criant au prêtre de me suivre et rejoignis à la nage la seconde embarcation chargée de femmes affolées, qui, au milieu de la confusion générale, avait dérivé loin du navire et ainsi échappé au désastre. Etant, grâce au ciel, excellent nageur, je réussis non seulement à l'atteindre sain et sauf, mais encore à sauver en chemin le malheureux prêtre qui allait succomber. Pendant ce temps la caraque s'était enfoncée par l'avant, et elle continua à flotter ainsi une ou deux minutes avec sa poupe hors de l'eau, ce qui nous permit de sortir nos avirons et de nous en éloigner de quelques brasses encore. A peine y étions-nous parvenus, qu'une clameur s'éleva parmi les hommes demeurés à son bord, et l'instant d'après, elle coulait à pic au milieu d'un grand remous qui nous entraîna avec elle. Paralysés d'horreur, nous restâmes un long moment immobiles et silencieux, les yeux fixés sur l'endroit où elle venait de disparaître, puis, lorsque les flots se furent complètement refermés sur elle, nous nous rapprochâmes. La mer était jonchée de débris de toutes sortes, mais nous eûmes beau chercher, nous ne pûmes retrouver qu'un seul enfant vivant qui s'était cramponné à une rame. Quant aux autres, c'est-à-dire environ deux cents âmes, il faut croire qu'ils avaient tous été engloutis en même temps que l'infortunée caraque. D'ailleurs, s'il était resté quelques survivants, comment aurions-nous pu les découvrir au milieu de cette mer en courroux déjà envahie par les ombres nocturnes ?

En vérité, il fallait plutôt nous féliciter de n'avoir eu à opérer aucun autre sauvetage, car autrement notre sécurité personnelle aurait pu en être sérieusement compromise; à part le prêtre et moi, il n'y avait aucun homme dans l'embarcation, mais la douzaine de femmes et d'enfants qui s'y pressaient la surchargeait terriblement. Par bonheur, en même temps que la nuit enveloppait la mer d'obscurité, elle lui apporta l'apaisement, sans quoi nous aurions tous très certainement succombé. Impuissants à nous diriger en aucune manière, nous arrivions simplement, et encore à grand-peine, à maintenir le nez de notre esquif face aux lames. Tous nos efforts, au cours de cette interminable nuit, ne furent d'ailleurs employés qu'à cela. C'était un spectacle bien étrange, en vérité, que celui de ce brave homme de prêtre, arraché par moi à la mort, confessant une à une les femmes tout en manœuvrant son aviron, et se mettant ensuite à prier pour le salut de nos âmes, tant il paraissait sûr d'avance, comme au reste nous l'étions nous-mêmes, qu'il n'y avait plus à compter sur celui de nos corps. A quel désespoir j'étais en proie, on l'imaginera sans peine, mais il me seyait mal de me plaindre, car si lamentable que fût ma situation, celle des malheureux qui m'entouraient le devint par la suite encore bien davantage.

Enfin, les premières lueurs de l'aube apparurent sur le vaste océan morne et livide. Peu de temps après, le soleil se leva, ce dont nous nous réjouîmes tout d'abord, car nous étions littéralement transis de froid; mais sa chaleur ne tarda guère à devenir intolérable et comme nous n'avions ni vivres, ni eau, ce fut aussitôt pour nous le commencement de mille tortures nouvelles. Néanmoins, les bourrasques de la nuit ayant maintenant fait place à une bonne brise régulière, nous réussîmes, à l'aide des avirons et d'une couverture, à improviser une manière de voile qui nous permit d'avancer à une assez vive allure. Malheureusement, il nous était impossible de savoir si le vent nous poussait ou non vers une côte où nous pourrions atterrir. D'heure en heure, les souffrances que nous imposait la soif s'avivaient. Vers midi, l'un des enfants mourut subitement, et il fallut se résigner à l'abandonner aux flots. Environ trois heures plus tard, affolée par la douleur et par les ardeurs du soleil, sa mère puisa de l'eau à l'aide d'une écope et se mit à boire à longs traits l'onde amère. Sur le premier moment, elle parut en éprouver un peu de soulagement, puis, soudain, une sorte de démence s'empara d'elle, et, se levant brusquement, elle sauta par-dessus bord. Lorsque le soleil, pareil à un boulet de canon rougi au feu, s'enfonça de nouveau à l'horizon, il n'y avait plus que le prêtre et moi qui étions encore capables de nous tenir sur nos bancs; tous les autres étaient empilés pêle-mêle au fond de la barque et se répandaient en plaintes et en gémissements. La nuit, en rafraîchissant la température, nous apporta un médiocre apaisement; mais la pluie, que nous souhaitions si ardemment, ne vint pas, et la chaleur était si étouffante que, lorsque le soleil reparut dans un ciel immuablement serein, nous comprîmes que, si nous n'étions pas secourus d'ici là, nous serions tous morts avant le soir.

Une heure après l'aube, un autre enfant mourut, et pendant que nous jetions son corps à l'eau, j'aperçus au loin, en relevant les yeux, un bateau qui naviguait de telle façon qu'il devrait passer à moins de deux milles de l'endroit où nous étions. Remerciant la Providence de ce bienfait inattendu, nous reprîmes aussitôt nos avirons, la brise étant devenue si faible que notre pauvre voile ne nous servait plus à rien, et nous nous mîmes à ramer doucement pour nous mettre en travers de la route suivie par le navire. Au bout d'une heure que nous peinions de la sorte, le vent tomba tout à fait, et le navire resta en panne à une distance d'environ trois milles. La gorge en feu, les lèvres sèches, la tête et le corps ruisselant de sueur, peinant comme des damnés sous le soleil implacable qui nous donnait l'impression d'être dans une véritable fournaise, nous continuâmes, le prêtre et moi, à avancer petit à petit vers le bateau immobilisé. Enfin, après un laps de temps qui nous parut interminable, nous vîmes l'ombre de sa mâture se profiler en travers de notre esquif et ses marins se pencher sur ses bastingages pour nous regarder. Lorsque nous fûmes parvenus à accoster, ils laissèrent se dévider jusqu'à nous une échelle de corde et nous interpellèrent en espagnol.

Par quel miracle, réussîmes-nous à nous hisser sur le pont, je ne saurais l'expliquer, car je ne m'en souviens plus. Ce que je me rappelle seulement, c'est que je me laissai tomber aussitôt sous une tente qui se trouvait là, et que je me mis à vider, l'un après l'autre, tous les gobelets d'eau qui me furent apportés. Lorsque j'eus finalement étanché ma soif, je tombai dans un tel état de faiblesse et de torpeur que je ne me sentis même pas la force de goûter à la viande que l'on me présentait. Je suis même tenté de croire que j'étais tombé en syncope, car lorsque je repris connaissance des choses, je m'aperçus que le soleil était déjà haut. Je me trouvais sous la tente, tous les marins s'étant portés sur le gaillard d'avant, où ils se tenaient en groupe autour d'un homme étendu. Il y avait à côté de moi un grand plat chargé de victuailles et un flacon d'eau-de-vie, et me sentant un peu moins faible, je me mis à manger et à boire avec entrain. A peine venais-je d'achever mon repas que les marins enlevèrent dans leurs bras le corps de l'homme, qui me parut être un nègre, et le jetèrent par-dessus bord. Trois d'entre eux, que leurs allures et leur mise semblaient désigner comme des officiers, s'approchèrent ensuite de moi, et je me levai pour les saluer.

— Señor, me dit d'une voix douce et cordiale le plus grand des trois, souffrez que nous vous offrions nos félicitations pour l'heureuse...

Mais tout à coup il s'arrêta net.

Etais-je encore sous l'impression d'un rêve, ou bien cette voix ne m'était-elle réellement pas inconnue? Alors, pour la première fois, il me fut possible de voir sa figure: c'était celle de *Juan de Garcia!*

Lui aussi venait de s'apercevoir de qui j'étais.

— *Caramba!* s'exclama-t-il, qui donc avons-nous repêché-là? Señor Thomas Wingfield, mes compliments!... Camarades, regardez ce jeune homme que nous a apporté la mer: ce n'est pas, comme vous pourriez le croire, un Espagnol, mais un espion anglais. La dernière fois que je l'ai rencontré, ce fut dans les rues de Séville, et il essaya de m'y assassiner parce que je voulais le dénoncer aux autorités. Dieu sait maintenant quel mauvais coup il peut bien ruminer encore!

— C'est faux! protestai-je. Je ne suis pas espion le moins du monde, et si j'ai entrepris ce voyage, c'était dans un seul but... celui de vous retrouver.

— En ce cas, vous avez pleinement réussi... et même au-delà de ce que vous pouviez désirer. Mais, en attendant, aurez-vous l'audace de nier que vous vous appelez Thomas Wingfield, et que vous êtes anglais?

— Je ne le nie point. Je...

— Pardon; alors comment se fait-il que, d'après ce que nous a dit le prêtre avec lequel vous étiez, vous vous soyez embarqué sur *Las Cinque Llagas* sous le nom de *d'Aïla?*

— Parce que j'avais mes raisons pour cela, Juan de Garcia.

— Vous vous méprenez, señor. Je m'appelle Sarceda, ainsi que peuvent l'attester ces messieurs. J'ai connu naguère un gentilhomme qui se nommait de Garcia, mais il est mort.

— Vous en avez menti, ripostai-je, indigné.

Sur quoi l'un des compagnons de de Garcia, s'avança sur moi, et d'un revers de main, me souffleta.

— Nenni, mon ami, s'interposa de Garcia; ne vous salissez pas à frapper semblable vermine, ou alors servez-vous d'une trique. Vous avez entendu vous-même, qu'il s'affuble d'un faux nom, et qu'il avoue être anglais, c'est-à-dire ennemi de notre pays. J'ajoute, et cela je l'affirme sur mon honneur, que c'est en outre un espion et un assassin. Or, messieurs, en tant que représentants attitrés de Sa Majesté, nous avons, s'il nous convient qualité pour le passer en jugement, mais comme vous pourriez penser qu'après avoir été ouvertement traité de menteur par ce chien d'Anglais, je serais disposé à me montrer injuste à son égard, je préfère me retirer et vous laisser libres d'agir envers lui comme bon vous semblera.

J'essayai de reprendre la parole, mais celui qui m'avait précédemment souffleté, un individu de mauvaise mine et aux airs farouches, sortit son épée du fourreau et en avança la pointe vers moi en jurant qu'il me la passerait au travers du corps si j'avais le malheur d'ouvrir la bouche. Aussi estimai-je que je ferais preuve de plus de sagesse en me taisant.

— Cet Anglais serait d'un joli ornement au bout d'une vergue, déclara-t-il.

De Garcia, qui s'étais mis à fredonner en affectant la plus complète indifférence, se prit à sourire en regardant alternativement la vergue et mon cou, et une lueur mauvaise s'alluma dans ses yeux.

— J'ai trouvé mieux que cela, insinua le troisième officier. Outre que le pendre risquerait de nous attirer de sérieux désagréments, ce serait renoncer bien à tort au profit que l'on peut tirer de lui. Ce jeune homme est vigoureux, et résisterait certainement plusieurs années si on l'employait dans les mines. Qu'on le vende donc plutôt avec le reste de la cargaison; pour ma part, je suis prêt à l'acheter un bon prix; j'en ai justement besoin de plusieurs de ce genre pour mon exploitation.

La physionomie de de Garcia s'assombrit. Cette proposition n'était pas pour lui sourire, à lui qui souhaitait se débarrasser de moi sans délai et d'une façon définitive; mais, comprenant sans doute qu'il ferait fausse route en la contrecarrant, il préféra persister à jouer jusqu'au bout la comédie de l'indifférence.

— En ce qui me concerne, camarade, répondit-il en bâillant, vous pouvez bien en disposer comme vous voudrez. Je vous l'offre même pour rien. Seulement je vous préviens: si vous ne tenez pas à recevoir un coup de stylet dans le dos, surveillez-le de près!

L'officier se mit à rire.

— Oh! quant à cela, rassurez-vous, répliqua-t-il. Du moment qu'il sera dans la cale et moi sur le pont, je ne vois pas en quoi il pourrait me nuire.

Et appelant un marin, il lui ordonna d'apporter les fers qu'on avait enlevés au nègre qui venait d'expirer.

Après m'avoir consciencieusement fouillé et soustrait le peu d'or qui me restait encore, on me riva les fers au cou et aux chevilles, et l'on m'entraîna vers l'entrepont où je ne tardai pas à comprendre de quoi se composait la cargaison du navire. Il était chargé d'esclaves capturés dans l'île Fernandine (1), pour être vendus à Hispaniola. C'est au nombre de ce troupeau d'esclaves que l'on ne disposait à m'adjoindre.

Vouloir décrire les horreurs de cette cale, serait entreprendre une tâche au-dessus de mes forces. Sous un plafond bas qui leur permettait à peine de se

(1) Nom que les Espagnols donnent à Cuba.

mettre debout, les pieds dans l'eau saumâtre que le roulis ballottait, les membres attachés par des chaînes que maintenaient de lourds anneaux fixés aux flancs du navire, entassés les uns contre les autres comme des bestiaux, ils étaient là, ces malheureux esclaves, près de deux cents — hommes, femmes et enfants —, ou, pour mieux dire, ils l'avaient été huit jours auparavant, lorsqu'on les avait embarqués. A présent, il y en avait déjà une vingtaine de morts, chiffre relativement bas, en somme, puisque les Espagnols qui se livrent à cet abominable trafic estiment que les pertes subies par leurs cargaisons au cours du transport varient généralement dans les proportions d'un tiers à la moitié. Lorsque j'entrai dans cet infâme réduit où l'air et la lumière ne pénétraient pour ainsi dire jamais, la puanteur qui s'en dégageait et l'horrible grouillement que j'entrevis à la lueur fumante des lanternes me donnèrent une telle nausée, que je me rejetai instinctivement en arrière. Mais ceux qui m'accompagnaient me contraignirent à avancer en me bourrant les côtes, et quelques instants après je me trouvais enchaîné moi-même au milieu de cette bande d'infortunés. Heureusement pour moi, les souffrances et les fatigues que je venais d'endurer m'avaient plongé dans un tel état d'épuisement, qu'après avoir résisté pendant quelque temps, je finis par tomber dans une espèce de sommeil ou de demi-inconscience qui eut le salutaire effet de m'apporter l'oubli dont j'avais tant besoin.

Je dus rester plongé dans cette prostration pendant vingt-quatre heures au moins. Lorsque j'en sortis enfin, je vis que l'officier espagnol qui m'avait voué à cette misérable destinée était debout à côté de moi, occupé à faire enlever les chaînes de la négresse auprès de qui j'étais attaché. La malheureuse avait rendu l'âme, et, à la lumière des lanternes dont nos bourreaux se servaient pour s'éclairer, je vis qu'elle avait succombé à un mal horrible que je ne connaissais encore pas, mais qui, je l'appris plus tard, s'appelle le *vomito negro*. Ce n'était d'ailleurs pas la seule, attendu que je comptai jusqu'à vingt cadavres que l'on emporta successivement ainsi après le sien, et je m'aperçus que, parmi les survivants, un grand nombre d'autres en étaient également atteints. Les Espagnols, ne connaissant aucun remède à ce redoutable fléau, paraissaient fort inquiets et s'efforcèrent de l'enrayer en nettoyant la cale et en retirant quelques-unes des traverses placées au-dessus de nous afin de l'aérer. Il n'était que temps, je crois, car si ces mesures opportunes n'avaient été prises, il est fort probable que nous aurions tous péri jusqu'au dernier. Quant à moi, j'attribue mon salut au seul fait que la plus grande des ouvertures pratiquées dans le pont se trouvait juste au-dessus de moi, et qu'en me mettant debout et en me soulevant aussi haut que me le permettaient mes chaînes, je parvenais à respirer de l'air presque pur.

Après avoir procédé à une distribution d'eau et de galettes de maïs, les Espagnols se retirèrent. Je me jetai sur l'eau avec avidité, car nous étions littéralement comme dans un four en ce réduit surchauffés par le soleil qui frappait à plomb le plancher du pont; mais il me fut impossible de toucher aux galettes, qui étaient moisies.

Quelque temps après, en m'arc-boutant des genoux et du dos contre la membrure du navire, je parvins à me mettre dans une position qui me permit d'entrevoir les pieds de ceux qui passaient sur le pont. Je ne tardai pas à remarquer que l'un d'eux portait une robe de prêtre et, me doutant que ce devait être celui avec lequel j'avais échappé au naufrage de la caraque, je m'efforçai par tous les moyens d'attirer son attention. Aussitôt qu'il s'en fut rendu compte, et qu'il eut compris qui l'appelait ainsi, il s'allongea sur le pont comme pour se reposer, ce qui nous permit d'échanger quelques mots à voix basse. Il m'expliqua que, faute de brise, le navire se trouvait de nouveau en panne et que, d'autre part, avait éclaté à bord une terrible épidémie, dont un tiers de l'équipage avait déjà été frappé. Je lui appris à mon tour que le même fléau sévissait en bas sur les esclaves, et lui demandai ensuite où était Sarceda, pour employer le nom sous lequel se faisait passer de Garcia. Il me répondit que la maladie l'avait frappé lui aussi le matin même, ce dont je me réjouis fort, car si je le détestais déjà auparavant, l'on devinera sans peine à quel point ma haine s'était accrue en raison de tous les tourments que j'avais endurés, et que j'endurais encore, à ce moment, grâce à lui. Le bon prêtre me quitta peu de temps après et revint, au bout de quelques instants, avec un gobelet contenant un mélange d'eau et de jus de citron, qui me fit l'effet d'un nectar délicieux, puis me glissa en cachette de la viande et des fruits. Après cela, il s'éloigna de nouveau et, à mon vif chagrin, je ne le vis plus revenir. Je devais apprendre pourquoi le lendemain matin.

La journée passa et la nuit aussi. Le lendemain, lorsque les Espagnols redescendirent inspecter la cale, quarante nouveaux cadavres les attendaient, et le nombre des malades augmentait toujours. Quand ils furent repartis, je me soulevai encore une fois pour tâcher de revoir mon ami le prêtre, mais ce fut en pure perte, car il était dit qu'il ne reviendrait plus.

CHAPITRE XII

Où Thomas touche terre

Après avoir vainement attendu le prêtre pendant une heure, ne pouvant demeurer plus longtemps dans cette exténuante posture, j'allais me laisser retomber à ma place, lorsque je vis se rapprocher une robe de femme. Je me rendis compte aussitôt que c'était celle de l'une des dames qui avaient été sauvées avec moi, dans la barque.

— Señora, murmurai-je, pour l'amour de Dieu, écoutez-moi. C'est moi, d'Aïla, qui suis enchaîné ici au milieu des esclaves.

Elle tressaillit de surprise, puis, comme le prêtre, s'assit sur le pont pour ne pas laisser deviner qu'elle causait avec moi. A elle aussi je parlai de la triste situation dans laquelle je me trouvais et de l'affreux mal auquel étaient en proie les malheureux dont je partageais le sort.

— Hélas! señor, me répondit-elle. Le lot des marins de l'équipage n'est guère plus enviable que le leur. Six d'entre eux ont déjà succombé, et plusieurs autres sont dans le délire. Plût au ciel que nous ayons été noyés avec les autres, car nous n'avons été délivrés de la mort que pour être jetés dans un enfer. Moi qui vous parle, j'ai déjà perdu ma pauvre mère, et mon jeune frère est à l'agonie.

— Où est le prêtre? lui demandai-je.

— Il est mort ce matin, et l'on vient de l'immerger à son tour. A ses derniers moments, il s'est mis justement à me parler de vous en me suppliant de vous venir en aide s'il était en mon pouvoir; mais il n'avait déjà plus toute sa lucidité d'esprit, et j'ai cru qu'il déraisonnait. D'ailleurs, en quoi pourrais-je vous aider?

— Peut-être trouveriez-vous moyen de m'apporter quelque nourriture et un gobelet d'eau pure à boire, répondis-je. Quant à ce saint homme, qu'il repose en paix et que Dieu ait son âme!...

«Et le capitaine Sarceda? Est-il mort aussi?

— Non, señor, c'est le seul qui semble se remettre après avoir été frappé du fléau. Maintenant, excusez-moi, señor, je vais vous apporter ce que vous m'avez demandé, mais il me faudra ensuite retourner auprès de mon jeune frère.

Elle me quitta pour revenir presque aussitôt avec de la viande et un flacon de vin qu'elle avait dissimulés sous ses vêtements, et je la bénis d'avoir eu pitié de moi.

Deux soirs de suite, elle revint me voir et m'apporter d'autres victuailles. Le deuxième jour, elle m'annonça que son frère était mort, qu'elle se sentait elle-même malade, et que, sur tout l'équipage, quinze hommes seulement, ainsi qu'un officier, avaient échappé au fléau. Elle m'expliqua en outre que la provision d'eau était épuisée, et qu'il ne restait pour ainsi dire plus de nourriture pour les esclaves. A partir de ce jour-là, elle ne revint plus, et cela me fit présumer qu'elle était morte aussi.

Ce fut exactement vingt-quatre heures après sa dernière visite que je quittai ce navire maudit. Durant cette dernière journée, nul n'était venu s'occuper des esclaves ni leur donner à manger; la plupart, du reste, n'avaient plus besoin de rien, puisqu'ils étaient déjà morts. Néanmoins, quelques-uns survivaient encore, bien que tous frappés, je le crois, du mal affreux qui avait emporté leurs frères. Quant à moi, j'avais jusqu'alors été épargné, peut-être parce que j'ai toujours eu le bonheur de posséder un corps sain et robuste qui n'offrait de prise ni aux fièvres, ni aux maladies, peut-être aussi parce que j'étais mieux soutenu que les autres grâce à la nourriture meilleure et plus substantielle que j'avais reçue. Hélas, je savais bien qu'il allait falloir me résigner à la mort moi aussi, et en vérité, je l'appelais de tout mon cœur à présent, car elle ne pouvait que m'apporter la délivrance si elle venait me soustraire à l'épouvantable charnier où j'étais enchaîné. La journée se passa dans la même immobilité désespérante et sous le même ciel de feu, et la nuit revint, étouffante et sans cesse troublée par les cris horribles des agonisants. Néanmoins, il me fut possible de dormir encore, vaincu par la fatigue et l'accablement.

Vers le matin, je fus réveillé par des tintements de chaînes et des coups de marteau, et en ouvrant les yeux, je m'aperçus que les Espagnols, éclairés par des lanternes, étaient occupés à détacher sans distinction les entraves des morts et des vivants. Au fur et à mesure que l'un des esclaves, mort ou vif était délivré, on lui passait une corde sous les aisselles, et on le hissait sur le pont à travers l'ouverture de l'écoutille. Au bruit qui me frappait chaque fois les oreilles peu de temps après, je compris qu'on les jetait ensuite l'un après l'autre à la mer. Telle était la méthode simple et exécutive imaginée par nos bourreaux pour suppléer au manque d'eau et pour se mettre eux-mêmes à l'abri de la contamination qui menaçait de les exterminer tous.

Prévoyant que j'allais fatalement subir avant peu le même sort que ces malheureux, je me pris à réfléchir s'il vaudrait mieux voir pour moi implorer miséricorde en démontrant que la maladie m'avait épargné ou bien me laisser tout simplement noyer pour en finir une bonne fois avec mes tourments. Certes, le désir de vivre demeurait ardent et tenace en moi, mais peut-être se formera-t-on une idée plus nette de ce que j'avais souffert et du découragement auquel j'étais en proie, lorsque je dirai que ce fut le second parti que je décidai d'adopter. Oh! oui, plutôt mille fois mourir que de revoir toutes les horreurs par lesquelles je venais de passer! Du reste, comment aurais-je pu conserver l'espoir d'inspirer pitié à ces marins? Affolés par l'épouvante, ils n'avaient plus qu'une idée fixe: se défaire au plus vite des esclaves qui commençaient à les priver d'eau et dont la dangereuse présence les condamnait inévitablement à la mort.

Lorsque les Espagnols eurent enlevé le grand nègre enchaîné à mes côtés, ils se retournèrent vers moi pour me délier à mon tour.

— En voici un qui n'a pas l'air si malade, dit l'un d'eux en frappant sur mes fers pour en arracher les rivets.

— Peu importe! Qu'on en finisse! gronda un autre en qui je reconnus l'officier auquel on m'avait livré. Ce maudit Anglais, c'est sûrement lui qui nous a porté malheur! Envoyez-le par-dessus bord; on verra un peu si son «mauvais œil» a de l'influence sur les requins.

— C'est bon, répondit le premier en continuant sa besogne. Allons, récite tes prières, l'Anglais... et prends un coup d'eau-de-vie avant de partir, cela te rendra la noyade plus facile. On peut se montrer généreux avec le cognac: il en reste plus que d'eau.

Je pris la gourde qu'il me tendait et bus une forte lampée d'alcool, ce qui me ragaillardit un peu. Tandis que l'on m'enlevait avec la corde, je remarquai sur la figure de l'officier des marques auxquelles, avec les connaissances de la médecine que je possédais, il m'était impossible de me tromper.

— Adieu, lui criai-je, nous nous retrouverons peut-être plus tôt que vous ne le pensez. A quoi bon vous donner tant de mal, pauvre sot, vous ne voyez donc pas que la fièvre vous guette? Dans six ou sept heures d'ici, vous serez mort aussi.

Une expression d'horreur se peignit sur ses traits et il demeura un instant comme pétrifié. Puis, proférant un juron, il ramassa le marteau qui avait servi à détacher mes entraves, et il allait me le jeter à la tête, lorsque, juste au même moment, on me fit sortir par l'écoutille. Je tombai comme une masse sur le pont. Auprès de moi, se tenaient les deux nègres qu'on avait chargés de jeter leurs propres compagnons à la mer, et derrière eux, les traits tirés par la maladie dont il venait à peine de triompher, était assis de Garcia, qui s'éventait avec son *sombrero*.

Comme il faisait un clair de lune magnifique, il me reconnut aussitôt qu'il m'aperçut.

— Eh quoi? s'écria-t-il. C'est vous, mon cousin? Ainsi, vous êtes encore de ce monde? En vérité, il faut que vous ayez l'âme chevillée au corps, car, pour ma part, je vous croyais trépassé depuis longtemps. Du reste, sans cette maudite fièvre qui m'a tenu au lit tous ces jours, je ne me serais point fait faute de m'en assurer. Enfin, tout vient en son temps, et ce sera pour moi un vif plaisir que de vous jeter aux requins, ami Wingfield. Quelle ironie! Quand je pense que vous couriez après moi pour m'occire! Allons, bonsoir, mon cousin, ne m'en veuillez point de ne pas vous avoir offert une réception plus grandiose, et si, tout à l'heure, vous rencontrez d'aventure, votre mère en l'autre monde, dites-lui que je suis bien peiné de l'avoir tuée, car je l'aimais de tout mon cœur. D'ailleurs, je n'étais pas venu en Angleterre avec l'intention de la frapper, comme vous le pourriez croire; j'y ai été contraint par elle pour me sauver, car autrement jamais je n'aurais pu repartir en Espagne. Elle avait, comme moi, le sang beaucoup trop bouillant pour me laisser fuir, et vous devez l'avoir tout pareil, vous qui êtes animé d'un tel désir de vengeance.

Et, se renversant en arrière, il se remit à s'éventer avec nonchalance.

Malgré le profond abattement où m'avait jeté la pensée que j'allais mourir sans avoir pu atteindre le but que je m'étais proposé, je me sentis piqué au vif par ses sarcasmes, et, pour ne pas être en reste, m'efforçai de conserver jusqu'à la fin l'attitude la plus digne possible.

— Je suis mal placé en ce moment pour vous répondre, lui dis-je; mais si vous n'êtes pas un lâche, donnez-moi une épée, et vidons une bonne fois cette querelle ensemble. Vous êtes affaibli par la maladie, objecterez-vous? mais croyez-donc que je sois beaucoup plus vaillant, après tant de jours et de nuits passés dans cet enfer? En somme, nous pouvons nous mesurer loyalement, de Garcia; nous serons d'égale force.

— Il se peut, mon cousin, mais à quoi bon? Je me méfie de vous, car les choses ont failli bien mal tourner pour moi lors de notre première rencontre; en outre, j'ai toujours eu comme le pressentiment que je périrais grâce à vous. C'est d'ailleurs la raison qui m'a incité à entreprendre ce long voyage. Mais voyez un peu la folie des présages, mon ami. Je suis encore vivant, et, s'il plaît à Dieu, j'espère bien avoir de longues années à vivre encore, tandis que vous (pardonnez-moi de vous dire la chose si crûment), eh bien! vous êtes déjà mort. Maintenant, assez causé, Thomas Wingfield, ces messieurs — ajouta-t-il en indiquant les deux nègres —, n'attendent plus qu'un signal de moi pour vous expédier dans l'autre monde, et il importe que cette cale soit évacuée au plus vite. Est-il un message que vous désiriez me confier pour quelqu'un de votre famille?

— Oui, de Garcia, répliquai-je, mais avant que je m'en aille, laissez-moi vous dire un mot encore, et surtout retenez-le bien. Je suis mort, soit, mais prenez garde: si je n'ai pu assouvir ma vengeance moi-même, un Autre, infiniment plus puissant que nous tous, se chargera de l'accomplir, et un jour Sa main s'appesantira sur vous. Vous allez peut-être encore vivre quelques années de plus mais, croyez-vous que vous échapperez à votre destin? Un jour, vous mourrez aussi sûrement que je vais le faire cette nuit!

— Trêve de tout cela, renifla-t-il. Vous n'avez rien d'un prêtre. Vous m'avez dit que vous aviez un message? Faites vite, je vous prie. Le temps presse, cousin Wingfield.

— C'est un message pour vous.

— Qui peut bien en envoyer à un exilé tel que moi? s'étonna-t-il.

— Isabella de Siguenza. Celle que vous avez trompée et abandonnée, dis-je.

Il se leva de son siège et se dressa au-dessus de moi.

— Que lui est-il arrivé? me demanda-t-il vivement.

— Les moines l'ont fait emmurer vivante avec son bébé.

— Emmurée vivante! Sainte Mère de Dieu! Et comment savez-vous cela?

— J'ai assisté par hasard à l'exécution, c'est tout. Elle m'a demandé de vous raconter leur fin, à elle et à l'enfant, et de vous dire qu'elle n'avait jamais donné votre nom et qu'elle mourait en vous aimant et en vous pardonnant. C'était la totalité de son message, mais j'aimerais y ajouter quelque chose: puissiez-vous être jour et nuit hanté par elle et par ma mère; qu'elles vous hantent dans ce monde et dans l'autre, ainsi qu'au ciel et en enfer!

Il se couvrit un instant le visage de ses mains, puis, après avoir rabaissé celles-ci, il se laissa retomber sur son siège et apostropha les deux nègres.

— Débarrassez-moi de cet esclave. Qu'attendez-vous donc?

Les deux hommes s'avancèrent vers moi pour me saisir, mais plus prompt qu'eux, je bondis sur de Garcia, et, l'empoignant à bras le corps, je l'entraînai avec moi. Mon exaspération et mon désespoir étaient tels, que mes forces s'en trouvaient décuplées, et que je réussis à le soulever jusqu'à la hauteur du bastingage ; malheureusement, les choses en restèrent là, car, à l'instant même où j'allais réussir à le faire basculer par-dessus bord, les deux nègres me rattrapèrent et me contraignirent à le lâcher. Alors, comprenant que tout était perdu désormais et que, si je m'attardais une seconde de plus, je serais massacré à coups d'épée, je m'appuyai d'une main sur le bord du navire pour prendre un point d'appui et, en moins de temps qu'il n'en faut pour l'écrire, plongeai dans les flots.

Mon intention première avait été de me laisser couler à pic, afin de ne me noyer le plus vite possible, mais l'instinct de conservation est toujours celui qui domine notre nature, et je n'étais pas plutôt dans l'eau que je me mis à nager de toutes mes forces en m'appliquant à rester contre les flancs du navire, de peur que de Garcia ne me fit envoyer une flèche ou une balle d'arquebuse.

Un moment après, je l'entendis s'écrier :

— Cette fois, c'est bien fini, me voilà débarrassé de lui pour toujours. Mais il était temps : mes prévisions ont bien failli se réaliser.

C'était folie de ma part que de chercher à me maintenir sur l'eau ainsi. Que pouvais-je espérer ? Même si j'avais la chance de ne pas être auparavant happé au passage par un requin, je résisterais peut-être en tout sept à huit heures au plus, et après ?... Tôt ou tard, il faudrait bien abandonner la lutte. Mais allez donc raisonner avec un homme qui se noie !... Ménageant mes forces, je nageais lentement, et rien que de me sentir dans cette eau tiède et propre qui me lavait de toutes les souillures et de toutes les puanteurs de la cale immonde, rien que de respirer l'air pur qui entrait librement dans mes poumons, j'avais l'impression de revivre et d'acquérir brusquement une ardeur nouvelle.

En soulevant avec précaution ma tête hors de l'eau, je constatai que j'étais déjà à une cinquantaine de toises du navire, auprès duquel je continuais à entendre par intervalles d'autres corps tomber à l'eau. Non loin de moi j'aperçus quelque chose qui flottait, et m'en étant approché, je vis avec joie que c'était une grosse futaille que l'on avait envoyée par-dessus bord. Comme elle était dans une position verticale, dès que je fus parvenu assez près pour l'atteindre, je la poussai par en dessous de telle manière que je réussis à en saisir le bord supérieur et à l'incliner vers moi. Je m'aperçus alors qu'elle était à moitié pleine de galettes de maïs, et qu'on l'avait jetée à la mer en raison de l'odeur nauséabonde qu'elle répandait. C'était le poids de ces galettes pourries qui, tenant lieu de lest, l'empêchait de se coucher sur le côté. L'idée me vint que, si je réussissais à grimper dans cette futaille, je me trouverais ainsi à l'abri des requins. Mais comment m'y prendre pour cela ?

Alors même que je m'ingéniais à découvrir la solution de ce problème, je vis tout à coup apparaître à fleur d'eau, devant moi, à vingt brasses au plus, la nageoire d'un de ces redoutables poissons qui s'avançait vers moi. Plus la situation dans laquelle on se trouve est critique, plus on acquiert de présence d'esprit. Abaissant le bord de la futaille jusqu'à ce que l'eau commençât à s'y déverser, je l'empoignai solidement de chaque côté avec mes deux mains et, remontant mes jambes, pesai de tout mon poids. Aujourd'hui encore, je serais incapable d'expliquer par quel prodige je réussis à accomplir un semblable tour de force, mais ce qu'il y a de certain, c'est que, l'instant d'après, j'étais dans la futaille, sans qu'il m'en eût coûté autre chose qu'une éraflure au menton.

Oui, certes, j'avais trouvé un esquif, mais, hélas ! qu'il était donc précaire, le pauvre ! A peine mon propre poids et celui de l'eau que j'avais fait embarquer dedans étaient-ils venus s'adjoindre à celui des galettes, qu'il se mit à enfoncer au point de n'être plus qu'à un demi-pouce au-dessus de la surface. Nul doute que, si le volume d'eau qu'il supportait déjà, venait à augmenter seulement de la valeur d'un seau, il ne coulât incontinent. A ce moment, je vis reparaître la nageoire du requin à quatre brasses de moi à peine, puis je ressentis un choc contre la futaille: c'était le squale qui venait de la heurter du nez.

Aussitôt, je me mis à rejeter précipitamment l'eau contenue dans la futaille en formant une coquille de mes deux mains. Petit à petit, au fur et à mesure qu'elle s'allégeait, la grosse barrique émergea davantage. Lorsqu'elle se fut élevée de deux pouces au-dessus de la surface, le requin, furieux de voir sa proie lui échapper, s'élança hors de l'eau et chercha à ronger le bois de la futaille qui se mit à tourner sur elle-même. Les oscillations que ce mouvement giratoire imprimaient à la barrique menaçant à nouveau de la submerger, je fus contraint de me remettre en toute hâte à la vider, dévoré d'angoisse à la pensée que, si le squale revenait à la charge, je serais immanquablement englouti. Mais, n'ayant sans doute pas trouvé la saveur du bois et du fer à son goût, il prit bientôt le parti de s'éloigner un peu, en continuant toutefois à rôder dans les alentours. Profitant du répit qu'il m'accordait, je continuai donc à vider l'eau avec mes mains aussi longtemps que cela me fut possible, puis, ayant réussi à retirer l'une de mes bottes, je m'en servis pour enlever le reste. Bientôt, le bord de la futaille se trouva être à douze pouces au-dessus de la mer, et je dus m'arrêter dans la crainte qu'étant devenue trop légère, elle ne basculât. Hélas! le repos que je pus alors m'accorder ne servit qu'à me permettre de comprendre l'inanité de tout ce labeur: à quoi bon tant d'efforts, puisqu'ils n'aboutiraient en fin de compte qu'à retarder mon trépas de quelques heures et à me faire souffrir plus longtemps d'atroces et angoissantes tortures.

Alors, je me mis à implorer Dieu de me venir en aide. Jamais je n'avais prié avec tant d'ardeur. Lorsque j'eus fini, il se produisit en moi une sorte d'apaisement, et je sentis mon cœur renaître à l'espérance. Il me parut presque miraculeux d'avoir ainsi échappé par trois fois à d'aussi grands périls en l'espace de trois jours: d'abord, au naufrage de la caraque; ensuite, à la fièvre et à l'inanition, et, maintenant — si même cela ne devait être que passagèrement —, aux féroces mâchoires des requins. Etait-il possible que j'eusse été préservé contre des dangers fatals à tant d'autres à seule fin de mourir misérablement d'une autre façon?...

La nuit s'acheva enfin, mais lorsque les premiers rayons du soleil commencèrent à se montrer, je m'aperçus que je ne pouvais voir à cinquante pas devant moi à cause d'un brouillard épais qui s'était formé durant la nuit à la surface de la mer. Une heure plus tard, il se dissipa un peu, et je constatai alors que j'avais été entraîné fort loin du navire espagnol, dont je n'apercevais plus que les mâts, et qui disparut peu après complètement à mes yeux. Il ne subsistait plus maintenant de brume que dans une seule direction, ce qui me sembla assez étrange, étant donné que je ne voyais aucune raison à ce qu'elle s'attardât plutôt à cet endroit qu'à un autre.

A demi mort de faim et de soif, terrassé par les rayons ardents du soleil contre quoi rien ne me protégeait, je finis par me laisser glisser au fond de ma futaille et par tomber dans une espèce d'engourdissement qui se prolongea jusqu'au moment où j'en fus tiré par les cris d'une bande d'oiseaux qui volaient en tous sens autour de moi. En rouvrant les yeux et en me soulevant pour regarder par-dessus le bord de la barrique, je vis, à ma vive stupéfaction, et à mon indicible joie, que ce que j'avais d'abord pris pour un banc de brouillard était en réalité une langue de terre presque plate, et que la marée m'entraînait rapidement vers la barre d'une large rivière. Les cris d'oiseaux que j'avais entendus étaient poussés par des mouettes qui pourchassaient les poissons venant chercher leur pâture sur les sables où l'eau douce se déversait dans l'eau salée. Tandis que je les observais, l'une d'elles saisit un poisson qui pesait pour le moins trois livres et chercha à l'enlever dans son bec, mais voyant qu'elle n'y parviendrait pas, elle se mit à lui frapper la tête jusqu'à ce qu'il fût mort. Elle s'apprêtait déjà à le déchiqueter pour l'avaler, lorsque, étant parvenu moi-même à cet endroit, j'allongeai vivement le bras pour lui ravir sa proie. Deux minutes après, je dévorais, à belles dents, le poisson cru, et je vous certifie que jamais aucun mets, si recherché fût-il, n'eut le don d'éveiller chez moi autant d'appétit, ni de me sembler aussi délicieux.

Lorsque j'eus mangé à ma suffisance, ou du moins autant qu'il me fut possible, puisque je n'avais rien à boire, je mis le reste du poisson dans la poche de mon pourpoint et reportai mon attention sur la barre formée à l'embouchre de la rivière. M'étant rendu compte qu'il me serait impossible de la franchir debout dans ma futaille, je m'empressai de la culbuter sur le côté et de monter à califourchon dessus. Lorsque j'atteignis la ligne du ressac, j'eus toutes les peines du monde à me maintenir en équilibre sur ma misérable épave, mais par bonheur la marée me chassait par-derrière avec une telle impétuosité que je ne tardai pas à me trouver projeté au-delà et jusque dans l'embouchure de la rivière. J'eus en outre la chance de rencontrer un peu plus loin un morceau de bois qui descendait au fil de l'eau et, l'utilisant à la manière d'un aviron, je pus, grâce à lui, me diriger vers le rivage qui, je le voyais à présent, était tout couvert de roseaux, parmi lesquels croissaient de place en place de petits bouquets d'arbres portant à leur sommet d'énormes fruits. Peu de temps après, je mis enfin le pied sur la terre ferme, après dix heures de cette stupéfiante navigation; et, bien que rien ne me le laissât supposer sur le moment, ce fut encore un vrai miracle de plus, comme je l'appris plus tard, si je pus y aborder sans encombre, car j'aurais fort bien pu être victime de l'un des innombrables crocodiles dont cette rivière est peuplée.

Lorsque je sentis avec mon morceau de bois que j'étais parvenu à un endroit où l'eau n'avait plus que peu de profondeur, je me laissai glisser de ma barrique et gagnai la rive, où je me précipitai aussitôt à genoux pour remercier Dieu de m'avoir sauvé. Mais la soif, qui recommençait à me tourmenter, m'obligea bientôt à me remettre en marche pour chercher à boire, et je continuai à cheminer de la sorte, jusqu'au moment où je rencontrai une mare d'eau de pluie suffisamment douce et propre pour être potable. Après m'être copieusement désaltéré, je mangeai le reste de mon poisson, puis à bout de fatigue, m'étendis à l'ombre d'un buisson couvert de fleurs blanches, afin de me reposer.

Quand je m'éveillai, la nuit était venue, et j'étais si las, que mon sommeil se serait sans doute prolongé jusqu'au lendemain matin, si je n'avais ressenti sur toutes les parties de mon corps, des douleurs tellement cuisantes qu'elles me forcèrent à me lever. Tout d'abord, je ne m'en expliquai pas la cause, mais bientôt je me rendis compte que l'air était infesté d'essaims d'insectes semblables à des moucherons qui, sans cesse, s'abattaient sur moi, pompant mon sang et m'injectant sous la peau leur détestable venin. Ces insectes, que les Espagnols, je l'ai su après, appellent des «moustiques», n'étaient d'ailleurs pas seuls à me harceler. D'autres bestioles, pas plus grosses qu'une tête d'épingle s'agrippaient à moi par centaines. s'enfonçant dans ma chair à la manière des taons. Il y en avait de toutes les façons, de toutes les formes et de toutes les grosseurs, et le martyre qu'elles m'infligèrent fut tel, qu'avant le matin, je pensai en perdre la raison. Aussitôt qu'il commença à faire jour, j'essayai de me plonger dans la rivière, dans l'espoir que la fraîcheur de l'eau me procurerait un peu de soulagement, et que je serais du même coup préservé contre ces piqûres infernales, mais il n'y avait pas dix minutes que j'y étais, quand je vis, non loin de moi, un énorme crocodile se lever de la boue dans laquelle il était couché et s'avancer lentement à ma rencontre. Epouvanté par la vue de ce monstre inconnu, je remontai en toute hâte sur la rive, où je fus naturellement assailli aussitôt par les myriades d'insectes qui se mirent à me harceler de plus belle.

CHAPITRE XIII

La pierre du Sacrifice

Ma situation ne laissait pas que d'être inquiétante à l'extrême. J'avais la tête enflée de toutes parts, au point d'en être devenue grosse comme une citrouille; le reste de mon corps n'était guère en meilleur état; et toutes ces morsures et piqûres réitérées me mettaient dans un tel tourment, que je ne pouvais rester en place, et que je courais sans cesse de droite et de gauche comme un fou. Que faire au milieu de cette immense marécage, où je n'apercevais aucun homme, ni aucun abri? L'idée me vint pourtant qu'au lieu d'errer ainsi sans but, j'agirais plus sagement en suivant le bord de la rivière, et je me mis donc à en remonter le cours, dérangeant à chaque instant quantité de crocodiles et de reptiles repoussants. Après avoir marché de cette façon pendant une heure environ, je rencontrai un vaste espace libre où il n'y avait ni roseaux ni arbustes, et que je traversai de bout en bout. Cependant, mes souffrances étaient devenues à ce point intolérables, que je ne me sentais plus le courage de continuer, et j'allais, de désespoir, me laisser tomber n'importe où lorsque je vis devant moi un groupe d'hommes à peau bronzée, habillés de vêtements blancs, qui me donnèrent l'impression d'être des pêcheurs. Ces hommes étaient occupés à manger au bord de l'eau et leurs pirogues chargées de marchandises étaient amarrées non loin d'eux. Dès qu'ils m'aperçurent, ils se mirent à pousser des exclamations dans une langue inconnue et, saisisant les armes qui étaient auprès d'eux: des arcs, des flèches et des massues en bois, lesquelles étaient encastrées de place en place de pierres acérées assez semblables à du silex, ils s'élancèrent vers moi comme pour me tuer. Alors, je levai les bras en l'air pour implorer leur pitié, et voyant que j'étais sans défense et dans l'incapacité de leur faire du mal, ils déposèrent leurs armes et commencèrent à m'assaillir de questions. Je secouai la tête pour leur expliquer que je ne comprenais pas et indiquai d'abord la direction de la mer, puis ma figure tout enflée. Aussitôt, l'un des hommes courut aux pirogues et en rapporta une sorte d'onguent de couleur brune, dégageant une odeur aromatique. Puis, par gestes, il me signifia de me dépouiller des vêtements qui me restaient et dont l'aspect semblait fort les intriguer; lorsque je fus entièrement déshabillé, ils m'enduisirent tout le corps avec cette pommade, qui eut pour effet d'apaiser, comme par enchantement, les atroces brûlures dont j'étais dévoré, et qui devait posséder en outre la propriété d'éloigner par son odeur les insectes, car, à partir de ce moment, ils cessèrent de m'importuner.

Cette opération terminée, ils m'offrirent du poisson frit, des galettes de maïs fraîches et une délicieuse boisson chaude, recouverte d'une écume marron qu'ils appelaient, ainsi qu'ils me l'apprirent par la suite, du *chocolat*. Lorsque j'eus fini de manger, ils se concertèrent un moment ensemble à mi-voix, puis me firent monter dans une de leurs pirogues, après y avoir étalé des nattes pour que je puisse m'y étendre. Trois d'entre eux y prirent place à leur tour, dont l'un, que j'avais remarqué pour la douceur de sa physionomie et de ses manières, et qui paraissait être leur chef, s'assit en face de moi, tandis que les deux autres s'installaient, l'un à l'avant, l'autre à l'arrière,en s'armant chacun d'une pagaie. Nous nous mîmes alors en route, suivis de trois autres pirogues, et m'abandonnant au grand bien-être que j'éprouvais enfin après tant de misères, je ne tardai pas à m'assoupir de nouveau. Lorsque je rouvris les yeux, je m'aperçus que j'avais dormi plusieurs heures, attendu que le soleil était près de se coucher, et je fus émerveillé de voir avec quelle patience mon compagnon à la mine grave et douce avait, durant tout ce temps, veillé sur moi, en éloignant, à l'aide d'un rameau feuillé, les insectes qui auraient pu m'importuner. Sa bienveillance à mon égard, paraissait indiquer que je n'avais rien à craindre, ni de lui, ni de ceux qui l'accompagnaient, et m'étant rassuré sur ce point, je me pris à réfléchir à ce que pouvait être le pays dans lequel la Providence m'avait fait tomber, et à quelle race devait appartenir le peuple qui l'habitait. Toutefois, ne possédant aucune donnée susceptible de m'éclairer sur ce point, je pris bientôt le parti de ne plus m'en préoccuper et tournai, au contraire, mon attention sur le paysage. Nous avions abandonné la région des marais, et nous suivions à présent une petite rivière, qui devait être tributaire de la grande que j'avais vue tout d'abord. De chaque côté de nous s'ouvraient de vastes étendues de terrain sans élévation, peuplées d'arbres immenses reliés entre eux par des lianes entrelacées et, dans ces arbres s'agitait tout un monde de singes grimaçants et d'oiseaux bariolés qui faisaient un vacarme assourdissant

A la tombée de la nuit, nous accostâmes une sorte d'embarcadère où l'on me fit descendre, et je vis que l'on m'entraînait le long d'une large et bonne route. Au bout d'un certain temps, nous atteignîmes une barrière autour de laquelle se pressaient quantité de gens, et nous nous trouvâmes alors dans une rue bordée à droite et à gauche par des maisons. Arrivé à la dernière, mon compagnon me fit entrer et m'introduisit dans une pièce basse éclairée par des lampes d'argile. Plusieurs femmes s'approchèrent de lui et lui donnèrent chacune un baiser, tandis que d'autres, que je présumai être des servantes le saluaient en faisant le geste de poser une main sur le sol. Mais c'était principalement vers moi que se tournaient tous les regards et, à la façon dont le chef fut assailli, je devinai qu'on le harcelait de questions pour savoir qui j'étais.

Lorsque tout le monde m'eut examiné à son aise, on servit le souper, un substantiel repas où défilèrent force viandes singulières, et l'on m'invita à y prendre part, ce que je fis en m'asseyant à côté des autres, sur l'une des nattes qui avaient été disposées par terre à cet effet. Parmi les femmes qui nous servaient, et qui toutes étaient fort agréables à voir, j'en remarquai principalement une qui l'emportait sur ses compagnes par la grâce et la beauté. Très grande et d'une souplesse extrême, elle avait, en dépit de son teint olivâtre, des traits excessivement réguliers et de beaux yeux. Elle était grande et la douceur de son visage ajoutait encore au charme de sa beauté. Je mentionne cette jeune fille ici pour deux raisons principales: tout d'abord parce qu'elle allait me sauver plus tard de la torture et d'un sacrifice et, deuxièmement, parce qu'elle n'était personne d'autre que celle qui allait être connue plus tard sous le nom de Marina, la maîtresse de Cortez, sans l'aide de laquelle le conquérant espagnol ne se serait jamais emparé de Mexico. Mais à ce moment-là elle ne savait pas encore que sa destinée était de faire tomber son pays sous le joug cruel de l'Espagnol.

Dès qu'elle me vit, Marina, — c'est ainsi que je l'appellerai pour plus de commodité, parce que son nom indien est d'une prononciation trop difficile —me parut se prendre pour moi d'une vive compassion et s'employa de son mieux à me soustraire à la curiosité publique et à satisfaire mes moindres besoins. C'est elle qui se chargea de m'apporter de l'eau pour me laver, une robe de toile blanche pour remplacer mes vêtements en lambeaux et un manteau de plumes éclatantes pour me couvrir les épaules.

Lorsque le souper fut achevé, on me donna, dans une petite piéce à l'écart, une natte pour dormir, et je m'y allongeai en remerciant le ciel de m'avoir fait trouver un asile parmi un peuple bienveillant et qui, je le voyais, à de nombreux indices, n'avait rien de sauvage. Une chose, pourtant, m'inquiétait: je remarquai que tout en me traitant convenablement, on ne m'en considérait pas moins comme un prisonnier, car un homme armé d'une lance de cuivre dormait en travers du seuil de ma petite chambre pour me garder.

Avant de m'allonger, j'avais constaté, en regardant par l'étroite fenêtre, que la maison donnait sur une large place au centre de laquelle se dressait une grande pyramide d'au moins cent pieds de haut. Au sommet de cette pyramide se trouvait un édifice en pierre que je supposai être un temple, — ce qui d'ailleurs était exact, — et devant lequel brûlait un feu. A ce propos, il est peut-être préférable que je dise tout de suite une chose que je n'appris que plus tard, à savoir que j'étais dans la ville de Tobasco, la capitale d'une des provinces méridionales d'Anahuac, située à plusieurs centaines de milles de la ville centrale de Tenochtitlan, ou si l'on préfère Mexico. La rivière par laquelle j'avais gagné le rivage était le Rio de Tobasco, où le conquérant espagnol Cortez devait atterrir l'année suivante, et mon hôte, ou pour mieux dire, mon ravisseur, était le *cacique* (1) de Tobasco. Il se trouvait donc, qu'à l'exception d'un certain Aguilar qui, six ans auparavant, avait échoué sur la côte du Yucatan avec ses compagnons, j'étais le premier homme blanc à pénétrer parmi les Indiens. Cet Aguilar fut sauvé par Cortez, mais tous ceux qui était avec lui furent offerts en sacrifice à Huitzel, le redoutable dieu de la guerre honoré en ce pays. Cependant les Espagnols étaient déjà connus des Indiens, qui les considéraient avec une sorte de crainte superstitieuse, car un an avant mon arrivée, l'hidalgo Hernandez de Cordova avait exploré la côte du Yucatan et livré plusieurs fois combat aux indigènes et, quelque temps après, un certain Juan de Grigalva était venu lui aussi sur la même rivière de Tobasco. Il en résulta que l'on me considéra tout de suite comme appartenant à cette nouvelle nation des Teules, comme les Indiens avaient surnommé les Espagnols et, par conséquant, comme un ennemi du sang duquel les dieux avaient soif.

Le lendemain matin, le *cacique* entra dans ma chambre avec deux hommes, dont le seul aspect me remplit d'effroi. L'expression de leur physionomie était horrible et farouche; ils portaient des robes noires brodées de caractères mystiques rouges, et leurs longs cheveux étaient partagés en tresses enduites d'une substance résineuse. Ces hommes, pour qui le *cacique* lui-même paraissait

(1) Chef ou prince.

avoir le plus profond respect, me considérèrent avec une joie féroce qui fit aussitôt se glacer mon sang dans mes veines: puis, l'un d'eux, écartant la robe blanche que j'avais endossée à nouveau, appliqua sa main sur mon cœur tout palpitant d'émotion et se mit à en compter les battements à haute voix, tandis que l'autre approuvait en constatant, ainsi que je devais me l'entendre expliquer ensuite, que j'étais doué d'une grande force.

En me retournant pour voir quel effet ces paroles avaient produites sur ceux qui avaient pénétré dans la chambre derrière eux, mes yeux rencontrèrent ceux de la jeune Marina, et l'expression que je lus dans les siens ne me laissa aucun doute sur le sort qui me serait réservé. Avant même d'avoir pu me rendre compte de ce qui se passait, je fus empoigné par ces deux hommes étranges, qui n'étaient autres que des prêtres, ou des *pabas*, suivant le nom que leur donnent les Indiens, et entraîné hors de la chambre. Tous les assistants, sauf Marina et le *cacique*, se précipitèrent à leur suite, et nous nous trouvâmes quelque temps après sur la grande place, bordée de belles maisons bâties avec de la pierre et de la chaux, où je vis accourir de toutes parts un grand nombre d'hommes, de femmes et d'enfants, qui se pressèrent autour de moi pour me regarder passer. En arrivant au pied de la pyramide vers laquelle on m'avait directement conduit, on me fit pénétrer dans une sorte de petite cellule, aménagée à l'intérieur de la maçonnerie, et, là, les prêtres me dépouillèrent de tous mes vêtements, me laissant entièrement nu, à l'exception d'un lambeau d'étoffe, dont ils me ceignirent les reins, et d'une guirlande de fleurs brillantes qu'ils me fixèrent sur la tête. Il y avait dans cette cellule trois autres hommes, des Indiens ceux-là, dont la figure exprimait une telle angoisse que j'en conclus qu'ils devaient être comme moi condamnés à mort.

A quelque temps de là, un tambour se mit à résonner à une grande distance au-dessus de nous, et nous ayant fait sortir de la cellule, on nous plaça tous les quatre, moi en tête, au milieu d'une procession formée par un grand nombre de prêtres, lesquels se mirent en chantant à commencer l'ascension de la pyramide en suivant un chemin qui partait de la base pour se dérouler en spirale jusqu'au sommet. Parvenus à cet endoit, nous nous trouvâmes sur une plate-forme mesurant à peu près quarante pas carrés. La vue que l'on découvrait du haut de cette plate-forme était fort belle, mais j'avoue que, dans les circonstances où je me trouvais alors, je ne me sentais guère de goût pour la contemplation. A l'autre bout de la plate-forme se dressaient deux tours en bois d'une cinquantaine de pieds de hauteur. C'étaient les temples consacrés, l'un à Huitzel, le dieu de la guerre, et l'autre, à Quetzai, le dieu de l'air, dont les hideuses effigies, sculptées en pierre, nous regardaient en ricanant à travers les portes ouvertes. A l'intérieur de ces temples se trouvaient de petits autels, et sur ces autels s'étalaient de grands plats d'or contenant les cœurs des victimes sacrifiées la veille. En face des deux temples s'érigeait un autre autel plus important, sur lequel brûlait le feu éternel, et qui était précédé d'un bloc de marbre noir arrondi, de la dimension d'une grande table d'auberge et une grosse pierre sculptée ayant la forme d'une roue qui pouvait mesurer dix pieds de diamètre et portait à son centre un anneau de cuivre.

Je décris toutes ces choses parce qu'il me fut donné, par la suite, de les examiner plus attentivement, mais à l'instant dont je parle, j'eus à peine le temps de les voir, car aussitôt arrivé sur la plate-forme, je fus à nouveau empoigné et traîné jusqu'à la pierre en forme de roue. A l'aide d'une corde glissée dans une ceinture en cuir, que l'on me passa autour de la taille, on m'attacha à l'anneau de manière à m'enlever la possibilité d'aller plus loin que le bord de la pierre. Puis, des lances à pointe de silex nous furent distribuées, à moi et aux deux autres captifs, et l'on me fit comprendre par gestes que je devais combattre avec eux, leur rôle étant de chercher à sauter sur la pierre et le mien de la défendre. Pensant que, si je réussissais à tuer ces deux malheureux, la liberté me serait peut-être rendue, je pris la résolution de tout tenter pour leur prendre la vie afin de me la sauver à moi-même. Un moment après, le grand prêtre lança un signal pour commander aux deux hommes de m'attaquer, mais ils étaient à ce point paralysés par l'épouvante qu'ils ne firent pas le moindre mouvement. Alors, s'armant de leurs ceintures de cuir, les prêtres se mirent à les fustiger jusqu'à l'instant où, stimulés par la douleur, ils se précipitèrent contre moi. Le premier sauta sur la pierre, et je lui enfonçai ma lance dans le bras. Aussitôt, poussant un cri de souffrance, il lâcha son arme et s'enfuit. Quant au second, en voyant cela, il se sauva également, car ils étaient aussi poltrons l'un que l'autre, et l'on eut beau les fouetter à nouveau jusqu'au sang, rien ne put les décider à reprendre la lutte.

Comprenant qu'il était impossible d'en tirer quoi que ce fût, les prêtres prirent le parti de s'en débarrasser sur-le-champ. A grand accompagnement de musique et de chants, celui que j'avais blessé fut empoigné par les prêtres, traîné jusqu'au bloc de marbre noir, qui était en réalité une pierre de sacrifice, et, là, allongé sur le dos et solidement maintenu par les prêtres, dont deux lui immobilisèrent les mains, deux autres, les pieds, et le cinquième, la tête. Cela fait, le grand prêtre, celui-là même qui avait palpé mon cœur, et qui venait maintenant de revêtir un grand manteau pourpre, récita une courte prière, et brandissant un coutelas, dont la lame courte était faite d'une manière analogue au silex, ouvrit d'une seule entaille la poitrine du malheureux et pratiqua l'antique offrande au soleil.

Immédiatement, la multitude massée en bas et sous les yeux de laquelle venait de s'accomplir la sanglante cérémonie, se prosterna avec le plus profond respect, demeurant à genoux jusqu'à ce que l'offrande eût été jetée dans le plat d'or placé devant la statue du dieu Huitzel. Aussitôt après, les horribles prêtres empoignèrent à nouveau le corps en poussant des cris et le transportèrent jusqu'au bord de la plate-forme qui surplombait la pyramide ou *téocalli* et, de là, le précipitèrent jusqu'au bas, où il fut aussitôt ramassé et enlevé — dans quel état? je l'ignorais encore, — par des hommes qui n'attendaient que cela.

A peine la première victime avait-elle expiré que l'on se saisit de la deuxième, et qu'on la sacrifia de la même manière, en présence de la foule toujours prosternée. Alors, en dernier lieu, mon tour vint. Atterré, je sentis à la fois plusieurs mains brutales s'abattre sur moi, et ma vue se troubla au point que je n'eus plus conscience de rien jusqu'au moment où je me vis allongé à mon tour sur la pierre maudite, les quatre membres écartelés et serrés comme dans des étaux, la tête renversée en arrière, la poitrine arquée de manière que la peau en fût tendue comme celle d'un tambour, tandis qu'au-dessus de moi se dressait ce démon à figure humaine, enveloppé de son manteau pourpre et brandissant à bout de bras son horrible couteau à lame de silex. Je reverrai toujours l'expression grimaçante et sauvage qu'avait sa hideuse face de tortionnaire altéré de sang; je reverrai toujours les éclairs de haine que dardaient sur moi ses yeux féroces, pendant qu'il rejetait ses longues tresses, engluées. Vivrait-on cent ans, ce sont des choses qu'on n'oublie pas. Au lieu de me frapper tout de suite, ainsi qu'il avait fait pour les deux autres, il paraissait vouloir d'abord se repaître de mon angoisse, en commençant par me piquer avec la pointe de son coutelas. Il me sembla qu'il passait des heures à promener ainsi son couteau sur moi, en me piquant comme pour choisir l'endroit où il voulait frapper: enfin, à travers le brouillard rouge qui s'était formé devant mes yeux démesurément agrandis par l'horreur, je le vis se redresser et le brandir au-dessus de lui, mais au moment même où je croyais ma dernière heure venue, une main se referma soudain sur son bras levé et le maintint immobile dans cette position, tandis qu'une voix se mettait à parler tout bas.

Les mots qui lui furent adressés ne furent sans doute pas du goût du prêtre, car proférant un hurlement de colère, il se dégagea et chercha à me tuer, mais, pour la seconde fois, la même main arrêta son bras sans lui laisser le temps de descendre. Alors, le *paba* se retira dans le temple de Quetzal, et pendant longtemps, je demeurai ainsi étendu sur cette pierre, le corps tout baigné d'une sueur d'agonie, car je pensais que c'était là une nouvelle torture que l'on voulait m'infliger avant de me faire mourir et que le sacrifice n'avait été différé que pour cette seule raison.

Je restai donc allongé sur la pierre, écrasé par la chaleur du soleil, pendant que montaient vers moi les murmures étonnés de milliers de gens. Toute ma vie parut défiler devant mes yeux alors que j'étais attaché sur cet affreux lit de pierre, des dizaines de petits détails que je croyais avoir oubliés et qui me revenaient à l'esprit, accompagnés par les souvenirs de mon enfance, du serment fait à mon père, de l'adieu éploré de Lily, de l'expression de de Garcia quand j'étais tombé à la mer et de la mort d'Isabella de Siguenza. Et une petite partie de mon esprit se demanda également pourquoi tous les prêtres, quels qu'ils soient, étaient si cruels...

Au bout d'un laps de temps qui me parut long comme un siècle, j'entendis des pas se rapprocher de moi, et ne me sentant plus le courage de revoir l'effroyable couteau, je fermai les yeux. Mais, chose stupéfiante et inouïe! au lieu de recevoir le coup fatal que j'attendais, voici que je sentis que l'on rendait à mes membres leur liberté, que l'on m'enlevait de cette pierre, où j'avais été si près de mourir, et que l'on me remettait sur pied, moi qui avais cru ne jamais me revoir debout... Puis, on me porta au bout du *téocalli*, car j'étais incapable de marcher, et le prêtre, après avoir crié quelques mots qui soulevèrent des murmures parmi la foule, me prit entre ses bras rouges de sang et me posa un baiser sur le front. Je me rendis compte alors, pour la première fois, que le *cacique* à l'air grave et doux se tenait à côté de moi et me souriait.

Après que l'on m'eut lavé et rhabillé, on me conduisit dans le sanctuaire du dieu Quetzal, où se trouvait sa hideuse effigie et où je frissonnai à la vue du plat d'or dans lequel aurait été jeté mon cœur si mon sacrifice avait été consommé. L'on m'aida ensuite à redescendre le chemin en spirale de la pyramide, et quand je fus arrivé en bas, le *cacique* me prit par la main et me guida à travers la foule, qui semblait maintenant me considérer avec une sorte de vénération étrange. La première personne que je vis, quand nous rentrâmes dans la maison d'où j'étais parti, fut la jeune Marina, qui me murmura quelques mots que je ne pus comprendre.

Je passai le reste de cette journée mémorable dans ma chambre, terrassé par toutes les émotions que je venais de traverser.

Maintenant, si l'on veut connaître la raison pour laquelle j'avais échappé au couteau des *pabas*, la voici. Marina qui, ainsi que je l'ai expliqué, s'était tout de suite prise de sympathie pour moi et apitoyée sur son sort, avait, grâce à la grande subtilité d'esprit qui la caractérisait, imaginé un moyen de me sauver. Prenant à part le *cacique*, son seigneur, pendant que l'on me conduisait au sacrifice, elle lui avait représenté que Montezuma, l'empereur d'Anahuac, était très imquiet, à en croire la rumeur publique au sujet des Espagnols et désirait vivement en voir un afin de l'interroger. Or, avait-elle ajouté, tout portait à supposer que j'étais moi-même un Teule, et que Montezuma serait par conséquent furieux d'apprendre que l'on m'avait immolé dans une ville éloignée au lieu de me conduire jusqu'à lui pour qu'il statuât lui-même sur mon sort. A cela, le *cacique* avait répondu que son observation était fort juste, mais qu'elle avait eu le tort de la formuler trop tard puisque, maintenant que les prêtres s'étaient saisis de moi, il ne fallait plus compter m'arracher à leurs mains.

— Pardon, avait objecté Marina, voici ce que l'on peut dire: Quetzal, le dieu auquel ce Teule doit être sacrifié était un homme blanc (1), et il est fort possible que ce Teule soit un de ses enfants. Dès lors, ne serait-ce point déplaire au dieu que de lui immoler son propre enfant? Et en tout cas, même si cela ne doit pas éveiller le courroux du dieu, cela éveillera celui de Montezuma, et vous verrez qu'il se vengera sur vous et sur les prêtres.

S'étant rendu compte que Marina disait la vérité, le *cacique* s'était aussitôt élancé en courant jusqu'au sommet du *teocalli*, et c'est lui qui, au dernier moment, avait arrêté la main du *paba* prête à frapper. Le grand prêtre était tout d'abord entré dans une violente colère, protestant que c'était là un sacrilège abominable, mais lorsque le *cacique* lui eut expliqué la situation, il comprit à son tour qu'il pourrait lui en coûter cher de déchaîner la colère de Montezuma, si bien qu'il me fit aussitôt délivrer et conduire dans le sanctuaire, et proclama ensuite que le dieu m'avait reconnu pour l'un de ses enfants.

C'est ce qui explique pourquoi, à dater de ce moment, je fus traité par tous avec le plus profond respect.

CHAPITRE XIV

Au secours de Guatimozin

Après cette terrible épreuve, le peuple de Tobasco se montra d'une bienveillance sans égale et me donna le nom de Teule (l'Espagnol). Il avait abandonné toute idée de me livrer en sacrifice à ses dieux. J'étais bien traité et pouvais aller où bon me semblait, même si j'étais surveillé par des gardes qui répondaient de moi sur leur vie. J'appris plus tard que, le lendemain du jour où j'avais si miraculeusement échappé à la mort, on avait envoyé au grand roi Montezuma des messagers, pour l'avertir de ma capture et lui demander ce qu'il convenait de faire de moi. Mais Tenoctitlan était loin et les messagers ne rentrèrent qu'au bout de quatre mois. Pendant cet intervalle, j'avais employé mes loisirs à apprendre avec Marina, et avec d'autres, les dialectes maya et aztèque. Car,

(1) Quetzal, ou plus exactement Quetzalcoalt, était la divinité qui, d'après la légende, enseigna aux indigènes d'Anahuac tous les arts et toutes les connaissances utiles, y compris la politique et le gouvernement du pays. Il avait la peau blanche et les cheveux noirs. S'étant exilé dans le pays fabuleux de Thapallan, il avait promis de revenir accompagné d'une nombreuse progéniture. C'est en grande partie pour cette raison que les Aztèques, considérant les Espagnols comme des descendants, ne s'opposèrent pas plus énergiquement à l'invasion de Cortez.

Marina n'était pas de Tobasco. Elle était née à Painalla, à la frontière sud-est de l'empire. Sa mère l'avait vendue à des marchands afin que l'héritage qui revenait à la jeune fille puisse aller à un enfant d'un second mariage, et c'était ainsi qu'elle était tombée entre les mains du *cacique* de Tobasco. Je m'étais fait donner également quelques leçons sur l'histoire et les coutumes du pays, ainsi que sur la manière de déchiffrer les hiéroglyphes que l'on y emploie pour écrire. J'acquis en outre une grande réputation parmi les Tobascains au moyen de mes connaissances médicales, de sorte qu'ils finirent par être pleinement convaincus que j'étais un enfant de Quetzal. Cependant, plus j'étudiais ces gens, moins je parvenais à les comprendre. En beaucoup de choses, je constatais qu'ils étaient aussi avancés que les peuples de chez nous, car ce sont à la fois de grands architectes, de parfaits législateurs et de merveilleux artistes, et ils possèdent en outre de remarquables qualités, quant à la bravoure et à la patience. Mais là où ils me déroutaient, c'est à propos de leur religion. Les principes fondamentaux en étaient empreints de noblesse et de générosité, et elle présentait beaucoup d'affinités avec la nôtre, à commencer par le rite du baptême, mais dans la pratique j'ai dit ce qu'elle était. Mais, en fin de compte, est-il vraiment plus cruel d'offrir des victimes aux dieux que de les torturer dans les caves du Saint-Office ou de les emmurer vivantes dans les fondations d'un couvent?

Au bout d'un mois passé à Tobasco, j'avais assez appris la langue locale pour parler avec Marina, avec qui je devins de plus en plus ami, mais sans plus. C'est elle qui me donna la plus grande partie de mes connaissances sur ce peuple, ainsi que les renseignements nécessaires à ma propre sécurité. En retour, je lui appris quelques éléments de ma religion et la renseignai sur les coutumes des Européens. C'est ce savoir qui la rendit plus tard si utile aux Espagnols, et qui la prépara à accepter leur religion.

Je passai donc plus de quatre mois dans la demeure du *cacique* de Tobasco, qui poussa d'ailleurs la sympathie envers moi jusqu'à m'offrir sa sœur en mariage. Je refusai la proposition aussi gentiment que possible, ce qui l'étonna au plus haut point, car, la jeune fille était réellement des plus belles. J'étais si bien traité que, si mon cœur n'avait pas été appelé loin d'ici et si je n'avais pas été forcé d'assister chaque jour aux horribles rites de sa religion, j'aurais sans doute fini par aimer ce peuple industrieux et talentueux.

Lorsque les messagers, retardés encore par les crues des rivières et par d'autres accidents survenus au cours de leur route, revinrent enfin au bout du quatrième mois, la preuve de l'importance que Montezuma attachait à ma capture et du vif désir qu'il avait de me voir fut manifestement donnée à tous par le nombreux équipage en lequel ils rentrèrent, car l'Empereur avait envoyé tout exprès au-devant de moi son propre neveu, le prince Guatimozin, en même temps qu'une importante escorte de guerriers.

Jamais je n'oublierai ma première entrevue avec ce prince généreux, appelé à devenir peu après mon frère d'armes et mon meilleur compagnon.

Lorsque son escorte arriva, j'étais parti chasser le cerf à l'arc, une arme pour laquelle j'étais si doué (j'avais gagné deux prix de tir à la cible à Bungay...) que tous les Indiens en étaient restés stupéfaits. Notre groupe ayant été intercepté par un messager, nous retournâmes à la ville, ramenant un cerf avec nous. Lorsque j'entrai dans la cour de la maison du *cacique*, je la trouvai remplie de guerriers splendidement parés avec, parmi eux, un homme plus superbe encore que tous les autres.

Très grand et merveilleusement proportionné, il avait un visage admirable, des yeux perçants comme ceux d'un aigle, et malgré son extrême jeunesse, inspirait tout de suite le respect par l'extraordinaire majesté qui émanait de sa personne. Son torse était emprisonné dans une cuirasse d'or, sur laquelle reposait un manteau aux couleurs éclatantes, composé de plumes artistement disposées par bandes régulières. Sa tête était coiffée d'un casque également en or, surmonté du symbole de la royauté : un aigle d'or rehaussé de pierreries tenant entre ses serres un serpent. Il avait aux bras et au-dessous des genoux des anneaux d'or, dans lesquels étaient enchâssés des joyaux, et tenait à la main une lance terminée par une pointe de cuivre. Un grand nombre de hauts dignitaires étaient groupés autour de lui, tous vêtus de façon analogue, avec cette différence qu'ils portaient, pour la plupart, un surtout de coton molletonné au lieu de cuirasse et un panache de plumes d'oiseaux à la place de l'emblême royal.

Dès que je le vis, je le saluai à la mode indienne en touchant le sol avec ma main droite et en la portant ensuite à mon front. Mais Guatimozin, après avoir jeté sur moi un coup d'œil pénétrant, m'adressa un large sourire et me dit :

— Assurément, Teule, si je me connais en hommes, nous sommes trop égaux par la naissance et par l'âge, pour que vous m'adressiez le salut qu'un esclave adresse à son maître.

Et d'un geste cordial, il me tendit la main.

Je la pris aussitôt et lui répondis, avec le secours de Marina qui s'était placée auprès de moi :

— Il se peut, prince, mais bien que je jouisse en ma patrie d'une haute réputation et d'une grande fortune, ici je ne suis qu'un esclave que l'on a arraché au sacrifice.

— Je le sais ! répliqua-t-il en fronçant le sourcil. Et c'est tant mieux pour tous ceux qui sont ici, que l'on vous y ait arraché à temps, sans quoi cette ville aurait eu amèrement à se repentir d'avoir irrité Montezuma.

Puis il me demanda si j'étais un Espagnol, un Teule, comme ils disaient ici. Je lui répondis que non et que j'appartenais à une autre race d'hommes blancs, tout en ayant du sang espagnol dans les veines. Cette révélation parut l'intriguer, car il n'avait jamais entendu parler de l'existence d'une autre race blanche. Je lui racontai alors mon histoire, ou, tout au moins, ce qui était nécessaire pour expliquer mon arrivée ici.

— Si j'ai bien compris, Teule, dit-il lorsque j'eus terminé, vous affirmez ne pas être un Espagnol, tout en ayant du sang espagnol et en étant venu sur un navire espagnol. Voilà bien une étrange histoire... Mais, c'est à Montezuma qu'il revient de juger cette affaire, aussi, n'en parlons plus. Montrez-moi plutôt comment vous vous servez de votre grand arc. L'avez-vous apporté avec vous, ou l'avez-vous confectionné ici ? On m'a dit, Teule, qu'aucun archer du pays ne t'arrive à la cheville...

Je lui fis donc une démonstration de cette arme que j'avais faite moi-même et qui pouvait expédier une flèche à une distance supérieure de plus de soixante pas à celle des meilleurs arcs d'Anahuac. Puis nous en vînmes à parler sport et guerre (Marina m'aidait à combler mes trous de langage) et, avant la fin de la journée, nous étions devenus des amis.

Le prince Guatimozin et sa troupe restèrent une semaine à Tobasco et nous ne cessâmes de discuter entre nous. Je remarquai vite les regards ardents que Marina envoyait à son seigneur, attirée qu'elle était, à la fois par son rang et son pouvoir, et par la perspective d'échapper enfin à sa captivité. Car Marina était ambitieuse et désirait partager la puissance de Guatimozin. Elle essaya de le conquérir par tous les moyens, mais il ne paraissait même pas la remarquer, ce qui la poussa un jour à se déclarer ouvertement, et en ma présence.

— Vous allez partir demain, prince, dit-elle avec douceur, et j'ai une faveur à vous demander, si vous voulez bien avoir la bonté d'écouter votre servante.

— Parle, servante, répondit-il.

— Je voudrais vous demander, s'il vous plaît, de m'acheter à mon maître, le *cacique*, ou de lui ordonner qu'il me donne à vous, afin de m'emmener avec vous à Tenoctitlan.

Guatimozin éclata de rire.

— Tu ne t'embarrasses pas de détours, servante ! Mais, sache que, à Tenoctitlan, m'attendent mon épouse et royale cousine, Techuichpo, et avec elle trois autres dames. Et toutes sont, comme par hasard, fort jalouses de nature...

Marina rougit sous son teint sombre et, pour la première fois depuis que je la connaissais, je vis la colère envahir ses yeux.

— Je vous ai demandé de m'emmener avec vous, prince, répondit-elle, pas d'être votre femme, ni votre amante.

— Il se peut que ce soit tout de même ce que tu voulais dire, répondit sèchement Guatimozin.

— Quoi que j'aie pu sous-entendre, prince, c'est maintenant oublié. Je voulais voir la grande cité et le grand roi parce que je suis fatiguée de la vie que je mène ici et que j'avais envie de devenir quelqu'un d'important, moi aussi. Vous m'avez refusé cette faveur, mais il se peut qu'un jour, je devienne importante malgré vous et que je me souvienne alors de la honte que vous venez de m'infliger, prince.

Guatimozin éclata à nouveau de rire. Puis, son visage se durcit brusquement.

— Tu es une fille trop hardie, dit-il, car, pour moins que cela, plus d'une se serait retrouvée sur la pierre du sacrifice. Mais j'oublierai ces paroles. Ta fierté de femme a été piquée et tu ne sais plus ce que tu dis. Oubliez-les vous aussi, Teule, si vous les avez comprises.

A cet instant, Marina se détourna et quitta les lieux, la poitrine pleine de colère et de fierté outragée. Et quand elle passa près de moi, je l'entendis murmurer :

— Oui, prince, vous pouvez oublier, mais moi pas !

Souvent, depuis ce jour-là, je me suis demandé si la jeune fille avait été visitée par une sorte de vision de l'avenir, ou si elle n'avait seulement fait que parler au hasard sous l'effet de la colère. Je me suis également posé la question de savoir si cette scène entre elle et Guatimozin avait eu quelque influence sur sa vie à venir. Ou bien, comme elle me l'affirma plus tard, Marina n'amena-t-elle la honte et la ruine sur son pays que pour l'amour de Cortez ? Difficile à dire, et il se peut fort bien que tout cela n'ait rien à voir avec ce qui s'ensuivit. Car, il arrive souvent qu'après de grands événements, on soit tenté de rechercher des causes qui n'en sont, en fait, pas. Cela a très bien pu n'être qu'un mouvement d'humeur de la part de Marina, vite oublié ensuite. En effet, bien peu de gens peuvent bâtir leur existence sur de solides fondations d'espoir, de haine, de désir ou de désespoir, encore que ce fût mon cas. En outre, je sais, pour l'avoir entendue rappeler à ce même prince, bien plus tard, les mots qu'ils avaient échangés ce jour-là, que Marina n'oublia jamais cette conversation.

Il ne me reste plus qu'une histoire à raconter concernant mon séjour à Tobasco, puis je passerai à la suite de mes aventures au Mexique.

Le jour de notre départ eut lieu un grand sacrifice d'esclaves sur le *teocalli* afin de s'attirer les bonnes grâces des dieux pour qu'ils nous assurent un voyage sans problème, et aussi à l'occasion d'une de ces innombrables fêtes dont les Indiens ont le secret. Devant assister à ces horreurs, je montai jusqu'en haut de la pyramide. Lorsque tout fut prêt et que nous nous retrouvâmes autour de la pierre du sacrifice, suivis des yeux par la multitude rassemblée sur la place, le féroce *paba*, qui avait autrefois palpé les battements de mon propre cœur, sortit du sanctuaire de Quetzal et fit signe à ses compagnons d'attacher la première des victimes sur la pierre. C'est alors que le prince Guatimozin fit soudainement un pas en avant et, s'adressant aux prêtres, leur désigna leur chef.

— Emparez-vous de cet homme!

Les prêtres hésitèrent, car, même si l'ordre venait d'un prince de sang royal, ils savaient que poser la main sur un grand prêtre relevait du sacrilège. Mais Guatimozin eut un sourire et montra une bague dont le chaton portait une pierre bleue, sur laquelle était gravé un étrange dessin. Avec la bague, il sortit également un parchemin couvert de hiéroglyphes, puis le mit sous les yeux des prêtres. La bague était celle de Montezuma lui-même et le parchemin était signé par le grand prêtre de Tenoctitlan. Ceux qui posèrent les yeux dessus surent immédiatement que désobéir à celui qui les portait signifirait pour eux mort et déshonneur. Aussi, sans plus attendre, ils se saisirent de leur chef. Guatimozin prit alors la parole.

— Allongez-le sur la pierre et sacrifiez-le au dieu Quetzal!

Celui qui avait, jusque-là, pris tant de joie à tuer sur ce même autel se mit à trembler et à pleurer. Visiblement il ne tenait pas trop à boire le médicament qu'il avait l'habitude d'administrer aux autres...

— Pourquoi dois-je être offert, ô prince? s'écria-t-il. J'ai toujours été le fidèle serviteur des dieux et de l'Empereur!

— Parce que, sans l'autorisation de ton maître Montezuma, tu as osé essayer de sacrifier ce Teule, répondit Guatimozin en me désignant du doigt, et en raison de tous les crimes qui sont consignés dans ce parchemin. Le Teule est le fils de Quetzal, comme tu l'as d'ailleurs déclaré toi-même, et Quetzal veut venger cet affront. Occupez-vous de lui, car voici le document qui vous en donne l'ordre.

Alors, les prêtres traînèrent leur chef jusqu'à la pierre et là, sans s'occuper de ses prières, celui qui venait de revêtir le manteau du condamné, pratiqua sur lui son propre art. Puis le corps fut jeté du haut de la pyramide. Pour ma part, je suis forcé d'avoué que je n'ai pas eu assez d'esprit chrétien pour prétendre avoir regretté voir mourir le grand prêtre de la même manière qu'il avait fait tuer bien des hommes meilleurs que lui.

Quand tout fut terminé, Guatimozin se tourna vers moi.

— Ainsi périront tous tes ennemis, ami Teule.

Dans l'heure qui suivit cette démonstration de la puissance de Montezuma, un souverain dont la seule apparition de sa bague pouvait faire instantanément tuer un grand prêtre à l'autre bout du pays, nous quittâmes Tobasco pour entreprendre notre long voyage. Avant de partir, j'allai faire mes adieux à mon ami le *cacique*, ainsi qu'à Marina, laquelle ne put s'empêcher de pleurer. Je ne revis jamais le *cacique*, ce qui ne fut pas le cas pour Marina.

Nous voyageâmes durant un bon mois. La piste était mauvaise et nous dûmes à plusieurs reprises couper par la forêt ou attendre sur les berges des rivières. Durant ce voyage, je vis bien des choses étranges et bien des villes, dans lesquelles nous fûmes toujours accueillis avec honneur, mais le temps et la place me manquent pour en parler ici.

Le seul épisode que je relaterai, encore que brièvement, fut celui qui vit se transformer l'estime qui existait entre le prince et moi en une véritable amitié, laquelle dura jusqu'à sa mort, tout en continuant à baigner mon cœur maintenant encore.

Un jour que nous étions retardés par une rivière en crue, nous décidâmes d'aller chasser le cerf pour passer le temps. Alors que nous avions déjà abattu trois de ces animaux, Guatimozin aperçut par hasard un chevreuil sur un monticule et cinq d'entre nous se préparèrent à partir en chasse. Mais le chevreuil se trouvait dans un espace dégagé, à une centaine de yards des buissons les plus proches. Il n'y avait donc aucun moyen de s'approcher de lui. C'est alors que Guatimozin se mit à se moquer de moi.

— Allez, Teule, on a beaucoup parlé de ton adresse à l'arc et cet animal est trois fois trop loin pour nous les Aztèques. Montre-nous un peu tes talents!

— Je vais essayer, répondis-je. Mais il est vraiment loin...

Nous nous mîmes à couvert sous un arbre *ceiba*, dont les branches les plus basses tombaient jusqu'à une quinzaine de pieds du sol. Je levai mon grand arc fait suivant les règles anglaises, visai et expédiai ma flèche. Celle-ci alla droit sur le chevreuil et lui traversa le cœur. Un murmure d'étonnement s'éleva parmi ceux qui venaient d'être témoins du coup.

Nous nous préparions à nous rendre auprès de l'animal abattu quand, soudain, un puma mâle (qui n'est rien d'autre qu'un chat, mais en cinquante fois plus grand) se laissa tomber du haut du *ceiba*, droit sur les épaules du prince. Guatimozin roula au sol et se retrouva sur le ventre pendant que la brute sauvage s'acharnait à coups de griffes et de crocs sur son dos. En fait, s'il n'avait pas eu sa cuirasse dorée et son casque, Guatimozin n'aurait jamais survécu pour devenir l'empereur d'Anahuac. Peut-être, d'ailleurs, cela aurait-il sans doute mieux valu...

Dès qu'ils virent le puma s'escrimer sur la personne de leur prince, les trois nobles qui nous accompagnaient, et qui étaient pourtant loin d'être des lâches, furent pris d'une panique soudaine et s'enfuirent à toutes jambes, pensant sans doute qu'il était mort. Quant à moi, je ne partis pas, bien que j'eusse vraiment été heureux de pouvoir le faire. J'avais à la ceinture une de ces armes qu'utilisent les Indiens à la place des épées, une barre de bois hérissée de piquants d'obsidienne, comme la dent d'un poisson-scie. Je la pris et m'attaquai au puma en lui assénant un violent coup sur le crâne qui le fit rouler sur le côté et saigner abondamment. Mais il ne lui fallut qu'un instant pour se relever et se jeter sur moi avec des rugissements de rage. Faisant un moulinet avec l'arme en bois, je le frappai au vol. Le coup passa entre ses pattes de devant et alla le frapper à la tête et au museau, si violemment que mon arme fut pulvérisée, sans pour autant stopper le puma. La seconde d'après, je me retrouvais jeté à terre par le fauve, qui se mit à me mordre et à me griffer au cou et à la poitrine. Par bonheur, je portais un vêtement de coton piqué, sans quoi j'aurais été éventré. Mais, même avec cette protection, je fus méchamment blessé et, encore aujourd'hui, je porte les marques des griffes de la bête sur mon corps. Heureusement, le coup que je lui avais porté commença enfin à faire effet, l'une des pointes de verre lui ayant traversé le crâne jusqu'au cerveau. Le puma releva la tête, ses griffes se crispèrent dans ma chair, puis il hurla comme un chien pris de douleurs avant de retomber, raide mort, sur moi. Je restai ainsi allongé, incapable de bouger tant j'avais été blessé. Ce furent nos compagnons qui, entretemps, avaient repris du cœur au ventre, qui vinrent me débarrasser du puma. Dans l'intervalle, Guatimozin, qui avait tout vu mais avait été incapable d'intervenir, finit par se relever et s'approcha de moi.

— Teule, souffla-t-il, tu es un brave, et si tu survis, je jure ici que je resterai ton ami même si je dois affronter la mort, comme tu viens de le faire pour moi.

Il ne dit rien aux autres, évitant même de leur faire le moindre reproche.

C'est alors que je m'évanouis.

CHAPITRE XV

La Cour de Montezuma

La semaine qui suivit, je fus si malade que je dus être transporté en litière jusqu'à ce que nous ne soyons plus qu'à trois jours de marche de Tenoctitlan, ou Mexico. Alors, les routes devinrent meilleures même que celles d'Angleterre et je pus recommencer à marcher à nouveau. Je ne le regrettai d'ailleurs en aucune façon, car j'ai toujours beaucoup mieux aimé me servir de mes jambes que de m'en aller mollement à dos d'homme selon la coutume efféminée des Indiens.

Jamais je n'ai rien vu d'aussi morne que ces incommensurables étendues de plaines désolées couvertes d'aloès et autres plantes grasses et épineuses d'aspect fantastique qui, seules, trouvent le moyen de vivre sur ce sol sablonneux et desséché. C'est vraiment une bien singulière contrée que cette terre d'Anahuac où l'on rencontre trois climats différents englobés dans les mêmes frontières, et où la luxuriante végétation des tropiques voisine avec l'aridité des déserts.

Une nuit, nous campâmes dans un de ces refuges, comme il en existe beaucoup, le long des chemins, à l'usage des voyageurs, et qui se trouvait presque au sommet de la sierra dominant la vallée de Tenochtitlan. Le lendemain matin, nous nous remîmes en route avant l'aube, car il régnait à cette altitude un froid extrêmement vif auquel nous étions d'autant plus sensibles que nous sortions des régions chaudes; du reste, Guatimozin était bien décidé à entrer dans la ville le soir même, si cela se pouvait. Lorsque nous eûmes parcouru environ cent pas, nous atteignîmes la crête de la sierra, et je m'arrêtai instinctivement, émerveillé et transporté d'admiration par le panorama qui s'offrait à mes yeux. Au-dessous de moi s'ouvrait un vaste cirque, dont je ne pouvais rien voir en raison des ténèbres qui l'enveloppaient encore; mais, devant moi, parmi les nuages qu'ils dominaient de leur majestueuse splendeur, se dressaient les pics neigeux de deux gigantesques montagnes sur la blancheur desquels le soleil prêt à paraître mettait déjà des reflets de sang: le Popocatepetl, c'est-à-dire «le Mont-qui-fume» et l'Ixtac, c'est-à-dire «la Femme-qui-dort». Il serait impossible d'imaginer spectacle plus grandiose que celui qu'elles fournissaient à cette heure sous les premières caresses de l'aube. Du haut du Popocatepetl s'échappait un énorme panache de fumée qui, tant à cause de la coloration que lui donnait le jour naissant qu'en raison des feux intérieurs qui couvaient au-dessous, prenait l'apparence d'une véritable gerbe de flammes.

Au fur et à mesure que nous descendions vers la vallée, les vapeurs qui l'avaient enveloppée jusqu'alors se dissipèrent, et nous vîmes émerger sous nos yeux les lacs de Tezcuco, de Chalco et de Xochimilco qui miroitaient au soleil comme des miroirs géants. Sur leurs rivages étaient bâties de nombreuses villes, dont la plus grande, Mexico, donnait l'impression de flotter sur les eaux;

au-delà et autour s'étendaient des champs verdoyants d'aloès et de blé, entrecoupés de bois et de forêts, et dans le fond, s'élevait l'altière muraille de roc noir qui ferme la vallée.

Nous voyageâmes toute la journée à travers ce féerique paysage. Nous traversâmes les cités d'Amaquem et d'Ajotzinco, ainsi que les agréables villages qui se nichaient sur les bords du Lac Chalco. Puis nous empruntâmes l'imposante digue traversant les eaux de ce dernier et, dans l'après-midi, nous arrivâmes à la ville de Cuitlahuac. De là, nous continuâmes vers Iztapalapan, où Guatimozin désirait passer la nuit dans la demeure royale de son oncle Cuitlahua. Mais, à notre entrée dans la cité, nous apprîmes que Montezuma, averti de notre approche par des messagers, avait ordonné que nous poussions jusqu'à Tenoctitlan et que des palanquins soient préparés pour nous transporter. Nous y prîmes place aussitôt et quittâmes cette superbe ville parsemée de jardins. Je pus ainsi découvrir des cités perchées sur des pilotis, des jardins flottants, des *teocallis* et d'innombrables temples. Des flottilles de canots légers et des milliers d'Indiens vaquant à leurs affaires nous entouraient de toute part pendant que nous traversions l'immense digue. Et, au crépuscule, nous atteignîmes enfin le fort de Xoloc qui dominait la digue. Depuis, il a disparu, détruit par Cortez, comme cela allait être le cas pour toutes ces glorieuses cités que j'avais vues...

Xoloc constituait la porte de Tenoctitlan, la plus puissante cité que j'aie jamais vue. Les maisons des faubourgs étaient presque toutes construites à l'aide d'une espèce de torchis qui porte le nom d'*adobe*, mais dans les quartiers plus riches toutes les demeures étaient de pierre rouge, précédées chacune d'une cour, entourées de jardins et séparées par des canaux, le long desquels couraient des sentiers. Nous traversâmes quantité de places où s'élevaient des pyramides, des palais et des temples sans nombre, mais tout cela n'était rien auprès du grand temple central avec ses quatre portes de pierre aux quatre coins cardinaux, ses murailles ornées d'un bout à l'autre de serpents, ses terrasses aux pavages brillants, ses *teocallis* garnis de milliers et de milliers de crânes humains et la vaste *tianquez*, ou place du Marché, qui l'entourait.

Après cela, je me rendis compte que nous sortions à nouveau de la ville, et que nous gravissions une colline couverte de cèdres immenses. Nous parvînmes bientôt dans une cour, et après nous avoir fait descendre de nos palanquins, on nous introduisit dans une merveilleuse maison, dont toutes les pièces étaient plafonnées en bois de cèdre et tendues de somptueuses draperies. L'or y paraissait aussi commun et aussi abondant que chez nous, en Angleterre, le chêne et la brique. Après avoir traversé une longue enfilade de corridors, nous fûmes conduits dans une pièce où des serviteurs qui nous attendaient se mirent aussitôt à nous laver avec des eaux parfumées et à nous habiller de vêtements magnifiques, après quoi ils nous enlevèrent nos chaussures et nous donnèrent à chacun une robe grossière pour cacher nos splendides costumes. Lorsque nous les eûmes endossées, on nous fit passer dans une autre grande salle éclairée par des torches qui répandaient une senteur balsamique, où quantité de nobles habillés de la même façon que nous étaient assemblés. A l'extrémité de cette salle, courait un long rideau d'étoffe dorée, derrière lequel on entendait les accords d'une mélodieuse musique.

Beaucoup de ces nobles s'avancèrent pour saluer le prince Guatomozin, et tout le monde me regarda avec la plus vive curiosité. Au bout de quelques instants, une jeune femme s'approcha de nous, et je remarquai qu'elle était singulièrement belle, et qu'elle portait sous sa grossière robe de dessus une toilette d'une élégance prodigieuse et des joyaux de grand prix. Malgré la lassitude physique et le désarroi moral dans lequel je me trouvais, je me sentis aussitôt captivé, malgré moi, par l'irrésistible attrait qui se dégageait de sa personne. Sa haute taille, son maintien majestueux, ses yeux limpides et fiers, sa chevelure ondulée qui se répandait en lourdes boucles sur ses épaules, la noble expression de sa physionomie empreinte d'une douceur qui allait presque jusqu'à la tristesse, tout enfin était fait chez elle pour retenir et pour charmer. Je devinai qu'elle pouvait avoir au plus dix-huit ans, car on voyait qu'elle était dans tout l'éclat de la jeunesse, mais il y avait quelque chose de si royal et de si imposant dans son attitude et dans sa façon de redresser la tête, qu'on l'eût prise pour une femme déjà parvenue à son plein épanouissement.

— Salut, Guatimozin, mon cousin, dit-elle, d'une voix harmonieuse; vous voici enfin de retour. Mon royal père vous attend avec impatience, et ma sœur, votre épouse, s'étonne aussi que vous ayez tant tardé.

Au moment où elle parla, je sentis, plus que je ne vis, que les yeux de la dame s'attardaient sur moi.

— Salut, Otomie, ma cousine, repartit le prince. J'ai été retardé en cours de route et Tobasco est loin d'ici. Sans parler de l'accident qui est arrivé à mon compagnon, Teule, ajouta-t-il en hochant la tête dans ma direction.

— Un accident? s'étonna la jeune fille.

— Oui, il m'a sauvé des crocs d'un puma, au péril de sa vie, alors que tous les autres s'étaient enfuis, et fut quelque peu blessé dans l'action. En fait, il m'a bel et bien sauvé la vie et...

Il résuma alors brièvement l'histoire.

La jeune fille écouta attentivement et je vis ses yeux briller à plusieurs reprises.

— Je vous salue, Teule, dit la princesse en me souriant. Vous n'appartenez point à notre peuple, mais si mon cousin parle de vous avec tant d'éloges, c'est que vous les méritez certainement.

— Quelle est cette personne? demandai-je à Guatimozin, quand elle nous eut quittés.

— C'est ma cousine, Otomie, la princesse des Otomies, et la fille préférée de mon oncle Montezuma, me répliqua-t-il. Vous semblez avoir produit bonne impression sur elle, et c'est tant mieux pour vous, car vous aurez sans doute lieu de vous en féliciter. Mais, taisons-nous, voici l'empereur.

Au même moment, le rideau qui barrait le fond de la salle fut écarté, et nous vîmes apparaître un homme, assis sur un coussin brodé, et occupé, selon l'habitude des Indiens, à aspirer pour la rejeter ensuite la fumée de tabac contenue dans le calumet en bois doré qu'il tenait à la main. Cet homme, qui n'était autre que Montezuma, paraissait de haute stature et avait l'aspect mélancolique: son teint était très clair pour un homme de sa race, et il avait les cheveux noirs et clairsemés. Il portait une robe de coton blanc d'une finesse extrême, une ceinture dorée et des sandales ornées de perles; sa tête était surmontée d'un panache de plumes du vert qui symbolise la royauté. Derrière lui, se tenaient un groupe de jeunes filles incomparablement jolies et assez légèrement vêtues, qui jouaient du luth ou d'autres instruments et, à sa droite et à sa gauche, quatre conseillers à l'air vénérable, en robes de bure et les pieds nus.

Dès que le rideau eut été écarté, tous ceux qui se trouvaient dans la salle avec nous se prosternèrent respectueusement, puis, sur un signe que donna Montezuma, avec sa pipe dorée, se relevèrent et demeurèrent immobiles, les mains croisées et les yeux baissés vers le sol. Inutile de dire que je m'empressai de suivre leur exemple. Un instant après, sur un nouveau signe de Montezuma, trois hommes âgés, que je présumai être des ambassadeurs, s'avancèrent pour lui présenter une requête. Il leur répondit par un simple geste et, s'inclinant profondément, ils rentrèrent dans la foule en marchant à reculons. Alors, l'empereur, s'étant retourné vers l'un de ses conseillers, lui dit un mot à l'oreille, et aussitôt le vieillard s'avança à pas lents à travers la salle en regardant à droite et à gauche. Dès qu'il eut aperçu Guatimozin qui, d'ailleurs, était aisément reconnaissable à sa haute taille, il se dirigea vers lui.

— Salut, prince! lui dit-il. Le royal Montezuma désire vous parler, ainsi qu'au Teule qui vous accompagne.

— Faites comme moi, Teule, me souffla Guatimozin à l'oreille.

Et il vint se placer juste en face de l'empereur.

Nous restâmes là un moment immobiles et les yeux baissés jusqu'à ce que l'on nous eût fait signe d'avancer.

— Votre rapport, mon neveu, demanda Montezuma d'une voix sourde et autoritaire.

— Je me suis rendu à la cité de Tobnasco, ô glorieux Montezuma. J'y ai trouvé le Teule, et je l'ai amené devant vous. J'ai fait également en sorte que le grand prêtre soit sacrifié, suivant en cela votre ordre et je vous rends le sceau impérial, dit-il en tendant la bague à un conseiller.

— Pourquoi avez-vous mis tant de temps pour revenir, mon neveu?

— Les hasards du voyage. De plus, en me sauvant la vie, royal Montezuma, mon prisonnier, le Teule, a été mordu par un puma, dont je vous ai rapporté la peau en guise de cadeau.

Montezuma porta pour la première fois son attention vers moi et, prenant entre ses mains un rouleau de parchemin chargé d'hiéroglyphes que lui tendait un de ses conseillers, se mit à le déchiffrer en s'interrompant de temps à autre pour me regarder à nouveau.

— La description est exacte en tous points, déclara-t-il enfin, sauf sur un seul, car elle omet d'établir que ce prisonnier est l'homme le plus beau d'Anahuac. Répondez-moi, Teule: pourquoi vos compatriotes ont-ils débarqué sur mon territoire et massacré les miens?

— Je l'ignore, ô roi, répondis-je, en m'exprimant du mieux que je pus avec le secours de Guatimozin; d'ailleurs, ce ne sont point mes compatriotes.

— Le rapport déclare que vous avez reconnu avoir le sang de ces Teules dans vos veines, et que vous êtes venu sur nos rivages à bord de l'un de leurs grands bateaux.

— C'est vrai, ô roi, mais je maintiens que je ne suis pas leur compatriote, et de plus, c'est à l'aide d'une futaille que j'ai abordé sur la côte.

— Vous en avez menti, riposta Montezuma, en fronçant le sourcil, sans quoi les requins vous auraient mangé.

Puis, il ajouta d'un air anxieux:

— Etes-vous bien, comme on le prétend, un descendant de Quetzal?

— Je n'en sais rien, ô roi. Tout ce que je puis dire, c'est que j'appartiens à une race blanche, dont le premier père s'appelait Adam.

— C'est peut-être un autre nom de Quetzal, murmura-t-il. Il y a longtemps que l'on prophétise le retour de ses enfants, et il semble qu'aujourd'hui l'heure en soit venue...

Il poussa un profond soupir, puis ajouta:

— Maintenant, retirez-vous. Demain, vous me reparlerez de ces Teules, et le conseil des *pabas* statuera sur votre sort.

Au seul mot de *pabas*, je me mis à trembler de la tête aux pieds et m'écriai en joignant les mains d'un geste suppliant:

— Tuez-moi, si vous voulez, ô roi, mais de grâce ne me livrez pas une seconde fois aux *pabas*.

— Nous sommes tous entre les mains des *pabas*, par la bouche desquels parlent les dieux, me répondit-il, froidement. Et puis, je le répète, je vous tiens pour un menteur.

Je m'en allai donc, en proie au plus profond abattement, et en me retournant vers Guatimozin, je vis qu'il paraissait aussi soucieux que moi. Comme je me maudissais d'avoir été assez sot pour confesser que, tout en n'étant pas espagnol, j'avais cependant du sang espagnol dans les veines! Si, à ce moment-là, j'avais su ce que je sais maintenant, aucune torture, si atroce fût-elle, n'aurait pu m'arracher pareil aveu. Mais, hélas! que faire, à présent? Il était trop tard.

Guatimozin me conduisit ensuite à l'appartement du palais de Chapoltepec où l'attendait son épouse, la princesse Techuichpo, une fort belle femme, ainsi que d'autres nobles et grandes dames, parmi lesquels, la princesse Otomie, la fille de Montezuma. Un copieux repas fut servi. Je me retrouvai assis aux côtés de la princesse Otomie, laquelle se montra des plus gracieuses envers moi, m'interrogeant sur mon pays natal et sur le peuple des Teules. C'est par elle que j'appris alors que l'empereur était fort intrigué par ces Teules. Il était superstitieux et voyait dans les Espagnols les enfants du dieu Quetzal, ceux-là mêmes qui, suivant une ancienne prophétie, viendraient pour s'emparer du pays. Cela dit, la princesse était si belle, si adorable, que, pour la première fois je me sentis attiré par une autre femme que ma fiancée que j'avais laissée en Angleterre et que, pensai-je, je n'avais aucune chance de revoir. Et comme je l'appris plus tard, il n'y eut pas que mon cœur à être troublé cette nuit-là.

Près de nous était assise une autre dame de sang royal, Papantzine, la sœur de Montezuma. Mais elle n'était ni jeune ni belle et son visage, pourtant plein de douceur et de tristesse, portait comme l'ombre d'un funeste présage. En fait, elle mourut quelques semaines plus tard, sans pour autant connaître la paix dans sa tombe, comme je le raconterai plus loin.

Une fois le festin terminé, nous bûmes du chocolat et fumâmes du tabac dans des pipes, une étrange et douce coutume que j'avais apprise à Tobasco et dont je n'ai plus pu me défaire depuis, quoiqu'il soit toujours difficile de faire venir cette plante en Angleterre. Puis je fus conduit dans ma chambre, une petite pièce lambrissée de cèdre. Je ne trouvai pas tout de suite le sommeil, car j'avais l'esprit envahi par le souvenir de toutes ces choses étranges que j'avais vues dans ce pays merveilleux où se côtoyaient civilisation et barbarie. Je revis le visage triste de ce roi qui régnait en maître absolu sur des millions d'âmes, tout en étant entouré par tout ce que peut désirer un homme: des richesses fabuleuses, des centaines d'épouses adorables, des enfants affectueux, des armées innombrables et des artistes extraordinaires. Et pourtant, cet homme qui régnait sur le plus bel empire de toute la terre et qui était presque l'égal d'un dieu, était victime de la peur et de la superstition, comme le plus misérable des esclaves de son palais. Voilà une leçon que Salomon aurait voulu sans aucun doute donner, car, tel Salomon, Montezuma aurait pu, lui aussi, s'écrier:

— J'ai réuni autour de moi l'argent et l'or, et le trésor des rois et des provinces. J'ai autour de moi chanteurs, chanteuses et tous les plaisirs des fils des hommes. Et quoi que puissent désirer mes yeux, ils peuvent le voir, et je ne prive mon cœur d'aucune joie. Et pourtant, tout ceci n'est qu'orgueil et tourment de l'esprit et il n'y a rien à gagner sous le soleil!

S'il l'a dit, c'était avec d'autres mots car, comme le montrent les peintures de l'Eglise de Ditchingham, les rois et les hommes du peuple ont tous à affronter leurs douleurs et leurs joies. Mais, et c'était mon bienfaiteur Andrés de Fonseca qui l'affirmait, le véritable bonheur n'est qu'un rêve dont nous nous réveillons sans cesse pour retrouver les chagrins de notre brève existence laborieuse.

Puis mes pensées glissèrent vers l'image de la magnifique princesse Otomie, laquelle m'avait semblé me considérer avec intérêt. Cette vision me plut énormément : j'étais jeune et mon propre amour, Lily l'Anglaise, était bien loin et perdue à jamais. Mais était-ce si étrange que cela que je puisse être tant attiré par cette fleur indienne? Quel homme aurait pu rester de marbre face à sa douceur, sa beauté et cette touche de grâce royale qui ne naît que du sang des souverains et de l'exercice quotidien du pouvoir. Sa nature barbare, dont je ne voyais plus maintenant que les bons côtés, m'attirait irrésistiblement en ajoutant quelque mystérieuse qualité, une sombre richesse orientale qui manquait à nos femmes anglaises si bien éduquées.

Otomie était une de ces femmes dont les hommes rêvent constamment, mais sans grande chance de les gagner un jour. A la fois pure et passionnée, royale de sang et de cœur, brave comme un homme et belle comme la nuit, d'un esprit toujours en éveil et résistant à la tristesse, d'une fidélité et d'un honneur sans faille, ainsi était la princesse Otomie, fille de Montezuma et souveraine des Otomies. Rien d'étonnant donc à ce que je l'aie trouvée attirante ni à ce que, lorsque le destin m'accorda son amour, je n'aie pu que l'aimer en retour. Et pourtant, il existait quelque chose dans sa nature profonde qui m'aurait retenu si je l'avais connu. En effet, en dépit de tout son charme, de toute sa beauté et de toutes ses qualités, elle était restée, au fond d'elle-même, une sauvage, et quoi qu'elle fît pour le cacher, il arriverait un moment où son sang reprendrait le dessus sur sa volonté.

Mais, alors que j'étais allongé dans ma chambre du palais de Chapoltepec, le pas des gardes devant ma porte me rappela que ma vie ne tenait qu'à un cheveu. Le lendemain, les prêtres allaient décider de mon destin et, lorsque c'était des prêtres qui faisaient office de juges, un prisonnier savait déjà à quoi s'en tenir avant même d'avoir entendu la sentence. J'étais un étranger et un homme blanc, donc une offrande bien plus acceptable pour les dieux que celle fournie par un millier de cœurs indiens. J'avais été sauvé des autels de Tobasco uniquement pour honorer ceux, bien plus importants, de Tenoctitlan, et rien d'autre. Mon destin voulait que je périsse misérablement, loin de ma patrie et oublié de tout le monde.

Je finis par m'endormir sur ses sombres pensées. Lorsque je m'éveillai, le soleil était déjà haut. Je me levai et allai jeter un coup d'œil par la fenêtre renforcée de barreaux de bois. Le palais était perché au sommet d'une colline rocheuse, dont un des flancs était baigné par les eaux bleues du Tezcuco. De l'autre côté, à un peu plus d'un mile de là, se dressaient les temples de Mexico. Toute la colline était recouverte de cèdres, des arbres si gros que le plus malingre d'entre eux était sûrement plus imposant que le plus beau chêne de la paroisse de Ditchingham, celui qui fait vingt-deux pas de circonférence à la base. Au-delà de ces superbes vieux arbres, se trouvaient les jardins de Montezuma. Remplis de fleurs étranges et magnifiques, de bains en marbre, de volières et de fosses à bêtes sauvages, ces jardins étaient sans doute les plus merveilleux du monde (1).

(1) Les jardins de Montezuma ont été détruits depuis bien longtemps mais certains de leurs cèdres existent toujours à Chapoltepec, bien que les Espagnols en aient coupé la plus grande partie. L'un d'eux (que la tradition présente comme ayant été le favori du grand empereur) mesurerait, selon les propres calculs de l'auteur, soixante pieds de circonférence. Il est étrange de constater que les seuls survivants des richesses et du pays de Montezuma ne sont que quelques vieux conifères... *(Note de l'auteur)*

Au moins, me dis-je en guise de consolation, même si je dois mourir, ce sera quelque chose d'avoir pu voir ce pays d'Anathuac, son roi, ses coutumes et son peuple...

CHAPITRE XVI

Où Thomas devient un dieu

On m'aurait bien surpris si l'on m'avait annoncé ce matin-là que je serais, avant la fin du jour, élevé au rang d'une divinité, et deviendrais, après l'empereur Montezuma, l'homme, ou plutôt le dieu, le plus honoré de la cité de Mexico.

La chose advint pourtant: après avoir pris le petit repas du matin en compagnie de Guatimozin et de ses vassaux, je fus conduit dans la salle que l'on appelait le «tribunal des dieux». C'est dans cette salle que Montezuma, sur un trône d'or et environné d'une pompe qu'il serait trop long et trop fastidieux de décrire, siégeait pour rendre la justice. Autour de lui se pressaient tous ses conseillers et les hauts dignitaires du royaume, et devant lui était placée une tête de mort couronnée d'énormes émeraudes.

On traduisit d'abord en sa présence plusieurs chefs, ou *caciques*, accusés de trahison, et je fus stupéfait de voir avec quelle rapidité le procès de chacun était bâclé. A peine, en effet, avait-on entendu quelques témoins, que l'on demandait à l'inculpé ce qu'il avait à dire pour sa défense, et il était tenu de répondre aussi laconiquement que possible. Puis, Montezuma, qui jusqu'à ce moment n'avait pris aucune part aux débats, prenait en main le parchemin sur lequel était établi l'exposé de leurs forfaits, et perforait, à l'aide de la flèche qui lui tenait lieu de sceptre, le dessin par lequel était représenté l'accusé. Ce simple geste équivalait à une sentence de mort, et le malheureux était immédiatement entraîné hors de la salle pour être conduit au supplice.

Lorsque le dernier d'entre eux eut comparu devant lui, les prêtres, en longues robes sombres et les cheveux attachés en tresses derrière la tête, entrèrent à leur tour dans la salle. Tous avaient un air froid et digne et le regard si farouche que je me sentis frémir rien qu'en les regardant. Leur attitude, vis-à-vis de l'empereur était, je le remarquai, beaucoup moins humble que celle de tous les autres. Les conseillers et les nobles s'étant écartés pour leur céder la place, ces prêtres entrèrent en pourparlers avec Montezuma, puis l'un d'eux s'approcha de moi, fit signe à mes gardiens de se retirer et me poussa vers le trône. Ordre me fut alors brusquement donné de me débarrasser de tous mes vêtements, et comme, bon gré, mal gré, il fallait obéir, je dus m'exécuter et, à ma grande honte, me présenter nu devant l'assemblée. Les prêtres s'approchèrent ensuite de moi et se mirent à examiner minutieusement toutes les parties de mon corps. Les cicatrices que m'avaient laissées aux bras les blessures causées par les coups d'épée de de Garcia et les griffes du puma retinrent particulièrement leur attention, et ils me demandèrent par quoi elles avaient été produites. Je le leur expliquai, et ils entamèrent alors ensemble à l'écart une discussion qui devint bientôt si animée que, pour finir, ils décidèrent de s'en remettre à la décision de l'empereur.

— Ces marques n'existaient pas au moment de sa naissance et ne sont pas non plus sorties d'elles-mêmes sur le corps; elles sont le résultat de violences qu'il a subies.

Les prêtres se consultèrent à nouveau, et au bout d'un moment, leur chef murmura quelques mots à l'oreille de Montezuma, qui, hochant la tête et quittant son trône, s'avança vers moi. Je m'étais mis à trembler de froid, car l'air de Mexico est très vif. Tout en s'approchant, il retira la chaîne d'or et d'émeraudes qu'il portait au cou et dégrafa le manteau royal suspendu à ses épaules. Puis, de sa propre main, il me para de cette chaîne et me couvrit de ce manteau, et après avoir humblement plié le genou devant moi comme s'il m'adorait, il me prit entre ses bras et me donna un baiser au front.

— Salut, me dit-il, divin fils de Quetzal, détenteur de l'esprit de Tezcat. Ame de la Terre et Créateur du Monde! A quoi devons-nous l'honneur insigne dont vous nous comblez en daignant venir ainsi parmi nous? Qu'est-il en notre pouvoir de faire pour vous en remercier? C'est par vous que nous fûmes créés, ainsi que tout le pays que nous habitons, et tant que vous séjournerez parmi nous, il vous appartiendra, et nous serons vos serviteurs. O Tezcat, je vous offre, moi, Montezuma, mon adoration, et par ma bouche, toute celle de mon peuple.

— Nous vous adorons, ô Tezcat! confirmèrent en chœur les prêtres.

Soudain, tandis que je demeurais immobile, ahuri par cette comédie à laquelle je ne comprenais rien, l'empereur frappa dans ses mains, et aussitôt de jeunes femmes entrèrent, apportant des vêtements d'apparat avec lesquels elles m'habillèrent et une couronne de fleurs qu'elles me déposèrent sur la tête, en se prosternant devant moi et en répétant:

— Tezcat, qui était mort, est ressuscité. Réjouissons-nous, car il s'est incarné dans le corps du captif Teule.

Je compris donc que je venais, subitement, d'être transformé en dieu, mais j'avoue que, de ma vie, je ne m'étais senti si bête.

Un groupe d'hommes graves, portant des luths à la main, se plaça ensuite en cercle autour de moi, et au son d'une musique triomphante, et précédé d'un héraut qui proclamait à tous que j'étais Tezcat, le créateur du monde, revenu par miracle au sein de son peuple, je fus promené en grande pompe dans toutes les salles du palais, puis transporté sur une somptueuse litière à travers les rues de la ville jusqu'au temple central, où m'ayant conduit jusqu'au faîte du colossal *teocalli*, on me sacrifia victime sur victime, au point que je fus bientôt pris de véritables nausées à la vue de toutes ces horreurs et de tout ce sang.

On me fit ensuite descendre de ma litière, en jetant des fleurs sous mes pieds. Je fus soudain effrayé car je crus alors qu'on allait me sacrifier à mon tour à quelque autre divinité inconnue. Mais non. On me conduisit jusqu'au bord de la pyramide, où plutôt jusqu'où je voulus bien aller, de peur d'être tout à coup jeté dans le vide. Et là, le prêtre annonça ma dignité à la multitude qui était rassemblée autour du temple. Tous s'agenouillèrent pour m'adorer, aussi bien le prêtre que ceux qui étaient en bas. L'adoration dont j'étais l'objet, les cris, la musique et la vue des cadavres finirent par me donner le vertige et c'est avec soulagement que je me laissai emmener lorsqu'on se décida à me ramener à Chapoltepec.

On me conduisit dans de magnifiques appartements situés immédiatement à côté de ceux de l'empereur, et l'on m'y installa en m'annonçant que la domesticité entière de Montezuma était désormais à ma disposition et que quiconque enfreindrait mes ordres serait immédiatement puni de mort. C'est alors, mais alors seulement, que l'on consentit à me laisser reposer un peu, en m'avertissant toutefois que l'on reviendrait me chercher au bout d'une heure pour me conduire à un banquet.

Aussitôt seul, je me débarrassai en un clin d'œil des emblèmes de ma divinité et me laissai tomber anéanti sur les coussins, en proie à la plus vive perplexité, me demandant combien de temps pourrait se prolonger la singulière situation dans laquelle je me trouvais et si je devais m'en réjouir ou m'en affliger.

L'heure ne s'était pas écoulée que l'on revint m'apporter de nouveaux vêtements et des fleurs fraîches, et aussitôt ma toilette terminée, l'on me dirigea vers les appartements de Guatimozin.

Le prince m'attendait pour me recevoir, et semblant oublier que j'étais naguère encore son prisonnier et son compagnon, m'accueillit comme si j'avais été le plus grand des rois. Néanmoins, je crus remarquer au fond de ses yeux comme un bizarre mélange de gaieté et de chagrin, et me penchant vers lui, je lui demandai à mi-voix :

— Que signifie tout cela, prince? Suis-je vraiment un dieu, ou bien se gausse-t-on de moi?

— Chut! me souffla-t-il à l'oreille. Cela peut avoir du bon et du mauvais pour vous, mais je ne puis vous donner d'explications en ce moment.

Et il ajouta tout haut :

— Vous plaît-il, ô Tezcat, dieu des dieux, que nous prenions part à votre repas ou bien préférez-vous manger seul?

— Les dieux aiment à se trouver en bonne compagnie, prince, répondis-je.

Pendant que nous causions ainsi, j'avais remarqué que sa radieuse cousine, la princesse Otomie, se trouvait parmi ceux qui étaient assemblés dans la salle. Aussi, lorsque nous nous approchâmes de la table basse autour de laquelle nous devions nous asseoir sur des coussins, m'attardai-je en arrière pour lui laisser le temps d'y prendre place afin de pouvoir me mettre à ses côtés. Cela ne fut pas sans provoquer une certaine confusion parmi la compagnie, car on m'avait naturellement réservé la place d'honneur au haut bout de la table, entre Guatimozin que je devais avoir à ma droite et la royale Tecuichpo, son épouse, que je devais avoir à ma gauche.

— Votre place est là-bas, ô Tezcat, me dit la princesse Otomie en rougissant.

— Un dieu a bien le droit de s'asseoir où il lui sied, royale Otomie, repartis-je; d'ailleurs, ajoutai-je, en baissant le ton de ma voix, où pourrait-il mieux être qu'auprès de la plus charmante déesse de la terre?

— Hélas! murmura-t-elle en rougissant encore davantage, je ne suis pas une déesse, mais une simple mortelle. Cependant, si vous avez le désir de m'accompagner dans nos fêtes, vous n'avez qu'à proclamer que telle est votre volonté, et nul n'osera s'y opposer, pas même Montezuma, mon père.

Je me levai donc sur-le-champ et en très mauvais aztèque, déclarai à tous les nobles qui étaient assis autour de moi :

— Je veux et j'ordonne que ma place soit toujours aux côtés de la princesse Otomie.

A ces mots, Otomie devint cette fois littéralement cramoisie, et un murmure passa parmi tous les convives, tandis que Guatimozin, après avoir tout d'abord froncé le sourcil, se mettait franchement à rire.

Mais les nobles, mes serviteurs, s'inclinèrent, pendant que leur porte-parole répondait :

— Les paroles de Tezcat sont des ordres. Que l'on place le siège d'Otomie, la princesse royale et la favorite de Tezcat, auprès de celui du dieu.

Par la suite, cette coutume fut toujours observée, sauf lorsque je dînais avec Montezuma. Quant à la princesse Otomie, elle devint connue dans la cité comme «la princesse bénie» et «la favorite de Tezcat». La superstition était si grande chez ce peuple que tout le monde vit un immense honneur pour elle, qui était pourtant une des premières dames du pays, dans le fait de pouvoir siéger à côté de celui qui était supposé posséder en lui l'âme du monde. Profitant de l'animation qui s'était emparée des convives au fur et à mesure que le festin se poursuivait, je me penchai vers Otomie et lui demandai si elle pouvait me dire ce que tout cela signifiait, et ce qu'il en pourrait résulter.

— Hélas ! me répondit-elle, vous ne le soupçonnez pas, et je n'ose vous l'apprendre. Ecoutez-moi : quand le repas sera terminé venez me rejoindre dans les jardins du palais, et j'essaierai de vous expliquer ce qui doit arriver.

Mais nous avions compté sans la foule des courtisans, des musiciennes et des danseuses, qui partout où j'allais, me suivaient pas à pas. Néanmoins, il nous fut permis de nous promener sous les grands arbres séculaires, et nous pûmes causer quelques instants ensemble, en dépit de l'obsédante musique qui nous emplissait les oreilles. C'est ainsi que la princesse me mit au courant de l'effroyable destin auquel je devais me préparer.

— Sachez, ô Teule, me dit-elle, car elle continuait à m'appeler toujours ainsi lorsque nous étions seuls, que, selon la coutume du pays, il faut que, chaque année, un jeune captif soit choisi pour représenter l'image terrestre de Tezcat par qui fut créé le monde : on ne lui demande que deux choses : qu'il soit de sang noble, et que la beauté de son corps ne soit flétrie d'aucune marque disgracieuse. Or, il s'est trouvé que le jour où vous vîntes ici, ô Teule, était précisément celui où l'on devait procéder au choix dont je vous parle, et vous fûtes aussitôt élu parce que vous étiez noble, parce que vous étiez plus beau qu'aucun homme d'Anahuac, et parce que, de plus, les prêtres pensèrent qu'appartenant au peuple des Teules, les enfants de Quetzal, dont on nous a tant parlé, et dont mon père, Montezuma, redoute plus que tout au monde la venue, cela pourrait détourner de nous leur colère et en même temps celle des dieux. Pendant un an, vous continuerez à être honoré comme un dieu dans cette cité de Tenochtitlan, et tout le monde, même l'empereur, se conformera à vos moindres désirs. Une seule chose vous sera interdite, c'est de vous marier, et cela jusqu'au douzième mois de l'année. A ce moment, les quatre plus belles jeunes filles du pays vous seront offertes comme épouses.

— Et qui les choisira ? demandai-je.

— Cela dépend, me répliqua-t-elle, car parfois c'est le dieu lui-même et d'autres fois, ce sont les prêtres. Mais écoutez-moi bien, car ce n'est pas fini, et j'ai encore, hélas ! quelque chose de bien plus important et de bien plus grave à vous faire connaître. Pendant un mois, vous vivrez en compagnie de vos nouvelles épouses, et vous passerez ce mois en réjouissances chez les plus hauts dignitaires de la ville. Mais le dernier jour, vous serez placé avec vos femmes sur une nef royale et transporté de l'autre côté du lac à un endroit appelé la «Fonte des Métaux». De là, on vous conduira au *teocalli,* connu sous le nom de «Maison des Armes» où vos femmes vous diront adieu pour toujours, et où, ô Teule, il me faut bien vous le dire, malgré toute la peine que j'en ai, vous serez offert en sacrifice au grand dieu Tezcat que vous personnifiez, votre cœur devant être arraché de votre poitrine et votre tête tranchée de vos épaules pour être par la suite exposés sur les autels sacrés.

Lorsque cette effroyable révélation me fut faite, je me sentis pris d'un tel étourdissement que je crus que j'allais tomber, puis un violent accès de fureur s'empara de moi, et je me mis à blasphémer contre les dieux du pays et contre tous ceux qui les adoraient, d'abord en dialecte aztèque et maya, puis, quand je fus à bout d'épithètes, en espagnol et en bon anglais; mais Otomie, qui avait compris une partie de mes invectives et deviné les autres, fut prise de frayeur et leva les bras au ciel pour me supplier de me taire.

— Je vous en conjure, s'écria-t-elle, n'attirez pas sur vous par vos anathèmes la vengeance de ces dieux redoutables. Si par malheur quelqu'un vous entendait, on affirmerait tout de suite que vous êtes un esprit malfaisant et non un bon esprit comme on le croit, et il vous faudrait mourir sur l'heure après avoir enduré les tortures les plus horribles. En tout cas, prenez garde, car, même si personne ne vous entend, les dieux, qui sont partout, pourront certainement, eux, vous entendre.

— Hé, que m'importe ! m'exclamai-je. Ce sont de faux dieux, et maudit soit le pays qui les adore ! Un temps viendra où ils seront renversés de leurs autels et leurs adeptes anéantis. Que m'importe que l'on m'entende ! Plutôt mourir maintenant, et même sous la torture. La pire torture de toutes n'est-elle pas de vivre dans l'appréhension d'une mort semblable ? Mais soyez certaine que je ne mourrai pas seul, car le sang qui a été versé à flots par vos prêtres crie vengeance au ciel, et mon Dieu, à moi, saura bien châtier tous ces crimes !

Affolé par l'épouvante et par la rage de me sentir sans défense contre ces païens sanguinaires, j'allais et venais comme un lion en cage en lançant à chaque instant de nouvelles imprécations, mais, tout à coup, pendant que je me démenais de la sorte, je m'aperçus qu'Otomie, d'abord si atterrée par ces débordements qui pouvaient m'être si funestes, avait cessé de me regarder et fixait les yeux sur l'orient comme si elle venait d'être frappée d'une vision. Alors, m'étant retourné moi-même de ce côté, je vis que, depuis les confins de l'horizon jusqu'au zénith, s'étalait un immense éventail de lumière livide parsemé de myriades d'étincelles. Au même moment, des cris de terreur partirent de tous les alentours du palais et chacun se pressa en foule pour observer l'étrange phénomène qui venait de se produire. Montezuma, lui aussi, s'était précipité au dehors avec tous ses hauts dignitaires, et sous les blafards reflets de cette lueur surnaturelle, je le vis brusquement blêmir et se tordre les mains comme sous l'empire d'une insurmontable émotion. Mais là ne devait pourtant point se borner le miracle, car un instant après, voici que du firmament limpide qui s'étendait au-dessus de la ville, se mit à descendre un globe de feu qui sembla s'arrêter sur les pointes de l'orgueilleux temple dressé au centre de la grande place et le *teocalli* se trouva d'un seul coup éclairé comme en plein jour. Presque immédiatement après, elle disparut, mais une autre lueur, non moins stupéfiante, lui avait succédé : le temple de Quetzal était en flammes !

La population massée dans les rues de Tenochtitlan et sur les hauteurs environnantes était dans l'angoisse et semblait appréhender un cataclysme effroyable. Pour ma part, j'avoue que j'étais assez inquiet moi-même, peut-être à tort du reste, car il était très possible que l'étrange clarté dont le ciel fut envahi ce soir-là et les soirs suivants n'ait pas eu d'autre cause que le simple passage d'une comète, et l'incendie du temple pouvait fort bien également avoir été provoqué par la foudre ; mais, pour ce peuple superstitieux, et en particulier pour Montezuma, rendu si soucieux déjà par les rumeurs qui circulaient sur la venue éventuelle d'un envahisseur destiné à détruire son empire, ces étranges phénomènes équivalaient aux plus noirs présages. Les sinistres prévisions qu'ils venaient de former ne tardèrent d'ailleurs pas à être confirmées. Pendant que nous étions encore en proie à la stupeur où nous avaient plongés ces insolites événements, un messager, hors d'haleine et couvert de poussière, arriva en courant vers nous, et se prosternant aux pieds de l'empereur, tendit à l'un de ses conseillers un rouleau de parchemin. Dévoré par le désir de savoir quelle nouvelle il apportait, Montezuma, contrairement à tous les usages, arracha le document à celui auquel il venait d'être remis, et le déroulant fébrilement se mit à le déchiffrer à la lueur rougeoyante du ciel embrasé par le temple en feu. Alors, tandis que tous les assistants immobiles l'observaient en silence, il laissa soudain échapper un sourd gémissement, jeta le message à terre et se cacha le visage entre les mains. Le hasard voulut que le parchemin roulât jusqu'à mes pieds, et je vis, grossièrement peints dessus des dessins représentant des navires de gréement espagnol et des hommes en armure espagnole. Je compris alors ce qui avait causé la consternation de Montezuma. On venait de lui annoncer que les Espagnols débarquaient sur ses côtes!

Quelques-uns de ses conseillers s'approchèrent de lui pour le réconforter mais il les repoussa.

— Laissez-moi tranquille! La ruine qui avait été prédite est en train de tomber sur la tête des enfants d'Anahuac. Les fils de Quetzal se rassemblent sur nos plages et tuent nos gens. Laissez-moi pleurer, j'ai dit!

C'est alors que survint un autre messager, le visage blême.

— Parle! dit Montezuma.

— O roi, pardonne la langue qui va devoir t'annoncer de si terribles nouvelles. Votre royale sœur, Papantzin, a été saisie de terreur à la vue de cet affreux événement (il montra les cieux) et elle est en train de mourir dans le palais!

L'empereur ne répondit rien. Il se couvrit le visage de son manteau et se dirigea lentement vers l'intérieur du palais.

Et durant tout ce temps-là, la lueur pourpre continua à embraser le ciel d'orient, telle une aube monstrueuse et surnaturelle, pendant que le temple de Quetzal finissait de brûler au milieu de la cité.

Je me tournai vers la princesse Otomie, qui se trouvait près de moi, écrasée par la stupéfaction.

— Ne vous ai-je pas dit que ce pays était maudit, princesse des Otomies?

— Si, Teule, répondit-elle. Et tu avais raison.

Puis nous rentrâmes au palais, suivis par les chanteurs, comme si rien ne s'était passé.

CHAPITRE XVII

La résurrection de Papantzin

Papantzin mourut le lendemain et fut enterrée en grande pompe, le soir même, dans le cimetière royal de Chapoltepec. Mais, comme on le verra plus loin, la compagnie des ancêtres de l'Empereur, ne lui plut guère. Ce même jour, j'appris aussi que la fonction de dieu ne recelait pas que de bons côtés. En effet, on attendait de moi que je maîtrise toute une série d'arts divers avec, en tête, celui de la musique, lequel m'avait toujours repoussé. Mais comme mes propres désirs en la matière n'avaient que peu de poids, on m'envoya des précepteurs (des hommes agés qui auraient pu être bien mieux employés) pour m'apprendre à jouer du luth. D'autres me familiarisèrent avec les versions aztèques de l'écriture, de la poésie et de toutes les autres formes d'art, un enseignement que je fus heureux de recevoir. Cependant, tout au long de ces études, je ne cessai de me rappeler les paroles de ce prêcheur disant que l'accumulation de savoir signifiait aussi accumulation de tristesse. Sans compter que je ne voyais pas l'intérêt d'acquérir de telles connaissances pour être condamné à les perdre à brève échéance sur la pierre du sacrifice.

Au départ, cette histoire de sacrifice m'avait plongé dans le désespoir le plus profond. Puis, à la réflexion, je me dis finalement que je m'étais déjà tiré indemne de bien des dangers et qu'il se pourrait que je réussisse à échapper à celui-là. Après tout, ma mort était encore une affaire lointaine, et, pour l'instant, j'étais l'égal d'un dieu. Aussi, décidai-je que, quoi qu'il puisse m'arriver par la suite, tant que je vivrais, je le ferais comme un dieu, en profitant de tous les plaisirs qui me passeraient à portée de la main. Jamais homme n'aurait pu avoir de telles occasions durant sa vie. En fait, si je n'avais pas éprouvé de tristes pensées pour mon pays et mon amour perdus, j'aurais pu être presque heureux. Mais il me faut maintenant poursuivre mon histoire.

Au cours des jours qui suivirent la mort de Papantzin, le palais et la ville se retrouvèrent en effervescence. Les esprits étaient secoués par toutes les rumeurs qui couraient. Chaque soir, la lueur sinistre et blafarde faisait sa réapparition dans le ciel, et chaque jour apportait son lot de nouveaux phénomènes et autres présages extraordinaires, sans parler des chimériques histoires courant sur les Espagnols, en qui la plupart des gens voyaient les enfants de Quetzal revenus s'emparer du pays sur lequel avaient régné leurs ancêtres.

Mais le plus inquiet et le plus triste de tous était encore Montezuma lui-même. Depuis qu'on lui avait rapporté la fatale nouvelle, il ne mangeait plus et ne dormait plus. Il finit même par envoyer des messagers à son ancien rival, cet homme avisé et sévère qu'était Neza, le roi de l'état allié de Tezcuco, pour lui demander de venir le rencontrer. L'autre accepta. C'était un vieillard à l'œil acéré et brillant et j'assitai à leur entrevue, car ma qualité de dieu me donnait toute liberté d'aller où bon me semblait dans le palais, y compris dans les pièces où se tenaient les réunions de l'empereur et de ses nobles. Lorsque les deux monarques eurent dîné ensemble, Montezuma conta à Neza les malédictions qui s'étaient abattues sur son pays et l'arrivée des Teules, puis lui demanda de l'éclairer par sa sagesse. Neza tira sur sa grande barbe grise et répondit à Montezuma qu'il n'était sans doute pas au bout de ses peines.

— Voyez-vous, monseigneur, dit-il, je suis si sûr que les jours de notre empire sont désormais comptés que je serais prêt à jouer avec vous aux dés mon propre royaume, celui-là même que vos ancêtres ont tout fait pour conquérir.

— Quel serait l'enjeu? demanda Montezuma.

— Les ergots de trois de vos coqs de combat contre tout l'empire de Tezcuco...

— Un bien faible enjeu pour moi, s'étonna Montezuma. Les coqs sont aussi nombreux sur terre que les empires y sont rares...

— N'oubliez pas que nous jouons en réalité contre le destin, répondit le vieux roi. Si vous gagnez mes royaumes, ce sera parfait. Par contre, si c'est moi qui gagne vos coqs, alors, nous pouvons dire adieu à la grandeur d'Anahuac, car cela signifiera que son peuple cessera d'en être un et que les étrangers s'empareront du pays.

— C'est bon, fit Montezuma. Jouons et voyons ce qui en sortira.

Ils descendirent dans un endroit appelé *thlachco* et réservé aux jeux. Là, ils commencèrent la partie de dés, qui débuta en faveur de Montezuma. Celui-ci ne put s'empêcher d'affirmer à voix haute qu'il était déjà le maître du Tezcuco.

— Si seulement c'était vrai! répondit le vieux Neza.

Et dès cet instant, la chance se mit à tourner. Malgré tous ses efforts, Montezuma fut incapable de gagner un nouveau point et Neza avait gagné les trois coqs lorsque la partie se termina. La musique se mit alors à jouer et des courtisans vinrent rendre hommage au vainqueur. Mais celui-ci se leva et déclara:

— J'avais en fait perdu mes royaumes bien avant d'avoir gagné cette volaille. Si je les avais perdus aujourd'hui, ils seraient passés entre les mains de quelqu'un de ma propre race. Hélas, je suis maintenant certain qu'ils me seront enlevés par des étrangers, des étrangers qui vont abattre nos dieux et réduire à néant jusqu'à nos noms!

Ayant ainsi parlé, il se leva, prit congé de l'empereur et repartit dans son pays. Par chance, il advint qu'il mourut peu après, évitant ainsi d'assister à la matérialisation de ses craintes.

Le lendemain de son départ nous parvinrent d'autres nouvelles concernant les Espagnols, qui plongèrent Montezuma dans une inquiétude encore plus grande. Sa terreur fut telle qu'il envoya quérir un astrologue connu dans tout le pays pour la justesse de ses prédictions. L'astrologue fut reçu en privé par l'empereur. Je ne sais pas ce qu'il lui révéla mais il fut évident que cela n'avait rien de plaisant, car, la nuit suivante, des hommes furent envoyés pour raser la maison de ce sage, qui fut enseveli sous les ruines.

Deux jours après la mort de l'astrologue, Montezuma finit par s'aviser que, puisque j'étais moi-même un Teule, je pourrais peut-être lui fournir les indications qu'il souhaitait connaître. Un soir donc, vers l'heure du couchant, il me fit mander auprès de lui et m'invita à l'accompagner à travers ses jardins.

— Teule, me dit-il enfin, après avoir longtemps marché auprès de moi en silence, parlez-moi de vos compatriotes, et expliquez-moi pourquoi ils sont venus ainsi sur les rivages de mon empire. Mais surtout prenez bien garde de ne prononcer aucune parole qui ne soit la vérité même.

— Ce ne sont point mes compatriotes, ô Montezuma, bien que ma mère soit née en leur pays.

— Ne vous ai-je point ordonné de ne parler qu'en toute vérité. Teule? Si votre mère était leur compatriote, il faut bien que vous le soyez aussi, car n'êtes-vous point de la même chair et du même sang?

— Comme il plaira au roi, repartis-je en m'inclinant.

Et je me mis à lui raconter ce qu'étaient les Espagnols et jusqu'où s'étendaient leur puissance, leur cruauté et leur ambition.

Il m'écouta très attentivement, puis me demanda:

— Mais pourquoi viennent-ils ici, en ce pays d'Anahuac?

— Hélas, ô roi! Sans doute pour s'en emparer ou à tout le moins pour anéantir ses croyances et le dépouiller des trésors qu'il recèle.

— En ce cas, que me conseillez-vous de faire, Teule? Comment puis-je me défendre contre ces hommes puissants qui sont bardés de fer, montés sur des animaux sauvages, et armés d'instruments dont le seul bruit, comparable à celui du tonnerre, foudroie par centaines leurs ennemis?

— S'il m'est permis, à moi qui ne suis qu'un dieu, de répondre au seigneur de la terre, je lui dirai que le conseil qu'il réclame est facile à donner. Opposez la force à la force. Les Teules sont en petit nombre, et il vous est facile de réunir d'assez grandes armées pour mettre des milliers d'hommes en face de chacun des leurs. Courez-leur sus sans perdre un instant, et au lieu de tergiverser jusqu'à ce que leurs actions d'éclat leur aient conquis des alliés, écrasez-les dès à présent.

— Voilà le conseil que me donne celui dont la mère était teule! s'écria-t-il d'un ton amer et sarcastique. Mais, alors, expliquez-moi maintenant, ô docte conseiller, comment je m'y prendrai pour savoir si, en les combattant, je ne livre point bataille aux dieux, et pour comprendre quelles sont les véritables intentions de ces hommes ou de ces dieux dont je ne parle point la langue et qui ne parlent point la mienne?

— C'est très simple, ô Montezuma. Moi, je parle leur langue; envoyez-moi le leur demander.

Une folle espérance venait de naître en mon cœur à cette pensée, car je me disais que, si je pouvais rejoindre les Espagnols, j'aurais de grandes chances d'échapper à l'autel des sacrifices. Qui sait, même, si grâce à eux, je ne pourrais pas retourner en Espagne, où de Garcia, me croyant mort serait sans doute rentré? Ils étaient venus là avec leurs navires, et les navires ne pouvaient-ils pas refaire en sens inverse la route qu'ils avaient parcourue?

Montezuma me considéra pensivement un instant, puis reprit:

— Vous me croyez donc bien niais, Teule, pour supposer que je commettrais la maladresse de vous envoyer auprès de vos compatriotes afin que vous leur rapportiez mes craintes et mes faiblesses, et leur appreniez de quelle façon ils doivent s'y prendre en vue de me vaincre? Vous imaginez donc que je n'ai pas déjà deviné que vous étiez un espion chargé par eux de vous procurer sur place les indications qui leur manquent? Sot que vous êtes, je m'en suis douté dès le début, et par Huitzel! si vous n'étiez déjà promis à Tezcat, on verrait dès demain votre cœur fumant sur les autels. Méfiez-vous, car si vous tentez encore de me circonvenir de pareille façon, votre fin pourra être plus prompte que vous ne le pensez. Me méfiant de vous comme je le faisais, je ne vous ai demandé avis qu'à seule fin de pouvoir faire l'opposé de ce que vous me diriez, et puisque vous me conseillez de combattre les Teules, je les recevrai, au contraire, à bras ouverts en les comblant de compliments et de cadeaux, car je me rends très bien compte que votre seul et unique but serait de me pousser à ma perte.

Alors qu'il parlait ainsi avec ardeur, et à voix basse, la tête penchée en avant et les bras croisés sur la poitrine, je le vis frissonner d'excitation. J'eus très peur car, tout dieu que j'étais, je savais qu'un simple mouvement de la tête de ce puissant souverain pouvait m'expédier dans les mains du bourreau. Je n'arrivais pas à croire que quelqu'un, d'habitude aussi sage, pût penser commettre une telle folie. Pourquoi se défiait-il autant de moi pour laisser dans le même temps la superstition le conduire à la ruine? C'est seulement aujourd'hui que j'entrevois une réponse. Montezuma n'avait pas agi de lui-même mais sous l'influence du destin. Les dieux des Aztèques étaient de faux dieux. Cependant, je crois personnellement qu'ils existaient pour de bon, mais que ces monstrueuses formes de pierre étaient la demeure de démons, ce qui signifie que les prêtres disaient vrai quand ils affirmaient que les sacrifices humains plaisaient à leurs divinités...

L'empereur avait demandé leur conseil, par l'intermédiaire des prêtres, et la catastrophe allait maintenant s'abattre sur eux. Car, Celui qui était plus puissant qu'eux les avait poussés à donner les mauvais conseils qui allaient mener à leur propre destruction ainsi qu'à celle de ceux qui les adoraient.

Pendant que nous conversions de la sorte, le soleil avait peu à peu décliné, et les ombres de la nuit s'étaient rapidement amoncelées autour de nous. Cependant quelques dernières lueurs s'attardaient encore sur les volcans Popocatepetl et Ixtac, dont elles teintaient d'un rouge vif les neigeux sommets. Or, voici que nous eûmes tout à coup l'impression que «la Femme qui dort» se soulevait lentement, petit à petit, comme on se soulève lorsque l'on sort du sommeil, et spectrale comme une gigantesque morte enveloppée de linceuls ensanglantés, se dressait au-dessus de la bière, sur laquelle elle semblait ordinairement reposer. Puis, tandis que, palpitant d'émotion, nous la regardions ainsi, il nous parut que, dans un grand geste douloureux, ses deux bras s'étendaient sur la ville, et au même intant, la nuit l'enveloppa et la fit disparaître à nos yeux.

— Vous avez vu, Teule? balbutia l'empereur atterré, ne trouvez-vous point que j'aie lieu d'avoir peur, alors que de tels présages se dressent journellement devant moi? Ecoutez plutôt les lamentations qui s'élèvent de la ville: nous ne sommes pas les seuls à avoir eu cette vision. Ecoutez le peuple crier d'épouvante, et les prêtres battre leurs tambours pour éloigner le mauvais sort. Pleure, ô mon peuple! priez et faites des sacrifices, ô mes prêtres! C'est bien, le jour, en effet, car l'heure approche où les destins doivent s'accomplir. O Tenochtitlan, toi la reine des cités, je te vois déjà plongée dans la ruine et la désolation, je vois déjà tes palais ravagés par l'incendie, tes temples profanés, tes charmants jardins redevenus des terres en friche. Je vois toute la fleur de ta noblesse réduite en esclavage; je vois tes canaux rougis par le sang de tes enfants, et tes barrières obstruées par l'amoncellement de leurs cadavres. De toutes parts, la mort t'environne, l'opprobre te guette et la désolation est prête à s'abattre sur toi. Adieu, ô toi, reine des cités, berceau de mes ancêtres, où je fus moi-même élevé!

Ainsi se lamentait Montezuma dans les ténèbres. Pendant qu'il se lamentait à voix haute, la pleine lune se leva sur l'horizon et inonda de sa lumière les cèdres couverts de mousse. Les rayons lunaires accrochèrent la haute silhouette de Montezuma, qui s'agitait dans sa détresse, mes vêtements étincelants et les courtisans terrassés par l'épouvante. Les musiciens avaient cessé de jouer et un léger vent se leva, faisant naître un gémissement plaintif parmi les arbres imposants qui entouraient le palais. Jamais je ne vis une scène plus imprégnée de mystère et plus remplie de sinistres présages. Pourtant aucun malheur ne s'était encore abattu sur le peuple et le pays de Montezuma. Mais celui-ci savait que les deux étaient déjà condamnés et toutes ces lamentations ne faisaient que jaillir d'un cœur brisé sur lequel planait l'ombre de la catastrophe à venir.

Cela dit, nous n'en avions pas encore fini avec les merveilles de cette nuit-là.

Lorsque Montezuma cessa de crier ses prophéties, je lui demandai humblement s'il désirait que je fasse venir les seigneurs qui faisaient antichambre non loin de là.

— Non, répliqua-t-il. Inutile qu'ils me voient dans cet état de chagrin et de terreur. Quoi que je puisse craindre, il me faut au moins faire semblant d'être brave. Venez marcher avec moi, Teule, et si vous avez dans l'idée de me tuer, je n'en concevrai aucune peine.

Je ne répondis rien et le suivis sur le plus sombre des chemins sinueux qui serpentaient entre les cèdres. Si je l'avais voulu, il m'aurait été facile de le tuer, mais je ne voyais pas l'intérêt d'une telle action, que mon cœur, d'ailleurs se refusait à commettre, même si j'étais conscient que Montezuma était mon ennemi. Nous marchâmes en silence sur un peu plus d'un mile, sous les arbres, puis au travers d'un jardin planté de fleurs superbes. Nous arrivâmes enfin devant les portes du cimetière royal. Une surface gazonnée s'étendait devant les portes en question. Le clair de lune se reflétait brillamment sur l'herbe et il nous révéla la présence de quelque chose de blanc, ressemblant à une femme, et qui se dressait au milieu du gazon. Montezuma s'arrêta et jeta un regard aux portes.

— Ces portes se sont ouvertes il y a quatre jours pour ma sœur Papantzin, dit-il. Combien de temps faudra-t-il attendre, à votre avis, avant qu'elles ne s'ouvrent à nouveau, cette fois pour moi?

Alors qu'il parlait, la forme blanche (que j'avais vue, mais lui pas) s'étira comme un dormeur qui s'éveille. Et elle refit les mêmes gestes que la forme au-dessus de la montagne, exactement les mêmes! Montezuma se rendit compte de sa présence et se mit à trembler, comme c'était déjà le cas pour moi.

La femme, si c'en était bien une, s'avança lentement vers nous et nous nous aperçûmes qu'elle était enveloppée dans un suaire. Elle releva la tête et le clair de lune illumina son visage. Nous ne pûmes nous empêcher de grogner de surprise, car nous découvrîmes alors que le visage était celui de la princesse Papantzin... Celle-là même qui était depuis quatre jours au fond de sa tombe! Elle s'approcha de nous, glissant telle une somnambule, et s'arrêta face au buisson dans l'ombre duquel nous nous trouvions. Puis Papantzin, ou plutôt le fantôme de Papantzin, nous fixa de ses yeux aveugles.

— Mon frère Montezuma, es-tu là? dit-elle avec la voix de Papantzin. Je sens ta présence mais je ne peux pas te voir...

Montezuma sortit de l'ombre et se retrouva face à face avec la morte.

— Qui êtes-vous? demanda-t-il. Pourquoi avoir pris les apparences d'une morte?

— Je suis Papantzin, répondit-elle. Je suis revenue de la tombe pour vous apporter un message, Montezuma, mon frère.

— Quel message? demanda celui-ci d'une voix rauque.

— Un funeste message, mon frère. Votre empire va s'écrouler et vous allez être bientôt accompagné dans la mort par des dizaines de milliers des vôtres. Je viens de passer quatre jours parmi les morts et j'ai vu que vos faux dieux n'étaient que des démons. J'ai aussi vu les prêtres qui les servaient et nombre de ceux qui les adoraient, tous plongés dans des tourments insupportables. C'est pour avoir adoré ces dieux démons que le peuple d'Anahuac est maintenant condamné à la destruction!

— N'avez-vous rien à me dire qui puisse me consoler, Papantzin?

— Rien, répliqua-t-elle. Il se peut que vous puissiez sauver votre âme si vous abandonnez le culte de ces faux dieux. Mais vous ne pourrez sauver ni votre vie, ni celles des habitants de ce pays.

Puis elle se retourna pour s'enfoncer dans l'ombre des arbres, et j'entendis le bas de son suaire glisser sur l'herbe.

Montezuma fut pris d'une véritable crise de rage.

— Soyez maudite, Papantzin, ma sœur! hurla-t-il. Pourquoi êtes-vous revenue de si loin pour m'apprendre de telles nouvelles? Si vous aviez apporté une lueur d'espoir, si vous m'aviez montrée un chemin pour échapper aux malheurs qui nous guettent, oui, je vous aurais accueillie à bras ouverts! Mais maintenant, je ne souhaite plus qu'une chose: que vous retourniez dans vos ténèbres et que la terre écrase votre cœur pour l'éternité. Quant à mes dieux, mes pères les ont adoré et je les servirai jusqu'à la fin! Si eux veulent m'abandonner, moi je ne le ferai pas. Si les dieux sont en colère, c'est parce que les sacrifices se font rares sur les autels. Je les ferai donc doubler en nombre! Et les prêtres seront eux-mêmes sacrifiés pour avoir osé négliger le culte dont ils étaient responsables!

Ainsi délirait Montezuma, parlant à tort et à travers comme un homme faible et pusillanime que la terreur égare. Impressionnés et inquiets, ses hauts dignitaires, qui n'avaient cessé de le suivre de loin, se rapprochèrent de quelques pas vers lui. Alors tout à coup, au paroxysme de la douleur et de l'angoisse, Montezuma, avec des gestes de dément de ses mains émaciées, se prit à s'arracher les cheveux et la barbe, à lacérer ses riches vêtements royaux, et saisi d'une véritable crise, finit par s'affaisser sur le sol, où il se débattit en d'horribles convulsions.

On le transporta aussitôt dans son palais, et pendant trois jours et trois nuits, il y resta enfermé sans que personne le vît. Quant à ses menaces au sujet des sacrifices, elles ne restèrent pas longtemps vaines, car, dès la nuit suivante, ceux-ci redoublèrent d'un bout à l'autre du pays. L'ombre de la Croix avait beau s'étendre déjà sur les autels d'Anahuac, la fumée de leurs offrandes n'en continuait pas moins à monter vers les cieux et les cris des captifs à résonner autour des *teocallis*. La dernière heure des dieux démons allait sonner mais leur ultime moisson rouge allait être abondante.

Moi, Thomas Wingfield, j'ai vu tous ces prodiges de mes propres yeux, sans pouvoir dire si c'étaient de véritables avertissements du ciel ou de simples illusions. Le pays était plongé dans la terreur et il se peut que les esprits des hommes en furent si frappés qu'ils attribuèrent de sombres significations à des phénomènes qui seraient autrement passés inaperçus. Que Papantzin soit revenue des morts est la stricte vérité, encore qu'elle n'eût fait peut-être en réalité que s'évanouir avant d'être enterrée. Elle ne revint pas avant longtemps et je ne la revis jamais. On dit qu'elle est devenue plus tard chrétienne et qu'elle n'a cessé ensuite de raconter de bien étranges histoires sur ce qu'elle avait vu au pays des morts...

CHAPITRE XVIII

Le choix des épouses

Plusieurs mois s'écoulèrent entre la date de ma divinisation et celle de l'entrée des Espagnols dans Mexico, et durant tout ce temps la plus vive fermentation ne cessa de régner dans la ville. Montezuma avait envoyé à Cortez ambassades sur ambassades pour lui offrir d'immenses trésors en or et en pierres précieuses en le suppliant de se retirer, sans se rendre compte, l'insensé, que ces richesses n'étaient en réalité qu'un appât de plus pour le conquérant. Cortez lui répondait par de courtoises réponses et des cadeaux de peu de valeur, et c'était tout.

Bientôt la marche en avant des envahisseurs commença, et l'empereur apprit avec consternation la défaite de la tribu guerrière des Tlascalans qui, quoique ennemis héréditaires et acharnés de Montezuma, avaient cependant essayé de résister à l'incursion des blancs. Puis vint la décevante nouvelle que ces mêmes Tlascalans vaincus avaient passé à l'ennemi et s'étaient faits les serviteurs et les alliés des Espagnols; des milliers de leurs guerriers les plus farouches, assurait-on, marchaient maintenant avec Cortez sur la ville sacrée de Cholula. Peu de temps après, on apprit que Cholula avait été mise à sac et ses dieux renversés dans leurs temples. De prodigieuses légendes couraient sur les Espagnols, sur leur courage et leur puissance, sur les armures dont ils étaient vêtus, sur le fracas de tonnerre que produisaient leurs armes dans la bataille, et sur les animaux sauvages qu'ils montaient. Une fois, l'on envoya à Montezuma les têtes de deux blancs capturés au cours d'une escarmouche, deux grosses têtes hirsutes et féroces, auxquelles on avait adjoint une tête de cheval. A la vue des horribles restes, Montezuma faillit s'évanouir de frayeur; néanmoins, il donna ordre qu'elles fussent exposées sur les tours du grand temple et lança une proclamation disant que pareil sort serait réservé à quiconque tenterait d'envahir le pays. Mais, en attendant, la plus vive confusion n'en régnait pas moins dans les affaires de l'Etat. Les hauts dignitaires, les grands prêtres, les rois amis des provinces limitrophes, tout le monde tenait conseil pour élaborer des plans de défense. L'un proposait une chose, l'autre, une autre, et, en fin de compte, c'étaient toujours les mêmes tergiversations et le même désarroi. Ah, si seulement Montezuma avait écouté Guatimozin! Anahuac ne serait jamais devenue un fief espagnol. En effet, Guatimozin ne cessa de le prier de laisser de côté sa peur et de déclarer la guerre totale aux Teules avant qu'il ne soit trop tard, d'arrêter de leur faire des cadeaux et de leur envoyer des ambassades pour réunir ses immenses armées et écraser l'ennemi dans les défilés montagneux.

— Mais pour quoi faire, mon neveu? répondait Montezuma. Comment pourrais-je me battre contre ces hommes lorsque les dieux eux-mêmes ont pris leur parti? Les dieux peuvent faire ce qu'ils veulent, mon propre sort m'importe peu. Mais que va-t-il arriver à mon peuple?

Et il se cachait le visage pour pleurer comme un enfant pendant que Guatimozin s'éloignait, fou de rage face à la folie d'un pourtant si grand roi, mais incapable d'y remédier. Car, comme moi-même, Guatimozin croyait que Montezuma avait été frappé de folie par le ciel afin d'amener la ruine sur son pays.

Il faut bien comprendre que si mon statut de dieu me permettait de savoir tout ce qui se passait, je n'étais, moi, Thomas Wingfield, qu'une bulle perchée sur la crête de la vague des événements qui déferla il y a deux générations de cela sur Anahuac. Et je n'avais guère plus de pouvoir sur cette vague qu'un peu d'écume. Montezuma me prenait pour un espion, les prêtres voyaient en moi rien de plus qu'un dieu et une future victime, et seuls mon ami Guatimozin et Otomie (qui m'aimait en secret) avaient confiance en moi. Avec eux, je discutais souvent, leur montrant le véritable sens de ce qui se passait autour de nous. Mais ils étaient impuissants à empêcher Montezuma de faire courir le navire de l'Etat vers un naufrage certain, en le laissant à la merci des événements.

La peur de l'avenir plongeait le peuple dans la folie et celui-ci se réfugiait maintenant dans le plaisir et dans les cérémonies religieuses. En ces jours sombres, on ne laissa passer aucune fête et les autels ne manquèrent jamais de victimes. Sentant venir sa fin, le peuple de Mexico accélérait le rythme de sa vie comme une rivière le fait de son débit à l'approche d'un précipice. Du matin au soir, les cris des victimes s'élevaient au sommet de centaines de temples et, du soir au matin, les bruits d'orgie envahissaient les rues. «Qu'on nous laisse boire et manger!» entendait-on dire partout, «Les dieux venus de la mer nous traquent et nous mourrons demain!». Des femmes jusque-là vertueuses se transformaient en prostituées, des hommes de bonne famille devenaient des coquins et on voyait même des enfants courir ivres dans les rues ce qui, chez les Aztèques, constituait une véritable abomination.

L'empereur s'était transporté dans le palais situé sur la grande place, en face du temple, et ce palais représentait comme une manière de petite ville au milieu de la grande, car il renfermait plus d'un millier de personnes, hommes et femmes sans parler des nains et des monstres, ni des centaines de bêtes sauvages et d'oiseaux que contenaient cages et volières. Là, chaque jour, je festoyais avec qui je voulais, et lorsque j'étais las de ces plaisirs, j'avais coutume de sortir dans la rue en jouant du luth (j'avais enfin réussi à maîtriser quelque peu cet instrument détesté), vêtu de mes habits rutilants et entouré par une foule de nobles et de pages. A chaque fois, les gens sortaient de chez eux en criant pour me révérer, pendant que les enfants me jetaient des fleurs et que les jeunes filles dansaient pour moi, en me baisant les pieds et les mains. Je finissais ainsi par être entouré de milliers de personnes. D'ailleurs il m'arrivait souvent de me mettre à danser comme n'importe lequel des fous du village, en proie comme je l'étais à l'ivresse causée par l'adoration de la foule. Je voulais oublier mes peines et la perspective d'être sacrifié à mon tour, alors que chaque jour me rapprochait un peu plus du couteau des prêtres...

Mais c'était impossible. A la longue, la fumée du *mescal* et l'ivresse du *pulque* finissaient par quitter mon cerveau. Le parfum des fleurs, les beautés que je voyais et l'adoration du peuple ne me faisaient plus d'effet. Je ne pouvais plus m'empêcher de ruminer sur le destin qui m'attendait et sur les souvenirs de mes lointains pays et amour. A ce moment-là, sans la tendre amitié d'Otomie, je crois que j'aurais eu le cœur brisé et que je me serais suicidé. Mais cette grande et belle femme était toujours là pour me distraire de mille façons et il lui arrivait de laisser tomber quelques mots d'espoir qui me redonnaient du courage. On se souviendra que, dès mon arrivée à la cour de Montezuma, j'avais été immédiatement attiré par Otomie. Ce sentiment existait toujours en moi mais j'avais le cœur si rempli de terreur qu'il n'y avait pas de place en lui pour de tendres pensées. En fait, lorsque je n'étais pas ivre, j'employais mon esprit à me mettre en paix avec le ciel, ce dont j'avais réellement bien besoin.

Je parlais beaucoup avec Otomie, l'instruisant sur ma foi et bien d'autres choses encore, comme je l'avais fait avec Marina, laquelle, nous l'avions appris, était devenue la maîtresse et l'interprète de Cortez, le chef des Espagnols. La princesse m'écoutait avec attention, en me fixant de son tendre regard. Elle n'allait jamais plus loin car, de toutes les femmes, Otomie était sans doute la plus modeste, de même qu'elle était la plus fière et la plus belle d'entre elles.

Les choses en restèrent là jusqu'au moment où les Espagnols eurent quitté Chochula pour continuer vers Mexico. Ce matin-là, le hasard avait fait que j'étais assis à jouer du luth dans les jardins, entouré à distance respectueuse par mes nobles serviteurs et tuteurs. D'où je me trouvais, je pouvais surveiller l'entrée de la cour où Montezuma rencontrait quotidiennement ses conseillers. Je remarquai alors, une fois les princes repartis, que commencèrent à arriver des prêtres, ainsi qu'un certain nombre de superbes jeunes femmes accompagnées par des dames d'âge moyen. Puis je vis s'approcher de moi Guatimozin, le sourire aux lèvres (ce qui lui arrivait rarement ces temps-ci). Il me demanda si je savais ce qui se tramait là-bas. Je lui répondis que je n'en savais rien et que, de toute façon, je m'en moquais, mais que je supposais pourtant que Montezuma était en train de réunir un trésor très particulier à l'attention de ses maîtres espagnols...

— Attention à ce que vous dites, Teule, répliqua le prince avec hauteur. Même si vos paroles sont justes, vous pourriez bien être amené à les regretter, détenteur de l'esprit de Tezcat, ou pas. Hélas, ajouta-t-il soudain en frappant le sol au pied, pourquoi faut-il que la folie de mon oncle nous empêche de parler librement? Si j'étais l'empereur d'Anahuac, il se passerait à peine une semaine avant que les têtes de tous les Teules s'entassent au sommet de ce temple, là-bas!

— Attention à ce que vous dites, prince, répondis-je sur un ton moqueur, car il existe des gens qui se feraient un plaisir de *vous* faire regretter *vos* paroles... Un jour, vous serez sans doute empereur de ce pays et on verra comment vous vous y prendrez avec les Teules. Les autres, tout au moins, car, moi, je ne serai sûrement plus là pour le voir. Cela dit, que se passe-t-il en ce moment? Montezuma se choisit-il de nouvelles épouses?

— Il est en train de choisir des femmes, en effet, mais pas pour lui. Vous savez, Teule, vous n'avez plus guère de temps devant vous. Montezuma et les prêtres désignent en ce moment celles qui vont être unies à vous...

— Celles qui seront unies à moi! m'exclamai-je en sautant sur mes pieds. A moi dont la seule fiancée est la mort! Qu'est-ce que j'ai encore à voir avec l'amour et le mariage? Moi qui vais honorer un autel de ma présence dans quelques semaines à peine. Ah, Guatimozin, vous vous dites mon ami et je vous ai même sauvé la vie. Si vous m'aimiez vraiment, vous n'hésiteriez pas à me sauver aujourd'hui, comme vous l'avez juré.

— J'ai juré que je donnerais ma vie pour vous, Teule, si j'en avais la possibilité, ne serait-ce que parce que j'attache moins d'importance à l'existence que vous, mon ami. Mais, cette fois, je ne peux pas vous aider. Vous avez été dédié aux dieux et, dussé-je mourir cent fois pour cela, je ne pourrais pas vous sauver de votre destin. Il n'y a plus que le ciel qui soit en mesure de faire encore quelque chose pour vous. Teule, amusez-vous autant que vous pourrez et mourez ensuite le plus bravement possible. Votre cas n'est pas plus terrible que le mien, et celui de bien d'autres que moi, car, comme vous le savez, la mort nous attend tous. Adieu.

Lorsqu'il fut parti, je me levai et quittai le jardin pour aller dans la chambre où l'usage voulait que je donne audience à tous ceux qui souhaitaient rencontrer le dieu Tezcat. Une fois là, je m'étendis sur ma couche d'or, cherchant à dissiper l'obsession de mes tourments à l'aide de ces fumées du tabac qui apportent l'oubli. L'un de mes pages me vint alors annoncer que quelqu'un sollicitait de moi la faveur d'une audience, et sur un geste que je fis pour marquer mon assentiment, il se retira et revint, un instant après, pour introduire une femme dont la figure était entièrement voilée. Je la considérai en me demandant qui ce pouvait être, puis lui ordonnai de retirer son voile et de parler. Elle obéit aussitôt, et je m'aperçus que ma visiteuse n'était autre que la princesse Otomie. Alors je me levai avec stupeur, car ce n'était point l'habitude qu'elle me vînt voir seule ainsi, et cela signifiait sans doute qu'elle avait d'importantes nouvelles à me communiquer.

— Asseyez-vous, je vous en prie, me dit-elle, toute confuse, il n'est pas séant que vous soyez debout devant moi.

— Pourquoi donc, princesse? répliquai-je. Même si votre rang ne vous donnait pas droit à mon respect, votre beauté serait en droit de l'exiger...

— Trêve de compliments, trancha-t-elle en levant sa main fine pour m'interrompre. Je viens ici, ô Tezcat, conformément à l'antique coutume pour vous transmettre le message dont je suis chargée. Celles que vous devez prendre pour épouses sont élues, et j'ai mission de vous apporter leurs noms.

— Parlez, princesse des Otomies.

— Ce sont...

Et elle nomma trois grandes dames que je savais être parmi les plus belles de la ville.

— Je croyais qu'il devait y en avoir quatre, objectai-je avec une ironie amère; va-t-on donc me frustrer de la quatrième?

— La quatrième existe, me répondit-elle.

Puis elle se tut.

— Son nom? m'écriai-je. Quelle autre péronnelle a-t-on trouvée pour le vil félon que l'on doit exécuter?

— Celle que l'on a choisie, ô Tezcat, a porté d'autres titres que celui que vous lui attribuez.

Je la regardai un peu perplexe, attendant qu'elle s'expliquât.

— C'est moi, Otomie, princesse des Otomies, la fille de Montezuma, qui suis la quatrième et la première.

— Vous! bégayai-je, en me laissant retomber sur mes coussins. *Vous?*

— Oui, moi. Ecoutez: si indigne que j'en puisse paraître, j'ai été choisie par les prêtres comme étant la plus belle de tout le pays. Mon père, en apprenant la chose entra dans une violente colère et déclara que, quoi qu'il advînt, jamais je ne serais l'épouse d'un captif destiné à mourir immolé sur l'autel. Mais les prêtres lui répondirent à cela qu'il n'avait pas le droit de demander qu'il fût fait exception pour son sang dans une heure où les dieux se montraient si en courroux. Alors mon père soupira et me dit qu'il en serait fait selon mon désir. Et je lui répliquai, comme les prêtres, que dans l'état de détresse où nous sommes, les plus fiers eux-mêmes ne doivent pas hésiter à s'humilier, dès lors qu'il s'agit d'implorer la clémence des dieux. C'est ainsi que je consentis à devenir votre épouse, ô Tezcat, mais si j'avais pu lire dans vos yeux, ce que j'y lis à présent, je ne l'eusse certes pas fait. Je vois que votre accueil n'est pas celui que j'attendais de vous, et bien qu'il soit trop tard pour revenir sur ma parole, n'ayez crainte, il y en a d'autres, et quant à moi, je ne vous importunerai pas. Maintenant mon message est délivré; vous plaît-il que je me retire?

— Je vous remercie, Otomie, d'avoir agi envers moi avec tant de noblesse de cœur. Sans les consolations et l'affection que votre cousin et vous m'avez toujours témoignées jusqu'ici, je crois qu'à l'heure qu'il est, je serais déjà mort. Et cependant, je ne puis concevoir qu'ayant été courtisée par des rois, vous ayez consenti à vous unir à un homme placé dans une si pauvre situation que la

mienne. De quelle façon convient-il que j'interprète vos paroles, ô princesse?
— Lisez au fond de mon cœur, et vous le saurez, me répliqua-t-elle à mi-voix.
Et je sentis sa main trembler dans la mienne.
Elle était si admirablement belle et si profondément émue que j'en fus troublé malgré moi, mais à l'instant même où je la contemplais ainsi, je vis se dresser devant mes yeux la touchante scène de mes adieux avec Lily sous le grand hêtre de Ditchingham. Sûrement ma chère petite Anglaise vivait encore... Sûrement elle m'était restée fidèle malgré tout... Alors, pourquoi ne me montrerais-je pas aussi loyal envers elle qu'elle l'était envers moi? Puisqu'il me fallait épouser ces jeunes indiennes, je les épouserais par la force des choses, mais en disant à Otomie que je l'aimais, je faillirais à mes serments. Et jusqu'à présent, malgré que la tentation fût grande, je n'en était pas arrivé là.
— Asseyez-vous près de moi, Otomie, lui dis-je, et écoutez-moi bien. Vous voyez cet anneau d'or que je porte... vous voyez ce qui est écrit dessus.
Elle se pencha en silence pour regarder, et je remarquai qu'une lueur d'appréhension venait d'apparaître dans ses yeux.
— Je vais vous lire ces mots, Otomie, poursuivis-je.
Et je lui traduisis en langue aztèque la vieille devise: «*Loin des yeux, près du cœur.*»
— Qu'est-ce que cela signifie, Teule? demanda-t-elle enfin.
— Cela signifie, Otomie, que dans le lointain pays d'où je viens, il est une jeune fille qui m'aime et que j'aime.
— Elle est votre épouse alors?
— Pas encore, Otomie, mais elle m'a fait la promesse qu'elle m'épouserait un jour.
— Elle doit vous épouser un jour, répéta-t-elle avec amertume, eh bien, mais alors, nous sommes au même rang l'une que l'autre. Moi aussi, je dois vous épouser un jour, Teule. Mais la différence qu'il y a entre nous est celle-ci: vous l'aimez, tandis que vous ne m'aimez pas. Voilà ce que vous cherchez à me faire comprendre. Ne vous étendez pas en longs discours, je sais maintenant à quoi m'en tenir. Néanmoins, si je ne suis pas la plus forte, je crois qu'elle non plus ne sera pas la plus forte. Entre son amour et le vôtre, Teule, se dressent des obstacles insurmontables: de vastes océans, l'autel du sacrifice et le néant de la mort. A présent, souffrez que je me retire. Votre épouse, je dois l'être, puisque c'est inévitable, mais je vous importunerai le moins possible de ma présence, et d'ailleurs notre union sera brève. Après, vous pourrez, si vous le voulez, chercher votre amour dans les Demeures des Etoiles, où s'en ira errer votre esprit, et je souhaite de tout mon cœur que vous l'y rencontriez. Je vous quitte, Teule, mais laissez-moi vous dire, avant de m'en aller, que vous avez maintenant gagné encore davantage dans mon estime, du fait d'avoir osé me dire la vérité, à moi, la fille de Montezuma, alors qu'il vous eût été si facile de me mentir. Cette femme que vous avez laissée là-bas, par-delà les mers, doit vous être bien reconnaissante de tenir si scrupuleusement vos promesses, mais bien que je ne lui souhaite pas de mal, ce sera désormais une lutte à mort entre elle et moi. Nous ne nous connaissons pas, nous ne nous connaîtrons jamais; seulement, je sais qu'elle a touché votre main, comme je la touche moi-même en ce moment, et vous êtes le lien qui rattache nos deux inimitiés. Adieu, mon futur époux, nous ne nous reverrons maintenant que le triste jour où la «péronnelle» sera donnée en mariage au «vil félon», pour employer vos propres mots, Teule!
Et, s'étant levée, Otomie rabattit son voile sur son visage et sortit à pas lents. J'étais littéralement bouleversé. En vérité, j'avais peut-être fait preuve de beau-

coup de témérité en repoussant ainsi l'amour de cette femme incomparable, et maintenant que la chose était accomplie, j'avoue que je ne m'en félicitais pas outre mesure.

Je me demandai si Lily aurait accepté de faire le geste de jeter au loin ses attributs royaux pour finir avec moi sur la pierre du sacrifice. Peut-être pas... car une telle fidélité insensée n'est sans doute que l'apanage des femmes d'une autre race que celle-ci. Ces filles du soleil aiment à la folie et haïssent avec la même férocité. Elles n'ont pas besoin d'un prêtre pour consacrer leur union et ne connaissent aucun lien susceptible de les retenir lorsque la haine remplace l'amour. Leurs seuls désirs ont force de loi et, si le besoin s'en fait sentir, elles les consument dans l'oubli ou dans la mort.

CHAPITRE XIX

Les quatre déesses

D'autres jours passèrent, sombres et mornes comme les précédents, puis vint celui où Cortez et sa bande de conquérants firent leur entrée dans Mexico. Que l'on ne me demande pas de rapporter ici par le menu ce qui se passa dans la ville après que les Espagnols en eurent pris possession; cela, c'est du domaine de l'Histoire, et j'ai bien assez à faire de conter mes propres aventures. Je me bornerai donc à décrire les seuls événements auxquels je me trouvai personnellement mêlé. Ainsi, je ne parlerai pas de l'entrevue qui eut lieu entre Montezuma et Cortez, puisque moi-même je n'y assistai point, bien que j'aie vu l'empereur partir pour s'y rendre, paré, comme Salomon, de toute sa gloire, et entouré de ses hauts dignitaires; mais ce que je puis bien dire, par exemple, c'est que jamais aucun esclave, lorsqu'on le conduisit au sacrifice, n'eut l'âme aussi affligée que ne l'avait Montezuma en ce jour infortuné.

Vers le soir, il rentra sur sa litière d'or et gagna le palais bâti par Axa, son père, qui se trouvait en face et à environ cinq cents pas du sien. Peu de temps après, j'entendis de violentes clameurs, accompagnées d'un fort pliétinement de chevaux et d'hommes armés, et de la pièce où j'étais, j'aperçus les Espagnols qui s'avançaient le long de la grande rue. Ce fut pour moi une émotion indicible que de revoir enfin, après tant de mois, des Chrétiens. En tête, paré d'une riche armure, marchait leur chef, Cortez, un homme de taille moyenne, mais de noble prestance, dont les yeux pensifs semblaient ne rien laisser échapper, et derrière lui, les uns à cheval, mais la plupart à pied, venaient ses conquérants, promenant de tous côtés leurs regards hardis et émerveillés, et plaisantant entre eux en langage castillan. Bronzés par le soleil et couturés de cicatrices, quelques-uns même mal armés et presque en haillons, ils n'étaient, en réalité, qu'une simple poignée d'hommes, et lorsqu'ils défilèrent devant moi, je ne pus m'empêcher d'admirer le courage indomptable qui leur avait permis, alors qu'ils étaient sans cesse en butte aux maladies et à la misère, de se frayer ainsi un chemin à travers des hordes hostiles et innombrables, jusqu'au siège de la puissance de Montezuma.

Une belle Indienne marchait aux côtés de Cortez en tenant son étrier par la main, une femme vêtue de blanc et la tête couverte de fleurs. Quand elle passa devant le palais, elle détourna le visage et je la reconnus: c'était mon amie Marina. Elle avait maintenant atteint le rang qu'elle désirait et, malgré tout le mal qu'elle avait fait à son pays, elle semblait parfaitement heureuse auprès de son maître.

Au fur et à mesure qu'ils passaient, je scrutais anxieusement leurs visages, dans l'espoir d'y découvrir celui que je cherchais. Quand j'avais eu la vague illusion de pouvoir m'évader, je m'étais dit que de Garcia, me croyant mort, avait dû rentrer en Espagne; à présent, je pensais qu'il avait fort bien pu également aborder sur ces côtes et se joindre à la troupe des conquérants. Une entreprise comme la leur, qui promettait carnage, or et rapine, assurément ne pouvait que séduire ses mauvais instincts. Néanmoins, j'eus beau chercher avec la plus grande attention, il me fut impossible de le découvrir parmi ceux qui pénétrèrent dans Mexico ce jour-là.

Le soir, je me rencontrai avec Guatimozin et lui demandai où en était la situation.

— Elle est excellente pour le milan qui s'installe sur le nid de la colombe, me répondit-il avec un rire amer, mais elle est bien mauvaise pour la colombe. Montezuma, mon oncle, a roucoulé là-bas, ajouta-t-il en me montrant le palais d'Axa, et le capitaine des Teules a roucoulé une réponse, mais malgré les faux airs de tourterelle qu'il essaie de se donner, j'ai bien discerné en lui le faucon. Avant peu, je vous prédis qu'il va se passer de singulières choses dans Tenochtitlan.

Il avait raison. Moins d'une semaine après, les Espagnols se saisissaient par traîtrise de la personne de Montezuma et l'enfermaient dans leurs quartiers, où il fut, à dater de ce moment, gardé à vue, nuit et jour, par leurs soldats. Après cela, les événements se succédèrent avec rapidité. Certains seigneurs des territoires de la côte, ayant tué des Espagnols, furent convoqués à Mexico sur l'instigation de Cortez. Ils y vinrent et furent brûlés vifs dans la cour du palais. Mais on ne s'en tint pas là: Montezuma, leur souverain, fut contraint d'assister, chargé de chaînes, à leur exécution, car le grand empereur des Aztèques était à ce point déchu maintenant, qu'il lui fallait porter des entraves comme le dernier des criminels. A la suite de cette insulte, il jura fidélité au roi d'Espagne et s'arrangea même pour tendre un piège à Cacama, le seigneur de Tezcuco, afin de le livrer aux Espagnols, auxquels il se préparait à déclarer la guerre. Il leur abandonna également les monceaux d'or entassés dans ses coffres, et qui représentaient une fortune colossale. Tout cela, la nation le supporta sans mot dire, car elle était plongée dans la stupeur et continuait à s'incliner devant les édits de son roi captif. Mais, lorsqu'on apprit qu'il avait autorisé les Espagnols à adorer le vrai Dieu dans l'un des sanctuaires du grand temple, un murmure de mécontentement et de colère courut parmi la population des Aztèques. On l'entendit sourdre de toutes parts comme le grondement menaçant de la mer aux approches de la tempête, et il devint facile de prévoir que l'orage allait éclater.

Pour moi, ma vie demeurait tout à fait semblable à ce qu'elle était auparavant, avec cette seule différence que l'on ne me permettait plus de quitter l'enceinte du palais, de peur que je ne parvinsse, par un moyen ou par un autre, à communiquer avec les Espagnols, afin de leur faire savoir qu'il y avait là un homme blanc enfermé dans ces murs, et condamné à mourir sur l'autel des païens. Quant à la princesse Otomie, je ne la voyais plus que de loin en loin, car, ainsi qu'elle l'avait annoncé, elle s'efforçait, tant qu'elle pouvait, de m'éviter, et lorsqu'il nous arrivait par hasard de nous rencontrer aux réceptions ou dans les jardins, elle ne me parlait que de questions indifférentes ou d'affaires d'Etat.

De somptueuses fêtes furent organisées pour mon mariage, au cours desquelles on me rendit les plus grands honneurs. Pendant la journée entière, ce fut un interminable défilé de hauts dignitaires se prosternant à mes pieds, et de prêtres venant secouer autour de moi leurs encensoirs, car malgré le deuil qui s'étendait sur le pays, on n'avait modifié en rien les cérémonies, et l'on fondait même les plus vastes espérances sur ma prochaine immolation dans l'idée que, comme j'appartenais à la race des Teules, mon sacrifice détournerait la colère des dieux. Au coucher du soleil eut lieu un magnifique banquet qui dura plus de deux heures, et à l'issue duquel tous les convives se levèrent et se mirent à crier en chœur :

— Gloire à toi, ô Tezcat ! Puisse la félicité dont tu jouis ici sur terre t'accompagner lorsque tu partiras vers les Demeures du Soleil, et lorsque tu y seras parvenu ! Rappelle-toi qu'il n'est pas de bienfaits dont nous ne t'ayons comblé, et intercède pour nous afin que nos péchés nous soient pardonnés. Gloire à toi, ô Tezcat !

Deux des plus grands seigneurs s'avancèrent ensuite vers moi avec des torches et me conduisirent dans une salle merveilleuse que je n'avais encore jamais vue. Là, ils me dévêtirent pour me faire endosser des robes d'une magnificence prodigieuse, me couronnèrent de fleurs, me parèrent de colliers et de bracelets ornés d'émeraudes incomparables et, quand cette singulière toilette, qui eut certes été beaucoup plus seyante pour une femme que pour un homme, fut terminée, ils éteignirent leurs torches et me laissèrent plongé dans une complète obscurité. Il y eut un long silence, puis j'entendis au loin des femmes qui chantaient un cantique nuptial assez harmonieux. Finalement, les chants cessèrent, j'entendis à côté de moi des bruissements de robes accompagnés de murmures, et une voix d'homme s'éleva pour demander :

— Etes-vous ici, élues du ciel ?

Alors une autre voix, une voix de femme, celle-là, et qui me parut appartenir à Otomie, répondit :

— Nous somme ici.

— O filles d'Anahuac, reprit l'homme en parlant toujours dans les ténèbres, et vous, ô Tezcat, dieu des dieux, écoutez mes paroles. Jeunes filles, un grand honneur vous est conféré, car de par la volonté du ciel vous venez d'être investies des noms, de la beauté et des vertus des quatre grandes déesses, et choisies pour vivre en compagnie de ce dieu, votre créateur et votre maître, jusqu'au jour où il doit regagner les Demeures du Soleil. Sachez vous montrer à la hauteur de la tâche de prédilection qui vous sera dévolue. Vous n'aurez que peu de temps à partager son existence ici-bas, car, comme celles d'un oiseau en cage, les ailes de son esprit battent déjà contre les barreaux de la chair qui l'emprisonnent, et avant peu, il se détachera de vous et se libérera. Que vous partiez à ce moment avec lui ou que vous demeuriez sur terre pour le pleurer toute votre vie, je vous recommande d'ici-là, de l'aimer et de le chérir tendrement, et de vous montrer remplies de bienveillance et de douceur envers lui, sinon vous en serez cruellement punies, non seulement en ce monde, mais dans l'autre, et votre réputation et la nôtre seront à jamais détruites dans le ciel. Et vous, ô Tezcat, nous vous prions d'accepter ces jeunes filles qui portent les noms et sont douées des charmes de vos célestes compagnes, car il n'en est point de plus belles, ni de mieux nées dans tout l'empire d'Anahuac, puisque, parmi elles, se trouve même la fille de notre roi.

La voix se tut un instant, puis reprit:

— Femmes, à vos divins noms de Xochi, Xilo, Atla et Clixto, et au nom de tous les dieux, je vous unis à Tezcat, le créateur, afin que vous séjourniez avec lui durant son passage sur la terre. Le dieu incarné vous prend pour épouses selon le mariage qu'il a lui-même institué, de manière que le symbole soit parfait, et que le mystère puisse s'accomplir. Toutefois, de peur que votre joie ne soit par trop grande... ouvrez maintenant vos yeux sur ce qui sera.

Au moment où la voix prononçait ces paroles, une quantité de torches s'enflammèrent simultanément au fond de la vaste salle, faisant d'un seul coup apparaître en pleine lumière un spectacle effroyable. Sur une pierre de sacrifice était allongé le corps d'un homme, mais je ne pourrais dire s'il était en chair et en os, ou bien modelé avec de la cire; en tout cas, il avait la même couleur blanche que moi, et si c'était vraiment un homme il fallait donc qu'on lui eût couvert la peau d'un enduit spécial. Cinq prêtres, selon la méthode employée habituellement, lui maintenaient les membres et la tête, un sixième, ayant à la main un couteau d'obsidienne, se tenait penché sur lui. Presque aussitôt le sacrificateur leva son arme pour frapper la victime, mais au même instant toutes les torches s'éteignirent. Alors, dans l'obscurité, résonna un coup sourd auquel succédèrent plusieurs gémissements, puis tout retomba dans le silence. Un moment après, les épousées entonnèrent à nouveau leur chant nuptial, mélodie étrange, à la fois douce et sauvage, qui, en toute autre circonstance, aurait pu m'intéresser, mais qui, après ce que je venais de voir, me laissa, je l'avoue, complètement froid.

Après qu'elles eurent longtemps chanté ainsi dans les ténèbres, une torche se ralluma isolément, puis une deuxième, puis une troisième et ainsi de suite, sans qu'il fût possible de voir qui les allumait, jusqu'à ce que la salle fût complètement éclairée. L'autel, la victime, les prêtres, tout avait maintenant disparu, et il ne restait plus que moi et les quatre épousées. Je pus alors constater que, toutes les quatre grandes et belles, elles étaient vêtues de blanches robes nuptiales constellées de pierres précieuses et de fleurs, et portaient sur la tête les emblêmes des quatre déesses, mais Otomie surpassait les trois autres en noblesse et en beauté, et elle seule avait véritablement l'air d'une divinité. L'une après l'autre, elles s'approchèrent de moi, soupirant, me souriant, s'agenouillant devant moi pour me baiser la main, et me disant:

— Combien je suis heureuse, ô Tezcat, d'avoir été élue pour devenir passagèrement votre épouse. Puissent les dieux me rendre agréable à vos yeux afin qu'il vous soit possible de m'aimer comme je vous adore!

Otomie vint la dernière, et après avoir prononcé les mêmes paroles rituelles que les autres, elle ajouta dans un souffle:

— Maintenant que je vous ai dit les mots que doivent adresser les nouvelles déesses au dieu Tezcat qu'elles épousent, laissez-moi, ô Teule, m'expliquer simplement comme une femme qui s'adresse à un homme. Vous ne m'aimez pas, Teule; donc, si telle est votre volonté, admettons que l'union que nous venons d'être forcés de contracter soit considérée par nous comme nulle: cela m'épargnera à tout le moins une honte inutile, et mes compagnes, qui sont mes amies, ajouta-t-elle en désignant les trois autres jeunes femmes, ne me trahiront pas.

— Comme il vous plaira, Otomie, répondis-je froidement.

— Je vous remercie de votre bonté, Teule, reprit la princesse en souriant tristement.

Et m'ayant adressé une profonde révérence, elle se retira.

Jamais, au cours du laps de temps qui s'écoula entre cette nuit-là et le jour effroyable du sacrifice, nous n'échangeâmes le moindre baiser, ni le moindre mot de tendresse. Et cependant, il y avait en elle tant de charme, tant de douceur et tant de noblesse à la fois que je me sentais de plus en plus attiré vers elle, si bien qu'il se créa, malgré tout, entre nous un lien d'amitié et d'affection de jour en jour plus profond. Nous eûmes, dès lors, de bien plus fréquent et plus longs entretiens; j'employai tous mes efforts à orienter son esprit vers la vraie foi qui était la mienne; mais ce n'était pas chose facile, car Otomie, comme son père Montezuma, restait obstinément attachée à ses dieux, tout en abhorrant les prêtres et en réprouvant les sacrifices humains, sauf bien entendu lorsque les victimes étaient des ennemis de son pays, car elle affirmait que ces sacrifices n'avaient été institués que par les *pabas*, alors qu'autrefois les offrandes faites aux dieux se composaient uniquement de fleurs. Quant aux autres jeunes femmes, bien qu'elles fussent douces, elles aussi, je ne tardai pas à les prendre en véritable horreur, ce qui ne m'empêchait pas d'ailleurs de partager sans cesse leur compagnie dans les fêtes et les banquets, en premier lieu, pour leur épargner la mort misérable dont on les aurait frappées si l'on avait pensé qu'elles me déplaisaient, et en second lieu, pour essayer moi-même de m'étourdir dans les plaisirs afin de dissiper le plus possible les transes où me plongeait la perspective de mon imminent trépas.

C'est le lendemain même de la célébration de mon mariage avec les quatre déesses qu'eut lieu le révoltant massacre des six cents nobles aztèques, exécutés sur l'ordre de l'hidalgo Alvarado, auquel Cortez avait laissé le commandement des Espagnols, étant lui-même reparti sur les territoires de la côte pour y combattre Narvaez, envoyé contre lui par son ennemi Velasquez, le gouverneur de Cuba.

Ce jour-là, devait être célébrée la fête de Huitzel, accompagnée, selon la coutume, de sacrifices, de chants et de danses dans la grande cour du temple ayant pour enceinte le mur orné de serpents sculptés. Avant de partir, le prince Guatimozin vint me voir le matin, pour me faire une visite de cérémonie. Je lui demandai s'il avait l'intention de prendre part à la fête, ainsi que me le laissait prévoir la splendeur de son costume.

— Oui, me répond-il, mais pourquoi me posez-vous cette question?

— Parce que, si j'étais vous, Guatimozin, je m'en abstiendrais. Dites-moi: les danseurs seront-ils armés?

— Non, ce n'est pas l'usage.

— Ainsi, ils seront sans armes, Guatimozin, et ce sont les meilleurs et les plus vaillants d'entre vous; ils seront sans armes, et ils danseront là-bas dans cet espace enclos de toutes parts, sous les yeux des Teules qui, eux, soyez-en sûr, seront armés jusqu'aux dents. Alors qu'adviendra-t-il, selon vous, si ces derniers cherchent querelle aux nobles?

— Je ne sais pas pourquoi vous parlez ainsi, Teule, car j'imagine que ces blancs ne sont pas de vils assassins; néanmoins, je veux considérer ce que vous me dites comme un présage, et bien qu'il soit trop tard maintenant pour décommander la fête, puisque, vous le voyez, les nobles s'assemblent déjà en ce moment, je vous promets de ne m'y point mêler.

— En cela vous agirez sagement, Guatimozin, répondis-je, et je suis persuadé que vous n'aurez qu'à vous louer de m'avoir écouté.

Quelques heures après, Otomie, Guatimozin et moi, sortant dans les jardins du palais, étions allés nous asseoir sur le haut d'une petite pyramide, un *teocalli* en miniature, que Montezuma avait fait construire pour servir de belvédère, afin d'avoir un point de vue sur la place du marché et les cours du temple. C'est de là que nous assistâmes aux évolutions des nobles aztèques, accompagnées de chant et de musique C'était un spectacle fort ravissant et fort gai à l'œil, car, sous le soleil éclatant, leurs brillants costumes de plumes avaient des chatoiements magnifiques, et jamais personne n'aurait pu s'imaginer de quelle façon tragique il allait être brutalement interrompu. Plusieurs groupes d'Espagnols, vêtus de cottes de maille et armés d'épées et d'escopettes, s'étaient d'abord mêlés aux danseurs, mais je remarquai que, par la suite, ils se séparaient peu à peu des Indiens, pour aller se masser aux alentours des portes et sur divers autres points à l'ombre de la Muraille des Serpents.

— Qu'est-ce que cela signifie? murmurai-je à Guatimozin.

Mais, à peine venais-je de poser cette question, que l'un des Espagnols agita en l'air un morceau d'étoffe blanche. Instantanément, des décharges d'escopetterie éclatèrent de toutes parts, soulevant de lourds nuages de fumée. Quantité de danseurs tombèrent morts ou blessés, mais la majeure partie, demeurés indemnes, se pressant les uns contre les autres comme des moutons apeurés et figés d'horreur, attendirent, immobiles et muets, au centre de la cour. Alors, clamant à grands cris le nom de leur saint patron, ainsi qu'ils en ont l'habitude lorsqu'ils commettent quelque vile besogne, les Espagnols sortirent d'un commun accord leurs épées du fourreau et, se ruant contre les malheureux Aztèques sans défense, se mirent à les transpercer sans merci. Affolés, un grand nombre de nobles se sauvèrent en poussant des cris, tandis que les autres incapables de se mouvoir, restaient cloués au sol. D'ailleurs, qu'importait? Il n'y avait de salut possible pour aucun, puisque toutes les issues étaient soigneusement gardées, et le mur trop haut pour que l'on en pût tenter l'escalade. Pas un seul d'entre eux n'échappa à cette horrible boucherie, et dix minutes après que le signal de l'égorgement eut été donné, il ne restait plus, des six cents nobles aztèques, qu'un effroyable monceau de morts et de mourants, sur lesquels les misérables Espagnols se précipitèrent à nouveau, en poussant des cris de victoire, pour leur ravir les riches ornements dont ils étaient parés.

Alors, me retournant vers Guatimozin, je lui dis:

— Vous voyez que vous avez bien fait de suivre mon conseil!

Mais Guatimozin se taisait, les yeux fixés sur les cadavres et sur les criminels qui se pressaient autour d'eux comme une bande de vautours.

Seule, Otomie prit la parole et, avec un rire amer, s'écria:

— Voilà ce que vous êtes, vous autres chrétiens! Voilà comment vous nous remerciez de l'hospitalité que nous vous avons donnée! Vous qui prétendez que nos dieux sont des démons, comment appelez-vous dont ceux qui adorent le vôtre? J'espère que cette fois, au moins, Montezuma, mon père, sera édifié! ma parole, si j'étais à sa place, à mon tour, je serais sans pitié, et depuis le premier jusqu'au dernier, je les immolerais tous sur l'auteul de Huitzel!

Alors, Guatimozin sortit enfin de la torpeur dans laquelle il était plongé.

— Une seule chose nous reste, déclara-t-il, la vengeance. Montezuma est devenu plus poltron qu'une femme, et nous n'avons que faire de lui à présent. Bien mieux, s'il était nécessaire, je n'hésiterais pas à le tuer de ma propre main. Mais il reste encore deux hommes pour sauver l'empire: Cuitlahua, mon oncle, et moi. Je vais, sans plus tarder, rassembler nos armées, conclut-il en nous quittant.

Toute la nuit, un sourd tumulte ne cessa de régner, et le lendemain, dès l'aube, d'un bout à l'autre de la ville, des milliers et des milliers de guerriers, qui semblaient sortis de terre, se pressaient par les rues et les places. Bientôt après, en une masse compacte et solide, formidable comme une lame de l'océan, ils se jetèrent contre les murs du palais d'Axa, et comme la vague aussi, lorsqu'elle heurte un récif, ils furent rejetés en arrière par le feu des canons. A trois reprises, ils livrèrent l'assaut; à trois reprises, ils furent refoulés. Alors Montezuma, le roi transformé en femme, se montra sur le mur et les supplia de se replier, leur disant que, s'ils remportaient la victoire, lui-même aurait à la payer de sa propre vie. Et si profond était le restpect que leur inspirait sa royauté sacrée que, même alors, ils lui obéirent et, pendant quelque temps, cessèrent d'attaquer les Espagnols. Néanmoins, c'était la seule concession qu'ils étaient disposés à accorder. Montezuma leur interdisait de tuer les Espagnols, soit! Mais dans tous les cas, ils étaient bien résolus à les laisser mourir de faim. Et de fait, à partir de ce moment-là, le palais fut soumis à un blocus en règle. Des centaines de soldats aztèques avaient péri déjà, mais ils n'étaient pas les seuls à avoir essuyé des pertes, car quelques-uns des Espagnols et un grand nombre de Tlascalans étaient tombés entre leurs mains. Les représailles ne se firent pas attendre: séance tenante, les malheureux furent conduits sur le grand *teocalli* et immolés sous les yeux de leurs camarades, horrifiés.

Cortez rentra peu après avec beaucoup de renforts, car il avait vaincu Narvaez, dont les partisans s'étaient ralliés sous son étendard, avec un grand nombre d'autres encore, parmi lesquels s'en trouvait un que j'avais de bons motifs de connaître. Pour des raisons que je ne suis jamais bien parvenu à comprendre, on laissa Cortez rejoindre ses camarades dans le palais d'Axa sans l'attaquer, et le lendemain même, il relâcha le frère de Montezuma, Cuitlahua, le roi de Palapan, dans l'espoir qu'il parviendrait à apaiser le peuple. Mais Cuitlahua n'était pas un lâche. A peine sorti de prison, il réunit le conseil, dont Guatimotzin était le chef.

Le résultat des débats fut que l'on pousserait la guerre à outrance pour tâcher de délivrer le malheureux royaume lâchement livré à l'ennemi par Montezuma, et à partir de ce moment, l'on se conforma strictement à cette résolution. Pour être énergique, elle n'en était pas moins tardive: si on l'avait prise seulement deux mois plus tôt, pas un seul Espagnol ne serait demeuré vivant dans Tenochtitlan.

En effet, en dehors de Marina, la maîtresse de Cortez, qui avait permis à celui-ci de triompher, c'était Montezuma qui restait le principal responsable de sa propre chute et de celle du royaume d'Anahuac.

CHAPITRE XX

Le conseil d'Otomie

Le jour qui suivit le retour de Cortez à Mexico, je fus, après la nuit terriblement agitée que je venais de passer, réveillé brusquement avant l'aube par les cris de milliers de guerriers et par le vacarme des *attaballes* (1) et des tambours.

Courant à mon poste d'observation sur la petite pyramide, où Otomie ne tarda pas à me rejoindre, je vis que la population entière était assemblée pour combattre. Aussi loin que la vue pouvait s'étendre, il n'y avait pas une rue, pas une place qui ne fût noire de guerriers, les uns armés de frondes, d'autres d'arcs et de flèches, d'autres encore de javelines à dard de cuivre ou de massues hérissées de pointes d'obsidienne, que l'on appelle *maqua*, et certains même, recrutés parmi les plus pauvres, de simples épieux durcis au feu. Les plus riches portaient des cottes de maille dorées et des manteaux de plumes, et avaient la tête protégée par des casques en bois peint, couronnés de chevelure et ayant la forme de têtes de pumas, de serpents ou de loups; un grand nombre aussi étaient vêtus d'*escaupils*, c'est-à-dire de surtouts de coton matelassés, mais la plupart étaient complètement nus, avec un simple pagne autour des reins. Sur les toits plats des maisons, que l'on nomme des *azotéas*, et même sur le sommet du *teocalli*, étaient également massés des hommes, dont le rôle devait consister à déverser une grêle de projectiles sur le camp des ennemis. Et c'était vraiment un étrange et inoubliable spectacle que celui que présentait ainsi la ville sous les lueurs fauves du levant, éclairant peu à peu les temples et les palais, faisant miroiter les vêtements de plumes bariolés, les bannières aux couleurs éclatantes, les pointes innombrables des lances et les armures des Espagnols qui allaient et venaient activement derrière leurs remparts pour se préparer à la défense.

Dès que le soleil fut complètement levé, un prêtre lança, à l'aide d'une corne, un signal strident auquel répondit aussitôt un appel de trompette provenant des quartiers espagnols. Alors, poussant de sauvages hurlements de rage, les Aztèques, par milliers, se ruèrent à l'attaque, et le ciel fut assombri par une véritable nuée de traits. Instantanément, au milieu d'un grondement de tonnerre, de lourdes masses de fumée noire, parmi lesquelles jaillissaient des jets de flamme, enveloppèrent les murailles du palais d'Axa, et les vaillants Aztèques furent fauchés comme les blés par les boulets de canon et les balles d'arquebuses des chrétiens.

Tout d'abord, parmi leurs rangs d'où s'élevaient des plaintes sans nombre, un peu d'hésitation parut se produire, mais soudain, je vis Guatimozin qui, brandissant une bannière, se précipitait en avant, et s'étant vivement reformés, ils se mirent à courir à sa suite. Maintenant, ils étaient parvenus sous les murs mêmes du palais, et l'assaut commença. Alors, ce fut terrible. Coup sur coup, ils tentèrent d'atteindre le sommet des murs, entassant les cadavres à la base pour les aider dans leur escalade, et coup sur coup, ils furent repoussés avec des pertes cruelles. Enfin, comprenant qu'ils n'y parviendraient pas, ils essayèrent d'abattre les remparts en les martelant avec de grosses poutres qu'ils manœuvraient comme des béliers, mais lorsque la brèche fut faite, et que, tel un troupeau de moutons, ils voulurent s'y engouffrer tous ensemble, le canon rouvrit le feu sur eux, creusant de longs sillons dans cette masse et y semant la mort à foison. En désespoir de cause, ils se mirent à lancer des flèches enflammées et réussirent ainsi à incendier les ouvrages extérieurs, mais le palais lui-même était en pierre et se refusa à brûler. Pendant douze longues heures consécutives la lutte se poursuivit ainsi sans la moindre trêve et avec le même acharnement. La nuit seule réussit à y mettre fin, et parmi les ténèbres où l'on n'entendait plus désormais que les lamentations des femmes et les plaintes des

(1) Espèce de gros tambourins.

mourants, ce furent alors des allées et venues interminables de torches promenées par ceux qui cherchaient leurs morts.

La bataille reprit le lendemain à l'aurore, et Cortez, avec la majeure partie de ses soldats et plusieurs milliers de ses alliés tlascalans, tenta une sortie. Sur le premier moment, je crus qu'il avait l'intention d'attaquer le palais de Montezuma, et je sentis mon cœur bouillonner d'espérance à l'idée que je pourrais peut-être m'échapper à la faveur de la confusion générale. Mais son but était simplement de mettre le feu aux maisons, du haut desquelles se déversaient sans cesse sur l'armée de ses partisans d'innombrables projectiles. Ce fut une charge désespérée, mais dont il finit par sortir victorieux néanmoins, car les Indiens ne pouvaient pas plus résister au choc de sa cavalerie que leurs peaux nues ne pouvaient détourner l'acier de ses épées. Bientôt quantité de maisons furent la proie des flammes, et je vis s'élever de la ville d'épaisses colonnes de fumée semblables à celle que vomissait le cratère du Popocatepetl. Mais beaucoup de ceux qui étaient sortis avec lui du palais d'Axa ne purent y rentrer, car les Aztèques s'étaient cramponnés aux jambes des chevaux et, désarçonnant les cavaliers, les avaient capturés vivants. Le jour même, ces prisonniers furent immolés sur l'autel de Huitzel, en même temps qu'un cheval que l'on avait réussi à prendre vivant lui aussi, et auquel on était parvenu, au prix d'un labeur infini, à faire gravir les pentes abruptes de la pyramide. Jamais, d'ailleurs, les sacrifices n'avaient atteint un chiffre aussi considérable que durant ces journées de combat. Du matin au soir, le sang ruisselait sur les autels, et du matin au soir, j'avais les oreilles déchirées par les cris lamentables des victimes, car jamais les prêtres ne se relâchaient dans leur tâche, persuadés qu'ils se rendaient les dieux propices et obtiendraient ainsi la victoire. Même la nuit, à la lueur des feux sacrés, leur sinistre besogne se poursuivait encore, et l'on aurait dit une horde de démons, au sein de l'enfer, acharnés à tourmenter les damnés.

Pendant des jours et des jours, la lutte continua ainsi. Les Aztèques avaient perdu des milliers des leurs, et les Espagnols, qui n'avaient jamais une minute de répit, repus de fatigue, épuisés par la faim qu'ils ne pouvaient satisfaire et leurs blessures qu'ils ne pouvaient panser, étaient littéralement à bout de résistance. Un matin enfin, au plus fort des assauts, Montezuma lui-même, paré de vêtements magnifiques et la tête couronnée de son diadème, apparut sur la tour centrale du palais. Devant lui, se tenaient des hérauts portant des baguettes d'or, et autour de lui, avec une garde d'Espagnols, étaient groupés les nobles qui subvenaient à ses besoins durant sa captivité. Il étendit la main, et immédiatement la bataille fut interrompue. Un grand silence se fit de part et d'autre, et les blessés eux-mêmes cessèrent de gémir. Alors il se mit à parler à la foule. Ce qu'il dit, je ne pourrais le répéter textuellement, car j'étais trop loin pour l'entendre, mais j'ai su plus tard quel avait été son but. Il supplia son peuple de cesser la guerre, alléguant que les Espagnols étaient ses amis et ses hôtes, et promettant qu'avant peu ils quitteraient la ville. Mais cette lâche allocution n'eut pour effet que d'éveiller contre lui la colère de ses sujets, qui jusqu'alors l'avaient toujours adoré à l'égal d'un dieu, et un grand cri déchira l'air calme, un cri qui semblait ne former que deux mots:

— *Femme! Traître!*

Puis je vis monter une flèche qui s'en alla frapper l'empereur, et à la flèche succéda aussitôt une telle volée de pierres qu'il s'affaissa sur le toit de la tour.

Alors une voix cria: «Nous avons tué notre roi. Montezuma est mort», et aussitôt, pleurant et gémissant, la foule se sauva dans toutes les directions. Un instant après, de tous ces milliers de guerriers, il n'en restait plus un seul.

Je me retournai pour consoler Otomie, qui, ayant assisté à la scène à côté de moi, avait vu son royal père tomber sous ses yeux, et la reconduisis en larmes dans le palais. Nous y trouvâmes le prince Guatimozia en proie à la plus vivre exaspération; il était en armes et tenait un arc à la main.

— Montezuma est-il mort? lui demandai-je.

— Je n'en sais rien, et peu m'importe d'ailleurs, me répondit-il avec un éclat de rire farouche.

Puis il ajouta:

— Vous pouvez me maudire si bon vous semble, Otomie, ma cousine, car c'est par moi qu'a été lancée la flèche qui l'a abattu, ce roi qui n'est plus qu'une femme et qu'un traître, puisqu'il s'est montré aussi indigne du nom d'homme que du nom de patriote.

Alors Otomie cessa de pleurer et répondit:

— Je ne puis vous maudire, Guatimozin, attendu que les dieux ont frappé mon père de démence comme vous l'avez frappé d'une flèche, et il est préférable qu'il meure, aussi bien pour lui que pour son peuple. Néanmoins, Guatimozin, il est une chose dont je suis certaine, c'est que le crime que vous venez de commettre aura son châtiment, et qu'en expiation de ce sacrilège, vous périrez vous-même dans l'ignominie.

— Il se peut, riposta Guatimozin, mais, dans tous les cas, je ne mourrai toujours pas comme un félon.

Et sur, ces mots, il s'en alla.

En principe, c'était mon dernier jour sur terre, puisque, le lendemain, mon année de déification prenait fin, ce qui signifiait que j'allais être conduit sur la pierre du sacrifice. Car, le tumulte, la peur et le deuil qui avaient envahi la ville n'empêchaient pas le strict respect des cérémonies et des fêtes religieuses. C'est ainsi que cette nuit-là, des réjouissances furent données en mon honneur, et que je fus obligé d'y assister, entouré de mes épouses et la tête couronnée de fleurs, tandis que les nobles encore en vie me rendaient hommage avec, parmi eux, Cuitlahua, lequel, si la mort de Montezuma se voyait confirmée, était maintenant l'empereur du pays. Ce fut un repas plutôt triste. Ni moi, ni les invités ne parvînmes à trouver un peu de gaîté malgré l'alcool que nous absorbâmes pour noyer nos soucis. Des centaines de parents de ceux qui étaient présents avaient trouvé la mort et, avec eux, des milliers de gens du peuple. Les Espagnols détenaient toujours des otages dans la forteresse, leur empereur-dieu avait été abattu par l'un des leurs et, pire, tous sentaient la mort planer au-dessus de leurs têtes. Comment s'étonner alors qu'ils soient tristes? En fait, le vin et les jolies femmes ne nous apportant aucun plaisir, aucune fête funéraire n'aurait pu être plus triste. Car, pour moi, c'était bien de cela qu'il s'agissait...

Je finis par m'enfuir dans mes appartements, suivi par trois de mes épouses (Otomie ne les accompagna pas), qui ne cessaient de me rappeler ma bonne fortune, moi qui allais bientôt siéger dans les cieux. Cela finit par me mettre en colère et le les jetai dehors en leur criant que mon seul réconfort était que, où que j'aille, je les laisserais enfin derrière moi.

Puis je me jetai sur les coussins de mon lit et me mis à ressasser mon angoisse et mon amertume. La seule vengeance que j'avais pu tirer de Garcia était d'être condamné moi-même à avoir le cœur arraché et offert au démon. Fonséca, mon bienfaiteur, avait parlé avec la voix de la sagesse lorsqu'il m'avait conseillé de jouir de ma fortune et d'oublier mon serment. Si je l'avais écouté, j'aurais été, en ce moment, marié et heureux dans la paisible Angleterre, au lieu de quoi, j'étais maintenant une âme perdue aux mains de monstres, lesquels n'allaient pas tarder à me sacrifier à une autre monstruosité. A cette pensée, je ne pus m'empêcher de pleurer et de prier mon Créateur de me délivrer de la mort cruelle qui m'attendait ou, tout au moins, de m'absoudre de mes péchés afin que je puisse aller en paix au paradis la nuit suivante.

Je finis par sombrer dans un demi-sommeil et rêvai que je marchais sur le chemin qui traversait les jardins de la Loge, à Ditchingham. J'entendis alors le murmure du vent dans les arbres, je humai le parfum des douces fleurs de l'Angleterre et sentis l'air embaumé du mois de juin passer sur mon front. Dans mon rêve, la nuit était tombée et la lune brillait au-dessus des prairies et de la rivière, pendant que retentissait le chant du rossignol. Mais je ne faisais pas vraiment attention à toutes ces choses car je surveillais le chemin qui menait à l'église en passant par le haut de la colline, impatient d'entendre un bruit de pas que j'attendais avec anxiété. C'est alors que je discernai un chant qui racontait l'histoire d'un homme qui avait fait voile vers l'étranger et qui n'était jamais revenu. Puis j'aperçus, entre les pommiers, une blanche silhouette qui venait de surgir au sommet de la colline. Elle descendit lentement vers moi et je reconnus enfin celle que j'attendais, ma bien-aimée Lily. Celle-ci s'arrêta de chanter, tout en continuant à avancer dans ma direction, et je vis que son visage affichait une grande tristesse. Je découvris alors que c'était le visage d'une femme d'âge moyen, ce qui ne l'empêchait pas d'être encore plus beau qu'il ne l'avait été dans la fleur de la jeunesse. La silhouette avait atteint le pied de la colline, et s'apprêtait à franchir la porte du jardin, lorsque je sortis de l'ombre des arbres pour me planter devant elle. Elle recula sous l'effet de la surprise avec un petit cri d'angoisse, puis se tut et me fixa.

— Est-ce possible? murmura-t-elle. Thomas, est-ce toi qui me reviens d'entre les morts ou n'est-ce qu'une vision?

Et l'apparition spectrale écarta les bras comme si elle voulait me serrer contre elle.

Je me réveillai brusquement. Pour découvrir devant moi une belle femme vêtue de blanc et illuminée par le clair de lune. Et, comme dans mon rêve, elle tendait amoureusement ses bras vers moi.

— C'est moi, mon aimée, pas une vision! m'exclamai-je en sautant à bas de mon lit et en la serrant contre moi pour l'embrasser.

Mais, avant même que mes lèvres aient touché les siennes, je constatai ma méprise: celle que je tenais contre moi n'était pas Lily Bozard, ma fiancée, mais la princesse Otomie, celle qui se disait ma femme. Je sus alors que ce rêve m'avait été soufflé pour se moquer de moi. J'abandonnai Otomie et me laissai tomber en gémissant sur le lit. Puis je la vis blémir sous l'outrage. Car cette femme était amoureuse de moi et mon comportement était une insulte pour elle. Pourtant, elle me parla avec douceur.

— Pardonne-moi, Teule, j'étais seulement venue te voir, sans vouloir te réveiller. J'étais venue pour te voir seule à seul avant l'aube, espérant pouvoir t'être d'une aide quelconque, ou, tout au moins, te réconforter un peu avant la fin. M'avez-vous prise dans votre rêve pour une autre femme plus chère et plus belle que moi, au point de vouloir m'embrasser?

— J'ai cru que vous étiez ma fiancée qui est restée de l'autre côté des mers, répondis-je maladroitement. Mais trêve de déclarations d'amour, car elles n'ont plus de raison d'être pour moi qui vais être jeté dans les ténèbres de la mort!

— En vérité, je suis incapable de te répondre, Teule. Mais j'ai entendu des sages dire que s'il est possible de trouver l'amour n'importe où, on le trouvera donc aussi bien dans les ténèbres que dans la lumière. Et s'il y a du vrai dans la foi dont tu m'as parlé, ou dans la nôtre, alors, ne te laisse pas aller au chagrin car, que ce soit sur cette terre ou dans un autre monde, tu reverras ta bien-aimée par les yeux de l'esprit avant le prochain lever de soleil, et je prie pour qu'elle te soit restée fidèle. Dis-moi, jusqu'à quel point t'aime-t-elle? Aurait-elle accepté, *elle*, de s'allonger à tes côtés sur le lit de pierre du sacrifice, comme moi je l'aurais fait si tout avait été différent entre nous?

— Non, répondis-je. Les femmes de chez nous n'ont pas l'habitude de se suicider lorsque leurs maris meurent.

— Peut-être pensent-elles qu'il vaut mieux vivre et se remarier, fit Otomie avec un grand calme, qui ne m'empêcha pas de discerner une lueur dans ses yeux et le soupir qui franchit discrètement ses lèvres.

— Cessons cette conversation démente, dis-je. Ecoutez, Otomie, si vous vous faisiez autant de souci pour moi que vous le dites, vous m'auriez certainement sauvé de cette mort horrible, ou, au moins, vous auriez poussé Guatimozin à faire quelque chose pour moi. Vous, la fille de Montezuma, n'auriez-vous pas pu faire en sorte, tous ces derniers mois, de lui faire commander que l'on m'épargne?

— Me prenez-vous pour une si mauvaise amie, Teule? répliqua-t-elle vivement. Sachez que, durant tous ces mois, jour après jour, je n'ai cessé de tenter de trouver un moyen pour vous sauver. J'ai tellement importuné mon père, l'empereur, qu'il a fini par m'ordonner de ne plus l'approcher. J'ai essayé de soudoyer les prêtres, d'imaginer votre évasion, oui, et Guatimozin m'a aidée car il vous aime, lui aussi. Si ces maudits Teules n'avaient pas surgi et porté la guerre jusque dans cette ville, je vous aurais certainement tiré d'affaire, car la pensée d'une femme est capable de voir loin et de trouver des solutions auxquelles personne n'aurait songé. Mais cette guerre a tout changé et les astrologues et les devins ont fait des prophéties qui ont scellé définitivement votre sort. En effet, ils ont annoncé que si votre sang coulait et si votre cœur était offert à Tezcat demain à midi, notre peuple vaincrait les Teules et les détruirait jusqu'au dernier. Mais si le sacrifice n'était pas célébré à l'heure exacte, alors, c'est le destin de Tenoctitlan qui serait scellé. Ils ont également déclaré que vous deviez mourir, non pas au Temple des Armes, comme le veut la coutume, mais au sommet de la grande pyramide, face à la statue principale du dieu. Tout ceci est désormais connu dans l'ensemble du pays. Des milliers de prêtres sont en train de prier ardemment pour que le sacrifice soit propice, et un anneau d'or a été suspendu au-dessus de la pierre du sacrifice de façon à ce que la lumière du soleil touche le milieu de votre poitrine juste à l'heure prévue. Depuis des semaines vous avez été surveillé comme un jaguar le ferait pour sa proie, car on craignait que vous vous sauviez chez les Teules. En ce moment-même, un triple rang de gardes entoure le palais et les prêtres veillent de l'autre côté de votre porte et sous vos fenêtres. Alors, quelle chance auriez-vous pu avoir de vous échapper, Teule?

— Bien peu, en effet, dis-je. Cependant il m'en reste toujours une: si je me tue moi-même, eux ne pourront plus le faire...

— Non, répondit-elle immédiatement. A quoi cela vous avancerait-il? Tant que vous êtes vivant, vous pouvez espérer, mais une fois que vous serez mort, ce sera pour toujours. De plus, s'il vous faut mourir, il vaut mieux que ce soit de la main du prêtre. Croyez-moi, bien que cette mort soit effroyable (elle frissonna), elle est presque sans douleur, dit-on, et très rapide. Crâce à Guatimozin et à moi, vous ne serez pas torturé, alors que les prêtres avaient pourtant prévu d'honorer leur dieu mieux que d'habitude en ce jour faste.

«Oh, Teule, poursuivit Otomie en s'asseyant auprès de moi et en me prenant la main, cessez de penser à cette terreur, qui sera très brève, et songez à ce qui arrivera après. Est-il si difficile d'affronter un trépas si rapide? Nous devons tous mourir un jour ou l'autre et nos croyances à tous les deux nous enseignent qu'une félicité infinie nous attend par-delà la tombe. Pensez aussi, mon ami, que demain, vous laisserez de côté toute cette guerre et ce tumulte et que vous connaîtrez enfin une paix libérée de toutes les passions humaines. Dans cet autre monde, vous retrouverez cette mère dont vous m'avez parlé et vous serez peut-être rejoint par quelqu'un qui vous aime encore plus qu'elle... Il se peut même que *moi* aussi je vous retrouve là-bas, dit-elle en levant les yeux vers moi, avec un air bizarre. La route que vous allez être forcé d'emprunter est peut-être des plus sombres, mais une lumière brille au loin. Aussi, soyez un homme, mon ami, et n'éprouvez aucun chagrin. Pensez plutôt à ce que vous avez déjà vu et fait malgré votre jeune âge.

«Et maintenant, adieu. Nous ne nous reverrons plus jusqu'à l'heure du sacrifice car nous, qui faisons semblant d'être vos épouses, nous vous accompagnerons jusqu'à la première plateforme du temple. Adieu, mon cher ami. Pensez à ce que je vous ai dit. Je suis certaine que vous saurez mourir bravement, d'autant plus que cela se passera sous les yeux des vôtres.

Et, soudain, Otomie se pencha et m'embrassa sur le front, comme l'aurait fait une sœur. L'instant d'après, elle était partie.

L'écho de ses nobles paroles est toujours présent à mon cœur. Rien ne peut faire considérer la mort avec affection et celle qui m'attendait était du genre à briser les nerfs du plus brave d'entre nous. Et pourtant, je sentis qu'Otomie avait dit la vérité. Un calme inhabituel tomba sur mon âme, comme l'aurait fait la brume sur la face de l'océan. Il me sembla, à ce moment-là, sortir littéralement de mon corps et être capable de scruter tout ce qui m'entourait d'un regard totalement neuf. La marée de la vie se retirait loin de moi, découvrant le rivage de la mort. Je compris alors à quel point la vie n'est, pour nous les mortels, qu'un bref accident de parcours.

Quoi qu'il puisse arriver, je décidai de ne pas décevoir cette femme indienne dont la gentillesse et la sagesse m'avaient émerveillé. J'allais mourir bravement, comme doit le faire un véritable Anglais, et je laisserais le reste entre les mains de Dieu. Ces barbares ne pourraient jamais dire que l'étranger qu'ils allaient sacrifier était un lâche. Qui étais-je, d'ailleurs pour me plaindre ainsi? Des centaines d'hommes qui me valent bien périssaient sans un mot, chaque jour. Ma mère était morte, elle aussi, de même qu'Isabella de Siguenza, emmurée vivante parce qu'elle avait commis la folie d'aimer un bandit qui l'avait trahie. Le monde était rempli de chagrins et d'horreurs qui valaient bien ceux qui m'attendaient et je n'avais pas à pleurer sur mon sort.

Je restai dans cet état d'esprit jusqu'aux premières lueurs du jour. Avec le soleil s'élevèrent les clameurs des hommes se préparant à la bataille. Car, maintenant, le combat faisait rage tous les jours, et celui qui se préparait allait être un des plus terribles. Mais j'avoue que la guerre entre les Aztèques et les Espagnols m'était devenue indifférente alors que je me préparais à affronter ma propre mort qui s'annonçait toute proche.

CHAPITRE XXI

Le baiser d'amour

A un moment donné, je remarquai une musique qui se rapprochait peu à peu. Quelques instants après, mes pages pénétraient dans la salle où j'étais, et ils se mirent aussitôt à me dépouiller de tous mes vêtements; puis, des artistes qui les accompagnaient s'approchèrent à leur tour et recouvrirent la surface entière de mon corps de baroques dessins rouges, blancs et bleus, au point que je ressortis de leurs mains transformé en un véritable drapeau. Ma figure elle-même n'avait pas échappé à cette grotesque métamorphose, ni mes lèvres non plus, que l'on avait enduites de carmin; mais la partie la plus soignée, celle qui avait nécessité le plus d'attention et de mesures était celle de mon cœur, que l'on avait entourée d'un grand cercle écarlate. Ensuite, on prit mes cheveux, qui me retombaient habituellement sur les épaules, et on me les remonta sur le sommet de la tête à la mode des chefs indiens, en les attachant avec un ruban rouge brodé, et en les surmontant d'un panache en plumes de coq. Cela fait, on me fit endosser de somptueuses robes, assez semblables à celles que portent les popes pour célébrer la messe; on me mit des boucles d'or aux oreilles, des anneaux d'or aux poignets et aux chevilles, un collier d'émeraudes inestimables autour du cou; on me suspendit sur la poitrine un grand joyau qui miroitait comme un lac baigné de lune; enfin, pour parachever le tout, on m'orna le menton d'une fausse barbe confectionnée à l'aide de coquillages roses, et l'on m'enguirlanda de fleurs de la tête aux pieds.

Alors les musiciens se remirent à jouer et, m'ayant placé un luth dans chaque main, l'on me conduisit dans la plus grande salle du palais, où tous les hauts dignitaires étaient déjà rassemblés et où, sur une estrade vers laquelle on me dirigea, m'attendaient mes quatre femmes, revêtues, elles aussi, de toilettes somptueuses. L'une après l'autre elles s'avancèrent vers moi, me baisant au front et me présentant des friandises et des galettes de maïs sur des plats d'or, ainsi que du chocolat et du *mescal* dans des coupes d'or. Comme je ne me sentais, est-il besoin de le dire? aucun appétit, je me contentai de prendre un peu de *mescal*, car c'est un alcool très fort, et j'avais grand besoin de stimulant. Après un long silence, une troupe d'ignobles *pabas*, vêtus de leurs robes rouges de sacrificateurs, fit son entrée dans la salle. Ils avaient du sang partout, sur leurs mains, sur leurs vêtements, sur leurs longs cheveux nattés, et l'on aurait presque pu dire jusque dans leurs yeux farouches, tant la façon dont ils étaient injectés en donnait l'impression.

Lorsqu'ils se furent avancés jusqu'auprès de l'estrade, celui qui était à leur tête leva les deux bras et prononça d'une voix vibrante:

— Peuple, adore le dieu immortel.

Assitôt, tous les assistants se prosternèrent en répondant:

— Nous adorons le dieu.

Trois fois de suite, le grand prêtre répéta son appel à la prière, et trois fois de suite, il lui fut répondu de la même façon. Ensuite, tous les assistants se relevèrent, et se tournant vers moi, le *paba* me dit:

— Pardonne-nous, ô Tezcat, de ne pouvoir, en ce jour, te rendre tous les honneurs qui te sont dus. Notre souverain devrait, lui aussi, être ici pour t'adorer, mais tu sais, ô Tezcat, en quelle détresse se trouvent actuellement tes serviteurs, qui sont contraints de faire la guerre en leur propre cité à ceux qui blasphèment contre toi et contre tous les dieux. Tu sais que notre empereur bien-aimé est blessé et captif entre les mains des impies. Lorsque nous aurons satisfait ton désir de t'en retourner par-delà les cieux, ô Tezcat! lorsqu'en te dépouillant de ton enveloppe terrestre, tu nous auras enseigné la fragilité des ambitions humaines, souviens-toi de nous et, en mémoire de l'amour que nous t'aurons porté, intercède en notre faveur, ô dieu des dieux, afin qu'il nous soit permis de terrasser tous ces méchants et de célébrer tes louanges en les immolant sur tes autels!

Après avoir prononcé ces paroles que l'on avait parfois du mal à entendre, parce qu'elles étaient à chaque instant dominées par les sanglots du peuple et les lamentations de mes femmes qui, toutes, pleuraient, à l'exception d'Otomie, l'abominable prêtre leva la main, et la musique se fit entendre à nouveau. Alors, tous les *pabas* se placèrent autour de moi et, précédé et suivi par deux de mes femmes, on me fit sortir du palais, dont les portes s'ouvrirent toutes grandes pour nous livrer passage. Je m'aperçus aussitôt — tant il est vrai que, même en cette heure suprême, rien de ce qui m'environnait ne passa inaperçu à mes yeux — que la bataille faisait rage autour du palais d'Axa. Des bandes de guerriers se ruaient derechef à l'assaut des murailles, sans cesse repoussés par le feu des Espagnols et les piques de leurs alliés tlascalans, et de toutes parts, du haut des toits et principalement du haut de ce grand *teocalli* où l'on s'apprêtait à me conduire pour m'immoler, une véritable avalanche de flèches, de javelines et de pierres se déversait sur le camp de Cortez.

Cela se passait à deux cents toises de distance, mais ici, près de moi, autour des portes du palais de Montezuma situé à l'autre extrémité de l'immense place, la scène était bien différente. Il y avait là une foule énorme composée en majeure partie de femmes et d'enfants qui, les bras chargés de fleurs, attendaient patiemment pour me voir passer. Lorsque cette foule me vit, elle m'accueillit par de si chaleureuses et si bruyantes ovations que, pendant un instant, l'on n'entendit plus ni le tonnerre du canon, ni le fracas de la bataille. A la vérité, il arrivait bien, de temps à autre, qu'un boulet égaré vînt semer ses ravages parmi eux, mais cela ne paraissait pas les émouvoir le moins du monde, et ceux qui n'avaient pas été frappés se remettaient immédiatement à crier de plus belle: «Salut, Tezcat! Béni sois-tu, ô toi, notre libérateur! Salut, ô Tezcat, salut... et adieu!»

Nous avancions lentement à travers la multitude, foulant aux pieds des fleurs qui jonchaient le sol, et il nous fallut très longtemps pour parvenir dans la cour qui se trouvait à la base de la pyramide. Au moment d'y pénétrer, nous fûmes même contraints de nous arrêter complètement, tant la foule était devenue compacte. Pendant que nous attendions ainsi, je remarquai tout à coup un guerrier qui se frayait un chemin jusqu'à moi et, en relevant les yeux, je m'aperçus que c'était Guatimozin.

— Teule, me dit-il à mi-voix, je viens de quitter mon poste de combat pour vous dire adieu. Croyez bien, Teule, que s'il avait été en mon pouvoir de vous venir en aide, je l'eusse fait de grand cœur. Mais c'est impossible, et pourtant les dieux me sont témoins qu'à l'heure qu'il est, je changerais bien volontiers de place avec vous. Adieu, mon ami, sans doute nous retrouverons-nous bientôt par-delà les cieux.

— Adieu, Guatimozin, répondis-je; et que la fortune vous soit favorable, car vous fûtes pour moi le plus dévoué des compagnons.

A peine avais-je eu le temps de lui presser la main que je fus à nouveau entraîné en avant.

Au pied de la pyramide, la procession se reforma, et l'une de mes femmes prit congé de moi en sanglotant, puis, toujours à pas lents, nous nous mîmes à gravir la pente raide qui contourne le *teocalli.* A chaque instant, l'on faisait une nouvelle halte, et tantôt une autre de mes femmes me faisait ses adieux, tantôt l'on me retirait un de mes instruments de musique ou telle ou telle partie de mon accoutrement. Enfin, au bout d'une heure, nous atteignîmes la surface plane qui domine le sommet de la pyramide et à laquelle on accède par un large escalier. C'est là, sur cette manière d'esplanade vertigineuse, sans parapet d'aucune sorte pour protéger les imprudents qui s'aventurent sur ses bords, que se dressaient les deux grands temples en bois et en pierre de Huitzel et de Tezcat, devant lesquels brûlaient les feux éternels et se trouvaient placés les pierres de sacrifice, les instruments de torture et les énormes tambours en peau de serpent, utilisés par les prêtres. D'un côté — celui qui faisait face au camp des Espagnols —, étaient massés des centaines d'hommes occupés à déverser sur eux une grêle ininterrompue de projectiles. De l'autre, attendaient les *pabas* qui devaient prendre part à la cérémonie de mon trépas.

Le sacrifice étant fixé pour midi, nous nous trouvions être encore de deux heures en avance, mais ce laps de temps était nécessaire à l'accomplissement des divers rites dont on le faisait précéder. On me conduisit d'abord dans le sanctuaire de Tezcat, le dieu dont je portais le nom, où se dressait sa statue en marbre noir chargée d'ornements d'or. Le dieu était représenté avec un bouclier d'or bruni, qu'il tenait à la main et sur lequel il fixait ses yeux en joyaux pour y lire, selon la légende répandue par les prêtres, tout ce qui se passait sur la terre qu'il avait créée. En face de lui était placé un large plat d'or que le grand prêtre, avec force invocations, se mit à nettoyer en le frottant avec ses longues nattes, puis me présenta devant les lèvres en m'invitant à l'embuer de mon haleine. Horreur! c'était celui, je le savais, où l'on jetterait tout à l'heure mon malheureux cœur pantelant que je sentais battre à coups précipités dans ma poitrine!...

Quelles autres barbares cérémomies allaient se dérouler ensuite en ce lieu de malédiction, je serais incapable de le dire, car il se produisit à ce moment un grand tumulte sur la place en bas, et les prêtres me firent précipitamment ressortir du sanctuaire. Je compris alors ce qui se passait. Rendus littéralement fous de rage par la tempête de projectiles que, du haut de ce promontoire, on faisait pleuvoir sur eux, *les Espagnols attaquaient le teocalli.* Déjà, en rangs pressés et accompagnés de plusieurs centaines de Tlascalans, on les voyait sous les ordres de Cortez en personne, s'engouffrer en trombe dans la cour, tandis que, du côté adverse, des milliers d'Aztèques s'élançaient pour défendre le premier escalier. Cinq minutes après, une lutte sans merci était engagée. Protégés par le feu de leurs arquebusiers, les Espagnols exécutèrent charge sur charge contre les Aztèques, mais bientôt, ne pouvant maintenir d'aplomb leurs chevaux qui glissaient continuellement sur les dalles, ils prirent le parti d'en descendre et de combattre à pied. Lentement, au milieu d'un carnage effroyable, les Indiens furent repoussés, et les Espagnols réussirent à s'établir sur le premier escalier. Mais des centaines de guerriers leur barraient encore l'accès de la pente abrupte qui serpentait autour de la pyramide, des centaines d'autres en gardaient le sommet, et il était de toute évidence que, si jamais les Espagnols parvenaient à se rendre maître du *teocalli,* ce ne serait qu'au prix des plus âpres difficultés. Néanmoins, comme lorsqu'on se sent perdu, l'on se raccroche aux moindres choses qui peuvent présenter une chance de vous sauver, ce que je venais de voir réveilla soudain en moi une lueur d'espérance. Le sacrifice, Otomie me l'avait assuré, ne pouvait sous aucun prétexte avoir lieu avant midi, et si, par bonheur, les Espagnols étaient victorieux d'ici là, il ne serait naturellement pas consommé. Ma vie dépendait donc entièrement de l'issue de la bataille. Selon que les assaillants seraient vaincus ou vainqueurs dans un laps de temps déterminé, je mourrais ou j'aurais la vie sauve.

Or, tandis que l'on m'entraînait hors du sanctuaire de Tezcat, j'avais remarqué que la princesse Otomie, ou plutôt la déesse Atla, comme on l'appelait alors, avait une vive discussion avec les grands prêtres, et cela n'avait pas été sans me surprendre un peu, car, comme mes trois autres femmes m'avaient déjà successivement quitté, et comme je l'avais vue à son tour, devant la porte du temple, s'incliner pour me saluer pendant que j'y pénétrais, je m'étais attendu à ne plus la revoir. A quel propos discutait-elle ainsi, je n'en avais pas la moindre idée, attendu que le fracas de la bataille ne me permettait de rien entendre, mais ce qu'il y a de certain, c'est qu'elle y mettait beaucoup d'ardeur, et il me parut que la figure des prêtres qui l'écoutaient était empreinte d'un bizarre mélange de consternation et de joie farouche. Il me parut également qu'elle avait fini par obtenir gain de cause, car je les vis s'incliner avec déférence devant elle, tandis qu'elle les quttait pour venir se ranger majestueusement à mes côtés. Alors, je relevai les yeux vers elle, et je me souviens d'avoir été profondément frappé par l'expression en quelque sorte mystique qui apparaissait sur ses traits.

— Pourquoi n'êtes-vous point partie plus tôt, Otomie? lui demandai-je. A présent, il est trop tard. Les Espagnols entourent le *teocalli,* et vous serez tuée ou faite prisonnière.

— J'attends la mort, quelle qu'elle doive être, me répondit-elle laconiquement.

Et pendant quelque temps, nous demeurâmes silencieux, observant les adversaires aux prises, qui s'entre-déchiraient férocement. Stoïques, sous les yeux du peuple massé sur la place pour assister au sacrifice, et qui assistait à la lutte sans y prendre part, les guerriers aztèques se défendaient avec vaillance devant les symboles de leurs dieux. Tête baissée, ils se ruaient vers les épées menaçantes de leurs ennemis, empoignaient les Espagnols à bras le corps et, hurlant de rage, cherchaient à les entraîner vers les bords escarpés de la pente pour les jeter dans le vide. Parfois, ils y réussissaient, et c'étaient alors de véritables grappes humaines qui dévalaient les flancs abrupts de la pyramide pour venir s'écraser sur les dalles en bas. Mais ils avaient beau redoubler d'efforts, petit à petit, imperceptiblement, tel un grand serpent aux brillantes écailles qui enroule ses anneaux autour de sa proie, la longue cohorte des Teules bardés d'acier montait, montait toujours et, en dépit des javelots et des traits, progressait vers le faîte. Pied à pied, minute par minute, avec la laborieuse et patiente ténacité de gens qui savent quel destin attend quiconque a le malheur de profaner les temples d'Anahuac, ils allaient, allaient de l'avant, luttant pour la vie, pour l'honneur, luttant pour ne pas mourir sur la pierre des sacrifices. Une heure entière s'écoula ainsi, et, au bout de cette heure, les Espagnols étaient parvenus à mi-chemin du sommet. Le fracas de la bataille devenait de plus en plus assourdissant, les Espagnols s'excitaient mutuellement en appelant leurs saints patrons à leur aide; les Atèques hurlaient comme des bêtes sauvages, les prêtres vociféraient des invocations à leurs dieux et des encouragements aux guerriers, et tous ces cris et toutes ces clameurs étaient encore dominés par les décharges d'arquebuses, le tonnerre du canon et le formidable roulement du gros tambour en peau de serpent que frappait à tour de bras un *paba* demi-nu. Seule, la foule pressée au pied du *teocalli* ne bougeait, ni ne criait. Silencieux, les gens regardaient en l'air, et je voyais le soleil se refléter sur leurs milliers d'yeux exorbités...

Pendant tout le temps qui s'était écoulé depuis le début du conflit, j'étais demeuré debout auprès de la pierre du sacrifice, avec Otomie à côté de moi. Autour de nous, un cercle de prêtres se tenaient groupés, et, au-dessus de la pierre, on avait fixé un carré d'étoffe noir supporté par quatre piquets, au centre duquel était un entonnoir doré mesurant environ six pouces de diamètre, de sorte que les rayons du soleil, passant à travers cet entonnoir, tombaient, en formant un rond lumineux, sur la partie du dallage abrité par l'étoffe. Au fur et à mesure que le soleil se rapprochait du zénith, ce rond lumineux avançait peu à peu à travers la bande d'ombre, si bien qu'il finit par monter le long de la pierre du sacrifice et par apparaître sur le bord du dessus.

Alors, sur un signe du grand prêtre, les autres *pabas* se saisirent de moi et m'arrachèrent les derniers vêtements qui restaient de mon riche costume, de sorte que je me trouvai entièrement nu, n'ayant plus pour protéger mon corps que la peinture dont on l'avait recouvert et une sorte de pagne que l'on me mit autour des reins. Alors, je compris que ma dernière heure était venue et, chose étrange, pour la première fois de la journée, je me sentis un peu de courage et me réjouis à la pensée que tout serait bientôt fini. Me retournant vers Otomie, je commençais déjà à lui adresser d'une voix claire quelques mots d'adieu, lorsque, à ma profonde stupéfaction, je m'aperçus qu'elle avait été traitée de la même façon que moi, c'est-à-dire qu'on l'avait, elle aussi, dépouillée de ses robes somptueuses, et qu'elle apparaissait devant moi avec, pour tout costume, sa radieuse beauté, sa splendide chevelure épandue et une sorte de légère casaque ornée de broderies.

— Ne soyez point surpris, Teule, me dit-elle à voix basse en réponse à la muette question qu'elle lisait dans mes yeux, je suis votre épouse, et c'est là notre couche nuptiale, qui sera à la fois la première et la dernière. Bien que vous n'éprouviez aucun amour pour moi, je meurs aujourd'hui de la même mort que vous, à vos côtés, comme c'est mon droit de le faire d'après les lois instituées par les prêtres. Il m'a été impossible de vous sauver, Teule, mais il me sera du moins permis de mourir avec vous.

La stupeur dans laquelle me plongèrent ces mots fut si violente, que, sur le moment, l'émotion me coupa la parole et, avant même qu'il m'eût été possible de me ressaisir, je fus renversé en arrière par les prêtres et me trouvai, pour la seconde fois, étendu sur la pierre du sacrifice. Au même moment, une clameur plus farouche et plus prolongée que les précédentes annonça que les Espagnols venaient de mettre le pied sur le dernier escalier précédant la plate-forme. A peine venait-on de me coucher au centre de la pierre, que l'on y déposa Otomie à côté de moi, tellement près, que nos flancs se touchaient, car, comme il fallait que je fusse au milieu, il ne restait pas grand'place pour elle. Puis, comme l'heure de l'immolation n'était pas encore venue, les prêtres nous attachèrent à l'aide de cordes passées dans des anneaux scellés au sol et se détournèrent anxieusement pour suivre les évolutions de la bataille.

Pendant quelques minutes, nous demeurâmes donc abandonnés à nous-mêmes, et tandis que nous étions ainsi allongés côte à côte, je sentis naître en moi un grand émerveillement et une profonde reconnaissance; émerveillement devant le courage surprenant de cette femme, reconnaissance pour tout l'amour qu'elle me témoignait, et dont elle me donnait la preuve suprême en voulant partager mon destin. C'est parce qu'Otomie m'aimait qu'elle s'était choisi cette mort effroyable, c'est parce qu'elle m'aimait désespérément qu'elle préférait mourir à mes côtés plutôt que de jouir sans moi de sa puissance et des honneurs dont elle était comblée. Brusquement il se produisit en moi un bouleversement qui révolutionna tous les sentiments que j'avais éprouvés jusqu'alors : je compris soudain que jamais aucune femme ne pourrait m'être désormais aussi chère que cette créature prodigieuse, pas même ma bien-aimée fiancée, car jamais, j'en avais l'impression très nette, jamais aucune autre, pas même Lily, n'aurait pu se résoudre à pareille abnégation de soi. Les larmes me jaillirent des yeux et roulèrent sur mon visage, et je soulevai la tête pour la regarder. Elle s'était retournée sur le côté gauche, autant que les liens qui nous enserraient le lui avaient permis ; sa lourde chevelure retombait en lourdes torsades de la pierre jusqu'aux dalles et elle avait les yeux fixés sur moi. Nous étions si rapprochés l'un de l'autre, que nos figures se touchaient presque.

— Otomie, lui murmurai-je, écoutez-moi. Otomie, je vous aime.

Je vis son sein se gonfler sous les liens qui le comprimaient, et une rougeur lui monta au front.

— En ce cas, je meurs heureuse, répondit-elle doucement.

Et nos lèvres se joignirent dans un suprême baiser, qui était le premier, et que nous croyions être le dernier. Oui, c'est là que nous échangeâmes notre premier gage d'amour, là, sur la pierre du sacrifice, sous le couteau du prêtre et dans l'ombre de la mort, et si jamais scène d'amour plus étrange se vit au monde, on ne me l'a point contée.

— Oh ! oui, je meurs heureuse ! répéta-t-elle, et j'accepterais volontiers de mourir vingt fois pour revivre un instant pareil ! Aussi, je ne demande plus qu'une chose maintenant, c'est de mourir vite, avant que vous n'ayez le temps de revenir sur ce que vous venez de dire. Car, Teule, je sais fort bien qu'il est une femme qui vous est plus chère que moi ; seulement, en ce moment, vous vous sentez ému malgré vous par le fidèle attachement d'une jeune Indienne, et cela vous donne l'illusion que vous l'aimez. Qu'il me soit donc permis de mourir en me berçant de l'idée que ce beau rêve est une réalité !...

— Ne parlez pas ainsi, répondis-je, alors que le souvenir de Lily réapparaissait dans mon esprit. Vous avez donné votre vie pour moi et c'est pour cela que je vous aime.

— Ma vie n'est rien à côté de votre amour. Ah ! Teule, quelle magie avez-vous employée pour que moi, la fille de Montezuma, je sois amenée sur l'autel des dieux, de ma propre volonté ? Pourtant, il n'y a pas de couche plus douce pour moi...

CHAPITRE XXII

Le triomphe de la Croix

— Otomie, lui demandai-je après une longue pause, quand doit-on nous tuer ?

— Quand le rond de lumière sera parvenu dans le cercle qui est peint sur votre cœur, me répondit-elle.

Alors, je me détournai pour regarder le rayon de soleil qui, tel une flèche d'or, perçait l'ombre au-dessus de nous. Il était encore à six pouces de moi environ, et je calculai qu'il lui faudrait quinze minutes au plus pour entrer à l'intérieur du disque rouge que l'on m'avait dessiné sur la poitrine. Le bruit de la bataille allait toujours en se rapprochant. Me reculant le plus possible et allongeant le cou aussi loin que ma position me le permettait, je vis que les Espagnols avaient presque atteint le sommet de la pyramide, attendu que c'était sur le bord même de la plate-forme que se poursuivait maintenant le combat, et je puis dire que j'ai rarement vu plus épouvantable carnage que celui-là, car les Aztèques luttaient comme des hommes acculés par le désespoir, faisant bon marché de leur propre vie, pourvu qu'en la sacrifiant ils pussent entraîner un Espagnol dans la mort. Mais la plupart du temps, leurs armes grossières n'arrivaient pas à traverser les cottes de mailles de leurs assaillants, si bien qu'il ne leur restait qu'un seul moyen de satisfaire leur ardent désir de les exterminer, celui de les jeter du haut du *teocalli* pour les envoyer s'écraser comme des œufs sur le pavé de la cour située à deux cents pieds au-dessous. La lutte se poursuivait donc par groupes isolés de dix à douze hommes qui, noués ensemble comme des pieuvres, se tiraillaient, se poussaient, se débattaient sur le bord de la plate-forme, et, tantôt l'un, tantôt l'autre, basculaient subitement dans l'abîme. Un certain nombre de prêtres s'y étaient joints également, tous beaucoup plus anxieux d'empêcher la profanation de leur temple que de sauver leur propre vie. Je n'en veux pour exemple que celui que je vis, de mes propres yeux, un véritable colosse, celui-là, empoigner un soldat espagnol par la taille et sauter avec lui dans le vide. Petit à petit, toujours avec la même lenteur, mais aussi avec la même ténacité, Espagnols et Tlascalans refoulèrent les Aztèques vers le centre de la plate-forme, et en proie à une anxiété indicible, je les vis se rapprocher de plus en plus. Tous les Indiens survivants, au nombre de deux cent cinquante peut-être, ainsi que les prêtres, se massèrent alors en cercle autour de la pierre sur laquelle nous étions étendus. Durant ce temps, le cercle lumineux qui traversait l'entonnoir d'or, poursuivant sa course implacable, était arrivé jusqu'à moi et me brûlait le flanc comme un fer chaud. Dès qu'ils le virent sur moi, cinq des *pabas* m'empoignèrent par les membres et par le cou, et le grand prêtre, qui m'avait conduit hors du palais, prenant son couteau d'obsidienne entre ses deux mains, le leva au-dessus de ma tête. Horrifié, je fermais déjà les yeux, pensant que l'instant fatal était venu, lorsque j'entendis le chef des astronomes, un homme aux allures d'halluciné, dont j'avais remarqué peu de temps auparavant la présence auprès de nous, s'écrier brusquement, en faisant un pas vers le sacrificateur :

— Pas encore, ô prêtre de Tezcat ! Si tu frappes avant que le rayon de soleil atteigne le cœur de la victime, c'en est fait de tes dieux et du peuple d'Anahuac !

Fou de rage, le prêtre grinça des dents et, après avoir d'abord jeté un regard furieux sur le faisceau lumineux qui faisait miroiter ma peau bariolée, se retourna pour voir où en était la bataille. Insensiblement, le cercle des guerriers se rétrécissait autour de nous ; insensiblement, le disque de lumière s'insinuait sur ma poitrine ; implacable comme le destin, il avançait, avançait toujours et, finalement, il atteignit la limite du cercle rouge tracé autour de mon cœur. Alors, pour la seconde fois, le grand prêtre brandit son arme effroyable ; pour la seconde fois, je fermai les yeux d'effroi, mais, pour la seconde fois aussi, j'entendis la voix de l'astronome s'interposer :

— Pas encore, pas encore, ou c'en est fait de nos dieux !

Puis, une autre voix s'éleva à son tour : c'était celle d'Otomie qui appelait à l'aide.

— Sauvez-nous, Teules ! Sauvez-nous ! On nous égorge ! cria-t-elle avec tant de force, que les Espagnols durent l'entendre, car l'un d'eux se mit à vociférer en langue castillane:

— En avant, camarades, en avant! Les misérables assassinent sur leurs autels!

Il y eut une formidable poussée contre les Aztèques, qui furent d'un seul coup repoussés jusqu'à l'autel, tandis que le grand prêtre, soulevé de terre par la violence du choc, perdait l'équilibre et culbutait en travers de mon corps. Trois fois de suite, pareille aux assauts de la mer en furie, la même attaque fut renouvelée et chaque fois, la résistance des Aztèques s'affaiblissait davantage. A la dernière, leur cercle se trouva définitivement rompu et de toutes parts à la fois, étincelèrent les épées espagnoles. Dans le même instant, le rayon lumineux atteignit juste le centre du cercle peint sur mon cœur.

— Frappe, prêtre de Tezcat! hurla la voix de l'astronome; frappe maintenant pour la gloire de tes dieux!

Un cri farouche s'échappa de la bouche du *paba,* qui, pour la troisième fois, leva son couteau, dont la lame scintilla une seconde dans le faisceau lumineux sortant de l'entonnoir d'or. Puis, à l'instant même où elle descendait vers moi, je vis soudain ce faisceau lumineux traversé d'une autre lame plus longue et plus effilée, qui passa au-dessus de moi avec la vivacité d'un éclair et alla s'enfoncer jusqu'à la garde dans la poitrine du prêtre assassin. Le grand couteau d'obsidienne s'abattit, mais, déviant au dernier moment, vint se fracasser en plein sur la pierre de l'autel, déchirant à la fois le flanc d'Otomie et le mien, et mêlant d'un seul coup notre sang l'un à l'autre. Le prêtre avait en même temps basculé à nouveau en travers de nos corps, mais cette fois, pour ne plus se relever.

Alors, comme dans un rêve, j'entendis la voix de l'astronome prononcer la déchéance des dieux d'Anahuac.

— Le prêtre est mort et ses dieux sont tombés, s'écria-t-il. Tezcat a rejeté sa victime, et c'en est fait de lui... c'en est fait de tous les dieux d'Anahuac! La victoire est à la Croix des Chrétiens!

Il se lamenta encore un instant de la sorte, puis j'entendis un cliquetis d'épées, suivi du bruit sourd d'une chute, et je compris que ce prophète de malheur avait, lui aussi, succombé.

Aussitôt après, une main vigoureuse souleva le corps du prêtre expirant qui nous écrasait de son poids et, le renversant en arrière, l'envoya s'abattre sur le feu éternel qu'il éteignit de son sang. En même temps, je sentis une légère secousse, un couteau trancha les cordes qui nous attachaient à l'autel, et nous fûmes délivrés. Tandis que, tout bouleversé encore, je regardais avec égarement autour de moi, j'entendis quelqu'un s'écrier en castillan, en nous désignant, Otomie et moi:

— Pauvres gens! Ils peuvent se vanter de l'avoir échappé de peu. Si j'avais frappé seulement une seconde plus tard, ce sauvage les égorgeait!

La voix qui avait prononcé ces mots, je l'aurais reconnue entre mille: nulle autre ne possédait ces vibrations métalliques si nettes et si tranchantes. Je me laissai glisser au bas de la redoutable pierre et relevai les yeux. Devant moi, ainsi que je m'y étais attendu, se dressait, tout bardé de fer, mon ennemi, de Garcia. C'est *lui* qui, par la volonté de la Providence, était survenu si opportunément pour me soustraire au bourreau. C'est lui qui, sans s'en douter, venait de sauver la vie à celui-là même qu'il aurait été, au contraire, si heureux de voir tuer.

Je le regardai un instant hébété en me demandant si je n'étais pas le jouet d'une hallucination, puis, instinctivement, et sans que j'y fusse pour rien, mes lèvres articulèrent son nom:

— *De Garcia!*

Au son de ma voix, il se rejeta violemment en arrière, comme s'il venait d'être frappé d'une balle, puis, tout hébété lui aussi, il me fixa longuement, se frotta les yeux et recommença à me fixer. Finalement, il me reconnut à travers le maquillage qui me défigurait.

— *Madre de Dios!* balbutia-t-il, c'est ce gueux de Thomas Wingfield, *et je lui ai sauvé la vie!*

J'avais eu le temps à ce moment de reprendre entièrement possession de moi-même, et comprenant à quel point ce que je venais de faire était insensé, je tournai aussitôt les talons pour m'enfuir. Mais de Garcia n'était pas disposé à me tenir quitte à si bon compte, et, l'épée levée, avec un cri de rage et de haine qui ressemblait à un hurlement de fauve, il s'élança à ma poursuite. Aussi rapidement que je pus, je contournai la pierre, essayant de l'interposer entre lui et moi, afin de me préserver contre ses coups, mais les jours d'angoisse que je venais de vivre et les émotions que je venais de traverser m'avaient à ce point affaibli, et j'avais encore les membres si engourdis par les liens qui les avaient entravés, qu'il m'aurait certainement rattrapé presque tout de suite, si, à ce moment, un *caballero*, dont le costume et le maintien me firent supposer que c'était Cortez en personne, n'avait rejeté de côté l'épée de de Garcia en lui disant:

— Hé! quoi, Sarceda? La vue du sang vous a-t-elle donc si fort grisé que vous vouliez maintenant accomplir des sacrifices comme un prêtre indien?... Laissez donc, mon ami, ce pauvre hère en paix.

— Ce n'est pas un Indien, c'est un espion anglais, s'écria de Garcia, qui voulait de nouveau s'élancer contre moi.

— Il faut décidément que notre camarade ait perdu la raison, dit Cortez en me regardant de la tête aux pieds. Ce malheureux?... Un Anglais?... A d'autres!

Puis, se tournant vers nous, il ajouta:

— Allons, sauvez-vous vite tous les deux avant qu'il vous arrive malheur, car si vous restez là, je ne réponds de rien.

Et pensant que je ne comprenais rien à son langage, il secoua son épée pour nous faire signe de fuir; mais, déjà, de Garcia, qui étranglait de rage, s'était rapproché de moi, et cherchait encore à me frapper.

— Non, par le ciel! s'écria Cortez très irrité cette fois, je ne le supporterai pas. Nous sommes des Chrétiens, et nous venons ici pour sauver des victimes et non pour les tuer. Holà! camarades, maîtrisez ce forcené qui veut à toute force souiller son âme d'un crime.

Plusieurs Espagnols empoignèrent donc par les bras de Garcia qui, furieux comme un taureau dans l'arène, se mit à les invectiver de toutes les façons en se débattant pour leur échapper. Quant à moi, j'étais dans un tel état de bouleversement que je ne savais même plus de quel côté me diriger pour fuir. Par bonheur, Otomie, si elle ne comprenait pas l'espagnol, avait du moins l'avantage d'avoir conservé toute sa présence d'esprit, et pendant que j'hésitais de la sorte, elle me prit par la main en me disant à mi-voix: «Sauvons-nous! Sauvons-nous vite!» et m'entraîna avec elle.

— Où voulez-vous que nous allions? lui demandai-je. N'est-il pas préférable que nous fier à la magnanimité des Espagnols?

— A la magnanimité de ce démon qui ne cherche qu'à vous tuer? me répondit-elle. Suivez-moi, Teule, et laissez-moi faire.

Elle continuait à m'entraîner avec elle, et les Espagnols nous laissèrent passer sans nous faire aucun mal, allant même parfois jusqu'à murmurer des mots de pitié à notre adresse, car ils savaient que nous étions des victimes arrachées au sacrifice.

Lorsque nous atteignîmes le bord de la plate-forme, et que nous nous retournâmes pour regarder en arrière, nous nous aperçûmes que de Garcia avait enfin réussi à glisser entre les mains de ceux qui le retenait, et que, l'épée au poing, il courait après nous. La peur nous donna des ailes, et nous nous mîmes à dévaler à toute vitesse la pente abrupte, dégringolant quatre à quatre l'escalier, enjambant les morts et les mourants qui, du haut en bas, gisaient par centaines, et nous arrêtant seulement de temps à autre pour ne pas être renversés et projetés dans le vide par les corps des prêtres que les Espagnols précipitaient du sommet du *teocalli* dans la cour. Une fois, en jetant un coup d'œil derrière moi, j'aperçus encore de Garcia, très loin au-dessus de nous, qui courait tant qu'il pouvait, lui aussi, pour nous rejoindre, mais après cela nous ne le revîmes plus; sans doute avait-il fini par se lasser ou avait-il eu peur de tomber entre les mains des quelques guerriers aztèques qui se trouvaient encore au pied de la pyramide.

Néanmoins, nous n'étions pas encore hors de danger. Lorsque nous fûmes au bas du *teocalli,* et que nous essayâmes de nous frayer un chemin à travers la populace effarée qui courait de-ci, de-là, pour ramasser les blessés et les morts, un bruit semblable à un coup de tonnerre frappa mon oreille. M'étant rendu compte qu'il provenait d'en haut, je relevai la tête, et je vis une énorme masse qui tombait en rebondissant sur les flancs abrupts de la pyramide. Malgré l'agitation à laquelle j'étais en proie, je la reconnus du premier coup: c'était l'idole du dieu Tezcat, que les Espagnols avaient arrachée de son sanctuaire et qui, tel un démon vengeur, s'abattait directement vers moi. Déjà, il était trop tard; dans une seconde, l'énorme statue serait sur nous, et nous n'aurions évité d'être sacrifiés à l'esprit du dieu que pour être réduits en bouillie par son effigie. Projetée comme un bolide, la masse continuait, au milieu des clameurs triomphantes des Espagnols, sa course vertigineuse vers nous. A cinquante pieds au-dessus de nos têtes, sa base avait frappé un des angles de pierre de la pyramide, et après avoir rejailli et tournoyé plusieurs fois en l'air sur lui-même le dieu de pierre, s'en vint finalement s'abattre à moins de trois pas de nous, avec une telle violence que la terre en trembla, et qu'il vola en éclats, projetant dans toutes les directions des quartiers de marbre qui retombèrent ensuite sur la cour comme une volée de flèches, mais par lesquels nous eûmes la chance de ne pas être atteints.

Ce qui se passa ensuite, je ne saurais le dire au juste, car la conception des choses ne me revint, à proprement parler, que lorsque je me retrouvai dans mes appartements du palais de Montezuma que j'avais si bien cru ne jamais revoir. Otomie, qui ne m'avait pas quitté un seul instant, m'apporta de l'eau pour laver la peinture dont j'étais couvert et la blessure que j'avais au flanc et qu'elle se mit à panser avec le plus grand soin, sans seulement se soucier de la sienne. Elle alla ensuite endosser une robe blanche, me donna à moi-même des vêtements et m'apporta à manger et à boire. Je la forçai de prendre quelque chose à son tour, car elle paraissait très affaiblie, puis, lorsque nous nous fûmes un peu reposés, j'essayai de rassembler mes idées pour envisager la situation.

— Et maintenant, que faire? lui dis-je. D'un moment à l'autre, nous serons assaillis par les prêtres, et l'on me traînera pour la seconde fois au sacrifice. Si je reste ici, je suis perdu. Mieux vaut que je me sauve chez les Espagnols. Peut-être auront-ils pitié de moi.

— Pitié?... Auprès de cet homme qui voulait vous tuer à coups d'épée? Qui est-il donc, Teule?

— C'est cet Espagnol dont je vous ai parlé, Otomie, le mortel ennemi que j'ai poursuivi par-delà des mers.

— Et vous voudriez aller vous jeter dans ses griffes! En vérité, Teule, c'est de la pure folie!

— Mieux vaut encore tomber dans les mains des Chrétiens qu'entre celles de vos prêtres, répliquai-je.

— Soyez sans crainte, me répondit-elle, les prêtres ne peuvent plus rien contre vous désormais. Bien rares sont ceux qui leur ont échappé avant vous, mais on les a tous considérés comme des sorciers, et il en sera de même pour vous. Du reste, je commence à croire que votre Dieu est plus puissant que les nôtres, car c'est sûrement à son intervention que vous devez d'avoir la vie sauve. Ah! Teule, qu'avez-vous donc fait de moi pour m'avoir réduite à douter de mes propres dieux et à implorer le secours de mes propres ennemis en votre faveur! Mais, croyez-le bien, si j'ai agi ainsi, ce n'est pas pour moi, car j'aurais mille fois préféré mourir avec votre baiser sur les lèvres et vos mots d'amour aux oreilles plutôt que de vivre avec la douleur de me dire que ces joies ne sont plus pour moi...

— Pourqui donc? protestai-je. Je n'ai qu'une parole, Otomie. Vous étiez prête à mourir pour moi, et vous m'avez sauvé la vie en appelant les Espagnols à mon aide. Donc, dorénavant, ma vie vous appartient, car il n'est pas au monde de femme plus tendre ni plus vaillante que vous, et je le répète, je vous aime, Otomie.

J'étais vraiment sincère en disant cela, car je me sentais si profondément démoralisé, si abandonné de tout, qu'il ne me restait plus que deux choses pour me rattacher à la vie: mon inébranlable confiance en la Providence et l'amour de cette femme qui avait tant donné pour moi. C'est pourquoi j'en étais arrivé à oublier mes anciens serments et à me cramponner à elle comme un enfant se cramponne à sa mère. Peut-être m'accusera-t-on d'avoir mal agi, mais combien s'en trouvera-t-il qui, en l'occurrence, n'auraient pas fait ce que je fis? D'ailleurs, n'eût-il pas fallu être un lâche pour répudier les paroles que j'avais prononcées sous la menace du danger, maintenant que ce danger était conjuré? Et cependant, telle était la noblesse de cœur de cette jeune Indienne, que, même alors, elle se refusa à me considérer comme engagé vis-à-vis d'elle.

— Vous n'êtes pas vous-même, Teule, me dit-elle après une longue pause, durant laquelle elle n'avait cessé de jouer pensivement avec ses cheveux, et il serait bien méprisable de ma part d'abuser de l'état de faiblesse où vous êtes en ce moment. Peut-être y avait-il une part de vérité dans ce que vous m'avez dit là-haut sur l'autel, peut-être m'aimez-vous, malgré tout, un peu. Mais à quoi bon me leurrer de vaines illusions? Plus tard, vous vous reprendrez; plus tard, vous regarderez cet anneau d'or que vous portez au doigt, et vous relirez ce qui est écrit dessus, et vous vous rappellerez celle que vous avez laissée là-bas dans votre pays, et que vous aimez encore infiniment plus que moi... Alors, un jour, vous vous lasserez de moi; un jour, ce souvenir redeviendra plus fort que vous, et ce jour-là, Teule, si l'occasion s'en présente, vous me quitterez pour retourner vers votre pays et vers vos premières amours. Et cela, voyez-vous, Teule, je ne pourrai le supporter. Moi, la fille de Montezuma, je suis trop fière pour m'exposer à me voir abandonnée de cette façon. Si je dois devenir réellement votre femme, il faut que ce soit pour la vie... et cela, n'est-ce pas, c'est peut-être trop vous demander, malgré le lien qui, déjà, s'était créé entre nous.

Et elle regarda la tache de sang que sa blessure avait faite sur sa robe.

«Maintenant, Teule, ajouta-t-elle, je vous quitte afin de me mettre à la recherche de Guatimozin, s'il vit encore, et de quelques autres nobles qui, désormais, puisque la puissance des prêtres est abolie, auront plein pouvoir pour vous protéger et vous élever au plus haut rang. Réfléchissez bien en mon absence et gardez-vous surtout de prendre à la légère aucune décision. A moins que vous ne préfériez mettre fin à tout cela en rejoignant les hommes blancs, au cas où je trouverais un moyen pour cela?

— Je suis trop fatigué pour m'enfuir où que ce soit, répondis-je, même si j'en avais l'intention. Mon ennemi personnel se trouve parmi les Espagnols. J'ai juré de le tuer et, donc, ses amis sont mes ennemis et ses ennemis, mes amis. Je resterai, Otomie.

— C'est une sage décision, dit-elle, car, si vous retourniez parmi les Teules, cet homme ne tarderait pas à vous assassiner par n'importe quel moyen. Je l'ai lu dans ses yeux. Maintenant, reposez-vous pendant que je m'occupe de votre sécurité, si on peut encore trouver de la sécurité dans ce pays couvert de sang...

CHAPITRE XXIII

Où Thomas se marie

Otomie se détourna et sortit. Je regardai les rideaux dorés se refermer derrière elle; puis je me laissai aller sur le lit et sombrai instantanément dans un profond sommeil, tant était grande la fatigue qui m'avait envahi après toutes ces épreuves. Je dus dormir de longues heures car, lorsque je rouvris les yeux, ce fut pour constater que la nuit était bien avancée. S'il faisait nuit, il était loin de faire noir: par les fenêtres renforcées de barreaux, me parvenait le tumulte des combats et la lueur rouge née des incendies. Une de ces fenêtres s'ouvrait juste au-dessus de moi et, après m'être mis debout sur le lit, je fis en sorte, malgré la douleur causée par ma blessure au flanc, de me hausser afin de voir au travers des barreaux ce qui se passait dehors. Je découvris que les Espagnols, non contents d'avoir pris d'assaut le *teocalli,* s'étaient attaqués de nuit au reste de la ville et avaient mis le feu à des centaines d'habitations. Les flammes éclairaient la cité d'une lumière sinistre, ce qui me permit d'apercevoir des hommes blancs se repliant vers leurs positions, poursuivis par des milliers d'Aztèques qui leur tirait dessus à coups de pierres et de flèches.

Je me laissai retomber sur le lit et commençai à réfléchir sur ce que je pourrais faire car l'hésitation venait à nouveau de s'infiltrer en moi. Devais-je abandonner Otomie et me sauver chez les Espagnols, si c'était possible, avec le risque d'être tué par de Garcia? Ou devais-je rester parmi les Aztèques, s'ils acceptaient de me donner asile, et épouser Otomie? Il existait aussi une troisième solution: rester parmi les Aztèques mais sans épouser Otomie, un choix qu'il me serait difficile de tenir et qui ne ménagerait pas mon honneur. Une chose que je comprenais parfaitement, par ailleurs, c'était que, si j'épousais Otomie, ce serait à son propre prix, c'est-à-dire que je devrais devenir un Indien et abandonner tout espoir de retourner en Angleterre pour y retrouver celle qui m'était promise. Bien sûr, je n'avais que peu de chances de pouvoir quitter le pays, mais je les gardais si je conservais ma liberté. En revanche, si je me liais les mains par un mariage, je ne pourrais plus envisager de partir tant qu'Otomie serait en vie et, dans ce cas, il est probable que Lily Bozard me croirait mort. Comment pourrais-je être si peu fidèle à son souvenir et à ma promesse? Et, d'un autre côté, comment pourrais-je repousser une femme qui avait tout risqué pour moi et qui, pour parler franchement, m'était devenue si chère, même s'il existait encore quelqu'un de plus cher à mon cœur? Seul un héros ou un ange aurait été capable de se tirer de ce pétrin! Et je n'étais ni l'un ni l'autre... Seulement un homme affligé, comme tous les autres, des faiblesses humaines. Et Otomie était à portée de ma main, si belle et si douce... Cependant, je savais qu'à peine aurais-je accepté que je voudrais revenir sur ma parole et lui demander de me mépriser et de ne plus me revoir, afin de ne pas être forcé de briser la promesse que j'avais faite à Lily. Car je craignais grandement ce serment de fidélité inconditionnelle et sans fin qu'il me faudrait faire si je choisissais l'autre chemin...

Je restai en proie à cette confusion mentale, sans savoir que toutes ces choses étaient au-delà de mon bon vouloir, car un chemin avait déjà été tracé pour moi, et j'allais devoir suivre cette voie ou mourir. Que ce qui précède soit considéré comme une preuve de mon honnêteté car, si j'avais voulu glisser sur la vérité, je n'aurais jamais couché sur le papier tous ces combats intérieurs, lesquels ne faisaient que démontrer ma propre faiblesse. En effet, il allait advenir que, sans qu'elle m'y ait contraint, je serais bientôt forcé de choisir entre Otomie et la mort, et l'on ne pourrait réellement me blâmer d'avoir opté pour la première solution. En fait, j'aurais pu déclarer à ma fiancée et au monde entier que j'avais été l'esclave des événements. Mais cela aurait été un demi-mensonge car j'étais irrésolu et, si tout n'avait pas été décidé pour moi, je serais bien incapable de dire aujourd'hui comment ce combat intérieur se serait terminé.

Cela dit, en jugeant mes actions et mon tempérament d'alors, je peux voir maintenant que, même si j'avais eu le temps à ce moment de réfléchir, il est un événement qui, de toute façon, aurait fait pencher la balance en faveur d'Otomie.

De Garcia était parmi les Espagnols et la haine que je lui portais était la passion dévorante de ma vie, une passion encore plus puissante que l'amour que je portais à deux femmes qui, lui, aurait pu représenter la joie de mon existence. En effet, et bien qu'il soit mort depuis de nombreuses années, je hais toujours de Garcia. Je savais que, tant que je resterais avec les Aztèques, de Garcia serait leur ennemi et le mien et que j'aurais peut-être la chance de pouvoir le tuer au combat. Par contre, si je réussissais à passer chez les Espagnols, il était évident qu'il s'arrangerait pour me faire assassiner sur-le-champ en me faisant passer pour un espion ou quoi que ce soit d'autre.

Mais je vais maintenant cesser de m'étendre sur ces hésitations, qui n'ont d'autre intérêt que de montrer à quel point il m'était difficile de choisir entre un amour proche et un amour lointain, pour en arriver à un événement qui, lui, ne laissa aucune place à une quelconque hésitation.

Alors que je méditais sur mon lit, un homme, portant une torche, entra soudain dans la salle où je me reposais, et je vis que c'était Guatimozin. Il venait d'abandonner la lutte, qui s'était terminée avec la fin du jour, et son état était lamentable; son casque avait perdu toutes ses plumes, son armure d'or était toute tailladée par les épées espagnoles, et il perdait le sang par une blessure que lui avait faite au cou une balle d'arquebuse.

— Salut, Teule, me dit-il. Je ne m'attendais guère, assurément, à vous revoir vivant, ce soir, ni moi non plus, d'ailleurs; mais il se passe maintenant de si étranges choses à Tenochtitlan, qu'il ne faut plus s'étonner de rien. Etes-vous en état de marcher? Je suis venu pour vous convoquer en présence du conseil.

— Dans quel but? demandai-je. Pour que l'on décide de me traîner à nouveau sur la pierre du sacrifice?

— Non, non, soyez sans crainte à ce sujet. Toutefois, je ne pourrais vous dire au juste quel sort vous attend, mais il se peut que, d'ici une heure, vous soyez mort ou élevé à une grande dignité, si c'est encore possible en ces jours de honte. Otomie vous a bien défendu auprès des princes et des conseillers, et si vous avez un peu de cœur, vous pouvez lui en être reconnaissant, car il semble que bien peu de femmes aient jamais aimé à ce point un homme. Quant à moi (il désigna du regard son armure tailladée), j'étais occupé ailleurs. Cela dit, j'essaierai moi aussi de vous défendre. Allons-y, mon ami, car ma torche n'en a plus pour longtemps. Au point où vous en êtes, un danger de plus à affronter n'est plus pour vous effrayer, n'est-ce pas?

Il me conduisit dans la grande salle où, le matin même, on m'avait vénéré comme un dieu; mais, cette fois, je n'étais plus un dieu, j'étais un prisonnier qui passe en jugement. Tous les princes et les conseillers survivants m'avaient remplacé sur l'estrade où ils siégeaient, non pas tant pour statuer sur mon sort, ce qui était en somme secondaire, que pour élaborer un plan en vue d'expulser les Espagnols de la ville avant qu'elle fût complètement détruite.

A mon entrée, celui qui était au centre et en qui j'avais reconnu Cuitlahua, le successeur éventuel de Montezuma, releva vivement la tête et demanda:

— Qui nous amenez-vous là, Guatimozin? Ah! je me rappelle; le Teule qui était le dieu Tezcat, et qui a échappé au sacrifice. Alors, qu'allons-nous en faire? Est-il conforme aux lois qu'il soit de nouveau conduit au sacrifice?

— Non, très noble prince, répondit l'un des conseillers, qui portait le costume de prêtre, ce serait absolument contraire aux lois, attendu que le dieu a clairement manifesté son refus de l'accepter pour victime. Si vous voulez le tuer, vous êtes libre, mais pas sur la pierre sacrée.

— Alors, qu'allons-nous en faire? répéta Cuitlahua.

— C'est un Teule, et, par conséquent, un ennemi, répondit un autre conseiller; le mieux est donc qu'on s'en défasse au plus vite, de peur qu'il ne nous trahisse.

Les uns approuvèrent, d'autres se montrèrent perplexes, mais Guatimozin, sans leur laisser le temps de se décider, s'était déjà précipité pour intervenir en ma faveur.

— Pardonnez-moi, noble Cuitlahua, mon oncle, s'écria-t-il, mais, à mon avis, ce serait grand dommage de le tuer, car j'estime qu'il peut nous rendre au contraire d'excellents services. Je le connais, je sais par expérience qu'il est brave et loyal. De plus, ce n'est pas vraiment un Teule, mais un sang-mêlé d'un autre peuple qui les déteste autant que lui-même les hait. Sans compter qu'il pourrait nous être d'excellent conseil au sujet de leurs coutumes et de leurs techniques guerrières.

— Le conseil du loup à l'agneau, répondit Cuitlahua avec froideur, et qui pourrait nous jeter droit dans la gueule des Teules. Quelle preuve avons-nous de la bonne foi de ce démon d'étranger?

— Je réponds de lui sur ma vie, répliqua Guatimozin.

— Votre vie est trop précieuse pour nous, mon digne neveu, répondit le futur empereur, ne l'exposez pas si imprudemment, car cet homme est de race blanche, et vous n'ignorez pas combien cette race est perfide. Moi aussi, je suis d'avis qu'il serait plus sage de le tuer.

— Cet homme est également l'époux de la princesse Otomie, votre nièce et la fille de Montezuma, reprit Guatimozin, et elle l'aime au point d'avoir réclamé la faveur d'être immolée avec lui. Elle ausi, j'en suis sûr, sera prête à répondre de lui. Voulez-vous que je la fasse convoquer devant vous?

— Si bon vous semble, mon neveu, encore que son témoignage soit de peu de valeur, car la femme qui aime a toujours un bandeau sur les yeux.

On envoya donc chercher Otomie, qui apparut bientôt, très lasse apparemment, mais toujours très digne malgré tout.

— La question qui se pose pour nous est la suivante, princesse, lui expliqua Cuitlahua après qu'elle se fut inclinée devant le conseil, savoir si nous devons mettre à mort ce Teule, ou bien le considérer dorénavant comme un des nôtres, ainsi que le propose votre cousin Guatimozin, qui, lui, déclare répondre de lui, et qui nous assure que vous en ferez certainement autant. Or, en tant que femme, vous n'avez qu'un seul moyen de le faire, c'est de le prendre pour époux. Religieusement, vous l'avez déjà épousé, mais êtes-vous prête maintenant à vous unir à lui conformément aux usages de notre pays?

— Je suis prête, répondit d'une voix calme Otomie, s'il y consent.

— Je trouve que c'est là un bien grand honneur pour ce chien blanc, fit Cuitlahua. Pensez, princesse des Otomies, que nous comptons sur vous pour faire revenir les clans des montagnards Otomies sur leur alliance avec ces maudits Tlascalans qui ne sont plus que les esclaves des Teules! Votre vie est-elle assez précieuse pour ne pas la jouer sur la foi des dires d'un étranger? Et n'oubliez pas, Otomie, que s'il nous trahit, votre rang ne vous sera plus d'un grand secours...

— Je sais tout cela, répondit calmement la jeune femme. Etranger ou pas, j'aime cet homme et je répondrai donc de lui sur mon propre sang. Cependant, je compte sur lui pour m'aider à faire revenir le peuple des Otomies dans le droit chemin. Mais laissez-le plutôt s'exprimer, monseigneur. Il se peut qu'il n'ait aucun désir de me prendre en mariage...

— Dans la mesure où il a à choisir entre la mort et vos bras si adorables, ma nièce, il est facile de deviner quelle sera sa décision, fit Cuitlahua avec un sourire grimaçant. Y consentez-vous, Teule?

— Certes, j'y consens, répliquai-je. Si la princesse Otomie est prête à m'accepter pour époux, je suis prêt également à la prendre pour femme.

Il n'est tel que le danger pour rendre les décisions promptes: en un instant mes derniers scrupules s'étaient évanouis. Pouvais-je hésiter dès lors qu'il me fallait choisir entre la mort et Otomie?

— Prenez garde, me souffla-t-elle à l'oreille, en se rapprochant de moi. En acceptant cette union, vous renoncez d'un seul coup à votre passé, et vous me faites don de votre avenir.

— Je le sais, murmurai-je en frissonnant malgré moi, car la vison de Lily, me faisant ses adieux sous le grand hêtre de Ditchingham, venait de se dresser soudain devant mes yeux comme un reproche.

Cuitlahua devina sans doute le fond de ma pensée, car il me dit:

— Vous acceptez d'épouser la princesse, Teule; c'est fort bien. Mais qui nous prouve que nous pouvons avoir foi en vous? Sans doute, en nous trahissant, vous condamneriez votre épouse à une mort certaine, mais, après tout, peut-êre cela vous importe-t-il fort peu.

— Je suis prêt à jurer fidélité à votre cause, déclarai-je. Je déteste les Espagnols, et c'est parmi eux que se trouve mon pire ennemi, celui dont je n'aurai pas de repos que je ne m'en sois vengé, et qui a lui-même cherché à me tuer aujourd'hui. Maintenant, si vous doutez encore de ma bonne foi, qu'on m'exécute sur l'heure. Après tout ce que j'ai enduré depuis que je suis parmi vous, peu m'importe de vivre ou de mourir.

— Fièrement répondu, Teule. Alors, camarades, que décidez-vous? Faut-il le donner pour époux à Otomie et lui faire prêter serment, ou faut-il le condamner à mort? Vous savez ce qu'il en est: d'une part, connaissant à fond le langage, les coutumes, les armes et les artifices de guerre de nos ennemis, il peut, s'il se montre loyal à notre égard, nous rendre les plus signalés services; d'autre part, si, comme il y a lieu de le craindre, étant donné sa race, il est indigne de notre confiance, il peut, un jour ou l'autre, nous échapper et nous causer les plus graves préjudices en allant révéler aux Espagnols l'état de notre situation et les desseins que nous avons formés contre eux. A vous de choisir, camarades.

Les conseillers se consultèrent, et il devint tout de suite évident que les avis étaient très partagés. Cuitlahua, en les voyant si indécis, perdit patience et les somma de trancher la question en votant pour ou contre. Sur vingt-six conseillers présents, Cuitlahua non compris, treize votèrent mon exécution et les treize autres demandèrent qu'on me fît confiance.

— C'est donc à moi qu'il appartient de faire pencher la balance, dit Cuitlahua.

Et je sentis aussitôt mon sang se figer dans mes veines, car j'avais, dès le début, remarqué qu'il m'était hostile. Mais, au moment même où il allait sans doute prononcer contre moi la sentence fatale, Otomie s'élança vers lui et l'interrompit.

— Pardonnez-moi, mon oncle, lui dit-elle, mais avant de parler, laissez-moi vous dire quelque chose. Vous avez besoin de moi, n'est-ce pas? C'est sur moi que vous comptez, n'est-il pas vrai, pour rallier à votre cause les clans montagnards des Otomies, qui sont sur le point de se liguer avec les Tlascalans et de devenir comme eux les alliés des Teules? Et moi seule, vous le savez, puis encore les dissuader de mettre à exécution le coupable projet qu'ils ont en tête, ma mère était leur reine, et je suis leur unique enfant. Si je me rends auprès d'eux, si je les exhorte à se rallier à vous, ce seront non seulement trente mille adversaires de moins que vous aurez à combattre, mais encore trente mille guerriers de plus qui accourront se ranger sous votre bannière. Donc ma vie vaut quelque chose, sans doute! Les prêtres le savaient bien, tantôt sur le *teocalli*, puisque, en dépit de leur soif du sang royal, ils se refusaient à me laisser prendre place à côté du Teule, comme c'était mon droit, et puisqu'il m'a fallu les menacer de la vengeance des dieux pour les contraindre à me le permettre. Eh bien! je vous le dis, mon oncle; je vous le dis, vous tous: si vous condamnez cet homme à mort, ne comptez plus sur moi pour ramener les Otomies vers vous, car ce que je voulais accomplir aujourd'hui sera accompli, et j'irai le rejoindre dans la tombe.

Tous les assistants la regardèrent avec stupeur, émerveillés de tant d'amour et de courage. Cuitlahua, seul, ne parut pas se décontenancer.

— Fille déloyale que vous êtes! s'écria-t-il. Eh quoi! vous osez donc faire passer votre amour avant votre patrie? En vérité, c'est dans le sang, et la fille vaut le père! Montezuma a renié son peuple pour s'abaisser devant ces Teules qui ne sont que les faux enfants de Quetzal, et maintenant Otomie marche sur ses traces. Ma parole, ma nièce, si les choses étaient autrement, et si je pouvais agir à ma guise, je vous réponds que vous auriez satisfaction, car je vous condamnerais à mort sur l'heure avec cet homme.

Il s'arrêta, époumoné par la colère et la fixa d'un œil furibond; mais Otomie ne s'en émut même pas, et, très calme, les mains jointes et les yeux baissés, se contenta de lui répondre:

— Peu importe que vous me blâmiez ou non. Mon dernier mot est dit, je n'y reviendrai pas. A vous de voir ce qu'il vous reste à faire.

Cuitlahua demeura un long moment songeur; il avait les yeux fixes, et sa main tourmentait nerveusement sa barbe. Tous les assistants, anxieux, l'observaient en silence, se demandant quelle décision il allait prendre. A la fin, il dit:

— Eh bien, soit. Nous avons besoin d'Otomie, ma nièce, et il ne sert à rien d'aller à l'encontre d'une femme que l'amour guide. Et puisqu'il en faut passer par-là, Teule, vous aurez la vie sauve, vous aurez pour épouse la fille de notre roi, vous serez élevé aux plus grands honneurs et vous prendrez part à nos conseils. Mais prenez bien garde, car si jamais vous nous trahissez, ou même si vous méditiez seulement de nous trahir, je vous promets, tant à vous qu'à votre femme, à vos enfants et à vos serviteurs, une mort lente et si horrible, que si je vous en disais seulement le nom, vous en auriez le cœur transformé en eau. Maintenant le sort en est jeté: qu'on lui fasse prêter serment!

Un brouillard me passa devant les yeux, et il me sembla que le sol se dérobait sous moi. Etait-il possible que, quand je croyais tout perdu, la mort m'épargnât cette fois encore? Lorsque ce brouillard se dissipa, mes yeux se rencontrèrent avec ceux d'Otomie, et elle me sourit tristement. Mais déjà, armé d'un couteau d'obsidienne et d'une coupe en bois sur laquelle étaient gravés des signes étranges, le prêtre s'était avancé vers moi et me commandait de mettre mon bras à nu. A l'aide de son couteau il me fit une entraille et recueillit dans la coupe le sang qui s'en échappa, puis il en versa quelques gouttes à terre en murmurant des invocations, et se retourna vers Cuitlahua comme pour lui demander ce qu'il devait faire.

— Qu'il soit baptisé avec le sang de la princesse Otomie, puisqu'elle répond de lui, dit Cuitlahua avec un rire amer...

— Non, protesta Guatimozin, ils sont mariés, et leur sang s'est déjà trouvé mêlé sur la pierre du sacrifice. Mais, moi aussi, je réponds de lui, et pour bien le prouver, j'offre mon propre sang.

— Ce Teule a décidément de bien grands amis, et en vérité, c'est lui faire trop grand honneur, dit Cuitlahua. Enfin, qu'il en soit ainsi, puisque tel est votre désir.

Alors, Guatimozin s'avança et le prêtre voulut lui entailler le bras comme à moi, mais il l'arrêta d'un geste, et lui montrant la blessure qu'il avait au cou:

— Inutile, prêtre, lui dit-il, voici du sang qui fut versé par les Teules. C'est le meilleur dont vous puissiez vous servir.

Alors le prêtre enleva le bandage qui recouvrait sa plaie et fit couler un peu de sang dans une autre coupe plus petite. Puis il s'approcha une seconde fois de moi, et, trempant son doigt dans le sang de Guatimozin, il me traça une croix sur le front, comme les prêtres catholiques le font pour baptiser un enfant, et prononça ces paroles:

— En présence et au nom du dieu, notre seigneur, qui est en tous lieux et voit toutes choses, je te marque de ce sang et te fais de sang. En présence du dieu, notre seigneur, qui est en tous lieux et voit toutes choses, je verse ton sang sur la terre! — Et il le versa comme il le disait. — De même que ce sang disparaît dans la terre, puisse la mémoire de ton passé disparaître et être oubliée, car tu viens à l'instant de naître une seconde fois parmi le peuple d'Anahuac. En présence du dieu, notre seigneur, qui est en tous lieux et voit toutes choses, je mêle ces deux sangs, — il versa le contenu d'une coupe dans l'autre, — il plongea son doigt dans la coupe et me toucha l'extrémité de la langue avec, — et je t'ordonne de prêter le serment que voici:

«Puissent tous les maux auxquels la chair de l'homme est sujette, pénétrer en moi, puissé-je vivre en proie aux plus grandes misères et mourir dans les pires tourments, puisse mon âme être chassée des Demeures du Soleil et se voir condamnée à errer éternellement dans les ténèbres qui sont par-delà les étoiles, si je manque à ce serment. Je jure, moi, Teule, d'être fidèle au peuple d'Anahuac et à son légitime suzerain. Je jure d'intenter la guerre à tous ses ennemis et particulièrement aux Teules, jusqu'à ce qu'ils aient été refoulés jusqu'à la mer. Je jure de ne jamais manquer de respect aux dieux d'Anahuac. Je jure d'être fidèle à Otomie, princesse des Otomies, mon épouse et la fille de Montezuma, mon maître, aussi longtemps qu'elle vivra. Je jure de ne pas chercher à m'enfuir de ces rivages. Je jure de répudier mon père et ma mère, ainsi que le pays où je suis né, et cela jusqu'au jour où le volcan Popocatepetl aura cessé de cracher la fumée et le feu, où il n'y aura plus de roi à Tenochtitlan, ou aucun prêtre ne servira plus les autels des dieux et où le peuple d'Anahuac aura cessé d'être un peuple.

— Etes-vous prêt à jurer toutes ces choses?

— Je les jure toutes, répondis-je, à mon corps défendant, et bien qu'une bonne partie de ce serment fût tout à fait contraire à mes idées.

Lorsque j'eus prêté serment, Guatimozin s'avança vers moi, me prit dans ses bras et me donna l'accolade, me disant:

— Soyez le bienvenu parmi nous, Teule, mon frère par le sang et par le cœur. Désormais, vous compterez parmi les nôtres, vous nous aiderez de vos conseils, et vous combattrez à nos côtés. Venez vous asseoir près de moi.

Je me retournai avec un restant d'inquiétude vers Cuitlahua, mais il me sourit très aimablement et me dit:

— Teule, votre épreuve est terminée. Nous vous avons accepté parmi nous, et vous avez prononcé le serment solennel de fraternité, que l'on ne peut rompre sans être condamné à la mort la plus terrible et sans être voué par-delà la mort aux tortures éternelles. Oubliez tout ce qui a été dit auparavant, car maintenant la balance est en votre faveur, et si vous savez mériter notre confiance, soyez sûr qu'elle vous sera pleinement rendue. En tant qu'époux d'Otomie, vous êtes dorénavant un seigneur de haut lignage, digne des plus grands honneurs et possesseur des plus grands biens. Et comme tel, vous avez le droit de siéger à la table de notre conseil aux côtés de votre frère Guatimozin.

Otomie s'étant retirée, on aborda alors l'examen de questions pressantes que réclamait la situation critique du pays. En quelques paroles empreintes de tristesse, Cuitlahua en traça l'exposé à grands traits; le territoire d'Anahuac envahi par les Teules, la malheureuse capitale de Tenochitlan elle-même à moitié dévastée, les morts s'entassant par centaines dans ses rues, l'empereur prisonnier et agonisant. Que faire contre ces démons blancs qui luttaient avec des armes inconnues et redoutables? Que faire maintenant que les dieux, à leur tour, semblaient demeurer sourds aux prières et se laissaient renverser de leurs autels?

Alors, un par un, les princes et les chefs se levèrent, et chacun donna son avis. Lorsque tous eurent pris la parole, Cuitlahua se tourna vers moi et dit:

— Nous avons parmi nous un nouveau conseiller qui, tout à l'heure encore était lui-même un blanc, et qui, par conséquent, connaît beaucoup mieux leurs usages et leur façon de pratiquer la guerre. N'a-t-il rien de meilleur à nous suggérer?

— Parlez, mon frère, insista Guatimozin.

— Très noble Cuitlahua, et vous tous seigneurs et princes, puisque vous voulez bien me faire l'honneur de me demander conseil, retenez bien ce que je vais vous dire. Depuis plusieurs jours déjà, vous vous épuisez en vaines attaques contre les murailles des Teules et contre leurs armes. Ce n'est pas de cette façon que vous en viendrez jamais à bout. Si vous voulez remporter la victoire, il faut adopter une autre méthode. D'abord, dites-vous bien que les Espagnols ne sont pas des dieux, comme les ignorants le prétendent, et que les animaux qu'ils montent ne sont pas des monstres fabuleux, mais de simples bêtes de somme, comme on en emploie beaucoup dans le pays où je suis né. Or, étant des hommes, les Espagnols ont faim et soif comme vous et moi. Etant des hommes, ils sont sujets à la fatigue et peuvent être tués de bien des façons. A l'heure qu'il est, croyez-vous donc qu'ils ne soient pas épuisés, eux aussi? Eh bien! Selon moi, voici la tactique qu'il faudrait suivre: cesser d'attaquer les Espagnols et se borner à investir leur camp, mais de si près qu'il leur soit impossible, à eux comme à leur alliés, les Tlascalans, de se procurer aucuns vivres. Si ce plan est exécuté à la lettre, avant dix jours d'ici, ils se rendront ou ils s'efforceront de se frayer un passage à travers vos armées pour regagner la côte; mais, pour cela, il leur faudra d'abord sortir de la ville, et pour peu que l'on coupe les chaussées avec des fossés, cela ne leur sera pas facile et c'est à ce moment-là seulement que vous pourrez les attaquer avec l'espoir de les anéantir.

Un murmure d'approbation parcourut l'assemblée.

— Je commence à croire que nous avons sagement agi en épargnant la vie de cet homme, constata Cuitlahua; ces arguments sont très justes, et il est bien regrettable que nous n'ayons pas songé plutôt à adopter le plan qu'il propose. Pour ma part, je considère que c'est encore le meilleur. Est-ce votre avis aussi, camarades?

— C'est entièrement notre avis, confirma Guatimozin, et nous nous efforcerons de l'exécuter de point en point.

Le conseil se sépara un peu plus tard et je repartis vers ma chambre, écrasé par le poids de la fatigue et de tout ce que j'avais dû endurer ce jour-là. L'aube enflammait le ciel en direction de l'orient et me permit de retrouver mon chemin dans les couloirs déserts. Je finis enfin par arriver devant les rideaux de ma chambre. Je les dépassai et découvris la présence d'Otomie. La faible lumière jouait avec la blancheur immaculée de sa robe, avec l'or de ses bijoux et avec le noir de jais de ses cheveux.

Elle glissa vers moi, les bras grands ouverts. Elle les referma autour de mon cou et m'embrassa sur le front.

— Maintenant, tout est fait, mon seigneur et amant, murmura-t-elle. Pour le meilleur et pour le pire, ou pour tous les deux à la fois, nous ne ferons plus qu'un jusqu'à la mort, car des vœux tels que ceux que nous avons prononcés ne peuvent plus être brisés.

— C'est vrai, Otomie. Et pour cela, j'ai dû briser des promesses que j'avais déjà faites auparavant...

Voilà comment j'épousai Otomie, la fille de Montezuma.

CHAPITRE XXIV

La nuit d'épouvante

Bien avant mon réveil, les ordres du conseil avaient été exécutés et les digues avaient été coupées aux endroits stratégiques. L'après-midi suivant, j'accompagnai, vêtu comme un guerrier indien, Guatimozin et d'autres généraux à des pourparlers avec Cortez. Celui-ci se tenait sur la tour du palais où Montezuma avait reçu le trait décoché par Guatimozin.

Il n'y a pas grand-chose à dire de ces pourparlers, sinon que c'est là que je revis pour la première fois Marina de près et que j'entendis à nouveau sa douce voix. En effet, elle était assise aux côtés de Cortez et traduisait ses propositions de paix aux Aztèques. Parmi ces propositions, il y en avait une qui démontrait que de Garcia était loin d'être resté inactif. Elle demandait à ce que le faux homme blanc qui avait été sauvé de l'autel sur le *teocalli* soit échangé contre certains prisonniers aztèques, afin qu'il soit pendu comme espion, déserteur et traître à l'empereur d'Espagne. En entendant cela, je ne pus m'empêcher de me poser la question de savoir si Marina se doutait, en traduisant ces paroles, que le «faux homme blanc» n'était autre que son ami à Tobasco.

— Vous avez fait le bon choix en restant avec nous, Teule, fit Guatimozin en riant, car c'est avec une corde que vos semblables vous auraient accueilli.

Puis il répondit à Cortez en lui annonçant que tous les Espagnols devaient se préparer à mourir.

— Nombre d'entre nous sont morts et vous allez tous périr, Teules, dit-il. Vous allez mourir de faim et de soif, et sur les autels des dieux. Il n'existe pas d'issue pour vous, Teules, car les ponts ont été coupés!

C'est alors que la foule reprit ses paroles en criant:

— Pas d'issue pour les Teules, car les ponts sont coupés!

Les jets de flèches commencèrent et je retournai au palais pour informer Otomie de ce que j'avais appris sur le sort de son père Montezuma que les Espagnols affirmaient être mourant, ainsi que sur celui de ses deux sœurs prises en otages. Je lui contai également ce qu'on m'avait promis au cas où je me rendrais. Elle m'embrassa et me dit en souriant que, même si ma vie était désormais liée à la sienne, cela valait toujours mieux pour moi que de tomber entre les mains des Espagnols...

Deux jours après, nous apprîmes que Montezuma était mort, et les Espagnols remirent son corps aux Aztèques pour leur permettre de l'ensevelir. Après avoir été revêtu de ses somptueux vêtements royaux, il resta exposé pendant une journée dans la grande salle du palais, mais le soir venu, on le fit disparaître en secret, et on alla l'enterrer sans cérémonie en dehors de la ville afin d'éviter que le peuple, dans un accès de rage, ne le déchirât en morceaux. Je jetai un dernier regard, en compagnie d'une Otomie en larmes, au visage de ce souverain si malheureux et dont le règne, commencé si glorieusement, s'était achevé de la façon que l'on connaît. Pendant que je le regardais, je me demandai si quelqu'un aurait pu souffrir plus que lui: il était tombé de son trône, il était haï par ses sujets qu'il avait trahis et était mort prisonnier des loups étrangers qui avaient frappé son pays au cœur. Rien d'étonnant alors que Montezuma n'ait cessé de déchirer les bandages de ses blessures afin qu'elles ne se referment pas. Car ses seules véritables plaies étaient celles de son âme et il n'y avait que la mort pour les guérir. Et, pourtant, il n'était pas seul responsable de ce désastre: les démons qu'il avait adorés comme des dieux s'étaient vengés de lui en lui remplissant l'esprit de superstitions. Sans ces terreurs qui l'avaient hanté, les Espagnols n'auraient jamais mis les pieds à Tenoctitlan et les Aztèques seraient restés libres encore longtemps. Mais la Providence en avait décidé autrement et ce monarque disgracié n'avait été rien d'autre que son instrument involontaire.

Telles étaient les pensées qui me traversèrent l'esprit pendant que j'étais en train de scruter le cadavre du grand Montezuma.

— O mon père, s'écria alors Otomie, qui avait cessé de pleurer, c'est une bonne chose que vous soyez mort car nul parmi ceux qui vous aimaient n'aurait voulu vous voir vivre dans la honte et dans l'esclavage. Puissent les dieux que vous adoriez me donner la force de vous venger, ou alors, je saurai que ce n'étaient que des faux dieux. Je vous jure, mon père, que, tant qu'un homme me restera dévoué, je ne cesserai pas d'essayer de vous venger.

Puis elle me prit la main et, sans un mot de plus, elle se détourna et s'en alla. Comme on pourra le voir plus tard, elle tint parole.

Ce jour-là, ainsi que le lendemain, une attaque fut menée contre les Espagnols, qui avaient effectué une sortie pour tenter de combler les fossés creusés sur mon conseil en travers des chemins. Ils y parvinrent du reste, mais au prix de pertes assez lourdes, et ils n'en furent en somme pas plus avancés, puisque, aussitôt après leur départ, tout ce qu'ils avaient fait fut derechef détruit par nous. C'est à cette occasion que je fis mes débuts à la guerre, armé de l'arc que, d'après mes indications, l'on m'avait fabriqué à la mode anglaise, et je crois pouvoir affirmer sans me vanter que je ne m'en tirai pas trop mal. Par hasard, il se trouva que ma première flèche fut pour mon ennemi juré, de Garcia. Mais là encore, l'infortune me poursuivit car, soit par manque d'entraînement, soit par énervement, je visai trop haut et manquai cette cible pourtant facile Le trait perça le fer de son casque, le faisant chanceler sur sa selle, mais sans plus. Pourtant, cette performance, quoique peu glorieuse, m'apporta un grand renom parmi les Aztèques, lesquels étaient des archers peu doués et n'avaient encore jamais vu une flèche percer une armure espagnole. La mienne n'y serait sûrement pas arrivé si je n'y avais fixé une des pointes de fer prises sur les carreaux d'arbalètes tirés contre nous par les Espagnols. A cette distance, bien peu d'armures avaient résisté à un tel tir au but.

Dès la fin de la première journée, je reçus, en récompense de mes exploits le titre de général et le commandement de trois mille archers, ainsi qu'une bannière et un flamboyant vêtement de capitaine. Mais je lui préférai une cotte de maille prise sur le cadavre d'un cavalier espagnol. Je devais la porter de nombreuses années sous mes vêtements de coton et elle allait me sauver plus d'une fois la vie. Ces trois mille hommes étaient doués d'un courage indomptable, mais, en revanche, notoirement indisciplinés; aussi m'employai-je aussitôt de mon mieux à compléter leur éducation militaire. Il me fut malheureusement impossible de la parfaire autant que je l'aurais voulu, attendu que, quarante-huit heures après, il fallut de nouveau livrer bataille. Les tentatives faites par les Espagnols pour combler les fossés m'ayant laissé pressentir que Cortez préparait sa retraite, je pris soin d'en avertir Cuitlahua, ajoutant que, selon moi, il chercherait probablement à se sauver à la faveur de la nuit. Cuitlahua, toutefois, n'en voulut rien croire, persuadé que, si les Teules commettaient une pareille imprudence, ils s'égareraient infailliblement dans les ténèbres et tomberaient dans les fossés. Je lui répondis que, si ce n'était pas l'habitude des Aztèques de marcher et de combattre dans l'obscurité, pareilles choses se pratiquaient assez couramment chez les blancs, et que, connaissant cette différence d'usage, ils auraient au contraire une raison de plus pour se retirer la nuit: celle d'être à peu près sûrs que leurs ennemis seraient à ce moment-là plongés dans le sommeil. Je lui conseillai donc de poster des sentinelles à toutes les portes commandant des chaussées praticables. Il y consentit de bonne grâce et me chargea moi-même, avec l'aide de Guatimozin, de garder l'une des plus importantes, celle de Tlacopan.

Vers minuit, Guatimozin et moi fîmes une ronde pour inspecter les hommes que nous avions placés en faction sur la route. Il pleuvait très fort, et la nuit était si noire que l'on n'y voyait pas à deux pas devant soi. Nous étions néanmoins parvenus à retrouver nos sentinelles qui nous affirmèrent n'avoir rien remarqué d'anormal, et nous venions de les remplacer par d'autres, lorsqu'en retournant vers la grande place, je m'arrêtai soudain pour prêter l'oreille. On entendait au loin un bruit sourd, comme celui de milliers d'hommes en marche.

Au pas de course, nous enfilâmes une rue qui conduisait directement à la chaussée, et nous n'étions pas parvenus au bout, que nous entrevîmes dans le noir des reflets d'armures.

Aussitôt, je me mis à crier à pleine voix:

— Aux armes! aux armes! Les Teules se sauvent par la chaussée de Tlacopan.

Instantanément, mon cri fut répété par les sentinelles, puis par les autres postes plus éloignés et, de proche en proche, gagna ainsi la ville, où l'alerte fut aussitôt donnée dans tous les quartiers à la fois. Sans tarder, les rues et les places furent en rumeur, et il s'éleva du lac, où des centaines de barques s'étaient mises à évoluer simultanément, un vacarme pareil à celui qu'auraient pu faire des myriades de canards sauvages s'ébattant dans les roseaux. D'un bout à l'autre de la ville, les rues étaient sillonnées de torches qui s'entrecroisaient; de chaque carrefour et de chaque place, montaient de stridents appels de cornes et de conques, et là-haut, sur le *teocalli*, le tambour sacré venait de reprendre à son tour son formidable bourdonnement.

De toutes parts, affluaient vers la chaussée de Tlacopan des troupes de guerriers en armes, les uns à pied, les autres en barques, et au même instant, en une longue et mince colonne, débouchaient les Espagnols au nombre de quinze cents environ, accompagnés de six à huit mille Tlascalans. Guatimozin et moi nous élançâmes aussitôt à leur rencontre, rassemblant en chemin tous les hommes qui se trouvaient sur notre passage, et nous arrivâmes ainsi au premier canal où les barques s'amassaient déjà par vingtaines. Dès que la tête de la colonne espagnole atteignit le canal, le combat s'engagea. Pour dire la vérité, il n'y avait du côté des Aztèques aucune cohésion, ni aucun plan d'attaque déterminé, car l'alerte avait été si brutale, qu'ils n'avaient pas eu le temps de s'organiser, et, d'autre part, la nuit était tellement sombre, qu'il était impossible aux capitaines de reconnaître leurs hommes ni de les diriger effectivement, mais ils avaient quand même pour eux leur nombre incalculable et la haine farouche qui les unissait tous dans le même désir d'exterminer les Teules. Un canon se mit à tonner, envoyant une tempête de boulets à travers nos rangs, et les éclairs dont il trouait les ténèbres nous permirent de nous rendre compte que les Espagnols avaient apporté avec eux une passerelle en bois qu'ils venaient de jeter en travers du canal. Alors, nous nous élançâmes contre eux, et ce fut un corps à corps effroyable. Chacun luttait pour soi, et sous la violente poussée de l'ennemi, nous nous trouvâmes, Guatimozin et moi, entraînés par-delà cette passerelle comme les feuilles sont emportées par une bourrasque, et si éloignés l'un de l'autre que nous nous perdîmes complètement de vue pendant le reste de la nuit.

Vouloir décrire ce combat en pleines ténèbres serait chose impossible, et je n'en vis d'ailleurs pour ma part qu'une bien faible partie. Tout ce que je sais, c'est que, durant deux heures, je me démenai comme un véritable dément. L'ennemi traversa le premier canal, mais quand l'armée entière fut de l'autre côté, la passerelle s'était à ce point enfoncée dans la boue, qu'il fût impossible de la dégager, mais à cinq ou six cents pas de-là, s'étendait un autre canal encore plus profond et plus large que le premier, et les Espagnols ne purent le franchir que lorsqu'ils eurent assez de morts à entasser pour passer par-dessus. C'était à croire que toutes les horreurs de l'enfer s'étaient donné rendez-vous sur cette étroite bande de terre. Le fracas des canons et des arquebuses, les hurlements d'agonie et d'effroi, les clameurs des soldats espagnols, les cris de guerre des Aztèques, les hennissements des chevaux blessés, les lamentations des femmes, le sifflement des javelots et des traits, le choc sourd des coups assénés, tout cela montait vers le ciel en une inimaginable et horrible cacophonie. Comme un troupeau de bétail affolé, la longue colonne espagnole se ruait en beuglant, tantôt à droite, tantôt à gauche. Beaucoup glissaient, tombaient sur les bas-côtés de la chaussée, où ils étaient aussitôt égorgés dans les eaux du lac ou emportés dans les barques, afin d'être traînés ensuite au sacrifice; beaucoup se noyèrent dans les canaux, et un plus grand nombre encore moururent piétinés dans la boue. Des centaines d'Aztèques furent tués également, la plupart sous les coups de leurs propres camarades qui frappaient et déchargeaient leurs flèches au hasard, sans savoir qui serait atteint par leurs armes, ni dans quelles poitrines se planteraient leurs traits.

Quant à moi, je continuai à lutter désespérément jusqu'au jour avec une petite bande d'archers qui s'étaient groupés autour de moi. Le spectacle que nous révélèrent les premières lueurs de l'aube fut atroce. La plupart des Espagnols et des Tlascalans échappés à la mort avaient traversé le second canal sur un pont fabriqué avec les cadavres de leurs morts mélangés à tout un fatras de chariots brisés, de pièces de canon démontées et de caisses renfermant une partie du trésor qu'ils emportaient. C'est par-delà ce second canal que, maintenant, la lutte faisait rage, mais la troupe n'était pas encore entièrement passée, et avec tous les hommes que je pus rassembler, je tombai sur ceux de nos ennemis qui restaient encore parmi nous et cherchaient à rejoindre les leurs. En arrivant au milieu d'eux, je me trouvai tout à coup face à face avec de Garcia. Poussant un cri de rage, je m'élançai sur lui. Il m'entendit, me reconnut et, proférant un juron, m'asséna un formidable coup d'épée sur la tête. La lourde lame défonça mon casque en bois peint et m'envoya rouler à terre, mais, avant de tomber, j'avais eu le temps de lui abattre en pleine poitrine la massue dont j'étais armé et il s'affaissa presque en même temps que moi. Maintenant, à demi étourdi et aveuglé, je rampais vers lui à travers la cohue des combattants. Tout ce que je voyais de lui était un coin d'armure qui luisait dans la boue. Néanmoins, je réussis à l'atteindre et l'empoignai à la gorge; cramponnés l'un à l'autre, nous roulâmes ensemble au bas de la chaussée dans les eaux du lac, heureusement peu profondes sur les bords. J'avais réussi, pendant notre chute, à le maintenir au-dessous de moi et, avec une joie farouche, je passai ma main sur mes yeux pour enlever le sang qui m'empêchait de voir mon ennemi à ma merci, et que j'allais enfin avoir la joie ineffable de tuer. Il avait tout le corps plongé dans le lac, mais sa tête émergeait, soutenue par l'inclinaison de la rive, et comme j'avais perdu ma massue dans la bagarre, mon intention était de le forcer à rester enfoncé sous l'eau jusqu'à ce qu'il se noyât.

— Cette fois, je vous tiens, de Garcia ! m'écriai-je en castillan.

— Pour l'amour du ciel, lâchez-moi ! Vous ne voyez donc pas que je ne suis pas une canaille d'Indien ! haleta mon adversaire d'une voix rude qui ne m'était pas familière.

Je me penchai vivement pour scruter son visage de plus près, et demeurai tout interdit. Je croyais tenir de Garcia et voici que cette voix, que cette figure étaient celles d'un autre...

— Qui êtes-vous ? lui demandai-je en desserrant mon étreinte. Où est de Garcia... celui que vous appelez Sarceda ?

— Sarceda ? Je n'en sais rien. Tout à l'heure encore, il était étendu à côté de moi sur la chaussée. Laissez-moi, vous dis-je. Vous voyez bien que je ne suis pas Sarceda ; et d'ailleurs, est-ce le moment de régler ses affaires personnelles ? Je suis votre camarade Bernal Diaz. Mais, Sainte Mère, qui êtes-vous donc, vous ? Un Aztèque qui parle espagnol ?

— Je ne suis pas aztèque du tout, ripostai-je, je suis anglais, et je combats avec les Aztèques afin de pouvoir tuer celui que vous nommez Sarceda. Mais vous, Bernal Diaz, je n'ai aucun motif de vous en vouloir. Partez, mon ami, partez, et tâchez de vous en tirer si vous pouvez. Mais... pardon, avant de me quitter, remettez-moi d'abord votre épée, si vous voulez bien.

— Anglais, Espagnol, Aztèque ou démon, grommela l'homme en s'arrachant à la vase dans laquelle il était déjà aux trois quarts enlisé, vous êtes un brave garçon, et si jamais je sors de-là, et que vous vous trouviez un jour à ma merci à votre tour, je vous promets que je vous revaudrai ce que vous avez fait pour moi cette nuit. Adieu.

Et, me donnant son épée, il remonta sur la chaussée et disparut au milieu d'un groupe de ses compagnons en fuite. J'essayai de le suivre afin de retrouver mon ennemi qui venait, une fois de plus, de me glisser entre les doigts, mais mes forces me trahirent, car l'épée de de Garcia m'avait fait une profonde entraille, et je perdais beaucoup de sang. Je me vis donc contraint de rester où j'étais jusqu'au moment où je fus recueilli par une barque.

Tel fut le rôle que je jouai moi-même dans la victoire de cette fameuse *noche triste,* pour employer le terme dont se servent, aujourd'hui encore, les Espagnols pour rappeler l'effroyable désastre. Passagère victoire, hélas ! en dépit des cinq cents Espagnols et des milliers de Tlascalans qui étaient restés sur le champ de bataille. Car les Aztèques, je l'ai dit, n'avaient aucune discipline et ne connaissaient rien à la guerre et, au lieu de poursuivre les Espagnols pour les anéantir complètement, ils s'attardèrent à détrousser les morts et à capturer les vivants pour les conduire au sacrifice.

Ce jour de vengeance se révéla être malheureusement un des plus tristes pour Otomie car, deux de ses frères, les fils de Montezuma que les Espagnols tenaient en otage, périrent avec les autres au cours de la bataille.

Quant à de Garcia, je fus incapable de savoir ce qui lui était arrivé, ni s'il était mort ou vivant.

CHAPITRE XXV

L'enterrement du trésor de Montezuma

Cuitlahua fut couronné empereur des Aztèques, succédant ainsi à son frère Montezuma, alors que je me remettais difficilement de la blessure causée par l'épée de de Garcia, ainsi que de celle que j'avais reçue sur l'autel. Cette dernière n'avait bénéficié d'aucun soin et s'était rouverte durant la Nuit de l'Epouvante. En fait, elle ne cessa jamais vraiment de m'importuner et, même aujourd'hui, il m'arrive encore de la sentir lorsque vient l'automne. Otomie s'occupa tendrement de moi durant tout ce temps. Le cœur des femmes est ainsi fait que savoir que j'avais échappé au massacre, tout en conquérant la gloire, sembla la consoler de la mort de son père et de ses plus proches parents. Elle me raconta en détail les splendeurs de la cérémonie du couronnement. La fuite des Teules avait rendu les Aztèques presque fous de joie. Ils avaient oublié, ou avaient fait semblant d'oublier, la perte de milliers de leurs plus vaillants guerriers et celle de la fleur de leur noblesse et ne s'inquiétaient pas de l'avenir. Des foules de jeunes gens enguirlandés de fleurs allaient de maison en maison et de rue en rue en criant aux gens de se réjouir de la fuite des Teules et en se moquant, même si leur propre famille avait été frappée par la mort, de ceux qui n'étaient pas heureux. Les statues des dieux avaient été remontées au sommet de la grande pyramide et leurs temples réparés. Le crucifix que les Espagnols avaient placé là subit à son tour le sort des idoles de Huitzel et Tezcat et fut jeté du haut du *teocalli* après que quelques prisonniers espagnols eurent été sacrifiés face à lui. Ce fut Guatimozin lui-même qui me fit part de ce sacrilège, mais sans ostentation, car je lui avais vaguement parlé de notre religion et, bien qu'il soit trop païen pour changer de credo, cela ne l'empêchait pas de croire tout au fond de lui-même que le Dieu des chrétiens était une véritable et puissante divinité. De plus, même si le pouvoir des prêtres l'obligeait, ainsi qu'Otomie, à les approuver officiellement, Guatimozin n'avait en fait jamais aimé les rites horribles des sacrifices humains. Lorsque j'entendis cette histoire, ma colère fit voler en éclats ma raison.

— Je suis de votre côté, Guatimozin, mon frère, explosai-je, et je suis marié à l'une de vos parentes, mais je peux vous dire qu'à partir de cette heure, notre cause est maudite! Maudite par la faute de vos prêtres et de vos idoles sanguinaires! Ce Dieu que vous avez profané, ainsi que ceux qui Le servent reviendront en force et Il s'asseoira à nouveau là où se dressent vos idoles, et plus personne ne pourra l'en faire bouger!

Ces paroles étaient justes, mais je ne sais pas ce qui les fit surgir en moi car elles ne firent que jaillir sous l'impulsion incontrôlée de ma colère. En effet, de nos jours, l'Eglise du Christ se dresse sur l'ancienne place des sacrifices de Mexico, preuve de Son triomphe sur les démons, et elle s'y dressera jusqu'à la fin des temps.

— Tu parles à la légère, mon frère, répondit Guatimozin avec hauteur, encore que je l'aie vu tressaillir face à ma malédicition. Je dis que tu parles inconsidérément car si quelqu'un t'avait entendu, alors qu'auraient importé ton rang et ta gloire, tu serais retourné voir les visages de ceux dont tu viens de blasphémer le nom. Qu'a-t-on fait de plus à ton Dieu chrétien que ce que ceux de ta race ont déjà fait bien des fois à nos propres divinités? Mais changeons de sujet. Je vous prie, mon frère, d'éviter de prononcer à l'avenir des paroles aussi impies devant moi, de peur qu'elles n'entachent notre amitié. Croyez-vous que les Teules reviendront?

— Oui, Guatimozin aussi sûr que le soleil se lèvera demain. Vous teniez Cortez et vous l'avez laissé filer. Et, depuis, il a déjà trouvé le moyen de gagner une bataille à Otompan. Croyez-vous qu'il soit homme à rengainer une épée déjà tirée et à disparaître subitement dans les ténèbres et le déshonneur? Avant un an, les Espagnols seront de retour devant les portes de Tenoctitlan.

— Vous n'êtes pas d'un grand réconfort, ce soir, mon frère, fit Guatimozin, mais je sais que ce que vous venez de dire est juste. Si donc il nous faut combattre, nous essaierons de vaincre. Au moins, maintenant, nous n'avons plus de Montezuma pour couver une vipère en son sein jusqu'à ce qu'elle le morde!

Il se leva et s'éloigna en silence. Je compris à cet instant combien son cœur était lourd.

Le lendemain de cette conversation, je pus enfin quitter mon lit et, une semaine plus tard, j'étais presque remis. Guatimozin revint me voir pour m'annoncer qu'il était envoyé par l'empereur Cuitlahua, lequel m'ordonnait d'accompagner mon ami pour une mission secrète et de confiance. Lorsque je sus l'objet de cette mission, je compris alors à quel point les Aztèques avaient confiance en moi. En effet, il s'agissait ni plus ni moins d'aller cacher le trésor qui avait été repris aux Espagnols lors de la Nuit de l'Epouvante, ainsi que bien d'autres objets en provenance des réserves cachées de l'empire.

Nous partîmes, Guatimozin, quelques-uns des grands seigneurs et moi, au crépuscule. Nous nous dirigeâmes vers les berges et nous découvrîmes dix grands canoës, transportant un mystérieux chargement recouvert de toiles de coton. Nous montâmes discrètement à bord, espérant que personne ne nous aurait vu, et, à raison de trois par embarcation, nous pagayâmes durant plus de deux heures sur les eaux du lac Tezcuco, jusqu'à ce que nous eussions rejoint un endroit sur la rive opposée, où Guatimozin possédait une belle propriété. Après avoir accosté, nous ôtâmes les toiles recouvrant le chargement des canoës. Celui-ci consistait en de grands vases et des sacs remplis d'or et de joyaux ainsi que nombre d'objets précieux avec, parmi eux, une représentation en or massif de la tête de Montezuma, si lourde que Guatimozin et moi eûmes le plus grand mal à la soulever à nous deux. Si mes souvenirs sont bons, il y avait dix-sept vases et il fallait six hommes pour porter chacun d'eux. Nous transportâmes en plusieurs voyages toutes ces marchandises sans prix jusqu'au sommet d'une hauteur située à environ six cents pas de la rive. Là, s'ouvrait la gueule d'un puits abrité derrière un monticule de terre. Lorsque les embarcations furent entièrement vidées, Guatimozin nous demanda, à moi et à un imposant Aztèque né d'une mère tlascalane, si nous accepterions de descendre avec lui dans le puis afin d'y installer le trésor.

J'acquiesçai immédiatement, curieux que j'étais de découvrir l'endroit. Quant au noble il hésita un instant, puis se décida à nous accompagner, pour son malheur.

Guatimozin empoigna une des torches et fut descendu dans le puits à l'aide d'une corde. Puis vint mon tour. J'eus l'impression d'être une araignée au bout de son fil. Le trou était très profond mais je finis par me retrouver aux côtés de Guatimozin, au fond du puits dont la paroi avait été recouverte d'un mur de briques montant jusqu'à une hauteur d'homme au-dessus de nos têtes. Reposant sur son bord supérieur et fixé au puits, il y avait un bloc de pierre massif sur lequel avaient été gravés des hiéroglyphes aztèques. J'étais maintenant capable de lire cette écriture et je vis que la dalle contait comment le trésor avait été enterré lors de la première année du règne de Cuitlahua, l'empereur du Mexique, et avertissait qu'une épouvantable malédiction s'abattrait sur celui qui oserait le voler. Un couloir de dix pas de long s'ouvrait dans la paroi du puits et conduisait dans une chambre souterraine de la taille de celle où j'écris aujourd'hui. A l'entrée de cette chambre étaient empilés des briques et du mortier et cela me remit en mémoire l'emmurement d'Isabella de Siguenza dans le souterrain de Séville.

— Qui a creusé cet endroit? demandai-je.

— Des hommes qui ne savaient pas ce qu'ils faisaient, répondit Guatimozin. Mais voici que notre compagnon arrive. Et maintenant, mon frère, je vous prie de ne pas montrer de surprise quoi qu'il se passe à partir de cet instant et d'être assuré que j'ai les meilleures raisons du monde de faire ce que je vais faire.

Avant que j'aie eu le temps de répondre, le noble Aztèque nous avait rejoints. Puis, ceux qui étaient restés à la surface commencèrent à faire descendre les vases et les sacs du trésor. Guatimozin les vérifiait tous à leur arrivée avant de nous les laisser emporter dans la chambre souterraine. Au bout d'un peu plus de deux heures, tout fut terminé. Le dernier paquet à être descendu fut un sac de bijoux qui éclata en cours de route, nous inondant d'une pluie de joyaux. Il se trouva par hasard qu'un magnifique collier d'émeraudes d'une taille incroyable me tombât sur la tête, avant de me glisser sur les épaules.

— Gardez-le, mon frère, rit Guatimozin, en souvenir de cette nuit.

Je ne perdis pas de temps et le dissimulai contre ma poitrine. Je possède toujours ce collier et c'est une de ses plus petites pierres que j'ai donnée à notre gracieuse Reine Elizabeth. Otomie le porta durant de longues années et c'est pour cette raison que j'ai décidé qu'il serait enterré avec moi, même s'il n'a pas de prix, comme me l'ont dit certains experts en bijoux. En tout cas, avec ou sans prix, son destin sera d'être enseveli près de l'église de Ditchingham et j'espère que la malédiction gravée sur la dalle du puits s'appliquera également à toute personne qui essaierait de l'arracher à mes os.

Nous quittâmes ensuite la chambre et entreprîmes de monter le mur. Lorsque celui-ci eut atteint environ trois pieds de haut, Guatimozin s'arrêta de travailler et me demanda de tenir une torche en l'air. J'obéis en me demandant ce qu'il pouvait bien vouloir voir. C'est alors qu'il recula de trois pas dans le tunnel, avant d'appeler notre noble compagnon par son nom.

— Quelle est la punition qui attend les traîtres, mon ami? dit Guatimozin d'une voix à la fois tranquille et terrifiante, tout en décrochant de sa ceinture sa massue de guerre hérissée de pointes de verre.

L'Aztèque vira au gris et se mit à trembler de peur.

— Que voulez-vous dire, Seigneur? hoqueta-t-il.

— Tu le sais très bien, répondit Guatimozin tout en levant sa massue.

Le condamné tomba à genoux, implorant la pitié du prince. Ses cris résonnèrent d'une façon si terrible en ce lieu que je faillis en lâcher ma torche.

— Je peux avoir pitié d'un ennemi, mais pas d'un traître, répondit Guatimozin juste avant de faire tournoyez sa massue et d'en asséner un coup si violent au noble que celui-ci mourut sur le champ.

Guatimozin saisit rapidement le corps et le jeta dans la chambre où s'entassait le trésor. Le cadavre tomba par hasard entre deux vases, qu'il entoura de ses bras, comme si le mort avait voulu les serrer contre sa poitrine.

Je regardai Guatimozin en me demandant si mon heure n'allait pas sonner à son tour. Car il est bien connu que les princes préfèrent que le moins de personnes possible partagent le secret lorsqu'ils sont obligés d'enterrer leur trésor...

— Ne craignez rien, mon frère, dit Guatimozin. Cet homme était un voleur, un lâche et un traître ! Nous avons appris qu'il avait tenté par deux fois de nous trahir au profit des Teules. De plus, il comptait leur révéler l'existence de cet endroit, au cas où ils seraient revenus, et partager le butin avec eux. Nous avons su tout cela grâce à une femme qui s'est fait passer pour sa maîtresse mais qui, en réalité, était une espionne à notre solde, envoyée pour connaître les secrets de ce bandit. Laissons-le avec son or maintenant. Regardez comme il le serre contre lui, même dans la mort. Un homme blanc ne pourrait pas être plus cupide... Ah Teule, si seulement le sol d'Anahuac n'avait rien produit d'autre que du grain pour le pain, du silex pour nos pointes de lance et du cuivre pour nos flèches ! Ses enfants n'auraient jamais perdu leur liberté... Maudites soient ces impuretés qui ont poussé ces requins à nous sauter à la gorge ! Oui, je les maudis et puissent-elles ne jamais plus briller au soleil et être perdues à jamais !

Et il se remit fièrement à monter le mur.

Le travail fut rapidement achevé. Avant de sceller les dernières briques carrées (qui ressemblaient à celles utilisées pour les constructions dans le Comté de Norfolk), je passai ma torche par l'ouverture et jetai un dernier regard à la chambre du trésor. Parmi les joyaux étincelants se dressait la tête en or de Montezuma, dont les yeux d'émeraude parurent me fixer brièvement. Et contre l'énorme vase sur lequel elle reposait se trouvait le mort qui serrait contre lui deux autres vases. Je crus alors qu'il n'avait pas trépassé, car, lui aussi, me fixait de ses yeux grands ouverts.

Je retirai la torche à la hâte et nous terminâmes le mur en silence. Quand tout fut fini, nous retournâmes au fond du puits et je fus heureux d'apercevoir les étoiles qui brillaient loin au-dessus de moi. Nous nous accrochâmes alors à la corde et, à notre signal, on nous remonta jusqu'au niveau de la dalle de marbre noir, la pierre tombale du trésor de Montezuma... et celle de celui qui gisait désormais avec lui.

Nous poussâmes cette pierre, restée en équilibre, et elle retomba avec un bruit sourd sur le rebord supérieur du mur de briques circulaire qui avait été monté pour la recevoir.

Désormais, ceux qui voudraient passer auraient besoin de poudre pour le faire...

Puis on nous remonta à nouveau et nous atteignîmes sans problème le niveau du sol.

Un de ceux qui étaient là s'enquit alors du sort du noble qui nous avait accompagnés, s'étonnant qu'il ne soit pas remonté avec nous.

— Il a choisi de rester pour surveiller le trésor, en homme loyal qu'il était, répondit Guatimozin d'une voix sinistre.

Tous ceux qui l'entendirent comprirent de quoi il retournait et se contentèrent de hocher la tête.

L'aube se leva avant que le trou du puits soit entièrement rebouché par la terre qui avait été entassée à proximité. Lorsqu'il fut enfin comblé, un de nos compagnons prit des graines dans un sac et les éparpilla sur la terre qui dissimulait maintenant l'entrée du puits. Puis il planta deux jeunes arbres, sans doute pour marquer l'endroit. Dès que tout fut terminé, nous rembarquâmes tout le matériel dans les canoës et nous fûmes de retour à Mexico dans la matinée. Nous abandonnâmes les canoës là où nous les avions trouvés et nous rejoignîmes nos demeures le plus discrètement possible.

C'est ainsi que je participai à l'enterrement du trésor de Montezuma, trésor à cause duquel j'allais être plus tard torturé. Je ne sais pas si quelqu'un a essayé de le retrouver depuis, mais je suis certain que le secret a été bien gardé, tout au moins jusqu'au moment où j'ai dû quitter le pays d'Anahuac. Cela dit, je crois pouvoir affirmer qu'à cette époque, tous ceux qui avaient participé à cet enterrement étaient morts. Le hasard fit que je repassai par-là lors de mon ultime voyage à Mexico. Je reconnus les deux arbres, qui avaient grandi et, alors que je les frôlais en compagnie des Espagnols qui m'accompagnaient, je me jurai que jamais je ne les aiderais à mettre la main sur cet or. C'est d'ailleurs pour cette raison que, même aujourd'hui, je me refuse encore à révéler l'emplacement exact du puits alors que je le connais parfaitement, étant conscient que ce que je suis en train d'écrire pourrait tomber un jour ou l'autre entre les mains d'un Espagnol...

Avant d'en venir au siège de Mexico, je voudrais maintenant aborder un autre sujet, à savoir comment Otomie et moi réussîmes à convaincre une grande partie des Otomies à revenir parmi les alliés de la couronne aztèque. Au cas où mon récit ne l'aurait pas déjà fait comprendre clairement, la puissance des Aztèques ne reposait pas sur un seul peuple, mais sur plusieurs divisés en de nombreuses tribus. Certaines d'entre elles étaient des alliées, d'autres des vassales et quelques-unes des ennemies mortelles. C'était le cas, par exemple, des Tlascalans, un petit peuple belliqueux vivant entre Mexico et la côte, et qui avait aidé Cortez à submerger Montezuma et Guatimozin. Au-delà des Tlascalans, en direction de l'ouest, vivait la grande tribu montagnarde des Otomies. Cette nation, bien plus courageuse que celle des Aztèques, parlait une autre langue qu'eux, était de sang différent et était divisée en de nombreux clans. Au cours de leur histoire, il leur était arrivé d'être des alliés des Aztèques, des vassaux, ou même d'être en guerre ouverte contre l'empire avec, pour alliés, les Tlascalans. C'était dans le but de resserrer les liens entre son peuple et celui des Otomies (qui étaient pour les habitants d'Anahuac un peu l'équivalent des clans écossais pour le peuple anglais) que Montezuma avait épousé la seule héritière de leur grand chef. Cette femme était morte en donnant naissance à Otomie, ma propre femme et souveraine héréditaire des Otomies. Cependant, malgré l'importance de son rang au sein du peuple de sa mère, Otomie n'avait visité ce dernier qu'à deux reprises, durant son enfance. Ce qui ne l'empêchait pas de connaître parfaitement leur langue et leurs coutumes car elle avait été élevée par des nurses et des professeurs de ces tribus. Elle tirait de son pays un important revenu annuel et exerçait sur lui un pouvoir qui lui avait apporté une plus grande liberté que celle qu'elle avait eue du vivant de Montezuma.

Certains des clans otomies ayant rejoint les Tlascalans et s'étant donc retrouvés aux côtés des Espagnols, il fut décidé au cours d'un conseil solennel qu'Otomie et moi nous nous rendrions en ambassadeurs à la principale cité de cette nation, connue sous le nom de Cité des Pins, afin d'en exhorter les habitants à venir prêter main forte aux Aztèques.

Des messagers furent envoyés avant nous, mais nous entreprîmes ce voyage sans savoir comment nous serions reçus à notre arrivée. Nous voyageâmes durant huit jours et notre escorte ne fit qu'augmenter au fil du temps car, lorsque les tribus otomies eurent appris la visite de leur princesse accompagnée de son mari, un Teule qui avait épousé la cause des Aztèques, elles se précipitèrent à sa rencontre, à tel point que, lors de son arrivée à la Cité des Pins, nous étions escortés par plus de dix mille montagnards jouant leur musique de marche sauvage. Nous n'avions pourtant guère de contacts avec eux et leurs chefs en dehors de ceux prévus par l'étiquette, mais cela ne les empêchait pas de faire résonner les montagnes de leurs cris de salutation lorsque, chaque matin,

Otomie montait dans sa litière pendant que, moi, j'enfourchais mon cheval pris aux Espagnols. A mesure que nous progressions, les gens et le paysage devenaient de plus en plus sauvages. Nous traversions de grandes forêts de chênes et de pins et il nous arrivait de devoir franchir de larges rivières étincelantes ainsi que des gorges et des passes. Chaque heure nous voyait monter un peu plus haut et nous finîmes par trouver un climat proche de l'Angleterre. Le huitième jour, nous nous engageâmes par une gorge creusée dans de la roche rouge qui était si étroite que trois cavaliers auraient eu du mal à avancer côte à côte. Cette gorge, longue de cinq miles, était la seule route menant à la Cité des Pins, en dehors des quelques sentiers secrets qui traversaient la montagne, et était encaissée entre des falaises hautes de plus de mille pieds.

— Ici, une centaine d'hommes suffiraient pour bloquer une armée entière..., dis-je à Otomie, sans savoir que ce serait un jour ma mission.

La gorge fit un coude et je découvris, stupéfait, la Cité des Pins, dans toute sa beauté. La ville se dressait dans une vallée circulaire d'environ douze miles de diamètre et entourée de montagnes recouvertes jusqu'au sommet par des forêts de cèdres et de chênes. Derrière la cité, et au centre de l'anneau montagneux, surgissait une autre montagne seulement recouverte de lave noire et couronnée par un capuchon de neige blanche duquel sortaient une colonne de fumée le jour et une colonne de feu la nuit. C'était le volcan Xaca (la Reine), qui, même s'il n'était pas aussi haut que ses frères Orizaba, Popocatepelt et Ixtac, restera pour moi le plus beau d'entre eux par sa forme parfaite, ses couleurs pourpre et bleu et les feux qu'il projetait dans le ciel nocturne lors de ses colères. Les Otomies l'adoraient comme un dieu et, ce qui n'avait rien d'étonnant, lui offraient des sacrifices humains lorsque la lave se frayait un chemin au travers de la Cité des Pins. Ils croyaient également qu'il était sacré et hanté, ce qui expliquait pourquoi personne n'avait jamais osé monter jusqu'à ses neiges éternelles.

Au milieu du cercle de montagnes, et surplombée par le puissant Xaca, enveloppé dans sa robe de neige, coiffé de son chapeau de fumée et de sa couronne de feu, s'étendait la Cité des Pins. Elle n'atteignait pas la taille de certaines autres villes d'Anahuac et sa population ne dépassait pas les trente-cinq mille âmes car les Otomies, en bons montagnards, n'aimaient pas trop vivre dans les villes. Mais, si elle n'était pas la plus grande, elle était en revanche la plus belle de toutes les cités indiennes. Le long de ses rues droites, menant toutes à sa place centrale, s'élevaient des maisons possédant chacune un jardin et construites, dans leur grande majorité, avec des blocs de lave. Quant aux toits, ils étaient plats et couverts de chaux blanche. Au milieu de la place centrale se dressait un *teocalli* au sommet duquel s'élevaient des temples garnis de guirlandes de crânes. Face à cette pyramide se trouvait le palais, demeure des ancêtres d'Otomie, un long bâtiment bas, très ancien et aux nombreuses cours intérieures, dont les murs étaient ornés d'innombrables sculptures représentant des serpents et des dieux souriants. Le palais et la pyramide étaient recouverts d'une couche de pierres blanches qui les faisait briller comme de l'argent sous les feux du soleil et les faisait ressortir sur le fond des maisons construites avec de la lave noire.

Telle était la Cité des Pins lorsque je la vis pour la première fois. Hélas, la dernière fois que mon regard se posa sur elle, elle n'était plus que ruines fumantes et, aujourd'hui, seules les chauves-souris et les chacals doivent encore l'habiter.

Une fois la gorge franchie, nous traversâmes la plaine sur plusieurs miles avant de parvenir devant l'une des quatre portes de la ville. A l'intérieur, nous découvrîmes une véritable foule rassemblée sur les toits plats des maisons bordant la grande artère, des centaines de femmes et d'enfants qui nous jetaient des fleurs au passage en criant bienvenue à leur princesse. Et lorsque nous eûmes enfin atteint la grande place, nous crûmes que tous les hommes d'Anahuac s'étaient rassemblés là pour fêter l'arrivée de leur souveraine avec des cris qui faisaient trembler la terre. Ils me saluèrent également en mettant un genou au sol mais je crois que la vue de mon cheval les émerveilla bien plus que la mienne, dans la mesure où ils n'en avaient jamais vu un auparavant et qu'ils le prenaient pour une sorte de monstre ou de démon. Nous nous frayâmes un chemin à travers la foule en délire, entourés par des milliers de guerriers magnifiquement vêtus, avant de passer devant la pyramide au sommet de laquelle les prêtres se livraient à leurs rites cruels. Dès que nous fûmes à l'intérieur du palais, on nous conduisit jusqu'à une chambre bizarrement décorée de statues de démons souriants et nous pûmes enfin nous reposer.

Le lendemain se tint le conseil des chefs dans la grande salle du palais. Le nombre des chefs de clans se montait à plus de cent. Quand ils furent tous rassemblés, j'entrai, vêtu comme un prince aztèque et accompagné par Otomie qui, elle, portait ses vêtements royaux, lesquels accentuaient encore sa beauté. Le conseil se leva pour nous accueillir. Otomie leur fit signe de s'asseoir et s'adressa ensuite à eux.

— Ecoutez-moi, chefs de clans et de guerre de la race de ma mère bien-aimée, moi qui suis votre princesse par le droit du sang, ainsi que la fille de Montezuma, l'empereur d'Anahuac qui nous a quittés pour vivre désormais éternellement dans les Demeures du Soleil. Tout d'abord, je tiens à vous présenter mon époux, le seigneur Teule, à qui j'ai été donnée en mariage pendant qu'il abritait l'esprit du dieu Tezcat. Il a été choisi par le ciel pour nous aider dans cette guerre et je l'ai épousé à nouveau, cette fois suivant les coutumes terrestres. Sachez, chefs de clans et de guerre que ce seigneur, qui est mon mari, n'est pas de notre sang, ni de celui des Teules que nous combattons, mais qu'il est un des vrais fils de Quetzal qui vivent loin au-delà des mers et qui sont les ennemis jurés des Teules. Et comme ce sont leurs ennemis, mon seigneur est leur ennemi et, comme vous le savez sans doute, personne n'a été aussi brave que lui lors de la nuit où les Teules ont été massacrés et c'est lui qui a découvert leur retraite.

« Chefs de clans et de guerre du grand peuple des Otomies, moi, votre princesse, j'ai été envoyée par Cuitlahua, votre souverain et le mien, ainsi que mon seigneur, pour plaider une cause auprès de vous. J'ai appris avec une certaine honte que nombre de guerriers de notre sang avaient rejoint les Tlascalans, qui sont les ennemis héréditaires des Aztèques, dans leur maudite alliance avec les Teules. Pour le moment, les hommes blancs ont été repoussés. Mais ils ont touché l'or qu'ils convoitaient et ils ne tarderont pas à revenir, comme des abeilles attirées par une fleur encore pleine de pollen. Ils reviendront mais, seuls, ils ne peuvent rien contre la gloire de Tenoctitlan. Mais, que se passera-t-il s'ils sont accompagnés par des douzaines de milliers d'Indiens ? Je sais qu'en ces temps troublés, lorsque s'écroulent les royaumes, lorsque l'air est rempli de signes et lorsque même les dieux semblent impuissants, nombreux sont ceux qui veulent saisir l'occasion pour tout tourner à leur profit. Beaucoup d'hommes et de tribus se souviennent de leurs anciennes guerres et de leurs anciens méfaits, et crient "Maintenant a sonné l'heure de la vengeance ! Maintenant, il faut nous souvenir de toutes les veuves qu'ont faites les lances des Aztèques, de tous les tributs qu'il nous a fallu verser et de tous les prisonniers qui se sont couchés sur leus autels pour y être sacrifiés !".

« N'est-ce pas la vérité? Oui, c'est bien cela et elle ne me surprend pas. Cependant, je vous demande de vous souvenir que le joug que vous aiderez à faire poser sur la reine des villes finira par tomber un jour sur votre cou. O hommes inconscients, croyez-vous que vous serez épargnés quand, grâce à vous, Tenoctitlan ne sera plus que ruines et que le peuple des Aztèques n'existera plus? Les bâtons dont se servent les Teules pour battre à mort Tenoctilan devront être brisés un par un et jetés au feu. Si les Aztèques tombent, tôt au tard ce sera le tour de toutes les tribus du pays, sans exception. Leurs peuples seront assassinés, leurs villes rasées, leurs richesses volées et leurs enfants mangeront le pain de l'esclavage et boiront l'eau amère de l'affliction. Choisissez, peuple des Otomies! Allez-vous épauler les vôtres, même s'il leur est arrivé d'être vos ennemis ou bien allez-vous jouer votre sort avec les étrangers? A vous de choisir, peuple des Otomies, et sachez que de votre choix, et de celui des autres habitants du pays, dépend le destin d'Anahuac. Je suis votre princesse, et vous me devez obéissance, mais, aujourd'hui, je ne vous commanderai pas. Je vous dis seulement de choisir entre une alliance avec les Aztèques et le joug du Teule, et que le dieu de tous les dieux, le dieu tout-puissant et invisible puisse guider votre choix. »

Otomie se tut et des applaudissements discrets surgirent d'un peu partout dans la salle. Malheureusement, il m'est impossible de rendre la justice qu'ils mériteraient au feu de ses paroles et à la dignité de sa personne. Mais tout ceci alla droit au cœur des rudes chefs qui l'écoutaient. Nombre d'entre eux considéraient les Aztèques comme un peuple de femmelettes et un peuple de marchands. Nombre d'entre eux avaient des dettes de sang avec eux depuis des générations. Mais tous savaient que leur princesse disait la vérité et que le triomphe du Teule sur Tenoctitlan signifierait son triomphe sur toutes les villes du pays. Ils se décidèrent donc, sans savoir que, plus tard, au milieu de la défaite et des troubles, beaucoup d'entre eux reviendraient sur leur décision, comme c'est souvent le cas chez les hommes.

— Otomie, s'écria leur porte-parole après qu'ils se furent concertés, nous avons choisi. Princesse, vos paroles nous ont conquis. Nous nous rangeons aux côtés des Aztèques et nous combattrons jusqu'au dernier pour nous libérer du Teule!

— Maintenant, je vois que vous êtes bien mon peuple et que je suis bien votre souveraine, répondit Otomie. Les grands seigneurs disparus, mes ancêtres et vos chefs, auraient parlé ainsi. J'espère que vous ne regretterez jamais votre choix, mes frères, hommes d'Otomie!

Lorsque nous quittâmes la Cité des Pins, ce fut avec la promesse à l'adresse de l'empereur qu'une armée de vingt mille hommes avait juré de le servir jusqu'à la mort dans sa guerre contre les Espagnols.

CHAPITRE XXVI

Le couronnement de Guatimozin

Une fois notre mission auprès des Otomies menée à bien, nous reprîmes la route de Tenoctitlan, que nous atteignîmes sans problème, après une absence d'un mois et un jour. Et pourtant, durant cette brève absence, d'autres calamités s'étaient abattues sur cette malheureuse cité, comme si le Tout-Puissant avait voulu encore ajouter aux fardeaux qui l'écrasaient déjà. En effet, non content de l'avoir dévastée par le fer et le feu, les Espagnols lui avaient laissé en héritage, après leur départ, toutes les maladies européennes qu'ils avaient apportées, et une violente épidémie de petite vérole faisait rage dans tout le pays. Des milliers de personnes mouraient chaque jour car ce peuple ignorant croyait pouvoir enrayer la maladie en versant de l'eau froide sur le corps de ceux qui avaient été frappés, ce qui, en réalité poussait la fièvre vers les organes vitaux et provoquait la mort en moins de deux jours.

La vue des malades errant, en proie à la souffrance, dans les rues était un spectacle terrible, d'autant plus qu'ils facilitaient ainsi encore plus la propagation de l'épidémie. Ils mouraient dans leurs maisons, leurs cadavres jonchant la place du marché où on les entassait en attendant de trouver le temps de les enterrer. Même les prêtres étaient frappés devant les autels sur lesquels ils étaient pourtant en train de sacrifier des enfants pour apaiser la colère des dieux. Mais le plus terrible survint lorsque Cuitlahua, l'empereur, fut frappé à son tour par la maladie, ce qui explique que nous le découvrîmes mourant à notre retour. Il envoya des messagers pour nous ordonner de venir auprès de lui. Je priai en vain Otomie de ne pas obéir, mais elle se contenta de rire en me disant :

— Quoi, mon époux, je devrais donc reculer face à ce que vous allez affronter ? Allez, venez, nous avons le rapport de notre mission à faire. Si cette maladie m'emporte, c'est que mon heure aura sonné !

Nous nous présentâmes donc dans la chambre où Cuitlahua gisait recouvert d'un drap, comme s'il était déjà mort. De l'encens brûlait autour de lui dans des encensoirs en or. A notre entrée, il se trouvait dans un état de stupeur profonde mais il se réveilla et on put lui annoncer que nous étions auprès de lui.

— Bienvenue, ma nièce, dit-il d'une voix épaisse qui avait du mal à passer le drap qui le recouvrait toujours. Vous me trouvez en bien mauvaise posture car mes jours sont désormais comptés. La peste des Teules est en train de tuer tous ceux que leurs épées avaient épargnés. Bientôt, il faudra qu'un autre monarque me remplace sur le trône, comme je l'avais fait moi-même pour votre père. Cela ne me chagrine guère car c'est sur ses épaules que reposeront à la fois la gloire et le fardeau du dernier combat des Aztèques. Maintenant, ma nièce, dites-moi, qu'ont décidé les clans des Otomies ?

— Mon seigneur, répondit Otomie d'une voix humble et en gardant la tête baissée, puisse cette maladie vous laisser rapidement en paix et puisse votre règne durer encore de nombreuses années ! Mon seigneur, mon époux Teule et moi avons réussi à gagner à notre cause la majorité du peuple des Otomies. Une armée de vingt mille montagnards sera bientôt à vos ordres et d'autres encore, une fois qu'ils seront arrivés ici, les suivront.

— Beau travail, fille de Montezuma, ainsi que vous, l'homme blanc, hoqueta le roi à l'agonie. Les dieux ont fait preuve de sagesse en vous refusant tous les deux sur la pierre du sacrifice et j'étais fou le jour où j'ai voulu vous faire tuer, Teule. A vous, et à tous les autres, je vous demande d'être fermes et, si vous devez mourir, de le faire avec honneur. Le combat va revenir, mais je ne serai pas là pour y participer, et qui sait comment il finira ?

Il se tut alors l'espace d'un instant. Puis, pris d'une soudaine inspiration, il rejeta le drap qui recouvrait son visage et s'assit sur le lit. Vision épouvantable car la maladie avait commis d'incroyables ravages sur sa personne.

— Hélas ! se plaignit-il, je vois les rues de Tenoctitlan rougies par le sang et le feu, je vois les morts entassés partout et piétinés par les chevaux des Teules. Je vois l'Ame de mon peuple et sa voix n'est plus qu'un soupir et son cou plie sous les chaînes. Peuple d'Anahuac, tu es condamné! Les enfers t'appellent et la Terre te refuse à cause de tes péchés! Et ceux qui survivront resteront esclaves de génération en génération, jusqu'à ce que la vengeance soit accomplie!

Cuitlahua retomba sur les coussins et, avant que la sangsue terrifiée qu'on avait posée sur sa tête pour le soigner ait eu le temps d'intervenir, il se trouvait déjà bien loin des problèmes de ce bas-monde. Ses paroles restèrent gravées dans les cœurs de tous ceux qui les avaient entendues, mais personne, hormis Guatimozin, ne fut mis au courant de cette malédiction.

Ainsi mourut en ma présence et celle d'Otomie, Cuitlahua, l'empereur des Aztèques, alors qu'il n'avait régné que l'espace d'une quinzaine de semaines à peine. Une fois encore, la nation dut pleurer son roi, le chef des milliers de ses enfants qui l'avaient accompagné dans les Demeures du Soleil ou dans les Ténèbres au-delà des Etoiles.

Mais le deuil ne dura pas longtemps car la nécessité s'imposait de trouver un homme énergique, capable à la fois de gouverner le pays et de commander les armées. Le lendemain de l'enterrement de Cuitlahua, le conseil des quatre électeurs fut convoqué, et avec lui, environ trois cents nobles de tous rangs. Quant à moi, je m'y trouvais au titre d'époux d'Otomie et à celui de général. Les délibérations ne s'éternisèrent pas car tout le monde savait qu'il n'existait qu'un seul homme dont le courage et la noblesse pouvaient convenir à ce poste difficile. Cet homme, c'était Guatimozin, mon ami et mon frère de sang, le neveu des deux derniers empereurs et le mari de la sœur de ma femme, Tecuichpo, fille de Montezuma. Tous le savaient, dis-je, sauf Guatimozin lui-même qui proposa quant à lui deux autres princes en disant qu'il faudrait, sans aucun doute, choisir l'un d'entre eux.

Cette réunion des quatre grands seigneurs (les électeurs), revêtus de leurs magnifiques robes, ainsi que des trois cents nobles et princes membres du conseil inférieur avait quelque chose d'extraordinaire. Quant à la prière du grand prêtre, dont les noirs atours tranchaient sur ceux de l'assemblée comme une goutte d'encre sur une feuille d'or, elle fut, elle aussi des plus solennelle:

— O dieu qui es partout et vois tout, sache que notre roi, Cuitlahua est parti à ta rencontre. Il a fait ce voyage que nous devons tous faire pour atteindre les royales demeures des morts, celles des ombres éternelles. Là, personne ne troublera son sommeil. Son bref labeur accompli, il est parti te rejoindre, souillé par les péchés et le chagrin. Tu ne lui as pas laissé le temps de boire à la coupe à laquelle ses lèvres venaient juste de goûter. La gloire de l'empire n'a fait que passer devant ses yeux telle la folie d'un rêve. Il a pris son fardeau avec des larmes et des prières et c'est avec soulagement qu'il l'a déposé. Il est allé là où sont allés avant lui ses ancêtres et ne reviendra jamais parmi nous. Notre feu n'est plus que cendres et notre lumière s'est transformée en ténèbres. Ceux qui, avant lui, avaient porté la pourpre, lui ont légué l'intolérable fardeau du pouvoir et, à son tour, il va le léguer à un autre. Oui, il te remercie, roi des rois, maître des étoiles, toi qui as ôté un si grand poids de ses épaules et une telle couronne de peines de son front, lui accordant enfin la paix après la guerre et le repos après le labeur.

«O dieu de l'espoir, choisis maintenant celui qui va lui succéder, un homme suivant ton cœur, un homme qui sera sans crainte, qui saura conduire ce peuple comme une mère le ferait de ses enfants. Seigneur des seigneurs, touche de ta grâce Guatimozin, celui que nous avons choisi. Prends-le à ton service et accorde-lui de s'asseoir pour le restant de ses jours sur ton trône terrestre.

Laisse-le piétiner tes ennemis, laisse-le exalter ta gloire, proclamer ton culte et protéger ton royaume. Ma prière est celle de toute la nation. O dieu, que tout cela soit fait!

Dès que le grand prêtre eut terminé sa prière, le premier des quatre grands électeurs se leva à son tour.

— Guatimozin, dit-il, au nom de dieu et à la demande du peuple d'Anahuac, nous vous appelons à régner sur le pays d'Anahuac. Que votre vie soit longue et votre pouvoir juste.. Que la gloire vous appartienne de repousser dans la mer les ennemis qui veulent nous détruire. Salut à vous, Guatimozin, empereur des Aztèques et de leurs tribus vassales!

Et les trois cents membres du conseil reprirent d'une seule voix tonnante:

— Salut à vous, Guatimozin, notre empereur!

Le prince s'avança alors vers eux.

— Seigneurs électeurs, princes, généraux et nobles du conseil de confirmation, écoutez-moi. Les dieux m'en soient témoins, je jure que je n'étais pas au courant de la destinée qui m'attendait lorsque je suis entré dans cette salle. Les dieux m'en soient encore témoins, si ma vie m'avait appartenu et n'avait pas reposé entre les mains de ce peuple, je vous aurais demandé de trouver quelqu'un méritant plus le trône que moi. Mais ma vie ne m'appartient pas. Anahuac a fait appel à son fils et je réponds à sa convocation. Elle doit faire face à une guerre à mort et ai-je le droit de me tenir à l'écart alors que mon bras peut frapper et mon cerveau peut concevoir des plans? Non. A partir de maintenant, je fais le vœu de servir exclusivement mon pays et de faire une guerre sans merci aux Teules. Jamais je ne ferai la paix avec eux, et je n'aurai de cesse, jusqu'à ce que mort s'ensuive, de les voir retourner d'où ils sont venus. Personne ne peut dire ce que les dieux ont prévu pour nous. Peut-être est-ce notre victoire, peut-être est-ce notre destruction, mais que ce soit notre triomphe ou notre mort, je voudrais que nous fassions tous un grand serment, ici même, mes frères. Jurons que nous combattrons les Teules et tous les traîtres qui les ont encouragés, pour sauver nos villes, nos foyers et nos autels, même si nos villes doivent ne plus être que ruines fumantes, nos foyers être remplis de nos cadavres et nos autels rougis du sang des croyants. Si notre destin est de gagner, il faudra que notre triomphe soit total et si nous sommes condamnés à tomber, au moins restera-t-il une histoire à raconter à notre sujet. Jurez-vous, mon peuple et mes frères?

— Nous le jurons! s'écria d'une seule voix l'assistance.

— C'est bon, fit Guatimozin. Et que la honte éternelle tombe sur celui qui osera briser ce serment.

C'est ainsi que fut élu Guatimozin, le dernier et le plus grand empereur aztèque. Il fut heureux pour lui qu'il n'ait pas eu à ce moment la vision de ce jour terrible où lui, le plus noble des hommes, connaîtrait des mains des Teules la mort des traîtres. Mais dans un pays où la destinée allait frapper sans discernement, plus grand serait l'homme, plus certaine serait sa fin.

Lorsque tout fut terminé, je courus au palais raconter à Otomie ce qui s'était passé et la trouvai étendue sur le lit de notre chambre à coucher.

— Qu'avez-vous, Otomie? lui demandai-je.

— Hélas, mon époux, répondit-elle, la peste m'a touchée. Je vous en prie, n'approchez pas! Laissez mes femmes s'occuper de moi. Inutile de risquer votre vie pour moi, mon amour.

— Assez, dis-je en m'approchant d'elle.

J'étais médecin et je connaissais parfaitement les symptômes de la maladie. Et ce qu'elle disait n'était que trop vrai. En fait, sans ma pratique, Otomie serait morte, elle aussi. Je dus me battre durant trois longues semaines à son chevet avant de sortir vainqueur de l'épreuve. La fièvre finit par s'en aller et, grâce à mon traitement, il n'en resta aucune trace sur son adorable visage. Son esprit battit la campagne durant une bonne huitaine de jours et c'est à ce moment-là que je compris à quel point son amour pour moi était profond. En effet, durant tout ce temps, elle ne fit que s'accrocher à moi, hantée qu'elle était par la peur de me voir la délaisser et la quitter pour retourner auprès de la «fille en fleur» qui m'attendait au-delà des mers. Mais, elle finit par reprendre ses esprits et me dit, un jour:

— Combien de temps ai-je été malade?

Je le lui dis.

— Et vous m'avez soignée tout ce temps-là, sans penser à la maladie?

— Oui, Otomie, j'ai pris bien soin de vous.

— Mais qu'ai-je pu bien faire pour que vous soyez aussi bon avec moi? murmura-t-elle.

Soudain une pensée terrible dut lui traverser l'esprit car elle gémit et me cria de lui donner un miroir.

Je lui en tendis un. Elle leva un bras et se mit à détailler fiévreusement son visage dans le peu de lumière qui filtrait dans la pièce. Puis elle laissa retomber le miroir en or et poussa un petit cri de joie.

— J'avais si peur d'être devenue aussi hideuse que ceux que la peste avait frappés! dit-elle. Si peur que vous ne m'aimiez plus, ce qui aurait été pire que la mort!

— Croyez-vous que l'amour pourrait être effrayé par quelques cicatrices?

— Oui, répondit Otomie. C'est là l'amour des hommes, mon époux. Si j'avais été défigurée — ah, j'en frémis rien que d'y songer — vous m'auriez haïe avant un an. Peut-être aurait-ce été différent avec une autre, comme la jeune fille d'au-delà des mers, mais cela se serait passé ainsi avec moi. J'en suis sûre, comme je suis sûre que je n'aurais pas pu vivre en supportant votre haine. Oh, je suis si heureuse, si heureuse!

Je la laissai alors pour un moment, émerveillé de l'amour qu'elle m'avait offert et me demandant si elle n'avait pas raison et si le cœur de l'homme n'est pas en vérité aussi vil qu'elle l'avait suggéré. Supposons qu'Otomie ait fait partie de ceux qui erraient dans les rues de Tenoctitlan ce jour-là, et qu'elle ait été couverte de cicatrice qu'elle ait perdu ses cheveux, que ses yeux n'aient plus été que des boules aveugles et blanches... Aurais-je pu alors me retenir de l'abandonner à son sort? Je ne suis pas certain de la réponse et je remercie le ciel de m'avoir épargné une telle épreuve. Mais je suis en revanche certain d'une chose: si j'étais devenu un lépreux, Otomie, elle, ne m'aurait jamais laissé.

Otomie, donc, se remit de sa maladie et, guère de temps après, l'épidémie s'éteignit à Tenoctitlan. J'étais maintenant fort occupé car l'accès au trône de Guatimozin m'avait procuré un avancement important puisque j'étais devenu un général du plus haut rang et son principal conseiller. Je travaillais jour et nuit à préparer la ville à devenir capable de supporter un siège et à l'organisation des troupes, plus spécialement celles envoyées comme promis, par les Otomies. Organiser cette armée était une tâche invraisemblable car les tribus indiennes manquaient totalement de discipline et d'unité, qualités sans lesquelles leurs milliers d'hommes ne pèseraient pas lourd face aux Espagnols. Sans compter la jalousie qui existait entre leurs chefs et celle qu'eux-mêmes éprouvaient à mon endroit. D'ailleurs, nombre de tribus saisirent toute occasion de rejeter leur allégeance aux Aztèques et, même si elles ne s'allièrent pas aux Espagnols, elles restèrent neutres, dans l'attente de voir comment allait tourner la guerre. Nous finîmes par parvenir à diviser ces armées en régiments, comme en Europe, et à faire stationner chacun de ceux-ci dans des sortes de casernes. Le seul homme qui en fit plus que moi pour organiser le ravitaillement de la ville et l'entraînement des soldats fut Guatimozin lui-même. J'essayai même de fabriquer de la poudre mais ma méconnaissance de cet art me conduisit à un échec. De toute façon, n'ayant ni canons ni arquebuses, elle ne nous aurait servi qu'à miner les routes et les portes et, peut-être, à confectionner des bombes à main.

Les mois passèrent, jusqu'à ce que nos espions finissent par nous apprendre que les Espagnols avançaient vers nous en masse, escortés par d'innombrables alliés.

En présence des multiples dangers qui nous menaçaient, prévoyant combien serait terrible le siège qu'il allait sans doute nous falloir soutenir, je voulus persuader Otomie d'aller chercher un refuge en son pays, mais elle me répondit par un rire méprisant, en s'écriant :

— Où que vous soyez, je veux y être moi-même. Eh quoi, vous affronteriez la mort, vous la subiriez peut-être, et je ne serais pas là pour mourir à vos côtés ? Si telle est la façon d'agir des femmes blanches, libre à elles, mais pour moi, mon bien-aimé, je demeure auprès de vous.

CHAPITRE XXVII

La chute de Tenoctitlan

Peu après Noël, Cortez prit ses quartiers à Tezcuco, dans la vallée de Mexico, après avoir été rejoint par un grand nombre d'Espagnols venus de l'autre côté de l'océan et par des dizaines de milliers d'alliés indigènes. Tezcuco était située près des rives du lac, à plusieurs lieues de Tenoctitlan, et près de la frontière du territoire des Tlascalans, ce qui arrangeait bien Cortez. C'est alors que débuta l'une des guerres les plus terribles qu'ait jamais vues le monde. Elle fit rage durant huit mois et lorsqu'elle s'éteignit, Tenoctitlan, ainsi que bien d'autres belles et populeuses cités, n'étaient plus que ruines noircies, la majorité des Aztèques avaient été tués par le fer ou la famine et tout le pays était écrasé à jamais. Je n'ai pas l'intention de raconter cette guerre par le détail car cela prendrait la totalité du reste de ce livre. Je laisse ce travail aux historiens. Il me suffira d'expliquer que l'intention de Cortez était de détruire toutes les villes alliées ou vassales de Mexico avant de s'attaquer à Mexico elle-même, la reine de la vallée, et c'est à quoi il s'employa avec une habileté, une vaillance et une maîtrise que bien peu de capitaines ont égalées depuis César.

Iztapalapan fut la première à tomber et dix mille hommes, femmes et enfants y furent passés au fil de l'épée ou brûlés vifs. Puis vint le tour des autres ; Cortez prit les villes une par une, jusqu'à ce qu'il ne restât plus que Tenoctitlan.

Un grand nombre de ces villes capitulèrent sans presque opposer de résistance, car la nation d'Anahuac, composée de castes très différentes, était totalement dépourvue d'unité, et au fur et à mesure que la puissance de Guatimozin s'affaiblissait, celle de Cortez augmentait en proportion, car maintenant que l'on sentait Mexico si sérieusement menacée, beaucoup de vieilles haines se réveillaient contre elle, et chacun se ruait à la curée. C'est ce qui causa la perte de ce malheureux peuple. Si toutes ces peuplades divisées, et la plupart du temps hostiles l'une à l'autre, avaient su oublier pour un instant leurs anciennes rancunes et se grouper pour tenir tête à l'envahisseur, jamais Tenoctitlan ne serait tombée, et tous les Espagnols auraient rendu l'âme sur ses autels.

N'ai-je pas dit au moment de prendre la plume pour écrire ce livre qu'une mauvaise vengeance finit toujours par retomber sur la tête de l'homme ou du peuple qui l'a perpétrée? C'était ce qui était en train d'arriver à ce moment. Mexico a été détruite en raison de l'abominable culte qu'elle dédiait à ses dieux. Les inimitiés qui existaient entre les peuples du pays avaient leurs racines dans l'horrible rite des sacrifices humains. Dans le passé, Mexico avait traîné des captifs de toutes les autres villes jusqu'à ses autels pour y être assassinés et dévorés par des adorateurs cannibales. Et maintenant, le souvenir de tous ces outrages était remonté à la surface et, au moment où le bras armé de la reine de la vallée se desséchait, les enfants de ceux qu'elle avait tués se relevaient dans l'espoir de traîner les siens sur *leurs* autels.

Vers le mois de mai, en dépit de nos efforts, tous nos alliés étaient anéantis ou avaient déserté, si bien que nous nous trouvâmes complètement seuls. Le siège de la ville commença à la fois sur terre et sur l'eau, car, la prodigieuse activité qui lui était propre, Cortez avait fait construire à Tlascala treize brigantins de guerre et les avait apportés, morceau par morceau, jusqu'à son camp, à travers vingt lieues de montagnes, pour les lancer sur le lac en les mettant à flot au moyen d'un canal creusé par dix mille Indiens qui y avaient travaillé durant deux mois. Les hommes qui convoyèrent ces brigantins étaient escortés par une armée de vingt mille Tlascalans, et s'il n'avait tenu qu'à moi, nous les aurions attaqués dans les défilés. Guatimozin était entièrement de mon avis à ce sujet, mais les forces dont nous disposions étaient insuffisantes, car la plus grande partie de nos troupes avaient déjà été envoyées contre la cité de Chalco qui, quoique aztèque elle-même, n'avait pas hésité à trahir notre cause. Néanmoins, je proposai de tenter ce coup de main avec les vingt mille Otomies que l'on avait placés sous mes ordres, et la question fut vivement débattue par le conseil. Finalement, comme presque tout le monde envisageait avec appréhension la perspective d'un engagement qui nous entraînerait aussi loin de la ville, on abandonna ce projet, dont les conséquences auraient pu être si heureuses. Une fois de plus, on avait commis une faute impardonnable, attendu que ces brigantins furent la cause définitive de la chute de Tenoctitlan, qu'ils réduisirent à la famine, en interceptant les barques chargées de la ravitailler.

Les Espagnols entamèrent la lutte en coupant l'aqueduc qui servait à amener l'eau dans la ville, et depuis ce moment jusqu'à la fin du siège, nous dûmes nous contenter du liquide fangeux et saumâtre que contenaient le lac et les puits. Ce fut le jour de la démolition de cet aqueduc qu'Otomie me donna un fils, notre premier-né. A vrai dire, c'était miracle qu'elle fût encore en vie, car les privations que nous endurions étaient déjà si sévères que, si elle n'avait possédé une aussi robuste santé, et si je n'avais possédé une connaissance aussi approfondie de la médecine, elle n'y aurait assurément pas résisté.

Pendant des semaines entières, les combats se succédèrent sans interruption, tantôt à travers les faubourgs, tantôt sur le lac, tantôt jusque dans les rues. Parfois, c'étaient les Espagnols qui avaient le dessus, et d'autres fois c'étaient nous qui l'emportions sur eux. Un jour, nous en fîmes prisonniers une soixantaine avec plus d'un millier de leurs alliés, et tous furent sacrifiés sur l'autel de Huitzel, après quoi on livra leurs corps aux Aztèques pour être mangés par eux, selon la barbare coutume pratiquée par les Indiens d'Anahuac, non pas parce qu'ils sont friands de chair humaine, mais parce que leurs croyances religieuses l'exigent ainsi.

En vain, intercédai-je auprès de Guatimozin, pour qu'il mît fin à ces horreurs.

— La bonté est-elle vraiment de mise en ce moment? répondit-il vivement. Je ne peux les sauver de l'autel, et je ne le ferais pas, même si je le pouvais! Que ces chiens meurent suivant la coutume du pays! Quant à vous, mon frère Teule, ne vous montrez pas trop présomptueux.

Hélas! le cœur de Guatimozin s'endurcissait de jour en jour davantage, au fur et à mesure que la lutte progressait, et, vraiment, y avait-il lieu de s'en étonner? Quelle pitié se montrait-on d'ailleurs de part et d'autre? Cortez, de son côté, avait conçu l'effroyable plan de détruire la ville lambeau par lambeau, et c'est à cela qu'il s'ingéniait avec un implacable acharnement. Dès que ses soldats avaient pris pied dans un quartier, il appelait à la rescousse des milliers de Tlascalans et leur donnait ordre d'incendier toutes les maisons, en brûlant vifs ceux qui s'y trouvaient. Le siège de Tenoctitlan n'avait pas encore pris fin, que la ville n'était déjà plus qu'un amas de ruines calcinées.

Sans vouloir me vanter, je pris une part active à tous ces combats. Les Espagnols eurent de bonnes raisons de bien me connaître. Chaque fois qu'ils m'apercevaient, ils me traitaient de traître, de renégat et de «chien blanc de Guatimozin». Cortez mit même ma tête à prix après que ses espions lui eurent confirmé que certaines des attaques les plus réussies de Guatimozin avaient été préparées par moi. Mais j'essayais de ne pas faire attention à ces insultes, même si elles me transperçaient comme des flèches. En effet, j'avais beau avoir de nombreux Aztèques comme amis et haïr les Espagnols, c'était tout de même chose honteuse de voir un chrétien se battre aux côtés de cannibales pratiquant les sacrifices humains. Sans compter que je n'avais jamais cessé de chercher mon ennemi juré, de Garcia. Je savais qu'il était là car je l'avais aperçu à plusieurs reprises, mais sans pouvoir arriver jusqu'à lui. Quant à lui, s'il essayait de me voir, c'était en fait pour mieux m'éviter. Car, maintenant, ce vieux de Garcia avait peur de moi et croyait fermement que c'était moi qui le tuerais un jour.

Il existait une coutume guerrière qui voulait que des guerriers appartenant à des armées opposées puissent s'affronter en combat singulier, des sauf-conduits leur étant accordés ainsi qu'à leurs seconds. De nombreux duels de ce genre eurent lieu et, un jour, désespérant de le rencontrer au milieu de la bataille, j'envoyai par un héraut un défi à de Garcia, sous son faux nom de Sarceda. L'heure d'après, le héraut revint porteur du message suivant, rédigé en espagnol:

«Les chrétiens ne se battent pas en duel avec des chiens de païens renégats, des adorateurs blancs du démon et des mangeurs de chair humaine. La seule arme qui leur convient est la corde, et elle vous attend ici, Thomas Wingfield.»

Je déchirai la feuille de papier et la piétinai, fou de rage, car, à ses crimes, de Garcia venait d'ajouter l'insulte la plus terrible. Mais la colère ne m'apporta rien de plus et je ne pus jamais l'approcher, sauf une fois où je me jetai, avec dix Otomies, sur une colonne d'Espagnols dont il faisait partie. Je fus le seul à revenir vivant après avoir sacrifié les dix Otomies à ma propre colère...

Comment dépeindre les horreurs dont la ville fut successivement le théâtre? Bientôt, il ne nous resta absolument plus rien à nous mettre sous la dent et, même les femmes, même les enfants, furent contraints, pour ne pas mourir de faim tout à fait, de se résigner à manger des choses dont les pourceaux se seraient détournés. Peu à peu, on les vit mourir par centaines, puis par milliers, et il en mourait tellement qu'il devenait impossible de les ensevelir, si bien que leurs cadavres restaient là où ils étaient, engendrant la peste qui causa de plus grands ravages encore. Pour un seul que tuaient les Espagnols et leurs alliés, il en succombait deux de la faim et de la peste. Que l'on imagine donc quel dut être le chiffre des morts, si l'on considère qu'il en périt déjà soixante-dix mille par le fer et par le feu. Rien que l'avant-dernier jour du siège, on affirme qu'il en mourut quarante mille de cette manière.

Tous les palais ayant été détruits, Otomie en était maintenant réduite à vivre dans un petit logement, qu'elle partageait avec sa royale sœur Tecuichpo, l'épouse de Guatimozin. Un soir que j'y rentrais, affamé, n'ayant rien pris depuis quarante-huit heures, Otomie m'embrassa et déposa devant moi trois petites galettes de maïs, ou *tortillas*, mélangées d'écorce. C'était tout ce qu'elle avait à m'offrir; mais lorsque j'appris qu'elle n'avait rien mangé elle-même ce jour-là, je refusai d'y toucher si elle ne les partageait pas avec moi. Je m'aperçus alors qu'elle ne parvenait qu'avec les plus grandes difficultés à avaler, et qu'elle faisait des efforts pour me dissimuler les larmes qui coulaient le long de ses joues.

— Qu'y a-t-il donc, femme? lui demandai-je.

Alors, Otomie se mit à sangloter éperdument en disant:

— Hélas! mon bien-aimé, depuis deux jours, parce que je ne m'alimente plus, mon lait s'est tari... et notre petit est mort! Regarde: le voici!

Et, écartant le voile qui le recouvrait, elle me montra le petit corps inerte.

— Ne vous désolez pas ainsi, murmurai-je afin de la réconforter. Après tout, cela lui épargnera bien des misères. Pouvions-nous désirer que ce petit être vécût pour endurer des souffrances semblables à celles par lesquelles nous sommes passés et mourir ensuite malgré tout?

— C'était notre fils, notre premier-né, se lamenta-t-elle. Oh! pourquoi faut-il que nous soyons accablés de tant de douleurs?

— Parce que c'est notre destinée pendant notre passage sur la terre. Une part de bonheur juste suffisante pour nous sauver de la folie nous est accordée, mais sans plus. Ne me demandez pas pourquoi, je ne pourrais vous répondre! Il n'y a de réponse à cela ni dans ma religion, ni dans aucune autre.

Et m'étant pris à regarder cet enfant mort, je me mis à pleurer moi, aussi.

Après cela, je ramassai un hoyau et sortant de la maison, je creusai un trou jusqu'à ce que j'eusse rencontré de l'eau, c'est-à-dire à environ deux pieds de profondeur, comme on en trouve à peu près partout dans la région de Tenoctitlan, et après avoir murmuré une prière, je déposai dans cette eau le corps de notre enfant, en ramenant ensuite la terre dessus pour qu'il fût complètement caché. De cette manière, il ne serait toujours pas, comme les autres, livré aux *zapilotes*, ainsi que les Aztèques appellent les vautours.

Cette funèbre tâche terminée, Otomie et moi, nous nous endormîmes en pleurant dans les bras l'un de l'autre.

Le lendemain, la lutte fut encore plus acharnée que la veille et il en fut de même les jours suivants. Les gens continuaient à tomber par centaines autour de nous, mais nous résistions encore, grâce au peu de nourriture que Guatimozin avait réussi à nous procurer. Les trois quarts de la ville n'étaient déjà plus que des décombres, et les trois quarts de ses défenseurs avaient succombé. Les morts s'entassaient dans les maisons comme des abeilles étouffées dans leur ruche, et il y en avait de telles quantités dans les rues que nous étions obligés de marcher dessus. Alors, Cortez envoya ses hérauts pour nous sommer de nous rendre, et le conseil, un groupe d'hommes hâves et sinistres, épuisés par la faim et les fatigues de la guerre, se réunit pour délibérer.

— Qu'êtes-vous d'avis que l'on fasse, Guatimozin? demanda enfin leur chef.

— Suis-je donc Montezuma pour que vous me posiez semblable question? demanda Guatimozin, d'une voix rauque. J'ai juré de défendre cette ville jusqu'au bout et, pour ma part, je tiendrai parole. Plutôt mourir que de tomber vivant aux mains des Teules!

— C'est notre opinion aussi, répondirent-ils.

Et la guerre continua.

Au bout d'un certain temps, Cortez envoya une nouvelle ambassade, afin de demander une entrevue à Guatimozin; mais, cette fois encore, sa réponse fut la même, car il était d'un courage indomptable.

— Vous lui direz, répliqua-t-il, que je suis prêt à mourir s'il le faut, mais que je n'entamerai aucuns pourparlers avec lui. Nous sommes à sa merci, qu'il fasse ce que bon lui semblera.

La ville était maintenant complètement détruite, et les derniers survivants, hommes, femmes et enfants, regroupés, en étaient réduits à s'abriter derrière les pans de murs en ruines et à camper sur les chaussées. Ce fut là que les Espagnols nous donnèrent le suprême assaut. Pour la dernière fois, l'on entendit battre sur le haut du *teocalli* le grand tambour sacré; pour la dernière fois, monta vers le ciel le cri de guerre des Aztèques. Nous nous défendîmes désespérément jusqu'à la fin et, pour ma part, je tuai quatre hommes avec les flèches que me passait Otomie. Mais que pouvions-nous contre eux? La plupart d'entre nous étaient devenus aussi faibles que des enfants. Les Teules nous massacrèrent par centaines, nous refoulant jusque vers les canaux, où nous fûmes culbutés. Comment nous échappâmes à la mort, je serais vraiment incapable de le dire.

Finalement, un petit groupe des nôtres, parmi lesquels se trouvait Guatimozin et son épouse Tecuichpo, se trouva repoussé vers les rivages du lac où étaient amarrées quelques barques. Instinctivement, nous y montâmes, pensant que nous avions le droit de fuir, maintenant qu'il ne restait plus rien à défendre. Les brigantins nous aperçurent, et, poussés par un vent favorable — il est à remarquer que, durant cette guerre, le vent fut toujours propice à l'ennemi —, ils ne tardèrent pas, malgré nos efforts, à nous rattraper et l'un d'eux se mit à tirer sur nous.

Alors, Guatimozin se dressa et dit:

— Je suis Guatimozin. Que l'on me conduise à Malinche, mais que l'on épargne les malheureux qui sont encore en vie.

— Ecoutez-moi bien, dis-je à Otomie, en me penchant vers elle, je ne sais quel sort nous attend, et j'ai grand peur que ce soit la mort pour nous, mais quoi qu'il arrive, il faut qu'on ignore que vous êtes ma femme. Faites-vous passer pour l'une des dames d'honneur de la reine Tecuichpo, votre sœur. Si nous sommes séparés, et si, par bonheur, je réussis à m'évader, j'essaierai de gagner la Cité des Pins. Là, parmi votre peuple, nous pourrons trouver un asile.

— Comme vous voudrez, mon bien-aimé, murmura-t-elle avec son sourire plein de tristesse. Mais je ne sais comment les Otomies me recevront, moi qui ai conduit vingt mille de leurs plus vaillants hommes à une mort effroyable.

Il me fut impossible de lui répondre, car nous étions maintenant sur le pont du brigantin. Après de longues discussions, les Espagnols finirent par nous emmener à terre, où l'on nous fit monter sur le haut d'une maison qui était restée debout, et où Cortez s'était hâtivement préparé à recevoir son royal prisonnier.

Entouré de sa garde, le général espagnol était debout, le casque à la main. A ses côtés se trouvait Marina, encore plus belle qu'auparavant. C'était la première fois que je la rencontrais depuis mon départ de Tobasco.

Nos regards se croisèrent et elle sursauta, montrant ainsi qu'elle me reconnaissait, encore qu'elle ait dû avoir du mal à reconnaître son ami Teule dans l'être misérable, affamé et couvert de sang qui se trouvait devant elle. Mais elle ne dit rien car tous les regards se détournèrent pour observer la rencontre entre Cortez et Guatimozin, le vainqueur et le vaincu.

Fier et arrogant malgré tout, bien que réduit à l'état de véritable squelette, Guatimozin s'avança droit vers son vainqueur et lui dit:

— Je suis Guatimozin, l'empereur. Ce qu'il était humainement possible de tenter pour défendre mon peuple, je l'ai fait. Vous voyez, Malinche, ce qu'il en est résulté — il indiqua les ruines noircies de Tenoctitlan qui s'étendaient à perte de vue de tous côtés —, et vous voyez à quelle extrémité j'en suis réduit, parce que les dieux ont été contre moi. Libre à vous d'agir à mon égard comme bon vous semblera, mais si vous êtes prêt à m'accorder une faveur, tuez-moi plutôt tout de suite, ajouta-t-il en touchant la dague de Cortez: au moins, cela mettra un terme à mes misères.

— Ne craignez rien, Guatimozin, repartit Cortez. Vous vous êtes battu comme un brave, et les braves ont droit à l'estime de tous. Nous saurons d'ailleurs vous prouver que les Espagnols sont gens d'honneur. Tenez, mangez, et dites à vos compagnons de manger aussi, car vous devez tous en avoir grand besoin. Ensuite, nous causerons.

Il nous avait montré une table, sur laquelle étaient servies des viandes comme nous n'en avions pas vu depuis bien longtemps. On imaginera sans peine avec quelle avidité nous les dévorâmes. Les Espagnols s'étaient groupés autour de nous, et malgré leur dureté de cœur, semblaient nous regarder avec quelque commisération. Mais l'un d'eux, m'ayant reconnu, s'approcha de son chef et lui murmura quelques mots à l'oreille. Une lueur mauvaise s'alluma aussitôt dans les yeux de Cortez.

— Alors, c'est vous, me demanda-t-il en castillan, c'est vous le renégat et le traître, qui vous êtes ligué avec les Aztèques contre nous.

— Je ne suis ni renégat, ni traître, général, répondis-je fièrement. Je suis anglais, et si j'ai combattu avec les Aztèques, c'est parce que j'avais de bonnes raisons pour détester les Espagnols.

— Vous allez sur l'heure en avoir de meilleures encore, riposta-t-il avec colère. Holà, qu'on emmène ce drôle, et qu'on le pende à la vergue du brigantin.

Je croyais déjà que tout était fini pour moi, lorsqu'un autre officier s'approcha à son tour de Cortez et, lui aussi, se mit à lui parler à mi-voix. Je ne pus discerner que deux mots: «or caché», mais je remarquai que Cortez l'écoutait avec une vive attention, et un instant après, il se retourna vers ceux auxquels il venait de commander de m'emmener et leur dit:

— Vous ne pendrez pas cet homme aujourd'hui. Qu'on le tienne sous bonne garde. Demain, j'étudierai son cas.

CHAPITRE XXVIII

La Revanche de de Garcia

A peine Cortez eut-il fini de parler que deux Espagnols s'avancèrent et se saisirent de moi, avant de me pousser jusqu'à un escalier. Même si elle n'avait pas compris ce qui venait d'être dit, Otomie avait lu sur le visage de Cortez que celui-ci venait de décider de me faire emprisonner sinon de me faire tuer. Lorsque je passai devant elle, elle sursauta, un éclair de terreur dans les yeux. Craignant qu'elle ne se jette contre moi et révèle ainsi qu'elle était ma femme, je lui décochai un regard d'avertissement. Puis, je fis semblant de trébucher sous l'effet de la peur et de la fatigue et tombai à ses pieds. Les soldats qui m'encadraient eurent un rire brutal et l'un d'eux me donna même un coup de botte. Mais Otomie se baissa et me tendit la main pour m'aider à me relever, ce qui me permit de lui parler rapidement à voix basse.

— Adieu, femme, dis-je. Et, quoi qu'il arrive, gardez le silence.

— Adieu, répondit-elle. Si vous devez mourir, attendez-moi aux portes de la mort, car je vous y rejoindrai rapidement.

— Non, il faut vivre. Le temps panse les plaies.

— Vous êtes toute ma vie, mon amour. Avec vous, le temps s'est arrêté pour moi.

Je me retrouvai sur mes pieds. Personne ne dut nous entendre car tous écoutaient Cortez qui tançait l'homme qui m'avait donné un coup de pied.

— Je t'ai ordonné de garder ce traître, pas de le frapper, jeta-t-il avec colère en castillan. Tu veux nous faire honte devant ces sauvages ? Refais-le une seule fois et tu le payeras ! Prends plutôt exemple sur cette femme affamée qui a abandonné sa nourriture pour aider ton prisonnier à se relever. Maintenant, tu vas l'emmener au camp et tu vas faire en sorte qu'il ne lui arrive rien, car il a beaucoup de choses à m'apprendre.

Les soldats m'emmenèrent en rechignant et la dernière chose que j'aperçus fut le visage désespéré d'Otomie. Lorsque nous atteignîmes le haut de l'escalier, Guatimozin vint vers moi et prit ma main.

— Adieu, mon frère, fit-il avec un sourire douloureux. Le jeu que nous avons mené ensemble est terminé et il est temps pour nous de nous reposer. Je vous remercie pour votre bravoure et pour votre aide.

— Adieu, Guatimozin, répondis-je. Vous avez perdu mais, si cela peut vous réconforter, dans cette chute, vous avez conquis une gloire immortelle...

— Allez ! grognèrent les soldats.

Ils me mirent dans un canoë avec des Tlascalans aux pagaies. Nous traversâmes le lac jusqu'au camp des Espagnols. Durant tout le voyage, mes gardes ne purent s'empêcher de se moquer de moi et de me demander comment je trouvais les manières des païens et si je préférais la chair humaine crue ou cuite. Je restai calme un moment, ayant appris la patience chez les Indiens mais, en fin de compte, je ne pus m'empêcher de leur répondre sur un ton aigre.

— Ça suffit, lâches ! Si je n'avais pas été aussi faible et si j'avais été armé, vous n'auriez pas vécu assez longtemps pour répéter de telles paroles !

Sur ce, le silence s'établit dans le canoë.

Une fois au camp, on me fit traverser celui-ci, suivi par une foule de Thascalans et d'autres Indiens, lesquels n'auraient pas hésité à me dépecer vivant s'ils avaient eu le courage de le faire. J'aperçus également quelques Espagnols, mais la plupart d'entre eux avaient bu tant de *mescal* et étaient si heureux que Tenoctitlan soit enfin tombée qu'ils ne firent pas attention à moi. Je n'ai jamais vu une telle folie que celle qui s'était emparée de ces pauvres gens qui croyaient bientôt pouvoir manger leur pain dans des assiettes d'or pur. C'était pour l'or qu'ils avaient suivi Cortez, qu'ils avaient bravé les autels du sacrifice et qu'ils s'étaient battu des centaines de fois. Et maintenant, ils croyaient enfin avoir gagné cet or...

La pièce où on m'enferma possédait une fenêtre renforcée de barreaux de bois et par laquelle je pus suivre les divertissements des soldats durant tout le temps de mon emprisonnement. Tout au long de la journée, lorsqu'ils n'étaient pas au travail, ainsi que la majeure partie de la nuit, ils jouaient et buvaient, pariant des dizaines de pesos sur un seul jet de dé, sommes que les perdants devraient payer sur leur part de l'infini trésor des Aztèques. Gagner ou perdre leur était égal tant ils étaient sûrs du pillage à venir. Ils jouaient jusqu'à ce que la boisson prenne le dessus et les fasse rouler sous les tables, à moins qu'ils ne se mettent d'un coup à danser sauvagement en essayant d'attraper les rayons du soleil, criant « de l'or ! de l'or ! de l'or ! ».

Mes séjours à la fenêtre me permettaient également de glaner quelques-unes des nouvelles qui traversaient le camp. J'appris ainsi que Cortez était revenu, ramenant avec lui Guatimozin et plusieurs autres princes, ainsi que de nombreuses nobles dames aztèques. Je vis alors les soldats, fatigués de parier de l'argent, se mettre à jouer ces femmes aux dés, après les avoir brièvement décrites sur des bouts de papier. Une de ces descriptions correspondait bien à ma femme Otomie et elle fut mise aux enchères par la brute qui l'avait gagnée et attribuée pour cent pesos à un simple soldat. Car ces hommes croyaient que les femmes leur seraient distribuées aussi facilement que l'or...

Les choses traînèrent ainsi durant plusieurs jours, que je passai à rester assis et à dormir, sans être dérangé par personne d'autre que la femme indigène qui venait de temps à autre m'apporter à manger. Je dévorais comme je ne l'avais jamais fait ni ne le ferai plus jamais, car mes chagrins ne pouvaient pas résister aux ordres de mon corps, avide de nourriture et de repos. En fait, je crois que je dus reprendre cinquante pour cent de mon poids en une semaine. Quant à ma fatigue, elle aussi finit par disparaître et je retrouvai mes forces d'antan.

Quand je n'étais pas en train de dormir ou de manger, je passais mon temps à la fenêtre, espérant, en vain, apercevoir Otomie ou Guatimozin. En revanche, je finis par voir mon ennemi de Garcia, lequel vint un soir rôder autour de ma prison. Or, bien que, placé dans l'ombre comme je l'étais, il lui fût impossible de me voir, je le voyais pour ma part très nettement, et le satanique sourire qui lui retroussait le coin des lèvres me fit présumer qu'il ourdissait encore quelque sinistre complot contre moi. On aurait dit d'un chat qui guette un oiseau en cage, et je savais qu'il attendait avec impatience le moment où l'on ouvrirait les portes de la cellule.

Cela se produisit la veille du soir de mon interrogatoire.

Cela dit, au fur et à mesure que le temps passait, j'avais noté un changement dans l'atmosphère du camp. Les soldats cessèrent de jouer les richesses qu'ils n'avaient pas, s'arrêtèrent même de boire et de s'amuser, et commencèrent à former des petits groupes animés de violentes discussions dont je ne parvins pas à saisir le sujet. Le jour où de Garcia vint rôder autour de ma prison, il se produisit un grand rassemblement sur la place faisant face à ma cellule. Je vis alors arriver Cortez sur un cheval blanc. Le rassemblement était trop éloigné pour que je pusse entendre ce qui s'y disait mais je remarquai quand même que plusieurs officiers s'adressaient à Cortez sur un ton coléreux et que leurs discours étaient approuvés bruyamment par les soldats. Le grand capitaine finit par leur répondre par un discours assez long, qui les fit taire. Le lendemain matin, après mon déjeuner, quatre soldats pénétrèrent dans ma cellule et m'ordonnèrent de les accompagner.

— Où ça? demandai-je.

— Devant le capitaine, traître, répondit leur chef.

«Enfin...» me dis-je.

— C'est bon. N'importe quoi plutôt que ce trou...

— C'est ça, répondit-il. Et ça sera la dernière fois que tu changeras de résidence.

Je compris alors que l'homme croyait que j'allais être exécuté. Cinq minutes plus tard, je me retrouvai en présence de Cortez, dans ses appartements privés. Marina se trouvait auprès de lui et il était entouré par plusieurs de ses compagnons d'armes. Le grand capitaine me regarda un long moment en silence, puis me dit rapidement:

— Vous vous appelez Wingfield; vous êtes moitié anglais et moitié espagnol. Vous avez échoué dans la rivière Tobasco, et vous avez été ensuite conduit à Tenoctitlan. Là, on vous a imposé de personnifier le dieu Tezcat, et c'est nous qui vous avons sauvé, lorsque vous alliez être immolé sur le grand *teocalli*. A la suite de cela, vous vous êtes mis du côté des Aztèques, et vous avez pris part à l'attaque et au massacre de la *noche triste*. Dans ces derniers temps, vous étiez devenu l'ami et le conseiller de Guatimozin et, comme tel, vous l'avez secondé dans la défense de Tenoctitlan. C'est exact?

— C'est exact, général, répondis-je.

— Vous avez donc trahi, et votre race, et votre sang, et participé au meurtre de quantité d'Espagnols. Pous ces raisons, vous avez mérité la mort, et en tant que traître et apostat, je vous condamne à la pendaison. Néanmoins, et en dépit de tous les crimes dont vous vous êtes rendu coupable, je suis prêt à vous faire grâce, à une condition... J'irai même plus loin, je m'arrangerai pour vous procurer un passage en Europe à la première occasion qui se présentera. Maintenant, la condition que je vous pose est celle-ci. Nous avons de sérieuses raisons de croire que vous connaissez l'endroit où a été caché le trésor de Montezuma, qui nous a été illégalement ravi au cours de la *noche triste*. A vrai dire, nous en sommes certains, attendu que l'on vous a vu monter dans l'une des barques qui étaient chargées de le transporter de l'autre côté du lac. A vous de choisir: voyez si vous préférez mourir d'une mort ignominieuse ou nous divulguer le secret que nous désirons connaître pour reprendre possession de ce qui nous appartient.

J'eus une courte hésitation. D'un côté, c'était la vie, la liberté, l'espérance de revoir mon pays qui m'étaient offertes; de l'autre, une mort effroyable m'attendait. Mais, pour me sauver, il fallait fouler aux pieds mon honneur, et me rappelant le serment que j'avais prononcé, songeant à ce qu'Otomie penserait de moi, vivant ou mort, si je commettais une pareille lâcheté, je me ressaisis presque aussitôt.

— Je ne sais absolument rien en ce qui concerne ce trésor, général, répliquai-je, froidement. Qu'on m'envoie à la mort!

— Vous voulez dire que vous refusez de parler. Réfléchissez encore. Ne vous considérez pas lié par les serments qu'ont pu vous extorquer ces gens-là : de tels serments n'ont aucune valeur vis-à-vis de Dieu. D'ailleurs, les Aztèques n'existent plus maintenant : j'occupe tout leur territoire, leur capitale est en ruines et leur roi prisonnier. Alors, à quoi bon vous entêter ? Réfléchissez encore. Coûte que coûte, il me faut ce trésor pour indemniser nos vaillants compagnons de leur peine. Ils le réclament à cor et à cri, et c'est leur droit.

— Je ne sais rien sur ce trésor, général.

— Vraiment ?... Vous avez tout oublié ?... En ce cas, nous vous rafraîchirons la mémoire. Je vous ai promis la mort si vous ne cédiez pas, mais ce ne sera pas nécessairement une mort prompte pour cela, et nous verrons bien si, avant de vous laisser mourir tout à fait, nous n'arriverons pas à vous délier la langue.

— Je suis à votre merci, général, répondis-je, mais je proteste hautement, néanmoins, contre l'accusation de trahison que vous portez contre moi, attendu que je suis sujet du roi d'Angleterre, et non du roi d'Espagne, et que, si je suis venu ici, c'est uniquement la faute du misérable qui combat maintenant sous vos ordres, et qui s'appelle de Garcia ou Sarceda. C'est pour le retrouver et pour d'autres raisons personnelles que j'ai rejoint les rangs des Aztèques. Ceux-ci ont été battus et je suis votre prisonnier. Je vous demande donc de me traiter comme un guerrier valeureux qu'un autre guerrier valeureux aurait vaincu. Je ne sais rien de ce trésor ; tuez-moi donc, et qu'on en finisse...

— En temps qu'homme, j'aurais en effet pu faire cela. Wingfield, mais je suis ici plus qu'un simple mortel, je suis le bras de l'Eglise à Anahuac ! Vous avez pris le parti des idolâtres et vous avez vu vos compagnons chrétiens être sacrifiés et dévorés par les brutes qui étaient avec vous. Et rien que pour cela, vous méritez d'être éternellement torturé, ce qui vous arrivera certainement une fois que nous en aurons fini avec vous. Quant à don Sarceda, je le tiens pour un brave compagnon d'armes, et je ne supporterai pas qu'il soit insulté en ma présence par un apostat de votre espèce. En vérité, il est bien regrettable que vous ayez si fort à vous plaindre de lui, puisque c'est précisément entre ses mains que j'ai l'intention de vous remettre.

Une grande défaillance s'empara de moi en entendant ces paroles ; car j'avais tout de suite compris que l'on allait me torturer, et que c'était de Garcia qui serait mon tortionnaire. Quelle pitié pouvais-je attendre d'un homme aussi cruel et aussi acharné à me perdre ?

— Je vous répète, général, que je ne sais rien du trésor, répliquai-je. Faites ce qu'il vous plaira, et que Dieu vous pardonne votre cruauté.

— Je vous interdis de prononcer ce saint nom, apostat et païen que vous êtes ! Qu'on aille chercher Sarceda.

Un messager partit et un silence s'installa momentanément. Je surpris un regard de Marina et lut de la pitié dans ses beaux yeux. Mais elle ne pouvait m'être d'aucun secours car le fait de ne pas avoir trouvé d'or avait rendu Cortez complètement fou de rage et les clameurs des soldats l'avaient indisposé et poussé vers cette solution honteuse, lui qui n'était pas plus cruel qu'un autre par nature. Cependant, la jeune femme décida de plaider ma cause et lui murmura quelque chose à l'oreille. Cortez l'écouta, puis la repoussa avec rudesse.

— Cela suffit, Marina ! dit-il. Pourquoi épargnerai-je à ce chien d'Anglais quelques souffrances alors que mon commandement et, qui sait, ma vie, reposent maintenant sur la découverte de cet or ? Non, il sait parfaitement où se trouve le trésor. Tu me l'as dit toi-même quand j'ai voulu le pendre comme traître et je suis sûr qu'il faisait partie de ceux que notre espion a vus passer sur le lac. Un de nos amis était aussi avec eux mais on ne l'a jamais plus revu, preuve qu'ils l'ont assassiné. Et puis qu'est-ce que cet homme est pour toi pour que tu plaides ainsi en sa faveur?

Cortez se cacha le visage derrière les mains et resta ainsi à réfléchir. Quant à Marina, elle me jeta un regard triste, comme si elle voulait me faire comprendre qu'elle avait fait tout ce qui était en son pouvoir, et je la remerciai des yeux.

Quelques instants après, de Garcia se présenta. Il n'avait pas beaucoup changé. Ni le temps, ni les fatigues de la guerre ne paraissaient avoir eu grande influence sur lui, et les fils d'argent qui tissaient à présent ses cheveux ondulés et sa barbe en pointe, ne contribuaient qu'à rehausser encore la dignité de sa prestance. La beauté classique de ses traits, la richesse de son costume et la grâce avec laquelle il évoluait, faisaient de lui, il faut en convenir, le plus magnifique *caballero* que l'on pût voir, et jamais nul n'aurait soupçonné que sous ces dehors séduisants se cachait tant de noiceur.

— Vous m'avez fait mander, général? questionna-t-il après avoir salué Cortez et s'être retourné vers moi avec un sourire plein de cruauté.

— Oui, camarade, répliqua Cortez. Vous connaissez ce renégat?

— Je ne le connais que trop, général. Il a déjà tenté par trois fois de m'assassiner.

— Eh bien, je vois que vous vous en êtes tiré et vous allez avoir votre revanche, Sarceda. Il m'a dit qu'il s'était querellé avec vous. Que s'est-il passé?

De Garcia eut une brève hésitation et tirailla sur sa barbe en pointe avant de répondre.

— J'ai de la peine à en parler car c'est l'histoire d'une erreur pour laquelle j'ai souvent éprouvé du chagrin et fait pénitence. Cependant je vais parler, de peur que vous n'ayez de moi une mauvaise opinion que je ne mérite pas. Pour être franc, cet homme a quelque raison de ne pas m'aimer. En effet, lorsque j'étais plus jeune et donc plus enclin aux folies, il se trouva que je rencontrai par hasard sa mère en Angleterre, une belle Espagnole qui avait été par malheur mariée à un Anglais, qui n'était autre que le père de cet homme et qui passait son temps à la maltraiter. Bref, cette femme finit par tomber amoureuse de moi et je battis son mari en duel. De là la haine de ce traître pour moi...

En entendant cela, je crus que mon cœur allait exploser de fureur. A tous ses actes infâmes, de Garcia venait maintenant d'ajouter une insulte à l'honneur de ma mère décédée!

— Tu mens, assassin! jetai-je en tirant sur les cordes qui m'immobilisaient.

— Je me suis forcé de vous demander de me protéger d'une telle insulte, général, répondit froidement de Garcia. Si ce prisonnier avait été digne de mon épée j'aurais demandé à ce qu'il soit délié pour un moment. Mais mon honneur serait terni à jamais si je m'abaissais à me battre avec un homme tel que lui.

— Je te conseille de ne plus parler comme cela à un gentilhomme d'Espagne, répliqua Cortez, et, chien de païen, la prochaine fois, je te ferai arracher la langue avec des pinces portées au rouge. Quant à vous, Sarceda, je vous remercie de votre confession. Si vous n'avez d'autre crime sur votre âme qu'une affaire de cœur, je crois que notre bon chapelain Olmedo saura vous éviter les feux du Purgatoire. Mais nous sommes en train de perdre un temps précieux. Cet homme sait à quel endroit a été caché le trésor de Montezuma. Si Guatimozin et ses seigneurs refusent de nous l'indiquer, on finira bien, lui, par le faire parler, car il n'y a que les Indiens pour supporter stoïquement la torture sans se plaindre. Je vous le confie, Sarceda. Commencez par le mettre à la question avec les autres, et s'il s'entête... prenez-le ensuite à part.

— Pardonnez-moi, général, mais ce n'est point là une besogne pour un hidalgo d'Espagne. Jusqu'à présent, j'ai toujours eu l'habitude de combattre mes ennemis avec une épée et non avec des pinces, s'écria de Garcia d'un air profondément indigné.

Mais je voyais bien que dans le fond il n'en pensait rien, et qu'il se délectait au contraire d'avance à la pensée de se venger de moi.

— Je le sais, camarade, répliqua Cortez, mais que voulez-vous? il le faut. Moi aussi, cela me répugne d'avoir recours à de tels procédés, seulement nous n'en avons pas d'autre à notre disposition, et, à tout prix, il me faut cet or pour payer mes hommes qui m'accusent maintenant, les misérables! de l'avoir volé.

— Puisque vous l'exigez, Cortez, je suis forcé de m'incliner, mais c'est bien à contrecœur, je vous en réponds, et encore ne le ferai-je qu'à une condition c'est que l'on me fournira un mandat signé de votre main.

— On va vous le rédiger sur l'heure, promit le général. Et maintenant qu'on emmène le prisonnier.

— Où doit-on le conduire?

— A la maison où il était enfermé. Tout y est déjà préparé à son intention, et il y retrouvera ses amis.

CHAPITRE XXIX

Où de Garcia dit ce qu'il pense

Je ne fus tout d'abord pas replacé dans la chambre où l'on m'avait détenu jusqu'alors, mais dans une autre pièce plus petite, dans laquelle elle donnait et où dormaient les gardes. Là, pieds et poings liés, et surveillé par deux soldats l'épée au poing, on me fit attendre un certain temps. De l'autre côté de la muraille, provenaient des gémissements et des chocs sourds. Enfin, une porte s'ouvrit, et deux Indiens tlascalans, à l'aspect farouche, m'empoignèrent par les cheveux et par les oreilles et me traînèrent ainsi dans ma propre cellule, dont l'aménagement avait été complètement transformé pendant mon absence. Un morceau d'étoffe tendu devant la fenêtre la plongeait maintenant dans une demi-obscurité, que dissipait cependant la lueur de divers feux allumés dans des braseros. Au centre étaient alignées trois chaises massives, dont l'une était inoccupée. Sur les deux autres étaient assis Guatimozin et notre ami commun, le *cacique* de Tacuba. Ils avaient les membres attachés à leurs chaises et les pieds placés devant les brasiers incandescents. Derrière eux, se tenait un scribe avec un papier et de l'encre, et autour d'eux s'affairaient des Indiens commandés par deux soldats teules. Auprès de la troisième chaise, se trouvait un autre Espagnol qui, jusque-là, ne semblait se mêler à rien de ce qui se faisait, et qui était de Garcia. Au moment où l'on m'amenait à mon tour dans la pièce, je vis tout à coup l'un des Indiens approcher un brasero du prince Tacubain, et saisissant son pied nu, l'appliquer sur les charbons ardents. Il y eut un long silence, puis celui-ci se mit à gémir de douleur. Alors, Guatimozin se retourna vers lui pour lui parler, et je remarquai avec horreur que lui aussi avait le pied posé sur les flammes d'un autre brasero.

— Pourquoi vous plaignez-vous alors que je me tais, mon ami? lui dit-il d'une voix ferme? Et moi, suis-je donc sur des roses? Prenez modèle sur moi en ce moment comme toujours, mon ami, et apprenez à souffrir en silence.

Le scribe prit note de ses paroles, car j'entendis sa plume grincer sur le papier, et pendant qu'il écrivait ainsi, Guatimozin regarda en arrière et m'aperçut. Je vis qu'il avait la figure livide de souffrance, mais sa voix demeurait aussi calme et aussi nette que lorsqu'il parlait dans un conseil, comme je le lui avais vu faire cent fois.

— Hélas! vous venez donc ici aussi, mon ami teule? me dit-il. J'espérais que l'on vous aurait épargné. Voyez le cas qu'il faut faire de la parole de ces Espagnols. Cortez avait promis de me traiter avec les égards qui me sont dus, et voilà où j'en suis. Ces gens prétendent que nous avons enfoui un trésor et veulent nous forcer à dire où il est. Mais vous savez bien que c'est faux. Si nous possédions un trésor, ne le donnerions-nous pas de bonne grâce à nos conquérants, qui sont les fils de Quetzal?

— Silence, chien! interrompit l'un de ses bourreaux en lui envoyant un coup de poing dans la mâchoire.

Mais il en avait dit assez pour me faire comprendre ce qu'il attendait de moi, et je me jurai bien, au fond de moi-même, de me laisser tuer plutôt que de révéler son secret. Soustraire son or à la cupidité espagnole, c'était la dernière victoire qu'il pouvait remporter sur ses ennemis, et celle-là, du moins, il ne la perdrait pas par ma faute. L'occasion de lui prouver mon attachement allait d'ailleurs se présenter tout de suite, car, sur un geste de de Garcia, les Tlascalans me firent asseoir sur la troisième chaise et m'y attachèrent comme mes deux compagnons.

— Les desseins de la Providence sont impénétrables, cousin Wingfield, me dit-il à l'oreille en castillan. Vous m'avez pourchassé à travers le monde, et nous nous sommes rencontrés plusieurs fois, jamais à votre avantage, du reste. J'avais cru vous tenir enfin sur le bateau des esclaves, j'avais cru ensuite que les requins m'avaient définitivement débarrassé de vous, mais chaque fois vous m'avez échappé. Sur le moment, je m'en suis affligé, mais je comprends maintenant qu'une meilleure vengeance m'était réservée. Aujourd'hui, je crois que je vous tiens bien, et vous aurez du mal à me filer entre les doigts. Ecoutez, je vais me montrer civil envers vous, je vous laisse le choix du tourment qui va vous être infligé. Par quoi commencerons-nous? Hélas, les ressources dont je dispose ne sont pas telles que je le désirerais; ces gens-là manquent totalement d'imagination: en dehors des charbons ardents, ils ne connaissent rien. Moi, au contraire, j'ai, comme vous pouvez vous en rendre compte, plusieurs cordes à mon arc, ajouta-t-il en m'indiquant divers instruments de supplice. Que choisissez-vous?

Je ne répondis rien, car j'étais bien résolu, quoi qu'on me fît, à ne prononcer aucune syllabe ni laisser échapper un seul cri.

— Réfléchissons, réfléchissons, poursuivit de Garcia, en caressant sa barbe. Ah! j'ai trouvé. Holà, esclaves!

Mais mon intention n'est pas de rapporter ici tout ce que j'endurai à partir de ce moment: ce serait chercher en pure perte à ressusciter mes souffrances passées et à faire reculer d'horreur ceux qui pourraient me lire. Qu'il me suffise de dire que, pendant deux heures de suite, les tourments les plus inimaginables et les plus raffinés me furent infligés. A plusieurs reprises, je perdis connaissance, et l'on ne me ranima qu'en m'aspergeant d'eau froide et en m'ingurgitant de l'alcool. Néanmoins, je le dis, non sans quelque fierté, durant ces deux heures effroyables, pas une plainte, pas un mot ne s'échappèrent de mes lèvres.

Excédé, de Garcia venait enfin d'interrompre sa vile besogne en m'accablant d'injures et de malédictions, lorsque Cortez pénétra au milieu de cet abattoir, en compagnie de Marina.

— Eh bien ! où en sommes-nous ? demanda-t-il, d'un ton badin, bien qu'il eût malgré lui, pâli d'horreur, devant l'abominable spectacle.

— Le *cacique* de Tacuba a avoué qu'il y avait de l'or dans son jardin ; les autres n'ont pas desserré les dents, général, répondit le scribe, après avoir regardé son papier.

— Quel courage ! entendis-je Cortez murmurer.

Puis, il ajouta, à haute voix :

— On conduira demain le *cacique* dans son jardin, pour qu'il indique l'emplacement où son or est enfoui. Quant aux deux autres, qu'on les laisse en paix aujourd'hui. D'ici demain, ils auront le temps de réfléchir, et je souhaite pour eux qu'ils se rendent enfin à la raison !

Puis il se retira dans un coin avec Sacerda et les autres tortionnaires, laissant Marina face à Guatimozin et à moi. La jeune femme fixa un instant le prince avec horreur, puis une étrange lueur illumina ses beaux yeux et elle s'adressa à lui à voix basse, dans la langue des Aztèques.

— Vous souvenez-vous comment vous m'avez rejeté, il y a longtemps, à Tobasco, Guatimozin ? Et ce que je vous ai dit alors ? Que je deviendrais quelqu'un d'important malgré vous ? Vous voyez, c'est ce qui s'est produit, alors que vous avez été réduit à rien. N'avez-vous aucun regret, Guatimozin ? Croyez bien que je regrette tout cela, même si je sais que d'autres femmes se seraient réjouies à ma place de ce spectacle.

— Femme, répondit le prince d'une voix épaisse, vous avez trahi votre pays et c'est par votre faute que je me trouve ici. Oui, sans vous, rien de cela ne serait arrivé. Et la seule chose que je regrette profondément est de ne pas vous avoir tuée alors, comme j'aurais dû le faire. Pour le reste, que votre nom soit honni à jamais par tous les hommes honnêtes et que votre âme soit maudite pour l'éternité. Et je souhaite qu'avant de mourir à votre tour, vous connaissiez l'amertume du déshonneur et de la trahison. Vos espérances ont été comblées, que ce soit maintenant au tour des miennes !

Elle se détourna silencieusement et se mit à trembler. Puis son regard tomba sur moi et elle commença à pleurer.

— Pauvre homme, dit-elle, mon pauvre ami !

— Ne pleurez pas sur moi, Marina, lui dis-je en aztèque, car vos larmes ne me serviront à rien, mais aidez-moi plutôt, si vous le pouvez...

— Ah, si seulement c'était possible ! sanglota-t-elle avant de se détourner et de quitter la pièce, suivie par Cortez.

Puis les Espagnols revinrent et emportèrent dans leurs bras Guatimozin et le *cacique* de Tacuba, incapables à présent de se tenir sur leurs jambes.

— Adieu, Teule, me dit Guatimozin, lorsqu'on le fit passer près de moi ; vous êtes vraiment un fils de Quetzal et un vaillant. Puissent les dieux vous dédommager plus tard à ma place de tout ce que vous aurez enduré pour moi et pour les miens !

C'étaient les dernières paroles que je devais jamais lui entendre prononcer.

Dès que nous fûmes seuls avec les Tlascalans, de Garcia s'approcha de nouveau pour me narguer :

— Eh bien ! mon ami Wingfield, comment nous sentons-nous, à présent ? Un peu fatigué, hein ?... Ah ! c'est assez brutal, évidemment quand on n'a pas l'habitude, mais vous verrez qu'après une bonne nuit, il n'y paraîtra plus, et demain, nous recommencerons. Seulement, puisque vous vous montrez si intrépide, nous emploierons un autre système, voilà tout. Lequel? Hé, mon Dieu, vous le verrez. Savez-vous que lorsque l'on veut toucher à fond un homme, ce n'est pas toujours en s'attaquant personnellement à lui que l'on y parvient le mieux. Ainsi, par exemple, quand j'ai voulu me venger de votre père, c'est sur sa femme que j'ai porté le coup: il en a souffert bien davantage, croyez-moi. Ah! ah! cela vous fait dresser l'oreille! Vous vous demandez où je veux en venir? Eh bien! je vais vous l'expliquer en deux mots. Vous avez sans doute entendu parler de certaine dame de sang royal qui s'appelle Otomie?

— Otomie? m'écriai-je, atterré au point d'en oublier pour la première fois ma ferme résolution de ne pas ouvrir la bouche.

— Ah! n'avais-je pas raison? Cela vous a déjà délié la langue d'un seul coup. Gageons que demain vous serez bavard comme une pie. Donc, Otomie, la fille de Montezuma, une charmante femme, entre parenthèses, est votre épouse légitime, d'après la coutume indienne. Vous pouvez constater que je suis bien renseigné. Or, cette charmante femme est en mon pouvoir, et je vous le prouverai, d'ailleurs, car, ce soir, elle sera autorisée à venir ici vous consoler, et demain, sous vos propres yeux, elle subira les mêmes traitements que vous avez subis aujourd'hui. Si vous ne parlez pas à ce moment-là, j'en serai fort étonné. Veillez seulement cependant à ce que ce ne soit pas trop tard!

Cette fois, comme il l'avait dit, j'étais vaincu. Les pires tortures, j'étais prêt à les endurer encore s'il le fallait, mais l'idée qu'on s'attaquât à Otomie m'emplissait d'épouvante, et j'en fus si bouleversé que je m'humiliai au point d'implorer mon ennemi.

— Epargnez-la! m'écriai-je, d'une voix déchirante; faites de moi ce que vous voudrez, mais, elle, ne la touchez pas, je vous en supplie! Non, non, ce serait trop inhumain, et vous-même, vous aurez pitié. D'ailleurs, Cortez ne le supporterait pas.

— D'abord, Cortez n'en saura rien... tant que ce ne sera pas un fait accompli. Et puis, j'ai entre les mains son mandat qui m'autorise à user de tous les procédés que je pourrai juger utiles en vue de vous extorquer la vérité, et la torture ayant échoué, il ne me reste plus qu'à employer celui-ci. Inhumain? En vérité, vous me connaissez bien mal. Vous devriez pourtant savoir ce que c'est que la haine, vous qui me détestez tant. Eh bien! multipliez votre haine par dix, et vous saurez ce qu'est la mienne pour vous. Je vous hais à cause du sang que vous portez dans vos veines, je vous hais parce que vous avez les yeux de votre mère, et je vous hais par-dessus tout parce que vous m'avez rossé à coups de bâton, moi, un grand d'Espagne, comme on corrige un chien. Et vous vous imaginez que j'hésiterais une seconde à profiter de l'occasion qui m'est offerte aujourd'hui d'assouvir cette haine? Allons donc, il faudrait être bien sot! Et puis, il y a autre chose... Quoique brave, vous commencez peut-être à comprendre, à présent, ce que c'est que la peur et à savoir qu'elle angoisse elle procure, n'est-ce pas? Eh bien! je vais vous avouer une chose, Thomas Wingfield: j'ai peur de vous. La première fois que je vous ai rencontré, vous m'avez tout de suite fait peur, et c'est pour cela que j'ai cherché à vous tuer; depuis, cette peur n'a cessé de croître de jour en jour au point de se transformer peu à peu en une véritable hantise. C'est absurde, j'en conviens, puisque dans ce long duel que nous avons entamé l'un avec l'autre, c'est toujours moi, jusqu'ici, qui ai eu le dessus, puisque c'est encore moi qui ai l'avantage actuellement; mais il n'en est pas moins vrai que cela est, et qu'en ce moment-même, où vous êtes à ma merci, je persiste à vous craindre. Si je l'osais, je vous tuerais pour en finir avec cette obsession détestable; seulement, cela ne me servirait à rien parce que, même mort, vous continueriez à me hanter jour et nuit comme le fait votre père; et, en outre, il me faudrait en rendre compte à Cortez...

«Et la peur mon cousin, n'est autre que la mère de la cruauté. Mort ou vif, je sais que vous finirez par triompher de moi. Mais aujourd'hui, c'est mon tour d'avoir le dessus sur vous et, tant que vous ou l'un de ceux qui vous sont chers respireront, je ne cesserai de m'employer à vous faire tous souffrir et à vous tuer, comme j'ai dû le faire avec votre mère, pour mon propre salut. Pourquoi pas? Je n'ai plus à espérer de pardon, n'ayant pas le pouvoir de refaire le passé. Vous êtes venu pour vous venger de moi et je sais que, tôt ou tard, vous parviendrez à vos fins. Mais jusque-là, je profiterai de mon triomphe passager, même si je dois accomplir pour cela ce travail de boucher!

Il aurait sans doute continué à me parler de la sorte si, épuisé par la faiblesse et la souffrance, je n'avais fini par m'évanouir à nouveau. Lorsque je revins à moi, je m'aperçus que mes liens étaient détachés, et qu'au lieu de de Garcia, c'était Otomie qui se trouvait auprès de moi, et qui, avec mille attentions, se prodiguait pour me soulager en murmurant des mots de pitié et d'amour. La nuit était tombée maintenant, mais il y avait de la lumière dans la chambre, et je pus constater avec joie que ma chère compagne avait déjà presque recouvré toute la santé dont elle jouissait avant le siège.

— Otomie! vous ici? balbutiai-je avec angoisse, en me rappelant tout à coup les menaces de de Garcia.

— Oui, mon bien-aimé, c'est moi, murmura-t-elle; les misérables m'ont tout de même autorisée à venir vous soigner. Oh! quelle souffrance de vous voir en cet état et de ne pouvoir vous venger! ajouta-t-elle en éclatant en sanglots.

— Chut! lui dis-je, chut!... Avons-nous de quoi manger?

— Abondamment. Une femme vient d'apporter tout ce qu'il fallait.

— Apportez-moi vite quelque chose, Otomie. Je me sens mourir de faiblesse.

Après avoir pris un peu de nourriture, je sentis les forces me revenir, bien que j'eusse encore les membres cruellement endoloris.

— Otomie, repris-je au-bout d'un instant, vous avez vu de Garcia?

— Non, mon bien-aimé. Depuis deux jours on m'a séparé de ma sœur Tecuichpo et des autres dames qui étaient avec nous, mais j'ai été très bien traitée tout le temps, et ne me suis trouvée en contact avec aucun Espagnol, à part les soldats qui m'ont amenée ici, en me disant que vous étiez malade. Hélas, si j'avais pu me douter de quel mal!

— Néanmoins, l'on vous a vue, et l'on sait que vous êtes ma femme.

— C'est très possible, me répondit-elle, car toute l'armée aztèque le savait, et de tels secrets ne peuvent être gardés. Mais pourquoi vous ont-ils traité ainsi? Parce que vous avez combattu contre eux?

— Nous sommes seuls? demandai-je.

— Les gardes sont là à côté, mais il n'y a personne dans la chambre.

— Alors, penchez-vous vers moi, et je vais vous le dire.

Et je me mis à tout lui raconter.

Lorsque j'eus terminé, et qu'elle se fut redressée, elle avait les yeux étincelants et se mit à me regarder comme en extase.

— Que béni soit le jour où je vis pour la première fois, ô mon époux, le plus loyal d'entre les hommes! Maintenant que je sais de quoi vous avez été capable, je sens que je vous aime encore plus, si c'est possible, moi qui avais déjà tant d'amour pour vous. Mais faut-il que ces gens soient lâches pour vous avoir torturé pareillement!... Enfin, c'est fini, à présent, et il n'y faut plus penser... C'est bien fini, n'est-ce pas, puisque l'on m'a permis de venir vous panser?

— Hélas! hélas, Otomie! Non, ce n'est pas fini...

Et, le cœur ulcéré de chagrin, je lui expliquai quel abominable dessein avait formé de Garcia. Otomie m'écouta sans défaillance jusqu'au bout, mais elle était devenue pâle comme une morte.

— En vérité, s'écria-t-elle enfin, ces Teules surpassent les *pabas* de chez nous, attendu que, si nos prêtres torturent et immolent des victimes, c'est pour être agréables aux dieux, et non pas par lucre, ni par vengeance. Mais, en attendant, qu'allons-nous devenir, mon bien-aimé. Quelle décision avez-vous prise? Car vous en avez certainement pris une, n'est-ce pas?

— Hélas, Otomie, je n'en vois qu'une, et je n'ose vous la dire, balbutiai-je.

— Vous n'osez me la dire, mais je la devine déjà, s'écria Otomie avec un rire plein d'amertume et de fierté. Vous avez décidé qu'il nous faudrait mourir tous deux cette nuit?

— Hélas! répétai-je, nous n'avons plus qu'une alternative: la mort maintenant; ou demain, la honte peut-être, des tourments sûrement et toujours pour aboutir à quoi?... à la mort quand même.

— Vous avez raison, me répondit Otomie. A quoi bon se lamenter en vain? A quoi bon implorer la pitié de gens qui resteront sourds à nos prières? Il y a là de la corde; il y a là une fenêtre avec des barreaux: il n'en faut pas davantage pour mettre un terme à nos misères. Avant peu, nous serons par-delà le soleil, et les Teules, avec toute leur cruauté, ne pourront plus nous arracher au sommeil heureux et paisible dans lequel nous seront plongés. Venez, mon bien-aimé, vous êtes épuisé de souffrance, et la vie m'aura été si peu clémente que je n'aurai moi-même aucun regret à la quitter. Une dernière fois, mon bien-aimé, merci de toutes les bontés que vous avez eues pour moi, merci de vous être montré si loyal envers les miens et envers tout mon peuple. Il est temps maintenant que notre destin s'accomplisse.

Elle me quitta pour s'en aller à la fenêtre, et lorsqu'elle eut terminé les tristes préparatifs, elle revint me chercher.

— Il va falloir que vous m'aidiez, Otomie, lui dis-je, il m'est impossible de marcher.

Elle m'enleva avec tendresse dans ses bras vigoureux et me hissa sur un escabeau qu'elle avait placé sous le fenêtre, puis doucement, en silence, elle me passa et se passa à elle-même une corde autour du cou. A l'instant suprême, elle se retourna vers moi, et me dit:

— A qui pensez-vous en ce moment, mon bien-aimé? A moi et à mon enfant mort, ou bien à celle que vous avez laissée par-delà les mers?... Non, ne me répondez pas. J'ai été heureuse dans mon amour, c'est assez. A présent, l'amour et la vie vont s'achever, l'un et l'autre, en même temps, et, pour moi, c'est bien, mais, pour vous, je m'en afflige. Dites-moi, vous mourez sans regret?

— Oui, Otomie, puisque la mort peut seule nous apporter la délivrance. Il m'est impossible de trahir Guatimozin, et il m'est également impossible de supporter, pour vivre, que vous soyez torturée ou condamnée à la honte.

— Alors, mon bien-aimé, embrassons-nous pour la dernière fois.

Nous nous embrassâmes éperdument à plusieurs reprises, et Otomie se préparait enfin à basculer l'escabeau pour nous envoyer dans l'éternité, lorsque la porte s'ouvrit, livrant passage à une femme qui tenait une torche à la main. Aussitôt qu'elle nous vit, et qu'elle se rendit compte de ce que nous étions en train de faire, elle se précipita vers nous pour nous en empêcher.

— Arrêtez! Arrêtez! s'écria-t-elle. Avez-vous donc perdu la raison?

— Qui êtes-vous? lui demandai-je. Et que venez vous faire ici?

— Une amie me répondit Marina en se découvrant.

CHAPITRE XXX

L'évasion

Otomie ôta la corde qui enserrait déjà son cou, descendit du tabouret et se planta face à Marina.

— Vous êtes Marina, dit-elle froidement et avec hauteur, celle-là même qui a apporté la ruine sur ce pays où vous êtes née et qui a condamné des milliers de ses enfants à la mort, au chagrin et à la torture. Si je le pouvais, je repousserais votre aide et en finirais comme je l'avais décidé.

Jamais Otomie ne parut plus royale qu'en cet instant où elle était prête à risquer sa dernière chance de survie en déversant son mépris sur la traîtresse dont les conseils avaient permis à Cortez de s'emparer d'Anahuac. Ses paroles me firent trembler car la vie me semblait douce, même si j'avais été prêt à me suicider dix secondes plus tôt. Marina, j'en étais sûr, allait nous abandonner à notre destin après cet éclat. Mais il n'en fut rien. Marina recula et frissonna face au mépris d'Otomie. Leurs beautés respectives contrastaient étrangement alors qu'elles s'affrontaient dans cette chambre de torture. De même, il était stupéfiant de constater comment l'esprit de la dame de sang royal menacée d'une mort horrible avait pris le dessus sur celui de la jeune femme indienne qui, elle, connaissait en ce moment la plus grande des fortunes.

— Je voudrais que vous me disiez, madame, répondit enfin Marina de sa douce voix, pourquoi vous n'avez pas hésité à vous coucher sur l'autel du sacrifice aux côtés de cet homme blanc...

— Parce que je l'aime, Marina.

— C'est pour la même raison que j'ai déposé mon honneur sur un autre genre d'autel, dit Marina, que j'ai lutté contre les miens. C'est par amour pour Cortez que j'ai aidé celui-ci. Ne me méprisez pas et laissez votre amour plaider en faveur du mien car vous savez, comme moi, que pour nous les femmes, l'amour est tout-puissant. J'ai péché, je le sais. Comme je sais qu'il arrivera un moment où ce péché trouvera son juste châtiment.

— Il faudra qu'il soit exemplaire, répliqua Otomie. Mon amour à moi n'a blessé personne, ce qui n'est pas le cas du vôtre. Savez-vous que votre roi Guatimozin a été torturé sur cette chaise-là, aujourd'hui-même, par votre maître Cortez, alors que ce dernier lui avait pourtant promis de le traiter avec tous les honneurs? A ses côtés se trouvait Teule, mon époux et votre ami; et Cortez n'a rien trouvé de mieux à faire que de le remettre entre les mains de son ennemi juré, un nommé de Garcia, celui qui se fait appeler Sarceda. Et voyez dans quel état il l'a abandonné. Ne frissonnez pas, belle dame, mais regardez plutôt ses blessures! Considérez un peu à quelles extrémités nous en étions arrivés lorsque vous nous avez trouvés afin d'échapper à l'infamie qui nous attendait. Mais tout cela n'est qu'un seul grain dans la moisson de mort et de misère qui s'est abattue par votre faute, traîtresse, sur Tenoctitlan! Je vous le redis: si cela ne tenait qu'à moi, je préfèrerais mourir vingt fois plutôt que d'accepter l'aide d'une main aussi souillée de sang que la vôtre et...

— Oh, cessez, je vous en prie, madame, gémit Marina en se couvrant les yeux de la main, comme si la vue d'Otomie lui était insupportable. Ce qui est fait est fait; n'ajoutez rien à mes remords. Vous avez dit que vous avez été amenée ici pour y être torturée?

— Oui, et sous les yeux de mon époux. Pourquoi la fille de Montezuma et princesse des Otomies devrait-elle échapper au sort enduré par l'Empereur des Aztèques lui-même? Si le fait d'être une femme ne la protège pas, a-t-elle quelque chose à attendre de son rang?

— Je jure que Cortez n'était pas au courant, fit Marina. Pour ce qui est du reste, c'est la faute de ses soldats qui commencent à l'accuser d'avoir volé ce trésor qu'il n'a pas encore trouvé. Mais il n'a rien à voir avec ce dernier acte de barbarie.

— Alors, faites en sorte qu'il demande des comptes à ce sujet à Sarceda.

— Je vous promets, princesse, que je ferai payer cela à Sarceda si je le peux. Mais nous n'avons guère de temps devant nous. C'est Cortez qui m'a envoyée ici pour voir si je serais capable de faire cracher son secret au Teule, votre époux, et, au nom de mon amitié pour lui, je vais trahir sa confiance et vous aider, lui et vous, à vous évader. Allez-vous refuser mon aide?

Otomie ne répondit rien mais, pour la première fois, je pris la parole.

— Non, Marina. Si je peux échapper à cette mort juste digne d'un bandit, je le ferai. Quel est votre plan?

— La chose ne sera guère aisée à accomplir, Teule. Néanmoins, j'ai pensé que, peut-être, si vous sortiez de cette prison sous un déguisement, vous parviendriez à vous évader. Voyez, continua-t-elle, je vous apporte un costume de soldat espagnol, et, dans la pénombre, avec votre teint basané, vous pourrez à la rigueur passer pour tel. Pour la princesse, votre femme, je me suis procuré un autre habillement, et en vérité, je suis confuse de lui en donner un semblable, mais c'est le seul qui puisse lui permettre de passer inaperçu à cette heure. Cela dit, Teule, je vous ai apporté l'épée qu'on vous avait confisquée, épée qui, je le crois, avait eu un autre propriétaire avant vous...

Tout en parlant, Marina avait défait son paquet, lequel contenait les vêtements promis, ainsi que l'épée que j'avais prise à l'Espagnol Diaz lors du massacre de la *noche triste*. Marina tira une robe et la tendit à Otomie. Je me rendis alors compte que c'était le genre de robe que portaient chez les Indiens les femmes qui suivaient les camps: sa couleur rouge et jaune était caractéristique. Otomie s'en aperçut elle aussi et recula précipitamment.

— Il me semble que vous ayez amené par erreur l'un de vos vêtements, ma fille, dit-elle d'une voix calme qui ne cachait guère l'âme sauvage de sa race. Ne comptez pas sur moi pour porter une telle robe!

— C'en est trop, répliqua Marina soudain en proie à la colère et luttant pour retenir ses larmes. Je m'en vais et je vous laisse ici, ajouta-t-elle déjà prête à refermer son paquet.

— Pardonnez-lui, Marina, m'interposai-je immédiatement, poussé par mon désir grandissant de fuite. C'est le chagrin qui anime sa langue.

Je me tournai vers Otomie.

— Soyez plus gentille, je vous prie, ma bien-aimée, au moins pour moi. Marina est notre seul espoir.

— Soit, acquiesça-t-elle avec résignation; seulement, c'est bien pour vous, et j'aurais préféré qu'on nous laissât mourir en paix. Mais comment allons-nous nous échapper de ce campement? Va-t-on nous ouvrir les portes et ôter la garde? Et serez-vous capable de marcher, mon époux?

— On ne vous ouvrira pas les portes, madame, dit Marina. Mais n'avez crainte en ce qui concerne la garde, j'en ai fait mon affaire. Les barreaux de cette fenêtre sont en bois, vous en viendrez donc facilement à bout avec votre épée, et si quelqu'un vous aperçoit, vous vous donnerez l'air d'un soldat ivre qu'une femme reconduit jusqu'à ses quartiers. Après, ma foi, vous ferez comme vous pourrez. Tout ce que je peux vous dire, c'est que je cours de grands risques en vous aidant à fuir. Si Cortez venait à apprendre que c'est moi qui ai fait cela, il serait bien difficile d'apaiser sa rage, d'autant plus que, la guerre étant terminé, il a maintenant bien moins besoin de mes services...

— Je sautillerai sur mon pied droit, dis-je. On verra bien ensuite. De toute façon, notre situation ne pourra pas être plus terrible qu'en ce moment.

— Qu'il en soit ainsi, Teule. Je ne peux pas rester plus longtemps ici et je vais vous dire adieu. J'espère que votre bonne étoile vous conduira en lieu sûr. J'espère aussi, Teule que, au cas où nous ne nous reverrions pas, vous garderez un bon souvenir de moi.

— Adieu, Marina, fis-je au moment où elle nous quitta.

Nous entendîmes le bruit des portes qui se refermaient derrière elle, puis le son distant des voix des porteurs de sa litière. Otomie resta un instant à écouter à la fenêtre, jusqu'à ce qu'elle soit sûre que les gardes s'étaient éloignés.

— Et maintenant, au travail!

— Comme vous voudrez, mon bien-aimé. Mais j'ai bien peur que tout cela soit sans espoir. Je n'ai pas confiance en cette femme. Elle va sûrement nous trahir. Cela dit, vous avez toujours cette épée et vous saurez vous en servir si besoin est...

— Peu importe, répondis-je. Nous avons atteint le fond de l'abîme; la vie ne peut rien offrir de pire que la torture et la mort et nous avons déjà gagné les deux.

Sans plus tarder, je m'assis sur l'escabeau devant la fenêtre, et mes bras étant restés indemnes, je me mis à scier un à un les barreaux en me servant de la lame tranchante de l'épée, jusqu'à ce que l'ouverture fût assez large pour nous laisser passer. Personne ne nous ayant dérangés, Otomie m'aida à enfiler les vêtements apportés par Marina car j'étais incapable de le faire tout seul. Je ne pourrai jamais faire ressentir à quel point je dus souffrir pour cela, surtout lorsqu'il me fallut glisser mon pied brûlé dans la longue botte correspondante. Puis Otomie passa la robe rouge et jaune qui lui répugnait tant et que bien des femmes indiennes auraient refusé de porter, même au prix de leur vie. Je crois d'ailleurs que ce geste lui apporta des souffrances morales bien plus grandes que celles que je venais d'endurer. Dès qu'elle fut habillée, elle vint minauder devant moi avec un air moqueur et sauvage.

— Alors, soldat, comment me trouves-tu?

— Ça suffit, répliquai-je. Nous sommes menacés de mort et la manière dont nous nous déguisons n'a aucune importance!

— Oh que si, mon époux. Mais comment peux-tu le comprendre, toi qui es à la fois un homme et un étranger? Maintenant je vais passer par la fenêtre et vous allez essayer de me suivre. Si vous ne le pouvez pas, je reviendrai ici et nous mettrons un terme à cette mascarade.

Otomie, vigoureuse et souple comme un chat-tigre, se glissa rapidement à travers l'ouverture, et montant sur l'escabeau, je parvins avec bien du mal à me hisser jusque sur le rebord de la fenêtre, où je dus rester un long moment immobile pour me reprendre. Otomie m'attira ensuite vers elle, et nous tombâmes tous les deux brutalement sur le sol, où je demeurai encore plusieurs minutes, incapable de bouger, tant mes blessures me causaient de souffrance. Enfin, Otomie me souleva, et nous pûmes regarder autour de nous. Tout était calme, mais le sommet du Popocatepetl s'empourprait déjà des premières lueurs de l'aube. Par bonheur, Otomie ayant eu la permission ainsi que ses compagnes, d'aller et venir librement dans le camp, le connaissait maintenant suffisamment pour pouvoir s'y diriger, et clopin-clopant, me cramponnant à son épaule et étouffant mes plaintes, je me mis en route avec elle vers la porte du sud où elle espérait que nous aurions plus de facilité pour passer.

Je sautillais sur mon pied droit tout en me tenant à son épaule et, endurant un véritable calvaire, je parcourus ainsi environ trois cents mètres sans rencontrer personne. Mais la chance nous abandonna au coin d'un bâtiment lorsque nous tombâmes nez à nez avec trois soldats regagnant leur baraquement en compagnie d'indigènes après quelque orgie nocturne.

— Qui va là? fit le premier d'entre eux. Ton nom, camarade!

— Bonne nuit, mon frère, bonne nuit, répondis-je en espagnol, avec la voix épaisse d'un ivrogne.

— Dis plutôt bonjour, fit l'autre, car l'aube se levait. Comment t'appelles-tu? Je ne te reconnais pas, encore qu'il me semble bien que tu aies l'air de t'être battu, ajouta-t-il en riant.

— Tu n'as pas le droit de demander son nom à un camarade, dis-je sur un ton sérieux, tout en oscillant sur place. Il se peut que le capitaine me fasse chercher et c'est un homme sobre. Allez, donne-moi ton bras, femme. Il est temps d'aller dormir car le soleil se lève...

Les trois se mirent à rire, mais l'un d'eux interpella Otomie.

— Laisse cet imbécile, ma belle, et viens faire un tour avec nous, dit-il en lui empoignant le bras.

Mais Otomie lui retourna un regard si incendiaire qu'il la laissa repartir sous l'effet de la surprise et nous titubâmes jusqu'à un autre coin de maison pour y disparaître de leur vue. Là, je me laissai tomber par terre avec un gémissement, submergé par la douleur. Mais Otomie m'obligea à me relever.

— Hélas, mon amour, il nous faut passer ou mourir!

Comment j'atteignis la porte, je ne pourrais l'expliquer; mais ce fut un véritable calvaire, et je pensai mourir vingt fois. Par un heureux hasard, tous les Espagnols qui la gardaient étaient endormis, et nous ne vîmes que trois Tiascalans accroupis autour d'un petit feu, avec leurs *serapes* (couvertures) sur la tête, car le temps était très frais.

— Ouvrez les portes, chiens! leur criai-je d'une voix rude.

Voyant qu'il avait affaire à un Espagnol, l'un d'eux se leva pour obéir, mais aussitôt il parut se raviser et me demanda:

— Pourquoi, et sur l'ordre de qui?

Je ne pouvais voir sa figure à cause de la couverture qui l'abritait, mais le timbre de sa voix ne me parut pas inconnu.

— Pourquoi? Tout bonnement parce que j'ai bu, et que je veux aller m'étendre dehors jusqu'à ce que je sois dégrisé. Quant à l'ordre, c'est moi qui te le donne. Comme tu le vois, je suis officier, et si tu bronches, je te fais fouetter sur l'heure, de telle manière, que toute ta vie tu t'en souviendras.

— Faut-il appeler les Teules? demanda l'homme à ses compagnons.

— Non, lui dit un autre, le seigneur Sarceda est fatigué, et il a bien recommandé qu'on ne le dérange pas.

En entendant prononcer ce nom, je me mis à trembler comme une feuille, car j'étais dans un tel état de faiblesse qu'il ne me restait plus la force de supporter aucune émotion, et atterré par la pensée que de Garcia pourrait survenir d'un moment à l'autre, je me serais sans doute trahi si Otomie, faisant appel à la remarquable présence d'esprit qui la caractérisait, n'était venue à mon secours, en se mettant à plaisanter familièrement avec le Tlascalan, ce qui eut le don de le mettre de bonne humeur et de le décider enfin à nous ouvrir les portes. Mais, à peine les avions-nous franchies, que je fus pris d'un étourdissement et m'abattis sur le dos.

— Allons, allons, il ne faut pas t'endormir ici, mon garçon, me dit railleusement Otomie en me secouant, attends un peu que je t'aie installé à l'ombre dans un coin tranquille.

Le Tlascalan, riant toujours avec elle, était accouru lui prêter son aide, et à eux deux, ils me remirent sur pied, mais au même moment, mon chapeau, qui était un peu trop petit pour ma tête, roula à terre, et tandis que l'Indien le ramassait et m'en coiffait à nouveau, nos yeux se rencontrèrent, et je vis sa physionomie changer d'expression.

— Il a l'air de m'avoir reconnu, dis-je tout bas à Otomie, aussitôt que nous nous fûmes remis en marche. C'est l'un des Tlascalans qui m'ont torturé hier, et tout à l'heure il va courir après nous.

Et de fait, en me retournant, je vis que l'homme continuait à nous regarder d'un œil perplexe, comme s'il n'était pas encore bien sûr de ne pas s'être trompé.

— Vite! vite! me souffla Otomie; tâchons de gagner ces touffes d'aloès, derrière lesquelles nous pourrons nous cacher.

Mais hélas, mes forces me trahissaient de plus en plus, et je n'arrivais plus à me maintenir debout. Alors, d'un effort surhumain, Otomie me souleva dans ses bras, et stimulée par l'amour et le désespoir, réussit à me faire effectuer ainsi en me portant comme un enfant, la cinquantaine de pas qui nous séparaient encore des aloès. Nous nous étions déjà écroulés tous les deux derrière, et je nous croyais déjà sauvés, lorsque je vis brusquement surgir devant nous le Tlascalan, armé d'une massue.

— Faites semblant de dormir, me dit Otomie.

Et tirant mon épée du fourreau, elle la dissimula dans l'herbe.

Je me cachai la tête avec un bras et restai immobile, attendant avec angoisse ce qui allait se passer.

— Que veux-tu? demanda Otomie à l'homme, quand il fut auprès de nous. Laisse-le tranquille; ne vois-tu pas qu'il dort?

— Il faut d'abord que je regarde sa figure, femme, dit le Tlascalan en m'écartant le bras. Par les dieux, je m'en doutais! C'est le Teule qu'on a mis à la question hier, et qui cherche à s'enfuir. Cet homme connaît le secret du trésor de Montezuma, et il vaut la rançon d'un roi.

— Bah! tu peux en faire ce que tu voudras. Emmène-le, s'il t'intéresse. Pour moi, j'en serai bien débarrassée.

— Je pense bien qu'il m'intéresse! Je vais le conduire au seigneur Sarceda, et je suis sûr que cela me vaudra une belle récompense. Allons, donne-moi un coup de main.

— Arrange-toi comme tu pourras; moi, je ne m'en mêle pas. Mais, avant de l'emmener, fouille-le donc, il a peut-être de l'argent, et en ce cas, on en prendra chacun notre part.

— Bonne idée! s'écria l'homme.

Et, s'agenouillant près de moi, il se mit à fouiller mes vêtements.

Otomie était placée derrière lui, et, tandis que je la regardais, je vis soudain s'allumer dans ses yeux une flamme pareille à celle que j'avais remarquée chez les prêtres lorsqu'ils s'apprêtaient à immoler une victime. L'instant d'après, elle prenait vivement l'épée dans l'herbe, la levait à bout de bras, et de toutes ses forces l'abattait sur le cou de l'homme, courbé en deux. Il s'écroula comme une masse, et entraînée par son élan, elle tomba à côté de lui ; mais je la vis aussitôt se relever, la figure égarée, tenant encore l'épée nue, dans sa main crispée.

— Vite ! vite ! me dit-elle encore. Tentez un dernier effort ; il le faut, sans quoi nous serons pris par les autres...

Nous nous remîmes péniblement en marche à travers les aloès. J'allais, guidé par elle, et à ce point étourdi par ce que je venais de voir et par les souffrances que j'endurais, que je finissais par n'avoir plus une conscience très exacte de ce qui m'environnait. J'avais l'impression d'avancer à travers un monde irréel, dont le sol aurait été couvert de plaques de fer chauffées à blanc, et je me rappelle seulement qu'au bout de très longtemps, j'entrevis une troupe de guerriers armés de lances vers lesquels Otomie se précipita en étendant les bras.

CHAPITRE XXXI

La plaidoirie d'Otomie

A mon réveil, je me retrouvai dans une caverne à peine éclairée. Otomie se pencha vers moi. Non loin de là, un homme faisait cuire quelque chose dans un pot posé sur un feu de feuilles d'aloès séchées.

— Où suis-je et que m'est-il arrivé ? demandai-je.

— Vous êtes sain et sauf, mon amour, tout au moins pour l'instant. Je vous en dirai plus quand vous aurez mangé.

Je dévorai la soupe et la nourriture qu'elle me tendit, et elle ne parla que lorsque je fus rassasié.

— Vous vous rappelez comment le Tlascalan nous a suivis et comment... je me suis débarrassée de lui ?

— Je m'en souviens, Otomie, encore que je n'arrive pas à comprendre comment vous avez trouvé la force de le tuer.

— L'amour et le désespoir me l'ont fournie et j'espère n'avoir plus jamais à refaire une telle chose. Ne m'en parlez plus, voulez-vous car cet acte me répugne plus encore que tout ce que j'ai pu voir auparavant. Mais je crois pourtant que je n'ai fait que l'assommer. Puis nous nous sommes enfuis. En me retournant, j'ai vu que les deux autres Tlascalans venaient à la rescousse. Ils parvinrent auprès de celui que j'avais abattu, l'examinèrent rapidement, et se jetèrent à notre poursuite. Vous étiez tellement épuisé de fatigue et de souffrance que vous n'avanciez plus qu'avec une extrême lenteur, et comme je n'avais pas la force de vous porter davantage, nous allions être infailliblement rattrapés par nos ennemis, losqu'une petite troupe de huit guerriers venant en sens contraire, se précipita à notre rencontre. Ils appartenaient à mon peuple et c'était des soldats qui avaient servi sous vos ordres. Ils surveillaient le camp, attendant qu'un Espagnol s'aventure seul à l'extérieur pour le tuer. C'est bien ce qu'ils faillirent faire d'ailleurs, car j'étais tellement hors d'haleine qu'il m'était presque impossible de parler. Mais je pus tout de même donner mon nom et expliquer en quelques mots votre triste état. Entre-temps, les deux Tlascalans nous avaient rejoints et je criai aux Otomies de nous protéger. Ceux-ci tombèrent sur les Tlascalans, en tuèrent un et firent prisonnier l'autre. Puis ils construisirent une litière, vous déposèrent dessus, et vous emmenèrent à une vingtaine de lieues de-là, dans les montagnes, sans prendre le moindre repos, jusqu'à cette cachette où vous vous reposez depuis trois jours. Les Teules vous ont recherché sans relâche mais en vain. Pas plus tard qu'hier, deux d'entre eux, accompagnés de dix Tlascalans, sont passés à moins de cent pas de cette caverne, et j'ai eu le plus grand mal à empêcher nos gens de les attaquer. Ils s'en sont allés comme ils étaient venus et je crois que, pour un temps, nous sommes maintenant en sécurité. Nous partirons dès que vous irez mieux.

— Et où irons-nous, Otomie? Nous sommes des oiseaux privés de nid...

— Nous irons chercher refuge à la Cité des Pins, à moins que vous ne préfériez partir sur la mer. Nous n'avons pas d'autre choix, mon époux...

— Inutile d'espérer fuir par l'océan, Otomie. Tous les bateaux qui arrivent ici sont espagnols. Cela dit, je ne sais pas comment nous allons être accueillis à la Cité des Pins, maintenant que notre cause est perdue et que tant de milliers de guerriers otomies ont perdu la vie.

— Il nous faudra pourtant prendre ce risque. Il existe encore des âmes fortes en Anahuac, lesquelles resteront à nos côtés. Et puis, nous avons déjà échappé à des dangers bien plus grands. Maintenant, laissez-moi m'occuper de vos blessures et reposez-vous encore un peu...

Je restai trois jours de plus à être soigné par Otomie dans la caverne. Au bout de ce laps de temps, mon état se trouva assez amélioré pour me permettre de voyager en litière. Ce qui ne m'empêcha pas d'être incapable de poser le pied par terre pour plusieurs semaines encore. Nous partîmes de nuit et je fus porté à dos d'homme jusqu'à ce que nous atteignîmes la gorge menant à la Cité des Pins. Là, nous fûmes arrêtés par des sentinelles à qui Otomie conta notre histoire, avant d'ordonner à quelques-unes d'entre elles d'aller informer les chefs de la cité de notre arrivée. Nous suivîmes lentement ces messagers car mes porteurs étaient épuisés et nous parvînmes aux portes de la superbe ville juste au moment où les rayons rougeâtres du crépuscule touchaient la tête enneigée de Xaca qui se dressait derrière elle, transformant son chapeau de neige en une couronne de la couleur du fer porté au rouge.

La nouvelle de notre arrivée s'était répandue et des grappes de gens s'étaient rassemblées pour nous regarder passer. La plupart étaient silencieux mais, çà et là, des femmes qui avaient perdu leur mari à la guerre ne pouvaient s'empêcher de nous maudire. Hélas! quel contraste entre notre voyage de maintenant et celui que nous y avions fait un an à peine auparavant! La première fois, nous étions entrés dans la ville avec une escorte de dix mille hommes enthousiasmés, aux accords d'une musique triomphale, et sur de véritables jonchées de fleurs. Aujourd'hui, nous y arrivions comme deux parias, en fuite devant les Teules, moi, malade et blessé sur une litière, et Otomie, à pied, avec sa misérable robe jaune et rouge, dont elle n'avait encore pas trouvé moyen de se défaire, et qui éveillait la risée sur son passage. L'accueil que l'on nous fit fut absolument froid, presque hostile, et, le soir, dans le vieux palais où nous avions été nous réfugier, il nous fallut nous contenter d'un repas de galettes de maïs, comme les plus humbles habitants de la ville. Puis nous nous couchâmes. La douleur de mes blessures fit que je restai éveillé et pus entendre Otomie pleurer dans son sommeil à mes côtés. Jamais je ne l'avais entendue sangloter auparavant, à l'exception du jour où était mort notre premier enfant.

— Pourquoi ce chagrin, Otomie, finis-je par lui demander.

— Je ne savais pas que vous étiez réveillé, mon bien-aimé, répondit-elle, sinon j'aurais caché mon chagrin. Je pleure sur tout le malheur qui s'est abattu sur nous et sur mon peuple... et aussi sur toutes ces petites choses qui font qu'on vous traite en ce moment comme un homme de basse classe...

— Vous avez raison, répondis-je. Que vont faire les Otomies de nous? Nous tuer? Nous donner aux Teules?

— Je n'en sais rien. Nous apprendrons tout cela demain, mais pour ma part, je sais que je ne me rendrai pas vivante.

— Ni moi, ma bien-aimée. La mort vaut mieux que les tendres attentions de Cortez ou de de Garcia. N'y a-t-il aucun espoir?

— Si, mon amour. Aujourd'hui, les Otomies sont abattus et ils se souviennent que, par notre faute, la fleur de leur pays a été menée à la mort. Mais ce sont des hommes et des femmes courageux et généreux de cœur. Et si je parviens à faire vibrer cette corde en eux, alors, tout ira bien. Les souvenirs et la douleur nous affaiblissent, nous qui devrions être pleins de courage pour avoir échappé déjà à tant de malheurs. Dormez donc, mon époux, et laissez-moi réfléchir. Tout devrait s'arranger car même l'infortune a une fin...

Je m'endormis donc, pour me réveiller au matin en de meilleures dispositions. Car qui ne se sentirait pas mieux lorsque le soleil brille au-dessus de lui et que son corps est touché par les bienfaits du repos?

Lorsque j'ouvris les yeux le lendemain, le soleil était déjà haut dans le ciel, mais Otomie s'était levée avant l'aurore et n'avait cessé de travailler activement depuis à améliorer notre situation. Son premier soin avait été de s'arranger pour nous faire apporter une nourriture meilleure et plus substantielle, ainsi que des vêtements décents pour remplacer nos innommables défroques. Ensuite, elle avait rassemblé plusieurs hauts personnages de la ville qui lui étaient demeurés dévoués même dans son adversité, et elle les avait envoyés de tous côtés, afin de prévenir la population qu'elle avait l'intention de prononcer à midi une harangue du haut des marches du palais.

— Viendra-t-on vous écouter? lui demandai-je.

— Soyez sans crainte, me répondit-elle. Ne serait-ce que pour nous voir, nous qui avons survécu au siège, et pour apprendre la vérité, on accourra en foule. En outre, il en viendra d'autres aussi avec l'intention de se venger de nous.

De fait, aux approches de midi, la grande place était noire de monde. Otomie, après s'être coiffée avec soin et avoir piqué des fleurs dans ses cheveux, avait endossé, par-dessus sa robe blanche, un riche manteau de plumes, et mis à ses bras et à son cou de riches joyaux qu'elle avait trouvés dans le palais. Lorsqu'elle fut prête, elle me fit allonger sur la grossière litière qui m'avait amené et ordonna aux quatre soldats qui m'avaient fait traverser les montagnes de me transporter à côté d'elle. Dès que la foule nous vit apparaître sur la plate-forme dominant les marches du palais, elle se mit à pousser des hurlements de bêtes fauves en furie.

— A mort! A mort! criait-on de toutes parts.

Otomie s'avança jusqu'au bord de la plate-forme, et sans prononcer un seul mot, leva le sceptre d'ébène qu'elle tenait à la main. Mais, au lieu d'apaiser la foule, ce geste ne fit que provoquer un nouveau débordement de menaces et de vociférations. Un javelot passa en sifflant juste au-dessus de sa tête, et tout à coup, la multitude se rua sur l'escalier comme pour la mettre en pièces, mais, tout à coup aussi, pareille à une vague qui se heurte à un roc, arrivée à la dernière marche, elle s'arrêta.

Les soldats qui me portaient, voyant la tournure tragique que prenaient les événements, s'empressèrent de déposer ma litière sur la plate-forme et de rentrer se mettre à l'abri dans le palais ; mais, Otomie, elle, n'avait pas bougé d'un seul pouce, n'avait pas même sourcillé quand le javelot l'avait effleurée au passage, et calme, immobile, imposante et majestueuse, attendait patiemment que la tempête s'apaisât. Et de fait, il y avait dans son attitude tant de dignité, de noblesse et de vaillance, que cela finit par en imposer à la foule et par l'adoucir peu à peu. Alors, quand le calme fut complètement rétabli, Otomie, d'une voix ferme et distincte, qui devait s'entendre de très loin, commença à parler.

— Suis-je bien parmi mon peuple des Otomies ? s'exclama-t-elle d'une voix amère. A moins que nous ne nous soyons égarés en route et que nous soyons tombés au milieu d'une tribu sauvage de Tlascalans ? Ecoutez-moi, peuple des Otomies. Je n'ai qu'une seule voix et personne n'est capable de tenir tête à une foule. Choisissez-vous donc un porte-parole et laissez-le exprimer les désirs de vos cœurs.

Le tumulte reprit de plus belle et plusieurs noms furent lancés. Finalement un homme, à la fois prêtre et noble, nommé Maxtla s'avança vers elle. C'était un homme qui possédait un grand pouvoir parmi les Otomies, qui avait prôné depuis le début une alliance avec les Espagnols et s'était opposé au projet d'envoyer une armée pour aider Guatimozin à défendre Tenoctitlan. Mais il ne vint pas seul et les quatre chefs qui l'accompagnaient portaient les vêtements distinctifs des Tlascalans et devaient être des ambassadeurs de Cortez. Je sentis alors mon cœur chavirer car il n'était pas difficile de deviner le but de leur visite.

— Parlez, Maxtla, fit Otomie. Et vous, peuple des Otomies, je vous prie de garder le silence afin que vous puissiez juger une fois que notre conversation aura touché à sa fin.

Un grand silence s'abattit sur la foule, laquelle se serra un peu plus pour écouter les paroles de Maxtla.

— Mon discours, princesse, sera des plus brefs, commença-t-il d'une voix dure. Il y a quelque temps, vous êtes venus, vous et votre hors-la-loi de mari teule, chercher une armée pour aider Cuitlahua, l'Empereur des Aztèques, dans son combat contre les Teules, les fils de Quetzal. Cette armée vous fut accordée contre l'avis de nombre d'entre nous, car vos paroles mielleuses ont su subjuguer le conseil. Quant à nous, qui prônions la prudence, et même une alliance avec les hommes blancs, fils des dieux, nous avons été obligés de céder. Puis, vous êtes repartis, suivis par vingt mille hommes, la fine fleur de notre peuple. Et où sont-ils, maintenant ? Je vais vous le dire. A peine deux cents d'entre eux ont réussi à revenir chez eux. Les autres se sont envolés dans les gésiers des *zaphilotes* ou bien courent sur terre dans le ventre des chacals. Vous les avez tous conduits à la mort. Est-il donc démesuré de demander vos deux vies en paiement de celles de vingt mille de nos fils, de nos maris ou de nos pères ? Mais nous ne demanderons même pas ce prix. A mes côtés se trouvent les ambassadeurs de Cortez, le capitaine des Teules, qui viennent d'arriver ici il n'y a pas une heure. Et voici la demande faite par Cortez lui-même :

« Livrez-moi Otomie, la fille de Montezuma, et son amant renégat, connu sous le nom de Teule, lequel a fui la justice qui s'apprêtait à lui faire payer ses crimes, et tout ira bien pour vous, peuple des Otomies. Si vous décidez de les cacher ou si vous refusez de me les livrer, alors la Cité des Pins connaîtra le même sort que Tenoctitlan, la reine de la vallée. Vous devez choisir entre mon amour et ma colère, peuple des Otomies. Si vous obéissez, le passé sera oublié et mon joug sera bien léger à vos cous. En revanche, si vous refusez, votre ville sera rasée et votre nom rayé de la mémoire du monde. »

«Messagers de Cortez, ces mots sont-ils bien ceux de Cortez lui-même?

— Ce sont là les mots exacts qu'il a prononcés, Maxtla, répondit leur porte-parole.

Le tumulte s'empara à nouveau de la foule et des voix se mirent à crier de nous livrer à Cortez en guise de présent de paix. Lorsque Otomie s'avança, les cris s'éteignirent car tous voulaient entendre sa réponse.

— Il me semble, peuple des Otomies, que je suis en train de passer en jugement devant mes propres vassaux. Je vais plaider ma cause et celle de mon époux comme pourrait le faire une femme et, puisque vous avez le pouvoir, vous pourrez ensuite choisir entre nous et Maxtla et ses alliés, Cortez et les Tlascalans. Quel est notre crime? Simplement d'être venus ici sur l'ordre de Cuitlahua pour demander votre aide dans sa guerre contre les Teules. Et que vous ai-je dit à ce moment-là? Je vous ai dit que si tous les peuples d'Anahuac ne se dressaient pas ensemble contre les hommes blancs, ils seraient brisés un à un comme les brindilles d'un fagot et jetés au feu. Vous ai-je menti? Non, car suite à la trahison de certaines de ses tribus, au premier rang desquelles les Tlascalans, Anahuac est tombée et Tenoctitlan n'est plus qu'un champ de ruines couvert de morts.

— C'est la vérité! s'écria une voix.

— Oui, peuple des Otomies, c'est la vérité. Et je vous assure que si tous les guerriers des nations d'Anahuac avaient pris au combat la même part que vos enfants, l'histoire se serait terminée différemment. Ils sont morts et pour cela, vous voulez nous livrer à nos ennemis à tous. Quant à moi, je ne les pleure pas, même si bien des miens en font partie. Non, évitez la colère et écoutez-moi. Il vaut mieux pour eux être morts au champ d'honneur et avoir gagné une place dans les Demeures du Soleil plutôt que d'avoir choisi une vie d'esclaves, ce qui semble être maintenant votre désir, peuple des Otomies. Il n'y a pas de mensonges dans ce que je vous dit. Les bâtons dont s'est servi Cortez pour frapper Guatimozin vont être brisés et allumés pour faire du feu pour les Teules. Ces faux fils sont déjà ses esclaves. N'avez-vous pas eu connaissance de l'ordre qu'il a donné aux tribus alliées de travailler dans les carrières et dans les rues de la cité glorieuse qu'il avait brûlée pour que cette dernière renaisse sur les berges du lac? Avez-vous hâte de subir votre part de ce travail, peuple des Otomies, un labeur sans fin et sans autre récompense que le fouet des contremaîtres et les injures des Teules? Bien sûr que vous allez vous précipiter, peuple des montagnes! Vos mains sont plus faites pour la bêche et la truelle que pour l'arc et la lance. Comme il vous sera sans doute plus facile d'obéir au doigt et à l'œil à Cortez sous le soleil de la vallée ou dans l'ombre des mines plutôt que de rester libres dans vos montagnes où jamais un de vos ennemis n'a réussi à prendre pied!

Un murmure traversa à nouveau la foule. Maxtla s'avança pour parler mais les gens lui crièrent de laisser Otomie s'exprimer.

— Merci, mon peuple, dit la jeune femme, car j'ai encore bien des choses à vous dire. Donc, notre crime est d'avoir levé une armée pour combattre les Teules. Et comment avons-nous procédé? Vous ai-je obligés à le faire? Non, j'ai défendu mon point de vue et je vous ai demandé de choisir. Vous l'avez fait et c'est de votre propre gré que vous avez envoyé les glorieux régiments qui sont morts maintenant. Mon crime serait donc en réalité ce que vous dites être un mauvais choix, et pour ce crime vous voulez nous livrer, mon époux et moi, en gage de paix aux Teules. Mais avant que nos bouches soient fermées pour l'éternité, je voudrais que vous me laissiez vous raconter quelque chose de cette guerre que nous avons livrée aux Teules. Par où vais-je commencer, je n'en sais rien. Tenez, par exemple, j'ai porté un enfant, lequel serait devenu votre prince s'il avait vécu. Je l'ai vu peu à peu mourir de faim sous mes yeux. Mais cela n'est rien: qui suis-je pour me plaindre de la perte d'un enfant alors que tant de vos fils sont morts. Ecoutez-moi encore...

Et elle commença à raconter avec des mots brûlants les horreurs du siège, les cruautés des Espagnols et la bravoure des soldats otomies placés sous mes ordres. Elle parla ainsi pendant une heure et la foule resta suspendue à ses lèvres. Elle lui raconta aussi la part que j'avais prise dans ce combat et ce que j'avais accompli. De temps à autre, il arrivait qu'un des soldats rescapés du massacre, et qui avait donc servi sous mes ordres, s'écriât:

— C'est vrai! Je l'ai vu de mes propres yeux!

— Et c'est ainsi, poursuivit Otomie, que Tenoctitlan fut réduite à l'état de ruine et que mon cousin et mon roi, le glorieux Guatimozin, se retrouva prisonnier de Cortez, et avec lui mon époux Teule, ma sœur, moi-même et bien d'autres encore. Cortez avait juré qu'il traiterait Guatimozin et sa suite avec tous les honneurs. Et savez-vous comment il les a traités, en réalité? Quelques jours plus tard, Guatimozin, notre roi, était attaché à un siège de torture, pendant que des esclaves le brûlaient avec des fers rouges pour lui faire avouer l'emplacement de la cachette du trésor de Montezuma! Et sachez qu'il n'a pas été le seul à souffrir et qu'il y a ici un homme qui a été torturé lui aussi et qui n'a pas desserré les lèvres. Sans compter que moi-même, votre princesse, j'étais moi aussi promise à la torture! Nous avons réussi à nous échapper alors que la mort allait frapper à notre porte et j'ai dit à mon époux qu'on pouvait faire confiance au peuple des Otomies pour nous donner asile. C'est dans ce but que moi, Otomie, j'ai dû m'affubler des hardes d'une prostituée pour m'enfuir avec lui. Si j'avais su comment nous allions être accueillis ici, j'aurais préféré mourir mille fois plutôt que d'être contrainte à venir ainsi implorer votre pitié...

Je vous en supplie, mon peuple, ne vous alliez pas avec ces traîtres de Teules et restez libres et fiers. Vos cous ne sont pas faits pour le joug de l'esclavage, vos fils et vos filles sont de trop haute naissance pour servir l'étranger. Défiez Cortez! Certains d'entre vous sont morts mais vous êtes encore des milliers. Ici, dans votre repaire montagneux, vous pouvez repousser tous les Teules d'Anahuac, comme l'ont fait auparavant pour les Aztèques les traîtres Tlascalans. Et pourtant, les Tlascalans ne sont plus maintenant qu'une race de serfs. Voulez-vous partager leur destin? O mon peuple, ne croyez pas que je suis en train de plaider pour moi, ni pour mon époux, qui m'est pourtant plus cher que tout au monde, en dehors de mon honneur. Croyez-vous que nous supporterons d'être livrés à ses chiens de Tlascalans que Cortez vous a envoyés pour vous insulter?

Elle alla jusqu'à la lance qu'on avait lancée contre elle et qui gisait sur le sol. Elle la ramassa.

Regardez, reprit-elle, voici un excellent moyen de mourir et si vous n'avez pas été convaincus par ma plaidoirie, je vais l'utiliser sous vos yeux. Vous pourrez alors envoyer nos cadavres à Cortez en guise de cadeau. Mais je vous en supplie, défiez-le! Et s'il vous faut mourir, que ce soit en hommes libres et non en esclaves des Teules! Maintenant, voyez un peu quelle genre de pitié on peut attendre de lui et quel sera votre lot si vous suivez les conseils de Maxtla!

Elle s'élança vers moi, m'arracha la plus grande partie de mes vêtements et ôta mes bandages, puis m'obligeant à descendre de ma litière, elle me présenta presque nu à la foule, en s'écriant:

— Voyez l'œuvre des Teules et des Tlascalans! (Elle montra mes cicatrices et mes blessures) Voyez comment ils traitent ceux qui se rendent à eux! Et maintenant, cédez si le cœur vous en dit, abandonnez-nous si bon vous semble pour aller vers eux, mais n'oubliez pas que, tant qu'il restera une once d'or à ramasser pour les Teules ou un homme ou une femme capable de travailler pour satisfaire leur indolence, c'est le même sort qui vous attendra.

Alors, elle s'arrêta et me reposa doucement par terre, car j'étais incapable de reter debout tout seul. Puis elle resta immobile, la lance à la main, prête à se la plonger dans le cœur au cas où le peuple continuerait à vouloir nous livrer à Cortez.

Lorsque Otomie eut cessé de parler, il se fit d'abord un grand silence, puis, de nouveau, des clameurs s'élevèrent, mais combien différentes de celles de tout à l'heure. Ce n'étaient plus des cris de haine, à présent, c'étaient de frénétiques ovations. Otomie avait triomphé. Ses nobles paroles, sa fière attitude, son incomparable beauté, jointes au récit de nos souffrances et à la preuve manifeste des tourments que j'avais endurés, avaient opéré un revirement subit sur l'opinion publique, et toute la fureur du peuple se retournait à présent contre les Teules qui avaient détruit leur armée et contre les Tlascalans qui les y avaient aidés. Jamais éloquence de femme n'avait provoqué pareil revirement. La foule se mit à crier et à jeter ses armes en l'air. Maxtla essaya de prendre la parole, mais il fut jeté à terre et dut se débattre pour sauver sa vie. Puis des hommes s'en prirent aux ambassadeurs Tlascalans et se mirent à les battre à coups de bâtons.

— Voici notre réponse à Cortez ! Déguerpissez, chiens ! Et ils furent reconduits hors de la ville.

Lorsque la foule se fut enfin apaisée, plusieurs des grands chefs vinrent se prosterner devant Otomie et lui baiser la main.

— Princesse, s'écrièrent-ils avec ferveur, vous pouvez compter sur nous désormais ; nous vous défendrons jusqu'à la mort. Car vous avez pleinement raison : mieux vaut mourir libres que vivre esclaves.

— Vous voyez, mon bien-aimé, que mon peuple m'est quand même resté fidèle, me dit Otomie, dès que nous nous retrouvâmes seuls. Mais, maintenant, il va falloir nous préparer à la guerre en toute hâte, car lorsque Cortez apprendra ce qui vient de se passer, sa colère ne connaîtra plus de bornes.

— Otomie, répondis-je, vous êtes la femme la plus extraordinaire qui ait jamais vécu sur terre...

— Je n'en sais rien, mon époux, dit-elle avec un sourire. Mais si j'ai mérité votre fierté et conquis votre sécurité, cela me suffit amplement.

CHAPITRE XXXII

La fin de Guatimozin

Pendant les premiers jours qui suivirent cette mémorable journée, notre séjour dans la Cité des Pins fut des plus paisibles, et peu à peu, après nombre de crises douloureuses, je parvins à me rétablir des blessures que la main cruelle de de Garcia m'avait infligées. Néanmoins, les préparatifs de guerre se poursuivaient activement, car il était à prévoir que la tranquillité, dont nous jouissions actuellement, ne serait pas de longue durée. Et de fait, peu de temps après, nous apprîmes qu'une petite armée composée de cinquante Espagnols et cinq mille Tlascalans, marchait sur la ville pour la détruire. Alors je pris le commandement des Otomies, qui étaient au nombre de dix mille environ, tous bien armés à leur manière, et les conduisis hors de la ville, jusqu'aux deux tiers du défilé qui y conduit. Mais arrivé là, je n'en laissai dans le bas qu'un nombre assez restreint, d'abord parce que tous n'auraient pu trouver place en cet endroit pour combattre et ensuite parce que je voulais mettre à exécution un autre plan que j'avais formé. Je fis donc grimper les sept mille hommes qui restaient sur les hauteurs qui dominaient le défilé, et lorsqu'ils y eurent accédé par des sentiers de chèvre qu'eux seuls connaissaient, je les établis sur divers points escarpés surplombant le défilé et où le roc était complètement à pic. Je leur avais donné ordre d'entasser au préalable des monceaux de grosses pierres auprès d'eux et, ne gardant en tout et pour tout que cinq cents hommes avec moi, j'avais embusqué les autres, armés de flèches et de javelines dans certains renfoncements des falaises, où ils seraient à l'abri des quartiers de rocs qui pourraient tomber d'en haut. Ces dispositions prises, je dépêchai en avant plusieurs espions de confiance, pour m'avertir de l'approche des Espagnols et d'autres avec mission de leur servir de guides.

Je savais que mon plan était bon et tout paraissait parfait. Pourtant, il s'en fallut d'un cheveu pour qu'il tourne à la catastrophe. En effet, Maxtla, notre ennemi et l'ami des Espagnols était dans notre camp car je l'avais amené avec moi pour l'avoir à l'œil. Ce qui ne le rendit pas inactif pour autant...

Alors que les Espagnols étaient encore à une demi-journée de marche du défilé, un de mes guetteurs vint m'avertir que Maxtla l'avait soudoyé pour qu'il aille dévoiler le plan de notre embuscade au chef des Espagnols. La sentinelle avait pris l'argent et était partie. Mais, en cours de route, elle avait été saisie par le remords et était revenue tout me raconter. Je fis donc mettre la main sur Maxtla et, avant le crépuscule, celui-ci avait payé pour sa traîtrise.

Le matin où les Teules arrivèrent au défilé, je les laissai d'abord bien s'y engager, puis je leur y livrai combat avec les cinq cents hommes que j'avais conservés autour de moi, mais en leur permettant de nous refouler petit à petit; au fur et à mesure que nous reculions, les Espagnols nous pressaient avec plus d'ardeur, et finalement, nous leur tournâmes le dos et nous mîmes à fuir à toutes jambes, poursuivis par leur cavalerie. Or, à un point situé à cinq cents pas à peu près de la sortie qui se trouve du côté de la Cité des Pins, le défilé fait brusquement un coude et se resserre entre deux falaises si hautes et si rapprochées que leur base se trouve plongée dans une perpétuelle pénombre.

Feignant d'être en complète déroute, nous nous élançâmes dans cette gorge étroite, entraînant à notre suite les Espagnols, qui poussaient des cris de victoire. Mais, à peine eûmes-nous contourné l'éperon de la falaise que, ô stupeur, un signal fut donné par ceux qui nous guettaient d'en haut, et instantanément une avalanche de pierres et de quartiers de roc se déversa à l'improviste sur les cavaliers, dont bon nombre furent écrasés. Affolés, ne pouvant retourner en arrière à cause des Tlascalans qui les suivaient, et d'autre part se rendant compte qu'un peu plus loin le passage allait en s'élargissant, ceux qui restaient se ruèrent à nouveau en avant, mais là, ils rencontrèrent les archers qui, au lieu de pierres, se mirent à les accabler de flèches, à tel point que, ne sachant plus où se fourrer et se voyant dans l'incapacité absolue de se défendre, ils perdirent tout à fait la tête et cherchèrent à tourner bride. Ce fut leur perte, car nous pûmes alors les prendre de flanc, et la pluie de rocs ayant recommencé à se déverser sur leurs têtes, il ne leur resta plus qu'à se sauver pêle-mêle comme ils purent vers le chemin par lequel ils étaient entrés.

A la suite de cette échauffourée si désastreuse pour leurs armes, les Espagnols se bornèrent à nous adresser des menaces de temps à autre, mais ne nous molestèrent plus pendant plusieurs années, et ma renommée devint éclatante parmi la tribu des Otomies. Un Espagnol que j'avais fait prisonnier, et auquel je rendis la liberté un peu plus tard, m'avait appris que de Garcia était toujours au service de Cortez, mais que ce dernier lui tenait rigueur de notre évasion, convaincu qu'il s'était laissé soudoyer par nous, et que c'est grâce à son entremise que nous avions pu sortir de la ville.

*

Les quatorze ans qui succédèrent à cette défaite des Espagnols ne m'entraîneront pas dans de bien longues explications, car ils furent relativement calmes en comparaison de ceux qui les avaient précédés. Dans cet intervalle, trois fils nous furent donnés, ce qui me causa la plus grande des joies, car ils m'aimaient tous tendrement. En outre, ils ressemblaient beaucoup plus à de jeunes Anglais qu'à de petits Indiens, attendu que je m'efforçai de leur donner une éducation aussi anglaise que possible, et les élevai dans les mêmes croyances que moi. Malheureusement, je n'eus pas plus de chance avec ces trois enfants qu'avec celui que me donna plus tard Lily. Deux d'entre eux moururent, l'un d'une fièvre dont je ne pus le guérir malgré tout mon art, l'autre en tombant du haut d'un grand cèdre, où il était allé dénicher de jeunes milans, si bien qu'il ne resta bientôt plus que l'aîné, celui qui m'était le plus cher, et dont j'aurai à reparler plus tard.

Au cours du grand conseil qui s'était réuni après ma victoire sur les Espagnols, j'avais été nommé, conjointement avec Otomie, *cacique* de la Cité des Pins, ce qui nous conférait de très grands pouvoirs. J'en profitai aussitôt pour imposer l'abolition de l'horrible pratique des sacrifices humains, qui déshonorait la nation anahuac, mais cette réforme eut le fâcheux effet de provoquer la défection de plusieurs tribus voisines et d'attirer contre moi le ressentiment des prêtres.

Trois ans après notre installation dans la Cité des Pins, des messagers envoyés par des amis de Guatimozin vinrent m'annoncer en secret qu'il avait survécu à la torture, mais qu'il était toujours en captivité, et que, d'autre part, Cortez était sur le point d'entreprendre une expédition sur le golfe de Honduras, dans le pays connu sous le nom de Yucatan, Guatimozin me faisait savoir que Cortez, n'osant le laisser en arrière, avait l'intention de l'emmener avec lui, ainsi que d'autres nobles également prisonniers, et me suppliait, au nom de notre ancienne amitié, de tenter l'impossible pour lever une armée chez les Otomies, et gagner avec elle ce pays du Yucatan, où, avec l'aide d'autres troupes constituées par le mouvement d'insurrection générale provoquée par les cruautés des Espagnols, je parviendrais peut-être à tenter un coup de main pour le délivrer.

Lorsque j'eus pris connaissance du message, je ne pus m'empêcher de secouer la tête avec tristesse car je n'avais aucun espoir de voir réussir un tel plan. Mais le chef des messagers se leva et me prit à part en me disant qu'il avait quelque chose de personnel à ajouter.

— Guatimozin vous fait dire ceci, commença-t-il: «J'ai entendu dire que vous, mon frère, êtes libre et en sécurité avec ma cousine Otomie dans les montagnes de son peuple. Moi, hélas, je suis piégé dans les prisons des Teules comme un aigle malade dans une cage. Mon frère, s'il est en votre pouvoir de m'aider, faites-le, je vous en conjure, en mémoire de notre ancienne amitié et de tout ce que nous avons enduré ensemble. Alors, viendra le jour où je pourrai à nouveau régner sur Anahuac et, ce jour-là, vous serez assis à mes côtés.»

En entendant ces paroles, je sentis mon cœur se serrer, car j'aimais toujours Guatimozin comme un frère.

— Retournez d'où vous venez, dis-je à l'homme, et trouvez le moyen de faire savoir à Guatimozin que je ferai tout pour le sauver, même si je n'ai que peu d'espoir d'y parvenir. Dites-lui cependant qu'il s'attende à me rencontrer dans les forêts du Yucatan...

Otomie, en apprenant la chose, s'en montra vivement contrariée, disant que c'était pure folie, et que j'allais ainsi courir au-devant d'un trépas certain. Cependant, étant donné que j'avais engagé ma parole, elle trouva comme moi que je devais la tenir, et il en résulta que je levai cinq cents hommes et me mis en route pour le long et pénible voyage qu'il allait me falloir accomplir. Au dernier moment, Otomie voulut partir avec moi, mais je lui représentai que son devoir était de rester, et pour ses enfants, et pour son peuple, et en proie au plus vif chagrin, nous nous séparâmes pour la première fois.

Je ne m'étendrai pas sur tout ce que nous avons dû endurer par la suite. Nous bataillâmes pendant deux mois et demi pour traverser je ne sais combien de montagnes, de rivières, de marécages et de forêts, avant d'atteindre enfin une imposante cité déserte, appelée Palenque par les indigènes et qui était inhabitée depuis des générations. Cette cité est l'endroit le plus fantastique qu'il m'ait été donné de voir au cours de tous mes voyages. Bien qu'envahie par les broussailles, elle regorgeait de palais en marbre sculptés à l'intérieur comme à l'extérieur de *teocallis* et de représentations colossales de dieux grimaçants. Je me suis souvent demandé quelle nation avait pu être assez puissante pour s'offrir une telle capitale et quels étaient les rois qui y avaient vécu. Mais ce sont des secrets appartenant aux âges disparus et on ne saura jamais rien d'eux tant qu'un homme ne sera pas parvenu à trouver la clé des symboles de pierre et des écrits couvrant les murailles de ces mystérieuses constructions.

C'est dans cette ville que je me cachai en compagnie de mes hommes. Ce ne fut guère facile de les convaincre de s'installer parmi tant de fantômes, sans parlez des fièvres mauvaises et des innombrables bêtes sauvages et venimeuses qui hantaient les ruines. Mais j'avais appris que les Espagnols comptaient traverser le marais qui s'étendait entre la cité et la rivière et c'était là que j'espérais leur tendre une embuscade. Pourtant, huit jours plus tard, je sus, par mes espions, que Cortez avait traversé la rivière plus haut et que, fatigué de passer d'un marais à l'autre, il avait décidé de couper par la forêt. Aussi, je me précipitai vers la rivière, avec l'intention de la traverser à mon tour. Mais il était tombé, la veille et durant toute la nuit, des pluies si torrentielles que de vastes inondations s'étaient produites dans la région, et qu'à l'endroit où se trouvait le gué que nous cherchions, il y avait de si violents remous et de tels courants qu'il ne fallait pas songer un seul instant à gagner l'autre rive. Force nous fut donc d'attendre sur celle où nous étions que la crue eût diminuée, ce qui ne se produisit que le quatrième jour. Lorsque nous fûmes de l'autre côté, je dissimulai ma petite armée parmi les roseaux qui croissaient au bord de l'eau, et m'avançai avec six hommes seulement pour essayer de découvrir les traces des Espagnols. En moins d'une heure je rencontrai le chemin qu'ils s'étaient frayés à travers la forêt, et me mis à la suivre avec précaution. Au bout de quelque temps, nous parvînmes à un endroit où les arbres devenaient plus clairsemés, et nous eûmes lieu de penser que Cortez y avait campé peu auparavant, car on y voyait plusieurs tas de cendres encore chaudes et le corps d'un Indien mort de maladie. A une cinquantaine de pas au plus de ce campement se dressait un énorme *ceiba*, arbre qui atteint communément les proportions de nos grands chênes d'Angleterre, mais dont le bois est tendre et l'écorce blanche, et qui a la propriété de faire plus de progrès en vingt ans qu'un chêne en un siècle. Du reste, je ne me souviens pas d'avoir jamais vu un seul chêne qui égalât en hauteur, ni en grosseur le *ceiba* dont je parle. Quantité de *zaphilotes*, ou vautours, y étaient perchés, et lorsque nous nous en fûmes approchés, je compris ce qui les avait attirés là. Aux plus basses branches du *ceiba* étaient pendus trois corps qui se balançaient à la brise.

Au moment où j'arrivai en dessous de l'arbre un *zaphilote* se jucha sur la tête du cadavre qui était le plus rapproché de moi, et le poids du rapace ou le battement se son aile fit virer le mort sur lui-même de telle façon que son visage se tournât vers moi. Je le regardai, mais ce que je vis m'emplit d'une telle stupeur que je ne pus d'abord en croire mes yeux, et qu'il me fallut le regarder une seconde fois pour être bien sûr de ne pas me tromper, et alors je me laissai tomber à terre en pleurant. Car celui que je venais de voir, au bout de cette corde, n'était autre que celui au secours de qui j'étais venu de si loin: mon ami, mon frère, Guatimozin, le dernier empereur d'Anahuac. C'est lui que je retrouvais là, pendu comme un voleur dans la solitude de la forêt avec un vautour perché sur sa tête et prêt à le dévorer. Et tandis que je le regardais ainsi, bouleversé et saisi d'horreur, voici que me revint tout à coup à la mémoire le fier emblème de la royauté aztèque: un oiseau de proie étreignant un serpent dans ses serres. Ce que je voyais là devant moi n'était-il pas le digne symbole de la fin de cette dynastie?

Alors, proférant un juron et levant mon arc, j'envoyai une flèche au vautour, qui tomba à mes pieds en se débattant et en poussant des cris. Puis, je donnai ordre à ceux qui m'accompagnaient de couper les cordes qui retenaient les corps de Guatimozin, du prince de Tacuba et de l'autre noble qui était avec eux, et de creuser sous l'arbre une grande fosse. C'est là que je les allongeai pour y reposer à jamais sous son ombre mélancolique, et c'est là que, pour la dernière fois, je dis adieu à mon frère Guatimozin que j'avais tant aimé.

Alors, tristement, je repris le chemin du retour, mais avant de quitter ces lieux maudits, le hasard me fit capturer un Tlascalan qui parlait un peu l'espagnol, et qui avait déserté l'armée de Cortez pour échapper aux fatigues et aux privations qu'il y avait endurées. Cet homme avait assisté à l'exécution de Guatimozin et de ses compagnons; d'après lui, un misérable espion ayant averti Cortez qu'un coup de main allait être tenté en vue de délivrer le prince, Cortez avait aussitôt ordonné qu'il fût pendu. Et Guatimozin s'était, paraît-il, montré aussi vaillant et aussi fier que dans toutes les douloureuses circonstances de sa vie. Ses dernières paroles avaient été celles-ci: «J'ai eu grand tort, Cortez, de résister au désir que j'avais de me tuer lorsque je me rendis à vous. A ce moment-là, mon cœur me disait que toutes vos promesses étaient fausses, et il ne m'a pas menti. J'accueille la mort avec joie, car je n'ai vécu que pour connaître l'opprobre, la défaite et la torture et pour voir mon peuple devenir esclave des Teules, mais je n'en demeure pas moins convaincu que les dieux vous châtieront un jour du crime que vous commettez aujourd'hui.»

Telle fut la fin de Guatimozin le plus brave, le meilleur et le plus noble Indien qui ait jamais existé. Puisse la souillure dont se couvrit Cortez, en le torturant et l'assassinant lâchement ainsi, ternir à jamais sa gloire tant que leur souvenir à l'un et à l'autre subsistera dans la mémoire des hommes!

Lorsque je rentrai à la Cité des Pins, Otomie fut transportée de joie en apprenant que j'étais sain et sauf, car elle avait bien cru ne jamais me revoir, mais lorsque je lui contai de quelle façon était mort son cousin Guatimozin, elle pleura amèrement non seulement à cause de lui, mais parce qu'elle savait qu'avec lui s'en allait pour toujours le suprême espoir des Aztèques, et elle en demeura inconsolable pendant des jours entiers.

CHAPITRE XXXIII

Isabella de Siguenza est vengée

Notre existence dans la Cité des Pins fut, comme je l'ai expliqué, assez paisible durant les années qui suivirent. La région que nous habitions était en somme assez pauvre et assez dénudée, et bien que nous nous moquions des Espagnols et ne leur payions aucun tribut, maintenant que Cortez était reparti pour l'Espagne, ils ne se sentaient plus animés d'aucun esprit de conquête à notre égard. Après tout, à part quelques autres peuplades perchées comme nous dans des endroits inaccessibles, le territoire entier d'Anahuac était en leur pouvoir, et comme ils auraient eu beaucoup plus à perdre qu'à gagner en s'attaquant à cette poignée d'Otomies retranchés dans leurs montagnes, ils préfèraient attendre le moment où une occasion plus favorable se présenterait. Je dis une poignée, car beaucoup de clans s'étaient depuis soumis aux Espagnols, de sorte qu'il ne resta bientôt plus d'indépendant que la Cité des Pins proprement dite avec quelques lieues de pays autour. En fait, seuls leur amour pour Otomie et leur respect pour son antique lignée, ajoutés à l'admiration provoquée par mes talents de général, poussaient encore ceux qui nous suivaient à rester avec nous.

Et maintenant me demandera-t-on, vécus-je heureux durant ces années-là? En vérité, oui, j'avais bien des raisons pour être heureux, puisque je possédais la femme la plus belle et la plus aimante que l'on pût voir, une femme qui me témoignait un dévouement sans bornes, prouvé par tant et tant d'abnégation, une femme qui n'avait pas hésité à s'allonger avec moi sur l'autel du sacrifice pour partager mon immolation, une femme qui avait poussé le courage jusqu'à surmonter les instincts de son sexe et à tremper ses mains dans le sang pour assurer ma délivrance, une femme dont l'esprit d'initiative m'avait tant de fois secondé, une femme dont le cœur généreux m'avait tant de fois consolé. Assurément, si la reconnaissance peut conquérir le cœur d'un homme, le mien n'aurait jamais dû cesser de lui appartenir tout entier, et certes il lui appartint et lui appartient encore aujourd'hui. Mais la reconnaissance, l'amour, ou n'importe quel autre sentiment auquel nous soyons en proie, peut-il nous faire oublier la maison où nous sommes nés? Pouvais-je, parce que j'étais devenu chef indien d'un peuple déchu et condamné à un destin inéluctable, oublier ma jeunesse avec tout son cortège d'espérances et de craintes? Pouvais-je oublier ma chère vallée de Waveney et la fleur charmante que j'y avais laissée, et parce que je m'étais parjuré, oublier les serments que j'avais jadis prononcés: La Fortune m'avait été adverse, les circonstances s'étaient liguées contre moi, et fatalement, j'avais subi mon destin, mais, au fond, étais-je si coupable que cela, et s'en trouvera-t-il beaucoup, parmi ceux qui auront lu mon histoire, pour me jeter la pierre après tout ce que j'ai dit? Non, je ne puis le croire, mais ce dont je suis sûr en tout cas, c'est qu'il en est bien peu qui, s'ils s'étaient trouvés dans des situations aussi extraordinaires, aussi inextricables et aussi périlleuses, n'auraient pas agi de la même façon.

Et pourtant, j'étais assailli par les souvenirs. Nuit après nuit, je ne cessais de me réveiller et de me repentir, comme peut le faire un homme à propos de choses sur lesquelles il ne détient aucun pouvoir. J'étais un étranger en terre étrangère et, bien que ma demeure et mes enfants fussent ici, le mal du pays était toujours vivace en moi. Je ne pouvais pas oublier cette Lily que j'avais perdue. Je portais toujours sa bague au doigt, seul souvenir d'elle qui me restât encore. Je ne savais même pas si elle s'était mariée ou pas, ou si elle était vivante ou morte. Le précipice qui nous séparait s'élargissait avec les années mais son souvenir me suivait comme mon ombre, brillant au travers de l'amour tumultueux d'Otomie et me hantant même lorsque mes enfants m'embrassaient. Le pire de tout était que je me méprisais pour ces regrets. Non, ce qui était pire était cette certitude que j'avais qu'Otomie pouvait lire dans ma pensée...

Loin des Yeux
Près du Cœur

était inscrit sur l'anneau de fiançailles de Lily, et c'était bien là mon problème.

Les années passèrent donc, n'apportant que peu de changements, et je finis par croire que je passerais le reste de ma vie dans ce pays lointain. Mais tel n'était pas le destin qui m'était réservé.

Ceux qui ont lu le début de cette histoire se souviennent sans doute de la relation de la mort d'une certaine Isabella de Siguenza. On se rappellera également comment celle-ci, dans ses derniers instants sur terre, avait maudit le prêtre qui avait ajouté insultes et outrages à sa fortune, en lui souhaitant de mourir à son tour entre les mains du même genre de fanatiques que lui-même. Si ma mémoire est bonne, je crois avoir déjà dit que c'est ce qui arriva en fin de compte, et de la plus étrange façon qui soit. En effet, après la conquête d'Anahuac par Cortez, ce même prêtre enflammé arriva dans ce pays parmi bien d'autres Espagnols, avec l'idée d'obliger les Indiens par l'épée et la torture à adorer Notre Seigneur. Et de tous ceux qui vinrent pour accomplir cette mission de paix, il fut sans doute le plus zélé. Les *pabas* indiens, eux, s'ils arrachaient le cœur de leurs victimes pour l'offrir à Huitzel ou à Quetzal, leur garantissaient également une place dans les Demeures du Soleil. Avec les prêtres chrétiens, la poucette et le pieu avait pris la place des autels mais les âmes qu'ils disaient délivrer des liens terrestres étaient systématiquement vouées à l'Enfer...

De tous ces prêtres, le plus hardi et le plus cruel était un certain frère Pedro. Il alla et vint dans le pays, laissant derrière lui une piste de cadavres de païens, de telle sorte qu'il fut bientôt surnommé «le Démon Chrétien». Mais il finit par s'aventurer un peu trop loin et tomba entre les mains d'un clan Otomie, que la question des sacrifices humains avait séparé de nous mais qui ne s'était pas pour autant rallié aux Espagnols. Un jour, donc, alors que nous régnions déjà depuis quatorze ans sur la Cité des Pins, j'appris que les *pabas* de ce clan avaient capturé un prêtre chrétien et qu'ils avaient décidé de l'offrir en sacrifice au dieu Tezcat.

Accompagné seulement d'une petite escorte, je traversai rapidement les montagnes afin d'aller faire une visite au *cacique* de ce clan (avec qui j'étais resté ami, malgré notre séparation) pour le persuader de relacher le prêtre. Mais j'eus beau voyager le plus vite possible, la vengeance des *pabas* avait été encore plus rapide: j'arrivai au village juste pour voir le «Démon Chrétien» conduit au sacrifice face à la statue d'une idole hideuse installée au sommet d'un pieu et entourée par une multitude de crânes. Dénudé jusqu'à la ceinture et les mains liées dans le dos, ses yeux perçants fixaient les visages de ses ennemis païens avec un regard menaçant d'où toute trace de supplication avait disparu. Murmurant des prières, le frère Pedro allait à la mort en secouant la tête pour échapper aux innombrables insectes qui s'acharnaient sur lui.

Je fus pris d'étonnement en le voyant. Je le regardai à nouveau et, soudain, la lumière se fit en moi. Tout à coup, une vision s'imposa à mon esprit: celle d'une sombre cave à Séville, d'une jeune et jolie femme drapée dans un suaire et celle d'un religieux au visage maigre et vêtu d'une robe noire en train de la frapper à coups de crucifix. Et cet homme se trouvait maintenant devant moi... Isabella de Siguenza avait prié pour qu'il endure le même genre de trépas qu'elle et c'était ce qui était en train d'arriver. Et même si je l'avais voulu, j'étais maintenant incapable d'empêcher ce qui allait se passer. Je restai immobile et lorsque la victime passa devant moi, je m'adressai à elle en espagnol.

— Souvenez-vous de ce que vous avez peut-être oublié, mon père, souvenez-vous de la prière d'Isabella de Siguenza que vous avez fait mettre à mort il y a des années de cela, à Séville...

L'homme m'entendit. Il blêmit sous son bronzage et perdit l'équilibre. Je crus même qu'il allait tomber. Il me fixa avec un regard rempli de terreur, pour voir ce qu'il crut être un spectacle assez commun: celui d'un chef indien en train de se réjouir de la mort d'un de ses oppresseurs.

— Mais quel démon es-tu? dit-il d'une voix rauque. Es-tu venu des Enfers pour me tourmenter une dernière fois?

— Souvenez-vous de la prière faite par Isabella de Siguenza au moment de sa mort, alors que vous veniez de la frapper et de la maudire, répondis-je, l'air moqueur. N'essayez pas de découvrir qui je suis, mais contentez-vous de vous souvenir de cela, pour l'éternité...

Il resta un instant immobile, subitement sourd à l'impatience de ses bourreaux. Puis son courage finit par lui revenir et il s'écria d'une voix tonnante:

— Arrière, Satan! Pourquoi devrais-je avoir peur de toi? Oui, je me souviens de cette pécheresse... et j'espère que son âme est maintenant en paix. Oui, je me rappelle sa malédiction! Et je m'en réjouis, car, de l'autre côté de cette pierre sculptée, je vois déjà s'ouvrir les portes du paradis. Arrière, Satan! Qu'ai-je à craindre de toi?

«O Mon Dieu, je remets mon âme entre Tes mains!» poursuivit-il tout en titubant.

Je le regardai partir en souhaitant que son âme repose en paix car sa cruauté était doublée d'un grand courage face aux tortures qui l'attendaient et qu'il supporta jusqu'au bout sans flancher.

Cet incident plutôt modeste eut des conséquences de grande envergure. Si j'avais tiré le frère Pedro des mains des *pabas,* il est presque certain que je ne serais pas en train, en ce moment, de rédiger cette histoire dans ma vallée de la Waveney. Je ne sais pas si j'aurais été en mesure de le sauver, mais je dois avouer que je ne tentai rien dans ce sens et que, pour cette raison, je fus peut-être responsable des grands malheurs qui s'abattirent ensuite sur moi. J'avoue être incapable de savoir si j'ai eu raison ou tort d'agir ainsi. Certains pourront croire que j'ai commis une erreur, mais s'ils avaient vu mourir Isabella de Siguenza, je crois alors qu'ils ne pourraient pas s'empêcher de me donner raison...

Cela dit, le nouveau vice-roi envoyé d'Espagne fut rendu si furieux par ce meurtre qu'il décida de se venger personnellement de la tribu qui l'avait commis.

Nous apprîmes bientôt qu'une forte troupe de Tlascalans et d'autres Indiens avaient été rassemblés dans ce but, et qu'une autre expédition, ayant à sa tête une centaine d'Espagnols et commandée par le capitaine Bernal Diaz (l'homme que j'avais épargné lors de la *noche triste* et dont j'avais toujours l'épée), allait être incessamment dirigée contre nous.

Force nous fut donc d'organiser notre défense, et la seule pensée qui nous restait était de repousser, cette fois encore, nos ennemis par quelque coup d'audace. Ce que nous avions précédemment accompli ne pouvait-il pas s'accomplir encore? Assurément oui, affirmait Otomie avec son orgueil indomptable. Mais hélas! durant ces quatorze ans, le temps avait bien changé les choses. A l'époque de la première attaque, notre domination s'étendait sur toutes les montagnes environnantes, dont les robustes clans étaient prêts à accourir à notre aide au premier appel. Aujourd'hui, nous n'avions plus d'autre secours à attendre que celui que pouvaient nous fournir les quelques villages placés dans notre voisinage immédiat. La première fois, j'étais à même d'opposer aux Teules une armée de dix mille hommes; à présent, j'étais arrivé à grand'peine à en réunir deux ou trois mille. Néanmoins, il fallait bien se résigner à faire contre mauvaise fortune bon cœur, et j'espérais, malgré tout, nous tirer d'affaire en renouvelant mon ancien exploit. Dès que l'ennemi approcha, je pris donc position, comme je l'avais fait quatorze ans auparavant, dans le défilé qui, seul, permettait d'accéder à la Cité des Pins, et comme la première fois aussi, je fis poster sur le haut des falaises surplombant cet étroit défilé deux troupes d'égales force qui reçurent l'ordre d'écraser les Espagnols en faisant rouler d'en haut sur eux des blocs de rochers dès que je leur en donnerais le signal en feignant de prendre la fuite. Toutefois, ne me dissimulant pas qu'en dépit de tous mes efforts, il se pourrait bien que je fusse effectivement refoulé sur la ville, je pris la précaution d'en mettre en état l'enceinte et les portes, et d'y installer une solide garnison. Par ultime précaution, j'avais fait transporter des vivres et de l'eau sur le sommet du *teocalli* depuis longtemps déjà converti en arsenal depuis que l'on n'y accomplissait plus de sacrifices, et j'en avais fait fortifier les côtés à l'aide de murailles hérissées de points d'obsidienne et munies d'autres dispositifs qui le rendraient quasi inexpugnable tant qu'il y subsisterait une poignée d'hommes pour le défendre.

Je savais, grâce à mes espions, que l'intention des Espagnols, était de chercher à se faufiler à travers la gorge avant l'aube dans l'espoir que mes troupes seraient encore endormies. De fait, à peine les premiers rayons du soleil eurent-ils commencé à éclairer le sommet du volcan Xaca, qui se dressait derrière nous, qu'un murmure éloigné dont l'écho se répercuta jusqu'à nous dans le silence de la nuit m'annonça que nos ennemis s'étaient mis en marche. Bien qu'il fît encore nuit noire dans la gorge, je m'avançai sans difficulté, car j'en connaissais maintenant à fond toutes les pierres. Mais il n'en allait pas de même des Espagnols dont beaucoup étaient à cheval, et qui par surcroît traînaient avec eux des canons. A plusieurs reprises, ces lourdes pièces se trouvèrent bloquées par les rochers qui jonchaient le passage, les esclaves qui les tiraient ne parvenant pas, dans l'obscurité, à trouver les endroits où faire passer les roues, si bien que les officiers qui commandaient la troupe, ne voulant pas être exposés à combattre dans une situation aussi désavantageuse, finirent par décider de s'arrêter pour attendre le jour.

Peu à peu enfin la clarté s'infiltra dans les profondeurs du sombre défilé, nous révélant les longues rangées d'Espagnols aux éclatantes armures et la troupe encore plus brillante de leurs casques peints et de leurs miroitants vêtements de plumes. Eux aussi nous aperçurent, et se gaussant de notre piètre équipage, leur colonne reprit sa marche en avant, semblable par ses contorsions, à un gros serpent qui s'insinue dans la fente d'un rocher. Lorsqu'ils ne furent plus qu'à cent pas de nous, les Espagnols se mirent à lancer leur cri de guerre de San Pedro, et la lance en arrêt, nous chargèrent avec leur cavalerie. Nous les reçûmes avec une volée de flèches qui entrava un instant leur élan, mais, aussitôt après, ils se ruèrent au milieu de nous et nous refoulèrent à la pointe de leurs lances en nous tuant beaucoup de monde sans qu'il nous fût possible de leur en faire autant, car nos armes indiennes étaient bien peu efficaces contre ces hommes et ces chevaux bardés de fer. Nous fûmes donc bientôt obligés de fuir, ce qui faisait partie de mon plan du reste, puisque j'espérais ainsi attirer nos ennemis jusqu'à l'endroit où le défilé se rétrécissait et où ils devaient être écrasés par les rocs lancés sur eux du haut des falaises à pic. Tout alla bien; nous nous enfuîmes, poursuivis par les Espagnols rendus plus impétueux par leur victoire, et ils arrivèrent ainsi jusqu'à l'endroit où le guet-apens les attendait. Une première roche tomba d'en haut sur un cheval qu'elle écrasa, et de-là, rebondit sur les hommes qui venaient derrière et dont elle blessa plusieurs. Une autre lui succéda, puis une autre encore, et je me réjouissais déjà à l'idée que, pour la seconde fois, mon habile stratagème allait réussir et conjurer le danger, lorsque tout à coup nous parvint d'en haut un bruit qui n'était plus celui des rochers roulant vers l'abîme, mais ressemblait plutôt à un choc de bataille. Le tumulte alla en grandissant de plus en plus, puis quelque chose de sombre descendit en tournoyant et s'abattit au milieu de nous. Lorsque je voulus voir ce que c'était, je m'aperçus que, cette fois, ce n'était plus une pierre, mais un homme, et que cet homme était un des nôtres.

Hélas! on aurait pu le comparer à la première goutte de pluie qui précède l'averse, car l'instant d'après, je compris l'horrible vérité. Les Espagnols avaient déjoué mon artifice. Avec la longue expérience de la guerre qu'ils possédaient, ils ne pouvaient se laisser prendre deux fois de suite au même piège. Ils avançaient bien à travers le défilé avec leurs canons, certes, puisqu'il le fallait, mais ils avaient eu soin au préalable d'envoyer du monde, à la faveur de la nuit, sur les deux hauteurs adjacentes par des chemins secrets qu'ils s'étaient fait indiquer afin de tomber à l'improviste sur ceux des nôtres qui se tenaient aux aguets, prêts à culbuter leurs rochers en bas. Penchés sur le bord de l'abîme entre les touffes d'aloès et de cactus dont les falaises étaient couvertes, les Otomies qui ne se méfiaient de rien, et qui avaient déposé leurs armes à terre afin de se donner plus de liberté dans leurs mouvements, furent surpris par derrière et, au moment où ils s'y attendaient le moins, attaqués par un ennemi supérieur en nombre. La lutte fut courte, mais décisive.

Quand je compris enfin ce qui s'était passé, il était trop tard, et je me reprochai amèrement de ne point avoir mis de sentinelles là où le besoin s'en faisait si sérieusement sentir. Mais aussi, jamais je ne me serais figuré que les Espagnols parviendraient à se diriger à travers le labyrinthe des sentiers de la montagne. En cela, je n'avais oublié qu'une chose, c'est que la trahison rend la plupart du temps possible même ce qui, à première vue, le paraît le moins.

CHAPITRE XXXIV

Le siège de la Cité des Pins

D'ores et déjà la bataille était irrémédiablement perdue et mille pieds au-dessus de nous éclatèrent les cris de victoire des Teules. La bataille était perdue, et néanmoins il me fallait continuer à lutter encore. Aussi promptement que je pus, je fis reculer les hommes qui me restaient pour les mettre à l'abri derrière un promontoire de roc, et ne gardant avec moi qu'une cinquantaine de guerriers avec lesquels je me proposais de soutenir une lutte acharnée pour entraver, au moins momentanément, l'avance de l'ennemi, je renvoyai en toute hâte les autres à la Cité des Pins afin de prévenir ceux qui la gardaient que l'heure du danger était imminente et conjurer Otomie, dans le cas où je succomberais sur place, de résister jusqu'à la dernière extrémité dans le but d'arracher, si possible, aux Espagnols la promesse qu'elle serait épargnée, ainsi que son enfant et tout son peuple. Le retard que j'occasionnerais à l'ennemi permettrait toujours de fermer les portes et de faire monter les défenseurs de la ville sur les murailles. Mon fils m'avait supplié de rester à mes côtés, mais prévoyant que ce serait la mort inévitable pour moi et pour ceux qui resteraient avec moi, je m'y opposai formellement et le renvoyai à l'arrière.

Lorsque toute ma troupe fut partie, les Espagnols commencèrent lentement et avec des précautions infinies à contourner le promontoire où nous étions retranchés, et quand ils virent le petit nombre d'hommes qui leur étaient opposés, ils s'arrêtèrent complètement, s'imaginant qu'ils allaient tomber dans quelque nouveau traquenard, puisqu'il leur semblait impossible qu'un groupement de guerriers aussi insignifiant eût la prétention de tenir tête à leur armée. En outre, le défilé était à cet endroit si encombré de rochers entassés l'un sur l'autre, que lorsqu'ils se décidèrent enfin à nous attaquer, ils furent contraints de descendre de cheval pour combattre à pied. La lutte fut chaude, et il y eut beaucoup de tués de part et d'autre. Finalement, ainsi qu'il était à prévoir, les Espagnols, malgré toute l'opiniâtreté avec laquelle nous luttions, nous repoussèrent jusqu'à la sortie de la passe, qui se trouvait à environ cinq cents toises du mur de la ville. Arrivés à cet endroit, il ne nous aurait plus servi à rien de combattre davantage, car il ne nous restait qu'à choisir entre la mort et la fuite. Nous nous prîmes donc à détaler à travers la plaine comme des daims poursuivis par une meute. Heureusement pour nous, le terrain était tellement hérissé de pierres que les chevaux des Espagnols n'y pouvaient galoper librement, de sorte qu'un certain nombre d'entre nous, une vingtaine peut-être, purent parvenir sains et saufs jusqu'aux portes. De toute l'armée que j'avais emmenée avec moi, cinq cents hommes, au plus, rentrèrent dans la ville, et il en était resté à peu près autant à l'intérieur des murs.

Les lourdes portes s'ouvrirent pour nous laisser passer ; à peine avait-on eu le temps de les barricader à nouveau avec les énormes poutres en chêne qui les soutenaient, que les premiers Espagnols arrivèrent devant elles. J'avais encore mon arc à la main, et il me restait une dernière flèche dans mon carquois. Je la mis aussitôt sur la corde, et bandant l'arc de toutes mes forces, je lâchai le trait à travers les barreaux de la porte en visant le jeune et pimpant cavalier qui venait en tête. Frappé au cou entre son casque et sa cuirasse, il ouvrit les bras tout grands et tomba à la renverse sur la croupe de son cheval, pour ne plus se relever. Alors ils se retirèrent, mais peu de temps après, un des leurs s'avança de nouveau, portant un fanion blanc. Il avait la fière attitude d'un seigneur de très haut rang, et portait une armure magnifique; en l'observant, il me sembla remarquer, dans son maintien et dans la grâce pleine de nonchalance avec laquelle il se tenait en selle, quelque chose qui m'était familier. Arrêtant son cheval en face des portes de la ville, il releva sa visière et se mit à parler.

Instantanément, je le reconnus; celui que j'avais devant moi n'était autre que de Garcia, mon vieil ennemi, que je n'avais pas revu, et dont je n'avais pas entendu parler depuis près de douze ans. Le temps lui avait, cette fois, porté quelques atteintes, ce dont il ne fallait point s'étonner d'ailleurs, puisqu'il avait maintenant dépassé la soixantaine. Et tandis que je le regardais ainsi, j'eus soudain l'intuition que notre dernier duel, et le plus acharné de tous, était sur le point de s'engager, et que dans un délai très court, la vieille haine que nous nous étions vouée l'un à l'autre serait à jamais éteinte par sa mort à lui ou la mienne, à moins que ce ne fût par notre mort à tous les deux.

— Holà ! cria-t-il, en castillan. Je désire parler au chef des Otomies rebelles de la part du capitaine qui commande cette armée.

Je montai aussitôt sur le mur d'enceinte à l'aide d'une échelle qui se trouvait à côté de moi, et lui répondis:

— Parlez. Je suis celui que vous demandez.

— Vous semblez parler diantrement bien l'espagnol, mon ami, reprit de Garcia en tressaillant et en plissant les yeux pour me regarder plus attentivement. Ah ça, qui vous l'a enseigné, et comment vous appelez-vous donc?

— Celle qui me l'a enseigné était une certaine Dona Luisa, que vous connûtes durant votre jeunesse, et je m'appelle Thomas Wingfield.

De Garcia oscilla sur sa selle et lâcha un formidable juron.

— *Madre de Dios!* s'écria-t-il, on m'avait bien raconté, il y a des années, que vous étiez allé vous installer parmi je ne sais quelle tribu sauvage, mais depuis je suis retourné en Espagne, d'où je viens seulement de revenir, et je vous tenais pour mort, Thomas Wingfield. En vérité, je bénis le sort qui nous remet en présence, car j'ai toujours déploré amèrement que vous ayez pu m'échapper tant de fois. Mais maintenant que je vous tiens, je ne vous lâche plus, renégat.

— Je sais fort bien que c'est notre dernière partie qui s'engage, Juan de Garcia, répliquai-je. Cependant, ne vous vantez pas trop à l'avance, car Dieu seul pourrait dire lequel de nous deux la gagnera. Pendant longtemps, c'est vous qui fûtes le plus favorisé, mais cela ne signifie pas pour cela que c'est vous qui l'emporterez pour finir. Sur ce, quel message êtes-vous chargé de me transmettre, Juan de Garcia?

Il resta un moment silencieux à tirailler sa barbe en pointe, et tout en l'observant de la sorte, il me sembla voir passer sur sa physionomie l'ombre fugitive d'une ancienne crainte qui se réveillait. Néanmoins, l'instant d'après, il s'était déjà ressaisi et, redressant la tête avec arrogance, il me dit:

— Je suis chargé de vous transmettre, Thomas Wingfield, à vous et à tous les chiens d'Otomies qui sont sous vos ordres, les conditions auxquelles nous sommes disposés à traiter avec vous au nom de Son Excellence le vice-roi.

— Et quelles sont-elles, ces conditions?

— Elles sont aussi clémentes qu'elles peuvent l'être pour des rebelles et des païens de votre espèce, poursuivit-il de son ton sardonique. La première de toutes est naturellement que vous rendiez votre ville, mais afin que vous ne puissiez nous accuser par la suite d'avoir manqué de parole vis-à-vis de vous, nous tenons à vous avertir, dès à présent, que les crimes dont vous êtes coupables ne demeureront pas impunis. Voici le châtiment qui vous sera infligé. Tous ceux qui, au cours de la précédente campagne, ont pris les armes contre nous seront brûlés vifs, et leurs chefs, à commencer par vous, cousin Wingfield, et par cette femme que l'on nomme Otomie, et qui était la fille de Montezuma, l'ancien empereur, seront pendus publiquement. Quant aux autres, c'est-à-dire ceux qui auront trouvé grâce devant les juges, ils devront déverser tous les trésors qu'ils possèdent dans les coffres du vice-roi, et seront eux-mêmes, hommes, femmes et enfants, emmenés et répartis sur tles Etats du territoire que le vice-roi considérera convenable de leur assigner pour y travailler à l'agriculture ou aux mines. Il vous reste maintenant une heure pour décider si vous acceptez ou si vous refusez.

— Et si nous refusons?

— En ce cas, nous avons ordre de mettre la ville à sac, de la détruire ensuite, et après qu'elle aura été livrée pendant douxe heures aux Tlascalans et à nos autres fidèles alliés, de rassembler tous ceux qui seront encore vivants, et de les conduire à la ville de Mexico pour y être vendus comme esclaves.

— C'est bien, ripostai-je, vous aurez votre réponse dans une heure.

Et, quittant les remparts, je courus en tout hâte au palais, envoyant partout des messagers pour convoquer ceux des membres du conseil qui avaient survécu. A la porte du palais, je rencontrai Otomie, qui me pressa tendrement dans ses bras, car, en apprenant notre désastre, elle avait cru que je ne reviendrais pas.

— Accompagnez-moi dans la salle du conseil, lui dis-je, j'ai à vous parler.

Lorsque nous pénétrâmes dans la salle, les autres conseillers s'y réunissaient déjà. Il n'en restait plus que huit en tout, et dès que la plupart furent arrivés, je leur répétai sans commentaires les paroles de de Garcia. Alors, comme c'était son droit, puisqu'elle occupait le rang le plus élevé, Otomie prit la première la parole. Et, bien que les années écoulées depuis le début de notre union eussent quelque peu terni l'éclat de sa beauté, lorsque je la vis se dresser en face de ces hommes aux mines hagardes et angoissées, il me sembla qu'elle n'avait jamais été si belle.

— Mes amis, dit-elle, vous savez quel malheur vient de nous frapper, et mon époux vient de vous transmettre le message des Teules. Nous sommes dans une situation désespérée. Il nous reste mille hommes au plus pour défendre notre ville, et nous seuls parmi tous les peuples d'Anahuac tenons encore tête aux blancs. Il y a des années, je vous ai dit: Choisissez entre une mort honorable et une vie d'opprobre! Aujourd'hui, je vous répète encore: Choisissez! Pour moi et pour les miens, nous n'avons pas lieu de choisir puisque, d'une manière comme de l'autre, c'est la mort qui nous attend. Mais pour vous, il n'en va pas de même. Préférez-vous mourir les armes à la main, ou vous en aller finir vos jours dans l'esclavage en y condamnant vos enfants?

Les sept conseillers se consultèrent un moment, puis le plus âgé d'entre eux répondit:

— Otomie, et vous Teule, nous avons, durant des années, suivi vos conseils, et nous n'en avons guère tiré de profit. Nous ne vous en faisons pas grief, car les dieux d'Anahuac nous ont abandonnés comme nous les avons abandonnés nous-mêmes, et il n'y a que les dieux pour s'interposer entre que les hommes et leurs mauvais destins. Pourquoi, dès lors, reviendrions-nous sur notre parole en cette heure suprême: de même que nous vécûmes libres auprès de vous, de même nous mourrons libres avec vous.

— C'est bien, reprit Otomie, il ne nous reste donc plus maintenant qu'à choisir une mort si glorieuse que le souvenir en sera perpétué par les chants de nos descendants. Mon époux, vous avez entendu la décision de notre conseil. Allez la transmettre maintenant aux Teules.

Je retournai donc sur les remparts avec une bannière blanche à la main, et bientôt un envoyé qui, cette fois, n'était pas de Garcia, quitta le camp espagnol pour s'avancer vers moi. Lorsque je lui eus communiqué la réponse du conseil, il s'inclina sans mot dire et retourna vers son camp. Une heure après, la bataille était engagée. Amenant leurs pièces à moins de cent pas de l'enceinte, les Espagnols se mirent à nous bombarder tout à leur aise, nos javelots et nos flèches ne pouvant leur causer presque aucun dommage à semblable distance. Voyant que les portes ne tarderaient à être abattues, nous nous hâtâmes de démolir les maisons qui se trouvaient de chaque côté, afin d'obstruer l'entrée à l'aide des pierres et des gravats qui en provenaient. Derrière ce monceau de débris, je fis creuser une profonde tranchée, que ni cavalerie, ni artillerie ne pourraient franchir tant qu'elle n'aurait pas été comblée. Tout le long de la grande rue conduisant à la grande place du *teocalli*, je dressai d'autres barricades protégées, devant et derrière, par des fossés, et pour le cas où les Espagnols essaieraient de nous prendre de flanc et d'atteindre la place par les rues tortueuses qui s'ouvraient à droite et à gauche, je donnai l'ordre d'obstruer également toutes les entrées qui y donnaient accès.

Jusqu'à la tombée de la nuit les Espagnols continuèrent à bombarder les portes maintenant disloquées et le remblai élevé derrière, mais ils n'y causèrent pas grand dommage et ne réussirent à nous tuer qu'une vingtaine d'hommes au plus. Enfin, ils cessèrent le feu, mais ne voulant pas m'exposer à une surprise, j'établis ma garnison de manière à assurer la défense des portes et des points faibles de l'enceinte; et comme il n'en fallait pas moins poursuivre l'édification des barricades, ce furent les femmes qui s'y employèrent sous ma surveillance et celle des autres chefs. Otomie fut la première à donner l'exemple, ainsi d'ailleurs que toutes les dames appartenant à la noblesse, exemple qui fut suivi avec un ensemble admirable par toutes les femmes de la ville dont le nombre, chez les Otomies, surpassait celui des hommes, et dont beaucoup aussi étaient devenues veuves ce jour-là.

C'était un bien étrange spectacle que de les voir s'affairer à la lueur des torches. Elles travaillèrent toute la nuit, titubant sous le poids des paniers de terre et de pierres, creusant le sol dur ou œuvrant à démolir les maisons. Elles ne se plaignirent jamais et continuèrent à travailler avec le même acharnement désespéré, sans la moindre larme et sans le moindre gémissement, même de la part de celles qui avaient perdu leur mari et leurs fils le matin précédent. Elles avaient beau savoir que notre résistance serait vaine, et que nous étions condamnés à l'avance, pas une ne demanda qu'on se rendît aux Teules. Toutes, comme Otomie, pensaient qu'il valait mieux mourir libre qu'esclave, mais bien peu abordaient ce sujet. Les vieilles, les jeunes, les mères, les épouses, les veuves et les jeunes filles s'échinaient en silence, aidées par leurs enfants.

— Travaillerez-vous si dur pour vos maîtres, les Teules? s'écria un homme alors que passait une file de femmes pliant sous le poids des pierres.

— Imbécile! s'exclama leur chef, une jeune et belle femme de haut rang. Crois-tu, par hasard, qu'on peut faire travailler les morts?

— Non, bien sûr, répliqua le mauvais plaisant, mais beaucoup d'entre vous sont bien trop jolies pour être tuées par les Teules et elles connaîtront pas mal d'années d'esclavage! Et comment comptez-vous y échapper?

— Imbécile! reprit la dame. Crois-tu qu'un homme ne puisse pas mourir avant que la vieillesse ne l'emporte, ou qu'un feu ne puisse s'éteindre que par manque de combustible? C'est comme ça que nous leur échapperons, ajouta-t-elle en jetant sa torche par terre et en l'étouffant du pied, avant de continuer avec son fardeau.

A voir agir ces femmes, je m'étais demandé si elles n'avaient pas manigancé quelque plan désespéré. Et maintenant, soudain, j'en étais sûr. Et je savais qu'Otomie ne me dirait rien de ce secret qu'elle partageait sûrement avec elles.

— Otomie, lui dis-je, alors que nous venions de nous rencontrer par hasard dans la nuit, j'ai de mauvaises nouvelles pour vous...

— Elles doivent l'être, mon bien-aimé, pour que vous les qualifiez ainsi en un pareil moment.

— De Garcia est parmi nos ennemis...

— Je le savais.

— Comment?

— Par la haine qui illumine votre regard, répondit-elle.

— Il semble qu'il tienne enfin son triomphe, dis-je.

— Non, mon amour, c'est le *vôtre* qui est à portée de la main. Vous allez le vaincre, mais cette victoire vous coûtera très cher. J'ignore comment et pourquoi, mais mon cœur en est sûr. Regardez, la Reine met sa couronne, ajouta-t-elle en désignant les neiges du volcan qui rosissaient sous les rayons de l'aube. Il va falloir que vous alliez aux portes car les Espagnols vont bientôt se manifester...

Dès le petit jour, le bombardement recommença, encore plus furieux que la veille, achevant d'abattre les portes et entamant en partie le remblai qui les renforçait. Puis, tout à coup, le feu cessa, et l'on entendit éclater une fanfare de trompette. Aussitôt les assaillants qui, sur ces entrefaites, s'étaient rassemblés, s'avancèrent en colonne vers nous au pas de charge, et quelques minutes après je vis émerger les têtes des premiers au-dessus du monceau de débris. Trois fois de suite, nous les refoulâmes avec nos lances et nos flèches, mais au quatrième assaut, nous fûmes débordés et nos adversaires, escaladant le remblai, se déversèrent dans la tranchée qui lui faisait suite. Force nous fut donc de gagner au plus vite la barricade qui venait après, puisqu'il nous était impossible de lutter en pleine rue contre un adversaire si nombreux qui, à peine eut-il trouvé le moyen de faire passer sa cavalerie et son artillerie, s'empressa de nous y poursuivre. Là, le combat reprit, toujours aussi terrible de part et d'autre, mais comme cette deuxième barricade était très forte, nous pûmes nous y maintenir pendant deux heures durant lesquelles nos ennemis et nous essuyâmes des pertes fort sensibles. Puis, de nouveau, nous fûmes assaillis, et ainsi de suite pendant toute la journée. D'heure en heure notre nombre et nos forces diminuaient, mais nous continuions quand même à nous défendre pied à pied avec une suprême énergie, et lorsque nous parvînmes aux deux dernières barricades beaucoup de femmes otomies combattirent côte à côte avec leurs maris et leurs frères.

Notre dernier retranchement fut enlevé par les Espagnols au coucher du soleil. A la faveur du crépuscule ceux d'entre nous qui étaient demeurés debout gagnèrent en courant l'ultime refuge que nous nous étions préparé sur le *teocalli,* mais ce soir-là, on ne batailla pas plus avant.

CHAPITRE XXXV

L'ultime sacrifice des femmes otomies

Là, dans la cour du *teocalli,* à la lueur des incendies allumés par les Espagnols qui, suivant leur habitude, mettaient le feu à la ville au fur et à mesure qu'ils l'envahissaient, nous procédâmes au dénombrement des survivants, c'est-à-dire plus de quatre cents combattants, près de deux mille femmes et quantité d'enfants. Or, bien que ce *teocalli* ne fût pas aussi haut que celui de Tenochtitlan, les parois en étaient beaucoup plus abruptes et soutenues par des murailles droites. Le sommet en mesurait plus de cent pas en long et en large et en son centre s'érigeait le temple du dieu de la guerre, dont la statue subsistait encore, bien qu'on ne lui eût pas offert de sacrifice depuis longtemps. De plus, face au temple, et entre celui-ci et la pierre du sacrifice, s'ouvrait un puits de la taille d'une grande salle qui avait servi à entreposer du grain en cas de famine. J'avais fait en sorte que ce puits soit rempli d'eau. Enfin, j'avais fait entreposer une grande quantité de nourriture dans le temple lui-même. Donc, pour l'instant, nous n'avions pas à craindre de mourir de faim ou de soif.

Cela dit, nous avions à faire face à un nouveau problème. Malgré ses vastes dimensions cette plate-forme n'était cependant pas assez grande pour contenir plus de la moitié d'entre nous et, si nous voulions pouvoir la défendre, il allait devenir nécessaire de trouver un autre refuge pour ceux qui étaient actuellement parqués à sa base. Il fut donc finalement décidé que tous les blessés, les vieillards et la plupart des enfant, ainsi que ceux qui en manifesteraient le désir, quitteraient le *teocalli* durant la nuit, et chercheraient comme ils pourraient à sortir de la ville, ou, s'ils n'y parvenaient point, se rendraient aux Espagnols. A minuit, on entrouvrit les portes de la cour, et au nombre de quinze cents environ, ils se faufilèrent au dehors. Jamais je n'oublierai les scènes déchirantes dont je fus alors le témoin, et aujourd'hui encore il me semble entendre les lamentations de tous ces pauvres gens forcés de s'arracher à ceux qui leur étaient le plus chers.

Je demandai à Otomie, qui était auprès de moi, si elle n'allait pas renvoyer notre fils avec les autres en le faisant passer pour un enfant du peuple.

— Non, me répondit-elle, mieux vaut qu'il meure avec nous que de devenir l'esclave des Teules.

Peu de temps après nous entendîmes les cris des sentinelles espagnoles qui les interpellaient, et plusieurs coups de feu retentirent dans la nuit.

«Ils vont être massacrés par les Tlascalans», pensai-je. Mais il n'en fut rien, car, après en avoir tué quelques-uns, les Espagnols se rendirent compte qu'ils avaient affaire à une troupe sans défense et cessèrent de tirer sur eux. Les plus forts furent faits prisonniers et emmenés en esclavage, et avec une générosité à laquelle on ne se serait guère attendu de la part de tels ennemis, on permit aux plus faibles de s'en aller où et comme bon leur semblerait.

Pour notre part, nous passâmes la nuit dans la cour, mais avant l'aube, prévoyant que les Espagnols nous attaqueraient sans doute de nouveau avant peu, je fis monter au sommet toutes les femmes qui étaient demeurées avec nous: il y en avait encore au moins six cents, car les plus jeunes et les plus belles avaient toutes refusé de partir. Quant à moi, je me postai en bas derrière les murs avec les trois cents hommes qui nous étaient restés fidèles. afin d'y attendre l'attaque des Espagnols; mais il nous fut impossible de nous y maintenir bien longtemps, et à midi, laissant une centaine de morts et de blessés, nous fûmes refoulés sur le chemin sinueux qui s'enroulait autour de la pyramide. Là, les assauts de nos ennemis commencèrent à rencontrer moins de succès, car le chemin était étroit et très incliné, de sorte que leur nombre ne leur donna plus le même avantage, et que nous réussîmes, cette fois, à leur infliger des pertes assez sérieuses pour les dissuader de continuer la lutte ce jour-là; mais, dès le lendemain matin, ils revinrent à la charge et, protégés par le feu de leur canon et de leurs arquebuses, nous harcelèrent avec tant d'acharnement, qu'il nous fallut petit à petit reculer un peu plus haut, et qu'après avoir rétrogradé ainsi toute la journée nous nous trouvâmes finalement rejetés le soir jusqu'au sommet. Déjà les premiers Espagnols venaient de prendre pied sur la plate-forme et de s'élancer vers le temple en poussant des clameurs victorieuses, lorsqu'une des femmes qui assistaient, atterrées, à la scène, s'élança en avant et cria de toutes ses forces;

— Emparez-vous d'eux; il n'y en a que quelques-uns.

Alors, poussant des hurlements de rage effroyable, la foule des femmes se rua sur les Espagnols et les Tlascalans exténués qui furent forcés de céder sous le nombre. Beaucoup, certes, de leurs courageuses assaillantes avaient été tuées, mais, pour finir, c'est à elles que resta la victoire, et, traînant leurs prisonniers jusque devant le temple, elles les attachèrent avec des cordes aux anneaux de cuivre scellés dans les dalles de marbre qui constituaient le terre-plein de la plate-forme et qui servaient autrefois à enchaîner les victimes destinées au sacrifice.

— Eh quoi! mes amis, m'écriai-je en me retournant vers mes soldats tout interdits comme je l'étais moi-même par cet exploit inattendu, sera-t-il dit que nos femmes se sont montrées plus vaillantes que nous?

Et, entraînant à ma suite une centaine de guerriers, je me mis à dévaler à corps perdu le chemin étroit et abrupt. Au premier tournant, nous entrâmes en collision avec le gros de la troupe espagnole qui, sûre désormais de sa victoire, gravissait la pente sans se presser. Le choc fut si violent qu'un grand nombre d'entre eux furent culbutés en dehors du chemin et précipités au bas de la pyramide. En voyant cela, ceux qui les suivaient s'arrêtèrent un instant, indécis, puis battirent prudemment en retraite. Mais notre élan était tel qu'ils ne tardèrent pas à être à leur tour bousculés par nous, et eux-mêmes, en voulant fuir, tombèrent sur ceux qui venaient derrière, si bien qu'il finit par en résulter une panique formidable. Comme un troupeau affolé, tous ces soldats, qui montaient en une longue ligne étroite enroulée autour de la pyramide, firent simultanément volte-face, et se mirent à redescendre la pente au pas de course, se poussant, se bousculant, se montant les uns sur les autres pour atteindre plus vite le bas, mais beaucoup l'atteignaient encore plus précipitamment qu'ils ne l'eussent souhaité, car, poussés dans le dos par leurs camarades effarés, ils glissaient, perdaient pied, et n'ayant aucun point d'appui pour se retenir, s'en allaient s'écraser sur les dalles de la cour. En l'espace d'un quart d'heure, le *teocalli* était déblayé, et tout le terrain qu'ils avaient si laborieusement travaillé à conquérir depuis l'aube était reperdu. Leur épouvante fut même si profonde qu'ils ne s'arrêtèrent qu'une fois hors des murs de la cour.

Recrus de fatigue, mais enflammés par notre victoire, nous remontions à pas lents vers le haut de la pyramide, lorsqu'en contournant le second angle qui se trouvait à peu près à cent pieds au-dessus du sol, une idée si géniale me traversa tout à coup l'esprit que je résolus de la mettre sur-le-champ à exécution. Conformément à mes ordres, toutes les dalles qui formaient le chemin furent, sur un espace d'environ trente pieds, descellées et jetées au bas de la pyramide, et la terre qui se trouvait au-dessous retirée de façon à former un vaste trou qui coupait le chemin en deux.

— Cette fois, constatai-je quand ce travail fut terminé, si les Espagnols montent jusqu'à nous, c'est qu'ils auront trouvé des ailes.

— C'est vrai, Teule, convint l'un des conseillers, qui était auprès de moi, seulement où en trouverons-nous jamais nous-mêmes pour redescendre?

— Il nous restera toujours celles de la Mort! lui répliquai-je d'un ton farouche en le quittant.

Quelle ne fut pas ma stupeur, lorsque ce long travail terminé, je remontais vers minuit, d'entendre des chants solennels dans le temple de Huitzel dont les portes étaient larges ouvertes et de voir brûler à nouveau sur l'autel la flamme sacrée depuis tant d'années éteinte! D'un bond, je me précipitai devant le temple, et soudain, ô horreur! je vis se dresser à nouveau devant moi tout l'épouvantable passé. Les *pabas* étaient là, avec leurs robes noires, leurs longs cheveux tressés et leurs affreux couteaux d'obsidienne; et les victimes aussi étaient là, prêtes à être immolées!

Alors, comme si un voile se déchirait brusquement devant moi, je compris ce qui s'était passé. Rongés de désespoir, torturés de chagrin par les deuils cruels qu'ils venaient d'éprouver, animés d'un féroce désir de vengeance, ces Indiens au cœur farouche avaient senti se réveiller dans leur cœur leurs vieilles croyances endormies, et puisqu'il allait leur falloir mourir, ils voulaient du moins se gagner au préalable les bonnes grâces de leurs dieux afin d'être favorablement accueillis par eux dans les Demeures du Soleil.

Mais une surprise infiniment plus atroce m'était réservée. Absorbé par le spectacle inattendu qui s'était offert à mes yeux, je n'avais encore prêté aucune attention aux femmes qui, rangées derrière moi, mêlaient leurs chants funèbres à ceux des prêtres rétablis, mais lorsque je me retournai enfin vers elles, ce que je vis me frappa d'un tel saisissement que j'en restai pétrifié: celle qui, tout de blanc vêtue, parée de somptueux joyaux et couronnée des chatoyantes plumes vertes, emblèmes de la royauté, se tenait devant elles toutes et dirigeait leurs chants, n'était autre qu'Otomie qui, si je n'avais jamais pu la convertir à ma foi, s'était toujours montrée favorable à l'abolition des rites sanguinaires par moi préconisée, Otomie que j'avais toujours entendue en parler avec rancœur et dégoût, Otomie dont l'affection, le dévouement et la générosité ne s'étaient jamais, une seule fois, démentis. Otomie m'avait, en réalité, dissimulé que, dans le plus profond de son cœur, subsistaient, inaltérables, les mêmes instincts sauvages et idolâtres qu'autrefois...

En un instant, je fus auprès d'elle.

— Que se passe-t-il ici? lui demandai-je d'une voix dure.

Elle me regarda avec des yeux froids, sans expression, qui ne semblaient même pas me reconnaître.

— Arrière, Teule, me dit-elle, les étrangers n'ont pas le droit de se mêler à nos rites.

Alors, poussant un cri de rage, je tirai mon épée et m'élançai sur le prêtre pour la lui passer à travers le corps. Les hommes, immobiles à leurs places, ne levèrent même pas un doigt pour m'en empêcher, mais d'un commun accord, bondissant comme les jaguars de leurs forêts, les femmes se jetèrent entre lui et moi.

— Arrière, Teule, me sifflèrent-elles aux oreilles, arrière, si tu ne veux pas qu'on t'immole toi-même sur la pierre où tes frères vont mourir.

Anéanti, je me laissai repousser par elles dans l'ombre du temple, et tandis que je demeurais là, indécis, ne sachant quel parti prendre, mes yeux se portèrent sur la longue rangée des victimes préparées pour le sacrifice. Il y avait là trente et un prisonniers en tout, dont cinq étaient des Espagnols. Ces derniers devaient être réservés pour la fin de la fête, car on les avait placés tout à fait au bout de la rangée. De fait, j'appris qu'ils ne devaient être immolés qu'au soleil levant. L'idée me vint aussitôt d'essayer de les sauver, mais comment faire pour cela? Dans l'état de surexcitation où étaient les femmes, vouloir les raisonner eût été perdre son temps. Mais, somme toute, peut-être y aurait-il quelque chose à tenter auprès des hommes. Evidemment quelques-uns d'entre eux prenaient une part effective à l'horrible fête, mais la plupart restaient à l'écart, se délectant seulement de loin à la vue de ce spectacle qui leur rappelait les sauvages réjouissances d'antan. Auprès de moi, se tenait l'un des nobles des Otomies, celui qui commandait les guerriers immédiatement après moi. Je l'abordai et lui dis:

— Mon ami, pour l'honneur de votre peuple, aidez-moi à éviter que ces crimes s'accomplissent.

— Qu'y puis-je, Teule? me répondit-il. Comme vous le voyez, ce sont les femmes qui commandent en cette affaire, et jamais elles ne supporteront qu'on s'oppose à ce qu'elles ont décidé.

— En tout cas, n'est-il pas possible de sauver les Teules?

— Pourquoi les sauverions-nous? Est-ce qu'ils nous épargneront, nous, quand ils nous tiendront?

— Il est probable que non, mais au moins, si nous devons mourir, nous n'aurons rien à nous reprocher.

— Alors, que voulez-vous que je fasse, Teule?

— Que vous trouviez dix ou douze hommes qui ne soient pas tombés dans le même égarement que les autres, et puisqu'il n'est pas possible de sauver les Indiens, que vous m'aidiez au moins à libérer les Teules. Je vous expliquerai à ce moment-là comment il faudra s'y prendre.

— Je vais essayer, promit-il en haussant les épaules, mais c'est bien par amitié pour vous, car s'il n'y avait que les Teules, je ne demanderais pas mieux que de les voir allongés sur la pierre.

Quelques instants après, il revint, suivi de plusieurs hommes qui, un à un, et comme par hasard, vinrent se placer devant les Espagnols, lesquels se trouvèrent ainsi masqués aux yeux des femmes. Alors, je m'approchai des malheureux qui, livides et les yeux hagards, attendaient avec angoisse leur destin, et, très bas, dis en castillan au plus âgé d'entre eux:

— Pas de bruit, surtout. Voulez-vous être sauvés?

Il releva vivement la tête et, d'une voix étranglée, me demanda:

— Qui êtes-vous donc, et comment pourriez-vous nous arracher aux griffes de ces tigresses?

— On m'appelle Teule, et je suis chrétien comme vous, mais je suis en même temps le chef de cette tribu sauvage: peu importe pourquoi. Sachez seulement que je me propose de vous délivrer si je peux, mais que je ne le fais qu'au prix des plus grands risques, car si l'on s'en aperçoit, c'est moi qui serai sacrifié à votre place.

— Soyez certain que si nous en réchappons, nous saurons nous en souvenir, et si vous nous sauvez la vie aujourd'hui, le moment viendra peut-être où nous pourrons vous la sauver à notre tour. Mais, hélas ! je doute que vous y parveniez jamais.

— Espérons que Dieu m'en accordera le moyen, répliquai-je.

Et tout à coup, comme si ma prière venait d'être subitement exaucée, voici qu'il se produisit une chose qui allait singulièrement favoriser ma téméraire entreprise, car les Espagnols, campés au-dessous de nous dans la ville, venaient de se rendre compte de ce qui se passait sur le *teocalli,* et poussant des cris d'horreur et d'indignation, ils s'étaient aussitôt mis à ouvrir le feu sur nous avec leurs pièces et leurs arquebuses, nous faisant en cela peu de mal d'ailleurs, car en raison de la position qu'ils occupaient et de la conformation de la pyramide, toute leur mitraille passait au-dessus de nous, mais la confusion qui s'ensuivit servit, en revanche, on ne peut mieux mes desseins. Bien que la sanguinaire cérémonie n'eût pas été interrompue un seul instant, l'attention de tous les assistants se trouvait détournée par le vacarme de l'attaque et l'inquiétude qu'elle avait à nouveau fait naître dans les esprits ; de sorte que je réussis, sans être vu, à trancher rapidement les liens qui entravaient les prisonniers espagnols, après quoi, sur un signe de moi, les hommes que m'avait amenés le chef otomie se rangèrent en cercle autour d'eux, afin que l'on ne pût les remarquer.

Alors je levai brusquement mon épée et me mis à crier :

— Les Teules nous donnent l'assaut (ce qui était vrai, du reste, car de nouveau leur colonne s'était remise en marche sur le chemin en pente) ; je cours les arrêter !

Personne ne nous vit traverser la plate-forme, ou dans tous les cas ne se préoccupa de nous en aucune façon, car tous s'étaient rapprochés autour de la pierre pour se repaître les yeux du sacrifice qui était sur le point de s'accomplir. Deux minutes après, nous étions sur le chemin, et nous nous mîmes à le dévaler aussi vite que nous pûmes, jusqu'à ce que nous fussions parvenus à l'angle où commençait la brèche. Les Espagnols, de leur côté, étaient sans doute parvenus à l'autre bout de cette brèche, car bien qu'il nous fût impossible de les voir, nous entendîmes les cris de rage qu'ils poussèrent en s'apercevant qu'ils ne pouvaient se porter au secours de leur camarades en détresse. Sans perdre un instant, je donnai quelques instructions à mes hommes, qui passèrent aussitôt une corde sous les bras de l'un des soldats, et à l'aide de cette corde, nous le descendîmes ensuite jusqu'à l'endroit où reprenait le chemin, et où il fut reçu avec transport par ses camarades, qui semblèrent le considérer comme un véritable ressuscité.

Celui que l'on descendit le dernier était le soldat auquel j'avais précédemment parlé.

— Pourquoi ne venez-vous pas avec nous ? me demanda-t-il. Puisque vous êtes chrétien, que faites-vous ici, avec ces sauvages ?... Venez, et je vous donne ma parole que vous aurez la vie sauve.

— C'est impossible, répondis-je, car j'ai ici une femme et un enfant, et puisqu'ils doivent mourir, je préfère mourir avec eux. Si vraiment vous gardez quelque reconnaissance, efforcez-vous de leur sauver la vie à tous les deux, car pour moi peu importe.

— Je vous le promets, me dit-il.

Et au même moment, on le descendit avec les autres.

Nous retournâmes au temple, en disant que les Espagnols avaient battu en retraite parce qu'ils n'avaient pas pu franchir la brèche. Là, nous découvrîmes que l'orgie avait continué et que seuls deux Indiens étaient encore vivants. Quant aux prêtres, ils commençaient à montrer des signes de fatigue.

— Où sont les Teules ! s'écria une voix. Qu'on les amène à l'autel !

Mais les Teules avaient disparu et il fut impossible de les retrouver.

— Leur Dieu les a pris sous Son aile, dis-je alors. Huitzel ne peut rien contre le Dieu des Teules.

Puis je me glissai discrètement hors de l'ombre d'où j'avais parlé en déformant ma voix, et personne ne sut que c'était moi qui avais prononcé ces paroles.

— Le Dieu des chrétiens les a pris sous Son aile, crièrent les Aztèques. Alors, amusons-nous avec ceux qu'il nous a laissés !

Et les derniers captifs furent traînés vers l'autel.

Je crus à cet instant que tout était fini, mais ce n'était pas le cas. J'ai déjà parlé de la conspiration secrète que j'avais cru lire dans les regards obstinés des femmes indiennes en train de travailler à l'édification des barricades et maintenant, j'allais la voir passer à exécution. Toutes ces femmes étaient toujours en grand état d'excitation et d'avoir accompli leurs sacrifices n'avait visiblement pas suffi à les calmer. Elles ne paraissaient plus avoir conscience de rien, et beaucoup, comme de véritables hallucinées, s'en allaient volontairement du côté où le feu des Espagnols était le plus meurtrier, accompagnées par les prêtres du sacrifice. Quant aux hommes, ils restaient regroupés pour suivre ce qui se passait, mais sans faire le moindre geste pour mettre un terme à cette folie.

Seule Otomie demeurait impassible à sa place.

Elle était débout auprès de la pierre du sacrifice. Sa démence précédente l'avait quittée et elle faisait peine à voir dans sa détresse. Ses yeux grands ouverts regardaient avec horreur les preuves sanglantes du rite immonde qu'elle avait accompli. Je m'approchai d'elle et lui touchai l'épaule. Elle se retourna d'un bond.

— Mon bien-aimé ! Mon bien-aimé ! balbutia-t-elle d'une voix blanche.

— C'est moi, lui répondis-je. Mais, dorénavant, je vous défends de m'appeler ainsi.

— Oh ! qu'ai-je fait ? Qu'ai-je donc fait ? gémit-elle d'un air accablé.

Et elle tomba inanimée entre mes bras.

Ici, il me faut ajouter quelque chose que je n'appris que beaucoup plus tard de la bouche du recteur de la paroisse, un homme très cultivé, quoique étroit d'esprit. Si je l'avais su, j'aurais sans doute parlé bien moins méchamment à Otomie et j'aurais considéré sa barbarie sous un autre angle. En effet, m'expliqua mon ami le recteur, il semblait que, depuis des temps immémoriaux, les femmes qui avaient adoré des dieux-démons, comme ceux d'Anahuac, restaient susceptibles d'être possédées par eux à n'importe quel moment, même après avoir abandonné leur culte. Et cela pouvait les pousser à la plus meurtrière des folies. Ainsi, parmi d'autre exemples, il me dit qu'un poète grec nommé Théocrite avait signalé dans une des ses Idylles le cas d'une femme appelée Agave qui, au cours d'une orgie religieuse secrète dédiée à Dionysos à laquelle elle participait, s'aperçut que son fils Pentheos espionnait cette célébration du mystère. Elle devint alors possédée par le démon, le poursuivit et l'assassina avec l'aide des autres femmes. Le poète, lui-même adorateur de Dionysos, lui fit un grand honneur de cet acte en invoquant qu'elle l'avait commis sur l'ordre de son dieu et qu'on ne pouvait l'en blâmer.

Si j'écris cela c'est parce qu'il me semble qu'Otomie, comme ce fut le cas d'Agave avec Dionysos, fut poussée par Huitzel, ce qu'elle essaya d'ailleurs de m'expliquer un peu plus tard. Si les démons adorés par les Grecs possédaient ce pouvoir, ce dernier devait alors se retrouver encore amplifié chez ceux d'Anahuac, qui n'avaient pas leurs pareils parmi ces monstres. Je crois donc que ce n'est pas Otomie que j'ai aperçue ce jour-là mais plutôt une incarnation de Huitzel qui avait pris le contrôle du corps de ma malheureuse épouse.

CHAPITRE XXXVI

La reddition

Prenant Otomie dans mes bras, je la transportai dans un des entrepôts attenant au temple, où l'on avait enfermé quantité d'enfants pour les mettre à l'abri avec, parmi eux, mon propre fils.

— De quoi souffre notre mère, père? demanda le garçon. Et pourquoi m'a-t-on enfermé ici avec tous ces enfants alors qu'on se bat dehors?

— Ta mère s'est évanouie, répondis-je. Et il est évident qu'elle t'a placé là pour que tu sois en sécurité. Cela dit, tu vas veiller sur elle jusqu'à mon retour.

— Je le ferai, soupira le garçon. Mais il me semble que ma place, à moi qui suis presque un homme, serait plus au combat qu'ici, à soigner une femme malade...

— Fais ce que je te dis, mon fils, dis-je. Et ne quitte pas cet endroit avant que je revienne te chercher.

Je sortis alors de l'entrepôt, en prenant bien soin d'en refermer la porte derrière moi. La minute suivante, je commençai à regretter de ne pas y être resté car, lorsque je revins sur la plate-forme, ce fut pour y découvrir un spectacle plus terrible que ce que j'avais pu voir auparavant. Dépouillées de leurs vêtements, et pour la plupart entièrement nues jusqu'à la ceinture et portant leurs enfants dans leurs bras, les cheveux flottant sur les épaules et les yeux exorbités, gesticulant et vociférant des chants barbares, les femmes allaient et venaient en quatre groupes précédés par les prêtres et par celles d'entre elles qui occupaient les plus hauts rangs, et tantôt allaient se prosterner devant la statue de Huitzel, ou devant celle de sa hideuse sœur, la déesse de la Mort, assise à côté de lui et parée de son collier sculpté représentant des crânes et des mains de squelette, tantôt couraient autour de la pierre du sacrifice en une sarabande effrénée, tantôt encore plongeaient leurs bras nus dans les flammes du feu sacré. Cet affreux carnaval se poursuivit encore une bonne heure. Bien que versé dans les coutumes indiennes, j'étais incapable d'en saisir le véritable sens.

Finalement, elles s'arrêtèrent, se déployèrent en un vaste cercle, puis entonnèrent un autre chant encore plus solennel et plus farouche que les autres; la tête toujours tournée vers les statues, elles se mirent, à pas lents, à marcher à reculons jusqu'à l'extrême bord de la plate-forme. Soudain, sur un signal donné par l'un des prêtres, le silence se fit, et toutes se renversèrent, le corps en arrière dans le vide, puis, en chœur, elles se mirent à crier, sur un mode à la fois plaintif et sinistre :

«Huitzel, sauve-nous ! Sois notre refuge et reçois-nous en ta céleste demeure, ô dieu !»

Avec leurs yeux exorbités de démentes, leurs longs cheveux épars qui flottaient à la brise, leurs seins nus où se jouaient les reflets fauves des incendies allumés dans la ville en bas, elles formaient un cercle fantastique, irréel, et on les eût prises pour une horde de furies.

Par trois fois, et sur un ton de plus en plus aigu, elles répétèrent leur invocation surpême, puis brusquement, avant même que j'eusse trouvé le temps de m'en rendre compte, elles *disparurent !*

C'en était fait : leur suicide serait le dernier sacrifice célébré en l'honneur de leurs rites barbares. Des dieux païens et de leurs adeptes, tout avait désormais cessé d'exister...

Un sourd murmure s'échappa des lèvres des hommes qui, muets de stupeur, venaient d'assister à ce drame saisissant, puis d'une voix qui résonna d'une façon étrange dans le silence brusquement rétabli, l'un d'eux s'exclama :

— Fassent les dieux que nos épouses, les femmes otomies, reposent en paix dans les Demeures du Soleil, car, en vérité, elles viennent de nous enseigner à bien mourir.

— C'est possible, répondis-je, mais, pour des hommes, il est une meilleure et plus belle mort encore : celle qu'ils pourront trouver en vendant chèrement leur vie !

Je me retournai et me retrouvai face à face avec Otomie.

— Qu'est-il arrivé ? Où sont toutes mes sœurs ? Oh, j'ai dû faire un mauvais rêve. J'ai rêvé que les dieux de mes ancêtres avaient retrouvé leur puissance d'antan et qu'ils s'étaient remis à boire le sang des hommes.

— Votre mauvais rêve s'est terminé par un réveil encore plus horrible, Otomie, répondis-je. C'est vrai que les dieux de l'enfer sont toujours aussi puissants dans ce maudis pays ! Et la meilleure preuve en est qu'ils viennent de s'emparer de toutes vos sœurs !

— C'est ce qui est arrivé ? fit-elle d'une voix douce. Pourtant, dans mon rêve, il semblait bien que c'était dans un ultime sursaut de volonté qu'elles s'étaient donné la mort... Mais, regardez ! s'exclama-t-elle soudain en montrant la crête enneigée du volcan Xaca.

Je dois avouer ici que je suis incapable de dire si ce que je vis alors était réel ou si c'était le fruit de mon imagination enfiévrée par les horreurs de cette nuit abominable. Une chose est certaine, cependant, c'est que j'appris plus tard que certains Espagnols avaient juré avoir vu le même phénomène que moi.

Une colonne de fumée enflammée jaillissait du sommet du Xaca et, alors que je l'observais, le feu et la fumée se séparèrent : une gigantesque croix de feu se forma et monta jusqu'au ciel. A sa base, les nuages prirent alors la forme des idoles de pierre qui nous entouraient dans le temple.

— Voyez, reprit Otomie, la croix de vos dieux brille sur les silhouettes des miens, ces divinités perdues que j'ai adorées cette nuit contre ma volonté.

Puis elle se détourna et quitta les lieux.

Effrayé, je restai encore un moment à fixer cette incroyable vision. Puis, d'un coup, les rayons du soleil levant la touchèrent et la dispersèrent quasi instantanément.

Au bout de trois jours de luttes inutiles, les Espagnols, comprenant qu'ils n'arriveraient jamais à franchir la brèche, ni à nous vaincre avec leur artillerie, et ayant appris d'autre part que nous avions des vivres et de l'eau en quantité suffisante pour résister pendant un mois, demandèrent, une seconde fois, à parlementer. Mon entretien avec leur envoyé eut lieu par-dessus la brèche dont il occupait un bord et moi l'autre. Il me demanda en premier lieu si nous étions prêts à nous rendre à discrétion, à quoi je répliquai que nous préférions la mort. Alors, il transigea, proposant de nous laisser la vie sauve et la liberté à tous, à condition que tous ceux qui avaient pris part au sacrifice des Tlascalans, leur seraient livrés. Je lui répondis que ce sacrifice avait été accompli par les femmes et par quelques hommes qui, tous, s'étaient donné la mort eux-mêmes, et comme il insistait pour savoir si Otomie aussi était morte, je lui dis que non et lui déclarai que jamais je ne consentirais à capituler tant que l'on ne m'aurait pas promis sur parole de ne toucher ni à elle ni à son fils et de leur délivrer, ainsi qu'à moi, un sauf-conduit nous permettant de nous en aller où bon nous semblerait. Après avoir tout d'abord essuyé un refus catégorique, je finis par obtenir gain de cause, et l'on me jeta à la pointe d'une lance un parchemin en bonne et due forme, sur lequel était établi qu'en considération de la générosité dont j'avais fait preuve à l'égard des prisonniers espagnols, nous serions autorisés, moi, ma femme, mon fils et tous ceux qui occupaient le *teocalli,* à évacuer librement la ville, sous la seule réserve que nos biens et nos terres seraient confisqués au profit du vice-roi. On imaginera sans peine la joie débordante qui envahit mon cœur en apprenant cette nouvelle inespérée. Jamais je n'aurais pensé pouvoir me tirer de-là à si bon compte, et néanmoins, maintenant que cette barrière infranchissable s'était dressée entre Otomie et moi, j'avoue que, pour ma part, j'aurais accueilli la mort comme une délivrance. Une seule pensée me rattachait à la vie : celle de mon fils qui, lui, Dieu soit loué, n'avait rien su et ne saurait jamais rien de la honte dont s'était couverte sa mère.

La nouvelle de notre délivrance ne fut pas accueillie par mes compagnons avec l'enthousiasme auquel on aurait été en droit de s'attendre. Des blancs, à leur place eussent été transportés de joie, car nous autres, dès que la mort nous menace, la seule considération qui nous préoccupe, est d'y échapper, mais il n'en va pas de même des Indiens pour qui la vie perd tous ses attraits du jour où la fortune cesse de leur sourire. Leur silence n'aurait pas été plus triste si je leur avais, au contraire, annoncé que tout était irrémédiablement perdu.

J'allai rejoindre Otomie pour lui faire part des dernières nouvelles.

— J'avais espéré mourir ici-même, me répondit-elle. Mais qu'il en soit donc ainsi... De toute façon, on peut toujours trouver la mort quand on la cherche.

Mon fils fut le seul à se réjouir car il avait compris que c'était Dieu qui nous avait sauvés de la mort.

— Père, me dit-il, les Espagnols nous ont laissé la vie sauve, mais ils nous volent notre pays et nous forcent à le quitter. Où irons-nous ?

— Je n'en sais rien, mon enfant.

— Père, reprit le garçon, quittons ce pays d'Anahuac où il ne reste plus que des Espagnols et des mauvais souvenirs et essayons de trouver un bateau pour traverser les mers jusqu'à notre pays, l'Angleterre...

Le gamin avait mis le doigt sur le cœur de mes propres réflexions et je ne pus m'empêcher de tressaillir. Mais je n'avais aucun plan précis en tête. Je réfléchis un moment, tout en observant Otomie.

— C'est une bonne idée, Teule, dit-elle au bout d'un instant, répondant ainsi à ma question muette. La meilleure solution pour vous et notre fils.

Quant à ce qui me concerne, je vous répondrai par un proverbe de mon peuple: «La terre qui nous porte ne pèse guère ensuite sur nos os»...

Puis elle s'apprêta à quitter l'entrepôt et ne ramena plus la conversaiton sur ce sujet.

Au déclin du jour, une morne troupe composée de guerriers, suivis de quelques femmes et de beaucoup d'enfants, descendit lentement la pente du *teocalli,* et, sur une passerelle improvisée avec des poutres arrachées au temple, franchit la brèche et atteignit la cour où les Espagnols s'étaient massés pour nous regarder passer. On emmena immédiatement sous escorte, hors de la ville, les gens de basse condition ainsi que les enfants, et on les abandonna ensuite dans les montagnes environnantes, mais tous ceux qui, comme nous, occupaient un rang élevé, furent conduits auprès du chef de l'expédition pour y être interrogés avant leur libération définitive. En chemin, à l'écart des autres, je remarquai un homme qui, les bras croisés et la figure sombre, nous observait avec la plus grande attention. Je le reconnus aussitôt: c'était de Garcia. Les mille soucis auxquels j'avais été en proie durant ces derniers jours, étaient presque parvenus à me le faire oublier, mais il me suffisait de revoir devant moi sa mauvaise figure, pour me rappeler que, tant qu'il vivrait, j'aurais toujours à redouter de nouvelles souffrances et de nouveaux dangers.

— Adieu, cousin Wingfield, me dit-il; cette fois encore vous échappez à mes griffes. Vous pouvez en savoir gré au vieux cheval de guerre qui nous commande, car s'il n'avait tenu qu'à moi, vous seriez tous brûlés vifs à l'heure qu'il est: vous, votre femme et votre morveux de fils. Mais nous nous retrouverons; mon dernier mot n'est pas dit; à l'instant même, je pars pour Mexico, et lorsque j'aurai rendu compte au vice-roi de ce qui se passe, nous verrons bien ce qu'il en adviendra.

Et, sans ajouter un seul mot, il me tourna les talons et s'éloigna.

Je ne répondis rien mais demandai à celui qui nous conduisait, l'Espagnol que j'avais sauvé du sacrifice, ce que le señor entendait par là.

— Ceci, Teule: notre capitaine et notre camarade Sarceda se sont querellés. Ce dernier voulait qu'on vous tende un piège, en vous faisant de fausses promesses, afin de vous déloger de votre forteresse et de vous passer tous au fil de l'épée. Mais le capitaine n'a pas voulu entendre parler de cela, disant qu'un serment devait être tenu, même envers des païens, soutenu en cela par nous-mêmes, que vous aviez sauvés du sacrifice. La conversation s'envenima et, à la fin, le señor Sarceda, qui commande en troisième position notre détachement, déclara qu'il ne prendrait pas part à cet accord de paix et qu'il irait droit à Mexico pour rapporter cette affaire au vice-roi. Le Capitaine Diaz lui répondit d'aller au Diable si cela l'enchantait. C'est ainsi que se séparèrent ces deux hommes qui, depuis la *noche triste,* ne s'étaient jamais beaucoup aimés. Sarceda va partir dans l'heure vers Mexico pour tenter de monter quelque traquenard à la cour du vice-roi et je crois que vous allez en être débarrassé pour de bon...

— Père, qui est cet Espagnol qui nous en veut tant? me demanda alors mon fils.

— C'est celui dont je t'ai parlé, qui s'appelle de Garcia, et qui est la malédiction de notre famille depuis deux générations. Celui qui a livré ton grand-père au Saint-Office, qui a assassiné ta grand-mère et qui m'a fait torturer. Méfie-toi toujours de lui, mon fils, je t'en conjure.

Nous arrivâmes au palais, lequel était le seul bâtiment encore debout dans la Cité des Pins. Là, on nous donna un appartement. Mais nous y étions à peine depuis quelques instants que l'on revint nous chercher pour nous conduire en présence du capitaine Diaz.

Nous obéîmes, même si Otomie aurait préféré rester dans sa chambre, laissant notre fils manger la nourriture que l'on avait apportée pour lui. Je me souviens l'avoir embrassé avant de partir, sans trop savoir ce qui m'avait incité à le faire, à moins que ce fût parce que je comptais le retrouver endormi à notre retour.

Le capitaine avait installé ses quartiers à l'autre bout du palais. C'était un homme trapu, déjà assez avancé en âge, qui avait l'air un peu bourru, mais dont l'œil, encore vif, était plein de loyauté. A notre arrivée, il était en train de plaisanter avec de simples soldats et en des termes guère destinés à de chastes oreilles. Dès qu'il nous vit, il cessa immédiatement sa conversation et vint à notre rencontre. Je le saluai à la manière indienne, en touchant le sol de la main. Car, qu'étais-je d'autre, en fin de compte, qu'un simple prisonnier indien ?

— Votre épée, dit-il brièvement, tout en me scrutant de son regard perçant.

Je la lui tendis, en lui disant en espagnol :

— Reprenez-la, capitaine, car vous l'avez gagnée et il est normal qu'elle revienne à son premier propriétaire... Je l'ai prise en effet à un certain Bernal Diaz, lors du massacre de la *noche triste.*

Il regarda l'arme puis poussa un juron retentissant.

— J'étais sûr que vous étiez mon homme ! Ainsi, nous nous rencontrons à nouveau après tant d'années... Vous m'avez sauvé la vie et je suis heureux d'avoir vécu assez longtemps pour rembourser ma dette. Si je n'avais pas été si certain que c'était bien vous qui commandiez, jamais vous n'auriez bénéficié de si bonnes conditions de reddition, mon ami. Comment vous appelez-vous, en dehors du nom que vous ont donné les Indiens ?

— — Wingfield.

— Alors, ce sera l'ami Wingfield. Je serais resté au pied de cette demeure du diable (il montra le *teocalli*) jusqu'à ce que la faim vous en déloge. Cela dit, l'ami, reprenez cette épée. J'en ai une autre et vous l'avez utilisée avec bravoure. Jamais je n'ai vu d'Indiens se battre comme les vôtres. Et vous, madame, dit-il, en se retournant vers ma compagne, c'est donc vous cette fameuse princesse Otomie dont on a tant parlé, la fille de ce pauvre Montezuma qui était un si brave homme et envers qui nous avons si mal agi. Que Dieu nous le pardonne à tous ! En voilà un qui, malgré ses croyances, était, on peut le dire, animé de sentiments bien chrétiens !... Mais les vôtres ne sont pas les mêmes, madame, si ce que l'on m'a raconté sur vous est vrai. Il s'est passé, paraît-il, des choses, il y a trois jours, qui ne sont pas précisément à votre éloge... Mais, enfin, qu'il ne soit plus question de cela. Il ne faut pas oublier que vous avez du sang barbare dans les veines et, fatalement, vous en subissez les effets. D'ailleurs, quoi que vous ayez pu faire, nous vous le pardonnerons, madame, en considération de ce qu'a fait pour nous votre mari.

Otomie ne répondit rien ; elle n'avait sans doute pas compris ce qu'avait dit le capitaine, car je n'étais jamais parvenu à lui faire apprendre le castillan. D'ailleurs, peut-être n'eût-elle rien répondu de toute façon, car, depuis cette sombre nuit où elle s'était couverte de honte à mes yeux, elle ne parlait plus que rarement.

— Et maintenant, mon ami Wingfield, continua le capitaine Diaz, que comptez-vous faire ? Vous êtes libre d'aller où bon vous semble...

— Je ne sais pas ce que je vais décider, répondis-je. Il y a des années, lorsque l'Empereur des Aztèques me laissa la vie sauve et me donna cette princesse en mariage, j'ai juré de lui rester fidèle, à lui et à sa cause, et de continuer à combattre jusqu'à ce que le Popo cesse de vomir sa fumée, jusqu'à ce qu'il n'y ait plus de roi à Tenoctitlan et jusqu'à ce que le peuple d'Anahuac n'existe plus en temps que tel...

— Alors, mon ami, vous êtes délivré de votre serment car toutes ces choses sont arrivées, sans compter que cela fait deux ans au moins que le Popo ne fume plus. Cela dit, si vous voulez mon avis, le mieux pour vous est de redevenir chrétien et d'entrer au service de l'Espagne. Mais venez plutôt donc souper avec moi et nous reparlerons de cela plus tard.

Nous allâmes donc nous asseoir pour manger à la lueur des torches dans la salle du banquet avec Bernal Diaz et quelques autres Espagnols. Otomie nous aurait quittés sans l'insistance du capitaine; mais il fut impossible de rien lui faire manger, et elle profita de la première occasion qui se présenta pour s'esquiver.

CHAPITRE XXXVII

Vengeance

Durant le repas, Bernal Diaz me reparla de notre première rencontre où j'avais failli le tuer en le prenant pour Sarceda et me demanda l'origine de mon ressentiment à l'égard de celui-ci.

Aussi brièvement que possible, je lui racontai l'histoire de ma vie, tout le mal qu'avait pu me causer Sarceda, ou de Garcia, et comment c'était par sa faute que je m'étais retrouvé dans ce pays.

— Sainte Mère! s'écria-t-il quand je lui eus tout expliqué. Il est bien regrettable que je n'aie pas su cela plus tôt. Je m'étais toujours douté que c'était un homme peu estimable, mais je ne l'aurais pas cru misérable à ce point-là. Sur ma foi, si ce que vous me racontez est vrai, je ne l'aurais pas laissé quitter le camp avant qu'il se fût expliqué avec vous, ni avant de vous avoir fourni l'occasion de vider cette vieille querelle l'épée à la main.

— Je donnerais de bon cœur la moitié du temps qu'il me reste à vivre poiur que cette satisfaction me fût accordée, m'écriai-je. Mais, hélas! je ne peux jamais l'atteindre; au dernier moment, il me glisse toujours entre les mains.

Or, tout en disant cela, j'éprouvai la sensation qu'un souffle glacial me passait sur le front et sur les mains, et j'eux comme une sorte de pressentiment qu'un malheur allait me frapper.

Au même instant, ayant par hasard relevé la tête, je vis une femme debout sur le seuil de la porte. Cramponnée d'une main au chambranle, elle avait la tête renversée en arrière, et sa physionomie était à ce point bouleversée, que, sur le moment, je ne me rendis pas compte que c'était Otomie. Lorsque je la reconnus enfin, je devinai d'un seul coup de quoi il s'agissait: il n'y avait qu'un seul motif pour lequel elle pouvait manifester tant de terreur et d'angoisse.

— Qu'est-il arrivé à notre fils! lui demandai-je en me levant d'un bond.
— *Il est mort!... mort!* murmura-t-elle dans un souffle.

Je ne répondis rien, et mon sang se glaça dans mes veines, car je devinais ce qui avait dû se passer; mais le capitaine, qui, lui, ne le comprenait point, demanda:

— Mort?... Comment cela? Qui l'a tué?

— De Garcia! Je l'ai vu s'enfuir, répondit Otomie, et, levant les bras, elle tomba à la renverse, évanouie.

— Vous avais-je menti? m'écriai-je amèrement en me retournant vers le capitaine. Comprenez-vous maintenant de quoi cet homme est capable?

Et, enjambant le corps d'Otomie, je sortis du palais et m'élançai dans la direction du camp, suivi du capitaine et de quelques autres officiers, accourus au bruit. Je n'avais pas fait cent pas, que, dans le clair de lune, je vis un groupe de cavaliers qui s'avançaient vers nous. C'étaient de Garcia et ses serviteurs, et ils allaient dans la direction du défilé où passe la route qui conduit à Mexico.

— Halte! lui cria le capitaine.

— Qui va là? interrogea la voix de de Garcia.

— C'est moi, votre capitaine. Arrêtez-vous, assassin, ou je vous fais mettre en pièces.

— En vérité, señor, voilà une bien étrange façon de me parler. Voudriez-vous, je vous prie...

Mais, à ce moment, il me reconnut, car je venais d'échapper aux mains du capitaine, qui cherchait à me retenir, et m'étais précipité vers lui. Sans que j'eusse prononcé un seul mot, il se rendit compte que je savais tout, et que j'étais plus farouchement que jamais animé du désir de le tuer. Ses yeux se portèrent d'abord devant lui sur la route étroite qu'il suivait, mais elle lui était barrée par moi et par ceux qui m'accompagnaient. Alors, il mit la main à son épée comme pour la tirer du fourreau, mais, au dernier moment, il se ravisa, fit brusquement faire volte-face à son cheval et, lui plantant ses éperons dans les flancs, partit à fond de train par la rue de Xaca.

Sans hésiter une seconde, je m'élançai à sa poursuite. Je courais comme un lévrier. Au début, il me distança rapidement, mais, peu à peu, le chemin devenant de plus en plus mauvais, il lui devint impossible de maintenir sa monture au galop. Nous étions maintenant sortis de la ville et engagés sur le petit chemin qu'empruntent l'été les Indiens pour aller chercher de la neige sur le volcan. Il allait, il allait droit devant lui, regardant tantôt à droite, tantôt à gauche, tantôt en avant, vers le sommet couvert de neige et couronné de feu qui se dressait en face de lui, mais jamais en arrière, parce qu'il savait trop bien ce qu'il y verrait...

Je continuais à le poursuivre avec la même opiniâtreté, mais en ménagemant mes forces, car je savais qu'il ne pourrait plus m'échapper désormais, le chemin étant continuellement bordé des deux côtés par des cours d'eau et des précipices. Ce n'est que quand il atteignit la zone des neiges qu'il se retourna enfin pour la première fois. Je n'étais plus qu'à deux cents mètres de lui. Derrière, c'était la Mort, personnifiée par moi, qui l'attendait. Devant, c'était le linceul blanc des neiges. Il s'était arrêté; je continuais d'avancer sans bruit, et dans le grand silence on n'entendait que le souffle bruyant de son cheval recru. Après être demeuré un instant indécis, il prit le parti de continuer à gravir la pente. La neige, durcie par le froid très vif qui régnait à cette altitude, présentait une surface plane et ferme, qui permit à sa bête d'avancer plus facilement que sur le sentier; mais, là encore, il ne pouvait aller que droit devant lui, car nous longions une crête bordée de chaque côté par les pentes abruptes et glissantes sur lesquelles ni homme ni cheval n'aurait pu se maintenir debout. Pendant plus de deux heures, nous continuâmes d'avancer ainsi, et la pente devenait toujours plus abrupte, et sa bête peinait toujours davantage. Pour moi, je ne sentais pas la fatigue, tant je me délectais à la pensée de tenir enfin ma vengeance. Après tout ce que j'avais souffert et enduré par la faute de cet homme, c'était pour moi une jouissance ineffable de songer aux réflexions qu'il devait se faire à présent, aux transes par lesquelles il devait passer, aux tourments qu'il devait subir à son tour, car s'il n'avait aucune conscience, et si le remords ne pouvait avoir de prise sur lui, il n'en demeurait pas moins accessible à un autre supplice: celui qui lui était infligé par l'épouvante invincible que je lui inspirais, par cette épouvante qui le faisait fuir devant moi au lieu de me combattre et lui inculquait la conviction inébranlable que je serais son justicier.

Après avoir ralenti le pas de plus en plus, son cheval, auquel la raréfaction de l'air coupait la respiration, buta plusieurs fois, puis s'abattit.

«Cette fois, pensai-je, il ne pourra pas faire autrement que d'accepter le combat.»

Mais son effroi outrepassait sans doute encore tout ce que mon imagination avait pu concevoir, car il se dégagea aussitôt, et après avoir jeté un furtif coup d'œil de mon côté, poursuivit son chemin à pied, jetant une à une les pièces de son armure afin de marcher plus librement.

Nous avions maintenant atteint la calotte de glace formée par les neiges que le soleil fait fondre en été, et qui se congèlent en hiver et même en toute saison la nuit quand le temps est froid. L'ascension de de Garcia devint, à partir de ce moment, encore plus difficile et plus périlleuse, car la surface perfide de cette calotte est toute gercée de craquelures et hérissée de pointes acérées. Malheur à quiconque est assez téméraire pour s'y risquer: au moindre faux pas, c'est la mort qui l'attend, car il ne redescendra que le corps déchiqueté par ces mille dents pointues qui le guettent. En vérité, je n'avais qu'une seule crainte, c'est que pareil sort lui advint, ce qui m'eût à jamais frustré de ma vengeance; mais pour moi je ne redoutais rien, car quelque chose me disait que je ne tomberais pas.

Peu à peu, je vis pâlir dans le ciel la lune qui nous avait jusqu'alors éclairés, et, brusquement, les premières lueurs de l'aube apparurent sur le sommet du volcan, embrasant d'une rouge splendeur l'énorme cône de glace qui, seul, était encore illuminé, alors que toute la base de la montagne et le pays environnant demeuraient plongés dans les ténèbres de la nuit. Au même moment, de sourds grondements se firent entendre au sein du volcan, et une pluie de cendres grises se mit à tomber sur nous, cachant un instant de Garcia à mes yeux. Je l'entendis pousser un cri d'effroi, et j'eus peur qu'il ne fût tombé, mais peu après, les cendres se dissipèrent, et je le vis debout et en sécurité sur la couronne de lave dont le cratère est encerclé. Nulle doute qu'il entamât cette fois la lutte avec moi, car il occupait maintenant une position très avantageuse par rapport à moi, et pourrait sans difficulté me tuer à coups d'épée pendant que je passerais de la glace sur la surface chaude de la lave. Peut-être l'idée lui vint-elle aussi à l'esprit, car il se retourna pour me jeter un regard foudroyant, mais se remit malgré tout à avancer, ce qui ne laissa pas de me surprendre, car je ne comprenais vraiment plus jusqu'où il voulait aller étant donné que nous étions maintenant presque au faîte, environnés de toutes parts de vapeur et de fumée, et n'avançant plus que très péniblement sur la lave brûlante qui tremblait sous nos pieds.

Quelques minutes après, je m'aperçus qu'il était arrivé au bord même du cratère sur lequel il se pencha comme s'il était tourmenté par le désir de s'y précipiter, mais sans doute ce qu'il aperçut dans le fond l'en dissuada-t-il aussitôt, car je le vis faire demi-tour et s'avancer résolument vers moi en brandissant son épée comme s'il était enfin prêt à accepter le combat. Il n'en devait rien être pourtant, car lorsqu'il ne fut plus qu'à quelques pas, il perdit courage encore une fois et s'arrêta. Alors, je m'arrêtai moi aussi pour l'observer et savourer ma vengeance à mon aise. A quoi bon me presser désormais? N'était-il pas à ma merci, et n'avais-je pas le choix du moment où il me plairait de le tuer?

— Allons, de Garcia! fis-je.

— Pourquoi ne me tuez-vous pas tout de suite et qu'on en finisse? me demanda-t-il alors d'une voix rauque.

— Pourquoi être si pressé, mon cousin? Cela fait bientôt vingt ans que je vous cherche et nous n'allons pas nous quitter aussi vite... J'aimerais plutôt que nous parlions un peu. En effet, avant que nos chemins ne se séparent définitivement, j'aimerais que vous ayez la bonté de répondre à une question: pourquoi avez-vous sans cesse amené le malheur sur moi et sur les miens? Vous deviez bien avoir une bonne raison pour cela, non?

Je m'exprimais calmement et avec froideur, tout à coup vidé de toute passion. Car, en cet instant étrange, j'avais cessé d'être Thomas Wingfield, j'avais cessé d'être humain, pour n'être plus qu'une force, qu'un instrument. J'étais soudain capable de penser à mon fils mort sans éprouver de chagrin et il ne m'apparaissait plus comme mort. J'étais même en mesure de penser à de Garcia sans haine, comme si, lui aussi, était devenu un instrument entre les mains de quelqu'un d'autre. Mieux, je *savais* qu'il m'appartenait maintenant, corps et âme, et qu'il allait me répondre sans détours avant que je décide de le tuer. Il essaya de garder les lèvres closes mais ces dernières s'ouvrirent d'elles-même. Et la vérité jaillit de son cœur noir, aussi sûrement que s'il était déjà assis sur le siège du jugement dernier.

«J'aimais votre mère, mon cousin, dit-il lentement et avec peine. Je l'adorai dès ma plus tendre enfance et je l'aime encore maintenant. Mais elle, elle me détestait car j'étais mauvais et elle craignait ma cruauté. Puis elle a connu votre père et est tombée amoureuse de lui. Elle le fit échapper au jugement du Saint-Office auquel je l'avais moi-même livré pour qu'il soit torturé et brûlé vif, puis s'enfuit avec lui en Angleterre. Je fus incapable de me venger d'elle sur le moment. Je menai une vie dissolue jusqu'à ce que, près de vingt ans plus tard, un voyage d'affaire me donnât l'occasion d'aller en Angleterre. Là, j'appris par hasard que vos parents vivaient près de Yarmouth et je me décidai à aller voir votre mère, mais sans avoir l'intention de la tuer. La chance me servit et je la rencontrai dans un bois. Je vis alors qu'elle était toujours aussi belle et je sus que je l'aimais encore plus qu'avant. Je lui demandai à ce moment-là de choisir entre fuir avec moi ou mourir sur-le-champ. Mais à l'instant où mon épée allait la transpercer, elle me dit:

«Ecoutez-moi avant de me frapper, Juan. Je viens d'avoir une vision terrible. Comme j'ai été obligée de vous fuir, vous, à votre tour, vous allez être contraint de fuir devant quelqu'un de mon sang et ce, jusqu'à un endroit de feu, de rocs et de neige. Et tout comme vous allez m'ouvrir les portes du Paradis, lui vous poussera dans celles de l'Enfer.»

— Un endroit qui ressemble beaucoup à celui-ci, mon cousin, dis-je.

— En effet..., murmura-t-il en jetant un coup d'œil autour de lui.

— Poursuivez!

Il essaya à nouveau de se taire, mais ma volonté contra la sienne.

— Donc, il était trop tard pour l'épargner si je voulais parvenir à m'échapper, aussi la tuai-je et m'enfuis-je. Mais la terreur s'était nichée dans mon cœur et ne l'a jamais quitté depuis car j'avais toujours en moi la vision de cet homme de son sang qui me jetterait dans la gueule de l'Enfer...

— Elle s'ouvre là-bas, mon cousin, fis-je en pointant mon épée vers le cratère.

— En effet...

— Mais cela ne concernera que votre corps, mon cousin pas votre âme. Continuez!

— Je vous rencontrai un peu plus tard le même jour, Thomas Wingfield. La prophétie de votre mère s'était déjà emparée de moi et, voyant quelqu'un de son sang, j'essayai immédiatement de le tuer avant que lui ne me tue.

— Et c'est ce qu'il va pourtant faire maintenant, mon cousin.

— C'est ce qu'il va faire pourtant maintenant, répéta-t-il comme un perroquet. Vous savez ce qui s'est passé ensuite et comment je réussis à m'échapper. Je m'enfuis en Espagne et luttai pour oublier. Sans y parvenir. Une nuit, j'aperçus un visage dans les rues de Séville qui me rappela le vôtre. Je ne crus pas vraiment que c'était vous mais ma peur fut si grande que je décidai de m'enfuir dans les lointaines Indes Occidentales. Et vous m'avez rencontré le soir-même où je faisais mes adieux à une certaine dame.

— Du nom d'Isabella de Siguenza, mon cousin. Quant à *moi*, je lui ai dit adieu un peu plus tard et maintenant, c'est elle qui vous attend pour vous accueillir, elle et son enfant.

Il tressaillit et se remit à parler.

— Nous nous rencontrâmes à nouveau sur l'océan. Sur le moment, je n'osai pas vous tuer, persuadé que vous alliez mourir dans la cale et que personne ne pourrait témoigner contre moi pour vous avoir tué. Mais vous n'êtes pas mort et même l'océan ne parvint pas à vous détruire. Je vins ensuite à Anahuac avec les troupes de Cortez et nous nous rencontrâmes à nouveau. Cette fois, c'est vous qui fûtes bien près de me tuer. J'eus plus tard ma revanche en vous torturant le mieux possible. J'avais l'intention de vous assassiner le lendemain, mais vous avez réussi à m'échapper. De longues années passèrent ensuite, durant lesquelles je voyageai entre l'Espagne et le Mexique, et même ailleurs. Mais ma peur était toujours avec moi, où que je me trouve et mes rêves ne se réalisèrent jamais, poursuivi par l'infortune que j'étais. Je rejoignis en fin de compte le détachement de Diaz et j'appris, en arrivant devant la Cité des Pins, que vous étiez le capitaine des Otomies, alors que tout le monde vous croyait mort depuis longtemps. Vous connaissez la suite...

— Pourquoi avez-vous assassiné mon fils?

— N'était-il pas lui aussi du sang de votre mère? Ce sang qui devait apporter la mort un jour où l'autre? Et ne devais-je pas vous faire payer toute la terreur que j'avais endurée depuis de nombreuses années? De plus, il aurait été fou d'épargner le fils après avoir tué le père. Il est donc mort et je suis heureux de l'avoir tué, même s'il me hante maintenant en compagnie de tous les autres...

— Et il continuera à vous hanter à jamais. Maintenant, finissons-en. Servez-vous de votre épée, si vous êtes encore capable et mourez en vous battant!

— C'est impossible, gémit-il d'une voix devenue elle aussi méconnaissable, je sens que je suis perdu...

— A votre aise, ripostai-je.

Et l'épée levée, je m'avançai vers lui.

Alors il se mit à reculer précipitamment devant moi en tenant ses yeux fixés sur les miens, comme je me souviens d'avoir vu le faire une fois à un rat qu'un serpent s'apprêtait à avaler. Et, en regardant par-delà l'endroit où il se trouvait, j'aperçus derrière lui quelque chose d'effroyable. La lave en fusion, qui rougeoyait sinistrement sous la nappe de fumée noire que contorsionnait la brise, bouillonnait et crachait comme une chose vivante. des jets de vapeur s'en échappaient en sifflant, des gaz délétères, à l'odeur âcre et aux reflets livides ondoyaient à sa surface dans l'atmosphère étouffante. On n'aurait pu, en vérité, trouver de seuil plus approprié pour la dernière demeuree de de Garcia.

Je poussai un grand éclat de rire, et, de la pointe de mon épée, lui montrai l'enfer vers lequel il rétrogradait. Quand il se retourna pour voir ce que je lui indiquais, un hurlement de bête apeurée s'échappa de ses lèvres, car il n'avait plus rien d'un homme, à présent, l'arrogant et fier Espagnol d'autrefois, lui qui avait impitoyablement perpétré tant de crimes, voici qu'il implorait lui-même pitié pour que lui fût accordé le temps de s'en repentir.

— Eh quoi, lâche! m'exclamai-je, refuserez-vous donc de vous battre?

Et, horrifié à mon tour par le hideux spectacle de son masque grimaçant, impatient maintenant de mettre un terme à ce drame écœurant, je m'avançai à sa rencontre et de nouveau levai mon épée pour le frapper. Mais, l'instant d'après, mon bras retomba mollement à mon côté, car je venais de me rendre compte que Juan de Garcia devenait fou sous mes propres yeux!

Ce qui se passa ensuite, je ne le dirai point. En même temps que la folie lui montait au cerveau, le courage lui revint, et il se mit à combattre... mais, *pas avec moi*.

Complètement inconscient de ma présence désormais, il n'en ferraillait pas moins désespérément, comme s'il avait eu à se défendre contre plusieurs assaillants à la fois, et c'était quelque chose de terrible de le voir ainsi batailler en jurant contre ces ennemis invisibles qui semblaient l'acculer de plus en plus contre l'ouverture du cratère. Lorsqu'il fut arrivé tout au bord, il resta planté un long moment à la même place, lançant dans le vide de formidables coups de pointe, comme quelqu'un qui essaye, envers et contre tout, de tenir tête à des adversaires innombrables. A deux reprises, il chancela, frappé, eût-on dit, de quelque mortelle blessure, mais, chaque fois, il se redressa et reprit de nouveau son combat épique avec le Néant. Enfin, après avoir longtemps bataillé encore, il jeta un grand cri, écarta brusquement les bras à la façon d'un homme qui vient d'être frappé en plein cœur, lâcha son épée et tomba à la renverse dans le gouffre.

Je détournai les yeux pour ne plus voir le décor maintenant vide où s'était déroulé ce drame atroce, mais bien souvent depuis j'ai repensé à la fin tragique de de Garcia, en me demandant quelle avait pu être la main qui lui avait porté le coup fatal.

CHAPITRE XXXVIII

Les adieux d'Otomie

Voilà comment se termina l'œuvre de vengeance que j'avais juré d'accomplir sur de Garcia. Ou plutôt voilà ce à quoi j'assistai en temps que témoin puisque cet homme n'était pas mort de ma main, mais sous l'influence de ses propres terreurs, ce que je regrettai profondément. Sans doute, nombre de ceux qui me liront trouveront cet acharnement indigne de l'esprit chrétien qui veut que l'on pardonne à ses ennemis mais, dans ce cas précis, je laisse quant à moi ce pardon à Dieu Lui-même. En effet, il m'est impossible de pardonner à un homme qui a vendu mon père aux prêtres, tué ma mère et mon fils, qui m'a enchaîné dans un navire d'esclaves et qui m'a torturé durant des heures. En fait, je ne fis que le haïr un peu plus au fil des ans et si je m'étends sur ce sujet, c'est pour montrer à quel point cette affaire me tourmente. Jamais je ne pourrai dire que je veux du bien à tous les hommes, morts ou vivants, et c'est pour cette raison, d'ailleurs, que, voici quelques années, un curé de la paroisse prit sur lui de me refuser les sacrements de l'Eglise. Je décidai donc d'aller exposer toute l'histoire à l'évêque, lequel resta fort perplexe. Mais c'était un homme à l'esprit large et il ordonna au curé de revenir sur sa décision. Il pensait comme moi que le Tout-Puissant ne pourrait demander à quelqu'un dans le péché de pardonner à un homme qui lui aurait fait autant de mal, même si cet homme était maintenant mort et parti passer en jugement dans un autre monde.

Mais assez de ces histoires de conscience.

Lorsque de Garcia eut plongé dans l'abîme, je repris le chemin de la ville en ruines que j'apercevais en contrebas. La descente de la crête enneigée me parut bien moins aisée que son ascension. Maintenant que ma vengeance s'était accomplie, j'étais redevenu un homme comme les autres, un homme rempli de fatigue et d'une telle tristesse que je me serais presque félicité de faire le faux pas qui m'aurait conduit à la mort.

Bien que complètement dégrisé à présent, et par conséquent infiniment moins sûr de moi qu'en montant, j'atteignis pourtant le bas de la pente sain et sauf. Mais, lorsque je me trouvai au milieu des neiges désolées de Xaca, sur ces vastes étendues immaculées, que les Indiens, considèrent comme sacrées et que nul être humain n'avait foulées avant moi, ma lassitude et mon découragement devinrent si profonds, que je me laissai glisser à terre et pleurai comme on ne pleure qu'une seule fois dans sa vie. Hélas! qu'allais-je devenir à présent? J'avais été fidèle à mon serment, et j'avais accompli ma vengeance, oui, mais à quel prix, grand Dieu! J'avais à tout jamais perdu celle qui avait été le tendre amour de mon adolescence; j'avais, durant vingt années, mené une vie perdue au sein d'une tribu sauvage; j'avais enduré les plus dures privations, les pires souffrances, les plus atroces tortures; j'avais épousé une femme qui, tout en m'aimant sincèrement et bien qu'elle ne fût point dépourvue de noblesse, était demeurée, ainsi qu'elle l'avait prouvé, l'autre jour, asservie à de barbares croyances. La tribu que j'avais gouvernée était vaincue, la belle ville que j'avais habitée anéantie, et moi-même, je n'étais plus désormais qu'un paria sans gîte, réduit à la condition du plus misérable des hommes. Tout cela, pourtant, je l'aurais supporté, comme j'avais par ailleurs supporté tant d'autres malheurs, déjà, mais ce qui m'avait irrémédiablement écrasé, c'était la fin tragique de mon dernier fils, ma seule joie et ma seule consolation en cette morne vie...

Lorsque je redescendis enfin dans la Cité des Pins, ou plutôt dans ses ruines, le soleil était près de se coucher. En rentrant au palais, j'y rencontrai le capitaine et plusieurs de ses officiers, qui, par respect pour ma douleur, se découvrirent en me regardant passer.

— L'assassin est-il mort? me demanda le vieux caballero.

Je fis oui de la tête et, sans m'arrêter, me dirigeai vers la pièce où je pensais retrouver Otomie.

Elle y était assise toute seule, immobile et froide comme une statue de marbre.

— Je l'ai enterré en compagnie de ses frères et des aïeux, dit-elle en réponse à la muette question qu'elle avait lue dans mes yeux. Il valait mieux pour vous ne pas le revoir: vous en auriez eu le cœur brisé.

— C'est bien, répondis-je, mais cela n'empêche pas mon cœur d'être brisé déjà.

— L'assassin est-il mort? dit-elle alors en employant les mêmes mots que Bernal Diaz.

— Oui.

— Comment?

Je le lui racontai rapidement.

— Vous auriez dû le tuer vous-même. Le sang de notre fils n'a pas été vengé...

— J'aurais dû en effet le tuer mais, à ce moment-là, tout désir de vengeance m'avait abandonné car j'étais en train de voir celle du ciel tomber sur lui et j'étais content. C'est mieux comme cela. C'est le désir de vengeance qui a appelé tant de malheurs sur moi. La vengeance appartient à Dieu et non à l'homme, comme je l'ai appris trop tard.

— Ce n'est pas mon avis, dit Otomie.

A cet instant, je vis resurgir sur son visage l'expression qu'elle avait eue quand elle avait frappé le Tlascalan, quand elle avait craché son mépris à Marina et quand elle avait dansé au sommet de la pyramide, pour conduire l'ultime sacrifice.

«Si j'avais été à votre place, je l'aurais tué à petit feu et ne l'aurais abandonné aux démons que lorsque j'en aurais eu fini avec lui, pas avant! Mais tout est consommé et il est trop tard pour revenir dessus. Mangez, maintenant, car vous êtes épuisé.

Je lui obéis puis me laissai emporter par le sommeil.

Dans la nuit, j'entendis la voix d'Otomie qui m'appelait.

— Réveillez-vous, me disait-elle, j'ai à vous parler.

Et il y avait dans l'accent avec lequel elle prononça ces mots quelque chose de si particulier, que cela m'arracha au lourd sommeil dans lequel j'étais tombé.

— Parlez. De quoi s'agit-il. Où êtes-vous, Otomie?

— Je suis assise à côté de vous. J'aurais été incapable de dormir, alors je suis restée debout. Maintenant, écoutez-moi. Nous nous sommes rencontrés pour la première fois il y a des années et des années, et je vous ai tout de suite aimé. Vous, vous ne m'aimiez pas, et même vous me méprisiez! Quelle honte pour moi lorsque, après que j'eus tout fait pour devenir votre épouse, vous m'avez parlé de celle que vous aviez laissée par-delà les mers et dont l'anneau est encore en ce moment à votre doigt! Mais que n'aurais-je pas supporté pour demeurer auprès de vous, moi qui suis allée jusqu'à m'allonger à vos côtés sur la pierre du sacrifice afin de partager votre trépas? Ce jour-là, touché par tant d'abnégation vous m'avez dit que vous m'aimiez, mais, moi, je savais bien que vous ne m'aimiez pas, et que celle que vous aimiez, c'était la fleurette de votre enfance que vous aviez quittée en votre pays. Ah! pourquoi les Teules ne sont-ils pas venus une heure plus tard? Nous serions morts ensemble sur cette pierre, et mon plus cher désir aurait été comblé. Mais j'ai tort de dire cela, car, pour vous, je suis heureuse qu'il n'en ait pas été ainsi. Lorsque vous m'avez épousée ensuite, vous avez prononcé à cause de moi un grand serment auquel vous avez toujours été fidèle depuis, mais, en m'épousant, vous ne saviez pas qui vous épousiez. Vous me trouviez belle, vous me trouviez douce, aimante et dévouée, mais vous ne vous doutiez pas que je n'étais pas de votre race, et que, dans le fond, j'étais demeurée aussi sauvage que mes ancêtres. Aussi, voyez quelle souffrance je vous ai imposée l'autre jour, lorsque vous m'avez vue retourner à mes dieux et participer aux sacrifices de Huitzel. Evidemment, ce jour-là, j'étais tellement bouleversée, que je n'avais plus conscience de mes actes, mais vous n'en avez pas moins compris quel abîme nous séparait. D'ailleurs, inconsciemment et tout en me restant fidèle, vous viviez en quelque sorte séparé de moi, et si vous avez chéri les enfants que je vous ai donnés, c'était pour eux-mêmes et non pour moi. Or, ces enfants, étaient les seuls liens qui nous rattachaient l'un à l'autre, et maintenant qu'ils sont morts, ces liens sont brisés et je vais mourir, moi aussi... Non, non, taisez-vous, car le temps presse, et j'ai encore autre chose à vous dire. Lorsque vous m'avez interdit de continuer à vous appeler «mon bien-aimé», j'ai compris que tout était fini. Je vous obéis, je me sépare de vous, vous n'êtes plus mon époux, et j'aurai bientôt cessé d'être votre femme. Néanmoins, Teule, écoutez-moi. Il vous semble, en ce moment, tant votre douleur est grande, que vous n'avez plus rien à attendre de la vie désormais, et que vous ne connaîtrez jamais plus de bonheur ici-bas. Eh bien, détrompez-vous. Vous n'en êtes en sommme encore qu'au début de la maturité, vous êtes bien portant, vous allez pouvoir quitter ce malheureux pays dévasté, vous aller retourner dans le vôtre, vous allez pouvoir, enfin, épouser celle qui vous attend depuis si longtemps, et vous aller vous trouver délié de tous vos serments d'un seul coup, car Guatimozin n'est plus, sa cause est irrémédiablement perdue, ses dieux sont renversés de leurs autels, son peuple exterminé sombrera bientôt dans l'oubli, et voici bientôt deux ans déjà, m'a-t-on dit, que les feux du Popocatepetl eux-mêmes se sont assoupis. Dès lors, il ne reste plus que moi, et je m'en vais moi aussi. Nous allons nous quitter, et peut-être pour toujours, car je retournerai vers mes dieux, et vous vers le vôtre. Je ne vous demande qu'une chose, c'est de me garder une place dans votre souvenir et de repenser parfois à moi avec bienveillance, car si vous ne m'aimiez pas, je vous aimais tendrement, moi, et je vous aime tendrement encore. Je vous aimais, et j'étais la mère de vos enfants que vous retrouverez, eux, un jour, puisque vous en avez fait des chrétiens comme vous. Ils sont à vous et non à moi, et quand j'y songe aujourd'hui, j'ai l'impression que je ne les aimais que parce que c'étaient les vôtres, et que c'est vous qu'ils aimaient et non pas moi. Prenez-les, prenez leurs esprits... comme vous m'avez tout pris. Vous aviez juré que la mort seule nous séparerait, et vous avez tenu scrupuleusement votre serment. Mais maintenant, je m'en retourne aux Demeures du Soleil où je rejoindrai tous les miens qui m'attendent. Teule, puisque vous ne voulez plus que je vous donne d'autre nom, vous, avec qui j'ai vécu tant d'années et enduré tant de souffrances, je vous en supplie, en cette heure de ma mort, accordez-moi une dernière faveur: promettez-moi que vous ne rirez pas de moi avec votre Lily, promettez-moi que vous lui parlerez de moi le moins possible. Vous ne pouvez pas me refuser cela, à moi, qui me retire pour lui céder la place, afin que tous vos désirs soient comblés, à moi qui vous ai tant aimé... Adieu, Teule, soyez heureux!...

Sa voix s'était faite de plus en plus faible, et tandis que je l'écoutais, bouleversé, l'aube pénétra doucement dans la pièce, et je vis la forme blanche d'Otomie assise contre le lit, à côté de moi. Elle avait la tête renversée en arrière, et ses bras pendaient de chaque côté. D'un bond, je me levai et me précipitai vers elle. Sa main était froide, et je ne sentis aucun souffle émaner de ses lèvres. Je lui parlai, je la baisai au front mais elle demeura immobile et muette. Alors, comme le jour croissait rapidement, je fus bien forcé de me convaincre: Otomie était morte, et morte de sa propre main.

Elle avait, pendant la nuit, absorbé un de ces poisons dont les Indiens ont le secret, un poison qui tue lentement, sans faire souffrir, et qui laisse l'esprit lucide jusqu'à la fin. C'est pendant que sa vie s'en allait peu à peu de la sorte, qu'elle avait prononcé ces paroles si empreintes d'amertume et de tristesse. Je ne pleurai pas, d'abord parce que toutes mes larmes étaient taries, et puis parce que, comme je l'ai expliqué, quelque chose s'était brisé en moi, qui ne reviendrait plus. Mais, en la regardant ainsi, une grande tendresse et une grande douleur m'envahirent, et je me sentis plus d'amour pour Otomie maintenant qu'elle était morte que je n'en avait jamais éprouvé durant sa vie.

Mille souvenirs affluaient dans ma mémoire tandis que je regardais ainsi le corps affaissé d'Otomie. Ce qu'elle avait dit était vrai: je n'avais jamais oublié mon premier amour, et bien des fois, j'avais ardemment souhaité revoir ma Lily. Mais elle avait eu tort de dire que je ne l'aimais pas, car je l'aimais de tout mon cœur, au contraire, et je comprenais encore mieux que jamais, à présent, à quel point elle m'était chère. Certes, il y avait un grand abîme entre nous, et cet abîme était devenu encore plus profond le jour où je l'avais vue retourner à ses barbares croyances, mais, avec le temps, je lui aurais certainement pardonné en tenant compte de la différence de caste qui existait entre nous; et, en mettant en regard de cette faute tout ce qu'elle avait accompli et enduré pour moi, il eût vraiment fallu être bien ingrat pour ne pas lui conserver dans mon cœur la reconnaissance, le respect et l'amour auxquels elle avait droit. C'était mon opinion alors, et c'est encore mon opinion aujourd'hui. Elle avait dit que nous nous quittions pour toujours, mais j'espère et je crois fermement qu'il n'en sera pas ainsi, car je ne puis croire que nous ne soyons tous pardonnés un jour, et qu'il ne soit permis à ceux qui vécurent ensemble et s'aimèrent en ce monde, d'être plus tard, réunis dans l'autre.

Lorsque je finis par trouver le courage de me relever pour chercher de l'aide, je sentis subitement un poids autour de mon cou. C'était le collier d'émeraudes que Guatimozin m'avait donné et que j'avais, à mon tour, offert à Otomie. Elle me l'avait attaché autour du coup pendant que je dormais, après y avoir accroché une boucle de ses longs cheveux. Le tout devra être enterré avec moi.

Je fis ensevelir Otomie dans l'antique sépulcre où reposaient déjà ses aïeux et ses enfants, et deux jours après, je partis pour Mexico à la suite du vieux caballero qui allait rendre compte au vice-roi du résultat de son expédition. Au moment de m'engager dans le défilé, je me retournai une dernière fois vers cette Cité des Pins, où reposaient maintenant tant d'êtres qui m'avaient été chers, et en voyant mon air attristé, le vieux capitaine s'approcha de moi et me posa une main sur l'épaule.

— Vous voici tout seul à présent, camarade, me dit-il, quels projets avez-vous formés pour l'avenir?

— Aucun, répliquai-je. Je ne désire qu'une chose, c'est de mourir.

— Allons donc! protesta-t-il. Il ne faut point parler ainsi. Que diable! vous avez à peine quarante ans... Ecoutez, vous avez bien des amis, là-bas, en Angleterre?

— J'en avais.

— Bah! on a la vie longue en ces pays tranquilles. Croyez-moi, allez les retrouver. Quand nous serons à Mexico, je vous procurerai un passage pour l'Espagne.

— J'y réfléchirai, répondis-je.

Lorsque nous parvînmes à Mexico, je découvris une ville à peine reconnaissable car Cortez l'avait fait reconstruire et une cathédrale était maintenant édifiée là où s'était dressé le *teocalli* en haut duquel j'avais été mené au sacrifice. L'endroit était toujours superbe, mais pas autant que l'avait été la Tenoctitlan de Montezuma. Les gens avaient eux aussi changé: je les avais connus libres et guerriers et maintenant, ce n'était plus qu'un peuple d'esclaves.

Bernal Diaz me trouva un logement à Mexico. Personne ne s'en prit à moi car le pardon que j'avais reçu était respecté. De plus j'étais un homme fini, que plus personne ne craignait, et le rôle que j'avais joué au cours de la *noche triste* et dans la défense de la ville paraissait avoir été oublié, à tel point que l'histoire de mes malheurs attirait même la pitié de certains Espagnols. Je restai une dizaine de jours à Mexico, errant tristement dans la ville et sur la colline de Chapoltepec, là où s'était élevé le palais de Montezuma, où j'avais rencontré Otomie pour la première fois. Rien ne subsistait de toutes ces choses magnifiques, à l'exception de quelques vieux cèdres. Au cours de la huitième journée de mon séjour, un Indien m'arrêta dans la rue, m'affirmant qu'une vieille amie l'avait chargé de me faire savoir qu'elle aimerait me revoir.

Je suivis l'Indien, me demandant quelle pouvait bien être cette amie, dans la mesure où je ne connaissais plus personne, et nous arrivâmes en vue d'une belle maison en pierre construite dans une nouvelle rue. Là, on me fit asseoir dans une pièce peu éclairée. Un instant plus tard, une douce et triste voix familière à mes oreilles s'adressa à moi dans la langue aztèque pour me dire:

— Bienvenue, Teule...

Et je vis se dresser devant moi, vêtue à la mode espagnole, une dame indienne, toujours belle, mais portant les traces du chagrin et de la maladie.

— Ne reconnais-tu pas Marina, Teule?

Mais avant même que les mots aient franchi ses lèvres, j'avais su que c'était elle.

— Je dois dire que j'aurais eu du mal à *te* reconnaître, pour ma part, reprit-elle. Le temps et les ennuis ont laissé une marque profonde sur nous deux, semble-t-il...

Je pris sa main et la baisai.

— Où est Cortez? demandai-je.

Elle fut alors parcourue par un grand frisson.

— Cortez est en Espagne pour plaider son procès. Il avait pris déjà une nouvelle épouse ici. Il y a plusieurs années, il s'est débarrassé de moi en me donnant en mariage à Don Juan Xaramillo, lequel m'a prise à cause de ma fortune, car Cortez avait été large pour moi avant de me rejeter.

Et elle se mit à pleurer.

Elle me raconta alors son histoire, que je ne raconterai pas ici puisqu'elle est connue de tout le monde. Lorsque Marina eut fini de lui rendre service, le conquérant la repoussa, la laissant le cœur brisé. Elle me raconta dans le détail les angoisses qui l'avaient assaillie et comment elle avait imploré l'Espagnol et lui avait prédit que sa fortune tournerait, ce qui arriva effectivement.

Nous parlâmes pendant plus de deux heures, durant lesquelles je lui contai mes propres mésaventures. Celles-ci la firent pleurer car, quelles qu'aient pu être ses fautes, Marina était restée une femme au cœur tendre.

Puis nous nous séparâmes pour la dernière fois. Avant que je la quitte, elle me donna de l'argent. J'en étais si dépourvu que je n'eus pas honte de le prendre.

Voici donc quelle fut la triste histoire de Marina, elle qui avait trahi son pays par amour. Quant à moi, je conserverai toujours un excellent souvenir d'elle car elle fut toujours une véritable amie pour moi. Sans compter qu'elle me sauva la vie par deux fois et qu'elle ne m'avait jamais abandonné, même lorsque Otomie l'avait écrasée de son mépris si cruel.

CHAPITRE XXXIX

Thomas Wingfield revient d'entre les morts

Le lendemain de ma visite à Marina, le capitaine Diaz vint m'annoncer qu'un de ses amis commandant une *caraque* s'apprêtant à faire voile de Vera Cruz à Cadix était d'accord pour m'emmener si je désirais quitter le Mexique. Je réfléchis un instant avant d'accepter et, la nuit-même, je quittai la ville avec des marchands, après avoir fait mes adieux à Bernal Diaz, un des meilleurs hommes qu'il m'ait été donné de rencontrer. Le voyage jusqu'à Vera Cruz nous prit une bonne semaine. Une fois dans ce port malsain et écrasé par la chaleur, j'allai présenter mes lettres de recommandation au capitaine de la *caraque*, lequel m'accueillit à son bord sans plus de questions.

Trois nuits plus tard, nous profitâmes d'un bon vent pour appareiller, et le matin suivant, la seule chose encore visible du pays d'Anahuac était la crête enneigée du volcan Orizaba. Puis celle-ci s'enfonça dans les nuages et c'est ainsi que je fis mes adieux à un pays lointain où j'avais vécu bien des aventures et où j'avais posé le pied pour la première fois juste dix-huit ans plus tôt. Au bout de dix semaines, après une traversée accomplie sous les plus favorables auspices, j'arrivais à Cadix. Là, je fus contraint pour acquitter les frais de mon voyage en Angleterre, de vendre la plus petite émeraude du collier que m'avait laissé Otomie. Cela me fit beaucoup de peine, mais nécessité fait loi, et il me fallait non seulement payer mon voyage, mais encore m'équiper décemment.

A bord du navire anglais, tous me prirent pour un aventurier espagnol qui avait fait fortune aux Indes, ce que je ne démentis point afin d'être laissé en paix pour me préparer mentalement à affronter un mode de vie et de pensée que j'avais depuis longtemps oublié. Je restai donc à l'écart du reste des passagers, tel un fier Seigneur, évitant de parler mais ne perdant pas une miette de ce qui se disait autour de moi dans l'espoir de me faire une idée de ce qui s'était passé en Angleterre durant les vingt ans qui venaient de s'écouler.

Notre voyage finit par toucher à sa fin et, un certain douze juin, je me retrouvai enfin dans l'imposante cité de Londres, que je n'avais d'ailleurs jamais visitée. Une fois dans la chambre de mon auberge, je m'agenouillai pour remercier Dieu de m'avoir permis de reposer le pied sur mon sol natal après tous les dangers et les malheurs que j'avais endurés. A ce moment-là, force me fut de m'émerveiller devant la résistance du corps humain, capable de survivre à la maladie, à la faim, aux combats, aux tentatives de meutres, à la noyade, aux bêtes sauvages et à la cruauté des hommes, comme cela avait été le cas pour moi durant tant d'années.

A Londres, je me procurai un bon cheval, grâce à l'aubergiste chez qui j'étais descendu, et je me mis en route dès l'aube suivante. Ce matin-là eut lieu ma dernière aventure: alors que je me délectais de la beauté du paysage anglais et de la douceur de l'air printanier: un voleur peureux me tira un coup de pistolet de derrière une haie, avec l'intention de me dépouiller au cas où je tomberais. La balle passa au travers de mon chapeau et me frôla le crâne. Dès qu'il vit qu'il avait manqué sa cible, le chacal s'enfuit à toutes jambes. Je poursuivis donc mon voyage, tout en me disant qu'il aurait été bien malheureux pour moi d'être tué par un vulgaire bandit à cinq miles de Londres à peine, alors que j'avais survécu auparavant à d'innombrables danger de l'autre côté de l'océan.

Ayant chevauché à franc étrier toute cette journée-là et la suivante, j'atteignis le deuxième jour, vers les sept heures et demie du soir, la petite colline du haut de laquelle j'avais contemplé pour la dernière fois Bungay quand j'étais parti pour Yarmouth avec mon père. Au-dessous de moi s'étalaient les toits rouges de la ville; à droite, les chênes de Ditchingham et la belle tour de Saint-Mary; dans le fond, les méandres capricieux de la Waveney, qui serpentait à travers les prés. Tout était tel que je l'avais laissé, et moi seul avais changé. Oh! oui, j'avais changé: mes yeux s'étaient creusés, mes traits accusaient la souffrance, et il y avait dans ma barbe et mes cheveux, plus de poils blancs que de noirs. Les autres me reconnaîtraient-ils, moi qui avais peine à me reconnaître moi-même?... Les autres? Mais les autres aussi avaient dû changer... et allais-je seulement les retrouver encore en vie? En vingt ans, il se passe tant de choses, et, à part les lettres que m'avait remises le capitaine de l'*Aventurière*, jamais plus il ne m'était parvenu de lettres de personne.

Pressé de savoir quel accueil allait m'être réservé, je poussai mon cheval jusqu'au delà de Bungay, que je laissai à ma gauche, et le fis tourner dans le petit chemin qui mène à la «Loge» de Ditchingham. Auprès de la barrière, rôdait un homme dont la figure me parut tout de suite familière, malgré qu'elle eût bien vieilli: c'était Billy Minss, l'innocent qui avait délivré de Garcia quand je l'avais attaché à l'arbre. Dès qu'il me vit, il s'en alla en clopinant m'ouvrir la barrière et, d'une voix pleurarde, me demanda l'aumône.

— Est-ce ici qu'habite M. Wingfield? demandai-je d'une voix qui tremblait un peu.

— Lequel, monsieur? me demanda Billy. Le vieux M. Wingfield, lui, est mort voici bientôt vingt ans. Quant à M. Geoffrey...

— Eh bien?

— Lui aussi, il est mort... cela fait plus de douze ans. Et M. Thomas aussi il est mort... voilà je ne sais combien d'hivers qu'il s'est noyé dans un naufrage, à ce qu'on dit... Oui, oui, ils sont tous morts, les pauvres, tous morts à présent...

Sans en attendre davantage, je lui jetai une pièce d'argent et lançai de nouveau ma monture au trot le long du sentier. «Tous morts! Tous morts!» semblaient me répéter sans cesse les sabots de la bête en frappant les pierres du chemin. Grand Dieu! Lily aussi était morte sans doute... ou alors, quand le bruit avait couru que j'avais péri dans un naufrage, elle s'était sans doute mariée... Jolie comme elle était, les prétendants n'avaient pas dû lui manquer, et comment admettre qu'elle m'eût attendu pendant vingt ans?

Maintenant, la «Loge» était devant moi. Rien n'y avait changé non plus, à part le lierre qui avait fini par monter jusqu'au toit, et je vis qu'elle était habitée, car elle était bien tenue, et un peu de fumée s'échappait de l'une des cheminées; mais la barrière étant fermée, je fis le tour par-derrière pour gagner les écuries; là, je trouvai l'autre barrière également fermée et, ne sachant que faire, je mis pied à terre et m'engageai à pas lents dans le sentier qui mène à l'église, laissant mon cheval brouter l'herbe du pré.

Le soir tombait, et les ombres s'amoncelaient de toutes parts autour de moi. Je me sentais si triste et si accablé, qu'instinctivement je me mis à murmurer une prière pour demander à Dieu que la suprême douleur que je redoutais me fût épargnée. En effet, si Lily, elle aussi, était morte, j'étais prêt à mourir, car plus rien ne me retiendrait alors à la vie.

Je restai ainsi un moment à prier, tremblant comme une feuille. Lorsque je finis par relever les yeux, m'étant décidé à aller aux nouvelles à la maison la plus proche, je m'aperçus que le crépuscule était tombé et que les rossignols chantaient tout autour de moi. Je les écoutai chanter et des souvenirs confus me revinrent subitement en mémoire. Je vis surgir dans ma tête la vision de ma splendide chambre du palais de Montezuma à Tenoctitlan et me vis allongé sur mon lit doré. Maintenant, je me souvenais. J'étais le dieu Tezcat et j'allais être sacrifié le lendemain matin. J'étais éffondré et je rêvais que je me trouvais où j'étais en ce moment même. Je rêvais que je me promenais, attendant que la lune se lève sur les grands arbres, ce qu'elle était justement en train de faire... Et je rêvais que j'entendais une chanson s'élever de la colline et...

Au même moment, une douce voix de femme se mit à chanter au loin et, peu à peu, la chanteuse se rapprocha de l'endroit où je me trouvais; bientôt, je l'aperçus devant moi sous la clarté de la lune qui se levait: elle était grande et majestueuse et portait une robe blanche. Etait-ce possible, ou ne rêvais-je point tout éveillé?... Mais non, c'était bien vrai, c'était elle, ma Lily, ma Lily d'autrefois, toujours aussi belle, malgré les étés qui avaient passé depuis sur sa tête, et malgré le pli soucieux qui, maintenant, lui barrait le front. J'étais si ému que, sans l'arbuste auquel je m'appuyais, je serais tombé, et que, malgré moi, une plainte s'échappa de ma bouche.

Elle l'entendit, s'arrêta aussitôt de chanter et, prise de peur en m'apercevant dans l'ombre, se détourna comme pour se sauver, mais peu après, voyant que je ne bougeais pas, elle s'avança, poussée par la curiosité, et, d'une voix mal assurée, demanda:

— Qui donc se promène par ici aussi tard? C'est vous, John?

Immédiatement, une nouvelle crainte m'assaillit: elle était probablement mariée, et «John» devait être son mari. Hélas! je ne l'avais donc retrouvée que pour la perdre plus complètement? Tout à coup, l'idée me vint de ne pas me laisser reconnaître avant de savoir la vérité. Je m'avançai donc d'un pas, mais de telle façon que ma figure demeura dans l'ombre et, m'inclinant très bas à la mode espagnole, je lui dis, en déguisant ma voix et en affectant de parler l'anglais avec un fort accent castillan:

— Madame, n'ai-je point l'honneur de m'adresser à celle qui fut autrefois la señrita Lily Bozard?

— C'est en effet mon nom, monsieur, mais que me voulez-vous?

— Avant de répondre à votre question, souffrez, madame, que je vous en pose moi-même une autre. Ce nom est-il toujours le vôtre?

— Mais certainement, puisque je ne suis pas mariée...

Il me sembla que tout se mettait à tourner autour de moi, et que le sol se dérobait sous mes pieds; mais je n'en persistai pas moins dans ma volonté de ne pas me laisser reconnaître, car je voulais avant tout savoir si elle était restée fidèle à mon souvenir.

— Je suis, señorita, un caballero d'Espagne qui servit durant la campagne de Cortez contre les Indiens, dont vous entendîtes parler peut-être, et j'ai connu, au cours de ces guerres, un homme que l'on appelait Teule, mais qui avait, auparavant, un autre nom, ainsi qu'il me le confia, il y a deux ans, sur son lit de mort.

— Quel nom? demanda-t-elle d'une voix sourde.

— Thomas Wingfield.

Ce fut le tour de Lily, cette fois, de pousser une plainte et de se cramponner à un arbre pour ne point tomber.

— Je le croyais mort depuis dix-huit ans, murmura-t-elle. On m'avait assuré qu'il avait péri dans un naufrage.

— Il fit naufrage effectivement, senorita, mais, recueilli par les Indiens sur les côtes desquels son navire avait sombré, il fut proclamé dieu par eux et reçut la fille de leur roi en mariage.

Elle frissonna, puis me dit d'une voix dure:

— Continuez, monsieur, je vous écoute.

— Après avoir vaillamment combattu pendant des années pour la cause des Indiens, il se vit enfin vaincu par les Espagnols, qui s'emparèrent de la ville qu'il défendait; le seul enfant qui lui restait mourut assassiné, la princesse, sa femme, se tua de chagrin et, emmené lui-même en captivité, il succomba peu après.

— Une bien triste histoire, en vérité, dit-elle avec un petit rire forcé qui fut presque étouffé par des sanglots.

— Une bien triste histoire, oui, señorita, mais qui ne se termine point là. Sur son lit de mort, mon ami me confessa qu'il s'était, durant sa jeunesse, fiancé avec une jeune Anglaise appelée...

— Je sais son nom. Poursuivez.

— D'après ce qu'il m'expliqua, tout en ayant épousé et aimé cette princesse, qui, plusieurs fois, lui avait sauvé la vie au péril de la sienne, le souvenir de sa fiancée ne l'avait jamais quitté un seul instant et, à son heure dernière, était plus profondément encore gravé dans son esprit. Aussi me pria-t-il, au nom de l'amitié qui nous unissait, de me mettrre à sa recherche à mon retour en Europe et, si elle vivait encore, de lui communiquer de sa part un message et une prière?

— Lesquels? murmura Lily.

— Qu'il l'aimait à la fin de sa vie aussi tendrement qu'il l'avait aimée au début, et qu'il la suppliait humblement de lui pardonner d'avoir manqué aux serments qu'ils avaient échangés sous le hêtre de Ditchingham...

— Comment, monsieur? s'écria-t-elle. Que savez-vous donc à ce sujet?

— Simplement ce qui me fut confié par mon ami, señorita.

— Il faut pour cela que votre intimité ait été grande, et que vous ayez vraiment bonne mémoire, murmura-t-elle.

— S'il manqua à sa parole, c'est parce qu'il y fut poussé pour un concours de circonstances étranges, tellement étranges même, qu'il espérait qu'il lui en serait tenu compte, et que, plus tard dans un monde meilleur que celui-ci, il lui serait permis de renouer les liens qu'il avait involontairement brisés. Sa suprême requête fut que j'obtinsse d'elle qu'elle me dit, à moi son messager, qu'elle lui pardonnait, et qu'elle l'aimait elle-même comme il ne cessa jamais de l'aimer jusqu'à son dernier souffle.

— Et en quoi un tel pardon ou un tel aveu pourrait-il avantager quelqu'un qui a cessé de vivre? demanda Lily, en m'observant attentivement à travers les ombres du soir. Depuis quand les morts ont-ils des oreilles pour entendre et des yeux pour voir?

— Je ne puis vous répondre à cela, señorita. Je me borne simplement à accomplir la mission qui me fut confiée.

— Et qui me prouve que vous soyez un messager sincère. N'avez-vous, monsieur, aucun gage à me montrer qui me puisse prouver votre bonne foi?

— Si, señorita, mais il ne fait plus assez clair pour qu'il vous soit possible de le voir.

— En ce cas, suivez-moi dans la maison, nous y ferons de la lumière. Attendez-moi ici.

Et, retournant à la barrière des écuries, elle appela de nouveau: «John».

Un vieillard lui répondit, et je reconnus à sa voix un vieux serviteur de mon père. Après lui avoir dit quelques mots à voix basse, elle me conduisit jusqu'à la porte principale de la maison, qu'elle ouvrit à l'aide d'une clef prise à un trousseau qui pendait à sa ceinture, et me fit entrer le premier. Je passai donc devant elle et, machinalement, obéissant à l'habitude que j'avais acquise durant mon enfance, je tournai à gauche pour pénétrer dans la grande salle, en levant les pieds pour ne pas buter contre la marche, puis me dirigeai sans peine à travers l'obscurité jusqu'à la grande cheminée, devant laquelle je m'arrêtai. Lily, qui m'avait attentivement suivi des yeux, alluma une chandelle au feu qui couvait dans l'âtre et la posa sur la table placée devant la fenêtre, de sorte que, malgré que je fusse obligé de me découvrir, ma figure resta quand même dans l'ombre.

— Maintenant, monsieur, montrez-moi ce gage, s'il vous plaît.

Je retirai l'anneau que j'avais au doigt et le lui tendis. Alors, elle s'assit à la table pour l'examiner à la lueur de la chandelle, et, pendant qu'elle était ainsi placée, je vis combien, en dépit de ses trente-huit ans et de la tristesse empreinte sur son visage, elle était demeurée belle encore. Et je vis également que, tout en s'efforçant de rester impassible, elle ne pouvait réprimer l'émotion qui lui soulevait la poitrine et lui faisait trembler la main.

— Le gage est authentique, déclara-t-elle enfin; je ne doute pas, monsieur, que votre récit soit vrai également, et je vous remercie d'avoir poussé la courtoisie jusqu'à venir d'aussi loin pour me le rapporter. C'est une triste histoire, une bien triste histoire. Et maintenant, monsieur, comme il ne m'est pas possible de vous recevoir en ma maison, où j'habite seule, et comme, d'autre part, il n'y a point d'auberge dans le voisinage, je me propose de vous faire conduire par mes serviteurs jusqu'à la demeure de mon frère, qui est à un peu plus d'un mille d'ici, à moins toutefois... ajouta-t-elle en détachant ses mots que vous n'en connaissiez déjà le chemin! Vous y trouverez, j'en suis certaine, bon accueil, et la sœur de votre défunt camarade, Mary Bozard, sera certainement heureuse de vous entendre conter ses aventures.

— Me sera-t-il permis de vous demander auparavant, madame, lui dis-je en m'inclinant, de vouloir bien répondre à la requête de mon ami.

— Que me servirait-il de répondre à un mort?

— Néanmoins, je vous conjure de le faire, madame, ainsi que je fus instamment pressé de vous le demander.

— Qu'y a-t-il d'écrit sur cette bague, monsieur?

— «Loin des yeux, près du cœur», répliquai-je spontanément.

Et à peine eus-je laissé échapper ces mots, que je me mordis les lèvres.

— Tiens, vous savez cela aussi? Il est vrai que vous portez probablement cette bague depuis des mois, et que vous devez forcément savoir ce qui est écrit dessus. Eh bien! monsieur, bien que nous ayons été loin l'un de l'autre, bien que j'aie peut-être chéri sa mémoire, et qu'à cause de lui je ne me sois pas mariée, il n'en reste pas moins que lui, au contraire, m'a délaissée pour épouser une femme sauvage qui lui a donné des enfants. Cela étant, je réponds à feu votre ami que je lui pardonne, oui, mais que je me considère déliée des serments que j'avais prononcés, puisqu'il n'a pas tenu les siens, et que je ferai mon possible pour oublier l'amour que je lui portais, et dont il a fait si peu de cas.

Et comme elle achevait ces mots, j'entendis qu'elle laissait tomber la bague.

Mon cœur cessa soudain de battre. Ainsi donc, c'était fini: elle me repoussait pour toujours. Après tout, elle en avait le droit, mais j'étais presque tenté de regretter de m'être montré trop loyal, car il arrive que les femmes pardonnent plus volontiers à celui qui leur ment qu'à celui qui leur témoigne trop de franchise. Etant dans l'impossibilité de dire la vérité, je gardai le silence, mais je me sentis sombrer aussitôt dans le plus mortel chagrin, et, ramassant la bague, je la remis à mon doigt et m'éloignai à pas lents vers la porte. Au moment de la franchir, je me retournai afin de regarder celle qui me repoussait, et j'allais ouvrir la bouche pour tout lui avouer, lorsque je m'avisai que, du moment qu'elle me témoignait tant de rancune, alors qu'elle me croyait mort, je ne lui inspirerais sans doute guère de pitié en lui apprenant que j'étais vivant.

J'avais déjà posé le pied sur la marche du seuil, lorsque Lily me rappela.

— Thomas, me dit-elle d'une voix pleine de douceur et de bienveillance, Thomas, avant de partir, ne voulez-vous point vérifier le compte de l'or et des biens que vous m'avez confiés?

Et comme je me retournais à nouveau, tout interdit, je m'aperçus, ô stupeur! que Lily s'avançait à petits pas vers moi en me tendant les bras.

— Pauvre niais! me murmura-t-elle tout bas, quand elle fut parvenue près de moi, croyiez-vous donc qu'il suffirait d'un subterfuge aussi grossier pour tromper le cœur d'une femme? Vous qui avez rappelé notre rendez-vous sous le gros hêtre, vous qui vous êtes guidé avec tant d'aisance à travers cette salle obscure, vous qui avez répété avec le même accent qu'autrefois, les mots inscrits sur cette bague... Ecoutez: je pardonne à votre ami d'avoir manqué à ses serments, car il a fait preuve de loyauté en confessant sa faute, et parce qu'il est dur pour un homme de vivre seul durant tant d'années, et que lorsqu'on est en pays étranger, on peut se trouver mêlé malgré soi à de singulières aventures; en outre, je l'avoue, j'éprouve encore de l'amour pour lui comme lui-même en semble éprouver pour moi, bien que j'aie, en réalité, dépassé l'âge de l'amour...

Lily se tut, étouffée par les sanglots, mais tandis que je la pressais dans mes bras, et que nos lèvres se joignaient de nouveau après si longtemps, je ne pus m'empêcher de repenser à Otomie, dont les paroles me remontèrent à la mémoire et qui, je m'en souvenais, était morte de sa propre main, jour pour jour, un an auparavant.

Fasse le ciel, en sa clémence, qu'il soit épargné aux morts de savoir ce que font les vivants!...

CHAPITRE XL

Epilogue

Maintenant, mon histoire touche à sa fin et il ne me reste plus grand-chose à raconter, ce qui me soulage car je suis un très vieil homme que l'écriture fatigue énormément, à tel point d'ailleurs que j'ai bien failli abandonner ma tâche l'hiver dernier.

Lily et moi restâmes assis un moment en silence, dans cette même pièce où j'écris aujourd'hui, car l'émotion nous empêchait de parler. Puis, comme poussés par une inspiration commune, nous nous agenouillâmes tous les deux et remerciâmes le ciel de nous avoir permis de nous retrouver. Nous nous étions à peine relevés qu'une agitation s'empara de la maison. Une femme grassouillette entra, suivie d'un gentleman, d'un garçon et d'une jeune fille. C'était ma sœur Mary et son époux Wilfred Bozard (le frère de Lily), accompagnés des deux enfants qui leur restaient. Lorsqu'elle avait deviné que c'était moi qui étais de retour, Lily avait envoyé son serviteur John annoncer la bonne nouvelle à celle qui serait, elle aussi, si heureuse de me revoir. On n'avait pas dévoilé mon identité à Mary et j'avais tellement changé qu'elle ne me reconnut pas et se demanda quel pouvait bien être cet étranger qui se tenait devant elle.

— Mary, dis-je au bout d'un instant, Mary, ne me reconnaissez-vous point, ma sœur?

Elle se mit à crier et se jeta dans mes bras où elle ne put s'empêcher d'éclater en sanglots. Puis son mari me donna une bourrade joyeuse tout en poussant un juron, comme le font certains hommes lorsqu'ils sont émus. Seuls les enfants restèrent interdits jusqu'à ce que je demande à la jeune fille de s'approcher, elle qui ressemblait à sa mère telle qu'elle était le jour où nous nous étions dit adieu. Je l'embrassai et lui expliquai que je n'étais autre que cet oncle dont on avait dû lui dire qu'il était mort depuis longtemps...

J'avais oublié mon cheval, lequel fut rentré à l'étable. Ensuite, nous passâmes à table et, quand nous eûmes terminé ce bien étrange repas de retrouvailles, je ne pus m'empêcher de demander des nouvelles de ce qui s'était passé depuis mon départ. J'appris ainsi que la fortune que m'avait laissée mon vieux maître de Fonseca était arrivée sans problème et qu'elle avait largement prospéré grâce aux soins de Lily, qui n'y avait que très peu touché pour son usage personnel. Lorsqu'on me crut mort, Mary reçut sa part et elle s'en servit pour acheter des terres à Earsham et Hedenham, ainsi que le bois et le manoir de Tyndale à Ditchingham. Je m'empresse d'ajouter que je lui fis immédiatement cadeau de toutes ces terres, compte tenu que je me retrouvais déjà bien assez riche comme cela. Cet acte plut énormément à son époux Wilfred Bozard, dans la mesure où il est toujours très dur pour un homme de se défaire de ce qu'il a possédé durant des années.

Puis, j'appris le reste de l'histoire: la mort soudaine de mon père, comment mon or avait mis fin aux projets de mariage entre Lily et mon frère Geoffrey (qui mourut à trente et un ans après avoir mené une mauvaise vie), et la mort, suite à une crise d'apoplexie provoquée par la colère de mon vieil ennemi, le Squire Bozard. Après que son frère eut épousé ma sœur Mary, Lily était venue s'installer à la Loge, après avoir payé les dettes de mon frère Geoffrey et avoir racheté à Mary les droits que celle-ci avait sur la propriété. Et, depuis, elle avait toujours vécu à la Loge, sa tristesse et sa solitude ne l'empêchant pas pour autant de consacrer une grande partie de son temps à de bonnes actions. Elle m'avoua même qu'elle avait songé un instant à entrer en religion pour terminer sa vie en paix, croyant que j'étais à jamais perdu pour elle et ce, bien que de nombreux gentilhommes lui aient proposé le mariage. En dehors de quelques autres événements mineurs, tels que la naissance ou la mort d'enfants ou la relation de la grande inondation qui avait dévasté Bungay, ils n'eurent rien d'autres de particulier à me raconter, preuve que leur vie s'était déroulée dans la plus grande tranquillité durant mon absence. Il faut dire aussi que je ne prends pas la peine de mentionner ici tous les événements politiques de cette période...

Puis ils me demandèrent de raconter à mon tour ce qui m'était arrivé et m'écoutèrent avec une attention soutenue jusqu'à l'aube. Lorsque celle-ci se leva, je n'avais toujours pas terminé mon récit, que je dus donc reprendre le jour suivant, après que nous nous fûmes un peu reposés. Je leur montrai l'épée de Bernal Diaz, le grand collier d'émeraudes donné par Guatimozin, ainsi que certaines de mes cicatrices. Jamais je ne vis auditeurs plus stupéfaits lorsque je leur racontai l'ultime sacrifice des femmes otomies et l'horrible fin de de Garcia combattant contre les ombres. En revanche, lorsque je décrivis la mort d'Isabella de Siguenza, celle de Guatimozin et celle de mes fils, ils ne purent s'empêcher d'avoir la larme à l'œil.

Mais je ne leur dit pas tout, une partie de cette histoire étant réservée exclusivement aux oreilles de Lily. Je ne cachai rien à celle-ci, conscient que toute dissimulation laisserait une ombre entre nous. Je lui avouai tous mes doutes et tout mon trouble, ainsi que l'amour que j'avais appris à porter à Otomie, dont la beauté et la douceur m'avait conquis dès la première fois que je l'avais vue à la cour de Montezuma, sans parler de ce qui s'était passé entre nous deux lorsque nous nous étions retrouvés sur la pierre du sacrifice.

Lorsque j'en eus fini, Lily me remercia de mon honnêteté, tout en me disant qu'il semblait que, pour ce genre de chose, les hommes différassent grandement des femmes, dans la mesure où *elle,* elle n'avait jamais ressenti le besoin d'être délivrée de la tentation d'autres amours. Mais elle ajouta que nous étions tels que Dieu nous avait créés et que nous n'avions pas à nous reprocher grand-chose. Elle me dit comprendre qu'excepté son esprit païen, cette Otomie avait été une femme hors du commun, osant pour préserver son amour des choses qu'elle, Lily, n'aurait jamais osées. Et pour terminer, elle ajouta qu'elle concevait également que j'aie dû choisir entre un mariage et une mort rapide et que, après avoir prêté un tel serment à Otomie, j'aurais été un parjure si je l'avais abandonnée lorsque tout danger avait été écarté. Lily conclut qu'elle était d'avis de laisser toutes ces histoires en paix et qu'elle ne ferait pas preuve de jalousie s'il m'arrivait encore de songer avec tendresse à mon épouse défunte.

C'est ainsi qu'elle me parla avec la plus grande gentillesse, sans jamais détourner son regard du mien. En fait, ce ne fut que bien plus tard, quand elle eut abandonné tout espoir d'avoir un jour des enfants, que Lily devint jalouse.

La nouvelle de mon retour et le récit de mes étranges aventures parmi les Indiens se répandirent un peu partout et des gens vinrent même de Norwich et de Yarmouth pour me voir, à tel point que je finis par être fatigué de raconter mon histoire. Un service d'action de grâces pour remercier le ciel de m'avoir sauvé de tant de dangers fut même célébré à l'église Saint-Mary de Ditchingham, service célébré suivant des rites différents de ceux de Rome car, durant mon absence, les saints avaient subi le même sort ici que les dieux aztèques de l'autre côté de l'océan: le joug de Rome avait disparu du cou de l'Angleterre et, quoique tous ne fussent pas de mon avis, je m'empressai de saluer cette délivrance, car j'en avais assez vu des prêtres et de leur cruauté.

Lorsque la cérémonie fut terminée et que tous les gens eurent rejoint leur maison, je revins dans l'église maintenant déserte. Et, dans la douce lumière matinale de juin, je m'agenouillai dans le sanctuaire, là où se trouvaient la tombe de mes parents et leur envoyai mes pensées. Un grand calme m'envahit et je compris alors la folie du serment que j'avais fait de me venger de de Garcia, alors que je n'étais qu'un gamin et comment tous mes malheurs en avaient découlé. Mais, même en cet instant, je ne pus réfréner la haine que je portais à de Garcia, comme j'en suis d'ailleurs encore incapable aujourd'hui: après tout, il fallait que je venge le meurtre de ma mère, même si j'aurais sans doute dû laisser cette tâche à une autre main...

En sortant, je tombai sur Lily, qui m'avait attendu, sachant que j'étais revenu à l'intérieur, et je lui dis:

— Lily, est-il bien vrai que vous ne me repoussez pas, et que malgré tout ce qui s'est passé, et si indigne que je sois, vous consentiez quand même à devenir ma femme?

— Je vous l'ai promis il y a des années, Thomas, me répondit-elle très bas en devenant rouge comme une rose, et je n'ai jamais changé d'avis depuis. La preuve, c'est que, depuis longtemps, et tout en vous croyant mort, je m'étais peu à peu habituée à vous considérer comme mon mari.

— C'est plus que je ne mérite sans doute, répliquai-je, mais si cela doit être, dites-moi quand vous voulez que ce soit, car nous ne sommes plus des jeunes gens, et chaque jour notre vie s'abrège.

— Quand il vous plaira, Thomas, murmura-t-elle en se serrant contre moi.

Et une semaine plus tard, nous étions unis l'un à l'autre.

Voici maintenant ma tâche terminée, ce dont je suis bien aise, en somme, car je me sens très vieux, et il m'est devenu si pénible d'écrire, que maintes fois, au cours de ce dernier hiver, j'ai été sur le point de laisser tomber ma plume sans avoir achevé le récit de mes aventures. Mais Dieu m'a pourtant permis de le mener à bien jusqu'au bout; c'est une dernière grâce qu'il m'accorde après tant d'autres. Il a voulu que ma jeunesse et le début de ma maturité fussent tristes et agités, mais Il m'a comblé de bienfaits par la suite et jusque dans ma vieillesse. Tous les événements que j'ai relatés ici se sont passés il y a très longtemps; l'arbuste que j'avais planté sous nos fenêtres, l'année de notre mariage, est maintenant un grand arbre qui fournit un bel ombrage, et cependant je suis encore vivant pour le contempler. La période que j'ai vécue depuis, dans cette paisible vallée de la Waveney, aux côtés de ma si douce et si noble compagne et auprès de ma sœur Mary, mariée également, et mère de deux charmants enfants, a été aussi calme que celle que j'avais passée sur la terre d'Anahuac avait été tumultueuse. Une seule douleur en troubla le cours: celle que nous apporta la perte de notre unique enfant. A part cela, nous pouvons nous vanter d'avoir toujours joui du bonheur le plus parfait, et la main dans la main, nous nous sommes doucement acheminés vers le terme de notre existence jusqu'au jour où, en cette nuit de Noël, ma Lily me fut ravie. Sa mort m'affligea certes, profondément, mais pas autant, toutefois, qu'elle l'eût fait lorsque j'étais plus jeune, car nos émotions tendent à s'émousser de plus en plus au fur et à mesure que nous avançons en âge, et il me restait, en outre, la consolation de me dire que j'irais bientôt le rejoindre. Ce n'est plus, en effet, qu'une question de jours pour moi, à présent, et pourtant, j'envisage la perspective de ce dernier voyage sans appréhension, car il faut se faire une raison, et lorsque l'on a tant de fois échappé à la Mort, remercier Dieu de vous avoir épargné si longtemps.

Table

Cet ouvrage a été composé et achevé d'imprimer en septembre 1986
sur les presses des Imprimeries Delmas à Artigues-près-Bordeaux.
Editeur : n° 399.
Dépôt légal : septembre 1986. Imprimé en France (34011).